「炮灰」闺女的生存方式3

乌里丑丑 著

上册

青岛出版集团 | 青岛出版社

图书在版编目（CIP）数据

"炮灰"闺女的生存方式. 3 / 乌里丑丑著.

青岛：青岛出版社, 2025. -- ISBN 978-7-5736-2923-4

Ⅰ. I247.5

中国国家版本馆CIP数据核字第2025532VY1号

"PAOHUI" GUINÜ DE SHENGCUN FANGSHI 3

书　　名	"炮灰"闺女的生存方式3
作　　者	乌里丑丑
出版发行	青岛出版社（青岛市崂山区海尔路182号）
本社网址	http://www.qdpub.com
邮购电话	18613853563
责任编辑	李文峰
特约编辑	王羽飞
校　　对	王子璠
装帧设计	梁　霞
照　　排	梁　霞
印　　刷	三河市良远印务有限公司
出版日期	2025年2月第1版　2025年2月第1次印刷
开　　本	16开（710mm×980mm）
印　　张	29.5
字　　数	473千
书　　号	ISBN 978-7-5736-2923-4
定　　价	69.80元（全2册）

编校印装质量、盗版监督服务电话 4006532017　0532-68068050

遇她，是她之幸。

娶她，是他之福。

「炮灰」闺女的生存方式 3

目录

上册

目录 下册

不管他在哪里，
我一定要带他回去。

第一章
吃　醋

“你干吗阴阳怪气的？”叶七七忍不住小声说道，“他是我的亲皇兄，我……”

“明白了。”燕铖说道。

叶七七听了他这话又不懂了：他明白什么了？

她正要问，就听男人说道：“他是你的亲皇兄，血浓于水，所以你不必同我多说什么。”

相比起她的亲皇兄，他无名无分，能干涉她什么？

见男人要走，叶七七急忙伸手扯住他的衣袖：“你怎么总是这样？你说得没错，他是我的亲皇兄，血浓于水，我自然不能对他爱搭不理的，但是你呢？六哥哥，你觉得你所做的一切就全是对的吗？你口口声声说喜欢我，但是你别忘了，你可是燕铖，被父皇爹爹灭了国的西冥太子，你喜欢我又能怎么样？这能改变我们之间的血海深仇吗？这能让你放弃报仇吗？”

这定然是不能的！站在他的角度，她的父皇灭了他的国家，与他有着血海深仇。

她和六哥哥隔着国仇家恨，所以注定是走不到一起的。

"你明明也知道我们不可能在一起，所以彼此就不要再纠缠不休了。"话音落下，叶七七紧握的双手都控制不住地发抖。

她……终于说出来了，说出了内心所想，哪怕知道，当她说完这句话之后，他们两个人之间就彻底完了。

可是为什么她鼻子会有些酸涩，连眼眶都有些湿润？叶七七，你忍住，绝对不可以哭！

燕铖听了小姑娘这一席话，陷入了久久的沉默。

过了好一会儿，就在叶七七觉得他不会再回答时，他终于缓缓地开口："所以，你打算同我背道而驰，同你那真皇兄一同对付我？"

"我没有！"叶七七有些激动地抬起头。

燕铖刚好看见小姑娘发红的眼尾，惊了一下。

叶七七带着哭腔说道："你曾经抢了六皇兄的身份，如今那么久了，你也该还回来了。而且起初不就是你们西冥多次进犯我国边境，才被父皇爹爹给灭了国吗？"

在她知道六哥哥就是燕铖太子的那一刻，她还特意去查了一下当年父皇爹爹为何要灭了西冥。

"自古以来弱肉强食的道理想必六哥哥你也是懂的，输了就是输了，与其在背地里耍阴招，还不如堂堂正正与我们在战场上打一场，有本事你就把你们西冥曾经输的一切都夺回来啊！"

听了小姑娘这番话，燕铖心中无疑震撼至极，却隐藏得极好，没露出半分异样神色，笑道："把曾经输的一切都夺回来？呵，七七呀，你还是太低估我在你父皇爹爹心中的地位了，我可手握一大半北冥军队的兵符呢。"

小姑娘惊讶！

"起兵谋反，我自然是可以做的。"他伸手捏住小姑娘的下巴，一字一顿地说道，"等到我成了北冥皇帝，得到你不就易如反掌了？"

叶七七震惊！

感觉到男人微凉的指腹从她的下巴处滑到脖子上，叶七七全身起了一层鸡皮疙瘩，心如死灰地闭上眼睛，双手紧紧地握成拳头。

直到那熟悉的男性气息逼近，她心中的那根弦猛地断裂。

就在她的眼泪要夺眶而出时，凉凉的唇瓣落在她的额头上。

"傻丫头。"男人熟悉的宠溺声音传来。

小姑娘的心猛地颤了一下。

"哭什么？"燕铖一只手托着小姑娘的后脑勺，唇瓣下移，一点点地吻干小姑娘眼角的泪水。

感受到男人的举动，叶七七睁开泪汪汪的眼睛，不解。

"你果真是长大了，有自己的想法了，连哥哥的后路都想好了。"

叶七七不明所以，正要开口，男人已经压向她，攻城略地，扫过她的唇舌。

"嗯……"她用颤抖的双手抵着他的胸膛，想要将他推开，但是力气差距过大，她压根儿推不开他分毫。

"对不起。"

一吻完毕，叶七七正红着脸大口呼吸，冷不丁听见男人对她说了这么一句。

"哥哥没想到七七什么都知道，甚至还知道我的真实身份。"他一直以为小姑娘只知道他罗刹阁阁主这个身份，可不承想她还知道他是那个被灭了国的西冥太子。

燕铖说道："我先前想要报仇，假装成你的六皇兄，这件事是真的，但喜欢七七的心也是真的。我之前也纠结过，我们之间隔着灭国之仇，注定不会在一起，但谁让这老天又给了我一个惊喜？"

听着六哥哥在耳边的呢喃，叶七七彻底蒙了，紧紧地抓着男人的衣袖："你……什么意思？"怎么她越听越糊涂？

"我不是西冥太子。"燕铖说道。

叶七七一脸疑惑。

"所以我们之间没有灭国之仇。"燕铖对上小姑娘的眼，一本正经地说道，"我有如此强大的自愈能力，一定是早已经消亡的巫妪族人。在二十年前，那西冥皇帝曾派一批死士秘密前往边境，带回了一个巫妪族的遗孤。"

叶七七说道："所以那个遗孤是……？"

"是我。"燕铖吻了吻小姑娘的指尖，"还记得之前国子监组织学子去临安山庄踏青吗？"

叶七七先是摇了摇头，而后又点了点头。

"当时我们无意间闯入了后山的迷阵，我看见了一面山壁上刻着的文字。都说巫觋族上能与神沟通，下能与鬼怪交涉，这些我都不会，所以无从辨知它的真假。除此之外，巫觋族还有着强大的预知未来的能力，而我看到了我们的未来，你身着一袭红衣嫁于我。既然无论如何以后我们都会在一起，我们为什么不尽早相爱？"

听了六哥哥这番话，叶七七终于明白他是什么意思了：六哥哥并不是真正的西冥太子，他们之间并没有所谓的血海深仇，而这些他早就知道了，所以他才会不顾一切地奔向她。

那他方才说要起兵谋反的那些话，是……在耍她？

"那你刚刚……"

"刚刚？"燕铖想了想，面带微笑地看着面前的小姑娘，又低头亲了亲小姑娘的嘴角，"自然是骗你的。"

叶七七还以为他是真的要起兵谋反。

"所以七七要不要跟哥哥试试？"燕铖盯着小姑娘，目光越发灼热。

叶七七被他那眼神看得不自觉地后退，咽了咽口水，有些结巴地说道："试……试试什么？"

"试试继续和哥哥纠缠不休。"

闻言，小姑娘小脸立马红透了。倘若如今她面前有一面镜子，那么她照镜子时，铁定能看见自己那过分红艳的脸。

一时之间，叶七七心中忐忑万分。

见小姑娘迟迟不回答，燕铖也不打算逼她，毕竟他深知他的小姑娘害羞，不可将她逼得太紧。

就在他要直起身子时，小姑娘突然"嗯"了一声，那声音虽小，但是他听力甚好，自然没有错过小姑娘方才那极轻的声音。

在听见她答应的那一瞬，他愣了一下。

"你方才说什么？"他有些难以置信地看着面前的小姑娘。

"啊？"小姑娘还是有些慌张，"你……要是没有听见就算……"

"我听见了。"燕铖顺着小姑娘的手臂握住她的手，同她十指相扣，"七七想要继续和哥哥纠缠不休。"

男人笑得如同春日的暖阳一般，嘴角的笑意怎么都压不住。

"哥哥现在终于有名分了。"燕铖感叹了一句，将小姑娘从椅子上抱了起来。

"啊——"叶七七抓住他的手臂，无意间扫向旁边，就见大白乖巧地坐在一旁，眼睛瞪得圆圆地看着他们，也不知道盯了多久。

那方才六哥哥亲她，大白岂不是也都看见了？叶七七小脸立马红了，伸手捂住自己的脸。

"你捂什么？"燕铖笑着问道。

叶七七低声说道："大……大白在看着呢。"她总感觉被大白看见后，她的面子都丢光了。

燕铖看向一旁坐在地上一副看戏模样的白虎。明明他还没有开口，但是在他看向白虎时，白虎就像是知道了什么似的，主动起身往外头走去，不打扰两个人相处。

"它走了。"

听了六哥哥这话，叶七七缓缓地张开指缝，果真看见大白慵懒地一步一步往外走。

不过她后知后觉：大白就这般走了，就好像她要在这里跟六哥哥办坏事一样。

她正这样想着，突然身子微颤，六哥哥的大掌不知何时落在了她的腰上，还不知是有意还是无意地轻捏了一下。

叶七七急忙抬头。

两个人对视，就仿佛有千万句话想说一般。

两个人谁也没有率先开口。

过了好一会儿，叶七七正想着要不要开口说些什么时，只见面前的男人张开了双臂。

"要不先抱一下，我未来的小娘子？"

叶七七已经记不清楚男人是什么时候离开的。尽管他已经离开了很久，但是她的心情还是久久未平复，方才被男人握过的手，如今都感觉指尖微微发烫。

"啊啊啊——"叶七七将自己裹在被子里，忍不住尖叫出声，露在被子外面的两条腿激动地乱晃着，险些踢到一旁的大白。

大白淡淡地看了一眼躺在床上的小主人，然后继续舔自己的四个爪子。

过了好一会儿，小姑娘一把拉开被子，脸上都被闷出了一层薄汗。

不过方才六哥哥那句话是什么意思？

"离你的六皇兄远一点儿。"

六哥哥为什么要跟她说让她离六皇兄远一点儿？六皇兄他……会对她不利吗？

"公主。"门外突然传来阿婉的声音。

叶七七从床上起身："怎么了？"

"门口突然来了一群人，抬了好几个箱子，说是您的六皇兄给您送来的。"

六哥哥？他不是方才才走吗？

叶七七走到门口，看着将箱子抬进来的侍从，正巧在其中看见一个眼熟的。

见她看向自己，少年不由得朝她笑了笑。

叶七七微微愣了愣：那是阿肆，不是六哥哥的人，而是六皇兄的人。

"公主殿下，东西已经送到，我们就先行告退了。"阿肆对着小姑娘行了个礼。

在那群人走后，叶七七随意打开一个箱子，瞧着里面琳琅满目的商品，果真是之前六皇兄说要送给她的东西。

一旁的几个小宫女见此有些激动。

"公主殿下，翊王殿下对您可真好。"

"是呀，送了这么多女儿家的东西过来。"

阿婉看着小姑娘，也瞧着这些东西眼熟，自然知道这些是谁送的："公主，这些东西有些多了，不如等下奴婢将日常用的那些拿出来，剩下的放库房里？"

叶七七点了点头，觉得也只能这样了。

冷卫为男人掀开车帘，站在男人身边，明显感觉到主子从月静宫出来后心情极好。

马车行驶了大概一半路程时，在一条林间小道被迫停了下来——前方出现一群人，将原本就不怎么宽敞的道路拦了起来。

冷卫坐在马车前，看着拦路的那群人，眉眼染上了一股戾气。

只见中间一位一身黑衣的少年上前几步，恭敬地对着马车说道："翊王殿下，我家主子希望邀您一叙。"

冷卫说道："让开，殿下今日很忙。"

"这位大哥可真急，你家主子还未曾说什么，你倒是替你家主子先行回答了。"阿肆说道，上前几步走到马车跟前。

冷卫见此人丝毫不听劝阻，正打算抽出腰间的佩剑，便听见身后传来动静。冷卫回过头，见车帘已经被掀开，露出男人那张脸。

冷卫说道："殿下。"

燕铖瞧着马车外的少年，眉眼泛着冷意："你家主子是谁？"

阿肆瞧着男人那张脸，显然微微惊了一下。要不是知道眼前这男人是戴着假面的，就凭眼前这张和主子十分相像的脸，他也要一时分不清了。

冷卫跟着男人一同进了竹林，大约走了一盏茶的工夫，终于见到了竹林深处的一座竹院。

"殿下，这边。"少年领着两个人进入竹院，走过两条长廊，在一间厢房前停了下来。

少年推开门，恭敬地对男人做了个手势："翊王殿下，您里面请。"

冷卫正打算跟男人一同进去，却被少年拦在了门外。

"两位主子议事，我们这些做下人的还是莫要进去打扰了。"

冷卫闻言，看向前面的男人，似乎在等自家主子的指示。

燕铖给了冷卫一个眼神。

冷卫心领神会，收回了方才踏进去的一只脚。

"这才对嘛。"少年笑了笑，将厢房门关上。

冷卫见少年关上门，问道："究竟是商议何等大事，还须关门？"

阿肆说道："自然是不方便我等下人听见的大事。"

冷卫冷哼了一声，将佩剑环抱在胸前，身形笔直地站在走廊口。

比起冷卫的严肃，一旁的少年倒是显得散漫多了，坐在走廊的栏杆上，无聊地打着哈欠。

坐了一会儿，大概是一个人坐着无聊，少年竟和冷卫搭起了话："我说你站着不累吗？要不过来一起坐会儿？"说着，他还伸手拍了拍一旁的栏杆，"还够坐一个人呢。"

冷卫没有回答，给了少年一个冷漠的眼神。

厢房里，燕铖刚踏进去，身后便传来了关门声。门被关上后，阻隔了外头的一切声音。

"来都来了，面具就不用戴了吧？"

听见前方传来的声音，燕铖看去，看到了一张熟悉至极的脸，然后当着那人的面摘下了脸上戴着的假面。

夜霆晟坐在椅子上，看着男人将面具摘下，还贴心地给他倒了一杯茶："我还以为你不会来呢。"

闻言，燕铖并没有回答，而是将面具放到了一旁，在夜霆晟对面坐了下来。

"尝尝？"夜霆晟将茶杯推到男人面前。

燕铖身形未动分毫，看着夜霆晟的眸子有些意味深长。

夜霆晟似乎有些明白他为何如此警惕："放心，这么好的茶我可不会下毒，太浪费了。"

"那你喝。"燕铖将面前的茶杯又推到了夜霆晟面前。

夜霆晟脸色终于冷了下来,说道:"呵,你可真是戒备得很呀。"

燕铖说道:"被逼无奈。"

夜霆晟冷哼了一声,拿起茶杯便一饮而尽:"你放心,我要是想毒死你,何必费尽心思请你过来?"

"之前送给我的雪域蛊虫那份大礼,我已经收到了。"

"是吗?"夜霆晟笑了笑,下一秒眼神突然冷了下来,"既如此,你怎么还敢来?"

燕铖正要开口,突然觉得胸前微痛,抬眸就对上夜霆晟勾起的唇角。

夜霆晟说道:"这种毒虽然没有雪域蛊虫那么毒,但也够你受的。"

见燕铖伸手封闭了自己的穴位,夜霆晟无情地说了句:"没用了,晚了,你现在求我,说不定我还能把解药⋯⋯"

"砰——"

话还没有说完,原本手中拿着的茶杯突然掉在地上,摔得四分五裂,夜霆晟僵硬地侧头看向自己突然僵住的手。

"你⋯⋯你给我⋯⋯下⋯⋯"夜霆晟感觉自己的舌头都僵硬起来,说话都不太利索了。

那一刻,夜霆晟猛然想到方才自己喝的那杯茶。该死的!这家伙是怎么在他的眼皮子底下给他茶杯里的茶下毒的?

又是"砰"的一声,只不过这一次摔的是人。

夜霆晟全身僵硬地从椅子上摔到了地上,也不知道对面那人到底下的什么毒,全身动弹不得不说,因为方才是张着嘴的,此时口水都控制不住地从嘴角流了下来,活脱儿中风一样,全身上下唯一可动的大概就是那双眼睛了。

虽然夜霆晟的仪态很不好,但是燕铖也中了夜霆晟的毒,此时自然也比夜霆晟好不到哪里去。燕铖惨白着脸,紧紧地捂着腹部,那一阵阵钻心的疼痛险些让他受不了地在地上打滚。夜霆晟不愧是北冥第一毒医,不得不说下毒的手法确实高明,他都不曾喝下夜霆晟给的任何东西,竟然还是中了夜霆晟的毒。

燕铖半跪在地上，脸色苍白，声音接近嘶哑，抓住倒在地上只有眼睛在转动的夜霆晟，问道："解药在哪儿？"

看着夜霆晟不停转动的眸子，他才想起来夜霆晟中了僵脉草的毒，此时全身上下只有眼睛能动了。

"我可以给你解药，你也要把你的解药给我！"说着，燕铖忍着腹部的剧痛将一个黑色小瓷瓶掏了出来，二话不说直接倒了一颗药丸在夜霆晟的嘴里。

解药入口的那一刻，夜霆晟不由得恍惚了一下：这姓燕的这么天真吗？就这样把解药给自己了？就不怕自己不将解药给他？也太傻、太天真了吧？

夜霆晟将解药吞入腹中，还没来得及高兴，就意识到燕铖为什么如此爽快地把解药喂到了自己嘴里：吃了解药他身子确实能动了，但只有上半身能动，下半身还是僵着的。

夜霆晟无奈。

燕铖说道："解药！"

夜霆晟说道："右边的袖口里。"

闻言，燕铖伸手往夜霆晟右边的袖口里探了探，不过没有探出解药，而是探出了一条手帕。

夜霆晟瞧着男人隐怒的表情，伸手将男人手中的手帕夺了回来，掩住自己的口鼻："我想擦一下口水总行吧？"

"快擦！"

夜霆晟擦完嘴角的口水，抬眸看见男人苍白得过分的脸，男人那眼神也很吓人，就像自己要是再不给他解药，他就要掐死自己一样。

燕铖说道："解药！"

夜霆晟指了指桌上的水："喝水！喝水！就是水。"说完，夜霆晟见男人迟迟未动，显然是不相信这话，又说道，"真没骗你！旱蛊子最怕的就是水了！"

燕铖听到"旱蛊子"这三个字，心中的戒备终于松动，起身拿起桌子上的茶壶，将壶中的水一饮而尽。

他刚喝完没一会儿，腹中剧烈的疼痛果真有所缓解。

躺在地上的夜霆晟看着男人坐在椅子上，问道："喂，你的毒解了，现在该帮我解了吧？"

燕铖将手里的茶壶放下，微喘着气。

夜霆晟见他不应，又说道："喂，你……"

燕铖说道："闭嘴。"

夜霆晟只好闭上嘴。

过了好一会儿，直到腹中的疼痛彻底消失，燕铖才站起身。

感觉到眼前有一道阴影落下，夜霆晟微微转头，就对上某人看着自己的那阴狠、冰冷的眼神。

"怎么？你还敢杀了我不成？别忘了我可是七七的……呃——"夜霆晟还没有说完，脖子便猛地被人紧紧地扼住了。

夜霆晟微愣了一下，但很快便恢复了正常，冷笑了一声，问道："你还真想掐死我？"

燕铖没有说话，但是眼中的杀意越发浓重，手上的力道也在加重。

躺在地上被扼住脖子的夜霆晟，脸肉眼可见地涨红了，但是他始终嘴角带着笑意，不露半分惧色，仿佛真的想让燕铖掐死他。

"你该庆幸你是七七的亲皇兄，不然……"燕铖是真的打算就这样拧断夜霆晟的脖子的，但最后还是颇有些嫌弃地松开了手。

呼吸到新鲜空气的夜霆晟轻咳出声，白皙的脖颈处有一道十分鲜明的掐痕。

"哈哈哈……"夜霆晟放肆地大笑出声，"谅你也不敢真的掐死我！要是你真的把我掐死了，那你和那个丫头当真是没有可能了。"

"离她远一点儿，不然我不会放过你的！"燕铖警告道。

"呵，她可是我的亲皇妹，你让我这个做皇兄的怎么离她远一点儿？你抢了我的身份那么多年，现如今我陪她的日子还不满一日，就惹你如此忌妒？"

燕铖冷眼看去，一把抓住男人的衣领："我说了！离她远一点儿，不然你做的那些丑事……"

夜霆晟说道："你威胁我？"

燕铖说道："这是警告！"

夜霆晟冷哼了一声：这警告可真有意思！

燕铖说道："回答。"

"知道了。"夜霆晟别开脸，冷声说道，"解药。"

燕铖站起身，将装有解药的黑色小瓷瓶扔在夜霆晟面前。

夜霆晟将小瓷瓶打开，正要将解药倒入口中，突然停顿了一下，问道："吃几颗？"

闻言，燕铖看了夜霆晟一眼，宛如在看一个傻子："两颗。"

夜霆晟倒了两颗药丸入口，没过一会儿觉得自己的下半身慢慢地恢复了知觉，扶着桌子起身。他身子还有些僵硬，起身时颇有些费力，好不容易坐到了椅子上，已经累得气息有些混乱。

"我好歹也是你的大舅子，你就这么对我？"

"你让人请我过来，究竟所为何事？"燕铖看着坐在面前的夜霆晟，满脸不耐烦，显然不想同夜霆晟唠家常。

夜霆晟笑道："只是想见见我未来的皇妹夫罢了。"

燕铖说道："既然你无事同我说，那就换作我同你说了。"

夜霆晟说道："原以为是我有事找你，没想到到头来有事的居然是你。"

燕铖说道："下个月去北上后，我会把六皇子的身份还给你，包括这翊王殿下的身份。"

夜霆晟听了他这话，说不惊讶是假的："你确定？"夜霆晟显然不相信面前这人会如此轻易地就把这位置还给他，且不说六皇子的身份，就说翊王殿下的功绩都不知是燕铖费了多少心血才积攒下来的，燕铖竟然愿意拱手让人？

"你是在说笑吗？"夜霆晟觉得可笑极了，"难不成就因为对那丫头的爱，你连仇都不报了？"

燕铖紧盯着他，没有回答。

夜霆晟见燕铖一副默认的模样，一时之间竟不知该说些什么：这家伙莫不是疯了吧？真的为了那丫头连仇都不报了？

"这不关你的事，该还给你的我都会还给你。"燕铖看着他说道，"不过在此之前，你要答应我两件事。"

冷卫在门外等了好一会儿，听见门口传来声音，转过身就见男人从里头走了出来。冷卫说道："主子。"

燕铖说道："走吧。"

冷卫点了点头，正要跟着男人离开，就听见屋里突然传来大笑声。

"哈哈哈……"

冷卫脚步微微一顿，但见自家主子的脚步没有停留，便也没有停留。

阿肆走进屋，看着坐在椅子上大笑的自家主子，一脸不解。

"哈哈哈，真是个疯子！"夜霆晟捂着唇，笑得放肆至极，还在不停地说，"疯子，疯子！"

看着男人方才坐的位置，夜霆晟眼中闪过了一丝冷意，笑声戛然而止。

"阿肆。"夜霆晟突然出声喊道。

少年显然被自家主子突然正经的语气惊了一下，说道："主子。"

夜霆晟说道："三日后我们出发去北上。"

阿肆应道："是。"

冷卫跟着男人走到院外停着的马车处。

燕铖停下脚步，看了一眼不远处的院落，对一旁的冷卫说道："这几日派人盯紧他。"

马车一路上京，路途颇有几分颠簸，清风吹起车帘，拂过男人的面颊。燕铖半撑着脑袋，有些发愣地盯着那被风轻轻吹起的车帘，思绪不知不觉间便飘到了很久以前。

"太子殿下，您就是我们西冥的未来，您快逃呀，逃得越远越好。"

"您一定要活下去，为我们报仇呀！太子殿下！"

…………

他十二岁之前的记忆是一片空白。周围声音嘈杂，他的记忆开始于从西冥皇宫逃出来之后，之后他便被西冥皇室的死士带到了北冥皇宫。

俗话说得好，最危险的地方就是最安全的地方。在北冥皇宫苟且偷生的那段时光，他也有幸受到过一个奶团子的帮助。

他只知道她是北冥皇帝最不受宠的小女儿，衣服穿得破、饭吃不饱不说，还经常被她那所谓的娘亲虐待。

最严重的一次是什么呢？好像是她不小心撞到了她那六皇兄，然后她那六皇兄一怒之下竟把她推入河中，要将她淹死！那时她不过是个四岁的奶团子，她那六皇兄是如何忍心下此毒手的？

后来他卧薪尝胆，也许是见不得她被人欺负，便暗中取代了她那六皇兄，成了她的六哥哥。

时间一晃又过了几日，到了月底。

一大清早，国子监门口等着好几辆马车。学子们手中拿着打包好的行李，一个接一个地将行李放在马车上。

去北上大概要半个月，并且赈灾的时日最少也要一个月，所以准备好物资是必不可少的。

"呜呜呜，我可怜的儿呀，此番前往那么远的地方，一定要好生照顾自己呀。"

"知道了，母亲。"

国子监去赈灾的学子们一个时辰后便要跟随大部队出发去北上，因此一大早国子监门口便来了不少前去赈灾的学子的父母。

去北上路途遥远，在场的学子几乎无人去过离家如此远的地方，他们的家人对此不舍也是难免的，但毕竟孩子长大了，这番前去北上历练总会有所收获的。

国子监门口一侧的角落里，一个穿着华丽的女人伸手抹着眼角的泪水，哭哭啼啼地说道："你那死鬼老爹也真是狠心，知晓你今天要走，都不知道来看看你。"

"娘亲，父亲他政事繁忙，您又不是不知道。"方逸辰安慰道。

"政事繁忙能赶得上我儿重要？罢了，罢了，那死鬼不疼你，娘亲疼你。"方母擦了擦眼角的泪水，对一旁的丫鬟说："把带的东西给少爷。"

"少爷。"

"娘亲，您之前给我准备的东西已经很多了，带得太多难免招人口舌。"方逸辰瞧着丫鬟递来的正方形盒子，拒绝道。

方母不听，强行将盒子塞进了方逸辰的手中："那北上比不得家里，吃的肯定赶不上京城，我儿在家锦衣玉食惯了，这一盒肉干带过去解解馋也是好的。"

"娘……"

方母说道："你要是连这都拒绝，娘亲真的要生气了。"

见母亲坚持，方逸辰不得不接过盒子。

"好，那儿子就接下了。"方逸辰将盒子抱在怀里，看见不远处的小姑娘，对母亲说道，"娘亲，时候不早了，您早些回去吧，儿子还有事，先走了。"

嘱咐的话还没有说完，方母就见自家儿子已经抱着盒子朝着不远处跑了过去，顺着儿子跑的方向，方母也看见了刚从马车上下来的小姑娘。

"我当是为了谁跑得如此欢呢，原来是我儿看见了心上人。"

丫鬟说道："少爷和七公主瞧着还真是郎才女貌呢。"

方母摇了摇头，无奈地说道："就怕是我们方家高攀了。罢了，随他们年轻人去吧，姻缘自有定数。"

"七七。"

正和太子说话的叶七七听见声音，不由得回过头，瞧见朝自己走来的方逸辰，急忙朝他招了招手："阿辰。"

方逸辰走到两个人面前，对着小姑娘身旁的男人恭敬地说道："参见太子殿下。"

太子夜景轩淡淡地扫了少年一眼，说道："不必多礼，去往北上的时日，还望方公子多多帮忙照看一下七七。"

"太子殿下放心，逸辰自然会照顾好七七的。"

"嗯。"夜景轩点了点头。

而后一旁的小侍从在男人的耳边轻轻地提醒了什么。

听完，夜景轩将目光转向一旁的小姑娘，有些歉意地说道："皇兄朝中还有要事处理，不便在此逗留了。去北上记得听你六皇兄的话。"

夜景轩说完，突然想到自己来了好一会儿，怎么还没有瞧见六弟？

那名侍从说道："回太子殿下，翊王殿下一早就去了兵营召集人马，估计等一下便来了。"

"嗯。"夜景轩伸手揉了揉小姑娘的脑袋："皇兄走了，后面那辆马车是皇兄给你的带去北上的东西，一路顺风，平安归来。"

"好。"叶七七点了点头，目送男人离开。

男人走后，她才往后看去，目光落在那辆马车上。

等等，她方才是不是遗漏了什么重要的东西？那一辆马车上的东西都是给她带去北上的？一马车的东西，这……也太夸张了吧。

辰时已到，到了大部队出发的时间。

方逸辰和小姑娘正准备上马车，瞧见不远处姗姗来迟的两个人，不由得面露惊讶："你们两个怎么也来了？"

唐凌白说道："你和七七都去，我们俩怎么能不去呢？毕竟我们四人小队可是缺一不可的。"说完，他看了看身旁的淡漠少年："是吧，阿初？"

被唐凌白提到名字的少年终于抬起头，目光冷然地看向已经坐上马车的小姑娘，轻轻点了点头。

"这才对。上去吧。"

唐凌白率先上了马车，殷修初紧跟其后。上了马车后，殷修初瞧见唐凌白坐在了方逸辰身边，那他只能坐到小姑娘身边了。

少年无言地抿了抿唇。

他刚坐过去，一旁的小姑娘朝他伸出了手："阿初，把包袱给我，我给你放里面。"

少年闻言，身子不由得僵了一下：七七没有生他的气吗？

"阿初？"见少年没有反应，叶七七又喊了一声。

少年将手中的包袱递给了她。

"谢谢。"他声音极轻地道了声谢，藏在衣袖中的手不由得收紧。他此刻正后悔自己这段时间冷落了她，本以为她会生气不再理他，可没想到她似乎并没有放在心上。

叶七七从衣袖里掏出糖，给他们三人每人一颗，并问道："阿初，你吃吗？"

殷修初闻言抬眸，对上小姑娘清秀的小脸，目光又落在自己手心里的奶糖上，那一刻，他的心结终于解了：好在她真的没有在意，这就够了。

马车大概行驶了一炷香的时间，到了城外的军营处与大部队会合。

方逸辰掀开窗帘，瞧着马车外那些穿着铠甲的士兵，不由得面露惊讶："我们此番去北上，竟然有这么多士兵同行？"

唐凌白说道："此行山路众多，难免遇上山匪，那么多士兵一同去也是为了安全着想。"

"太酷了，搞得我都想当一名武将了。"

听着两个人的谈论声，叶七七也忍不住抬头朝外面看去，只见入眼之处皆是整装待发的士兵，最为显眼的是为首身着银色盔甲的男人，盔甲银光闪烁，周身散发着冷意。

燕铖似乎察觉到她的目光，一双幽暗的眸子隔着人海朝她看了过来。他戴着同色系的面罩，遮住了大半张脸，骑在马上，孤傲又伟岸。

只是和他对视了一眼，叶七七急忙移开视线，心跳有些控制不住地加快：他今天穿得好帅！

"咚咚——"

小姑娘激动的心情还未平复，听见外头传来了敲窗声。她掀开车帘，就见原本距离她有些远的男人不知何时已经骑着马来到了她的马车边。

叶七七说道："六哥哥……"

燕铖骑在马上，微弯下腰，对坐在马车里的小姑娘说道："出来一下。"

"啊？"叶七七愣了一下，"现在吗？"

"嗯？"燕铖挑了一下眉，眼中闪着笑意，"当然。"

"可……"可是方逸然他们都在呀，她出去会不会不太好？

这样想着，叶七七下意识地看向在场的三位少年，只见方逸辰和唐凌白两个人皆是紧紧地盯着男人身上的盔甲，脸上满是羡慕，恨不得立马摸一摸的模样，殷修初眨了眨眸子，微微侧身给小姑娘让开了一条道。

叶七七只能硬着头皮从马车里出去。

她刚一出去，还没下马车，男人已经朝她伸出了手，一把将她拉上了马背。

"啊——"叶七七吓得不由得惊呼出声，纤细的腰肢被男人顺势搂在怀里。

"这回总不会生气了吧？"燕铖说道。

叶七七一脸不解：生……生什么气？

"先前不带你骑马，七七还生哥哥的气来着，这会儿气该消了吧？"

燕铖的声音不大，但是周围的人都能听到，听见后心中也是明白了一大半：翊王殿下可真宠七公主殿下，为了不让七公主生气，还特意带着七公主一起骑马。

听着四周众人的议论声，叶七七后知后觉男人是找了个借口，为的就是带她一同骑马。

"抓紧了。"燕铖说着，马儿便跑了起来。

叶七七立马抓紧缰绳。

男人用大掌反握住她的手。

瞧着两个人离大部队越来越远，叶七七问道："不等等他们一起？"

"我们先去前面探个路。"

"探路……"叶七七心里嘀咕：探路就探路，干吗还把她带上？

她正想着，身子突然一僵，原因便是男人把下巴靠在了她的肩膀上。

"探路只是借口，重点是……我想你了。"燕铖低沉的嗓音传入小姑娘的耳中。

叶七七抑制着激动的心情，回头看了他一眼，目光落在他戴着面罩的脸上，伸手摸了摸那银灰色的面罩，问："不闷吗？"

燕铖答道："不会。"

叶七七也不知道自己无意间按到了哪个按钮，就听面罩内传来"咔嚓"一声，男人脸上的面罩有所松动。她缓缓地将面罩摘下，看见男人那张没有戴着假面的脸，吓得赶紧帮他把面罩戴了回去："你今日怎么不戴假面了？"

叶七七朝四周看了看，好在道路两边都是树林，四周空无一人，现在只有他们两个人在场。

"除了你能认出我，估计其他人看不出什么端倪。"这不，他大摇大摆地戴着面罩骑着马，其他人瞧见了还不都是恭敬地叫他一声"翊王殿下"？

被他那戴着盔甲的手握着小手，冰冷的铁甲擦过皮肤，她心中不由得生出一种异样的感觉：且不说四周空无一人，就说六哥哥带着她脱离了大部队，就让她不由得觉得他们两个人此刻就像是出来偷情一般。

马悠闲地小跑着，叶七七瞧着两边变换极慢的风景："我们就这样出来，会不会不太好？"

"嗯？"她身后的男人笑出了声，"就是带你出来骑个马而已，有何不妥？"

燕铖突然拉紧手中的缰绳，马一下子便加快了速度。

坐在他前面的小姑娘吓得急忙握紧缰绳："太快了！"

她的耳边传来"呼呼"的风声，风刮得她有些睁不开眼睛。

燕铖一只手握着缰绳，一只手搂着小姑娘的腰："七七之前不是一直想要学骑马的吗？"

所以他现在是在教她骑马？"哪儿有人这样教的……"小姑娘嘀咕。

两个人骑了没一会儿，小姑娘无意间发现不远处有一片湖泊，扯了扯男人的衣袖："湖，有湖，去看看！"

闻言，燕铖抓紧缰绳变了个方向，马朝湖泊的方向奔去。

天气渐渐转暖，蓝天白云，水天一色，湖泊连同周围的风景瞧着都甚佳，一阵清风吹过，湖泊被吹起丝丝波纹。

在湖泊边的一片草坪上停下，燕铖下了马，将小姑娘从马上抱了下来。

脚一落地，叶七七就迫不及待地朝着湖泊奔去。

"六哥哥，这里好好看呀。"叶七七小跑到岸边，深吸了一口气，感觉这里的空气都是清新的。

燕铖将马安顿好，便来到小姑娘身边。看到她朝着偌大的湖泊伸出手比画，燕铖面露不解："你这是在干什么？"

"你不觉得这个湖中央很适合建一座湖中小院吗？"瞧瞧这里，依山傍水，简直就是一处不可多得的风水宝地。

"夏天坐在窗台看雨景，冬天看雪景，如果湖面的水够结实的话，还能滑冰呢，到时候我们还能带上大白一起在这里钓鱼。"这简直是只在她梦里出现过的场景。

听着小姑娘的"我们"二字，燕铖眼中似乎闪着光，笑道："七七这还没过门呢，就想着以后跟哥哥的二人世界了？"

听了男人这话，小姑娘立马便红了脸：她只是一时口快，才……

叶七七问："那你……不喜欢吗？"

燕铖微微愣了一下，但很快便故作镇定地说道："喜欢，哥哥喜欢。"

能和她在一起的日子，他如何不喜欢？能和她在一起的未来，他如何不去期待？

"啊！那边有花，我去那边看看。"许是被男人那眼神盯得有些害羞，叶七七连忙找了个借口跑开了。

燕铖看着小姑娘的背影，无奈地摇了摇头。

难得出来瞧见些颜色艳丽的花儿，小姑娘眼中都闪着光。没一会儿，估计是跑累了，叶七七走到站在树下阴凉处的男人面前，说道："想喝水。"

燕铖从马鞍边拿来一壶水，拔掉塞子递给小姑娘。

叶七七捧着水壶喝了好几口，许是喝得有些急了，水顺着嘴角往下流。

燕铖只是无意间看了一眼，就瞧见一串水珠顺着小姑娘白皙的脖颈滑进了衣领。

"给你。"叶七七喝完，将水壶递给男人。

她刚把水壶递过去，就瞧见六哥哥盯着她的眼神好像有些不太对劲，男人的眼眸里似乎有什么情绪在翻涌。

叶七七觉得有些危险，不自觉地后退。

她后退一步，他便上前一步，直到她的后背抵上了树干，无路可退。

"六……"叶七七刚启唇，就见男人伸手摘掉了自己脸上的面罩，绝美俊脸朝着她压了过来。

"啪——"水壶从叶七七的手中滑落，掉在了草地上，水缓缓地从瓶口流出，浸湿了周围的土壤。

燕铖离开小姑娘的唇瓣，用指腹轻轻地擦了擦小姑娘沾了些水光的唇，声音低哑地说道："傻丫头，呼吸。"

叶七七红着脸偏过头：哪儿有人像他这样一言不合就亲的？

男人又亲了亲她的下巴，顺着下巴往下，那微凉的唇便落在了她的脖子上。

叶七七捂着眼睛，身子都微微抖着，声音断断续续地说道："痒……别……你别亲了……"

他是个正常男人，哪里听得了小姑娘这般娇弱的声音？他咬了咬小姑娘的耳朵，大掌握上小姑娘的腰肢，不知何时，小姑娘的腰肢倒是变得不盈一握了。

"平时都不吃肉的吗，怎么这么瘦？"他问。

他手上戴的盔甲有些硌人。叶七七答道："吃……吃了。"可自打有了月事之后，好像无论她怎么吃，都很难再胖了。

"嬷嬷说女孩子还是瘦点儿好看。"

"嗯，确实。"燕铖倒是挺赞同这一观点的，但是他接下来的话让小姑娘又羞又怒。

燕铖说道："但该胖的地方还是要胖点儿好。"

起初叶七七还没太明白他口中该胖的地方是什么地方，直到瞧见男人的视线落在她的胸前。

"那你去找别人吧！"小姑娘似乎有些生气了，转身就要离开。

燕铖将她拉了回来，笑道："我干吗要找别人？"

燕铖伸手将小姑娘散落在耳边的头发别到耳后，听见不远处传来马蹄声，才收回手。

"殿下他们在这儿。"不远处传来声音。

燕铖揉了揉小姑娘的脑袋，温柔地说道："走吧，他们来了。"

在将小姑娘抱上马时，他凑近小姑娘的耳边低声说道："其实哥哥更喜欢……"

听到后面的几个字，小姑娘瞬间红了脸。

"你怎么……"叶七七恼怒地说道。

男人轻笑了一声，将脸上的面罩戴上。

"走吧，别让他们久等。"燕铖一直将小姑娘送上了她原本坐的马车，才骑上马离开。

"人都到齐了吗？"燕铖骑着马来到为首的宋将军面前。

宋将军颔首，恭敬地回道："回殿下的话，走陆路的士兵、医者和学子都已经到齐，李将军带领的人已从水路出发。"

"嗯。"燕铖点了点头，看向身后的众人，"此番前去北上路途遥远，往后几日舟车劳顿应是常态，望大家多加忍耐，切勿脱离队伍。"

北上崖关距京城甚远，路途中颠簸不已。叶七七也不是第一次出远门，但也不知怎的，在去往北上崖关的第六日，她便生了病。

"喀喀……"一早醒来，叶七七就感觉脑袋昏昏沉沉，全身无力，脸色也很差。

"七七怎么还没起床？"方逸辰站在驿站楼下，看向楼上的最后一间房——换作平时，叶七七铁定很积极地收拾行李下来了。

"大家快收拾好自己的行李，一炷香的时间后我们便出发了。"不远处的宋将军催促道。

大家的手脚更加麻利了。

方逸辰有些不太放心，将自己的行李收拾好后，便上了三楼，刚走到三楼楼梯口，便看见小姑娘房间的门口站着一道高大的身影。

燕铖今日穿着一身黑色的衣袍，也是见小姑娘迟迟不曾出来，才走到小姑娘的房间门口。

"咚咚——"

"七七，醒了吗？"燕铖敲了几下门，说完这话，听见房间里头传来些声响。

燕铖等了一会儿，那紧闭的房门缓缓地开启了一条缝，露出小姑娘有些苍白的小脸。

燕铖怔了怔。

"六哥哥……"小姑娘虚弱无力地说道。

燕铖推开门，在小姑娘将要倒下去的那一刻稳稳地将她托住了。

"怎么了？"他伸手探上小姑娘的额头，感觉她的额头有些发烫，扶她到了床边，"先在床上躺着，哥哥去叫张太医。"

叶七七头晕目眩，有些听不清他在讲什么，但看到他的唇瓣动了动，就点了点头。

燕铖走到门口，看见不知何时站在门口的少年。

方逸辰站在门口，看着小姑娘苍白的脸色，对男人说道："我去叫张太医。"

燕铖顿了一下，对少年点了点头："有劳了。"

没一会儿，方逸辰便将张太医叫来了。

张太医提着药箱走到床边坐下，给小姑娘诊脉。

过了一会儿，张太医松开手，对男人说道："回殿下，公主殿下应该是这几日舟车劳顿，再加上昨夜着了凉，这才病倒了。等下臣给公主开几服药，公主服下便可。但公主殿下的身子不宜再赶路了，起码要休息三日才行。"

三日？休息三日定然是会耽误行程的。

"去把宋将军喊来。"燕铖对一旁的侍从说道。

叶七七醒来时，已经到了正午。她刚睁开眼，那刺眼的光线让她不由得伸出手挡了挡。

"醒了？"

身旁传来男人低沉的声音，她一转头就见穿着一身黑衣的六哥哥正坐在床边。

"六……"她刚张开嘴发出声音，就发现自己的嗓子有些嘶哑。

"感觉怎么样？"燕铖拿掉放在小姑娘的额头上降温的湿毛巾，伸手探上小姑娘的额头，松了口气：终于不像之前那般烫了。

燕铖说道："你发烧了，在你睡着的时候我喂你喝了汤药，现在是不是好点儿了？"

叶七七先是点了点头，而后又摇了摇头，语气虚弱得让人忍不住心生怜惜："头……还有点儿疼……"

燕铖用指腹轻柔地揉着小姑娘的太阳穴："好点儿了吗？"

听着男人低沉、温柔、宠溺的声音，刚醒的小姑娘控制不住地心跳加快，轻轻点了点头。

男人手上动作未停，给小姑娘轻柔地按着。

被按得正舒服，叶七七突然想起一件事："那……他们呢？不是说今日一早便出发的吗？"

她瞧着窗外艳阳高照，这都正午了，赈灾的队伍千万不要因为她突然生病而耽误了行程。

"我让宋将军带队先走一步了。"

"啊？"小姑娘惊讶地说道，"那六哥哥你岂不是……"

"谁让我的小姑娘生病了呢？总不能把你丢下。"燕铖低头轻吻了吻小姑娘的额头，"饿了吗？"

叶七七点了点头，目光落在男人的唇上。

"想吃什么？方才我让厨房煮了点儿粥，要是你不想吃得太清……"话还没有说完，燕铖猛地一怔，瞪大眼睛瞧着突然吻住他的小姑娘。

直到贴上那微凉的唇，脑袋有些昏沉的叶七七才反应过来自己做了什么。

看着男人近在咫尺的俊脸，对上他微惊的眼眸，她猛地离开了男人的唇。

在男人还没回过神来时，她拉起身上的被子盖在了头上，在被子里缩成一团，小脸红得发烫。

天哪！她……她……她干了什么？她是烧糊涂了吧？

燕铖还保持着方才弯腰的动作，见小姑娘缩在被子里，才缓缓地直起腰板，摸上方才被小姑娘吻过的唇，愣怔半晌。

缩在被子里的叶七七感觉有些闷热，热意上涌。

"七七。"

男人的声音传进耳中，叶七七害羞地将身上的被子裹紧。

燕铖见此，嘴角不由得勾起一丝笑意，弯下腰双手放在被子两侧，隔着被子凑到小姑娘的耳边，低声喊道："宝贝。"

那一声"宝贝"，叫得小姑娘整颗心都是酥的。

"出来。"

小姑娘拼命摇头，但还是抵不过男人探入被中的手，最后燕铖还是将小姑娘从被子里扯了出来。

因为小姑娘在被子里待的时间有些长，小姑娘白皙的小脸上染了一层粉色，额头也出了些薄汗。

小姑娘那双漂亮的眸子勾人心魄，只是看一眼就让人忍不住想一亲芳泽。

叶七七还紧紧地抓着只盖住她一只脚的被子，看上去楚楚可怜。

"我去厨房拿点儿吃的过来。"燕铖亲了亲小姑娘的额头，便站起身朝门外走去。

要是换作往常这丫头如此勾引自己，他定然想把她亲得下不来床，但现如今念在她还病着，他自然是要收敛些的。

燕铖将午膳端来。

已经从床上坐起来的小姑娘视线有些闪躲。

燕铖将桌子移到小姑娘面前，将午膳一一放了上去。

他本来还想着等小姑娘醒来后让她吃些清淡的粥，但是想想那啥滋味都没有的白粥，只好作罢，点了份店里的招牌羹汤和一些清淡的小吃。

见男人端起羹碗，叶七七伸出手，缓缓地说道："我自己来。"

燕铖眸子微闪，并没有将碗递给小姑娘，而是拿起勺子舀了一口羹汤，放在嘴边吹了吹："好歹方才七七那般主动，喂羹汤这种事对哥哥来说又算得了什么？"

吹得差不多后，燕铖将勺子递到小姑娘的嘴边："乖，张嘴。"

叶七七本来还不太好意思，但是此时已饿得前胸贴后背，再加上这羹汤闻着太香了，一时没忍住就张开了嘴巴。

燕铖问："好吃吗？"

叶七七点了点头。

燕铖放下勺子，轻轻擦了擦小姑娘的嘴角："好吃就多吃一点儿。"

燕铖一勺一勺地把羹汤喂进小姑娘的嘴里。

小姑娘吃得很慢，吃相优雅。

"这个是什么？"叶七七看着盘子里被捏得像小兔子一样的包子，问道。

燕铖答道："豆沙包，这里的特色。"

叶七七将口中的食物咽下去，看了看男人。

燕铖笑着揉了揉她的头："只能吃一个，它太甜了。"要是甜的食物吃多了，这丫头又该牙疼了。

叶七七拿起一个兔子豆沙包咬了一口，甜腻的豆沙味在口中散开。吃了甜食后，她感觉脑袋都不像之前那么疼了。

将豆沙包吃完，叶七七有点儿撑了，但看着男人喂到她嘴边的羹汤，还是硬着头皮吃了两口。

到了第三口，她当真吃不下了，推了推男人手里的碗："哥哥。"

"嗯？"燕铖看着她。

小姑娘委屈地说道："吃不下了。"

燕铖对上小姑娘委屈的目光，拿起勺子将小姑娘没吃完的羹汤吃掉了。

"你……你不嫌弃吗？"叶七七说，"有……口水……"

燕铖微怔，随后将碗放到一旁，凑近小姑娘。

看着男人放大的俊脸，叶七七不由得后退，但还是被男人按住了后脑勺。

他亲了亲她的唇："那这样呢？"

心中像是有某根弦突然断掉一般，叶七七神情呆滞了片刻，眸子紧盯着眼前的男人，有些紧张地咽了下口水。那声音并不算很大，但此刻周围十分寂静，男人又靠得很近，定然听见了。

燕铖发出一声轻笑，嘴角勾起一抹弧度。

"不……不许笑！"叶七七故作凶巴巴地说道。他这样让她好没有面子呀！

"好，不笑。"燕铖应和小姑娘，轻轻揉了揉小姑娘的脑袋，但是嘴角的弧度就是不见下去。

"翊王殿下。"

听见门外传来声响，燕铖才止住了再打趣小姑娘的念头。

他正要起身，却被小姑娘扯住了衣袖。

见他面露不解，小姑娘指了指他的脸，说道："你没戴假面，就这样出去没事吗？"

燕铖答道："无事，我已经让宋将军带队先走了，留下的都是自己人。"

叶七七这才放下心，轻轻点了点头，松开手。

"我先出去一下，稍后回来，门外有侍从，你有事便叫他们。"燕铖叮嘱道，倒是给小姑娘安排得妥妥当当。

叶七七从屋里出来。

门口站着两名腰间佩刀的侍从，见她出来，两名侍从恭敬地说道："公主殿下。"

在屋子里待得久了难免觉得有些闷，叶七七出来想要透口气。

一名侍从不知从哪里拿出一顶斗笠递给她："公主殿下，您是要下去吗？今日驿站人多眼杂，为了殿下您的安全着想，还劳烦您戴上这个。"

叶七七接过斗笠，想着要不不下去了，但是瞧见楼下大厅似乎热闹得很，还是戴上了斗笠。

"这驿站今日是有什么节目吗？怎么如此热闹？"

前几天他们来的时候这里可安静了。

一名侍从答道："属下也不太清楚，只知晓今日一早驿站好像是来了个说书先生，估计是讲了些有趣的奇闻逸事吧。"

叶七七说道："这样呀。"

因大厅人有些多，侍从便给小姑娘订了张二楼看台的桌子。

"要说李寡妇生得那叫一个艳啊！"

叶七七刚坐下没一会儿，正拿起桌子上的茶杯喝了一口茶，结果就听到楼下说书先生的这番话，险些将口中的茶水喷出来。

"她不仅生得艳，连同言谈举止也宛如那害了纣王的狐狸精妲己，惹得李家村的男人瞧见她呀，两眼都发着狼光，个个想要将她生吞活剥似的。不过虽然她长得貌美，但是邻里纷纷传言，说这李寡妇是个狐狸精转世呀！进门半月就克死了她那相公……"

说书先生在台上讲得口沫横飞，台下的观众听得入了神。

"要说其实也不怪她，她那死鬼相公呀，生前就体弱多病，手不能提、肩不能扛的。听人说在成亲当晚，她那肺痨鬼相公唇已经见了紫，但是毕竟娶了这如花似玉的美娇娘，哪儿能就这般撒手人寰，硬生生吊着一口气，风流了半个月，还是没撑住被老天爷收了去……"

"啪"的一声，手中的醒木落下，说书先生理了理白色胡须，接过一旁的小厮递来的茶杯，凑近嘴边吹了几口气。

说书先生那不紧不慢的动作瞧得台下听书的众人急得抓耳挠腮。

"先生，然后呢？"

"您接着往下说呀，可别再卖关子了。"

"就是就是，您喝完倒是快讲那李寡妇后面的事情呀！"

…………

台下的众人纷纷催促。

"嘿，瞧把你们急的。"说书先生喝了一口茶水，将茶杯递给一旁的小厮后，又拿起放在面前桌子上的醒木，"听我细细道来……"

坐在二楼看台上的叶七七原本以为这说的只是个普通的乡村寡妇风流史，可不承想，听着那说书先生在台上娓娓道来，不知不觉间便被吸引了。

"要说自打那寡妇意外有了身孕之后，整个李家村可是人心惶惶，女子背地里都暗骂李寡妇不守妇道，丈夫死了一年有余，竟然还能怀上。但这李家村的男子们可坐不住了，都生怕那李寡妇怀的是自己的种，于是乎趁着某夜下着倾盆大雨，直接合伙将那李寡妇给残忍地杀害了，抛尸荒野！"说书先生又是一板子落下。

众人正听得入神，被那一板子吓了一大跳。

对于李寡妇被杀害，在场的一群大老爷们儿听了显然无法接受：他们还在等着说书先生多说些李寡妇跟李家村野汉子的风流韵事呢，怎么这李寡妇就死了？

有人颇为不满，疑道："所以这结局就是李寡妇死了？"

"这……这也太没意思了吧？"

"这李寡妇长得如此好看，怎么能死呢？"

"少安毋躁！少安毋躁！"说书先生出声安抚了一下人心，又说道，"这李寡妇虽被那无情的李家村汉子们给残忍杀害了，但是七日之后，那李寡妇又安然无恙地回来了，为何安然无恙地回来了呢？"说完，说书先生眼睛瞪得大大地瞧着台下的众人。

在众人期盼的目光下，他终于说道："原来那李寡妇竟变成了女鬼，回来索命来了！"

众人都被吓了一大跳：这……这好端端的一个风月故事，怎么突然变成恐怖话本了？

"自打那一夜过后，整个李家村无一人幸免，每每入夜，那李家村便是一片红呀，风是一阵阵地刮……似乎都在唱着：村头大树摇呀摇，寡妇上吊……全村人头摇……"

叶七七听得毛骨悚然，抖着手正要拿起面前的茶杯喝上一口茶压压惊时，一只修长白皙的手突然闯入她的视线。

"啊——"小姑娘吓得发出一声尖叫。

燕铖也被小姑娘吓了一跳："七七？"

听见熟悉的声音，叶七七抬头看到一张熟悉的脸，心中的恐惧之意才消散不少。

"怎么了？"燕铖问。

不远处台上的说书先生接着说道："《李寡妇上坟记》今日就说到此处，感谢诸位老爷的捧场，明天说《张寡妇上坟记》，还望诸位老爷再来捧个场。"

又是"李寡妇"又是"张寡妇"的，这说书先生怎么那么喜欢讲寡妇！叶七七惊魂未定，一闭眼脑海里就会闪过无数个"寡妇"二字，当真是太吓人了！

小姑娘身旁的男人听到楼下说书先生一口一个"寡妇"，脸上的表情有些高深莫测，转眸看着面前的小姑娘，欲言又止：这丫头居然喜欢这一口。

注意到男人盯着自己的眼神，叶七七隐隐约约明白了六哥哥好似误会了什么，急忙解释道："我不喜欢听这些的，就是太无聊了，随……随便听听。"

"嗯。"燕钺轻应了声，然后突然问道，"那这李寡妇最后怎么了？"

小姑娘一脸惊恐。

就是因为白天听了那说书先生讲的"李寡妇"，晚上睡觉时，小姑娘当真做了梦，还是个噩梦。

天色渐黑，月色朦胧，一阵阵阴风吹过，一个转头，叶七七就见那李寡妇穿着一身红衣挂在李家村村口的一棵歪脖子树上，死死地盯着她。

"啊——"她直接从梦中惊醒，吓得一头冷汗。

"好……好可怕。"她心中一阵发毛，尤其看着四周光线昏暗，偌大的厢房里就点了一支床头烛。

"大白。"她下意识地脱口而出，说完才想到如今她不在皇宫，大白自然也不会出现在这里。

要是大白真的出现在这里，那才吓人！

她好想大白，有大白在她就不会害怕了。叶七七紧紧地抱着被子，将自己裹成一团，深吸了一口气，重新躺在床上，口中缓缓地说："一只羊、两只羊、三只羊……"

一直数到"一百七十七只羊"时，窗外突然传来一阵声响，吓得她不由得一抖。

"谁呀？"

回答她的是一阵阵"呼呼"的风声。

叶七七忍不住微微仰起头看向窗外，只见那风刮得树枝乱舞，映照在窗前的影子宛如张牙舞爪的怪兽一般。

纠结许久，终于，她咬着牙裹着被子起身下床，紧紧地攥着拳头，暗自做了某种决定。

"嘎吱——"叶七七将房门打开，先将脑袋探了出去。

只见屋外的上空，一轮明月悬挂于黑幕之上。如今已经是午夜，四周除了那一阵阵"呼呼"的风声，安静至极。趁着夜深人静，三楼的客房门口，一道裹着被子的黑影从房里出来，走到了隔壁房间门口。

叶七七站在房门前，正打算敲门，却发现某人竟然没有锁门，稍微用了一点儿力，那紧闭的房门便被轻而易举地推开了。

叶七七将脑袋探了进去，只见里头黑漆漆一片："六哥哥，你睡了吗？"

燕铖睡眠极浅，听见熟悉的声音，猛地睁开了眼睛，有些不确定地支起身子："七七？"

回应他的是关门声，而后脚步声渐渐逼近。

黑暗中他瞧见一团不明物体朝着他逼近，正要开口，小姑娘倒是率先开了口："六哥哥。"

听到小姑娘的声音，燕铖才确定原来黑暗中的一团黑影是这丫头："你……"

叶七七问道："六哥哥，我今天可以在你这里睡吗？"

燕铖闻言，有那么一瞬间觉得自己可能在梦中。直到小姑娘走到了他的床前，他闻到小姑娘身上传来的馨香，才发现这并不是梦。

他起身将蜡烛点上。

当烛光照在小姑娘的脸上时，他才看到小姑娘红着眼睛，正一脸委屈地看着他，尤其是她的身子上裹着被子，那模样瞧着要多可怜就有多可怜。

"害怕。"说着，叶七七已经一头扎进了男人怀里。

听着小姑娘委屈地对自己倾诉，燕铖才明白原来一切的源头都是那个"李寡妇"。

他一时无奈，忍不住笑了笑，本来还想打趣小姑娘一番，但是瞧着小姑娘实在害怕得紧，便也不再开她的玩笑。

"睡里面？"他问。

叶七七可怜兮兮地点头。

叶七七裹着自己的被子爬到了床的最里面。躺上去之后，她看了看自己身

- 31 -

上的被子，又看了看六哥哥床上的被子，一时陷入了两难，思考是盖自己的被子，还是钻进六哥哥的被窝。

她要是钻进六哥哥的被窝，会不会显得太不矜持了？毕竟男女有别；可她要是盖自己的被子，是不是显得有些生疏？毕竟他们两个人已经在一起了。

燕铖不知道小姑娘心中的小九九，在小姑娘躺在里头后，也躺上床，顺势隔着被子将小姑娘揽在了怀里。

"睡吧。"他低头吻了吻小姑娘的额头，"很晚了。"

"哦。"小姑娘闭上眼睛，莫名其妙地觉得安心，不知不觉间困意来袭。

伴随着困意，热意也朝她涌来，被子里的叶七七忍不住在男人怀里翻了个身。

没过一会儿，她又在被子里动了动。

直到将自己的双腿从被子里探了出去，她才感觉舒服了不少。

可就在这时，男人温热的大掌突然摸上了她的小腿，吓得她身体一僵。

"七七。"燕铖说道。

小姑娘被吓得没敢出声。

"别乱动了。"话音落下，燕铖贴心地为小姑娘的双腿盖上被子。

终于，小姑娘无可奈何地说道："哥哥，热。"

这一声"哥哥"，在如此安静的空间里，让他的心猛地颤了一下。

燕铖不由得伸手捏了一下眉头，无声地叹了口气。他没说话，主动帮小姑娘把身上的被子扯了下来，盖上他的被子。

终于，小姑娘安分了，没过多久平稳的呼吸声传来。

小姑娘身上的体香一阵阵地传入他的鼻腔，使得他久久不能安眠。被逼无奈，他深吸了一口气，往床榻外侧移了移。

可没过多久，睡得正熟的小姑娘翻了个身，嘴里似乎嘟囔着什么梦话，又贴近了他。

第二章

恶　霸

　　燕铖睁开眼睛，紧紧地盯着头顶上方那灰色的床帘。耳边传来一阵阵小姑娘平稳的呼吸声，他微微侧头，就见小姑娘的脸正对着他，紧紧地贴着他的手臂。只是看了一眼，他便立刻移开了视线。

　　下一秒，他抬起手对着不远处的烛台就是一记掌风袭去。蜡烛瞬间被熄灭，整个屋子又陷入一片黑暗。

　　燕铖闭上眼，逼着自己进入梦乡。可没一会儿，躺在他身侧的小姑娘突然动了动，也不知梦见了什么，嘴里又嘟囔了几句梦话。那声音太小有些听不清，燕铖不由得贴近了小姑娘几分。

　　"六哥哥……"

　　这会儿他终于听见小姑娘说的梦话的内容了。

　　"怎么做梦都能梦到哥哥？"燕铖轻轻地摸了摸小姑娘的睡颜，薄唇勾起一抹弧度。

　　也不知是睡梦中的小姑娘听见了他的话还是怎么，在他说完这话后，小姑娘伸手抱住了他的手臂，整个人犹如树袋熊一般缩进了他怀里。

前半夜叶七七的梦那叫一个惊心动魄，后半夜她到六哥哥的房间后，竟意外地没有再做噩梦，睡得香甜。

清晨，一缕阳光从窗户洒进室内，预示着今日的好天气。睡得十分香甜的小姑娘缓缓地睁开眼睛，入目便是一片白皙的肌肤。她不由得怔了好一会儿，直到睡意彻底从脑海里被驱散，视线往上，从男人白皙的脖颈移到他那俊美的脸上。

她这时才发现，自己晚上睡的时候明明是睡在床里侧的，怎么一觉醒来都滚到六哥哥怀里了？

这样想着，叶七七把视线再一移，落在男人好似被有意露出的白皙胸膛上。

趁着男人还在熟睡，叶七七想要将身子往后退一退。她伸手缓缓地将男人搭在她腰上的手臂拿开。突然，男人的手指动了动，她还没来得及抬头，腰间的力道一紧，她整个人已经被男人揽进了怀里。

燕铖宠溺地亲了亲小姑娘的脸，嗓音微哑："怎么醒得这么早？"

叶七七过了一会儿才答道："就……睡醒了。我想先起床了。"说完，她就要起身，但她还未完全坐起，又被男人一把拉了回来。

"难得一起睡个觉，再陪哥哥睡一会儿。"燕铖说。

叶七七被他紧紧地抱在怀里，有些不太适应地动了动身体。

见小姑娘不太安分，燕铖轻捏了一下她的细腰："乖宝，别乱动了。"

这一声"乖宝"听着暧昧极了，传入叶七七的耳中就像是这世间最动听的情话一般。

叶七七眼睫微颤地看着他，有些害羞，结结巴巴地说道："谁……谁是你的乖宝？"

"你啊。"燕铖收紧手臂，凑近小姑娘的耳边一字一顿地说道，"你是乖宝，乖宝是你。"

叶七七在男人怀中闭上眼睛，一会儿就又睡着了。等她再一次醒来，身旁已经空无一人。

"六哥哥？"叶七七揉着眼睛从床榻上坐起来，目光落到窗外，只见外头阳光正好，显然已经快到正午了。她又睡了那么长时间吗？

下床后，叶七七伸了个懒腰，顿时觉得全身轻松了不少。不过六哥哥去哪里了？

叶七七走到门口，正打算推开门，原本紧闭的门却从外头被人拉开了。

门外的燕铖看见小姑娘不由得愣了一下，眼中闪过一丝惊讶。很快，他把视线下移，落在小姑娘赤裸着的两只脚上，问："怎么又不穿鞋？"

叶七七低下头，这才注意到自己没有穿鞋。

"忘记穿了。"叶七七转身朝里头走去，坐在床边将鞋子穿上。

燕铖将从厨房端来的一碗面条放在桌子上，对小姑娘说道："先洗漱，然后来吃饭。"

叶七七应道："嗯。"

叶七七正要端起脸盆下楼打水，却发现水已经打好，不用想，定然是六哥哥的功劳。

叶七七洗漱完走到桌前，却发现桌上只有一碗面条。

燕铖注意到小姑娘的疑惑，将面条推到她面前，然后将筷子递给她："哥哥吃过了。快吃吧，不然面该坨了。"

面条、青菜，还加了一个荷包蛋，上面又撒了一层葱花，瞧着倒是色、香、味俱全。

"好吃吗？"燕铖问。

叶七七吃着面条，点了点头。

也许是这一碗面真的很好吃，也许是她真的肚子饿了，满满一大碗面条被她吃得干干净净。

"这驿站是来了新厨子吗？我前一天吃的那面条好像没这个好吃。"

燕铖问道："那明天的早膳还吃这个？"

叶七七点了点头，说道："那可以跟厨子说一下加两个荷包蛋吗？"她想吃两个荷包蛋。

燕铖笑道："当然可以。"毕竟厨子就在她面前。

小姑娘身体的原因，两个人又休息了一日，到了第三日才出发。

"殿下，这信上说宋将军他们已进入北上地界，明日便能到达崖关了。宋将军在信上问要不要等殿下您一起进崖关。"

燕铖说道："回信说不用，让他先去体察一下民情，若有什么其他情况，及时送信禀报。"

"是，殿下。"

"我们要是走之前的路线，估计还要四五日才能到达崖关。殿下，不如我们抄近路吧，走长临官道直通崖关？"一位将军说道。

此话一出，一旁有人抗议："走长临官道近是近，但最后一程恐要走水路。"

水路也并非不可行，到时候雇几条船只渡河便可。

几人商议片刻，最终决定走长临官道直通崖关。

在驿站歇息了三日，叶七七总算恢复了元气，但又在马车上颠簸了一整天，难免有些腰酸背痛。

临近傍晚，天边被染得通红一片。男人身穿一副盔甲骑在马背上。

队伍路过一条小溪时，男人抬手做了个让队伍停下的动作，说道："已经走了很久，先在此处稍做休整。"

闻言，在场的众人下马休整。

留下跟随翊王殿下一道走的加上保护他们的安全的士兵也就十五人，其中包括将军两名、医师一位。

燕铖接过士兵从溪中打来的水，走到正在树下休息的小姑娘面前，将水壶递给她。

"哥哥，我们还有多久能到崖关啊？"叶七七一边啃干粮，一边问道。

听着小姑娘这顺口的"哥哥"二字，燕铖不动声色地轻挑了一下眉："快的话两日。"

见小姑娘嘴里还咬着饼，拔水壶塞子的动作有些吃力，燕铖将水壶从小姑娘的手中拿过来，毫不费力地帮她将塞子拔掉，然后将水壶递给她。

叶七七接过后喝了几口水。

在两个人没有注意到的不远处，一双眼睛紧紧地盯着两个人的一举一动。

"殿下，这不远处有一座村落，今夜我们在那边过夜如何？"李将军朝两个人走来，将手中的地图递给男人。

燕铖看了一眼地图，轻轻点了点头。

夜幕渐渐降临，队伍也点上了照明的火把，越过山坡，在朦胧的月色下，依稀可见不远处零零散散的房屋。

不过说来也奇怪，明明才刚入夜不久，那远处的房屋竟没有一间是点着灯的。四周漆黑一片，在微弱的月光之下，村落一片寂静，连狗吠声都不曾听见，就如同一座空村一般。

一行人从村口往里头走，四周安静得仿佛能听见他们自己的呼吸声。

前头骑在马上、手里拿着火把的李将军瞧着这阴森、寂静的村落，连音量都不由自主地放低了："这村落是什么情况，怎么如此安静？"

"是啊，安静得就像是没有活人居住一般，瞧着有些瘆人。"

当路过第一户人家时，李将军给旁边的士兵使了个眼色。

两名士兵上前，轻轻敲了敲门，敲了一会儿见里头无人应答，又将门推了推，可紧闭的大门分毫未动，显然是从里头闩上了。

两名士兵一连试了好几户人家，村民竟都是从里头将大门关得紧紧的。这时众人已经可以断定里头是住着人的，可不知是何原因，里头的人无一人敢出声。

就在士兵打算破门而入时，李将军出声制止："不可！"这可是百姓家，他们怎么能跟匪徒一般行径？

说完，李将军看着士兵手中的火把，突然心生一计，故意让手中的火把掉落在地上，火苗猛然蹿高。

此刻寂静的村落里不知是谁突然喊了一声："走水了！"

这半夜突然走水可不是件小事。果真，话音刚落，关紧门窗的屋里突然传来声响，"嘎吱"一声，士兵敲了好久都没开的门这一刻终于被从里头打开。一个穿着朴素的老伯手里端着盛了些水的盆子，定然是被方才那一声"走水了"

给吓到了。

老伯瞧见门口站着的人，又瞧了瞧地上的火把，这才发觉自己被骗了，就欲关上门。

李将军一手拦住门："老伯请慢。"

老伯神情慌张地躲避，从里头推着门不让人闯进来："我们这里什么东西都没有，你们快些走吧。"

"老伯，我们只是路过此地，瞧着这里竟无一家点灯，觉得奇怪才……"

李将军的话还没说完，那老伯不知想到了什么，盯着李将军身旁的侍卫手里举着的火把，猛然变了脸色，十分惊恐。

他直接将盆中的水朝那名拿着火把的侍卫浇了过去，企图浇灭侍卫手里的火把，但估计是老伯年纪大了，没想到一个重心不稳，直接将水盆里的水浇到了侍卫身边的李将军身上。

就这样，李将军被淋了个彻底。

老伯控制不住身体的颤抖，语气不善地说道："你们快走，快走，别在这里祸害我们啊！"说完，他"砰"的一声重重地将门关上了。

被淋了一身的李将军愣在原地。

那水盆里也不知是什么水，浇到李将军身上后，散发着一股恶臭。

"殿……殿下，您看……"李将军转头瞧着一旁的男人，脸上的表情委屈极了。

当李将军走过来时，燕铖闻到他身上的味道，不由得捂紧鼻子，抬手示意他停下，别再往前走了。

旁边的众人也纷纷捂住了鼻子。

李将军这才反应过来，微微低头闻了闻自己的衣服，之后瞬间变了脸色：那老伯到底给他身上浇了什么玩意儿？真臭啊！

一名士兵说道："方才我们来的时候，南边好像有一条河，将军您要不要去洗洗？"

李将军一脸生无可恋，自然是要去洗一洗的，不然身上如此臭让他如何忍受？他叫侍卫拿了一套干净的衣物，去不远处的河里将自己冲洗干净。

"殿下，我们现在怎么办？"

这座村子里的村民一律关紧门窗拒绝见客，显然不欢迎生人到来，而他们也不可强行进入寻常百姓家。只不过这座村子确实有些怪异。

燕铖说道："今晚就在野外扎营凑合一晚吧。"

就在众人打算离开村子时，那位老伯家对面的人家紧闭的大门突然开启了一条缝，一个稚嫩的声音从门里传来："请问你们是从京城来的官老爷吗？"

循着声音，一名士兵举着手中的火把朝那开启了一条缝的门上照去，只见门后有一道小小的身影。

被火光照到后，那身影立马闪到了一旁，然后又缓缓地站回了方才的位置。

映入众人视线的是一个灰头土脸的少年，模样瞧着也就十二三岁。众人觉得有些诧异：这少年居然还认识马车上朝廷的标识。

少年紧盯着眼前的众人，然后不由得将目光放在为首的穿着瞧着就价格不菲的男子身上。少年正打算说些什么，不远处突然传来一阵马蹄声。

那少年听到马蹄声后立马变了脸色，吓得猛地将才开了一条缝的门"啪"的一声关上了。

那名士兵说道："哎！小兄弟你怎么……？"

"驾！"不远处突然出现一群穿着黑衣的男子，正朝着村子而来，速度极快，所过之处掀起尘土一片。

"吁——"为首的黑衣男人停下马。

跟在他后面的五六个骑马者也纷纷拉住缰绳停了下来。

为首的黑衣男人瞧着站在门口的众人，目光一闪："呵，还以为是这群不知死活的贱民敢违逆我家主子的话擅自点灯，没想到是来了生客呀。"

见来者不善，在场的士兵握住腰间的佩剑。

"你们是什么人？"张将军厉声问道。

"呵。"那人轻蔑地一笑，眼中尽是无法掩盖的狂傲之气，似乎完全不将他们放在眼里。

"正好今日我家主子被那姓温的贱人搞得心情不太舒畅，我就砍了你们的脑袋拿去给主子找点儿乐子，也正好让这群贱民看看惹我家主子不悦的下场。"

虽说燕铖带的人不多，但这些都是军中武功佼佼者，对付这几个地痞流氓自然不在话下。

叶七七在马车里睡得正香，突然听见外面传来打斗声，瞬间清醒过来：这是发生什么事情了？

还没一回合，那群原本十分狂傲的人直接被士兵打趴在地上。

为首的黑衣男人瞧着这些人竟如此厉害，知晓此地不宜久留，就要骑着马逃跑，却被一名士兵一个飞身直接从马背上踢了下来："啊——"

那一声惨叫在寂静的夜里显得尤为凄厉，听得此刻正躲在家里不敢吭声的村民都心惊肉跳，想出去一探究竟，却实在害怕得紧。

"翊王殿下，这些人该如何处理？"张将军恭敬地问道。

燕铖答道："仔细审问，揪出幕后主谋，明天一早押送至这附近的衙门。"

"是。"

躲在他们附近的屋里的百姓自然听见了张将军那一声"翊王殿下"。翊王殿下？是京城中那位名震天下的翊王殿下吗？几年前翊王殿下领军击败侵犯我北冥边境的敌人，此后声名大噪，村民们每每前去赶集时都能听见那坐在桥头的说书先生讲翊王殿下的丰功伟绩。

知晓来的人竟是那位声名显赫的翊王殿下，尤其看到翊王殿下的人三两下就制伏了那恶霸宋远昭的人之后，被欺压已久的村民就如同看见了曙光一般，一下子有了希望。

那一片房屋终于点上了蜡烛。年迈的村长接过一名妇女递来的热粥，急忙端到男人面前："翊王殿下，我们这村子里实在是找不出金贵的食材，就委屈您和您的将士们吃点儿粥和饼先垫垫肚子了。"

燕铖接过村长递过来的粥，看了一眼一旁的李将军。

李将军这会儿早已经饿了，捧起碗"咕噜咕噜"地大口喝了几口粥。他实在没想到今日还能遇到恶霸欺压百姓一事，真是过分，虽说这长临距离都城甚远，但也受北冥的律法管辖，发生这种事实在是让人气愤。那些混混儿该庆幸他方才因身上被泼了脏水不得已前去河边洗净，不然以他的拳法，他定要将那些恶棍揍得连他们的亲妈都不认识他们。

"砰"的一声，李将军将手中喝干净的碗放下，擦了擦嘴，抬头对上男人的视线，先是愣了一下，而后瞧了瞧男人手里的粥，瞬间明白男人的意思，转身对身后的属下说道："去，把我们带的干粮拿出来些跟乡亲们分一分。"

一旁的村长闻言急忙摆手："这可使不得呀，官爷，使不得呀。"

村长欲阻止，一旁的燕铖突然问道："所以这些人背后的主使是宋知县的小儿子？"

"是……是的。"村长无奈地点了点头，"那宋小恶霸宋远昭原先在城中便做尽坏事，但因为是知县的儿子，连官府中人都避他三分，更别提我们这些小老百姓了。"

"可是不对啊，长临城距离这里至少有半天的路程，那宋小恶霸为何会偏偏在这边作恶？"李将军疑惑地问道。

村长答道："这位官爷您有所不知。那宋小恶霸是浑蛋呀，原先在城中就欺男霸女，可谁知……谁知他竟丧心病狂，玷污了自己的妹妹！那知县大人一时大怒，这才将他丢弃在乡下禁闭。可怎么说他都是宋知县的儿子，宋知县怎么忍心真的让自己的儿子落魄？虽说他在此地是闭门思过，但是吃的、喝的一样不少，连住所都修建得格外豪华，与其说是闭门思过，倒不如说是换个地方继续作恶！"

一想到那宋小恶霸曾经做的恶事，村长忍不住流下了眼泪："原先我们这村子还算太平，可自从半年前这宋小恶霸来了之后，一天安宁日子都不曾有过！他还禁止我们夜里点灯，家中的鸡、犬一律不能出声，一旦出声，那下场就是一个'惨'字。原先西边有一户人家半夜点了灯，结果一家子都被那恶霸的人给当街活活打死了。"

"翊王殿下，翊王殿下，求您救救温先生吧，求求您了！"

村长正讲着，从门口突然闯进来一个小小的身影，直接一下跪在了燕铖面前。

村长瞧见来人，急忙说道："草儿，你这是做什么？不可对翊王殿下无礼！"

见村长要拉开自己，那叫草儿的少年直接伸手抓住燕铖的衣摆，不肯放手。

村长说道："你……你这孩子！"

"翊王殿下，求您救救温先生！"说着，那少年直接对着男人磕起了响头。

燕铖伸手揪住少年的衣领，制止了他磕头的动作，看向一旁的村长，问道："温先生是何人？"

村长无奈地轻叹了一口气，答道："温先生本是一名游历天下的医师，一个月前路过我们村，当时村里有一户人家生病了，为了治病温先生便留了下来。可谁知就在温先生要走的前一天下午，那姓宋的小恶霸突然来到了村子里，一眼便看中了温先生，说……说是要……"村长想到那小恶霸说的话，觉得难以启齿，"说是要把温先生带回去做他的妾室！那恶霸简直丧心病狂！虽说温先生对我们有恩，但是对那恶霸我们是真的没办法，这才让温先生被强行绑了去。我们本以为那恶霸喜新厌旧的性子，用了不了多久他便会将温先生放回来，可没想到已经过去整整十天了，还是没有温先生的消息。这草儿先前病重，我们无药可医，是温先生救了草儿的命，但我们无权无势，真斗不过那恶霸啊！"

燕铖说道："嗯，前因后果我已经知晓了。请村长放心，我自会给村里的百姓一个交代。时候不早了，您还是先去休息吧。"

然后燕铖看了那小少年一眼，又说道："明天我会派人去寻你的温先生。"

"谢谢翊王殿下！"那小少年又跪下给男人磕了个头。

村长说道："此处简陋，还望殿下见谅。隔壁有空房，就委屈将士们睡一夜，这一处就留给殿下跟您的娘子了。"

娘子？燕铖喝水的动作一顿，他朝村长看的方向看去，就瞧见正在不远处跟侍卫们一同吃晚膳的小姑娘。

村长瞧见男人微微愣住了，不由得说道："不……不是吗？草民是不是说错话了？"这队伍中就这一个小姑娘，况且方才翊王殿下对这小姑娘格外珍重，所以他觉得这小姑娘有极大的可能是翊王妃，不过这小姑娘看着好像年纪有点儿小。

燕铖紧盯着不远处的小姑娘，眼神都柔和了几分。

随后村长就听见男人笑道："她是。"

与此同时，林间深处一座宅院里，仆人加快脚步朝着房间走去，走到一扇紧闭的房门前停了下来。

已经是深夜，外头冷风呼啸。仆人战战兢兢地站在门外，过了好一会儿才伸手敲响了那扇门。

"咚咚——"

"公……公子，出事了。"仆人说完这话便立马缩回手，恭敬地站在门外等着。

又过了好一会儿，仆人感觉自己的手脚都要冻僵时，那扇紧闭已久的房门终于被人从里头打开了。

门一开，仆人感觉暖意扑面而来，隐隐约约还闻到一阵甜甜的香气。

"何事？"仆人头顶上方传来男人阴冷的声音。

仆人闻言，吓得急忙跪在地上，死死地低着脑袋，战战兢兢地答道："回……回公子的话，宋管事带人去了村里，可没想到那座村子今日竟来了官府的人，宋管事他们被扣在那了。"

"哦，官府的人？他们胆子肥了，敢动我的人？"

听着男人突然冷下来的音调，仆人不由得抖了抖身子，微抬了抬视线，目光落在男人赤裸着的脚上。

那苍白的皮肤和其身上穿的黑色衣袍形成了鲜明的对比，只是看了一眼，仆人就吓得立马低下了头："好……好像是从京城来的大官。"

京城？听了仆人这话，男人脸上露出笑容："哈哈哈，京城来的大官呀……"

听到男人突然大笑，跪在地上的仆人吓了一跳。

宋远昭那双勾人的桃花眼里闪着几许惊喜的光。他伸手抚过额前的头发，胸前衣襟大敞着，加上那张过分美艳的脸，活脱儿一个深夜里勾人的妖孽。

就在仆人以为自己要被迁怒时，他就听见向来心狠手辣的男人说道："行了，本公子知道了，你先下去吧。"

听了男人这话，仆人有些不太相信地抬起头，对上男人那阴冷的视线时，不由得一哆嗦，急忙对男人磕了个头："那……小……小的先退下了……"说完，仆人不敢在此处多待，一溜烟儿地走了。

次日一早，县衙。

"大人！大人！大人不好啦！大人！"

宋知县躺在床上睡得正香，突然被管事的尖叫声惊醒。

他睁开眼睛，一脸烦躁地从床上起来，不悦地说道："你要死了？一大早嚷嚷什么！"

管事急匆匆地闯了进来，神色紧张："大人，不好了！"

瞧着管事一脸天塌下来了的神色，宋知县直接赏了管事一脚，把管事踢倒在地上："给老子好好说话！难不成真的天塌了？"

"差不多，大人，就是天塌下来的大事啊！是京城的官老爷来了！他们还押着大公子府上的管事，估计是奔着大公子来的！"

"京城来的官老爷？"听了这话，宋知县一下子没了睡意。

"还……还给了小的一块令牌，可小的不识字，实在认不出这令牌上写着什么。"管事说着便将令牌递给了自家老爷。

宋知县瞧见那令牌上写的"翊王"二字，吓得险些从床上滚下来，好在被一旁手疾眼快的管事稳稳地扶住了。

瞧着自家老爷那张吓得惨白的脸，管事心中不解，问道："大……大人，您没事吧？"

宋知县没说话，伸手有一下没一下地拍着自己的胸脯顺气，但当他又看见那令牌时，险些背过气去。

看着自家老爷这副样子，管事正欲开口说话，便被宋知县劈头一巴掌拍在了脑袋上。

"你这蠢货！我平时让你有空多学点儿字，结果你这蠢货倒好，不认识字也就算了，竟还有胆子把这令牌给拿回来！你……你……"宋知县简直恨不得将这管事的猪脑袋塞进粪坑里泡一泡。

"现在翊王殿下在哪儿？"宋知县压着心中的怒意问道。

管事哆哆嗦嗦地答道："在……在正厅。"

管事刚说完，就见自家老爷急匆匆地拿着外袍便冲了出去。

看着自家老爷没来得及穿的放在床边的鞋子，管事急忙将鞋子拿了起来："大人，鞋……"

可下一秒，管事后知后觉地回想起方才自家老爷说的话：翊王殿下？翊……翊王殿下！

管事像是突然想到了什么，脸色瞬间变得惨白：是……是他想的那位翊王殿下吗？

顿时，管事感觉手中那刻着"翊王"二字的令牌就如同一个烫手山芋一般，哭丧着脸恭敬地将那令牌拿在手中："大……大人，您等等我呀……大人！"

此时，正厅。

"几位大人请稍等，我家老爷等下就来了。"婢女给在场的几位沏好茶，便恭敬地退了下去。

李将军坐在椅子上，将茶杯端起来喝了一口茶，而后轻轻点了点头，称赞道："这茶还挺不错的。"说完，他将茶杯放下，无意间抬头，就见那几个被绑着的恶霸仆人眼神不善地盯着他。

"嘿，你们几个那是什么眼神？嗯？"李将军走到那几个被五花大绑的混混儿面前，伸手戳了戳为首那人的额头，"收起你小子那要吃人的眼神。是不是不服气，嗯？不服气也给我憋着！"

为首的混混儿紧闭着嘴巴，任凭李将军站在面前说教。

过了好一会儿，那为首的混混儿突然冷冷地说道："你们压根儿定不了我家主人的罪。"

"嗯？"李将军闻言，正要再次开口，就听门口突然传来动静。

宋知县气喘吁吁地一路跑到正厅，就瞧见正厅站着、坐着好些人。

"大人，大人！"这时管事也一路小跑跟了上来，急忙将手中的令牌递了过去，"大人，牌……牌子。"

宋知县伸手接过牌子，一眼便瞧见了坐在不远处器宇不凡的男人，觉得此人定然是那翊王殿下。

"殿……殿下，家中的管事一时糊涂，竟误拿了殿下的令牌，还请……殿下见谅。"宋知县心惊胆战地将令牌恭敬地递到了男人面前。

村子里。

叶七七一觉醒来，屋里便只剩她一个人了。她揉了揉眼睛，走到不远处的桌子旁坐下，就见桌子上放着一封信，打开信一看，上面写着短短的几行字："我出去一趟，午时归。早膳在桌上，记得吃。"最下方还写着一个"燕"字。

叶七七看了看桌上的粥和饼，嘴角不由得勾起一个弧度。

就在她坐在椅子上小口吃着早膳时，门帘突然从外头被掀开，一个小脑袋从门外探了进来，一时之间两个人的视线就这般对上了。

门口的少年似乎没想到她会突然朝自己看过来，不由得脑子一片空白，都忘记自己来此的目的了。

"你有事吗？"

直到小姑娘那好听的声音传入耳中，那名叫草儿的少年才回过神，想起自己来的目的。

"村长让我给你送个东西。"少年有些拘谨地走了进来，将一个黑色的小罐子放在她面前，"这是村里腌的酱菜，村长让我拿些给你。"

说完这话，少年看着小姑娘旁边的桌子上的早膳，就觉得村长有些多管闲事了：眼前这位可是养尊处优的金贵小姐，怎么会吃他们这些平民吃的酱菜？

叶七七将那罐子拿起来看了看，对少年说道："那麻烦你帮我谢谢村长了。"

少年呆呆地瞧着小姑娘那微弯的嘴角，似乎有些意外她会是这番反应。

"那我现在可以吃吗？"叶七七指了指手中的罐子，问道。

少年先是愣了一下，而后答道："当……当然可以。"

她手里拿着筷子，看着罐子里的酱菜，问道："这是酸豆角吗？"

少年点了点头，看着小姑娘撺起一根豇豆放入嘴中。

叶七七吃着酱菜，见少年紧紧地盯着自己手中的筷子，便问道："你要一起吃吗？刚好这里还有粥和饼。"

少年听了她这话，不由得面露诧异，目光落在桌子上放着的白粥和饼上：她居然邀他一起吃饭，他乃是一介平民，怎么配？

他急忙摆手拒绝，脸色有些紧张地说道："不……不用，我……我不饿。"说完，少年就转身走了出去。

叶七七看着他急匆匆地走了出去，又低头看了看自己面前的粥和饼，心生不解：他是不喜欢吃吗？

其实她是真的吃不了这么多，所以才想让他分担一些的。

不过说实话，她觉得这酱菜还真的挺好吃的。

刚吃完早膳，就听见门外传来一些声响，叶七七打开门，就见门口散落着一些柴，侍卫正蹲下身子捡。

见她出来，两名正捡柴的侍卫站起身，手中抱着柴恭敬地对她说道："殿下。"

看到脚边的柴，叶七七就准备捡起来，却被侍卫制止了。

"殿下，这种事情交给我们便可。"一名侍卫说道。

那名侍卫的话音刚落，一旁抱着柴的老伯走了过来，道谢："谢谢两位官爷了。"说着，那老伯微颤着双手接过柴，打算将柴重新捆起来背到背上。

看着老伯伛偻的背影，叶七七有些于心不忍，对侍卫说道："帮这位老伯一下吧。"

闻言，两名侍卫恭敬地应道："是。"

老伯说道："那麻烦官爷了，不过我家在那边，距离有些远。"

"无碍。"说着，一名侍卫便毫不费力地将柴背在了背上。

两名侍卫一人背着柴，一人扶着老伯，将老伯送到了住处。

在陌生的环境，叶七七人生地不熟，在外头逛了一会儿正准备回屋，就看见一道熟悉的背影，是那叫草儿的少年拎着篓子往后山走。

叶七七进屋的动作一顿。

少年背着篓子走得极快，叶七七一路小跑跟在他身后，跟他还距离好大一截。

"草……"最后她实在是跑得有些累了，正要喊出声，就见少年突然被旁边蹿出来的一道黑影一脚踢倒在地。

叶七七喊出的话戛然而止。

"臭小子，本想着去村里找你，没想到倒是在这里遇见你了。"那人一身黑衣，一只脚踩上少年的脊背，面目狰狞，动作透着几丝狠辣。

"放……放开我！"少年无力地在地上挣扎着。

"我家主子命我带你过去，所以不想吃苦头就给老子安分点儿！"

不远处的叶七七瞧见黑衣人这副架势，尤其是看到那男人身上的衣服极其眼熟，就跟昨日六哥哥他们制伏的那几个混混儿的衣服一模一样，隐约明白这人应该也是这里的百姓所说的那姓宋的恶霸的手下。

她一个小姑娘手无缚鸡之力，自然不可跟那男人正面对决。她正想转身回去叫人来帮忙，一转头一下子撞进了一个怀抱里，那巨大的力道让她一下子跌坐到地上。

"小姑娘，偷听墙脚可不行。"

头顶上方传来一个陌生的阴沉男声，叶七七捂着脑袋抬头便对上一双冰冷的眸子，还没来得及看清眸子的主人，脖颈儿突然一痛，眼前一黑，没了知觉。

冷，很冷，叶七七感觉自己像是身处冰冷的地窖，寒意拼命往骨子里钻，令她不由自主地打着寒战。

"主子，今日那朝廷来的人去了县衙，似乎是因您的事。"

"据那小鬼说，他们也是为姓温的一事而来，万一此事闹大……"

…………

　　耳边传来声音，叶七七迷迷糊糊地醒来，想要睁开眼睛，却发现眼前漆黑一片，直到动了动身子，才发觉自己此刻手脚都被绑住了，眼睛也被蒙住了。

　　虽然很不愿意承认，但是她被人绑架已成了事实。

　　叶七七挣扎了两下，发觉手脚被绑得死死的，压根儿半点儿都挣脱不了，只能放弃。

　　随后耳边两个人的谈话声不知何时消失了，四周又陷入死一般的寂静，叶七七有些紧张地咽了咽口水，心里存着几分疑惑：难道他们都走了吗？

　　悬着的心还未落下，叶七七就听见脚步声朝她这边靠近。那陌生而夹杂着危险的气息逼近，让她不自觉地往后缩了缩。

　　宋远昭看着躺在地上的小姑娘，走到她面前半蹲下身子，先是盯着她看了一会儿，而后毫不留情地扯掉了蒙住她的双眼的黑色丝巾。

　　突如其来的光亮让叶七七下意识地闭上了眼睛。

　　"睁眼。"

　　耳边传来男人冰冷至极的声音，叶七七睁开眼睛，就对上一双深沉的眼眸。在看见男人那张俊美的脸时，她都瞬间失神。

　　男人一袭白色的衣袍，墨色的长发披散至腰间，容颜冷淡雅致，就如同冰山之上不可亵渎的神明一般，但前提是他身旁没有躺着一个已经奄奄一息的少年。

　　瞧着男人眼中的冰冷，猜测这个男人应该就是村民口中的那个恶霸宋远昭，想到从村民口中听到的这个恶霸所行之事，叶七七心中一阵恶寒。

　　见小姑娘的神情从失神再到恐惧，男人不由得抿了一下唇，眉头微微皱起："怕我？"说着，他便朝小姑娘伸出手，不顾她的挣扎，强行捏住了她的腮帮子。

　　那力气有些大，令叶七七觉得很疼。

　　"瞧着这般娇小，小丫头。"男人用冰冷的目光肆无忌惮地打量她。

　　意识到自己似乎被他调戏了，虽然心中害怕，叶七七还是有些愤然。

"放开我！"叶七七挣扎着想要推开他，但结果可想而知，现在在她面前的可是一个成年男子，更何况她的手脚还被绑着。

男人用一只手便按住了小姑娘的双腕，然后将她压在地上，语气突然有些阴狠："乱动什么？"

原本倒在一旁昏迷不醒的少年突然醒来，瞧着眼前的场景，红着眼睛怒吼道："姓宋的，你这个疯子！这位可是北冥的七公主殿下！你敢碰她？！"

闻言，男人停下动作。

北冥的七公主殿下？男人瞧着眼前的小姑娘那张梨花带雨的脸，怔了一下：她是七七？

不远处那叫草儿的少年见男人松开了手，心里不由得松了一口气。关于这小姑娘的身份，草儿也是无意间听侍卫喊漏了嘴才知晓的，没想到今日竟成了救这小姑娘的法子，就算这姓宋的再疯，终究还是会有所忌惮的。

可草儿没想到，下一秒，男人突然笑出声。

"哈哈哈……哈哈哈……"他站起身，扶着额头，笑得极其猖狂。

听着男人那笑得如同鬼魅一般让人毛骨悚然的声音，小姑娘连同一旁的少年心中都生起一股惊悚之意。

少年瞪大眼睛看着男人，心不由得微颤：这……这个疯子笑什么？

宋远昭扶着额头笑了好一会儿，而后笑声戛然而止。

"北冥的七公主啊！那我可更加要……"话说到一半他停了下来，狭长的眼眸冷了下来，原本扶着额头的修长手指下移至自己的唇上，目光扫向一旁的少年，眼中杀意尽显，"真是个话多的贱民！"

少年眼看着那带着杀意的男人朝自己走来，面上还来不及露出惊恐的神色，就被他一脚踢在了腹部。

"啊——"少年吃痛，不由得喊出声，身子因疼痛而蜷曲起来，神情扭曲，蜡黄的脸上冒出了一层冷汗。

叶七七瞧着这一幕，早已瞪大了眼睛：这人可当真是个疯子！

"你住手！"叶七七急切地喊道。

但是男人充耳不闻。

宋远昭冷着脸看着被他一脚踢得蜷曲在地上的少年，随后似乎突然想起了什么，转头看向一旁的小姑娘。

小姑娘瞪大眼睛看着他的那种眼神，他虽然在别人的眼中已经见了无数遍，此刻却觉得如此刺眼。

他抿了抿唇，面带冷漠地朝小姑娘走去，但还没走几步，小腿突然被少年一把抱住，他没有使多大的力气就将抱着他的小腿不肯撒手的少年一把拎起，无情地甩到一旁。

他走到小姑娘身边，蹲下身子紧紧地盯着她："至于你……"

叶七七怒道："你这个疯子，放开我！"

混乱间，双手被绑着的叶七七也不知道自己怎么就挣开了双手上的绳索，扇了男人一巴掌。

"啪"的一声在空旷的房间里显得尤为清晰，两个人皆愣了一下。

叶七七没想到自己闭着眼睛手都能扇到男人的脸上，而宋远昭显然也没有想到自己会硬生生挨了一巴掌。

男人被打得脸偏到一旁，那张过分苍白的脸上立马浮现出一道清晰的巴掌印。他愣了好一会儿，直到左脸颊被小姑娘扇了的痛意越发清晰，才回过神，有些难以置信地盯着面前的小姑娘："你居然……敢打我！"

叶七七抬头时，就见男人眼中已经充满了阴狠，抬起手朝着她这边挥来。

叶七七下意识地捂住自己的脸，但那疼痛迟迟没有到来。

过了好一会儿，叶七七缓缓地将挡着自己的脸的双手放下，却见面前的男人紧紧地盯着她，那眼中复杂的神色让她看不懂。

"咚咚咚——"

突然响起的敲门声打断了小姑娘的思绪。

门外传来仆人的声音："公……公子，老……老爷……"

仆人说到这里，突然像是意识到了什么，急忙惊恐地改口说道："是……是知县大人派人来请你回去一趟。"

仆人心惊胆战地跪在门外传话，生怕自己刚才说错了话惹得屋里头的男人不悦：所有院里的人都知道他们家公子有病，暴虐成性不说，甚至他们在他面前都不能提起老爷，就算必须说起也要说"知县大人"。这不免让人怀疑公子还在记恨老爷将他送到乡下一事，甚至连自己的亲爹都不认了。

没过一会儿，那紧闭的屋门便从里头被男人推开了。

"启禀公……公子，马车已经在门外了。"

目光冷冷地扫向跪在地上瑟瑟发抖的仆人，宋远昭冷着脸将身后的门关上，朝院外走去。

马车刚在县衙门口停稳，四周便被衙役团团围住了，宋远昭几乎是一下马车，便被衙役给拿住了。

"公子，得罪了！"

长临恶霸宋远昭今日入了狱的消息不知是谁传出去的，立马便传遍了整个长临。据说宋知县大义灭亲，眼睛都不眨一下地将自己的儿子押进了牢里，不仅在牢里打了他好几十板子，还扬言过几日就要将这犯了罪的逆子送进大理寺。

这些是真是假百姓不得而知，百姓唯一知道的便是听说这次是从京城来了个大官，宋知县为了保住自己头上的乌纱帽，才将自己的儿子送入了牢里。

与此同时，地牢里。

被打了三十大板的男人躺在地上，吊着一口气半死不活的。

狱卒将锁打开，对一旁温润的白衣男子指了指地上的男人："你看清楚，是他吗？"

地牢里的味道并不好闻，潮湿中夹杂着腐败和血腥的味道。温子安朝狱卒指的方向看去，就见宋远昭奄奄一息地躺在地上，身下血漫延了一地。

他朝男人的脸上望去，但只看了一眼便移开了视线：这个男人就算化成灰，他都认得。

温子安白着脸点了点头："是他。"

温子安心中说不惊讶是假的，明明昨夜还对他如此趾高气扬的男人，现如今竟沦落成这般模样。

袖子里的双手紧紧地握成拳头，温子安强忍着不适，在心里对自己说：恶霸沦落至此是罪有应得！

温子安要离开时，那知县的仆人突然递给他一个小盒子，说道："这是我家老爷的一点儿心意，算是……给公子您的一些补偿。"

温子安将盒子打开，见里头放着银两，摆手婉拒："不用了，替我谢过知县大人。如果可以，温某倒是希望知县大人能将这些银两补偿给那些深受其子毒害的百姓。"

仆人见他执意不肯收，也没有强求，看着不远处朝他们驶来的马车，又说道："县衙距先生您住的地方有些远，大人命我们送您回去。"

温子安看着停在面前的这辆熟悉的马车，思绪突然回到了第一次见到那宋远昭时的场景，当时也是这辆马车，将他送进县衙给知县大人看病。

瞧着这辆马车，温子安心中明显有些不舒服，毕竟他如今不想和知县宋家再扯上半点儿关系。

"不用了，替我谢过知县大人的好意。"说完这话，温子安就准备离开，可没想到一旁的仆人突然扣住了他的手臂。

那突然加重的力道令他愣了愣："你……"

他的话还没有说完，那仆人突然强行将他推进了马车里。

当温子安瞧见坐在马车里的男人时，脸色猛然变了："宋……宋远……"

"子安。"男人紧盯着他，嘴角勾起一丝浅笑，猛然抓住他的衣领，将他扯到了自己面前。

温子安看着面前生龙活虎的男人，回想起方才在狱中看见的那个人，猛然间意识到什么："你……牢里那个是假的！"

宋远昭微勾嘴角，用微凉的大掌扣住他的脖颈儿："还不算太笨。"

看着面前男人戏谑的笑，温子安只感觉一道惊雷从头顶劈下。

下一秒，他惊恐万状地要爬出马车，但还没有碰到车帘，就被男人毫不留情地掐住了脖子。

"救——"

"嘘，安静！"宋远昭伸手捂住他的唇，"声音小一点儿，你想让外面的人发现吗？"

宋远昭本以为他会就此安静下来，可没想到，他哪怕是趴在地上，也一点儿一点儿地想要爬出马车。

这一幕无疑刺痛了宋远昭的双眼：为什么？为什么他宋远昭想得到的东西，都一一远离他，哪怕他还未曾拥有半分？！

"咚——"

外头，听见声音的燕铖突然停下脚步。

一旁的李将军不解地问道："殿下，怎么了？"

闻言，燕铖才回过神，从停着的马车旁走过。

"没什么。"燕铖上了自家马车，不知为何心中总是有种说不上来的怪异感。

他看向一旁的李将军，说道："关于宋知县大义灭亲一事，你觉得可有疑点？"

"疑点？"李将军托着下巴思考了片刻，才缓缓地说道，"疑点倒是说不上来，不过我觉得有不太合理的地方。"

"说说看。"燕铖微微抬了抬下巴。

"传闻这宋知县对自己的儿子极其溺爱，甚至在……咯，在得知这混账儿子玷污了自己的妹妹后，也只是把他送到乡下待着，由此可见传闻应该是真的，但为何我们一来，这宋知县就如此干脆地把向来溺爱的儿子押了过来，甚至打了几十大板，还扬言要将他押至大理寺？

"要么是现实和传闻有所偏差，那宋知县压根儿半分都不宠他那混账儿子；要么是真的宠，甚至为了他那混账儿子，而混淆我们的视线造假。"李将军猛地拍了一下手，"对，造假！殿下您发现了吗？据那些百姓所言，那宋远昭是一个趾高气扬、视人命如草芥的纨绔子弟，可今日我们见到的那个，瞧着却安稳至极，就像是知晓自己等下要被处刑一般！"

所以，倘若以上这些都是真的，那么很有可能方才他们看见的那个在地牢里躺在地上奄奄一息的宋远昭，是个冒牌货！

站在门口的仆人一直目送翊王殿下的马车驶出视线，才转身进去禀报：

"禀大人，他们走了。"

闻言，宋知县松了一口气。

不过还没一会儿，就见一名男子大摇大摆地从门口走了进来。

看到男人这副样子，宋知县不由得脸色变了一下，急忙对一旁的仆人说道："你们先出去！"

"是。"仆人应道。

男人是大摇大摆走进来的，所以不少仆人瞧见了男人的样子，但无一人敢说出去。

宋远昭随意找了一把椅子坐了下来，扫了一眼面前的茶杯，打算给自己倒一杯茶。

一旁的宋知县手疾眼快地拿过水壶，恭敬地说道："我……我来吧。"说着，宋知县给男人倒了一杯茶。

倘若有第三人在场，看了这番场景铁定惊掉下巴：哪儿有当老子的对自家儿子这般恭敬的？

宋远昭冷着脸喝了口宋知县倒的茶，立马变了脸色，将口中的茶吐到一旁："凉了。"

"啊？"闻言，宋知县急忙说道，"卑职去让人端壶新的过来。"

"不用了。"宋远昭放下茶杯，注意到自己的衣摆上沾染的血迹，微皱起眉伸手擦了擦，可没想到不但未擦干净，反而染得更多了。

男人的脸上多了几丝不耐烦。

一旁的宋知县瞧见男人面露不耐烦，下意识地恭敬地说道："我等下让人拿件新的过来？"

"不用了。"宋远昭干脆任由血迹留在他那一袭白色的衣袍上，"等下有件事需要你去办一下。"

"殿下您请讲。"

"衙门后面的花池里刚被我扔了具尸体，你等一下派人去处理一下。"

听了这话，宋知县表情有些异样，目光落在男人那沾了血迹的衣袍上，心里顿时明白了，敢情他这是刚杀完人："好，我等一下就派人去处理一下。"

"嗯。"宋远昭轻轻点了点头，没看一旁的宋知县，慢悠悠地走了出去。

等男人一走，宋知县脸上挂着的笑容立马消失得无影无踪，猛地一甩袖子，冷着脸坐在一侧的椅子上，看了看放在那里的、男人只喝了一口茶的茶杯，将茶杯拿起来便甩到地上。

茶杯顷刻间四分五裂。

宋知县闭上眼睛，轻轻捏了捏自己的眉头，深吸了一口气。

要不是看在那人的身份和对他的仕途有帮助的分上，他一个长临知县也不用委曲求全至此，甚至于不惜把他那早早过世的儿子的身份给了那人。

时间回溯到几年前，那时他还是一个芝麻大的九品小官，就因为他这假儿子，才短短几年时间就青云直上，一跃成了长临知县。

不过这一切都是有代价的，他要一直在那人身后给那人擦屁股，早已厌烦。

"大人，要不要属下……？"说着，宋知县身边的贴心侍从做了个抹脖子的动作。

宋知县见此，不由得皱了皱眉，说道："不可。"

侍从说道："可大人，这几年他所做的事情早已变本加厉，属下都实在看不下去了。您给了他大少爷的身份，他不对此感恩，反而一直犯事让您给他擦屁股，更何况小姐还被他……"

宋知县也不知被侍从的话触碰到了心里的哪根刺，语气立马冷了下来："住口！"

侍从脸色一变，知道自己口无遮拦失了分寸，马上跪在地上："属下失言了。"

关于容儿之事，宋知县每每想起都追悔莫及。那人身上带着只有皇家子嗣才有的令牌，他一时糊涂，为了攀上皇家的关系，竟鬼迷心窍地把自己宠爱有加的女儿送到了那人的床上。可谁知他呵护在手心里的女儿，人家压根儿看不上。

"此事本官心里有数，你以后莫要多言，不然小心你的狗命！"

"是！属下遵命！"

林间深处的院落，大门早已被贴上了封条，夜幕之下，林间黑雾弥漫。宋远昭站在门口，借着皎洁的月光盯着大门上的封条，嘴角勾起一抹冰冷的弧度，一个利索的起跳，悄无声息地翻进了院中。

那宋老儿显然是想把戏给演逼真了，当真是将他这院子封了个彻底。

偌大的院子里空无一人，四周一片漆黑。宋远昭趁着夜色，来到寝室门口，推开紧闭的门后，熟门熟路地来到书架前。也不知他按了什么按钮，就见那书架里突然传来"咔嚓"一声，偌大的书架从中间分开了一条缝，缓缓地打开，里头是一间暗室。

鞋底踩在暗室地板上的脚步声在此刻安静的密室里显得尤为清晰。经过长长的走道，他终于瞧见不远处那一缕微弱的烛光，此刻宋远昭手里拎着给小姑娘的晚膳——烧鸡。

他将用纸包好的烧鸡放在暗室的桌子上，转身看向原本小姑娘躺着的软榻，当看到那里只剩下一根绳子时，脸色猛变，大步走到软榻前，拿起绳子，发现绳子完好无损，是被解开的。

有人来过？"该死！"想到这一点，男人立马扔下手中的绳子，大步朝门口走去。

听着脚步声越来越远，过了好一会儿，躲在柜子里的叶七七才小心翼翼地将柜门打开，从柜子里跳了出来。因为紧张，再加上柜子里闷热，她的额头上出了一层汗。

趁着那个男人出去，她要赶快逃出去才行。因走得太匆忙，一只鞋子掉落她都没时间捡。经过长长的走道，越往前走光线反而越暗，不过此刻叶七七也顾不得那么多了，一个劲儿往前冲，就为了从这里逃出去。

她本以为一直往前走就能逃脱，可没想到一头扎进了黑暗中男人的怀抱。

"啊——"一声尖叫后，叶七七被撞倒在地。此时四周一片黑暗，她看不清面前站着的是何人，但隐隐约约感觉到自己今日铁定逃不出去了。

直到一束光照在男人的脸上，看清男人的那张脸后，叶七七心如死灰。

男人手里拿着蜡烛，看着跌坐在地上吓得脸色苍白的小姑娘，无声地盯了她好一会儿，轻轻抿了抿唇，面露几分不悦。

看着男人不耐烦的神色，就在叶七七以为自己要被他杀掉时，她就见男人突然吹灭了手中的蜡烛。

烛火熄灭，四周又陷入一片漆黑。

叶七七还没有反应过来他这是要做什么，就感觉黑暗中有陌生的气息逼近，随后自己便被人打横抱起。

他这是要做什么？叶七七下意识地想要挣脱。

男人幽幽的声音从她的上方传来："安稳点儿！"

他语气充满了不耐烦，好似在跟她说：敢动一下就杀了你！

叶七七瞬间吓得不敢乱动了。

宋远昭将小姑娘抱到了暗室的椅子上放下，看向软榻上的绳子。

叶七七顺着他的目光看去，也注意到那先前绑着她的绳子，不由自主地摸了摸自己的手腕，隐隐约约感觉到手腕和脚腕有些疼。她以为男人会重新拿过那绳子将她绑起来，可他看了一眼绳子后就把视线转向别处。

"吃吧！"他将从外头带来的烧鸡递到小姑娘面前。

看着那还隐约冒着热气的烧鸡，叶七七瞪大了眼睛：这是给她的？

她显然有些不敢相信：哪儿有人会给人质吃这么好的？

见小姑娘迟迟未动，宋远昭好似知道小姑娘在顾忌什么，撕了一片鸡肉放进自己的嘴里吃了，说道："没毒。"

叶七七问："你为什么要抓我过来？"

难道是因为她的公主身份，他想用她来威胁六哥哥他们，所以才让她吃这么好？

男人沉默了好一会儿才开口，也不知是对自己说还是对她说："应该是忘记了吧，毕竟已经过去那么久了。"

叶七七不太明白他这话的意思。

"吃吧。"男人再一次将烧鸡推到她面前，威胁道，"再不吃，我不介意强行喂你！"

果然，他的威胁起了作用。

叶七七颤抖着手拿过那烧鸡，小心翼翼地撕了一点儿肉放进嘴里。她原本以为自己会食之无味，可不承想那烧鸡令她的眼睛不由得亮了一下。

注意到小姑娘惊喜的眼神，男人问道："好吃吗？"

叶七七点了点头。

宋远昭将鸡腿扯下，递给小姑娘。

叶七七说道："谢谢你。"

两个人之间如此客气、和谐，完全不像绑匪和人质。

当叶七七把两只大鸡腿吃完，男人又将鸡翅根递给她。

叶七七下意识地摇了摇头，"不吃了。"然后她又加了一句，"饱……饱了。"

男人显然有些意外："吃得这么少？"说完，他下意识地扫了小姑娘的身子一眼，怪不得她瞧着如此娇小。

他将小姑娘没吃完的烧鸡一扫而光。

"喝水吗？"他问。

闻言，叶七七本来是想摇头的，但想了想还是轻轻点了点头。

宋远昭从一旁拿过水壶，给小姑娘倒了一杯水。

叶七七接过杯子，双手捧着杯子小口喝着。

她一边喝，一边打量面前的男人，总感觉他对她的态度有种说不上来的奇怪：怎么突然对她这么好了？难不成是得知了她七公主的身份，才对她这般好？

"把手伸出来。"宋远昭拿着一个黑色的盒子走到小姑娘面前。

见她愣着未动，他伸手扯过小姑娘纤细的手腕，就见小姑娘原本白皙的手腕上有一道清晰的红痕。

由于小姑娘肤如凝脂，那红痕于手腕处就显得尤为刺眼。

叶七七不解男人这是要做什么，就见他已经从盒子里拿出一个方方正正的黑色小扁盒，打开小盒后用指腹蘸了些药膏涂抹在她那带着红痕的手腕上。

叶七七见此，难免有些诧异：他这是在给她上药？

男人的指腹温热，那冰凉的药膏涂抹在她的手腕处她都能感觉到一抹余热。

他为何要贴心地给她上药？难道是为了保证身为人质的她不受到伤害，以便和六哥哥谈判？不然他又是给她吃东西，又是给她上药的，实在是说不通，明明白日这人瞧着还如此可恶。

叶七七说道："我自己来吧。"

"好了。"男人说道。

这么快的吗？叶七七又问："和我一起被你抓来的那个少年在哪里？"

"应该是逃了吧。"宋远昭漫不经心地说道。

白日出门前他将小姑娘安顿在这间暗室里后，便随手将那少年关进了柴房，是生是死就看那少年自己的造化了。

小姑娘无语：什么叫应该是逃了？

"或许吧。他没折回来救你吗？"先前看见那软榻上完好无损的绳子，他有那么一瞬间以为小姑娘被人救走了，直到走到门口才猛地想起，这间暗室除了他绝对不会有第二个人知晓。

等他假装出门去追，再折返后，果然见小姑娘按捺不住性子想要逃出去，结果一头撞进他的怀里。

不过他现在有些疑惑：这丫头是如何把绳子解开的，难道她也知晓些军中用绳子绑人的法子？

叶七七不语，注意到男人的视线落在软榻上那完好无损的绳子上。他先前绑她的手法是军中惯用的法子，至于解法，还是六哥哥告诉她的。她好想六哥哥，六哥哥应该已经发现她不见了吧？

"你什么时候放了我？"

叶七七此话一出，男人脸色有些诧异，觉得她这话可笑至极。

"我为什么要放了你？"他说。

叶七七说道："你什么……意思？"

男人伸手捏住她的下巴，笑道："你长得这么可爱，我怎么舍得放了你？不如留下来给我做个小媳妇？"

叶七七大惊：这人是疯了吧？！

"怎么，不愿意？"说着，男人用修长的手指钩住她的一缕长发，在指尖把玩。

叶七七心里一阵恶寒，真的很想给他一巴掌，但现在敌我力量悬殊，她一定要冷静。

"我想上茅房。"叶七七突然捂着肚子说道。

宋远昭问道："你是认真的？"

叶七七脸上的表情看着楚楚可怜。

"你可真是……"男人几乎是咬着牙说道，"麻烦。"

第三章

缘 起

深夜。

男人站在院内，语气颇有几分不耐烦："你好了吗？"

"还……还没有。"不远处的木屋里传来叶七七细弱的声音，"我肚子好疼……"说着，她还发出一阵细弱的抽泣声。

宋远昭身形微顿：她这是哭了？

他听见她的哭声的那一刻，心中的不耐烦消散了不少，无奈地捏了捏眉心，心想：小姑娘果然麻烦。他想起药箱里好像有止疼的药，准备等一下喂她吃一颗。

叶七七一边假哭，一边蹑手蹑脚地走到门后，透过缝隙看向站在院子中背对着她的男人。

她转身看着面前约三米高的围墙，环顾了一下四周，发现竟连一块垫脚的石头都没有。

叶七七踮起脚尖扑腾了好一会儿，可连墙头都摸不到。她一心只想翻出去，一时忽略了门外的男人，连男人推门而入都没有注意到。

宋远昭轻轻地推开门，就见小姑娘站在围墙前一蹦一跳的，完全看不出来有半点儿肚子疼的样子。

他意识到这小丫头又骗了自己，脸色立马冷了下来。

叶七七见自己跳了半天还是够不到墙头，无奈地放弃，正想着要不爬到茅房上翻出去，身后突然幽幽地传来一个阴冷的男声："需要帮忙吗？"

叶七七吓了一大跳。

男人咬牙切齿地说道："你这丫头可真是不乖！"

他伸出手正要拎着叶七七的后衣领将她扯下来，突然一阵掌风袭来。危险的气息逼近，好在他反应很快地后退了几步躲开，一道黑色的身影从他眼前一闪而过。

叶七七似乎是突然感觉到了什么，一回头就瞧见那张熟悉的脸，只见清冷的月光下，男人那双幽暗的眼眸正紧紧地盯着她。

"啊——"叶七七直接扑进了男人怀里。

"七七。"燕铖环抱着小姑娘的腰肢。

那冷淡的声音传进耳中，叶七七闻着六哥哥身上熟悉的味道，终于有了安全感。

眼眶一下子湿润了，叶七七一把抱住燕铖的脖子，哭泣道："你怎么现在才来？"

燕铖将怀里的小姑娘抱得更紧了："对不起，哥哥来迟了。"

宋远昭稳住身形，瞧着不远处月光之下相拥的两个人，狭长的眼眸眯起，极其不悦，尤其看到将小姑娘抱在怀里的那个男人，心中生起一股不爽。

这两个人如此亲昵，就如同相恋已久的爱人一般。

恋人？哼。宋远昭问道："你是谁？"

方才他听见这个男人自称"哥哥"，但那翊王殿下今日他可是见过一面的，眼前这位显然不是那位翊王。

燕铖看向他，眼中闪过一丝杀意："你的话太多了。"

同为男人，宋远昭自然没有错过燕铖眼中那一闪而过的浓烈的占有欲。

下一秒，宋远昭拍了拍身上沾染的尘土，嘴角扬起一抹弧度，看向被男人抱在怀里的小姑娘，语气有些不善地问道："他就是你的情哥哥？"

情哥哥。闻言，叶七七抬起头，就对上燕铖那双幽暗深沉的眸子。望着男人的那张脸，她下意识地心颤了颤。

瞧着小姑娘这反应，宋远昭心中早已明了。

"是又如何？"燕铖将小姑娘护在怀里。

宋远昭脸色阴沉下来："呵，是吗？"

说完，宋远昭蓄力，朝两个人袭去，但主要的进攻对象还是抱着小姑娘的燕铖。

怀中还抱着小姑娘对燕铖来说似乎没有任何影响。

"抱紧我！"话音落地，燕铖就由先前的防守，变成了步步紧逼。

叶七七闭上眼睛，紧紧地环着男人的脖子，此刻只有一种感觉，那就是天旋地转，耳边时不时刮过一阵阵凌厉的风声。

宋远昭自小习武，武功自是上乘，可不承想，眼前这"小白脸"的武功竟丝毫不输于他，更何况其怀里还抱着个小姑娘。

先前宋远昭故意露出些不愿攻击他怀中的小丫头的破绽，本以为这人会以此要挟，可不承想这人倒是个正人君子。

"嘭"的一声，几个回合下来，宋远昭终究是敌不过那人，被那人袭上胸口的一掌拍落在地上，顷刻间尘土飞扬。

"喀——"他胸口一阵灼热，猛地吐出一口血，难得地露出狼狈的姿态。

燕铖居高临下地看着眼前的手下败将："这就是你的实力？"

听了男人的嘲讽，宋远昭伸手擦了擦嘴角的血，突然笑道："手下败将又如何？你就不想知道我们孤男寡女共处一室发生了何事？"

听闻此言，燕铖身体猛地顿住："你说什么？"

宋远昭显然是铁了心要惹怒燕铖，一副完全不怕死的口吻："这丫头还是个雏儿呢。"

一旁的小姑娘一脑袋疑惑：这恶霸在胡说八道些什么呢？

叶七七还没反应过来，就见六哥哥已经一把拽住宋远昭的衣领，一拳拳砸向他的脑袋。

那拳头又快又狠，宋远昭只觉得脸上疼得厉害，却半分都没有阻止。他自然是可以反抗的，但是又觉得貌似没有反抗的必要：他倒是希望眼前这人能够打死他，他这具身体早已沾满罪恶，早就该死了。

不过死之前他希望面前这人体验一下崩溃的滋味：连自己的女人都守不住，这人怎么配得上他的七七？

"六哥哥，你等……等一下！"叶七七从震惊中回过神来，瞧见六哥哥像是发了狂似的揍人，急忙开口阻止，"他骗你的，骗你的，他没有把我怎么样。"

听了这话，差点儿失去理智把地上的男人给揍死的燕铖终于回过神来。

骗他的？燕铖红着眼看着地上被他揍得脸上挂了彩的男人。

"咳咳……"宋远昭躺在地上，原本俊美的脸被揍得青一块紫一块的，嘴角的鲜血染红了唇瓣，整个人看起来狼狈不堪。

叶七七握住燕铖的手，缓缓地说道："他只是把我关进暗室，并没有做什么，而且他刚刚带了烧鸡给我吃。"

至于这姓宋的恶霸方才为什么要说那番令六哥哥误会的话，她也不知道他是怎么想的。

关进密室，带烧鸡？燕铖没有错过地上的男人眼中那一闪而过的嘲讽之意：他果然是故意说出那番话，使自己误会。

燕铖刚刚差点儿打死他，他竟还笑得出来，真是个疯子！

"你也……不过如此……"宋远昭说完这话，便抵不住全身的疼痛，昏死过去。

叶七七看着昏过去的男人，心想：他不会是死了吧？

下一秒，她就见六哥哥突然转过身，直勾勾地看着她。

"六哥……"

她还没有说完话，就见男人突然朝她靠近，一把将她抱住。

失而复得之后是无尽的悔意，燕铖后悔自己没有保护好她。

"嗯……"叶七七被男人紧紧地抱着，他力气有些大，抱得她有些喘不上气，"六……六哥哥，我有点儿喘不上气……"

听了小姑娘这话，燕铖抱着她的力道才松了些。

公主殿下失踪了半日有余，终于被寻回。不仅如此，那恶霸也被重新抓了回来，大快人心。

屋内微弱的烛光摇曳着，照亮了大半个屋子。

燕铖坐在小姑娘身旁，手里拿着浸湿的毛巾，一言不发地给小姑娘擦沾了些泥土的手。

自从他紧紧地抱了她一下，然后把她带回村子里，他就再没有跟她说过一句话。

她隐隐约约感觉到他生气了，因为她独自一人跑出去，才会被那恶霸给抓住。

"这是怎么了？"燕铖无意间掀起小姑娘的袖子，就看见了她的手腕上那清晰的红痕。

"是……"叶七七对上男人幽暗的眸子，看着男人没带丝毫笑意的表情，越说越觉得心里委屈，"是绳子，绳子绑的。"

燕铖沉默了片刻，然后视线下移，扣住小姑娘的一只脚踝，将她的鞋子脱下，果然瞧见两只脚踝处有跟手腕处一模一样的红痕。

见男人的脸色不太好，叶七七下意识地将自己的脚往后缩了缩。

燕铖站起身往外走。

叶七七看着他的背影，也不知道他突然出去是干什么。

没一会儿，他回来了，手里多了一个黑色的小瓷瓶，一看就知道是用来给她上药的。

"今天他绑着我的手脚，可他没想到他绑的那个绳结刚好是六哥哥之前教过我的，所以我最终还是把绳子解开了。"

虽然过程有些坎坷，但是也多亏了六哥哥之前教她的那些。

叶七七说这些是感觉到两个人之间的气氛有种莫名其妙的冷意，所以想要打破尴尬。可她没想到，她说完这些，给她擦药的男人依旧一言不发。

这会儿叶七七终于忍不了了，抽回自己被男人握住的手腕："不要你上药了！"

虽然跑出去是她不对，但是他干吗一直给她脸色看？

生气的小姑娘正要将自己给塞进被子里，却被男人一把抓住了手腕。

"七七。"

那声熟悉的"七七"一出，叶七七十分没骨气地觉得自己心中的怒意已经消散了大半。

燕铖紧紧地盯着面前的小姑娘，那幽暗的双眸像是要把人给吸进去似的。

"我没生你的气。"燕铖解释道。

他并没有生她的气，而是在生自己的气。

叶七七正不解，已经被男人轻轻地揽进了怀里。

将小姑娘紧紧地抱在怀里，闻着小姑娘身上熟悉的馨香，这一刻燕铖悬了一天的心终于得以放下。

他不敢想倘若今日那宋远昭所说的事情是真……他不敢想，只知道自己大概真的会疯。

燕铖说道："对不起，是哥哥没有保护好你。"

原来六哥哥是因为自责才……

燕铖的话刚说完，身体猛地僵住，因为小姑娘的手轻轻地摸上了他的脸。

他听到小姑娘说道："对不起，让六哥哥担心了，以后不会了，等回到京城，七七就……就认真地跟着皇姐姐习武，这样就可以保护自己了！"

嘴角终于勾起几分笑意，燕铖不由得笑出了声，问道："为什么是跟皇姐，而不是跟我学？"

"啊？"

跟六哥哥学？叶七七盯着男人那张祸国殃民的脸，想着倘若真的是六哥哥教她习武，恐怕她就会只顾盯着他的脸看，顾不上习武了吧。

叶七七避开男人那勾人的目光，有些不知所措地问道："习武不都是很严格的吗？那六哥哥会对我……很严格吗？"

燕铖轻轻摇了摇头，无奈地笑道："大概……舍不得。"

"你们今儿个听说了吗？那良妃娘娘竟深夜私会侍卫，被陛下撞了个正着，那侍卫被陛下当场下令给乱棍打死了。"

"良妃与侍卫私通，这么大的事情，陛下怎么可能轻易放过她？她也知晓自己今日死定了，竟然一头撞在了柱子上，当场就一命呜呼了。"

"可怜那四皇子殿下，良妃犯了那么大的罪，四皇子的命怕是保不住了。"

"陛下都把他从玉牒里除名了，那么就是坐实了他的孽种身份，你怎么还敢把他往家里带？"

"再怎么说他也是我的外甥。"

"外甥！都这个时候了，你还念什么情？你那妹妹勾结外男给陛下戴了那么大的绿帽，陛下没一怒之下灭我们李家满门已经是仁慈了，你赶紧把这野种给我送得越远越好！"

"阿焕呀，舅舅实在是没有办法，你……今后好自为之吧。"

"一个孽种而已，你那风流鬼娘亲跟那奸夫都死了，怎么你不跟着一起去死呢？"

"连四皇子的身份都没了，铁定不是陛下的亲生儿子，还说你不是野种？"

"天呀，他不小心闯进了后山，被……被狼……咬死了！"

周围扰人的嘈杂声瞬间消失，一匹张着血盆大口的恶狼猛地扑来，令睡梦中的男人立马惊醒。

宋远昭睁开眼睛，望着眼前那扇洒进清冷月光的小窗，才回过神来，知道方才的那一切是梦而已。他正打算伸手按按自己有些疼的脑袋，却发现如今他的整个身子都是疼的。

这时他才想起来自己的处境多么狼狈：被五花大绑在狭小的柴房里不说，还被人狠揍了一顿。

"换班了，你去歇息一会儿吧。"

"好。"

听着门外传来的声音，宋远昭用冷冷的眼神盯着房顶。

"咚——"

门外守着的侍从听见身后突然传来声音，刚要转过头，就感觉脖颈儿传来一股巨力，眼前一黑倒在了地上。

宋远昭看都没看地上的侍从一眼,趁着夜色逃了出去。他也不知道自己到底走了多久,直到快要筋疲力尽之时,才停在一棵树下休息。

急促的呼吸还未平复,他突然听见身后传来一阵轻微的脚步声,猛地回头:"谁?"

"四皇子殿下。"一个穿着一身黑衣的陌生男人出现在宋远昭眼前。

黑衣男子的那一声"四皇子殿下"让宋远昭皱了一下眉。

黑衣男子说道:"我家主子让我请四皇子殿下您过去。"

"你家主子?"

"您一去便知。"黑衣男子的嘴角挂着恭敬的笑意。

次日一早,县衙。

"殿下饶命呀!"宋知县跪在地上,叫喊道,"下官冤枉呀!"

"听说你那名叫宋远昭的儿子早在六年前便得了重病死了,那现在这个是何人?"

此话一出,原本口口声声喊着冤枉的宋知县突然止住了声音。

一旁的李将军瞧着宋知县那突然变化的脸色,就知道此事定有蹊跷。

见宋知县一副欲言又止的模样,李将军有些看不下去了,直接晃了晃腰间挂着的佩剑,威胁道:"说不说?"

眼看那锋利的剑刃就要架到脖子上了,宋知县也是个怕死之人,立马开口:"我说,我说……我说,我都说!"

在六年前,宋知县那一出生就体弱多病的儿子还没死,而他那会儿还只是个啥话都插不上,没权没势、到处受人差遣的小官。

他那儿子一出生便身子不好,他不知求了多少医,丝毫没有用。这一口气一吊便是十四年,他那儿子在一个极寒的冬天熬不住就这样去了。

将儿子下葬后,他也抑郁了好一阵子,毕竟只有这一个儿子,怎么能不伤心?为此他整个冬天都提不起半点儿精神,连仕途都差点儿受到影响。

转眼间到了来年春天,也不知道那时怎么了,他突然很想去寺庙里拜上一拜,给佛祖上香。前脚想去寺庙,后脚他便动身了。谁知这一去,当真让他捡到了宝，而这个宝关系到他未来的仕途。

"想要升官的话，我可以帮你。"他跪在佛像前因失去儿子而痛哭流涕时，这样一个声音传入他的耳中。

他抹了把眼泪抬头，看见一个相貌美艳得不似常人的少年。

少年语气高傲，就像是在说一句玩笑话。要是换作平时，他自然是不会相信这话的，可当日因伤心过度，喝了些酒，有些神志不清。

他想到比他高一级的小官在他面前趾高气扬的样子，又想到他先前辛辛苦苦给儿子寻来的补药被那些谄媚的小官强抢去供奉给大官……想想曾经那些被不公平对待的经历、被人踩在脚下的滋味，他稀里糊涂地便将那少年收留了。

他本以为那少年只是个江湖骗子，可没想到其当真有过人之处，短短一个月时间，他便从一个芝麻大的小副官变成了正官，然后到后面的正七品官。

他突然升迁如此之快，难免惹得不少小人眼红，为防万一，他便把他那儿子宋远昭的身份给了那少年，中间费了不少功夫，处理掉了一些人。

听到这里，李将军又发现了疑点："可你儿子跟那少年长得不像呀，旁人的眼睛又不瞎？"

宋知县说道："这位大人您这就有所不知了，我那儿子从他娘肚子里出来时便身子弱，我从未让他出过门，所以见过他的样子的也就府上几个贴身的仆人，所以我才敢……"

后面的话他不说众人也懂了。

"那少年的身份你没有暗中查过吗？"许久不曾开口的燕铖终于问道。

宋知县回答道："自然是暗中查过的，但因为那少年太过神秘，实在是查不出。直到三年前，我无意间瞧见他身上戴着的一块玉佩，才知道他是谁。"

"他是谁？"李将军问。

宋知县沉默了片刻，最后抬头看着在场的众人，鼓起勇气说道："那玉佩上刻着两个字——子仲。"

"子仲？"李将军"呢喃"，下一秒，不解地抓了抓脑袋，"这子……子仲是谁呀？"

燕铖说道："姓夜，名崇焕，字子仲。"

"夜崇焕。"李将军一字一顿地说道，突然脑子里灵光一闪，"这不是那已故的四皇子吗？"

当年良妃娘娘私通外男给皇上戴了绿帽，和外男同一日身亡，就留下那可怜的四皇子殿下。宫中谣言四起，连四皇子不是陛下的子嗣的话都传了出来。世上哪儿有什么不透风的墙，说的人多了，谣言自然就传入了陛下的耳中。

李将军说道："可他不是误入后山，被陛下养的狼给活活咬死了吗？"

不过李将军仔细想想，这皇家的事情谁也说不准，这个今日死了，明日又活了，实在不是什么稀罕事。

跪在地上的宋知县说道："殿下，该交代的下官都交代了，殿下是不是可以……减轻点儿下官的罪过？"

"拖下去吧。"燕铖对一旁的侍卫招了招手，又对宋知县说："你所犯的罪大理寺那边自会定夺。"

事情已成定局，宋知县再喊冤也改变不了什么，毕竟买官和包庇犯人乃是重罪，严重者根据北冥律法可是要杀头的。宋知县如此坦白罪行，应该不会被杀头，不过死罪可免，活罪难逃。

"禀殿下，在后花园的花池里发现了刚埋不久的男尸。"

一行人走到县衙的后花园，发现一块地方的土已经被翻出来，旁边有一具用草席裹着的男尸。估计是刚埋不久，那尸身还未腐烂。

"这……该不会是那个姓温的医师吧？"

死者闭着眼睛，样子看着还算端详，不过脖颈处却有一道显眼的掐痕，应该是被人活活给掐死的。

燕铖说道："让那个叫草儿的少年前来辨认一下吧。"

李将军说道："那关于四皇子的事情……？"

"天子犯法与庶民同罪，将那宋远昭的画像画出来，全城通缉。他既做了宋远昭，那便早已不是四皇子夜崇焕了。"

李将军想了想，也觉得十分有道理，哪怕他真的是四皇子又如何，害死了那么多百姓，也实在是愧为皇子。

"六哥哥，那个宋恶霸捉到了吗？"燕铖一回去，小姑娘便忍不住追问今日的结果。

燕铖摇了摇头，说道："还没有，不过已经全城贴了通缉令。"

燕铖本想跟她说宋远昭的真实身份，不过仔细想想还是作罢了：以那恶霸做的恶事，他已经不值得这丫头喊他一声"四皇兄"了。

"温先生……温先生……呜呜呜……"

门外传来少年的声音，少年早已泣不成声。

村民在一旁拦着，但那名叫草儿的少年还是一路跟着人群到了温子安下葬的地方。

村子里的百姓也都是穷苦人家，只能挖了个坑就这样将人给埋了。

"呜呜呜，温先生……"少年跪在地上，看着面前刚堆好的小土包，泣不成声。

除了少年外，还有不少村民跪在温先生的坟前抹眼泪，毕竟温先生活着的时候不知帮了他们多少忙。

温先生是一位游历天下的名医，但看病从不收他们一文钱。

"我乃一介布衣，悬壶济世算不得，也只是继承了我师父的医术，给人看看病罢了，不值得你们如此称赞！"

"这些铜钱我真的不能收，如果可以，我倒是希望村长能给我一个住处，毕竟这孩子病得实在厉害，我短时间内走不得。"

…………

少年耳边回响着温先生生前所说的话，泪水就像是决了堤，心中早已经痛骂了那姓宋的无数遍：温先生那么好的一个人，那姓宋的为什么要害死温先生？

就在少年哭得泪如雨下时，他突然闻到一股淡淡的香味，一条粉红的帕子就这样闯入他的视线。

他抬头，就看见某个小姑娘。

叶七七说道："你擦一擦吧。"

叶七七盯着哭红了眼的少年，本想说些安慰的话，但又想到这个时候说些人死不能复生之类的话，恐怕会更加让人伤心吧。

少年盯着小姑娘递来的手帕看了好一会儿，依旧没有伸手去接，缓缓地站起身，说了句"不用了"，就转身走开了。

瞧着少年孤寂的背影，一旁的村长忍不住叹气，说道："草儿从小就无父无母，好不容易来了个温先生待他如亲弟弟一般，可谁知……唉……"

村长突然跪了下来："还请翊王殿下早日将那姓宋的凶手抓回来，这样温先生的在天之灵也能安息。"

李将军本来还想说捉拿宋远昭归案一事已经交给了县衙来办，本来他们停留在长临几日已经耽误了原先的行程，要是再待在此地查下去……

燕铖直接说道："放心吧，此事我定会给诸位一个交代。"

短时间内那宋远昭自然是逃不出长临的，可这长临虽说不大，他们要在短时间内找到一个人，恐怕还是有些难度的。

待村长走后，李将军说道："殿下，此事不是已经交给衙门去办了吗？我们也不必再追查下去了吧。更何况我们已经在此地耽误了好几日，万一……"

李将军的话还没说完，一名侍卫上前禀报："殿下，有情况。"

有情况？李将军吃惊，这么快就有线索了？

几人跟着侍卫来到发现线索的树林西边，在一棵树下发现了明显的血迹，地上还有被划破的衣服布料，乃是上乘的锦布，很可能是那恶霸留下的。

"根据这些血迹和足迹来看，这里显然发生过打斗。"

不过这恶霸到底是跟何人打斗就不得而知了。

"殿下，这脚印似乎是一直往西边去了。"一名侍卫说道。

众人看着地上的脚印，完全没有注意到一直跟在他们身后的少年。

"再往西可是荒山野岭，那恶霸往那边走不是自寻死路吗？"

少年躲在树后看着他们指的方向，突然也不知道想到了什么，表情变了。

趁着众人不注意，少年直接走了一大圈绕过他们，一个人朝西边去了。他一路狂奔，等到越过一个高高的山坡时，已经是夕阳西下。前方的树林树木高大，密不透风，将光线遮挡得严严实实的。

"呼。"少年走了这么长时间的路，忍不住停步，靠在树干上歇息了一下。

低头喘息的瞬间，他看见地上枯黄的树叶上滴落的早已干涸的暗红色血迹。

他将枯叶捡起，紧握在手中，咬牙切齿地将那枯叶捏得粉碎。

那家伙……那家伙果然藏在了这里！这该死的杂碎！少年重重地喘息着，早已经气红了双眼。

越往树林深处走，光线就越暗，暗得让人觉得此时已到了晚上。树林深处常年照射不到阳光，格外潮湿。

树林深处有一座早已废弃多年的庙宇，庙宇中央巨大的佛像身上布满了青苔，令人意外的是，那佛像旁的一间偏室却像是被人有意收拾过一样，和周围脏乱、潮湿的环境形成了鲜明的对比。

偏室不大，四周放着架子，架子上放着已经晒干的草药，而一侧的稻草席上此刻竟躺着一个人。

听到脚步声，躺在草席上紧闭着双眼的男人不由得皱了一下眉头，身子动都没动，对着外头说道："我不是让你滚了吗？"

听到那熟悉的男声，站在门外手中拿着匕首的少年不由得抖了一下：是他！就是他！这该死的恶霸果然躲在这里！

宋远昭听着那脚步声还在逼近，本打算不去理睬，却鬼使神差地睁开眼睛转头看去，这一转头，就看见一把明晃晃的匕首朝他袭来！

他一眯眼，直接一脚将想要刺杀他的少年踢到了一旁。

"砰"的一声，少年被他踢翻在地，手中拿着的匕首一下子被甩出老远。

男人缓缓地从草席上起身，看着被他一脚踹倒在一旁的少年，眼中闪过一丝杀意："你可真有能耐，竟能跑这么远找到我。"

少年紧紧地攥着拳头，不顾嘴角缓缓流下的血，红着眼睛看他，"你为什么要杀温先生？为什么？"

"还能为什么？"宋远昭轻笑了一声，微歪了一下脑袋，"谁让他非要找死呢？"

男人的嘴角挂着的嘲讽笑意更加刺痛了少年。

"你这该死的浑蛋！"少年红着眼，面露戾气，恨不得将眼前的男人剥皮抽筋、凌迟千遍、万遍，"你去死吧！"

少年忍着胸口的疼痛起身，捡起之前从手中脱出的匕首，又朝着男人扑了过去。

换作平时，眼前弱不禁风的少年自不可能是男人的对手，可偏偏今日他身受重伤，面对这已经疯魔想要置他于死地的少年显然有些气力不足。

少年红着眼睛，发了疯似的把匕首往他身上扎。哪怕男人躲开了致命的攻击，手臂上还是被匕首划开了好几道伤口。

看到鲜血，宋远昭有那么一瞬间的失神。也就是这一个瞬间，他忘记躲开少年手中的匕首，那冰冷的、闪着寒光的匕首直接扎进了他的眼窝。

"啊——"剧烈的疼痛让他一掌拍向那少年。

少年被他巨大的力道打得飞到了一旁，脑袋撞到一边的石头上。

宋远昭眼中所见尽是血红，伸手捂住自己的左眼，鲜血从指缝间涌出。

"噗——"他猛地吐出一口鲜血，这才反应过来那贱民竟在匕首上涂了毒药。下一秒，他重重地倒在地上，七窍流出的暗红的血从他周身漫延开来。

那一刻，他求生的欲望好似随着身体里流出的血液一起流失。

往事一幕幕在他的眼前闪过。他从人人敬仰的皇子，沦为人们饭后的谈资——野种。年幼就在外漂泊，他是北冥的四皇子夜崇焕，也是长临人人喊打的恶霸宋远昭。曾经的荒唐事如同云烟一般，在他的眼前一一消散，最终定格在某一日的晴朗午后：马车、街道、人群，他坐在马车里，微风扬起车帘一角，他无意间抬头，入眼的便是那惊鸿一瞥的身影。

一阵清风拂过，树枝随风而扬。

夜霆晟踩着青苔走进破败不堪的庙宇，刚刚踏进去一只脚，已经闻到空气中浓烈的血腥味，同时还夹杂着树木腐败的味道，他不由得抬手用袖子遮住口鼻。

他走进去后，便看见地上躺着的男人和少年。

他看见倒在血泊中的男人，眉头不由得蹙起。他在男人面前蹲下身子，指腹落在男人的脖颈处的动脉上，感受到男人没了丝毫声息后，才缓缓地收回手，眼神十分复杂："你也就这点儿出息了，堂堂北冥四皇子竟死得这般惨。"

看着扎在男人的眼窝中的匕首，夜霆晟伸手毫不犹豫地将匕首拔了出来。那喷射出来的血沾上了他的手，他皱着眉头拿出帕子擦了擦手，对着尸体说道："倘若你跟我回去，也不至于死得如此凄惨。"

这人要寻死也就罢了，竟还选择了死在这个地方，真是没出息的东西，亏他千里迢迢从京城来长临找寻这人。

夜霆晟将手擦干净后，把目光落在男人血肉模糊的眼睛上，然后用手帕盖住了男人的眼睛。

"主子，有人来了。"门外的侍从提醒道。

"嗯，知道了。"夜霆晟在尸体上摸索了一会儿，从尸体的腰间拿出一枚玉佩，只见这玉佩上刻着"子仲"两个字。

"你确定那少年来这里了？"李将军看着四周茂密的植被，眼前一片昏暗。

"这一看就是不可能有人住的地方，那少年非得来这里干吗？你确定先前没有看错？"李将军看了一眼身后的侍卫，问道。

那名侍卫答道："属下的眼力可是营中数一数二的，绝对不可能看错，那少年方才就是鬼鬼祟祟地往这个方向走了。"

那名侍卫的话音刚落，李将军带着人从树林中走出去，瞧见不远处有一座荒废许久的庙宇。

因荒废已久，加上周围环境阴暗潮湿，墙上布满了青苔，空气中还夹杂着浓重的腐败味，李将军不由得伸手捂住了口鼻。

"将军，有发现！"

闻言，李将军走近，看见了那躺在血泊中的男人，还有倒在一旁昏迷不醒的少年。

一名侍卫伸手去探那倒在血泊中的男人的鼻息，然后摇了摇头，示意这人已经断气许久。

"那宋远昭死了？"叶七七问道。

燕铖点了点头，答道："嗯，李将军带人找到他们两个人时，那宋……远昭已经没有呼吸了。"

至于那男人死前的模样，燕铖怕把小姑娘吓着，便没有跟她细说。

叶七七问道："那草儿没事吧？"

"撞伤了脑袋，现在还昏迷不醒，不过应该没什么生命危险。"说着，燕铖将盛好的粥递到小姑娘面前。

叶七七伸手接过："谢谢六哥哥。"

"吃吧。"燕铖揉了揉小姑娘的脑袋，看着小姑娘小口喝粥的模样，无言地抿了抿唇。

他在犹豫那宋远昭就是她的四皇兄的事情要不要跟这丫头说，毕竟那宋恶霸在长临作恶多端，死亡对他来说何尝不是一种报应？

叶七七问："六哥哥，你怎么不吃呀？"

燕铖这才回过神，端起面前的碗喝了一口粥，做了决定：罢了，对于小姑娘来说，那四皇兄连名义上的都算不上，说了也是让她徒增伤心。

"本以为会在这里停留一日，没想到因为宋恶霸这事耽误了好久。"叶七七用筷子戳了一下盘子里的饼，忍不住说道。

燕铖说："明日便可以出发了，不过估计要走一段水路。"

"水路，坐船吗？"叶七七问。

"嗯。"燕铖点了点头。

闻言，叶七七咬了咬唇，希望自己到时候不要晕船才好。

夜晚，外头下起大雨。

叶七七躺在床上静静地听着雨声。

这时，紧闭的门被推开，男人从屋外走进来，身上淋了不少雨。

燕铖瞧见躺在床上还睁着眼睛的小姑娘，问道："怎么还不睡？"

"睡不着。"话音刚落，叶七七就见男人已经脱掉上身的湿衣服，露出精壮的胸膛。她看得小脸一红，移开视线，小心翼翼地将脑袋塞进被子里。

燕铖换了一身干净的衣服，一转头就瞧见将自己塞进被子里的小姑娘，笑着走到床榻边："蒙着被子不闷吗？"

他伸手扯了扯小姑娘蒙着的被子，没想到这一扯当真将那被子扯了下来。他看到她红着脸，两个人对视，小姑娘眼中慌张的神色显而易见。

"脸红什么？"燕钺打趣了小姑娘一下，走到一旁的桌子前给自己倒了杯水。

如今他身上就穿着一件白色的亵衣，叶七七瞧着男人仰头喝水喉结滚动的模样，心中突然生起一种两个人是老夫老妻的感觉。

燕钺将蜡烛吹灭，走到床前揉了揉她的脑袋："睡吧。"说完，他便躺到一旁临时在地上搭的地铺上。

黑暗之中，屋外的雨仿佛又大了些，连刮的风好像也更大了。

叶七七小声问道："六哥哥，你睡着了吗？"

听到小姑娘的声音，燕钺正要回答，突然感觉脸上一凉，一滴水落在了他的脸上。他伸手一抹，指腹沾染上水，而后又是一滴水落在他的脸上。

很显然这屋子漏雨了，燕钺睁开眼睛，看着上方黑漆漆的屋顶。

"六哥……"正要继续喊，叶七七听见旁边传来声响，看过去，见原本躺着的六哥哥坐了起来。

燕钺说道："漏雨了。"

他的话音刚落，又是一滴雨落在他的头顶。

漏雨了？叶七七起身。

燕钺已经将桌子上的蜡烛点上，拿着蜡烛朝屋顶看去，就见他睡的地铺上方的屋顶上被洇出了一片痕迹，还在不停地往下滴水，今夜这地铺显然不能睡人了。

燕钺正打算将地铺移到别处，就听小姑娘突然说道："要不六哥哥我们俩挤一挤？"

听了小姑娘这话，燕钺差点儿拿不稳手中的蜡烛。

叶七七说完，注意到男人看着自己那意味不明的眼神，愣了一下："怎么……了？"六哥哥干吗用这种眼神看着她？他们之前又不是没有一起睡过。

"七七那么信任哥哥吗？"燕钺笑着问面前的小姑娘。

叶七七这才意识到男人这话的意思，瞬间红了脸：他这话怎么那么……让人容易胡思乱想？

叶七七气呼呼的，就要躺下不再管他。

男人倒是及时拉住了她的手腕："七七睡觉吧，哥哥等一下把地铺移个位置便好了。"

就算她信任他，他还不太信任自己呢。

叶七七看着男人将地铺移到墙角，才想起来地铺是可以移动的。

啊，太尴尬了！叶七七红着脸一头钻进自己的被子里，可不承想，被子还没焐热，一滴水便滴落在她的脸上。

叶七七疑惑地透过微弱的烛光往上看，就见她的正上方的屋顶也漏雨了。

"六哥哥，我这边好像也……漏雨了……"

最终，当小姑娘躺在身侧时，燕铖感觉自己四周萦绕着小姑娘身上那浓郁的奶香味。

他真的要疯了！他强迫自己闭上眼睛。

没一会儿，一只小手突然抱住了他的腰，他猛地睁开了眼睛。

他听见小姑娘缓缓地说道："想抱着哥哥睡。"

燕铖僵硬着身子，任由小姑娘抱着他的腰，没有将她推开。

"嗯。"燕铖轻应了一声，嗓音听着有点儿哑。

叶七七觉得此刻的六哥哥有些不对劲，明明要是换作平常，他肯定会抱着她睡觉，为什么今天抱都不抱她一下？

叶七七问："六哥哥，你睡着了吗？"

小姑娘的声音在安静的屋子里响起，男人紧闭着双眼，听那平稳的呼吸声好似睡着了。

好吧，估计六哥哥今天是累坏了，叶七七想了想，正打算收回抱着男人的腰的手然后翻个身睡觉，可突然被被褥之下的男人的手扣住了手腕。

男人的掌心有些烫，叶七七睁开眼睛，见原本点着的蜡烛不知何时被吹灭了。

此刻四周黑暗一片，屋子外头大雨滂沱、狂风大作，但是不知为何，男人的呼吸声如此清晰地传进她的耳中。

下一秒，她就听见男人轻叹了一口气。

"睡不着？"燕铖说着便将小姑娘往自己跟前扯了扯。

叶七七还没来得及说话，就感觉男人灼热的气息靠近，然后被不轻不重地咬了一下耳垂。

"七七知道自己在做什么吗？"

"六……"小姑娘话还没有说完整，白嫩的脖子已经被男人毫不客气地咬了一口。

他咬得有些用力，小姑娘吃痛出声，伸手捂住自己的脖子："疼——"

听见她喊痛，燕铖将她抱在怀里，由先前的啃咬变成了轻啄："那这样呢？"

哪怕黑暗中叶七七看不见男人脸上的表情，但是她总有一种他要拉着她做坏事的感觉。

燕铖轻捏着小姑娘软乎乎的脸，低声问道："可以……亲一下吗？"

叶七七脸上热气升腾，使得脑子都有些晕乎乎的。

"咚咚咚——"这时，敲门声十分不合时宜地响起。

"殿下，您睡了吗？您这屋的屋顶有没有漏雨呀？"

这场突如其来的大雨，使得村里好几十户人家的屋顶都漏了雨。

李将军带着几个人，身上皆穿着遮雨的蓑笠，站在门口敲门。敲了好一会儿，见里头无一人回答，李将军不由得"呢喃"："奇怪，难不成睡着了？罢了，我们去别处看看。"

"是，将军。"他身后的众人异口同声地应道。

然后一群人又冲进雨幕中。

叶七七听着方才李将军在门外的敲门声莫名其妙地有些心虚，吓得缩在男人怀里："他……他走了吗？"

"走了。"燕铖瞧着跟受了惊的兔子似的缩在他怀里的小姑娘，无奈地揉了揉小姑娘的脑袋，笑道，"七七心虚什么呢？"

"我才没有……心虚。"叶七七小声回答道。要说该心虚的，明明应该是他才是。

然后两个人沉默许久，毕竟方才那暧昧的氛围一下被李将军的敲门声给打破了。

燕铖将小姑娘揽在怀里，重新找回理智："睡吧。"

第二天一早，众人便收拾东西打算离开。

临走之时，叶七七从旁人口中得知了那名叫草儿的少年的情况：听说因为脑袋被撞坏了，草儿失去了记忆，现如今竟谁都不认得了。

马车顺着山道一路向北，路过一片树林时，叶七七看向车窗外，只见远处的一片山坡上，一座矮坟前站着一道模糊的身影。

村长在村子里找了少年许久未果，最后也不知道听谁说无意间看见不远处的山坡上站着一个人。

村长来到山坡上的小矮坟前，看到在坟前停留已久的少年。

"草儿，你全都想起来了？"村长问道。

闻言，站在坟前的少年缓缓地转头，头上缠着纱布，轻轻地摇了摇头。

村长又问："那你怎么……到这里来了？"

少年看向墓碑上的字，缓缓地开口："温子安。他……是谁？"为什么看见这墓碑上的名字，他觉得心好像有点儿疼？

村长欲言又止，久经沧桑的脸上满是迟疑，最终发出一声长长的叹息，说道："他是……一个医师，回去吧。"

少年被村长拉着下了山坡。

直到走到山脚，少年还是忍不住回头朝那山坡上的矮坟望去。

村长看着少年几乎快遮住全脸的头发，说道："等一下让村口的二麻子给你剪剪头发，你的头发都长这么长了。"

村长的话说完，少年的耳边好像又响起另一个声音："你的头发太长了，等我今晚回来帮你剪掉些吧。"

然后草儿低头看了看自己的头发，好像真的很长了……

长临与崖关一水相隔。风平浪静的湖面上，浮着一叶扁舟。

夜霆晟半卧在船里的软榻上，将手里拿着的鱼饵扔到窗外，惹得水下的鱼争先恐后地抢食。

看着水里的鱼抢食的模样，他不由得冷笑出声："多吃点儿吧，乖鱼。"

他喂食完，没一会儿就见方才那些抢食鱼饵的鱼个个肚皮上翻地浮在水面上。

虽如此，只要是被扔下的鱼饵，哪怕有毒，那些鱼还是争先恐后地抢食。

"呵。"他半托着腮，看着水面上跳跃的鱼，不由得轻蔑地说道，"当真是够蠢的。"

"主子，未时已到。"侍从站在船舱外恭敬地说道。

夜霆晟将盘子里剩下的鱼饵都撒了出去，然后从软榻上坐起来，漫不经心地说道："让船夫出发吧。"

"是。"侍从应道，去让船夫开船，无意间扫了眼一旁的水面，就见水面上浮了好些死鱼，让人忍不住头皮发麻。只看了一眼，他便立马别开脸，当作什么都没看见。

夜霆晟看着一旁的水面，又将目光落在一旁桌子上的几张小字条上，将它们拿起来——在指间捏碎，扔到窗外。

水面被激起小小的涟漪后，又回归平静。

叶七七知道自己有些晕船，果不其然，船只刚行驶没多久，她就一阵一阵地恶心。

见小姑娘趴在矮桌上小脸苍白，燕铖走进船舱，问道："怎么了？"

叶七七听见他的声音，抬眸无力地看了他一眼。

"晕船？"燕铖伸手探上小姑娘的额头。

叶七七点了点头，下一秒就捂住嘴巴，一副想吐的样子。

燕铖急忙拿过一旁的水桶放在小姑娘面前，轻轻拍了拍小姑娘的背："晕船怎么不早跟哥哥说？我让张太医过来。"

叶七七摇了摇头，说道："不用。"她就是单纯的晕船而已，就算张太医来了也没有用。

李将军正要跟男人商议些事情，刚走到船舱口，就听见翊王殿下说要让张太医过来，随后就见七公主殿下捂着嘴，面色苍白，一副要吐的样子。

见此番情景，李将军也不知怎的，心中突然产生一个荒唐的想法：七公主不会是怀上了吧？

他本就是殿下的人，自然知道殿下的真实身份，也知道殿下对七公主是什么心思。不过七公主还小，殿下就这么着急让七公主怀上孩子吗？

李将军正在心中吐槽某人不做人时，突然感觉一道冰冷的视线落在自己身上，一抬头，果然对上男人那双幽暗的眸子，吓得不由得打了个寒战。他立马低下头，态度恭敬地说道："殿下，我们大概还有两个时辰便能抵达崖关了。"

"嗯，知道了。"燕铖回道。

李将军心惊胆战地说完，就听到男人不咸不淡地回了一句，显然此刻某人的注意力全都在那"孕吐"的小姑娘身上。

李将军左思右想，瞧着七公主一副虚弱的样子，还是没忍住问道："七……公主没事吧？"要不要吃个酸梅？他对医术也是有了解的，知晓孕妇孕吐的话，好像吃点儿酸梅会好一点儿。

燕铖说道："没事，就是晕船晕得厉害。"

李将军正打算将自己祖传的育儿宝典拿出来给男人传授经验，没想到男人突然来了这么一句。"晕……晕船？"李将军问。

晕船的话不就更简单了？"晕船的话，不如公主殿下试试这个？"李将军掏出一个小瓷瓶，"这是我们家乡的土方子，以前我每次坐船也会晕船，都会用这个在太阳穴的位置涂一涂。"

燕铖接过李将军递来的小瓷瓶，端详了片刻。

瞧着男人不太相信的样子，李将军转身便指了指站在船头的一个侍卫，说道："殿下，您若不信可以问问那小子，方才那小子一上船就吐得昏天黑地的，结果涂了我的药立马变得生龙活虎。"

"从卫，本将军说得对吗？"李将军对着船头大喊道。

听见声音的侍卫转过头，恭敬地说道："多谢李将军的土方子，不然我肯定已经吐得昏天黑地了，谢过将军。"

"别客气。"李将军摆了摆手，显然对自己的土方子充满信心。

燕铖将小瓷瓶打开，用指腹蘸了些药涂抹在小姑娘的太阳穴上。

看着自家主子面对小姑娘时温柔如水的模样，李将军十分有眼力见儿地退了出去。

燕铖问："好点儿了吗？"

叶七七感觉自己太阳穴的位置有一股清凉的感觉袭来，原本一阵阵翻涌上来的吐意似乎立马消散了不少。她睁开眼睛，映入眼帘的便是男人那线条刚毅、漂亮的下颌线，忍不住伸手轻轻碰了碰他的下巴。六哥哥今天又戴假面了。

感觉到小姑娘的手摸上自己的下巴，燕铖低头看着已经睁开眼睛的小姑娘，摸了摸她的脸："好点儿了吗？"

叶七七点了点头，问："你刚刚给我涂什么了？"现在她还感觉太阳穴的位置有些冰冰凉凉的。

燕铖答道："李将军给的，说是他们家乡的土方子。"

叶七七接过男人手中的小瓷瓶，将瓶口靠近鼻子闻了闻："好像有一股薄荷的味道。"但又好像不是，味道没有薄荷那么刺鼻。

然后叶七七将小瓷瓶还给了他。不过下一秒，她意识到不对劲的地方了：她什么时候都枕在六哥哥的腿上了？

叶七七急忙要起身，却被男人按住了肩膀。

"躺这儿吧，还有一会儿才到崖关呢。"

叶七七这一躺，又不知不觉地睡着了。等她再一次醒来时，船只已经稳稳地停在崖关的河岸。

"殿下，你们终于来了。"冷卫和宋将军早已带着人在渡口等候多时。

叶七七从冷卫那儿得知，他们刚来那几日，瘟疫有些严重，不过经过他们这几日的努力，疫情总算是稳定下来了。

"不过有件事要跟公主殿下您说一下。"冷卫说道。

叶七七问："我？"

"嗯。"冷卫点了点头，脸色有些凝重，"前天我们在城中施粥，原本一切井然有序，可不承想突然冒出三个有意扰乱秩序的灾民，殷修初殷小公子不小心被抓伤了手臂。抓他的那个人得了瘟疫，所以现在殷小公子也被传染上了，目前正在城西的寺庙里医治。"

其实不止殷修初一个人在寺庙里治疗，所有得了瘟疫的患者都被安置在那里。

冷卫说道："不过公主殿下您放心，太医院的医师都已经去了，定会将那些患者都医治好。"

因城中百姓甚多，为了防止大范围传染，官府便将得了瘟疫的百姓都安置在城西一座闲置已久的寺庙——安居寺中，如今有八十几人被安置在那里。

叶七七来到崖关的第二日，便同方逸辰和唐凌白他们来到了安居寺。

马车停在了安居寺门口，叶七七即将下马车时，被方逸辰抓住了手臂。

方逸辰脸色有些沉重地看着被面罩遮住了大半张脸的小姑娘，说："七七，你最好做好心理准备，阿初他现在……"

看着方逸辰欲言又止的表情，小姑娘轻轻拍了拍方逸辰的手，说道："放心吧，我知道的。"

方逸辰应道："嗯。"

安居寺此刻是禁止闲人入内的，但今日叶七七是以送餐学子的身份来的。

门口的侍卫看到他们身后放着食物推车，才给他们放行，放他们进去之前还不忘提醒道："分发完东西尽快出来，切勿停留。"

三个人推着小推车进去，寺庙里安静得简直不可思议。

因寺庙的房间有限，每一间房里都住了两到三人。

为了安全，他们这些送餐的人是不能跟患者直接接触的，只能将食物放在门口，让患者等他们走后自取。但不乏饿得有些久的患者，在他们刚将食物放在门口后，便迫不及待地将门打开了。

叶七七看见一只布满红疹的手，吓了一跳。

看着被吓得愣在原地的小姑娘，方逸辰手疾眼快地捂住她的眼睛："七七，别看了。"

叶七七问道："阿初他……也会变成这样吗？"

方逸辰抿了抿唇，答道："阿初应该会比他好一点儿。"

方才那满手的红疹，对于小姑娘来说可能很可怕，但是方逸辰之前早已看过更严重的，甚至几天前还看见一个全身都长满红疹的人因忍受不了疼痛直接一头撞死在了墙上。都说战争无情，但疾病何尝不是？

"走吧。"他对小姑娘说道，"快到阿初那里了。"

不知为何，叶七七感觉越往寺庙里头走越冷。

三个人推着推车在一处极其荒凉的院子前停了下来。

叶七七有些不敢相信地指了指那院子："阿初住这里？"这里怎么看都和方才那些患者住的环境相差甚远呀？

唐凌白将推车里的食盒拿出来，解释道："本来阿初也是住在那边的，但是他不想跟别人同住，于是便一个人住这里了。"

"一个人住这里？"叶七七看着那清冷、残破的院子，不敢想象一个人住在这样的院子里不能出去是何种心情。

方逸辰轻敲了几下门，对着那扇紧闭的房门说道："阿初，我们来给你送午膳了。"

方逸辰说完，里头安静无比，没有任何回应。

叶七七正要开口，就听身旁的唐凌白突然开口："七七宝贝也来了。"

叶七七喊道："阿初。"

叶七七那一声"阿初"一出口，原本安静的屋内终于传来了动静。

殷修初本以为是自己出现了幻听，直到门外又传来一句："你还好吗？"

殷修初终于明白这不是自己的幻觉，那声音真是七七的。

"砰——"因太过激动，他无意间撞翻了一旁的椅子。

听着里头传来的动静，叶七七有些担心地问道："阿初，你没事吧？"

殷修初正要脱口而出"没事"，可就在要推开门时，无意间看到自己的手背上的红疹，开门的动作立马顿住了，话也没说出口：是呀，他怎么忘了，现在他这个样子，怎么能见七七呢？铁定会把她吓到的！

而后那房内又陷入久久的寂静。

"怎么又没声了？"唐凌白不解地说道。

方逸辰不太放心地又敲了敲门："阿初，你没事吧？"

"阿初？你怎么不说话了？"叶七七又问。

叶七七的话音落下的下一秒，里头的少年终于轻轻敲了敲门，算是回应了他们。

唐凌白听着里头的敲门声，开口："你这回应也太吓人了吧。"

"就是，我们还以为你怎么了呢。"方逸辰得知殷修初没事，才松了口气。

"快走。"殷修初的声音从门缝中传出。

因为他的声音太小，站在门口的方逸辰没太听清楚："阿初你说啥？声音太小了，我们没听清楚。"

殷修初说道："我说带七七走，这里危险。"他不能理解方逸辰和唐凌白这两个呆子是怎么回事，为什么要带七七来这么危险的地方？

唐凌白也凑了过来："阿初说什么了？"

方逸辰一字一顿地说道："他让我们带七七走，说这里太危险了。"

叶七七说道："那我们走了，阿初，你一定要好好吃饭、吃药，快点儿好起来。"

"嗯。"门里头传来少年沉闷的声音。

叶七七又说道："我还给你带了你最爱吃的鱼，你一定要好好照顾自己呀！"

"好。"殷修初回答道。

方逸辰说道："那我们走了。"

屋内又陷入长久的沉默。

叶七七说道："阿初，那我们走了，食盒放在门口了。"

"好。"屋内的少年几乎是立马答道。

方逸辰有些不信邪，又对着屋内说道："一定要好好吃饭呀。"同他想象中一样，屋内又是安安静静的。阿初这小子是什么毛病，为什么只回七七的话？是他不配吗？

"走了。"已经走远的唐凌白见方逸辰还站在门口，提醒道。

"来了。"方逸辰这才转身离开。

直到三人离开，那紧闭的房门才缓缓地打开。

殷修初伸手将放在外面的食盒拿进来，当他看见食盒上面刻着的小兔子时，嘴角忍不住勾了勾，用指腹抚上那食盒上雕刻的纹路。

这果真是小姑娘会用的食盒，里面还放着三颗糖。

"阿初他……会没事的吧？"上了马车后，叶七七问道。

方逸辰和唐凌白抬头对视了一眼。

叶七七看着他们两个人这副样子，心中有种不祥的预感："你们俩干吗这副表情？"

"没事。"唐凌白安慰小姑娘，"阿初会没事的，太医院的太医医术十分精湛，会找出病因的。"

"病因？"

叶七七问："那些患者除了身上会长红疹外，还有其他症状吗？"

唐凌白想了想，说道："嗜睡、全身无力，还有长红疹的部位会发痒，但说来也奇怪，得了这病的至今无一人死亡，除了实在忍不住病痛而自杀的。"

"忍不住病痛自杀？那这病也太奇怪了。"叶七七说道，"不会夺人性命，但会让人忍受不住病痛而自杀。"

"确实奇怪得很，只希望太医院能尽快找到根治此病的方法。"

先前在长临耽搁了好几日，因此来到崖关后，燕铖比之前更忙了。

叶七七这几日一直在学子的住所帮忙，所以和燕铖相聚甚少。

入夜，住所中的学子都已安然入睡。因女学子只有叶七七一位，所以她独自一人一间房。

叶七七刚躺在床上准备睡觉，就听见窗户那边传来声响，正要起身，便被某人从身后一把抱住了。

"怎么还没睡？"

叶七七听着熟悉的声音，悬着的心立马放了下来。

"正准备睡。"叶七七说，"六哥哥，你怎么来了？"

"想你了。"说着，燕铖俯下身，额头轻抵着小姑娘的脖颈儿，"所以七七想哥哥了吗？"

叶七七还没来得及回答，便被某人扳过身子和他面对面，他的那张脸便在她眼前放大，她的下巴被抬起，唇瓣被他亲了一口。

一吻完毕，燕铖又亲了亲小姑娘的耳朵，声音温柔地说道："还有两个月零十五天就是七七的生辰了，到时候哥哥应该就能名正言顺了。"

"为什么是到时候？"叶七七表示不解。

燕铖朝小姑娘笑了笑，又低头亲了亲小姑娘的嘴角："到那个时候你就知道了。"也当是他给小姑娘一个惊喜了：他很快就要以另一个身份站在她面前。

"以后我们只要一个孩子好不好？"燕铖不知不觉间便把手放在了小姑娘的肚子上。

听了他这话，叶七七被吓到了。

六哥哥这也……太急了，他们都还没有成婚，怎么……怎么就突然谈到孩子了？

而且她不明白的是，他为什么只要一个孩子？

叶七七问："为什么只要一个孩子呀？"

"不是说生孩子很疼吗？舍不得七七疼，如果可以，孩子不要也罢。"

"这……这怎么行呢？！"叶七七说道，"孩子还是要的。"

燕铖问："喜欢孩子？"

"喜欢，就像焕儿一样，焕儿就很可爱呀。"

生怕男人不知道焕儿是谁，叶七七又解释道："焕儿是九皇叔的孩子。"虽然不是九皇叔亲生的。

"那七七喜欢男孩儿？"燕铖问。

"也不是，反正……男孩儿、女孩儿我都喜欢。"

说完这话，叶七七才发觉，自己现在都还是个孩子，怎么就跟六哥哥谈论生男孩儿、女孩儿的话题了？他们是不是讨论得有些偏了？

燕铖说道："只要是七七生的，我都喜欢。"

叶七七有些害羞，将脸埋进被子里："很晚了，我要睡觉了。"

"好。"

听到男人说了个"好"字，叶七七本以为他会离开，可没想到耳边传来"窸窸窣窣"的声音，一睁眼就见男人已经脱掉了身上的外袍："六哥哥，你干什么？"

"嗯？"燕铖将外袍扔到一旁，随后便掀开小姑娘的被子钻了进去。

"一起睡。"

他伸手揽过小姑娘的腰，直接将小姑娘拉进了自己怀里。

感觉到男人的手臂环着自己的腰肢，叶七七想到之前在长临的那个雨夜，想着想着脸上的温度有些控制不住地升高。

叶七七忍不住将脸埋进了被子里。

但没一会儿，她便被男人从被子里扯了出来。

"躲在被子里干吗，不闷吗？"

"不闷。"小姑娘摇了摇头，将自己缩得跟鸵鸟一般。

"六哥哥，你是翻窗进来的吗？"

燕铖轻哼了一声：他自然是翻窗进来的。

小姑娘嘀咕："怎么跟小偷一样？"

"嗯，小偷贪图宝贝的美色，想要跟宝贝一起睡觉。"

听着男人一口一个"宝贝"，叶七七只觉得自己的脸更加烫了。

随后她伸脚踢了踢男人的小腿："那你去闩门。"

燕铖问："闩门？"

小姑娘说道："门没有闩。"

燕铖正想问这丫头一个人睡觉为什么不闩门，突然眼尖地发现被子里的小姑娘微微颤抖的肩膀，想到了一种可能。

"告诉哥哥为什么不闩门，"他不太确定地问道，"难道……在等我？"

他这话一说出来，小姑娘真受不了了，伸手便推着他让他去闩门。

燕铖嘴角勾起的弧度更加大了："还真的是在等哥哥呀。"

就在小姑娘要用脚踢他的时候，他终于下了床，走到门口将门闩了起来。

叶七七将脑袋从被子里探出来，看着黑暗中那高大的身影。

其实她也不知道自己是怎么想的，晚上关门的时候突然想到了六哥哥，总感觉他们两个人两日没见，他铁定很想她了。按小说里的逻辑，男主人公过于思念女主人公不都会夜访女主人公的房间吗？她也是突然想到这个就留了门，没想到他真的来了，但他是翻窗进来的。

第四章

疑　云

在六哥哥闩好门后，叶七七再一次将脑袋缩进了被子里。

燕铖朝床榻走去，再一次掀开被子躺进去，顺手便将小姑娘揽进了怀里。

他用下巴抵着小姑娘的发顶，大掌在小姑娘的腰上轻轻拍了拍，轻声说道："睡吧。"

听着男人宠溺的声音，叶七七感觉耳朵有些痒，困意也一点点地袭来。她闭上眼睛，就在她即将睡着时，听见身旁的男人突然说道："我突然想到一个名字。"

睡意渐浓的小姑娘含糊地嘟囔了一声："嗯？"

燕铖问："七七觉得'思七'这个名字怎么样？"

思七，燕思七。

燕铖说道："挺适合做我们未来孩子的名字的，男、女都可以。"

燕铖在这个深夜已经开始幻想自己同小姑娘的未来。可他在说完这些话后，过了好一会儿都没有听到小姑娘的回答。

他坐起身，听到小姑娘平稳的呼吸声，定睛一看，却发现小姑娘早已睡得香甜。

燕铖看着小姑娘恬静的睡颜，目光柔和下来，嘴角勾着笑意，轻声说道："怎么说睡就睡了？"

他伸手拂过小姑娘面颊上的头发，指腹轻滑过她那软乎乎的脸，看着小姑娘的目光就像是染了蜜一般。

正当他打算低头亲一亲小姑娘那噘着软乎乎的嘴时，许是感觉到自己的脸被人捏着，正熟睡的小姑娘有些不太舒服地吧唧了一下嘴，然后翻了个身面对着他，小手环住了他的腰，将他紧紧地抱住了。

看着抱着自己睡得正香的小姑娘，燕铖无奈地笑了笑，最终低头在小姑娘的额头上留下一个吻："晚安，我的姑娘。"

一夜无梦，清晨的第一缕阳光透过窗户照进室内，懒洋洋地洒在小姑娘身上。

叶七七下意识地伸了个懒腰，手无意间落在身旁，却什么都没触到。

"嗯？"她缓缓地睁开眼睛，发现身侧早已空无一人，一股失落感油然而生：六哥哥怎么走得这么早？

"怎么这么早就醒了？"

就在叶七七准备起身时，一旁突然传来男人那熟悉的声音。

她一转头，就看见一旁正在穿衣服的男人，下意识地说道："六哥哥，原来你还没走呀！"

"七七想让哥哥走？"燕铖将腰间的带子扣好，朝小姑娘走来，冷不丁捏住了她软乎乎的小脸。

小姑娘鼓着腮帮子说道："没有，我还以为你走了。"

燕铖说道："本来打算走的，但是看到七七突然又不太想走了。"

燕铖轻轻捏了一下小姑娘的耳垂，笑道："虽然不想走，但我现在还没有名分，不得不走。"

叶七七想：这好端端的怎么又扯到名分上了？

"希望以后七七能够给哥哥一个名分吧。"燕铖笑着凑近小姑娘，临走之时在小姑娘的脸上落下一吻，轻声说道，"哥哥走了。"

话音刚落，他便走到窗前，推开窗户翻了出去。

来时翻窗户，走时也翻窗户，六哥哥这样搞得他们两个人真的像是在偷情一样。

直到男人的身影在眼前消失，叶七七才收回视线，手缓缓地落在男人方才吻她的地方，脸莫名其妙地有些发烫。

这一日同之前一样，叶七七、方逸辰和唐凌白三人到安居寺送吃食。

叶七七站在门外，将带来的食盒放在门口，轻轻敲了敲门，对着里头问道："阿初，你感觉好点儿了吗？"

听着门外小姑娘熟悉的声音，紧闭着门的屋内终于传出一些声响，然后少年沙哑的声音从门缝里传出："好多了。"

叶七七说道："知道阿初你喜欢吃鱼，所以我特意让厨子做了西湖醋鱼，对了，还有阿辰从京城带来的肉干。你还想吃什么？我们明天给你带。"

殷修初语气有些严厉地说道："你们明天不要来了。"

叶七七没想到他会这样说，不由得愣了一下，正想问他为何时，就又听见少年说道："这里太危险了。"

这病症虽然不容易致死，但是万一染上了，那后果……他将目光落在自己的手臂上，看着手臂上的红疹，抿了抿唇，语气猛然冷了下来："别再带她过来了。"

他这话是对外面的方逸辰和唐凌白说的。明日他们要是还来，那么他铁定不会再理他们了。

"你们走吧。"殷修初说。

听着里头的少年不悦的语气，方逸辰和唐凌白便知晓他心里的想法了。

唐凌白解释道："我们是担心你，所以才……"

"难道你们每天来，我这病症就会好吗？"

殷修初这话，堵得唐凌白不知道该说什么了。

殷修初一字一顿地说道："我很好，太医明确地说过，这个病除非忍不了病痛而自杀，否则是不会有生命危险的。"

"那你……"唐凌白本来想问他能不能忍受病痛，但是转念一想，殷修初应该是他们四个人当中最能忍的人了。

殷修初说道："你们来看我并不能改变什么，我不想到时候变成我们几个都住在这安居寺，懂我的意思了吗？"

"懂了。"唐凌白点了点头，"那你好好照顾自己，明日我们便不来了。"

其实本来今日送餐的就不是他们，但因为太担心他，所以他们求了那管事好久，管事才把送餐的活儿交给了他们。

叶七七说道："阿初，那我们走了，你一定要好好吃饭和吃药，等你好了，我们再来接你一起回去。"

里头的少年沉默了许久，终于说出一个字："好。"

三人坐着马车离开。

当马车行驶到城中时，突然被堵住了去路。

坐在最外头的唐凌白掀开车帘，问道："前面发生什么事情了？"

坐在车头的两名侍卫摇了摇头，随后其中一名侍卫跳下马车，说道："属下去看看。"

过了一会儿，那名侍卫回来了，恭敬地说道："是前面的包子铺来了个吃白食的，和那老板娘吵了起来。"

看热闹是人的天性，这不，一个人在包子铺吃白食而被老板娘揪出来破口大骂，吸引了很多人围观。当然，换作普通的包子铺，是不会有那么多人围观的，主要是这家包子铺在崖关名气很大，那老板娘也是出了名的年轻貌美。

虽说那老板娘一颦一笑勾人魂，但那张嘴要是骂起人来，地府的判官都要给她几分面子。

"你这混账东西，也不在这十里八乡打听打听我施魅娘的名声，敢在老娘店里吃白食，你当老娘是吃素的吗？今天你要是不拿出银两来，老娘就打断你的两条腿！"

美女老板娘的话音刚落，便来了三名彪形大汉，直接一把将地上吃白食的男人拎着衣领提了起来。

"给我搜！老娘就不信他身上一个值钱的东西都没有！"

于是三名彪形大汉直接扯着那男人的衣服上下摸索。

听着外头的动静热闹非凡，唐凌白也看起了热闹。

"施魅娘包子铺。"他看着那门口挂着的招牌，"我之前好像吃过她家的包子，还挺好吃的，等一下买来给七七尝尝。"

"好。"叶七七点了点头。

不过下一秒，就听外头的人群中突然传来尖叫声："啊——他……快看他的腿——"

然后众人就看见那被彪形大汉拎着衣领的男人露出一截脚脖子，而那脚脖子上布满了红疹。

"他是病患！会传染！"

此话一出，拎着那人的衣领的彪形大汉都吓得松开了手。

围观的众人立马全吓得往后退。

那男人瞧着众人惊恐的脸色，急忙将自己的裤腿往下拽了拽，捂住自己的脸，想要从人群中逃离。

现在众人知晓了有病患在场，站在后面的人不知道前面那些人说的病患是谁，争先恐后地跑开，于是街道上顿时混乱不堪。

拉车的马受了惊吓，马车一阵颠簸，马车里的三人直接从车里掉了出来。

"啊——"突然的失重感令叶七七不由得尖叫出声。

就在这千钧一发之际，一侧的酒馆三楼飞出一道白色的身影，稳稳地将被甩到半空中的小姑娘接住了。

预想之中的疼痛并没有到来，叶七七缓缓地睁开眼睛，映入眼帘的便是白色衣袍。

小姑娘有人出手相救，方逸辰和唐凌白就没有那么幸运了，狼狈地摔在了地上。不过刚从那疼痛中缓过来，两个人不约而同地想到了小姑娘：他们都被摔得如此之疼，更别提金枝玉叶的小姑娘了！

方逸辰忍着痛从地上起身，正要喊小姑娘，就见一群人迎面朝他冲来，冷不丁又被撞到了一旁。

"七七！"

四周喧闹的人声传入耳中，看着眼前那白色的衣袍，叶七七缓缓抬头，对上一张熟悉的脸。

那人笑得让她如沐春风，轻声问她："可有哪里摔疼了？"

闻言，叶七七摇了摇头。

知晓小姑娘无事，夜霆晟就准备带小姑娘离开这里。

这时被他抱在怀里的小姑娘突然扯了一下他的衣袖，开口："还有阿辰和凌白他们……"

下一秒，夜霆晟给了手下一个眼神。

手下会意，冲进人群将两个少年拎出来，带到安全的地带后，松开手。

"咳咳。"一被松开，方逸辰和唐凌白便忍不住咳了起来。

两个人狼狈地跪在地上，原本干净洁白的衣袍上多了好些脚印。

叶七七看着两个人身上的脚印，担心地问道："你们俩没事吧？"

唐凌白捂着胸口摇了摇头，朝小姑娘摆了摆手，还有些喘，说道："没……没事。"就是方才也不知是谁突然踩了他一脚，险些将他踩到鬼门关里去。

过了好一会儿，两个人才从方才的惊心动魄中回过神来。

方逸辰无意间抬头，看到坐在一侧的男人后，急忙想要从地上起身，但无奈如今全身实在是被踩得太疼了。

"多谢翊王殿下出手相救。"方逸辰说道。

听着少年对自己的称呼，夜霆晟不由得轻挑了一下眉，脸上的表情高深莫测。

虽然并不是这少年口中的翊王，但夜霆晟还是装模作样地轻笑了一声，回道："不必多礼。"

他起身走到两个人面前，蹲下身查看两个人的伤势。

见翊王殿下竟亲自给他们看伤势，方逸辰和唐凌白都有些受宠若惊。

"是这里疼吗？"夜霆晟用指腹轻轻压了压唐凌白的背部。

刚被轻轻压了一下，少年立马变了脸色，急忙点了点头。

"没伤到骨头。"说完这话，夜霆晟便站起身，走到一旁拿来笔墨，行云流水一般在纸上写着什么。

随后他放下笔，将写了字的纸交给一旁的手下："去医馆抓这上面的药，熬好了送过来。"

"是！"说完，手下便拿着药方离开了。

方逸辰说道："劳烦翊王殿下了。"

"不必客气，你们是七七的朋友。"说着，夜霆晟便看向一旁的小姑娘，嘴角带着宠溺的笑意。

看着男人嘴角的笑意，不知为何，方逸辰总感觉翊王殿下跟之前有些地方不一样，准确来说是给他的感觉不一样了。在他的印象中，翊王殿下不是很威严的吗？难道是因为有七七在场？

"主子。"一名侍从走到男人身边。

也不知那侍从凑在男人的耳边说了些什么，听完之后，男人脸上那让人如沐春风的表情以肉眼可见的速度变了一下。但许是因为现场还有小姑娘在，很快夜霆晟便恢复了正常，瞧着一旁的小姑娘，柔声说道："哥哥有事要处理一下。"

"好。"叶七七轻轻点了点头。

男人走后，方逸辰说道："还好翊王殿下及时赶到，不然今日我们还不知道会狼狈成什么样子呢。"

唐凌白也点了点头："不过翊王殿下今天不是应该去衙门了吗？怎么会在这里？"

唐凌白此话一出，方逸辰也突然想到这一点。

叶七七听了这话，脸上的神情有些变化，解释道："或许皇兄来这里是有事要处理吧。"

闻言，两名少年打消了心中的疑惑。

几个人一同去了夜霆晟暂住的地方休息。

走廊外，夜霆晟得知人已经被官府抓去，表情十分难看。

手下心惊胆战地跪在那儿，连呼吸都放慢了些。

夜霆晟正要开口，瞧见不远处从房里走出来的小姑娘，对手下说道："你先下去。"

闻言，手下如释重负地松了一口气。

叶七七关上门，看到站在走廊上的六皇兄，走了过去："六皇兄。"

"嗯？"一双柔情似水的眸子朝小姑娘看了过去，夜霆晟轻声说道，"七七怎么出来了？"

叶七七问道："六皇兄，你怎么来崖关了？"他不是应该在京城吗？

"七七看见皇兄很意外？"夜霆晟问道。

叶七七轻轻点了点头："是……有一点儿。"

夜霆晟说道："哥哥来崖关还能为什么？自然是想七七了，所以便来看七七了。难道七七不想哥哥吗？"夜霆晟轻轻捏了捏小姑娘的脸。

叶七七看着男人望着自己的那宠溺的笑容，险些要将他当作六哥哥了，可面前的这个人，再怎么说还是跟戴着假面的六哥哥有些区别的。

夜霆晟用指腹轻蹭过小姑娘的脸。

叶七七有些不太舒服地将脸往一旁偏了偏："想了。"

听了小姑娘这话，夜霆晟不由得轻笑出声："怎么感觉七七这话那么没诚……"

他的话音戛然而止，眼睛死死地盯着小姑娘的脖颈上的那处显眼的红痕。

那红痕刚好被小姑娘散落的头发遮挡着，如果不是他无意中撩起小姑娘的长发，恐怕还发现不了。

虽然他不是纵横情场的人，但对吻痕又怎会不识？

看着男人突然阴冷下来的眼神，叶七七吓了一跳："六皇兄怎么了？"

夜霆晟目光沉沉地盯着小姑娘看了许久，然后用带着凉意的手掌捏着小姑娘的脖颈儿。

叶七七看着六皇兄不善的眼神，尤其是她还被他捏着脖子，感觉他像是要将她给掐死一样。

"没什么。"夜霆晟松开手，恢复了以往的神情，"突然想到一件令我不高兴的事情。吓着你了？"

小姑娘摇了摇头："没有。"

"那就好。七七今日留下来跟哥哥吃顿晚膳再走吧？"夜霆晟提议道。

叶七七闻言，脸色犹豫。

见小姑娘犹豫，夜霆晟又说道："放心，你那两个朋友，哥哥等下就命人将他们安全地送回去。"

话已至此，而且他毕竟是千里迢迢地从京城赶来，叶七七点了点头："好。"

见小姑娘答应，夜霆晟伸手将小姑娘揽进怀里："想吃什么？哥哥等一下让厨子去做。"

叶七七说了几道自己想吃的菜。

男人重复了一遍，一一记了下来。

叶七七看着六皇兄的侧颜，其实有一点儿不明白：六皇兄那六皇子的身份被六哥哥抢了那么多年，那么六皇兄这些年一直在哪里？而且看他手下众多，不像缺钱的样子。

"七七在想什么？"一个声音拉回了叶七七的思绪。

叶七七回过神，看着面前一桌子丰盛的晚膳，才意识到自己在跟六皇兄吃饭时竟走神了。

夜霆晟将剥好的虾放进小姑娘的碗里："吃吧。"

小姑娘这才注意到自己碗里的饭菜被男人堆得高高的，表情凝固了一下。她拿起筷子时手都有些发抖：六皇兄给她搛的菜也太多了吧！

吃完饭后，叶七七也不知道是太累了还是怎么，两个眼皮不由得上下打架。

夜霆晟看着小姑娘困乏的脸，贴心地说道："七七要是想睡就先睡一会儿，马车还要一会儿才来呢。"

叶七七本来想要谢绝他的好意，不过最后还是抵不住那如潮水般朝她涌来的睡意。

夜霆晟转过身来时，发现小姑娘已经趴在桌子上睡着了。

他站在那儿看了小姑娘许久，最终放下手里的茶杯，朝小姑娘走了过去，然后弯腰将小姑娘打横抱起，放到一侧的软榻上。

"七七。"他轻喊了一声。

可熟睡的小姑娘毫无反应。

他不由得冷哼了一声，原本目光里的宠溺瞬间荡然无存。

"可真是个不让人省心的孩子。"话音落下，他便已卷起小姑娘的衣袖，当看到小姑娘的手臂上那颗显眼的守宫砂时，脸上的戾气才缓缓地消失。

叶七七这一觉也不知睡了多久，再次睁开眼睛时，四周已经昏暗一片，只有床边点着一盏光线微弱的灯。

她缓缓地起身，轻轻揉了揉自己的脑袋，看着自己身上盖着的被子：奇怪，她什么时候睡到床上了？

叶七七下床穿上鞋子，推开门后发现天早已黑了，偌大的院子里空无一人，依稀只见走廊尽头微微亮着灯。

她揉了揉眼睛，朝着那尽头的屋子走了过去。

门半开着，光从门缝中洒了出来，叶七七朝里头喊了一声："六皇兄？"

无人应答。

她轻轻地推开门。

四周无比安静，门被推开的声音显得尤为清晰。

偌大的房内灯火通明，却空无一人。

见屋内无人，叶七七本想离去，可突然间屋内飘来的香味蹿入鼻腔，她离去的步子停了下来。

她再次轻嗅，一时之间竟分不清那香味是何种香，有点儿像是麝香，但是仔细闻又好像不是。

看到不远处的桌子上放着些瓶瓶罐罐，叶七七最终还是忍不住好奇，走进屋子里。

她走到桌子前，闻到的香味好似更浓郁了。

桌子上堆着好些书籍、草药、鲜花，还有些打开的瓶瓶罐罐。

"七七。"

就在叶七七打算随手拿起一样东西闻一闻时，门口突然传来男人的声音。

见男人回来，叶七七才收回手，乖巧地叫了一声："六皇兄。"

夜霆晟走到小姑娘身边，不动声色地瞥了一眼桌子上的东西："怎么跑到这里来了？"

叶七七没有注意到男人的眼中一闪而过的深意，如实答道："我方才醒来没看见人，瞧见这里亮着灯，还以为六皇兄在这里。"

她说完，就见站在她身旁的男人将一旁的小盒子合上。那盒子她有些印象，刚刚无意间瞧见里头放着几颗黑色小药丸。

望着桌子上的东西，叶七七忍不住问道："六皇兄是在做香囊吗？"

"香囊？"夜霆晟微微愣了一下，看着桌子上放着的一些草药和鲜花，笑着摆弄了一下有些枯萎的花叶，"是呀。七七想要吗？改日哥哥送你一个？"

闻言，小姑娘眼睛亮了："可以吗？"

"自然是可以的。"夜霆晟朝小姑娘笑了笑。

叶七七说道："方才在门口闻到一股很好闻的香味，有些像麝香，但又不太像。"

听着小姑娘的描述，夜霆晟用修长的手指翻动面前的瓶瓶罐罐，然后拿出一个小瓷瓶递给她："是这个吗？"

叶七七接过小瓷瓶，放在鼻尖闻了闻，随后轻轻点了点头："嗯，就是这个香味。"

夜霆晟拿过小姑娘手中的小瓷瓶，也闻了闻。

"这是麝香吗？"小姑娘问。

夜霆晟将小瓷瓶放回原位，轻轻点了点头："是麝香，不过里头除了麝香还加了其他几种香料。"

看着小姑娘闪闪发光的眼眸，他问："喜欢这个味道？"

"喜欢。"

"喜欢的话哥哥就做这个香味的香囊了。"

"嗯。"

夜霆晟将其他几个小瓷瓶推到小姑娘面前："看看还有没有喜欢的，哥哥给你多做几个。"

叶七七一一打开塞子闻了闻，感觉都没有一开始闻到的那个味道好闻，说道："还是比较喜欢第一个的味道。"

夜霆晟说道："好。"

安居寺某一间厢房内，灯火通明。

房屋四周包括外头的院落皆由腰悬佩剑的侍卫把守着，格外森严。

张太医将病患头顶的最后一根针拔掉，起身离开。

走出屋子后，张太医接过仆人端来的药盆清洗了一下双手，将脸上的面罩摘下，对着面前的男人行了个礼："不知殿下是在何处发现的此人？"

燕铖看了一眼身旁的李将军。

李将军说道："此人是今日在城中被发现的。"

"城中？"张太医变了脸色。

李将军说道："说来也凑巧，这病患在城中一家包子铺吃白食，结果被那家店铺的老板娘发现，争执间此人小腿上的红疹无意间露出，这才被人发现。"

张太医说道："发现得好，发现得好呀！"

"发现病患还是好事？"李将军问道。

张太医解释道："李将军您有所不知，这些天我们一直在寻找这病症的源头，可面诊过的所有病人都不是，一无所获，而今日你们送来的这人，就是初始病例！"

李将军说道："初始病例？"

张太医解释道："原本我们都以为此病症是天花，可人一旦得了天花，基本无药可医，只有等死的份儿，这与崖关这次的病症不一样。经过这些天的诊治，下官发现崖关这次的病症并非天花，而是一种人为创造出来的病症，与其说它是病症，还不如称它为酷刑。这种病不会让人死亡，但会让人无法忍受身体上的病痛而自杀。不知殿下可曾听说过北渊国的十大酷刑？"

"酷刑？"燕铖皱了皱眉，"难道这病症就是十大酷刑中的药刑？"

张太医点了点头，说道："正是。古书有云，那北渊帝生性残暴，除了使用前人流传下来的那些酷刑外，由于精通药术，还创造出不少用药来折磨犯人的法子。不过依下官从医数十年的经验，这幕后之人显然也是个制药的天才，竟还改良了北渊的药刑，使其药力减弱，却具有传染性。"

燕铖问："那不知张太医有几成把握研究出解药？"

"有了第一个得这病症的病患，自然是有十足的把握研究出解药。不过待那病患醒来，就要请殿下好好审问他身上这病究竟从何而来了。"

"好，有劳张太医了。"燕铖说道。

张太医说道："殿下您言重了，这是下官的职责所在。"

张太医刚离开没多久，冷卫便从外头回来，对男人恭敬地说道："主子，那病患的身份查到了。此人名李二狗，三十二岁，崖关马安村人，无父无母，平时无所事事，如同过街混混儿，三个月前因……因偷看邻家寡妇洗澡，被人告到了衙门，被关了六日，从衙门出来后便下落不明，无一人知晓他到底去了哪里。直到今天，他在城中的包子铺吃白食，才被人认出来。"

燕铖问："可从他口中盘问出什么来？"

冷卫摇了摇头，答道："将他押到这里来时，他看到侍卫们一个个腰悬佩剑，还以为我们要处决他，直接吓晕过去了，到现在还没醒。等他醒来，属下一定好生盘问。"

李二狗睁开眼睛，看着眼前陌生的环境，愣神一瞬间，直到一转头瞧见站在不远处的那一排排腰悬佩剑的侍卫，吓得立马变了脸色。

"是叫李二狗吗？"一个冷冷的声音传来。

李二狗朝声音传来的方向看去，瞧见坐在那儿手握佩剑的冷卫，吓得直接从床铺上摔到了地上。

他哆哆嗦嗦地跪在地上磕了好几个响头："官爷饶命呀！官爷，草民不是有意偷吃那包子的，官爷饶命呀！"

冷卫问："你这三个月都身在何处？"

冷卫此话一出，李二狗磕头的动作突然顿住了。不知突然想到了什么，李二狗抬起头泪眼婆娑地看着坐在那儿的冷卫，朝冷卫爬了过去："官爷，您一定要为我做主呀！草民真的……"

"离我远一点儿！"瞧着那李二狗就要爬到自己脚边，冷卫出声制止：这家伙难道不知道他这病症会传染吗？

听了男人呵斥的话，李二狗急忙停了下来，瞧着四周的侍卫身上的佩剑，心里头发怵。

在场的所有人都戴着面罩，防止被这李二狗给传染了。

冷卫说道："你且细细说来，这三个月你遇到了何事？"

李二狗答道："草民是真的遇到鬼啦！来自地狱的恶鬼！"

冷卫说道："恶鬼？"

一提到恶鬼，李二狗止不住地发抖："官爷您有所不知，那恶鬼青面獠牙，简直能吓死人！"

"你的意思是那恶鬼把你抓走了？"冷卫不解地问。

李二狗答道："正……正是……"

据李二狗所言，他自从偷看了村里的寡妇洗澡后，害怕遭到那寡妇的相好的报复，便一直提心吊胆地各处逛，不敢回村。

"官爷，您不知道那张寡妇的相好有多记仇！我不就偷看了一次那娘儿们洗澡吗？要说也是那张寡妇自己洗澡没把门关好，那门被风一吹，开了，我刚好路过，这不就没忍住往里瞅了一眼，结果她那相好就找人要打断我的腿！我这哪儿敢再回家？……"

冷卫说道："说正事！"

"好嘞，好嘞。"李二狗清了清嗓子，接着说道，"我不敢回家，便在城外游荡了几日。可是我身无分文，便只能待在城外的破庙里，认识了几个乞丐兄弟，听他们说邻镇上富贵老爷家最近一直在施包子、施铜板，然后就跟着他们一同去了。谁知一遇到正事我这肚子就不太争气，我就在林子后随便蹲了一个地儿给解决了。可没想到我一出来，竟和那几个乞丐兄弟走散了。当时正好天黑，我是又累又饿，在林子里转悠了半天还是没能走出那个林子。就在我以为自己要一命呜呼时，我突然瞧见前方有一片亮光……当时我真的是走投无路了，虽然觉得林子里出现一个院子有点儿邪乎，还是前去敲了门。给我开门的是个相貌端正的少年，听闻我迷路了，不仅让我吃了顿饱饭，还免费给我提供了住处。我本想着我李二狗也有遇到贵人的一天，可没想到等第二天醒来，才知道那原来不是贵人，而是个贼人！"

等李二狗讲完他这三个月所遇到的事情，外头天已经全黑了。

冷卫站起身正准备离开，一旁的李二狗又开口："官爷，我这病是不是没救了？我不会明天就死了吧？"

闻言，冷卫淡淡地瞧了他一眼，说道："你都挺过三个月了，还怕挺不过这几天？"

"那我在包子铺吃白食这事，不会砍……砍我的头吧？"李二狗问。

"不会。"

听到"不会"这两个字，李二狗终于松了口气，说道："不会就好，不会就好。"

冷卫瞧着他这副模样，善意地提醒道："不过这病症发作起来奇痒无比，你需忍耐住才是。"据张太医所言，要是患者没忍住把疹子抓破了，那痒得可是要人命。

李二狗朝冷卫笑了笑："官爷，这点您放心，我李二狗虽然人品不怎么样，但我惜命。嘿嘿，比起这发病的痒，我李二狗更加忍受不了自己没命。"

深夜，冷卫跟男人禀告了李二狗所言的一切。

冷卫说道："据那李二狗所言，是有人故意让他服下发这种病的药，听他说那是一颗颗黑色的小药丸，味道极苦。"

燕铖问："他可有看清那人的样子？"

"没有，他说那人脸上戴着青鬼面具，身高八尺有余，是个男子。"冷卫回道。

燕铖问道："他所说的那林子深处的住所可找到了？"

"属下已经派人去搜查了，不过估计要等到明天白天才有消息。"

"嗯，时间不早了，你先下去吧。"

"是。"冷卫说完，正准备出去，突然想到什么，又说道，"主子，今日属下在城中意外发现了北漠人，您说这崖关瘟疫一事会不会是北漠人所为？"

燕铖想了想，说道："也不是没有可能。"

算算时间，这病症是两个月前就开始了，如果当真是北漠人所为，那么他们肯定早早便有所预谋了。

张太医同太医院的同僚在安居寺昼夜不眠地研了好几日，终于研究出治疗这病症的汤药。第一个患这病症的李二狗自然成了第一个喝下这汤药的人。

"这碗药真的能治好我身上的红疹？"李二狗瞧着面前黑乎乎的汤药，有些不太确定地说道。

冷卫说道："这是太医院的太医昼夜不眠地研制了几日才研制出来的，自然是有效的。"

李二狗捧着碗，闻着那浓重的药味，还是不太敢喝。

正当他想问问冷卫可不可以不喝时，他就见冷卫手握佩剑，一副即将拔剑的样子。李二狗背后一阵发凉，急忙捧着碗，张开嘴一闭眼就将药灌了下去。

浓重的苦味入口，他差点儿吐出来，但余光瞧见那闪着寒光的剑刃，还是硬着头皮将碗里的汤药喝得一干二净。

张太医本以为这药会有用，可没想到那李二狗喝完还没一盏茶的工夫，就出了问题：他身上原本长着红疹的地方异常痒，不仅如此，还一阵阵地疼，要不是被众人强制性地把四肢绑上了，恐怕这会儿他已经把自己挠得血肉模糊。

张太医无奈，给李二狗灌了安眠散，才终于让李二狗睡了过去。

李将军见张太医满面愁容，再结合方才屋里李二狗撕心裂肺的吼声，心中已然明白。

"殿下，下官医术不精，实在是……惭愧呀！"张太医叹了口气，言语之中尽是无奈。

燕铖淡淡地问道："一点儿法子都没有了吗？"

张太医对上男人深沉的目光，丧气的话到了嘴边，却怎么也说不出来，犹豫了一会儿，缓缓地开口："其实……也并不是没有任何法子，这世间的事物都是相生相克的，要是能拿到最初引发这个病症的药，研究出解药应该会容易一点儿。"

"那依张太医你的意思，是要找出李二狗一开始服下的引起这病症的那种药？"李将军问道。

张太医点了点头，答道："正是。"

"那李二狗先前说在他被人关起来的那三个月，他一直被迫服用一种药丸。依照他的形容，那是一种黑色的小药丸，可我们上哪里才能……"李将军说着，脑海里灵光乍现，猛地一拍手，说道，"说不定只要找到李二狗口中的林中小院，就能找到那药丸了！"

燕铖对李将军吩咐道："再加派些搜查的人手，三日之内要找到那院落。"

李将军应道："是！"

城外某处院落。

那名叫阿肆的少年风尘仆仆地从外头赶回来，连马都没来得及安置，便急匆匆地朝院落最里面的一间房走去。

他一推开门，便嚷嚷道："主子，果然不出您所料，那李二狗当真什么都跟官府的人说了，我方才回来的时候，看见南山那边有好多官兵。"

阿肆火急火燎地说完，却见坐在椅子上的男人连头都没抬一下。他心中不解，走了过去，在瞧见自家主子手里拿着针线时，立马瞪大了眼睛：主……主子这是在干吗？做……做女红？

阿肆一脸震惊：平日里雷厉风行的主子突然干起了针线活儿，真是太诡异了！

夜霆晟停下动作，将手里一块手帕大小的锦布举了起来，对一旁的少年问道："好看吗？"

阿肆看了过去，一时间有些不知脸上该做出什么样的表情。他瞧着锦布上绣的东西，不太确定地问道："主子您这是绣的……？"阿肆越看眉头皱得越紧，实在是看不出这锦布上绣的到底是个什么玩意儿。

"这是兔子。"夜霆晟说道。

"兔……兔子！"阿肆瞪大了双眼，有些震惊。

瞧着少年如此大的反应，夜霆晟皱了皱眉："你这么震惊干吗？这么明显的特征都看不出来？"

阿肆一脸震惊：这……好别致的兔子，要是有人能看出来这是兔子，才……奇怪吧！

"属下眼拙，望主子见谅。"

夜霆晟轻哼了一声，继续看自己手中的锦布，看了一会儿也觉得有些不太对劲："好像是有些奇怪……"

夜霆晟端详了"兔子"片刻，却又不知道是哪里奇怪。

看着自家主子思索的表情，少年心中感慨万千：如果可以，他真的很想告诉主子，这兔子全身上下都奇怪，就没有一处是不奇怪的好吗？

阿肆问道："主子，您怎么突然想起来绣这个了？"

"七七想要一个香囊。"

七公主想要一个香囊，所以……所以主子是要给七公主做一个？然后主子现在绣的是等一下要做香囊的锦布？

我的天哪！

阿肆立马低下头：七公主看到主子绣的兔子，估计会被吓哭吧，哪儿有长得这么可怕的兔子？偏偏主子好像自我感觉十分良好。

阿肆心中这样想着，但下一秒突然意识到另一点：七公主想要一个香囊，所以主子就想给七公主做一个，可主子为什么要给七公主做呀？主子不是说压根儿就没有把她当成自己的妹妹吗？主子这会儿都亲自做香囊了，还说自己不宠她？

阿肆正想着，突然听见一旁的男人"咝"了一声，就见男人的指腹被针扎了一下，冒出了小血珠。

"属下去拿药膏。"

"不用了，一点儿小伤罢了。"说着，夜霆晟将受伤的手指放在口中轻轻地含住。

看着自家主子这副样子，阿肆感觉自己大概是出现幻觉了，竟然觉得此刻的主子浑身上下散发着慈祥的光。

意识到自己的这个想法，他不由得浑身一抖，觉得真是见鬼了。

直到把那兔子的尾巴绣得差不多了，夜霆晟才突然想起来少年来时说的正事。

"对了，你方才说什么？"夜霆晟抬起头，看向一旁的少年。

阿肆喝水的动作一顿，他不解地问道："什么……说什么？"

"你进来的时候说什么官府的人？"

闻言，阿肆便又将方才进来时的那番话重复了一遍，问："主子，我们要换地方吗？"要是官府的人搜得快的话，估计明日便能搜到他们这里了。

"换什么？他们要找的那处院子可是在山南，我们这儿是山北。"夜霆晟漫不经心地摆弄了一下手里的线，"更何况这里可是我翊王殿下的住所，谁敢进来搜？"

凭他这张脸，他说他就是翊王，谁敢不信？那家伙抢了他的身份那么多年，也该让那家伙知道代价了。

"那北漠王子来东陵了吗？"

"来了，主子您要见他吗？"

"呵，我见他作甚？他要见的那位翊王殿下可不是我。大逆不道的事情我可不敢做。"

阿肆无奈：您做的大逆不道的事还少吗？

"那就先晾着他？"阿肆问道。

可好歹人家的身份是北漠王子，先前是为了跟主子达成合作才千里迢迢地赶来崖关，主子一直晾着实在有些不妥呀。

"让他等着，没看见我正在忙吗？"夜霆晟盯着手中的锦布，没有半点儿想要搭理北漠王子的念头，一心扑在此刻的刺绣上。

这区区一个香囊比您计划的大事还重要？阿肆想说的话哽在咽喉里：罢了，主子时而疯魔的性格他早已摸得一清二楚，刺绣就刺绣吧，总好过发了疯出去杀人。

阿肆正打算离开，走到门口时想到了一件事，转身对男人说道："对了主子，属下今日收到了药灵谷的飞鸽传书，信上说谷主过几日会来崖关。"

闻言，不远处的夜霆晟动作一顿，皱起眉头，问道："他来做什么？"

阿肆想了想，不太确定地答道："大概是谷主他……想您了？"

这几日朔王殿下派了好些人手去找李二狗所说的那片林子，但整整两日搜索下来一无所获，李二狗口中的豪华院落不曾看见，倒是看见了一处废弃已久的院落，都破败不堪了，显然荒废了有些年头，没有半点儿人居住的影子。

寻找多日无果，李将军发起了牢骚："那李二狗不会是半夜撞到了什么不干净的东西吧？咱们都快把整座山翻过来找了，除了眼前这破烂的院子，哪里还有别的？"

手下问道："将军，那我们现在该怎么办？"

"还能怎么办？当然是回去，顺便再去问问那李二狗到底有没有说谎。"

"是。"

李将军正准备带人撤退，视线无意中扫向院落的土地，感觉到一丝不对劲："慢着！"

"怎么了，将军？"手下问道。

李将军下了马，大步走进那荒废已久的院子，半蹲下来，紧跟着皱起了眉头，问道："你们有没有觉得这片空地有些不对劲？"

此话一出，众人面露不解。

李将军说道："如今乃是阳春三月，按道理来说春天万物复苏，这院落四周都长满了杂草，为何偏偏这院子里寸草不生？"

闻言，众人也发觉不对劲。

李将军指着院子的地猛地喝道："给本将军挖，本将军倒要看看这院子藏有什么猫儿腻！"

因没带挖土的工具，众人便直接徒手挖。挖了没一会儿，一名侍卫突然吓得往后退了几步，哆哆嗦嗦地指着自己方才挖的地方，开口："将……将军！"

闻言，众人朝着他指的方向看了过去，只见那土中出现了一只手。

下一秒，又有侍卫挖出了东西："将军！人头！"

而后众人陆陆续续在院子各处的土里发现了尸体。当将尸体全都挖出来后，众人发现尸体竟然有整整二十具！

这些尸体都是看起来十分年轻的男女，且尸体全身透着一种诡异的紫色，就像是中毒而死一般。明明尸身早已僵硬，却没有丝毫腐败的迹象。

空气中腐臭的味道显得格外刺鼻，有些心理素质差的侍卫瞧着这画面，忍不住吐了出来。

在此地发现了二十具尸体可不是什么小事，李将军派人将尸体都抬回衙门，仔细调查一番后，发现这些死者就是这三个月来接二连三失踪的人。仵作验尸时，发现这些人的身上也有红疹。

很快，官府在城外的林中发现病患尸体一事也不知是谁走漏了风声，一时之间传遍了整个崖关，使得人心惶惶。毕竟一开始连京城来的太医都说这病不会致死，顶多让你身上奇痒无比，受不住想要自杀，但现如今出了二十具病患的尸体，都是身上长满红疹中毒而死，这就很难再让百姓们相信得了这病不会有性命之忧。

"你们听说了吗？昨天官府的人在城外一处荒废已久的院子里发现了二十具尸体，整整二十具尸体！这得多吓人啊！"

"何止呀，我还听说那些尸体身上长满了红疹！官府的人不是说这病症不会致死吗？那二十具尸体又作何解释呢？"

"我家大舅子就是在官府当差的，听他说，这瘟疫是有人故意散播的。"

"真的假的？什么人心思如此歹毒？！"

"就是嘛！"

"我还听说……"

…………

叶七七今日一早便跟着学子们到城门口施粥，在途中听到百姓们七嘴八舌地谈论昨日在城外挖出二十具尸体的事情。

"阿辰，他们方才说在城外发现的二十具尸体是病患的尸体，是真的吗？"

叶七七不解地问道。

方逸辰轻轻点了点头，小声对小姑娘说道："应该是真的，今日一早我路过李将军的住所时，听见他跟张太医在聊这件事。据说这瘟疫是有人故意散播的，说不定那二十具尸体就是试验品。"

叶七七听着，忍不住皱起眉头：究竟是何人，心思竟然如此歹毒？

此刻一旁的人群中话音不断：

"喂喂喂，你们知不知道有一种药丸，只要吃下就会得这种病？"

"药丸？什么药丸？"

"这也是我那大舅子说的，说有人研制出一种黑色的药丸，人只要服下它就会得这红疹病，所以现在官府的人在到处搜寻这药丸的下落和制作这药丸的人，还说只要有这药丸，就能制出解药。"

听了这话，现场的百姓又开始七嘴八舌地议论。

叶七七感觉自己好像在哪里见过黑色的药丸，但是一时又想不起来。

"七七，你怎么了？"一旁的方逸辰见小姑娘发愣，有些关心地问道。

叶七七回过神，正要回话，突然看到在不远处有一道熟悉的身影。那人一身黑衣，脸上戴着面罩，在人群中格外显眼。

看着不远处的六哥哥，叶七七不由得想到真六皇兄，不知怎的突然将那黑色的药丸跟真六皇兄联系到一起了。那黑色的药丸她几天前好像在六皇兄那边看到过，被放在一个精致的盒子里。

不过叶七七很快就甩了甩脑袋，否定了心中的想法：她怎么能单单因为黑色的药丸就怀疑六皇兄呢？

燕铖一眼便看见了在人群中施粥的小姑娘。小姑娘今日一身素白的学服，脸上戴着面罩。

见他停下来，他身后的李将军问道："殿下，怎么了？"

说完，李将军就顺着男人看的方向看见不远处在城门口施粥的学子们。

"今日中午他们在何处休息？"燕铖问。

"他们？"李将军先是不解，而后突然明白男人问的是这群学子。

"就在那边的酒楼。"李将军指了指不远处，忽然想到了什么，又对男人说道，"七公主殿下休息的地方在三楼。"

燕铖看了李将军一眼，给了一个让李将军不太明白的眼神，然后转身上了马车。

李将军回想着自己方才的话，仔细把话回味了好几遍，也没发现有什么问题：殿下难道不想知道吗？

李将军撇了撇嘴，跟着上了马车。

车夫恭敬地问道："将军，我们现在去哪儿？"

李将军正要回答，坐在马车里闭目养神的男人更快一步说道："鸿运酒楼。"

车夫应道："是。"

李将军朝男人看了看，心中不由得"啧"了一声：这鸿运酒楼不就是学子们中午歇脚的地方吗？殿下呀殿下！男人呀男人！

施完粥已经到了正午，在楼下匆匆吃了几口饭，叶七七便上楼休息。她刚推开门进去，便看见坐在窗台旁的椅子上手持书卷的男人。

叶七七不由得有些惊讶地问道："六哥哥，你怎么来了？"她急忙将身后的门关好，生怕有人看见没有戴假面的六哥哥。

见小姑娘如同藏了人一般心虚地关上门，燕铖轻笑出声，将手中的书卷放下，对小姑娘说道："过来。"

叶七七刚走到他面前，便被他搂进怀里。

"你今天不忙吗？"

燕铖伸手将她戴的面罩解了下来："还行，不是很忙。"

面罩被摘下后，小姑娘脸有些红，额头上还有些薄汗。

燕铖将一旁早已倒好的水递到她的嘴边。

叶七七早就渴了，扶着他的手喝了好几大口。

那娇艳的唇瓣经过水的滋润，看着就让人想要亲一亲。他这样想，便也这样做了，将手中的水杯放到一旁，朝着小姑娘的唇瓣凑了过去，不轻不重地咬住。

他的吻很轻，明明是蜻蜓点水一般的动作，还是令叶七七的心酥酥麻麻的。

叶七七感觉自己被他吻得脑子都有些晕乎乎的了，手被他的大掌紧紧地包裹住，然后又慢慢地变成十指相扣。

直到一阵清风吹来，吹乱了两个人的发丝，叶七七才如梦初醒，看了一眼一旁敞开的窗户，急忙移开脑袋。

"嗯？"燕铖看向小姑娘，不解地问道，"怎么了？"

叶七七红着脸，扭扭捏捏地说道："窗户……没关。"

燕铖看向一旁大敞的窗户，笑出声，捏住小姑娘的下巴："怕什么？七七又没干什么坏事。"

叶七七看了看面前嘴角带着笑的男人，又看了看大敞的窗户："明明干坏事的是你。"

"哦？那七七跟我说说，我干什么坏事了？"

叶七七望着男人那张极其俊美的脸，感觉一不小心就要被他蛊惑一般，真的是太勾人了！

叶七七正打算起身，却又被他按着腰坐了回去。

"我困了，要去睡午觉了。"

燕铖说道："所以七七这是邀请我跟你一起睡？"

她哪里是这个意思？她还没回答，就见某人突然握住她的手，张嘴不轻不重地在她的食指上咬了一口，那酥麻的感觉从指尖一直蔓延到她的心脏。

燕铖抬头对上小姑娘漂亮的眸子，目光中透着几丝勾人的意味。

救命！他这样太犯规了！叶七七实在是受不了他用那柔情似水的眼神看着她，干脆朝他伸出手，直接捂住了他的眼睛。

这下某人果真安分了，乖极了。

在男人的双眼被她捂住后，她也不知道怎的，突然将视线移到了他的唇上：他的唇形看着真好看，看着……就让人忍不住想亲。

想亲！意识到自己突然有了这个想法，叶七七被自己吓了一跳。不过很快她想到平日里他对自己的戏弄，又想到两个人之间的关系。

眼睛被小姑娘捂住后，燕铖发现小姑娘迟迟没有动作，正打算开口，突然一个柔软的东西贴上了他的唇瓣。在那一瞬，他的身子不由得僵了一下。

感觉到男人愣了一下，叶七七也不知道自己为什么突然很开心。一直以来他就像是主导者，但这一次的主导者好像变成了她。她学着他亲她时的动作，轻咬着他的唇瓣。

某人感觉到小姑娘突然变得热情，嘴角上扬。

当小姑娘离开他的唇时，两个人的呼吸都有些急促。

看着小姑娘勾人的眸子，燕铖笑着歪了歪脑袋，露出自己白皙的脖颈："这里宝贝也要咬一咬吗？"

咬一咬，在他的脖子上留下她的痕迹，他对此乐意至极。

望着男人白皙的脖颈，叶七七想了想，当真咬了一口。他每次咬她的时候她好疼，所以她也要他疼一疼。直到咬完，叶七七看到男人的脖子上的咬痕，尤其是咬痕周围都青紫了，才意识到自己咬的力道好像重了，更关键的是，咬痕在脖子那么明显的地方，也太显眼了吧！

"我……"

叶七七正要开口，话便被燕铖打断了。他用修长的手指扯开自己的衣领，指了指锁骨的位置："这里也要。"

叶七七听得红了脸。

后来叶七七自然是没好意思咬。

不过她不好意思，不代表某人不好意思。某人拉着她亲了一会儿后，在她的锁骨处轻咬了一口。

叶七七站在铜镜前，微微扯开衣领，便看见自己的锁骨上有一处显眼的红痕，不疼，但瞧着就有些暧昧。

她一转头，就见躺在床榻上的男人正紧紧地盯着她，不由得移开了视线。

她低头在盒子里翻找了一会儿，终于找到一个白色的小瓷瓶。

叶七七走到男人身边，正要将小瓷瓶打开给他的脖子处涂上药，却被某人制止了。

"这是做什么？"燕铖盯着小姑娘手里的小瓷瓶，不解地问道。

叶七七说道："这是金疮膏，涂一下就……"

燕铖说道："七七这是想下了床翻脸不认人？"

叶七七一脸震惊：什么叫下了床翻脸不认人？

她瞬间红了脸。

燕铖说道："哥哥不需要这个。"小姑娘好不容易在他身上留下痕迹，他自然想留久一点儿。

燕铖在这里待了一个多时辰才离开。

当李将军无意间看见男人的脖子上那显眼的咬痕时，瞪大了眼睛，震惊地问道："殿……殿下，您的脖子怎么了？"

看着李将军如此震惊的表情，燕铖缓缓地伸手摸上自己的脖子，给了他一个淡淡的眼神，没说话。

李将军看着男人嘴角的笑意，好像突然明白了什么：敢情这是七公主殿下咬的呀！年轻人，真会玩。

夜霆晟花了整整三日，终于将给小姑娘的香囊做好了。看着香囊上绣的白色兔子，他勾起嘴角，一股成就感涌上心头。

"主子，七公主殿下来了。"门外传来阿肆的声音。

夜霆晟正打算出去，可看着手里的香囊，突然想到就这样把香囊给七七的话，未免显得太寒酸了些。

他在一侧的架子上翻找了好一会儿，都没找到一个适合放香囊的精致盒子。

想了想，他走到里屋，在箱子里翻找了一会儿，可算是找到了一个顺眼的盒子，将香囊放了进去。

叶七七今日一早便收到六皇兄的来信，信上说让她过来一趟，要送她一样东西。

叶七七坐了一会儿，见六皇兄还没有来，就无聊地端起茶杯喝了一口茶。她一边喝茶，一边环顾四周，突然间目光定格在不远处的书架上那熟悉的盒子上，那是之前放黑色药丸的盒子。

她站起身，朝书架走去。

叶七七咬了咬牙，心想：就看一眼。她走到书架前，因为那盒子放得有些高，她就从一旁拿过椅子，踩着椅子将那盒子拿了下来。

叶七七深吸一口气，可没想到打开盒子后大失所望，只见原本放着黑色药丸的盒子此刻空空如也。

怎么是空的？她晃了晃手中的盒子，又仔细看了看：难道是她记错了？

就在她想要将盒子放回原位时，门口突然传来动静。她还没来得及转头，就听见身后传来男人熟悉的声音："七七在找什么？要不哥哥帮你一起找找？"

夜霆晟站在门口，看到小姑娘手里拿着的盒子时，神情意味不明。

听到男人的声音，叶七七一时有些心虚，背后出了一层冷汗。

"没……没什么。"说着她就要从椅子上下来。

男人突然走到她身后，将她堵在了书架和他的身体之间。

"难不成七七在找这个？"男人从最上面一层书架上拿出一个小巧精致的漆木盒子，在她的耳边轻轻晃了晃。

那里头发出的声音在此刻的小姑娘听来，莫名其妙地刺耳。

夜霆晟说道："七七想吃的话跟哥哥说就是了。"

叶七七还没太明白六皇兄这话是什么意思，就见男人当着她的面将盒子打开，拿出一颗黑色的药丸塞进了她的嘴里。

叶七七不由得瞪大了眼睛，正要吐出来，却见面前的男人又拿出一颗药丸放在了自己的嘴里，同时她尝出了甜味。

叶七七问："这是什么？"

夜霆晟答道："糖。"

糖？小姑娘愣住了，不过不解的是，这糖为什么是黑的？

夜霆晟仿佛知晓小姑娘心里正疑惑什么，开口："之所以是黑的，是因为……"他故意停顿，卖起了关子。

叶七七咽了咽口水："因……因为什么？"

男人笑出声，答道："当然是因为我喜欢黑的呀。"他宠溺地揉了揉小姑娘的脑袋，"傻丫头，你若是喜欢，这一整盒哥哥都可以送给你。"说着，夜霆晟将盒子塞到小姑娘的手里。

叶七七看着男人的嘴角的笑意，又低头看了看男人塞到她的手里的小盒子，咬了咬唇，心中有些懊恼：她怎么能怀疑她的六皇兄呢？她居然怀疑六皇兄是散播瘟疫的人。

"想什么呢？莫不是太感动了？"夜霆晟面带笑意地盯着面前的小姑娘。

只听"咔嚓"一声，牙齿咬碎糖的声音极其清晰地传进了她的耳中。

叶七七看着男人那双深沉的眸子，嘴里的糖渐渐化开，浓郁的梅子味充满了她的口腔。

叶七七问："这是梅子味的吗？"

"嗯。"夜霆晟轻轻点了点头，问她，"喜欢吗？"

叶七七点了点头，下意识地握紧男人方才塞到她的手中的盒子："谢谢六皇兄。"

"七七跟哥哥客气什么？"夜霆晟笑着将小姑娘从椅子上抱下来。

叶七七没想到他会突然抱她，等反应过来的时候，双脚已经踩到了地上。

"打开看看。"夜霆晟将另一个盒子递到了小姑娘面前。

"这是什么呀？"叶七七不解地问。

夜霆晟没回答。

叶七七在他的注视下将那精致的盒子打开，有些熟悉的香味飘入了她的鼻中。

她看着静静地躺在盒子里的香囊，眼中闪过一道欣喜的光："香囊？"

"嗯。"夜霆晟瞧着小姑娘那双发光的眼眸，心情大好。

叶七七将香囊拿起来，只见那香囊是粉色的，上头还绣着一只白色的兔子："这兔子好可爱呀！"

"喜欢吗？"

"喜欢！"小姑娘重重地点了点头。

夜霆晟从小姑娘的手中拿过香囊，说道："来，哥哥给你系上。"

他低着头将香囊挂在了小姑娘的腰带上。今日小姑娘穿的刚好是粉色的衣袍，和他绣的香囊颜色十分相配。

"真可爱。"夜霆晟看着挂在小姑娘腰间的香囊，越看越满意：这上面的兔子可是在他绣的那么多只兔子当中他最满意的一只了。

叶七七无意间看到六皇兄的手，才发现六皇兄的手指上有好多伤口，看着像是被针戳的。

"六皇兄，你的手……"

夜霆晟注意到小姑娘的视线，也将目光落在自己的手上："没事，已经好了……"

他的话还没说完，就见小姑娘已经握住他的手，紧张地盯着。望着小姑娘担心的神情，夜霆晟也不知怎的，心中突然生起一股异样的感觉。

叶七七看着男人手上的伤痕，心中松了一口气："还好伤口不是很深，不然留了疤就不好了。"

夜霆晟盯着小姑娘的发顶，后知后觉原来这丫头是在关心他。

直到小姑娘松开手，他才回过神来。他低头，视线落在自己的手上，静静地看着手上的伤疤，小姑娘方才握住他的手的触感好像还在，他一时之间无法用言语来形容自己究竟是什么样的心情。

"六皇兄，六皇兄……"

他不知不觉中出了神，直到被小姑娘的喊声拉回思绪。

"嗯？"他盯着小姑娘的脸。

"六皇兄在想什么呀，那么出神？"

"没什么。"

他在想眼前的小丫头，好像确实讨人喜欢得紧，他竟讨厌不起来。

夜霆晟有事要出去一趟，叶七七便也不再在此多留。

叶七七上了马车，可马车行驶一段路程后，她见自己手上空空如也，才想起走的时候六皇兄送给她的糖被她落在桌子上没拿。

她本来想着算了，但是转念一想，还是让车夫折了回去。

叶七七下马车时，看到停在门口的另一辆马车，心中生疑：这不是六皇兄的马车吗？六皇兄方才不是出去了吗，难不成又回来了？

叶七七摇了摇头，并没有将这件事放在心上。

院门口的守卫是认识她的，见她进去自然不会拦她，还恭敬地对她喊了一声："七公主殿下。"

叶七七跑回院子，找到刚才的房间进去，果真看见被她落在桌子上的装梅子糖的盒子。

叶七七将它抱在怀里，转身离开。

"啊——"

她刚走出房间，耳边突然传来一声惨叫。

那叫声传入她的耳中，吓得她不由得浑身一抖，险些将怀里抱着的盒子摔在地上。

叶七七转头，向着声音传来的方向看去，只见长长的走廊尽头是后院，那是她没有踏足过的地方。

六皇兄的后院怎么会传来那么凄惨的叫声？她心中有一种不祥的预感，不断告诉自己该走了，不然接下来的场景定然是她无法接受的。

可不知为何，她的好奇心还是战胜了心中的恐惧，她迈步朝走廊的尽头走去。

"啊——"

她刚走到后院，又是一声惨叫传入耳中。

叶七七朝着院中看去，就看见了她的六皇兄，只见六皇兄坐在椅子上，身旁站着那名叫阿肆的少年，六皇兄面前还跪着一个男人。

那男人背对着她，身子控制不住地发抖。她看不清那男人的长相，但是视线往下，看到跪在地上的男人的双手上竟是一片血肉模糊，可见血肉之中的白骨。

"几声了？"夜霆晟手中把玩着一颗黑色的药丸，脸上阴狠的表情是她从未见过的。

阿肆回道："回主子的话，两声了。"

夜霆晟冷漠地说道："继续。"

"是。"说完，阿肆拿着一把沾了不少鲜血的匕首朝跪在地上的男人走去。

那男人看着少年手中的匕首，惊恐地瞪大了眼睛，拼命摇头："殿下饶命，殿下饶命，小的再也不敢了，再也不敢了！"

"呵，再也不敢了？"夜霆晟冷笑道，"看来曹大人很喜欢我制的这药丸，不如这一颗就赏给曹大人好了。"

"不，不要……"

"我主子赏给曹大人的东西，曹大人居然敢拒绝？"阿肆见那男人挣扎，就打算强行掰开那男人的嘴将药丸塞进去。

这时就听"砰"的一声。

夜霆晟抬头，朝着发出声音的方向看去，入眼便是粉色衣裙的一角。

阿肆见自家主子突然起身朝门口走去，随后又看了看已经吓晕过去的曹大人，冷笑了一声，说道："真是没出息。"说着，他便将吓晕过去的曹大人甩到了一旁。

"主子，怎么了？"阿肆见自家主子停在门口，走过去询问。

他刚走到男人身旁，就看见散落在地上的糖。盒子被打翻，糖散落一地。

阿肆不由得眼皮一跳：七公主殿下来过了？

夜霆晟捏着自己的眉心，一股烦躁感袭上心头，忍不住怒骂了一声："该死！"

叶七七一个劲儿地往前跑，此刻的目标只有一个，那就是离开这里。

她眼前闪过方才那血腥的一幕，耳边响起六皇兄的话，跑着跑着胃里泛起一阵恶心，一时没忍住直接蹲在路边吐了出来。

叶七七红着眼，眼眶里的泪水控制不住地溢了出来，胃如同被搅乱了一般，一阵阵恶心感涌上心头：好恶心，真的好恶心！

耳边传来脚步声，她红着眼抬起头，看见了站在她身旁的男人。

夜霆晟看着蹲在路边吐得昏天黑地的小姑娘，表情平静，但是眼中再也没了先前看她时宠溺的笑意。他冷冷地问道："都看见了？"

叶七七没回话，但是从男人望着自己那冷漠到似乎没有温度的表情已经猜出来，他先前对她的好、对她的宠，都是装的。

当他的手朝她伸来时，她惊恐地瞪大了眼睛，下意识地要躲开。

夜霆晟被她此刻的眼神刺痛了一下，不爽、愤怒的情绪在体内疯狂滋长：她为什么会突然回来？为什么会刚好撞见这一切？就一直把他当作那个温柔的皇兄不好吗？

叶七七醒来时，只觉得脑袋有些疼。她伸手摸了摸自己的脑袋，看着眼前有些昏暗的陌生房间，先前发生的一幕幕在脑海里回放。

忽然间，她像是想到了什么，一把掀开被子下床。可她还没走几步就被绊倒摔在了地上。耳边传来清脆的碰撞声，叶七七低头一看，就见自己的右脚脚腕被扣上了铁链，那铁链从她的脚腕处一直延伸到床脚。

叶七七气愤地扯着铁链，可是那铁链十分结实，凭她一个人压根儿无法弄断。

不知不觉间，窗外的天色彻底黑了下来。叶七七也不知道过了多久，也许过了一个时辰，也许是两个时辰，那紧闭的门终于开了。

脚步声缓缓地逼近，她坐在地上没抬头。一个托盘被放在地上，上面放着三道菜，都是她喜欢吃的。

阿肆将碗筷放在她面前，说道："公主殿下。"

叶七七头都没抬一下，一点儿都不想搭理他。

阿肆在小姑娘这儿碰了壁，手足无措地摸了摸自己的鼻子，想了想还是将托盘往小姑娘那边推了推："公主殿下，您还是吃些东西吧，这些都是您喜欢……"

阿肆的话还没有说完，坐在地上的小姑娘已经别过脸，看都不看面前的食物一眼。

阿肆不用想都知道小姑娘心里现在在想些什么，毕竟她原先印象中温柔的皇兄本性暴露，变成了骗她的虚伪之人。

阿肆想了想还是为自家主子解释道："是那个曹大人偷了主子的药，所以主子才一气之下那样对他。"

无论阿肆说什么，小姑娘都无动于衷，甚至一个眼神都没有给他。

阿肆被逼无奈只能先离开。离开时，他无意间扫到小姑娘的手掌上不知何时弄出的擦伤，暗自记在了心里。

阿肆拿了一瓶药膏折了回来，正打算再去关着小姑娘的那间厢房，迎面撞见自家主子。

阿肆恭敬地说道："主子。"

目光扫过他手中的药瓶，夜霆晟微皱了一下眉，问道："她怎么了？"

"方才进去给公主殿下送餐的时候，发现公主殿下的手掌上有些擦伤。"

"给我吧。"夜霆晟说道。

阿肆将药瓶递给男人。

夜霆晟接过药瓶，临走之时又问："她吃饭了吗？"

阿肆摇了摇头。

时间不知不觉地过去，最终叶七七还是抵不住困意睡了过去。

"嘎吱——"夜霆晟推开门走进房间，竟没有看到小姑娘的踪影。就在他以为小姑娘偷偷逃走了时，他终于顺着固定在床脚的铁链发现了躲在衣柜里的小姑娘。

因为锁链的长度有限，睡在衣柜的角落里的小姑娘不得不将自己的半只脚露在外面。

夜霆晟小心翼翼地走到衣柜前，蹲下身子瞧着缩在衣柜里的小姑娘，轻抿了一下唇，伸手轻抚过小姑娘额间的头发，随后将视线落在她那有些擦伤的手上。

他动作极轻地替她上完药，并没有吵醒她。他用大掌握了一下她的手，感觉她的手有些凉，弯下腰将缩在衣柜里的小姑娘抱了出来。

他刚将小姑娘抱到床上，就瞧见她的睫毛微微颤动，缓缓地睁开了眼睛。

两个人的视线相撞。

刚醒的小姑娘许是有些迷糊，在看到他的那一刻下意识地喊了一声："六皇兄。"不过在喊完之后，她突然想到什么，看他的眼神瞬间冷了下来。

夜霆晟脸色平静，视线扫过一旁地上的晚膳，问道："为什么不吃晚膳？"

见小姑娘不答，夜霆晟将阿肆唤来，指着地上的晚膳说道："重新再给她做一份。"

阿肆看了看地上已经冷掉的晚膳，又看了看床上的小姑娘，点了点头，将冷掉的晚膳端了下去，让厨房重新做一份。

夜霆晟望着避开自己的视线的小姑娘，随后视线下移，落在小姑娘的右脚扣着的铁链上。当他看见小姑娘的脚腕上那一片显眼的红色时，眉头皱得更紧了：估计是这丫头想要将铁链给扯开，可不但没有扯开，反而将脚腕磨出了血。

夜霆晟伸手想要将铁链解开，但手还没伸过去，小姑娘已经收回脚，不想让他触碰。

夜霆晟盯着小姑娘看了好一会儿，最终再一次朝她伸出手。他刚握住小姑娘的脚腕，小姑娘便挣扎了起来，用脚踹他。

虽然叶七七觉得自己使了极大的力气，但是她的挣扎在男人看来压根儿就是小孩子闹腾。

夜霆晟轻而易举就将挣扎的小姑娘制住了，只听"咔嚓"一声，原本扣着小姑娘的右脚的铁链已经被他解开。

"只要你不跑，我便不会再拿这个锁着你。"夜霆晟说。

叶七七看看他手里的铁链，然后瞪大眼睛看着他，已经气红了脸：所以他不拿这个锁着她，她是不是还得谢谢他？

叶七七问道："你凭什么关着我？"

凭什么？夜霆晟听了小姑娘的这个问题，一时竟被难住了。

至于他为什么要将她关在这里，还能为什么？自然是害怕这丫头再也不愿见他了。

叶七七越想越激动，不由得红了眼眶，脚上没有铁链后挣扎得更厉害了。

瞧见怀里不停地挣扎的小姑娘，夜霆晟冷声说道："别闹了行不行？"

回应他的是小姑娘直接扇在他脸上的一巴掌，声音无比清晰。

阿肆手里正端着厨子刚做好的饭菜，一条腿刚迈进屋内，正好听见那一声清脆的巴掌声。他猛地抬起头，瞧着里头的两个人，看到自家主子背对着他，头歪到一侧，再看看小姑娘发红的双眼，立马便知晓发生了什么。他心中暗叫了声：糟了！

夜霆晟眼中闪着几丝震惊，尤其是左脸颊还传来一阵阵火辣辣的痛意：这丫头……居然敢扇他？！

自家主子是什么性子阿肆是知道的，从来没有人敢打主子，一旦有人……他简直不敢往下想，觉得七公主一定会被主子给活活掐死，哪怕主子是她的亲皇兄。

坐在床榻上的男人缓缓站起身，捂着脸，眼神平淡地看了一眼床上红着眼的小姑娘，随后转身朝阿肆走去。

见自家主子一副要杀人的样子，阿肆吓得大气都不敢喘。

"看着她吃。"男人只撂下这话，便冷着脸走了出去。

阿肆看着自家主子离开的背影，一脸难以置信：所……所以七公主这是安全了？主子不但没有发怒掐死七公主，还让自己监督她吃饭！

阿肆将托盘放下时，双手都控制不住地有些发抖：主子当真是变了。

夜霆晟回到自己的住所，半边脸还有些火辣辣地疼。他一抬头看到铜镜中的自己，左脸上那一个巴掌印显得尤为清晰。

他伸手抚上自己的左脸，不由得冷哼了一声，说道："真是个放肆的丫头。"要是换作其他人这样对他，那双手就别想要了！

阿肆苦口婆心地说了好些话，终于劝动了小姑娘吃饭。在小姑娘拿起筷子吃饭的那一刻，他简直要感动哭了。

面前放着往常自己喜欢吃的菜，叶七七现在吃起来却味同嚼蜡，她没有半点儿胃口。

见小姑娘光扒饭，阿肆将盘子往小姑娘面前推了推："公主殿下，尝尝这菜吧。"

闻言，小姑娘终于掀起眼皮看了他一眼，但也只是看了一眼罢了。

阿肆无言地叹了口气，想了想还是跟小姑娘讲清了来龙去脉："引起崖关百姓如今这病症的药丸确实是主子研制出来的，但不是主子散布的。也不知道那曹大人从哪里偷了主子制的药丸，才酿成了大祸。"

"那他为什么还研制这个药？"小姑娘终于开了口。

听了小姑娘这话，阿肆一时竟不知该如何跟她解释，若是解释了，就要泄露主子药灵谷副谷主的身份了。至于为什么要制药，大概是因为主子的身份是药灵谷副谷主，制药多了实力就能得到别人的认同了。

"我吃好了。"见少年一脸纠结不知该如何回答，叶七七也没有强求，放下筷子说道。

阿肆见小姑娘朝床走去，然后躺下盖好被子。最终他还是没说什么，将碗筷收拾好后便出去了。

走出去关上门后，阿肆对门口的两名守卫说道："看好公主殿下。"

"是。"

听着门关上的声音，还有门口传来的声音，叶七七知道自己是被囚禁了。她伸手摸上腰带，随后毫不留情地扯掉腰间的香囊扔到了地上："坏人！骗子！"

次日清晨。

叶七七睁开眼睛，透过窗户看到天已经完全亮了。她看着自己身上盖的被子，一时有些迷糊：她记得自己昨天是睡在被子上的，怎么一觉醒来……？

还没等她深想，她的手突然触碰到一个温热的、毛茸茸的东西，吓了她一跳。她急忙坐了起来，随后便看见床边那毛茸茸、圆滚滚的一团。

听见声响，那一团东西转过头，一双红色的眼睛直勾勾地盯着她。

兔子？这里怎么会有兔子？

见她盯着自己，那小兔子直接一下跳进了她怀里。

叶七七看着怀里的兔子，好一会儿才回过神来：他把她囚禁，害怕她无聊，所以放了一只兔子来陪她是吗？

想到这是某人买的兔子，叶七七瞬间不喜欢了，伸手便将缩在她怀里的小兔子给推开："我不喜欢你，你不要靠近我。"

小兔子被她推得翻了个身，圆滚滚的肚子露在外面，好一会儿才将身子给翻过来。

它看着一旁的小姑娘，似乎不明白：它如此可爱，为什么小姑娘要推开它？

于是下一秒小兔子又一蹦一蹦地跳进了小姑娘怀里。它的下场自然是跟之前一模一样，被小姑娘无情地推开了。

小兔子不死心，再一次跳进小姑娘怀里，然后被小姑娘无情地推开。

反反复复好多次后，小姑娘终于怒了，一脸凶样地对小兔子说道："再过来，小心我把你做成菜，麻辣的那种！"

在她说完这话后，也不知道小兔子是不是听懂了她的话，没有再跳进她怀里了，而是在一旁的角落里眼巴巴地看着她。

叶七七觉得这小兔子是听懂她的话了，就准备下床，这时原本缩在角落里的小兔子突然朝她扑了过来。许是害怕小兔子摔死，叶七七下意识地伸手接住了它。

于是她推开了好多次的小兔子再一次到了她怀中。

这小兔子该不会是成精了吧？叶七七心中还生着气，想要将小兔子推开，但是转念一想，它就是一只兔子罢了，她何必将气撒在一只兔子身上呢？

怀中的小兔子毛茸茸的，叶七七伸手揉了揉它的小脑袋。

小兔子似乎被小姑娘揉得十分舒服，不仅眯起了眼睛，还垂下了耳朵，在小姑娘怀里窝成一团。

叶七七看着怀里的兔子，突然想到了大白，也不知道大白怎么样了。

叶七七将下巴抵在小兔子身上，眼圈控制不住地有些发红。

六哥哥肯定也发现她不见了。说来可笑，她居然被自己的亲皇兄给关起来了。

叶七七狠狠地摇了摇头，觉得说不定那个男人压根儿就不是自己的真六皇兄！

"小兔子，现在就我们俩相依为命了。"叶七七刚说完这话，关着的房门突然被人推开，一窝蜂地进来好几个面生的女子。

小姑娘警惕地将小兔子抱得更紧了，问道："你们是谁？"

她的话音刚落，阿肆从门外走进来，对着小姑娘恭敬地答道："殿下，这是主子给您挑的照顾您的生活起居的婢女。"

婢女？照顾她的生活起居？那是不是意味着她要一直住在这里？叶七七说道："我不需要！"

哪怕小姑娘拒绝，那些婢女还是强行伺候她洗漱、穿衣。

"殿下。"一名婢女将筷子递给叶七七。

叶七七蜷曲着身子坐在椅子上，死活不愿意吃东西。

婢女们露出为难的神色，说道："殿下，您还是吃些吧。"

叶七七接过婢女递来的筷子便扔了出去："我说了我不吃！"只要将她关在这里一天，那么她就一天不吃东西。

婢女们看小姑娘这种态度，也不知该如何是好。

夜霆晟刚走到门口，两根筷子突然从屋子里头被扔出来，落在他的脚边。

婢女们瞧见出现在门口的男人时，个个面露胆怯之色，尤其是注意到男人的脸上的戾气，简直大气都不敢喘一下。

听见门口传来动静，叶七七也抬起头，看到门口那张熟悉的脸后，马上气愤地移开了视线，不想多看他一眼。

夜霆晟低头，视线落在脚边的筷子上，弯下腰将筷子捡了起来。

瞧着这场景，在场的婢女忍不住瞪大了眼睛，个个一副见了鬼的样子。

一旁的阿肆给在场的婢女使了个眼色。婢女们会意，对着男人恭敬地行了个礼，然后小心翼翼地退了出去。

很快，房里就剩下他们三人。阿肆瞧着两个人间的气氛有种说不出的尴尬，觉得此地不宜久留。

"主子，属下再拿一双干净的筷子。"说完，阿肆一溜烟儿地跑了出去。

这会儿屋子里只剩下他们两个人了。

叶七七赌气一般不看男人一眼，但是哪怕没有抬头她都能感觉到男人灼热的视线一直落在她身上。

夜霆晟"啪"的一声将手里的筷子拍在桌子上，声音平静地问道："为什么又不吃饭？"

小姑娘对他的话无动于衷。

见小姑娘无动于衷，夜霆晟伸手一把揪住小姑娘怀里的兔子的耳朵，使兔子脱离了小姑娘的怀抱。

看到小兔子被男人抓走，叶七七瞬间急了，脸上露出慌张之色："兔子！"

叶七七站起身想将小兔子抢回来，可是男人仗着身高优势，故意将手臂抬高。叶七七蹦了好几下，连兔子的脚都碰不到。

"把兔子还给我！"叶七七气愤地捶了他一下，但没有用。

夜霆晟用手指抵着小姑娘的脑门，说道："想要兔子，那就乖乖地吃饭。"

两人对峙间，夜霆晟看见小姑娘的眼眶红了。

叶七七盯着被男人揪住耳朵的小兔子，心里更气了，委屈在心头萦绕，干脆又坐回椅子上，红着眼睛说道："那我不要了！"

夜霆晟冷哼了一声，说道："行。"

随后夜霆晟开口叫阿肆。

阿肆早已在门口站了许久，瞧着里头的两个人争吵如此激烈，实在不敢贸然进去。

听到男人叫他，他才走了进去。

阿肆刚走进去，男人便将手里的兔子扔进他怀里，冷声说道："估计是饭菜不合她的胃口，那今晚加餐，把这兔子烤了！"

闻言，阿肆一脸震惊，不敢相信地重复道："烤……烤了？"主子这话是认真的吗？要知道主子知道七公主殿下喜欢小兔子后，特地在集市里买了只兔子养着，这都快养一个月了，说烤就烤？

小兔子许是能听懂那个"烤"字，立马竖起了耳朵，乍了毛，想要从少年怀里逃开。

阿肆按住怀里的兔子，瞧瞧一旁早已红了眼的小姑娘，又看了看神情十分难看的自家主子，不太确定地压低嗓音问道："主子，真要烤呀？"

夜霆晟把目光落在阿肆身上。

主子眉眼间的戾气让阿肆不由得背脊发凉，感觉主子不只要把他怀里的兔子烤了，还要把他给烤了。

"烤了。"夜霆晟冷冷地吐出两个字。

阿肆一脸纠结，回望一旁的小姑娘，只见小姑娘眼圈都红了，仿佛下一秒就要哭出来。

阿肆别开脸，实在是不忍心看。

在自家主子充满戾气的眼神下，他终于走到门口。他发誓自己这辈子都没有走这么慢过。

就在他一只脚要踏出门时，屋里的男人终于问道："还吃饭吗？"

男人这话自然是对坐在椅子上的小姑娘说的，她还不吃饭那他就只能把兔子烤了，这已经是他退让了一大步给她选择了。

看着小姑娘红了的眼眶，夜霆晟终于对走到门口的阿肆说道："拿过来。"

听了这话，阿肆心中松了口气，急忙将兔子递给男人。

夜霆晟将兔子抱在怀里，又朝阿肆伸出手。

阿肆不解地看着自家主子。

夜霆晟抿着唇冷声说道："筷子。"

阿肆这才恍然大悟，急忙让站在门口的婢女拿来两双干净的筷子。

夜霆晟将一双筷子放在小姑娘面前："吃饭。"

望着男人冷漠的眼神，还有他怀里抱着的兔子，叶七七红着眼，终于将筷子拿了起来，委屈地低下头，扒自己碗里的饭。

夜霆晟将小兔子扔进一旁的少年怀里，然后坐到小姑娘身边，唤来婢女打了一盆水，抽出了小姑娘手里的筷子。

在小姑娘不解的眼神中，他拉过小姑娘的手按在水盆里，说道："把手洗干净再吃饭。"

叶七七想要抽出手自己洗，可没想到男人很用力，按着她的手洗干净，又拿出手帕给她擦干净手，才将筷子递给她。

"吃。"夜霆晟将手上的水擦干，说道。

婢女将水盆撤了下去。

他看到小姑娘低着头只是一味地扒自己碗里的饭，攥起一块排骨放进了小姑娘的碗里。

"吃菜，别搞得像我虐待你一样。"夜霆晟说。

叶七七盯着碗里的排骨，回想起自己现在的一举一动都被人监视着：这不是虐待是什么？

直到小姑娘扒完碗里的最后一口饭，夜霆晟一直落在小姑娘身上的目光才收回来。

婢女们利索地将桌子收拾干净。

小兔子再一次回到叶七七的怀里，叶七七立马将小兔子紧紧地抱住了。

夜霆晟正准备离开，坐在椅子上的小姑娘突然问道："你打算关我到什么时候？"

夜霆晟转头，目光落在她身上："怎么？想让你的六哥哥来救你？"

小姑娘只是紧紧地盯着他，并没有说什么，但是她那眼神无疑在期待着什么。

"呵，我不知道那姓燕的究竟跟你说了什么，才导致你一心向着他，或许你当真觉得那姓燕的会为了你放弃复仇？"夜霆晟捏着小姑娘的脸颊。

许是他的力道有些重，很快小姑娘白皙的脸上便出现了红痕。

他不顾小姑娘的挣扎，一字一顿地说道："别傻了，你当真觉得你们俩的情情爱爱能抵过你们之间的血海深仇？还是他骗你说他其实不是真正的西冥太子？"

此话一出，原本还在挣扎的小姑娘立马停止了动作。

"他的话你也信？是他抢了我的身份，明明我才是你的亲六皇兄，为什么你宁愿信一个外人，也不信我？啊？为什么？"夜霆晟红着眼抓着小姑娘的双臂，不满地质问。

他不明白，真的不明白，他究竟是为了谁才处心积虑地做到这种地步？明明是那人抢了他的一切，怎么到头来却一切都成了他的错？

夜霆晟说道："我制毒害了人你嫌我恶心，那么你可知你放在心尖上的六哥哥也不是什么清白之人，他这些年仗着他六皇子、翊王殿下的身份害了我朝多少忠良？！"

他不知从哪里拿出了些纸张，直接扔在了小姑娘面前。那些纸上所写，都是那姓燕的这些年所行的恶事、所害的人。

"在你五岁那一年，你应该记得父皇有一次带兵去边境击退倭寇，回来时却意外失去记忆唯独忘了你，你觉得这事和谁有关？

"自然是你的好六哥哥所为，那时候他的势力便已经进入军中，也不知他究竟买通了谁，将军事机密泄露给了那无用的倭寇头头儿，才让父皇中了倭寇的计。

"不信？我这里还有很多证据。

"七七呀，你别不信，没有谁一直干干净净，包括你心心念念的六哥哥。

"且不说他今后究竟会不会为了你放弃报仇，他来北冥的初衷就永远变不了，他是以那已经被父皇灭了国的西冥太子的身份来的。试问一开始就以报仇的念头从地狱里爬出来的人，双手怎能不沾鲜血，怎么可能还干干净净？

"你喜欢他，皇兄可以理解，但是你觉得自己真的能和他长长久久在一起吗？父皇眼睛里向来容不得沙子，要是知晓他的真实身份，你觉得你们还有可能吗？"

答案当然是不可能。

夜霆晟对小姑娘说完这些话后，就出了房间。

他刚走到门口，就瞧见一脸紧张的阿肆。

"怎么了？"他问。

阿肆答道："他来要人了。"

夜霆晟不用想都知道阿肆口中的那个"他"是谁，除了那个姓燕的，他找不出第二个人来。

夜霆晟冷笑了一声，说道："才一夜的时间，就找上门来了？"

夜霆晟走到院子里，原以为那姓燕的会带来不少人围堵他的院子，可没想到那姓燕的竟是自己一人前来。

"就你一个人？"夜霆晟看着燕铖，有些不太敢相信。

燕铖问道："她在哪儿？"

看着站在院子里的男人一脸从容淡定，夜霆晟气得牙痒痒。他处心积虑地策划了那么久，结果某人不仅丝毫没有放在心上，甚至连一点儿害怕之意都没有，就这样孤身前来，一点儿没有将他放在眼里。

"被我下了毒，快死了，想要解药就跪下来求我！"夜霆晟冷笑道。他倒要看看，在这姓燕的心里，究竟是那丫头的命重要，还是自己的尊严重要。

一旁的阿肆听了自家主子这话，心中惊呼：主子，您……您还真敢说出口呀！

夜霆晟本以为这姓燕的是个硬骨头，自然是不肯跪的，可没想到下一秒，就见站在不远处一身黑袍的男人竟当真屈膝跪下了。

"求你。"燕铖紧盯着他的眼睛，平静地说道。

夜霆晟瞪大眼睛，一脸的难以置信："你……你……"这……这怎么跟他想象中的不太一样？这家伙怎么说跪就跪，不知道男儿膝下有黄金吗？

"我让你跪你就跪？你就那么没骨气？"夜霆晟语气中竟有些恨铁不成钢。

燕铖看着他气得铁青的脸，平静地说道："长兄如父，我为何跪不得？"

长兄……如父？谁是这家伙的兄，这家伙乱攀什么亲戚？！被这家伙打乱了计划，夜霆晟竟不知自己接下来该说些什么了，心口莫名其妙地被气得有些疼。

燕铖说道："跪也跪了，可以让我见她了吗？"

"见个屁！"夜霆晟毫不留情地撕破脸皮，指着燕铖的鼻子破口大骂，"我妹妹是你想见就能见的吗？什么狗屁东西！"

燕铖冷着脸没说话。

阿肆跟在男人身边多年，自然知道自家主子这嘴骂起人来有多毒，眼看着燕铖的脸色越发阴沉，急忙伸手扯了扯还在破口大骂的自家主子："主子。"

被打断的男人猛地转头看向阿肆："做什么？"

阿肆额头流着冷汗，压低嗓音提醒道："您注意仪态。"

"呵，怎么？方才不是还说长兄如父，我这才骂了几句某人就受不了了？"夜霆晟回过头，目光落在不远处脸色不太好的男人身上。

阿肆汗颜：您是才骂几句吗？

骂也骂了，夜霆晟觉得心中舒服了不少，又对着男人卷起袖子，说道："想见她也行，来，跟我比一场，赢了我就让你见……"

不远处的男人好似就在等他说出这句话，他的最后一个"她"字还没说出来，就见原本还跪在地上的男人突然起身上前，而后他只感觉眼前闪过一道黑影，还来不及反应，脸上便猛地重重地挨了一拳。

男人显然用足了力道，被那一拳头砸在脸上，夜霆晟感觉颧骨要被砸碎一般，一个趔趄，后退了好几步，左脸颊火辣辣地痛，嘴里都弥漫着一股浓烈的腥味。

夜霆晟狼狈地低着头，用指腹轻轻擦了一下嘴角，看着上头的血迹，抬起头看着对面的男人，震惊地说道："你居然真的敢打我？"而且打的是他的脸！

"你这家伙——"夜霆晟手握成拳，铆足了力气朝男人的脸上袭去，但被男人很是灵活地躲了过去。

"这一拳是为七七打的。"说着，燕钺又是一拳打在了夜霆晟的脸上。

夜霆晟来不及躲开，又硬生生挨了一拳。

燕钺说道："这第二拳还是为七七打的。"

夜霆晟的武功显然在男人的之下，还没几下，夜霆晟便已经被打得狼狈地趴在了地上，奄奄一息，原先英俊的脸上青一块紫一块的。

夜霆晟已经记不清自己究竟被这家伙打了多少拳，唯一记得的便是这家伙打他的所有拳头都是为了七七打的！

"咯咯……"夜霆晟吃痛地咳出声。

燕钺看着狼狈的夜霆晟，心中火气更甚，正打算再给他来上一拳时，不远处突然响起一个男声："殿下息怒，手下留人。"

燕钺循声望去，只见一道红色的身影缓缓地从空中落下。

那人穿着一身十分张扬的红衣，黑色的长发披散着，手中拿着一把折扇，挡住了大半张脸，露出一双勾人的狐狸眼，不难想象那折扇后是怎样一张倾城倾国的脸。

随着动作，那人脚上的铃铛响起，发出一阵悦耳的声音。

阿肆瞧着从天而降的红衣男人，急忙跪了下来，恭敬地说道："拜见谷主。"

被阿肆称作谷主的男人走到两个人身边，看着被揍得凄惨的夜霆晟，不由得皱了一下眉。

燕铖看了那人一眼，松开了抓着夜霆晟的衣领的手，站起身："他太欠揍了。"

鸦影将夜霆晟从地上扶起，看向一旁的阿肆，说道："你都不知道劝一下吗？"

阿肆低下头："属下办事不力，望谷主责罚。"他也想劝来着，奈何主子实在是……劝不住。

鸦影说道："罢了，没一个省心的。我若是不来，你是不是会把他打死？"

燕铖说道："不会。"他会让夜霆晟吊着一口气的。

一旁的阿肆注意到燕铖的眼神，这才反应过来，说道："七公主殿下在这里，翊王殿下您这边请。"

小姑娘怀里抱着小兔子，蜷在床榻的角落，听到门口轻微的开门声，无动于衷——除了六皇兄还能有谁？

反正她已经决定了，无论他做什么，她都不会原谅他。

听着脚步声逼近，叶七七下意识地将怀中的小兔子抱得更紧了。

就在这时，一只微凉的手抚过她的脸颊。

那微凉的触感令她猛地睁开了眼睛。

"七七。"她身后响起熟悉的声音。

听到这一声熟悉的"七七"，她还没来得及转头，就被拉进一个熟悉的怀抱。

这是……六哥哥的声音！

"六哥哥！"叶七七惊喜地喊道。

"嗯，是我。"男人低哑的嗓音传进叶七七的耳中。

叶七七转过头，果真看见男人那张熟悉的脸。她望着男人没有戴假面的俊颜，鼻子猛地一酸。

看到小姑娘说哭就哭，燕铖心疼万分地替她擦了擦泪水："哥哥来迟了，让七七受委屈了。"

叶七七摇了摇头，眼睛红得如同小兔子的眼睛一般。

燕铖将小姑娘打横抱起，说道："哥哥带你离开。"

"嗯。"叶七七靠在男人怀里，轻轻点了点头。

燕铖刚走几步，小姑娘突然想到了什么，伸手扯了扯他的袖子。

"怎么了？"燕铖低下头轻声问。

小姑娘伸手指了指不远处的床角那白色的一团："兔……兔子。"

"兔子？"燕铖朝小姑娘指的方向看了过去，果真看见床上那一团雪一样的兔子。

直到被燕铖抱着从屋里走出来，叶七七才想起来：六哥哥为什么会在这里？

叶七七说道："六皇兄他……"

燕铖说道："放心，他还活着。"

燕铖抱着小姑娘往外走，一路上遇到不少身穿黑红相间衣袍的侍从，还有一个穿着一身红衣的陌生男人。

叶七七瞧着他们觉得眼生，不知何时院子里多了这么些人。

见他们两个人出来，那群侍从竟没有拦。

门外停着一辆马车，冷卫站在马车前等候着，见两个人出来，恭敬地将车帘掀开。

燕铖将小姑娘放下，看着小姑娘红红的眼尾，低头亲了亲那里，揉了揉小姑娘的脑袋。

"饿了吗？"生怕小姑娘没吃饭，他特意带了食盒过来，"有你最喜欢的凤梨酥。"

"想吃。"小姑娘眼巴巴地看着他手里的食盒。

燕铖拿起一块凤梨酥递到小姑娘的嘴边，看着她一口一口地吃着。他从一旁拿过水壶，见小姑娘吃完一块凤梨酥，便将水壶递到小姑娘的嘴边。

叶七七捧着水壶喝了一小口水。

等她喝完，燕铖又拿了一块凤梨酥递到她的嘴边。

叶七七摇了摇头。

燕铖将凤梨酥放回食盒，待转过头，就瞧见红着眼尾的小姑娘直勾勾地盯着他。

"怎……"

他的话还没说完，小姑娘已经扑进了他怀里，紧紧地抱着他的腰。

"哥哥。"

这一声软绵绵的"哥哥"，令燕铖的心都生起一股子痒意，语气控制不住地软了下来："嗯？"

他温柔地看着她。

下一秒，小姑娘仰起头，吻在了他的唇上。

微风拂过，吹起正在行驶的马车车帘的一角，两个人吻得难舍难分。

被小姑娘放在角落的小兔子瞧着眼前的一幕，似乎也觉得羞涩，将自己缩成了一团。

一吻结束，燕铖双手捧着小姑娘红扑扑的脸，眼眸中满是柔情蜜意。

燕铖将小姑娘散落的头发别到耳后："还难受吗？"他没有问她为什么会被她那皇兄关在那里，不用问也隐约能猜到些什么。

叶七七摇了摇头，心里已经好受多了，仿佛只要有六哥哥在身边，她所有的委屈和不安就能很快消失。

"六哥哥，你怎么知道我在六……皇兄这里？"

"猜的。"燕铖答道。

"猜的？"

"嗯。"燕铖看着小姑娘说道。

他没有告诉她的是，其实他昨夜便来看过她了。他见她天黑了还未归，便来这儿寻她。原本他是想将睡梦中的小姑娘带回去的，但是看着她那对他深恶痛绝的六皇兄，又迟疑了。

其实他也知道自己犯了错，抢了夜霆晟六皇子的身份，所以心中对夜霆晟是有愧的。但这世间的一切都是有因果的，先有西冥挑衅，向北冥宣战，而后战败。少年的他也沦为亡国之人，再有他伪装成北冥六皇子，到如今发生的一切……

他是有错，但这也不全是他的错。夜霆晟好像也有错，如果不是夜霆晟想要淹死自己的七皇妹，又正巧被他撞见，恐怕他也不会抢夜霆晟六皇子的身份。他们都有错。

"那刚才那个穿着红衣服的男人是……？"小姑娘看着那人觉得陌生，但又隐隐约约觉得自己好像在哪里见过那人。

"他叫东方少靖，你应该见过他。"

"我见过他？"

"嗯。"燕铖点了点头，"在你小的时候。"

"他出现在六皇兄的住所，是跟六皇兄认识吗？"

"嗯，认识。"燕铖点了点头，并没有跟小姑娘细讲两个人究竟是何关系。

马车稳稳地停下，燕铖将熟睡的小姑娘从马车上抱了下来。

冷卫跟在两个人身后。

就在这时，原本抱着小姑娘的男人突然扔了一个东西给冷卫。

冷卫伸手接住，低头看着自己手里的白色小瓷瓶，问道："殿下，这是……？"

燕铖说道："解药，你拿去交给张太医便可。"

冷卫瞪大眼睛，双手紧紧地捧着小瓷瓶，如同捧着珍宝一般："是。"

燕铖将小姑娘放到床榻上，看着小姑娘紧闭双眼的熟睡模样，眸中多了几分柔情。

他替小姑娘盖上被子，视线无意间扫到小姑娘露在外面的手腕，哪怕已经消了不少，手腕上的红痕还是依稀可见。他低下头心疼地吻了吻小姑娘的手腕。

是他想得太简单了。他原本以为将属于夜霆晟的身份还给夜霆晟之后，他就能以新的身份跟这丫头在一起。他一时头脑发热忽略了一个最重要的人，要这个人答应，他才能和这丫头在一起。只是这个人……

"唉。"燕铖轻轻叹了口气，脸上布满愁容。

"哥哥。"原本在熟睡的小姑娘不知怎的突然醒来，正直勾勾地盯着他。

燕铖恢复正常神色，揉了揉小姑娘的脑袋："我吵醒你了？"

"没有。"叶七七起身，看周围有些陌生的环境，问，"这是哪里？"

"我睡觉的地方。"燕铖说。

叶七七愣了一下，低头看自己身上盖的被子，所以她现在睡的是六哥哥的床？叶七七将被子的一角拽在手里。

一只温润的大手盖在了她的手上。

燕铖唤道："七七。"

她抬起头："嗯？"

"能问你一个问题吗？"燕铖说道。

看着六哥哥突然变得深沉的目光，叶七七心中生起一股紧张之意。

"嗯，你问。"

燕铖问道："你是如何看我的？我抢了你六皇兄的身份，你恨我吗？"

恨他？叶七七想了想，很快便摇了摇头："应该不能说恨吧。其实一开始知道你的真实身份，我心里是害怕的，但哪怕害怕，心中还是相信你不会害我，因为就算你不是我的亲皇兄，毕竟相处久了，不可能一点儿感情都没有。而且如果你想的话，大可以一开始就杀了我的六皇兄，可是你并没有，要是换作其他人，恐怕他早就没命了。"

每个人都有自己的苦衷，我们不能说自己做的事情就全是对的，也不能全盘否认别人做的事。

"那如果六哥哥你真的是西冥太子，会为了国仇家恨而杀了我吗？"

燕铖紧盯着小姑娘的双眼，第一反应便是摇了摇头："不会。"一开始不会，后来就更加不会了，因为他真的舍不得。

"所以呀，"叶七七伸手捧着男人的脸，"换作我也是一样的。从我知道自己对你的感情后，不管你做什么事情，我首先都会偏向你这边。也许这对其他人来说有些自私，但是这是我内心的真实想法，我可以高尚，甚至虚伪地口是心非，但是我知道我骗不了自己的心。至于六皇兄，他心中有恨是应该的，不过既然我们俩已经在一起了，那么我们便要一起面对和克服，总有办法让他解开心结。"

叶七七说完这段话，就发现男人正紧紧地盯着她，眼眸中好像有什么情绪在翻滚。

叶七七被他看得有些紧张："怎……怎么了？"

燕铖笑着摇了摇头，将脑袋轻轻地抵在她的肩膀上，轻声说道："我何其有幸，能遇见你。"

他轻蹭着小姑娘的肩膀，脑袋蹭在小姑娘的下巴上。

看着六哥哥这番举动，叶七七首先想到的是大白，此刻的六哥哥就像是大白一样，因为大白也喜欢这样蹭她。

这样想着，小姑娘忍不住笑出声，手落在男人的脑袋上，轻轻地摸了摸。

燕铖笑着伸手环住了小姑娘的腰肢，靠在小姑娘怀里，任由小姑娘轻摸他的脑袋。

燕铖派冷卫给张太医送去解药后，不到一晚上的时间，张太医果真制出相同的解药。

张太医说道："多亏了翊王殿下呀，若不是殿下您，恐怕下官至今还不知道该如何下手。"

"张太医您言重了。"

"只是不知殿下您这解药是从何而来？莫非那下毒之人已经找到了？"

燕铖没回话，看向一旁的李将军。

李将军立马会意，回答道："那下毒之人诡计多端，至今还未有踪迹。这药是在之前发现那二十具尸体的院子里发现的，我们一开始也不太确定这究竟是不是解药，所以拿来给张太医您看一下。"

张太医说道："哎呀，那可真的是上天眷顾呀，这就是解药，之前下官让几个得了病的患者服下，患者睡了一觉后那病症就消失得无影无踪了。不过为防万一，下官觉得还是先观察个两三日，等确定真的没问题后，立马批量制药，将解药分发给崖关的百姓。"

燕铖说道："嗯，有劳太医您了。"

燕铖从衙门出来时，一个孩童走到他跟前递给他一封信。

他有些疑惑，但还是将信封拆开，只见信纸上头只写了"鸿运酒楼"四个字，页尾画了一只黑色的乌鸦。

"殿下？"冷卫见自家主子一动不动，问道。

燕铖将信纸合起，对冷卫说道："去鸿运酒楼。"

小厮领着男人上了三楼，在一个房间前停下，推开门恭敬地说道："这位爷，您里面请。"

燕铖踏进房内，一眼便看见了坐在窗前的那道红色的身影。

鸦影见他来，将手中的扇子放下，笑道："你也太慢了，我都等饿了。"

鸦影便招呼小厮："现在上菜吧。"

小厮说道："好嘞，两位爷稍等。"

燕铖坐下，说道："你自己吃吧。"

"嗯？你家那丫头现在连你在外头吃饭都要管？"鸦影不敢相信地问道。

燕铖抬头轻扫了鸦影一眼："我等下回去跟她一起吃。"

鸦影"啧"了一声。

"叫我来作甚？"燕铖坐下，自己给自己倒了一杯茶。

鸦影说道："就是想问一下你接下来打算怎么做。夜霆晟那家伙现在还生着气，估计不会轻易接受你把这皇子的身份还给他吧？"

燕铖轻抿了一口茶，将茶杯放下，抬头看着坐在对面的鸦影，思索了一会儿，问道："那你呢？"

"我？"鸦影有些不明白，"你们俩的私事关我什么事？"

"没你把人借给他，他能如此蹦跶？"

鸦影惊讶地说道："你怎么知道？！"

鸦影一时震惊脱口而出，说完才反应过来，后知后觉自己被这家伙套了话。看着男人用平静的眼神紧盯着自己，鸦影深知多说无益，干脆直接承认了。

"他到底是我的手下，我自然是向着他的。"说完，鸦影见对面的某人表情平静，问道，"难不成你一直都知道是我在帮他？"

燕铖看了鸦影一眼，脸色平静。

鸦影"噌"的一下站了起来，吃惊地说道："好呀，敢情你一直把那家伙当猴耍呢！"

这家伙什么都知道，那……鸦影又说道："不对，你若是从一开始就知道，为何还睁一只眼、闭一只眼让他蹦跶那么久？"这显然不符这家伙的作风呀！

"他是七七的皇兄。"燕铖说。

听了这话，鸦影笑道："你就不怕那家伙真把你害死了？"

"我不会给他这个机会的。"燕铖平静地说道。

看着某人一副风轻云淡的样子，鸦影已经想不出夜霆晟知道了真相会是什么心情。夜霆晟那家伙为了报仇处心积虑那么久，可没想到一切都在这家伙的掌握之中。

"你可真是……"鸦影忍不住吐槽，"不过你也是挺牛的，把自己的仇人放在身边养着，要是换作我，肯定快刀斩乱麻以绝后患！"

燕铖说道："当年我想杀，不是你拦着，说他长得不错，杀了怪可惜的吗？"

"啥？"鸦影愣住了，指着自己说道，"我？我让你别杀？有吗？"他怎么一点儿印象都没有了？

燕铖说道："您老人家贵人多忘事。"

鸦影一脸的困惑，是真的不记得了。

燕铖说道："我准备回京城。"

"回京城？"

"嗯，去坦白一切。"

"跟谁坦白？"话音落下，鸦影看着男人平静的眼神，脑海里不知怎的突然跳出一个身穿黄袍的身影。

"你疯了？你去跟那北冥皇帝坦白，以他的性子还不把你千刀万剐？"

燕铖说道："无论如何，总要试试。"毕竟那是七七的父皇。而且如果他真的换一个新的身份待在小姑娘身边，时间久了肯定会被发现端倪的。

鸦影说道："你若是担心新身份的事情，放心，我出马，定然帮你把新身份弄成文韬武略、身世清白、爹娘健在、乐于助人、心地善良的异国皇族公子哥，定然让你配得上那北冥公主，如何？"

燕铖摇了摇头："这不一样。"

"怎么就不一样了？"

"我不想骗他。"

鸦影挑眉："啧，这还没成你爹呢，你就要做大孝子了？"

燕铖沉默。

"不过夜霆晟那家伙气还没消呢，你打算怎么办？"鸦影问道。

"不是有你吗？"

"你要我帮你道歉？"

燕铖说道："他是你的手下，你又是他的救命恩人，他肯定听你的话。"

鸦影一脸无奈。

燕铖起身，拍了拍鸦影的肩膀，郑重地嘱托道："交给你了，到点了，我回去跟七七吃午膳了。"

鸦影愣在原地，眼睁睁地看着某人走了出去。

"七七，你怎么让人买这么多菜呀？"方逸辰一大早来看小姑娘，在经过厨房的时候，就看见小姑娘指挥着仆人，将一早从菜场买来的大包小包的菜搬进厨房。

叶七七回答道："没……没什么呀，就是我想吃了而已。"

方逸辰瞧着那估计够一桌子人吃的菜，瞪大了眼睛："你一个人吃这么多？"

"我……"叶七七一时不知该如何回答，而后就伸手推他，"你一大早不忙吗？"

"时间还早……"方逸辰话还没有说完，就被小姑娘推出了厨房。

只听"啪"的一声，小姑娘毫不留情地将门关上了。

方逸辰看着面前被小姑娘关上的门，站在原地愣了好一会儿："这丫头，一大早的可真奇怪。"

叶七七在门缝里看了好一会儿，确定方逸辰走了，才缓缓地将门打开。

她转过身，就见厨房里的仆人们大眼瞪小眼地看着她，她轻咳了一声，说道："你们不用管我，我只借一口锅就好。"

闻言，仆人们急忙给她让出一条道。

叶七七走到灶台前，撸起袖子就准备干。

看到小姑娘要拿起一旁的菜刀，站在一旁的仆人瞬间变了脸色，急忙阻止道："殿下，还是我们来吧。"

"不用。"叶七七拒绝道，"我自己可以的，你们忙你们的吧。"

仆人们面面相觑，实在不敢将厨房交给小姑娘一人。

叶七七说道："倘若你们实在没事，留下一个人帮我把灶台生了火吧。"

"哦，好的殿下。"

她今日跟六哥哥约好了一起吃午膳，别人做的哪儿有自己做的香？

叶七七拿着刀，利索地将面前的胡萝卜一分为二。

那位留下来的仆人听见声音转头，瞧着小姑娘那番举动被吓得不轻，可看着看着发现这位公主殿下像是会做菜的样子。

叶七七花了一个多时辰，终于做了一桌子菜，勾了勾唇，十分满意。

因得到了解药并验证了效果，张太医连夜制药分发，蔓延崖关的病彻底得到了解决。原本被关在安居寺的人病好后也都被放了出来，其中自然包括殷修初。

殷修初一出来，便看见停在门口的马车。

站在马车前的两个少年跟他招手："阿初，这里。"

殷修初看着站在阳光下的二人，原本紧绷的脸上多了几分柔和，抓紧手中的行囊，朝马车走了过去："你们俩怎么来了？"

唐凌白说道："听张太医说如果治疗有效的话，会提前解封，所以我们俩就来碰碰运气，没想到真是来得太巧了。"

殷修初上了马车，特意朝马车里头看了一眼。

唐凌白说道："七七没来，她并不知道安居寺会提前解封。"

"是吗？"少年听了这话，眼神立马黯淡下来。

"不过我觉得七七应该是知道的。"方逸辰上了马车，继续说道，"我早上去找她的时候路过后厨，刚好瞧见那丫头在，她让人买了好多菜。我估计她肯定是从翊王殿下那儿得知安居寺解封的消息，所以一大早起来，准备亲自下厨给你接风洗尘。"

"真的假的？"唐凌白一脸震惊，"七七什么时候会做饭了？"那丫头下过厨吗？

听了唐凌白这话，方逸辰才反应过来："对啊，七七会做饭吗？我怎么不记得她下过厨？"

唐凌白说道："管她呢，反正七七有这个心就好了。等下回去的时候，无论她做得好不好吃，我们都说好吃就对了！"

"对！"

与此同时，另一边。

叶七七刚让人摆好菜，就听见门口传来声音，走到门口，果真看见刚回来的燕铖。

叶七七眼睛一亮："六哥哥。"

燕铖看着站在门口等他的小姑娘，伸手便将人揽进了怀里，目光落在小姑娘沾了些灰的鼻子上，笑道："怎么把自己弄成这样了？"

"什么？"小姑娘不解地说道。

燕铖轻碰了一下小姑娘的鼻子，说道："鼻子。"

叶七七想要伸手摸鼻子，手却已经被男人扣住了。

燕铖派人去打了一盆水，拉着她坐下时，看见一旁一桌子的菜，才明白小姑娘的脸上的灰是哪里来的。

"你做的？"燕铖问。

叶七七点了点头："对呀。"

她的话音刚落，某人已经抬起她的手，检查她的手指有没有受伤。

"我没有受伤，做饭的时候可小心了！"

哪怕小姑娘说了这话，燕铖还是忘不了小姑娘小时候做粥意外火烧厨房的事情。

"殿下，水来了。"刚好仆人将水盆端了过来。

燕铖这才松开小姑娘的手，对仆人说道："放下吧。"

"是。"仆人将水盆放下，退了出去，临走之时还不忘关上门。

燕铖洗干净手，将手帕打湿，细心地替小姑娘擦脸上的锅灰。

他的动作极轻，弄得叶七七有些痒，下意识地将脑袋往后躲了躲。

瞧见男人紧盯着自己，小姑娘委屈地说道："有点儿痒。"

听了小姑娘这话，燕铖不由得笑了起来，一边给小姑娘擦脸，一边说道："以后不用给我做饭。"

叶七七说道："就难得一次而已。"

燕铖说道："要做也是我做给你吃。"

叶七七听了男人这话，惊了惊："六哥哥会做饭？"

燕铖给小姑娘擦了擦手，将手帕扔到一旁，笑道："当然会。"毕竟他知道某个小姑娘厨艺不太好，所以他必须会。

"那你一定要尝尝我做的，这可是我做了好久的。"说着，叶七七便将筷子递到某人面前。

"好。"燕铖接过筷子，看着满桌子的菜，发现了小姑娘最喜欢吃的糖醋排骨。

叶七七眼巴巴地看着他将排骨送入口中，脸上满是期待地看着他："怎么样？好吃吗？"

那排骨刚一入口，男人的脸上闪过一丝异色。不过很快，小姑娘看到他喉结滚了滚，把排骨咽了下去。

他侧头，瞧见小姑娘睁大眼睛紧盯着他，说道："嗯，很好吃。"

"真的吗？"说着，叶七七拿起筷子，"那我也尝尝，从菜出锅到现在，我还不知道自己做得好不好吃呢。"

叶七七刚准备搛一块排骨，手便被某人给扣住了。

她抬起头，就见六哥哥紧盯着她。

燕铖眸色深沉地看着小姑娘："不是说特意做给我吃的吗？"

"啊？"叶七七有些不明白他这话是什么意思，眼巴巴地看着某人，一脸呆相地说道，"那七七是……不能吃吗？"

燕铖瞧着小姑娘委屈的眸子，一时竟不知道该说什么：总不能告诉她真相吧？

就在燕铖不知道该如何是好时，门外传来一阵敲门声。

"七七，你在吗？"方逸辰的声音从门外传来。

叶七七听了一惊，下意识地看向某人今日没有戴假面的俊脸。

"七七？"见里头迟迟没有人回应，方逸辰又轻轻地敲了敲门，"奇怪，怎么里头没回应呀？"

唐凌白说道："会不会是七七不在这里？"

"不会吧，方才我问了楼下的侍从，不是说七七一上午都在这里吗？"方逸辰凑近门缝看了看。

叶七七看着门外的两道影子，再看看面前的男人，慌了：要是六哥哥今日戴着假面，让他们看见也没有多大关系，关键是六哥哥今日没有戴假面呀！

她没想到方逸辰和唐凌白会突然来。

叶七七扫视了一圈，目光定格在屏风后的衣柜上，拉着男人便站起身。

看到小姑娘盯着那衣柜，燕铖已经知道这丫头想干什么了。

"哥哥，就一会儿。"叶七七抱着男人的手臂撒娇道。

"我好像听见里头有什么动静。"方逸辰扒拉着门缝说道。

唐凌白说道："会不会是七七知道阿初回来了，所以要给阿初一个惊喜？"

正因要藏人而心虚的小姑娘眼睛瞬间亮了：阿初回来了？！

燕铖看着小姑娘因听见"阿初"两个字而发亮的眸子，眼中闪过一抹暗色。

随后，他钩着小姑娘的下巴，低头亲吻了一下小姑娘的唇瓣，凑在小姑娘的耳边小声问道："什么时候七七才能让哥哥正式见人？"

话音落下，没等叶七七回答，燕铖便打开柜门自己走了进去。

在柜门被关上的那一刻，紧闭的屋门被人从外面推开了。

推开门后，方逸辰看着站在房间里头的小姑娘，有些意外："七七，原来你在呀。我们方才在外面叫了你好多声，你怎么都不出声呀？"

叶七七看到他们突然出现，想起待在衣柜里的某人，心中生起些许心虚。

就在她不知该如何解释时，看见了走进来的殷修初，忙叫道："阿初！"

听到小姑娘的那一声"阿初"，殷修初朝小姑娘望去，就见小姑娘已经急匆匆地走到他身边。

"你终于好了！"

看着小姑娘发亮的眸子，殷修初低头将目光落在小姑娘紧扣着他手的那只手上，轻轻点了点头："嗯，好了。"

"我就说七七铁定是知道了阿初提前回来的消息，不然怎么会准备这么多菜？"目光落在那满满一桌子菜上，方逸辰说道，"不过怎么就两副碗筷？七七，你是不是忘了还有两个人？"

方逸辰的话音刚落，其他两位少年便齐刷刷地将目光落在她身上。

叶七七被三人看得心中发虚，正想找个借口时，看到身旁的殷修初，立马顺口说道："我想着替阿初接风洗尘。"

唐凌白说道："没我和阿辰的份儿？"

叶七七不知道该怎么解释了：如果不这样说，她似乎找不出只拿两副碗筷的借口了。

就在小姑娘不知该怎么办时，殷修初说道："估计是七七忙忘了，再让人添两副碗筷就好。"说完，殷修初便让人又添了两副碗筷。

有的吃，其他两个人自然是没有意见了。

于是四人一同坐了下来。

比起其他人的悠然自得，叶七七是如坐针毡，毕竟某人此刻还被她塞在衣柜里，她如何能心安理得地吃饭？

叶七七看到殷修初坐在了原本六哥哥坐的位置上，将目光锁定在方才某人使用过的筷子上，伸手拿了双干净的筷子给殷修初换了。

殷修初注意到小姑娘的举动，不解地看了看她。

"这双筷子我方才用过了。"叶七七解释道。

殷修初把目光落在小姑娘手里的筷子上，只是轻扫了一眼，随后移开目光，也没有说什么。

看着面前满满的一桌子菜，方逸辰还是不太敢相信这都是小姑娘一个人做的："七七，这些都是你做的？"

"是呀。"小姑娘点了点头。

"你什么时候会做菜了？"方逸辰说着便拿起筷子撩了一块面前的红烧鸡块。

这盘菜看着确实让人有食欲，所以方逸辰想都没想便将鸡块放进了嘴里。只是鸡肉刚一入口，那舌头上沾染的咸味儿便让他忍不住咳了出来："咯咯——"

他吃着吃着突然咳出声，无疑吓了在场的三人一跳。

唐凌白被他这一咳吓得指尖一抖，好不容易撩起来的麻辣豆腐都从筷子上滑了下去。

"怎么了？"唐凌白看着方逸辰，有些不满地问道。

方逸辰是第一次吃小姑娘做的菜，显然没有想到这丫头做的菜看着确实让人十分有胃口，但是吃起来如此……惊人！那鸡肉刚一入口，就像是吃了一口盐巴，他本想把它吐出来，但是瞧着对面的小姑娘那眼巴巴的表情，回想起之前他们三人在马车上的约定。之前他们可是说好的，无论七七做的菜好不好吃，他们都不能让七七伤心。这可是七七一大早起来给他们准备的，他要是吐了出来，就说明七七这菜做得太不好吃了，他怎么能伤她的心呢？

这样想着，方逸辰干脆咬了咬牙，将嘴里咸得发苦的鸡肉咽了下去，然后强迫自己对着小姑娘笑了笑，说道："挺……挺好吃的。"

"是吗？"唐凌白见方逸辰说好吃，便说道，"那我也尝尝。"

唐凌白深知方逸辰挑嘴的程度，听方逸辰说好吃，觉得这菜的味道自然是差不了的，便也撩了一块方才方逸辰吃的红烧鸡块。

方逸辰见唐凌白夹了一大块，本想提醒一下，但是想了想还是作罢，给了唐凌白一个好自为之的眼神。

"自从来了崖关，我都没有好好吃饭，心心念念地想吃红烧鸡块，没想到今日七七你当真做了，那我定要多吃一点儿。"说着，唐凌白张嘴便咬了一口鸡肉。

这一口咬下去，唐凌白的动作瞬间僵住了：好……好咸！

唐凌白下意识地要将口中的鸡块吐出来，一旁的方逸辰突然说道："七七做的，自然是好吃的。"

七七！这可是七七做的！来之前他们都说好了，无论七七做得好不好吃，都不能伤了小姑娘的心呀！唐凌白硬着头皮，强行忍着吐出来的冲动，将嘴里的鸡肉咽了下去。

"喜欢吃的话你就多吃一点儿。"方逸辰将面前的红烧鸡块推到了唐凌白面前。

唐凌白立马瞪大了眼睛，总算是知道方才方逸辰望着自己的那眼神是什么意思了。

"独乐乐不如众乐乐，阿初你也尝一尝。"唐凌白又将红烧鸡块的盘子推到了殷修初面前。

殷修初拿起筷子揉了一块鸡肉，吃了。

方逸辰和唐凌白本以为殷修初吃了之后会跟他们两个人是一样的反应，可着实没想到，殷修初吃了一口后，表情平静至极，不见半分异样，反倒是一边吃一边看着小姑娘说道："嗯，好吃。"

殷修初吃完一块鸡肉后，又揉了一块放在自己的碗里。

叶七七见他们都喜欢吃红烧鸡块，连忙催促他们吃别的菜。

方逸辰和唐凌白一连几样菜吃下来，发现只有一盘土豆丝的味道算得上清淡些。

"这土豆丝有那么好吃吗？你们怎么一直吃这个？"

叶七七揉了一筷子土豆丝尝了一下，说："好像味道有些淡了。"

"不淡，不淡，刚刚好。"

"是呀，我也觉得刚刚好。"方逸辰说完看向一旁的殷修初，问道："阿初你说呢？是不是正正好？"

闻言，自顾自地吃着的殷修初点了点头："嗯，刚刚好。"

殷修初这话一出，方逸辰和唐凌白两个人才发现阿初吃了不少菜，连那甜得发腻的排骨都能若无其事地吃。

两个人瞬间一脸惊恐：阿初是怎么做到吃得淡定自若的？！

倘若不是他们方才都试过，只瞧阿初的吃相，他们当真会觉得这些菜好吃极了！

殷修初搛了一块鱼，将鱼肉上的刺剔掉后，放进了小姑娘的碗里。

叶七七正走神，有些心不在焉。

"七七。"

直到少年的声音传进耳中，她才反应过来，看到阿初放在她碗里的鱼肉，开口："谢谢阿初。"

叶七七扒着饭，目光时不时地投向屏风后的衣柜：呜呜呜，她对不起六哥哥，他在衣柜里待着，她却坐在这里吃着大鱼大肉，她难过得都没有胃口了。

叶七七匆匆吃了几口菜便放下了筷子。

过了一会儿，她似乎是做了一个重大的决定，一下子站了起来。

见她站起来，三个少年齐刷刷地将目光落在她身上。

"我……我去拿个东西，你们先吃。"说着，叶七七离开桌子，朝屏风后的衣柜走去。

由于有屏风的遮挡，且衣柜还是侧对着外头的，在叶七七将衣柜的门打开后，坐在桌子那边的人看不见衣柜里面。

当她将衣柜的一扇门打开，她就看到一个高大的身影站在狭小的衣柜当中。

燕铖紧盯着眼前的小姑娘。

因为衣柜刚刚关着，里面很是闷热，男人的额头出了一层薄汗。叶七七看着男人因闷热而有些发红的皮肤，心疼万分，恨不得直接将他拉出来，跟外头的三人坦白一切。

看着小姑娘那水汪汪的要哭出来的眸子，燕铖朝她招了招手，示意她往他那边去一点儿。

叶七七自然是听话地上前，还不明白他要做什么，就见某人突然伸手捏住了她的下巴，俯下身轻咬了一口她的唇瓣，力道不轻不重。

最后，他在她的耳边用只有两个人能听见的声音说道："哥哥没事。"所以，别用心疼的眼神看他。

最后，在他们吃完饭，叶七七跟着方逸辰他们一同下了楼后，燕铖才从衣柜里出来。

当经过桌子旁时，他看向已经被吃得差不多的菜肴，目光定在小姑娘的座位旁的椅子上，眉眼间染上了一层让人看不透的情绪。

叶七七过了好一会儿才上来。她推开门，手里抱着刚从楼下买的桃酥饼："六哥哥，你走了吗？"

回应她的是一片寂静。

"难不成……已经走了？"

燕铖说道："没有。"

小姑娘循声望去，看到不远处坐在一侧窗台旁的男人，随后转身轻轻地将门关了起来。

她抱着桃酥饼走向男人，走过桌子旁时，发现桌子上已经干干净净，显然被人收拾过。

叶七七不由得咬了咬唇：发生这样的事情她也始料未及，她也没想到阿辰他们会误会她的意思。

"六哥哥。"叶七七将桃酥饼放在男人面前，小脸上尽显无辜，"给你买了桃酥饼。"说着，叶七七将桃酥饼拿出来一块，喂到男人的嘴边。

燕铖低头，盯着小姑娘递到唇边的桃酥饼，脸色平静，没说话，伸手将桃酥饼接了过去。

看着男人平静的脸，叶七七问道："你……生气了吗？"

"嗯？什么？"燕铖咬了一口桃酥饼，听小姑娘这话，抬起头时唇上还沾着桃酥饼的碎屑。

"因为阿辰他们突然来了，我也不知道他们怎么会……"

叶七七话还没说完，便被燕铖扯到了自己跟前。

两个人的距离一下子拉近了，叶七七瞪大眼睛。

燕铖勾唇笑了笑，轻捏了一下小姑娘软乎乎的脸，说道："没生气，七七也无须解释什么。这桃酥饼挺甜的，尝尝看。"

燕铖将桃酥饼递到小姑娘的嘴边。小姑娘刚要咬一口，可谁知某人突然将桃酥饼拿开了。

她不由得抬起头看着他：不是说要给她尝一尝的吗？

"不是尝这个。"燕铖说道。

叶七七不解地问道："那是尝哪个？"

燕铖笑着指了指自己的唇。

小姑娘立马便懂他是什么意思了，看了看一旁打开的窗户，确定对面没人之后，低头轻吻了一下某人的唇瓣，但也只是蜻蜓点水地碰了一下。

燕铖似乎早已看穿小姑娘的心思，在她要离开时，原本扣在小姑娘的腰间的手掌已经落在小姑娘的脖颈儿上。

叶七七被他吻得有些喘不上气，等他松开她时，她的脸和唇瓣看着都是红通通的。

"甜吗？"燕铖问。

叶七七捂着唇，红着眼尾，有些不满地问道："为什么六哥哥你这么喜欢亲？"这亲的次数也太频繁了吧？

燕铖听出小姑娘的不满，想了想后，语气慎重地说道："哥哥不介意跟七七换个方式。"

男人眼中闪着炽热的光，那眼神看着就像是要将她吞入腹中一样。

叶七七觉得他口中的"换个方式"对她来说不见得是好事，有些不太自在地躲开男人炽热的目光，小声说道："还是……算了吧。"

听了小姑娘的回答，燕铖笑出声，又伸手重新将小姑娘拉进怀里，轻声说了一句："好，哥哥可以等。"

第六章

甜　蜜

　　桃酥饼太甜，燕铖吃了一个便没有再吃。

　　叶七七见男人拿起茶杯喝茶，轻咬了一下唇：她自然知道六哥哥不喜欢吃甜的，若不是被逼无奈，她也不会拿桃酥饼来给他填肚子。

　　叶七七托着腮帮子正不知该如何是好，灵光乍现：对呀！她怎么忘了这一茬儿？！

　　"六哥哥，你吃面吗？"叶七七突然想到今日一早买了那么多菜，现在厨房里还剩下些，"我突然想到厨房里还剩下些食材。"

　　于是两个人到了后院的厨房。

　　燕铖看到角落里的面粉，转头问身旁的小姑娘："吃饺子吗？"

　　"饺子？"顺着男人看的方向，叶七七也注意到放在角落里的一袋面粉。

　　叶七七有些纠结，犹豫地说道："可是七七不会包。"

　　"我来吧。"燕铖说。

　　叶七七睁大眼睛："六哥哥会包饺子？"

　　"会一点儿。"说着，燕铖便撸起袖子，看到桌子上还剩下一些猪肉和蔬菜，问她，"芹菜馅的可以吗？"

叶七七点了点头。

不过她还是不太相信六哥哥会包饺子，直到看着男人和面、拌馅、擀面皮，一系列流程下来颇有几分大厨风范。

男人用修长白皙的手指捏着饺子皮。

叶七七本来是想帮忙一起包的，但是想了想，自己不会包饺子，去帮忙就是拖后腿。

"我去烧水。"小姑娘自告奋勇，站起身朝灶台走去。

燕铖手中包着饺子，头都没有抬一下，说道："坐着。"

叶七七疑惑："啊？"

他把视线从饺子上移到不远处的小姑娘身上，目光中带着柔情蜜意，哄道："乖，听话，哥哥自己来。"

叶七七盯着灶台犹豫再三，最终听了男人的话又坐回椅子上。

不到一炷香的时间，一盘热腾腾的饺子便出锅了。

叶七七看着放在她面前的饺子，不解地抬起头。

燕铖揉了揉小姑娘的脑袋，失笑道："尝尝哥哥的手艺。"

叶七七拿起筷子，捡起一个饺子吹了吹，确定不是很烫后，咬了一口。饺子刚入口，她的眸子不由得亮了。

"好吃吗？"燕铖问。

"嗯，好好吃。"小姑娘点了点头，问道，"六哥哥，你什么时候厨艺这么好了呀？"

燕铖笑了笑，坐到小姑娘身旁："喜欢吃就多吃一点儿。"

叶七七说道："不用，七七已经吃过了，不饿。"

虽然叶七七说自己不饿，但是一盘饺子还是有一大半进了她的肚子。

崖关的疫情终于被解决，一行人也到了回京的日子。

在回京的前一天，知府特在府上设宴。

夜晚，知府衙门灯火通明。

知府已年过四十，整个人看起来有些富态。

"这次崖关的疫情还要多谢诸位不远千里前来相助，为答谢诸位，本官特在家中设宴，若有招待不周之处，还请诸位见谅。"话音落下，知府便举起手中的酒杯一饮而尽。

"翊王殿下。"知府走到燕铖面前，恭敬地举起酒杯，"下官敬您一杯。"

"知府大人请。"燕铖手握酒杯，同样一饮而尽，一杯酒下肚，酒味立马在口中弥漫。

这次宴会也有不少崖关当地的名流参加，得知知府大人此刻敬酒的那位便是赫赫有名的翊王殿下，纷纷上前敬酒。

崖关向来以美酒闻名天下，且酒性烈。燕铖一开始喝的时候没觉得这酒有多烈，过了一会儿后劲突然一下子上来了。酒意上头，他脑子有些晕，但还能保持清醒。

到了深夜，宴会散了。

冷卫扶着男人上了马车。

燕铖单手撑着额头，问道："七七呢？"

"回主子的话，七公主殿下半个时辰前便回客栈歇息了。"

"嗯。"燕铖轻应了一声。

见自家主子没再说话，冷卫便驾着马车朝客栈驶去。

一路上，燕铖倚靠在座位上，脑子一阵晕乎，只觉得热，无意间伸手扯开衣领，可没有丝毫作用。他不得不将车帘掀开一点儿，直到冷风吹在身上，身体里的燥热之气终于消散不少。

将体内的那团火压下去后，他正打算将车帘放下，动作突然顿住，睁开眼睛，意识到了不对劲的地方。

今日的宴会很晚才结束，等叶七七回到客栈休息时，已经是亥时。

叶七七强忍着困意洗了个澡，头发还未擦干便倒在床上闭上了眼睛，没一会儿便睡着了。

她睡得正香，突然被一阵响声惊醒，吓得立马睁开了眼睛。

她之前太困了，沐浴完倒头便睡，并没有将蜡烛熄灭。

叶七七朝门口望去，就见某人站在门口，背对着她。

"六哥哥，你怎么来了？"

听见声音的燕铖回过头，入眼的便是险些让他失控的场景：小姑娘穿着一身粉衣，因在睡梦中被他吵醒，衣服有些凌乱，露出半边雪白的肩膀，还有那张脸，唇红齿白的。

只是看了一眼，他好不容易压下去的火又迅速蹿了起来。他伸手扶着涨疼的脑袋，移开视线。

坐在床上的叶七七自然不知道他到底发生了什么事情，关心地问道："六哥哥，你没事吧？"说着，叶七七便穿好鞋子走到男人面前。

燕铖正要回答小姑娘的话，突然闻到一股馨香，身子猛然一僵，垂眸一看，便见原本坐在床上的小姑娘不知何时走到了他面前。

"六哥哥，你的脸怎么这么红？"叶七七伸手探上他的额头，那滚烫的温度着实吓了她一跳，"好烫。"尤其是她一靠近他，便有浓烈的酒味袭入鼻腔。

"好浓的酒味，六哥哥你是喝了多少呀？"叶七七伸手捧着男人发烫、泛红的俊脸，语气很是担忧。

先前在宴会上她确实看见许多人给六哥哥敬酒，可没想到他居然会喝那么多。

见他脚步微晃，叶七七急忙将他抱住。

小姑娘一靠近，燕铖便将自己靠在小姑娘身上，身体的大半重量都压在她身上。他把脑袋靠在她的肩上，呼出的热气都喷洒在她脖颈儿处的肌肤上。

"六哥哥，冷卫呢？"

六哥哥醉成这样，总不会是一个人走到她这里来的吧？

叶七七想将门打开，结果门刚开启一条缝，便被某人一脚毫不留情地关上了。

她正要开口，突然被压在她身上的某人亲了一口脖颈儿。

"你好香。"

什么？叶七七震惊！六哥哥刚刚说了什么？！

燕铖搂着她的腰，滚烫的唇瓣亲吻着她的脖颈儿。

叶七七被他亲得头皮一阵发麻。

"明明已经是个大姑娘了，怎么身上还有一股奶香味？"燕铖闭着眼睛亲吻她的肌肤。

"哐当——"椅子被某人踢翻了。

叶七七还没反应过来，便被男人一把抱起，扔在了床榻上。

客栈的床榻不似皇宫里的柔软，叶七七被扔在床上时，难免有些被撞疼了。

她被扔得跪趴在床上，本能地要起身。某人从后面看去，觉得那不盈一握的小腰很勾人。

脚腕突然被扣住，叶七七还没来得及起身，便被某人毫不留情地拖到了身前。

"七七。"

男人低哑的嗓音从身后传来，听得叶七七莫名其妙地一抖。

"难受。"

"啊？"

他……他难受什么？叶七七脑子里像有一道惊雷闪过，吓得瞪大了眼睛。

男人红着眼，盯着她的目光像是饿了许久的野狼看到了肥美的羊，想要一口将羊吞入腹中。

清晨，阳光洒进屋内，床榻上紧闭着双眼的叶七七无意中翻身，碰到一个温热的物体时，不知想到了什么，猛地睁开了眼睛。

她一睁开眼睛，果真瞧见了某人俊美的面容。男人双眸紧闭，看起来难得地恬静。

叶七七正打算起身，原本搭在她腰间的手臂突然用力，将她抱得更紧了。

小姑娘抬头，只见本来还在闭眼熟睡的男人不知何时睁开了眼睛，正紧紧地盯着她，眸子深沉如墨。

叶七七急忙移开视线，打算起身，但还是被某人拉进了怀里。

燕铖环着小姑娘的腰，轻轻揉捏着小姑娘的右手："辛苦七七了。"

叶七七心里"咯噔"了一下，下意识地说道："不……不辛苦。"

说完，她恨不得咬掉自己的舌头：天……天哪！她在瞎应和什么呀？

燕铖看着小姑娘红了的耳朵，不由得低笑了一声，跟她解释道："昨天应该是那酒里被加了不干净的东西，所以我才会那样。"

不干净的东西？叶七七抬起头看他，小心翼翼地问："是……那种药吗？"

"嗯。"燕铖轻轻点了点头，"多亏有七七在。"

叶七七盯着他瞧了瞧，想着就算没有她，六哥哥自己不是也可以吗？

叶七七将衣服穿好，照镜子时发现自己的脖子上有好些红痕，不过还好今日她穿的衣服领子有些高，将这些痕迹都挡住了。

叶七七转头，见不远处的男人已经穿戴整齐，正将假面戴到脸上。

门外传来敲门声，随后冷卫的声音在门外响起："殿下，下药之人已经找到了。"

此刻的知府衙门，知府的千金瞧着突然闯进来的腰悬佩剑的侍从，吓得脸色苍白，跪在地上紧紧地抓着自家爹爹的大腿，泪流满面地说道："父亲，父亲，妍儿知道错了，您救救妍儿，呜呜呜，妍儿不想死，呜呜呜……"

知府瞧着跪在地上的大女儿，气得心头一阵发疼："我看你简直疯了，翊王殿下是何身份，你居然……居然敢给翊王殿下下药！"

"呜呜呜，妍儿是一时糊涂，一时糊涂呀！这才胆大包天地给翊王殿下下药。妍儿再也不敢了，父亲您一定要为妍儿求情呀！"

她从第一眼见到那翊王殿下，便对他一见钟情。她长这么大，还从来没有遇见过能让她一见钟情的男人。

她深知自己配不上翊王殿下，但因为实在喜欢得紧，在昨夜府上举行宴会时，一时鬼迷心窍才让婢女在翊王殿下的酒里下药，意图跟翊王殿下共度春宵。

可她没想到，翊王殿下是喝了酒，但她连翊王殿下的住所都进不去。

女儿在自己眼皮子底下干出这等败坏门风的事情，这让知府如何冷静？知府想想翊王殿下的名声，就知其定然是个不好惹的主儿，现在只希望翊王殿下能看在他的面子上网开一面，留他这糊涂的女儿一命呀！

"大人。"

知府见管家急匆匆地走进来，正要问管家是不是翊王殿下来了，就见管家身后跟着一个身穿黑衣的男人。

这个男人他是认识的，是经常跟在翊王殿下身边的侍从。

跪在地上的知府千金听见身后的声响，回头一看，就瞧见管家身后跟着一个男人，男人腰间挂着佩剑。只是看了一眼，她就变了脸色，惊恐万分地往她父亲身后躲，哭喊道："父亲……父亲救我！"

冷卫面无表情地走到两个人面前，给脸色有些苍白的知府行了个礼："知府大人。"

"你……你是翊王殿下的人？"

冷卫回道："正是。"

一旁的知府千金瞧着冷卫冰冷的眼神，险些直接吓晕过去。

"我家殿下让我来送一件东西。"冷卫将手中的小瓷瓶递给知府。

知府颤抖着手接了过去。

当他看清小瓷瓶瓶身上的字时，瞬间瞪大了眼睛。

"这应该是令千金的东西，殿下命我物归原主。"冷卫说着，看向躲在知府身后的女子，皮笑肉不笑地说道，"殿下这次宽宏大量不再追究，只是希望大人能对令千金严加管教，不然……"

冷卫并没有再多言，但手微微抽动剑柄，露出一小截闪着寒光的冰冷剑刃，足已将两个人吓得不敢多言。

知府李大人的双腿一直是打着战的，等冷卫离开一会儿后，他双腿发软，直接跪坐在了地上。

知府千金泪流满面地喊道："父……父亲？"

"来人。"知府捏着眉心，"大小姐生性顽劣、骄纵跋扈，所行之事影响恶劣，现送至乡下，禁闭半年。"

乡下？！锦衣玉食的大小姐听了这话，抱着男人的腿哭得肝肠寸断："我不要！呜呜呜，我不要！父亲，我不要去那种偏僻的地方，妍儿知道错了，呜呜呜，父亲……"

知府见下人都愣在一旁，不由得喝道："还不赶快把小姐拉走？！"

"是！"下人们这才将哭得肝肠寸断的大小姐拖走了。

毕竟是自己的女儿，这番惩罚他自然是心疼的。虽然翊王殿下派了手下前来警告了他一番，并没有说惩罚，但这实则是要他自己动手。将女儿送至乡下禁闭半年总比让她丢了一条命要好，这样想着，知府长长地舒了一口气。

正午，一行人用完午膳，就要离开崖关返回京城。

叶七七坐上马车时，还是忍不住揉了揉自己酸疼的手腕。

"参见殿下。"

听见马车外传来声音，叶七七转过头，透过车窗正巧和马车外的男人对视。

燕铖看着小姑娘的脸，然后视线移到小姑娘的手上。

叶七七注意到某人的目光，像是突然想到了什么，瞬间红了脸，急忙将车窗帘放了下来。

马车外的燕铖愣了愣：这丫头……

直到彻底看不见某人的脸，叶七七才反应过来：她……她为什么要放下车窗帘呀？这样显得……她做贼心虚了似的。

叶七七立马伸手捂住自己的脸，感觉脸上偏高的热度还没有消散。

车帘突然被人掀开，一张熟悉的俊脸再一次出现在她面前。

看着小姑娘有些惊惶失措的眸子，燕铖失笑，弯腰进了马车："七七看到哥哥躲什么？"

马车明明可以容纳三四个人，但是在某人进来之后，她莫名其妙地觉得空间一下子变得很小，且格外压抑。某人身上的冷香味像是将她整个人包裹住了似的。

见某人目光灼热地盯着她，叶七七心虚地移开视线，说道："没……没有。"

燕铖伸手捏住小姑娘的下巴，抬起，使两个人对视，距离近得都能看见小姑娘眼中的他。

"撒谎。"燕铖松开小姑娘的下巴，单手握住小姑娘的手，轻轻捏了捏。

"还酸吗？"他问。

叶七七红着脸，过了好一会儿才鼓起勇气说道："还……好。"

"那哥哥给七七捏一捏。"说着，燕铖按着小姑娘的手腕轻轻地揉捏。

看着男人柔情似水的模样，叶七七冷不丁想到昨夜的六哥哥，如此疯狂，和现在是截然不同的形象。

燕铖正给小姑娘揉手，突然被小姑娘的另一只手抚上了脸颊。对于小姑娘主动摸他的脸，他显然是始料未及的，给她捏手的动作也停了下来。

叶七七实在想象不到同一个人白天和夜晚相差怎会如此之大，想着她昨晚遇上的会不会是假六哥哥，想着想着一时没控制住就摸上了他的脸。

直到将男人的下巴抬起，看到他停下手里的动作，目光如炬地盯着她，她才反应过来自己方才做了什么。

叶七七收回手，跟他解释道："就是突然想摸一下而已。"

燕铖笑道："哥哥整个人都是你的，七七自然可以想摸便摸。"

趁着两个人独处，燕铖说完便低头亲了一下她的嘴角。

他们之前从京城到崖关时，路途险阻，回京时倒是一帆风顺，仅仅花了五天时间便到了京城地界。

返京途中，叶七七也不知道自己为何会突然心神不宁，总感觉要有什么大事发生。

果不其然，他们在驿站休息的间隙，突然来了一大批御林军，一会儿工夫便将驿站上下围得水泄不通。

御林军统领司马大将军说道："翊王殿下，圣上有令，派末将前来先行带您回宫。"

燕铖在回京途中便已经做了最坏的打算，可没想到这一天会来得如此之快。

"翊王殿下，请。"司马大将军恭敬地对男人做了个请的手势。

燕铖抬头，目光深沉地看着不远处的小姑娘，目光里似乎有什么情愫在翻涌。

"什么情况？翊王殿下是犯了何事，陛下竟将司马大将军都派来了？"

"不知道呀，要说这一次在崖关翊王殿下可是立了大功，一回京城竟是这番待遇，实在是不应该呀。"

"陛下可是向来很器重翊王殿下的。"

…………

见翊王殿下被带走，在场的人不由得议论纷纷。

不过在他们想来，以翊王殿下的品行，他实在是不像会做令陛下不悦的事情的。

"殿下，到了。"

燕铖下了马车，见赵公公早已在此处等候多时。

赵公公恭敬地说道："翊王殿下，陛下已经在景阳宫等候您多时了。"

"嗯，有劳公公了。"

燕铖跟着赵公公一路走到了景阳宫门口，看着头顶上方的门匾上三个金灿灿的大字，神情变得严肃起来。

他深吸了一口气，就要进去。

一旁的赵公公出声提醒道："今日陛下心情不好，殿下需得多加小心才是。"

燕铖跟赵公公道谢："嗯，谢公公提醒。"

陛下先前说过，待翊王殿下来了，无须通报，让他自行进去便可。

此刻的殿内安静至极。燕铖进去时，外殿空无一人，连个宫女、太监的影子都不曾见到。他又接着往里面走，瞧见了不远处坐在榻上的人影。

待走近，他才发现男人的脚边还跪着一个人。

大暴君夜姬尧坐在榻上，面容冷峻。今日夜姬尧难得没有穿龙袍，而是一身便服，手中拿着剑，正用锦布仔细擦拭着。

燕铖看了一眼夜姬尧手中的剑，上前一步，恭敬地说道："儿臣拜见父皇。"

正擦剑的男人头都没有抬一下。

燕铖保持半跪的姿势一动不动。

等将剑身擦得差不多了，大暴君微微抬手。那跪在地上的另一人便上前，接过夜姬尧手里的锦布。

"你先下去吧。"

"是。"那男子起身，对男人恭敬地说道，"属下告退。"

直到那人转过身，露出脸，燕铖觉得他看着有些眼熟。

"莫要看了，这人是朕派去跟你们一同去崖关的探子，你瞧着应该是眼熟的。"大暴君说。

燕铖收回目光。他记得这人先前是一同去崖关的一个普通的侍从。也就是说，这假扮侍从的探子早已将一切都告知夜姬尧了。

大暴君站起身，手里拿着剑，开口："你可知朕手上的这把剑是何人所赠？"

燕铖抬头，看着男人手中的剑，那剑瞧着跟寻常的剑并没有什么区别。

"这是朕十三岁那年还是太子的时候先皇赠给朕的。这把剑沾过无数人的鲜血，贪官污吏的、忠心的或不忠心的，甚至还沾染过先皇的兄弟手足的鲜血。不止如此，先皇带着这把剑出征过，杀过蛮夷，斩过鞑靼的两任王。而朕也带着这把剑上过战场，砍了那西冥王的脑袋。"

大暴君也不知从何处又拿出一把剑，扔在了跪在地上的燕铖面前。

"起来。"大暴君轻瞥了他一眼，"跟朕比一场。"

燕铖看了一会儿面前的剑，又低下头，说道："儿臣惶恐。"

闻言，大暴君冷哼了一声，也不顾他还未将剑捡起，直接拿剑刺了过去。

燕铖瞧着那剑朝自己刺来，利索地翻身躲过，可还未舒一口气，那剑又朝他刺了过来，且几乎次次都奔着要害。

地上的剑他还未拾，面对男人的次次进攻，他不得不一次次地躲开。

看到他只守不攻，大暴君冷笑了一声，瞧着他的眼神仿佛在说：你就这点儿出息？

因只守不攻，燕铖显然处于下风，再加上眼前这位可是七七的父皇，他实在不知该如何下手。

直到被大暴君一脚踢中了胸口，他踉跄着后退了好几步。

"这就是你的实力？"大暴君冷眼瞧着他，显然对他感到失望。

燕铖擦了擦嘴角的血，看向不远处地上的剑。

赵公公站在门外，突然听到殿里传来声响，走进去一看，就见陛下和翊王殿下不知为何打了起来。两个人手里都拿着剑，那剑刃冒着寒光，看得赵公公险些晕过去。

"陛下呀！"赵公公忍不住大喊道：这……翊王殿下这是要弑君呀！

赵公公惊恐地瞪大了眼睛，就要去喊御林军。

不远处的大暴君一记冰冷的眼神扫向赵公公："闭嘴！"

赵公公吓得瞬间安静了下来，瞪大眼睛望着两个人。

两个人从太阳高照打到了日落西山。赵公公带着御林军在门外心惊胆战地站了一下午。陛下有令，不许他们入内，所以他们不得不在此等候。

直到殿内彻底安静下来，赵公公才鼓起勇气硬着头皮闯了进去。

"陛下？"赵公公一进大殿，便被大殿此刻的样子吓得瞪大了眼睛。

原本干净整洁的大殿早已变得凌乱不堪，桌子、椅子有的被劈成了两半，花瓶尽碎，书籍被撕碎散落了一地，就连帘子都被泼上了墨汁。

天……天呀！陛下不会出事了吧？

"陛下呀——"

赵公公正要哭喊，不远处突然传来声音："瞎嚷嚷什么？"

赵公公循声望去，就瞧见向来尊贵无比的陛下竟坐在宛如废墟一般的角落里，而且陛下的左眼圈居然青紫了一大片，一看就是挨了一拳。

这不会是翊王殿下打的吧？赵公公惊恐地瞪大了眼睛，正要怒骂翊王殿下，就瞧见陛下身旁还躺着一个人，这人脸上也挂了彩，嘴角青紫，右眼圈跟陛下的左眼圈一样也青紫了一大片。

不过赵公公瞪大眼睛看了看，发现躺在陛下身旁的男子并不是翊王殿下。可他为什么穿着翊王殿下来时穿的衣服呀？

"德顺。"

就在赵公公心中不解之时，大暴君突然出声。

赵公公回过神，急忙应道："奴才在。"

"朕渴了，拿壶水过来。"

"是。"赵公公赶紧让人拿了壶水过来。

赵公公把水壶递给大暴君。

大暴君接过水壶大口喝了好几口，喝完将水壶放下，瞧见身旁的某个小兔崽子正紧紧地盯着自己手里的水壶。

"再去给他拿一壶。"大暴君说道。

"啊？"闻言，赵公公吃惊了一下，但还是照做，也给那人拿了一壶水过来。

燕铖接过水，也"咕咚咕咚"大口喝了好几口。

赵公公才看清这男子的相貌，只见他长得极其养眼，让人看了都忍不住想看第二眼。不过，这男子究竟是谁呀？

"陛下，奴才让人找御医过来……"

"不用了。"大暴君冷声说道，"皮外伤罢了。"

大暴君从角落中起身，转头见某个人还一动不动地坐着，语气严厉地说道："怎么，还打算在朕这里常住不成？"

燕铖一听，立马站了起来。

起身时无意间踩到一样东西，他低头一看，是他原本戴在脸上的假面。

"朕要扒了你的皮！"

回想起方才陛下的怒骂，燕铖无言：陛下果然是说到做到，真的扒了他的皮。

"陛下，七公主殿下来了。"一名小太监来禀报。

大暴君闻言，看了一眼一旁的燕铖。

燕铖抬头，就撞进某人那恨不得撕了他的眼神里。

"让她进来。"

"是。"

叶七七一回到宫中，便往大暴君的寝宫赶去。

等小太监传报父皇爹爹让她进去，她便急急忙忙地冲进殿内："父皇爹爹，六哥哥他……"

一到殿内，叶七七看着如此凌乱不堪的场景，立马止住了声音：这里是发生什么事情了？被……被打劫了吗？

叶七七小心翼翼地往里走，看见了不远处的父皇爹爹、六哥哥还有赵公公。

当她把目光移到六哥哥的脸上，才发现六哥哥没有戴面具。而且谁能告诉她，父皇爹爹和六哥哥脸上都有伤，这是怎么回事？

叶七七叫道："父皇爹爹。"

"嗯，回来了？"大暴君走到小姑娘身边，揉了揉小姑娘的脑袋，语气温柔下来，"此去崖关回来，七七倒是瘦了。"

叶七七听着男人这语气，倒觉得父皇爹爹不像是生气的样子："七七有按时吃饭。"

大暴君说道："那就好。崖关的伙食自是没有宫里的好的，朕今晚让御膳房在宫中设宴，到时候七七多吃一点儿。"

"嗯。"叶七七点了点头，随后下意识地看向一旁的男人。

大暴君注意到小姑娘望着某人的视线，好不容易压下去的火气又猛地蹿了上来。

吃了熊心豹子胆的小兔崽子！大暴君真想命人砍了他的脑袋！

注意到大暴君那如同毒蛇一般的目光，燕铖芒刺在背。

瞧着三人之间的氛围，赵公公突然感觉到一丝不寻常。

"说说吧。"大暴君坐在椅子上，冷着脸问道，"还敢回来是真的不怕朕砍了你的脑袋？"

砍脑袋？听了陛下这话，赵公公一脸吃惊的神情。

大暴君看了赵公公一眼，然后说道："德顺，你先下去。"

赵公公实在是不想走，但碍于陛下的威严，又不得不走："是，奴才告退。"

赵公公一走，在场的就剩下他们三人。

叶七七感觉到另外两个人之间的微妙气氛，生怕等一下父皇爹爹和六哥哥又打起来。

"父皇爹爹，您的脸受伤了，七七给您……"

叶七七的话还没有说完，大暴君已经脸色严肃地看着她，问道："当真喜欢他？"

叶七七愣了一下，看向一旁的燕铖。

随后，大暴君就瞧见小姑娘低下头，脸上染了一层红晕。

只听小姑娘说道："喜欢。"

大暴君一听，心中更加堵得慌了！他养了十几年的闺女，就这样被某个小兔崽子拐走了，更关键的是这个小兔崽子还是他看着长大的。

大暴君转头看到小兔崽子那张脸，一时气不打一处来，拿过一旁的茶杯猛地砸向那小兔崽子。

燕铖看着那茶杯朝自己袭来，也没躲，硬生生地任那茶杯砸在了自己的脸上。

叶七七看着父皇爹爹这番举动，惊呼道："父皇爹爹！"

额头被茶杯砸出了血，燕铖像是感觉不到痛意，单膝跪在地上，说道："请父皇息怒。"

大暴君咬牙切齿地说道："谁是你父皇？！"

燕铖说道："一日为父，终身为父。"

大暴君听了这话，气得就要去揍燕铖。

下一秒，他就见小姑娘挡在了燕铖面前，红着眼委屈地喊道："父皇爹爹。"

见小姑娘一副要哭的样子挡在那小兔崽子面前，大暴君硬是没有狠下心让这丫头滚开。

大暴君抚着额头，一脸烦躁，显然被气得不轻："七七你先出去，父皇有事要跟他说。"

叶七七听了这话，自然是不愿意出去的，毕竟以父皇爹爹现在的心情，要是她一走，他们两个人再打起来怎么办？

看出小姑娘的犹豫，燕铖伸手握住小姑娘的手，安慰道："放心，哥哥不会有事的。七七在门外等哥哥便好，哥哥很快便出去。"

一旁的大暴君瞧着那小兔崽子当着他的面调戏他的小闺女，脸色阴沉得吓人。

最终叶七七还是听某人的话乖乖地出去等了。

小姑娘走后，燕铖还是保持方才的跪姿，说道："燕某想跟陛下商量一件事。"

大暴君听到燕铖自称"燕某"，阴沉着脸，没说话：那丫头一走，这小兔崽子倒是生疏起来了。

"想跟朕商量什么？还是说你想告诉朕，你其实不是真正的西冥太子？"

闻言，燕铖抬起头，有些震惊：陛下一直都知道？

大暴君说道："那么惊讶作甚？整个北冥都是朕的天下，你以为谁能逃得过朕的眼线？"

不过想来也对，整个北冥都是陛下的天下，他在陛下的眼皮底下行事，哪怕再谨慎，总是会露出马脚的。

燕铖也不再问眼前这人是何时知晓他的身份的，这些对他来说已经不重要了。

"最近边境的鞑靼族有异动，暗中召集兵马，似乎是想攻打我北冥边境。"

大暴君听了燕铖这话，不由得轻挑了一下眉，似乎有些意外他竟然知晓这件事。

这消息还是一早边关来信所说，知晓的人少之又少，大暴君没想到这小子的消息竟如此灵通。

"所以你想跟朕商量什么？"其实从听闻燕铖方才的那番话起，大暴君心中已经隐隐约约明白他想说什么了。

果不其然，下一秒大暴君就听燕铖说道："儿臣斗胆自荐，想要带兵出征。"燕铖沉默了一会儿，抬起头看着大暴君，眼中闪着格外坚定的光，"待平定边境后，想归来娶七七为妻。"

哪怕心中早已做好准备，但等听到这番话时，大暴君心中还是十分不爽。

"呵，这朝中能带兵出征的大有人在，你凭什么认为朕一定会让你带兵去？"这臭小子未免太看得起自己了吧？

"就凭父皇不仅留了我一命，还让我进宫面见圣颜。"倘若陛下真的想杀了他，早在路上便已经派人下手，怎么会特意召他进宫面圣？

"我与七七相识多年，早已情根深种，虽别有目的，但对她一片真心，永不负她，望父皇给儿臣一个机会。"

大暴君看着跪在面前的燕铖，脸上说不出是喜还是怒。在燕铖作为他的儿子时，他心中甚喜，格外赏识燕铖的有勇有谋；但若是作为七七的未来夫婿，哪怕燕铖再优秀，他总会心中不爽，故意挑剔燕铖一些。

叶七七在外头等了一会儿，就看见男人从殿内出来，她下意识地要喊"六哥哥"，但碍于还有其他人在，立马改了口："父皇爹爹他……没有为难你吧？"

燕铖揉了揉小姑娘的脑袋，眉眼温柔地说道："没有。"

一旁的赵公公瞧见两个人动作如此亲密，微微瞪大了眼睛：这……这是什么情况？

赵公公看着小姑娘身边的男子，不免有些乱想：这男子不会是七公主从崖关带回的小白脸吧？所以陛下才如此生气？

叶七七注意到赵公公那有些震惊的脸色，说道："赵公公，我们先走了。"

"好，公主殿下您慢走。"

因燕铖此刻脸上没有戴假面，所以小姑娘拉着他走得极快，生怕他的脸被人看见。

直到上了马车，叶七七才松了一口气，但她一回头就见男人紧盯着她。

叶七七问："怎……怎么了？"

"父皇他同意了。"燕铖说道。

叶七七还没反应过来，便被男人揽入怀中。

燕铖轻声说道："恐怕七七日后不能再唤我'六哥哥'。"小姑娘该改口了。

原本欢迎他们归京的晚宴是定在当天晚上，但是考虑到路途遥远，众人舟车劳顿，大暴君便将宴会的时间定在了次日的正午。

听闻翊王殿下他们归京的消息，月静宫上下早已在门口等候多时。

"你们快看，是公主殿下的马车，公主殿下回来了，公主殿下回来了！"站在前头的小太监瞧见不远处驶来的马车，一脸激动地嚷嚷道。

叶七七一下马车，就瞧见月静宫门口站着的众人。

阿婉泪眼婆娑地盯着小姑娘，声音哽咽："公主殿下，您终于回来了。"一个多月未见，可把她想坏了。

"嗷呜！"

叶七七还没来得及开口，人群中突然冲出一道白色的身影，朝小姑娘扑了过去。

好一段时间没看见小主人，大白显然激动坏了，那巨大的力道使得叶七七一个趔趄后退了好几步，还好站在小姑娘身后的燕铖扶住了她的肩膀。

"大白。"叶七七笑着揉了揉白虎的脑袋。

一个多月未见，大白瞧着又胖了不少。

听到小主人熟悉的声音，白虎更加激动了，尾巴都摇个不停。

叶七七看着它这副样子，忍不住笑出声，说道："大白，你摇什么尾巴呀？你可是大老虎！"怎么跟狗一样？

阿婉语气有些无奈："回公主的话，大白最近经常跟张公公养的那只狗在一起玩耍，久了大白就不知不觉成这样了。"

这时在场的宫女、太监注意到站在小姑娘身后的男人，只见那男子瞧着有些面生，如刀刻斧凿的五官散发着冰冷的气息，薄唇轻抿，眼眸深沉，唯独脸上两处青紫的痕迹有些破坏美感。

阿婉也不知是不是自己出现了幻觉，总感觉那男人给她一种格外熟悉的感觉，尤其是注意到他看小姑娘时那占有欲十足的眼神，简直跟某人一模一样。

阿婉心中惊了惊：他不会是……？

叶七七注意到众人探究的目光，揉了揉大白的脑袋，随后转身牵起男人的手。

正打算脱口而出"六哥哥"，想到他已经摘了假面，叶七七说道："我……们先进去吧。"

燕铖轻轻点了点头。

看着公主殿下将一个陌生的男人带进寝宫，在场的宫女、太监不由得面面相觑，都在猜这人究竟是什么来头。

以往有陌生的男子进入月静宫时，大白铁定对那人凶神恶煞的，但是这一次面对着这个跟公主殿下有些亲密的陌生男人，大白不仅没有凶神恶煞地吼人出去，反而还跟在两个人身后，悠闲地走着。

这一幕实在是诡异至极，使得众人更加好奇这究竟是何人了。

叶七七拉着男人坐下，从书架上拿来医药箱。

燕铖嘴角挂着笑看着她，说道："七七现在怎么这么大胆？"

听了他这话，叶七七在医药箱里翻找药膏的动作停了下来："嗯，什么？"

燕铖揽过小姑娘的腰肢，将她拉到跟前，轻声说道："我一个来历不明的外男，与公主殿下牵着手进了月静宫，旁人会怎么想？"

他这话一出，叶七七才意识到这点，之前只是看着他脸上的伤就一心想带他过来上药。

叶七七问道："那……那现在怎么办？"

"还能怎么办？"燕铖低头用额头抵着小姑娘的额头，低声说道，"父皇都同意了，还在乎别人的目光做什么？"

"那要是别人问起你的身份……"

"就说我是翊王殿下府上的门客，初次见到公主殿下您便对您情根深种了。"燕铖抚过小姑娘的长发，一字一顿地说道，"此番崖关之行，我们相处之后便互相倾了心，如何？"

所以六哥哥这是临时给自己编了一个身份？

"这……会不会太随便了？"叶七七问。

"有吗？"燕铖想了想，说道，"那七七喜欢未来驸马是什么身份，哥哥便换什么身份。"

燕铖说完，就见小姑娘突然捂着嘴偷笑，他轻轻捏了捏偷笑的小丫头的脸，靠近她："笑什么？"

"明明你自己方才说让我换个称呼叫你，怎么你自己还自称'哥哥'，你就那么想当我的哥哥吗？"

燕铖愣了一下，随后凑到小姑娘的耳边轻声说道："是想当哥哥，但又不只是哥哥。"

阿婉进来时，看到小姑娘正给男人脸上的伤口细心地涂药。

"你和父皇爹爹怎么突然就打起来了？"叶七七一边涂药，一边问道。

燕铖沉默了一会儿，说道："大概是他看我不爽吧。"

听了两个人的谈话，阿婉心中更加确信这男子的身份了，将手里的盘子放下，恭敬地退了出去。

在叶七七给他上完药后，燕铖并没有多留。在出去时，他见到一旁的阿婉。

阿婉瞧见他，很明显脸色变了一下，朝他低头行了个礼。

燕铖没有说话，走过她身边。

就在阿婉以为他会就这样从她身边走过时，男人的靴子在她眼前停了下来。

下一秒，阿婉猛地跪了下来。

燕铖问道："你跪下作甚？"

"奴婢惶恐。"她以为他要追究她勾结那真六皇子的事情。

男人只是淡淡地说道："起来吧，你也并没有什么错。"为小姑娘考虑，她自然是要向着与小姑娘有血缘关系的亲生哥哥那边。

阿婉站起身，瞧见男人脸上挂着难得的笑意，一副心情极好的样子。阿婉小心翼翼地说道："奴婢斗胆过问，陛下那边是……？"

"嗯，父皇同意了。"燕铖说这话时，语气中都是藏不住的欢喜。

阿婉心中松了一口气，喜极而泣，再一次跪在地上，真心地祝福道："恭喜殿下。"

哪怕她一开始确实对这位存有偏见，但是爱一个人的眼神是藏不住的，她知道他是真心爱着公主的。

虽然她不知道此次的崖关之行他和公主殿下究竟发生了什么，但总的来说定然是好事。

大暴君虽然心中默认了两个人的关系，但是眼下还有一桩更加棘手的事情。

刚入五月，边关便传来急报，鞑靼攻打北冥边境。这几天整个皇城都因为边关之事而蒙上了一层阴霾。

朝堂之上，文武百官议论纷纷。

"自十六年前那鞑靼大败，便一直对我朝俯首称臣，这次突然发兵攻打，定是蓄谋已久。依老臣之见，应当出兵应战，让那蛮夷之邦见识一下我朝的兵威。"

"曹大人所言极是，那蛮夷之邦十六年前战败，可没想到蛮夷小儿竟狼子野心，死性不改，着实可恨。"

"我朝武将、能者众多，一蛮夷小儿怎配放入眼中？"

…………

就在诸位大人议论纷纷时，一名士兵双手捧着信封急匆匆地冲入大殿。

那名士兵单膝跪地："报——北方传来急报，昨夜鞑靼突袭，边关一连失了三座城，镇北大将军退兵玉牙关途中遭受敌军伏击，身受重伤，特此向朝廷请求派兵支援边关。"

听了这话，原本还吵着不将蛮夷小儿放在眼中的大人们纷纷止住了声音。

镇北大将军何许人也？那可是曾经跟先帝上过无数次战场，立过赫赫战功的，当年年仅十六岁便百战不殆的传奇。想当年北境边关那一战，多少将士听后激动得一夜未眠，日后又使得多少青年才俊听说书先生讲起后，心中燃起爱国的熊熊烈火！哪怕今日想起那一战，在场的无数人都为之动容。

可就是这样一位堪称不败战神的大将军，竟一夜丢失了三座城。

"这……这怎么可能？"在场的文武百官听闻这一消息，难以置信。

连镇北大将军都一夜失了三城，那试问整个朝堂上还有谁能带兵援北？

"父皇，儿臣请求带兵支援边关。"一个熟悉的声音突然响起。

众人循声看去，便瞧见半跪在地上的翊王殿下。

"是呀，我们还有翊王殿下，以翊王殿下的不败战绩，他也是担得起支援边关的重任的。"

"是呀。"

"不过按边关战况，陛下未必舍得让翊王殿下去呀，毕竟翊王殿下可是皇子。"边关形势险恶，且刀剑无眼呀。

大暴君瞧着跪在下方的男子，本来支援边关一事确实是想让他前去的，但是如今情况有变，他并不是什么好的人选。大暴君捏了捏眉心，有些烦躁地说道："先退朝，此事容朕先考虑考虑。"

"你，跟朕来御书房一趟。"大暴君对跪在地上的男人说道。

文武百官退朝之后，燕铖跟着大暴君到了御书房。

大暴君从桌上拿起一封信。

大暴君将已经拆开的信递给他："你先看看信上的内容，此次边关之行朕会找其他人去。"

燕铖打开信封，看到信上的内容后，眉头皱了皱："邪术？"

"这封信是一早镇北大将军派人送来的，就如同信上所说一般，那蛮夷人不知对他们的士兵用了什么法子，哪怕被砍掉半个身子，士兵都还能握刀杀人，像是感觉不到痛意似的。吴卿也是在这邪术上栽了跟头，才一夜失了三城。"

燕铖看着手中的信，沉默了一会儿，说道："敢问父皇是否有了应付的法子？"

"暂且没有。等下朕去国师那边，让国师看看有没有破解之法。"大暴君说完这话，才反应过来方才这小兔崽子那一声"父皇"叫得如此熟练，"朕会派其他人去，此事你就莫要掺和了。"

燕铖说道："儿臣想去，请父皇成全。"

大暴君皱着眉头看着他："你去作甚？此行定然十分凶险，你听不明白朕的意思吗？"

"可父皇之前跟儿臣约定过，儿臣带兵援北，战胜归来后娶七七。"

"那现在就换一个，也并不是非此事不可！"

此去边关定然十分凶险，万一他出了岔子，七七该怎么办？

燕铖问："那父皇是想选何人带兵援北？"

大暴君想了想，说道："魏峰魏将军。"

"魏将军年事已高，自从三年前带过一次兵后，身体大不如前，恐怕不能胜任。"

"魏卿身体不好？"大暴君看了他一眼，"此事朕怎么不知道？"

"陛下向来十分赏识魏将军，魏将军定然是报喜不报忧。上次儿臣跟魏将军比射箭，魏将军射到第三箭时，突犯旧疾，险些都拿不稳手中的弓箭。"

大暴君说道："成申将军也可以。"

燕铖说道："成申将军虽武艺惊人，但是生性急躁，鞑靼人向来狡猾，若是成申将军带兵，很容易被鞑靼人所阻。更何况最近他家中出了一些事，倘若您非要他带兵，恐怕他的心也不在战场上。"

大暴君实在不知道该说些什么了。

不过，下一秒大暴君便意识到不对劲的地方："你怎么对他们的家事这么清楚？"

燕铖坦言："因为儿臣之前特意调查了。还有卫将军和李将军，如果父皇考虑让他们带兵，为何不考虑儿臣？儿臣从不自夸，但是论此番带兵援北，儿臣比他们任何一个都有实力和资格，父皇您是知道的。"

"所以你说这么多，还是想让朕同意你带兵出征？"

"正是。"

大暴君说道："你明知道此去的风险极大，就不怕……？"不怕自己再也回不来了？

"儿臣怕，但是如今边关战急，儿臣怕也要去。那蛮夷一夜攻下三城，不知有多少北冥百姓死于蛮夷的刀剑之下。父皇您心里是清楚的，比起其他人，朝中上下我是最好、最合适的人选。更何况这一战我不仅是为了北冥的百姓，更是为了七七。若这一战可保北冥未来十年太平，那么儿臣哪怕拼了这条命也要还天下一个太平盛世。"

听燕铖把这一大段话说完，大暴君陷入久久的沉默。

不过就在这时，一阵不合时宜的抽泣声突然响起。

两个人朝着声响传来的方向看去，一眼就看见不远处正流泪的赵公公。

注意到两个人的视线齐刷刷地落在自己身上，赵公公急忙用手擦了擦眼泪："奴……奴才失态了。"

听了翊王殿下这番肺腑之言，赵公公感动哭了。看见翊王殿下这样，赵公公就忍不住想到陛下当年做太子的时候。那年也是边境战乱，死伤无数，当年的陛下作为太子也是当着先皇陛下的面说了一大串感人至深的肺腑之言，才终于说通先皇让他带兵出战平定边境，如今的翊王殿下简直跟陛下年轻的时候一模一样。

"罢了。"大暴君轻轻叹了口气，"你把话都说到这个份儿上了，朕要是还不同意，那就有些过分了，你去吧。"大暴君伸手拍了拍燕铖的肩膀，"先帝生前跟鞑靼在战场上交过手，鞑靼不同于其他蛮夷，他们阴险狡诈，你凡事都要小心，谨慎行事。"

大暴君想了想，又说道："定要活着回来，不然朕就要把七七嫁给其他人了！"

燕铖应道："儿臣一定凯旋。"

大暴君看着他走了出去，直到他的身影彻底在眼前消失，忍不住摇头轻笑，说道："这小子。"

如果大暴君不知道他的真实身份，真的要以为他是自己的亲儿子了，连行事都跟自己年轻的时候一模一样。

赵公公说道："陛下，这翊王殿下跟您年轻的时候当真是一模一样。"

"确实很像。"大暴君点了点头，看着燕铖离开的方向，眼中尽是欣赏之意，"冷静又有冲劲儿、谨慎又大胆，不过这小子确实有这个实力。"

皇宫观星台。

国师殷九卿端坐在椅子上，看着面前桌子上的卦象，久久未曾言语。

"如何？"燕铖问。

殷九卿这才抬头，说道："是个好卦象，不过这卦象中带着险。"

"险？"卫将军不解地说道，"那究竟是好还是坏？"

殷九卿收起桌上的卦牌，说道："就是有好也有险的意思。"

卫将军一脸疑惑。

殷九卿说道："臣是给殿下此行算上一卦，不可轻易泄露天机，只是希望殿下此行一定要多加小心，早日凯旋。这是臣为殿下制作的平安符。"

燕铖接过平安符，意外地觉得有些重："这么重？"

殷九卿轻轻点了点头，说道："希望此物到时候能帮上殿下。"

燕铖将平安符握在手中，道了谢："有劳了。"

"殿下客气。"

深夜，月静宫。

阿婉推门而入时，见小姑娘还坐在椅子上绣香囊。她放下手中的东西，说道："公主，时间不早了，您早些休息吧。"

"嗯，等把这个绣完就去，还有一点点。"小姑娘回答道，头都未曾抬一下。

阿婉走到小姑娘身边，看到小姑娘手里拿着的香囊上绣着"平安"二字。屋内的光线有些微弱，阿婉又默默地点上几支蜡烛，便悄无声息地退了出去。

她刚关好门，要转身离开，突然看见站在身后不远处的男人，就要惊呼出声。男人抬手做了个噤声的动作。

阿婉急忙闭上嘴巴，朝男人欠了欠身，自觉地给男人让开道。

叶七七聚精会神地绣着手里的香囊，没注意到阿婉方才已经出去了，还说道："阿婉姐姐，帮我把剪刀拿过来。"

燕铖从一旁拿过剪刀，递给正专心绣香囊的小姑娘。

叶七七此刻一心扑在手里的香囊上，自然没有注意到递给她剪刀的人不是阿婉。

见小姑娘头都没抬一下，燕铖也没有出声，坐到一旁的椅子上，安静地看着一脸认真的小姑娘。

"好像这里有几针绣歪了……"叶七七放下手中的针，将香囊举起来看了看。

叶七七正要将香囊给一旁的"阿婉"瞧一瞧，结果一抬头就看见坐在不远处紧盯着她的六哥哥。

小姑娘先是愣了一下，而后立马喜笑颜开地起身朝他走去，说道："六哥哥，你怎么来了？"

见小姑娘走到自己身边，燕铖揽过小姑娘的腰肢，将小姑娘抱在怀里，下巴轻靠在她的肩膀上："想你了。"

"我们不是昨天才见过……？"

叶七七还没说完，便被男人吻住了唇。

想到明天一早就要带兵出征，不知有多少个日夜会见不到小姑娘，燕铖亲得有些疯狂。

直到小姑娘被亲得有些喘不上气，忍不住推了推他的胸膛，他才松开手。

"明日就要走了。"刚离开小姑娘的唇，燕铖便吐出这句话。

小姑娘听了这话，眼神明显黯淡了下来："七七已经知道了。"

而后两个人皆陷入久久的沉默。

离别在即，燕铖自是有许多话要讲，但是话到了嘴边又不知道该说什么了。他从衣袖里拿出一个小盒子，放在小姑娘面前。

叶七七问："这是什么？"

"生日礼物。"燕铖说道，"哥哥不能陪七七过生日了。"刚好小姑娘这个月过生日，而他必须上战场。

这时，一只温软的手抚上了他的脸颊，燕铖看见小姑娘那张白皙清秀的脸在自己眼前放大，耳边听见小姑娘说："七七不要礼物，要哥哥。"

燕铖僵硬着身子，任由小姑娘吻着。

两个人差一点儿就要越了雷池时，他急忙伸手抓住小姑娘的手："别闹。"

小姑娘红着眼睛委屈地看着他，无辜极了。

燕铖觉得自己大概又要疯了，但如今边关战事迫在眉睫，再过几个时辰等太阳初升，战鼓、号角吹响，他便要动身了，此行还不知道要多少个日夜才能归来。

"睡吧。"燕铖将小姑娘揽在怀里，轻声说道，"哥哥陪着你。"

此时已经是深夜，到了平日里小姑娘睡觉的时间。

叶七七打了个哈欠，强忍着困意看着他，嘱咐道："那哥哥明天走之前记得喊我。"她是一定要送他的。

燕铖点了点头，答应道："好，睡吧。"

燕铖给小姑娘掖了掖被角，一个晚安吻落在小姑娘的额头上。

早已困得不行的叶七七终于闭上眼睛。

没一会儿燕铖便听见小姑娘平稳的呼吸声传来。

烛台上的蜡烛燃了一夜，滴下的烛泪已经在桌角凝固。天还未亮，燕铖便睁开了眼睛，盯着怀里的小姑娘看了好一会儿，轻轻地拿开小姑娘抱着他的腰的手，动作小心翼翼。

"咚咚——"门外传来两声极轻的敲门声，燕铖知道自己该走了。

穿戴整齐后，他大步走到床边，俯身亲了亲还在沉睡的小姑娘的唇瓣，语气听不出情绪："哥哥走了。"

小姑娘睡得正香，自然没有听见他这声音极轻的一句话。

大抵是觉得有些痒，睡梦中的小姑娘下意识地舔了舔唇，也不知道是梦到了什么，嘟囔了几句，抱紧手里的被子翻了个身，背对着他。

"咚咚——"门外又传来两声极轻的敲门声，他真的该走了。

燕铖拿过一侧的假面戴上。从他走出这扇门起，他的身份就是翊王殿下。

"让她继续睡，别吵醒她。"经过门口的阿婉身边时，燕铖提醒道。

阿婉轻轻点了点头。

她知晓公主心里是十分想送殿下的，但是她同时也能理解殿下的感受：倘若公主送他，他的心里会更不舍得走吧？

燕铖走之前在叶七七枕边放了安神的东西，导致她这一觉一直睡到了正午。

睡足了的小姑娘伸了个懒腰，下意识地将手放在一旁，结果摸到的却是早已经变凉的被褥。

叶七七猛地睁开眼睛，看到窗外早已太阳高照："六哥哥……"

阿婉听见动静，一转头就看见没穿鞋就走出来的小姑娘："公主殿下！"

叶七七问："六哥哥人呢？"

阿婉脸色一变，如实说道："公主，翊王殿下的军队在两个时辰前便出发了……"

一听这话，小姑娘瞬间变了脸色。

阿婉瞧着小姑娘红了眼睛，看起来委屈极了。

"他为什么走之前不喊我？"

"殿下估计是怕您伤心吧。"阿婉说道。

"骗子！"小姑娘眼中含泪，转身进了寝殿。

阿婉端来温水，给小姑娘洗了一下沾了些污泥的脚。

直到给小姑娘洗完脚，阿婉看到小姑娘还是眼睛红红的。

叶七七心里怪他走之前不叫她，却又真的对他怪不起来。

第七章

北上

比起京城的繁华安乐，距离京城万里的北冥边境玉牙关此刻早已沦为战火纷飞的人间炼狱。

玉牙关常年气候严寒，镇北大将军吴缜一夜失了三城后，退兵至此，带着士兵同鞑靼打了三天两夜的仗，才死守住城门。

如今城内已经快弹尽粮绝，倘若援军明日还未到，那么他们定然是撑不住的。

"将军，您还是吃一点儿吧。"副尉将放着两个馒头的碗放在男人面前，劝道，"多少吃一点儿，不然身体撑不住。"

镇北大将军吴缜转过身，右眼缠着纱布：三天前他遭遇了鞑靼的伏击，被一箭射中了右眼。

视线落在碗里的两个馒头上，但只是看了一眼就移开了目光，他问道："城内的粮食还够吃多久？"

副尉脸色有些难看，但还是如实回答道："回将军的话，这是……最后一顿了。"

吴大将军垂在腰侧的手不由得颤了颤：最后一顿了……

"天快黑了……"吴大将军看向门外，天色渐黑，外头不知何时又飘起了雪，白茫茫一片。

他走到外头，依稀听见外头的士兵说"下雪了，下雪了"。

"拿出去给士兵们分了吧，我不饿。"

"将军呀！"副尉无奈地喊道，"您都快两天没吃饭了，就吃点儿吧！"

"拿出去！"吴大将军厉声说道。

如今吴大将军已经到了不惑之年，因长相过于凶悍，话说得严厉了时常让人觉得害怕。要是放在之前，副尉自然不敢违抗他的命令，但是这次……

"恕属下难以从命。"说着，副尉直接跪在了他面前，"将军您若是不吃，那么属下便不起来！"

吴大将军对副尉这番举动十分不满，皱着眉头正要开口，战鼓声又响了起来。

"鞑靼来了！鞑靼来了！"

城门外马蹄声响起，还夹杂着如同野兽一般的嘶吼。天彻底黑了下来，那野兽般的嘶吼声在黑夜里让人听得毛骨悚然。

刺骨的寒风吹在脸上，如同刀割一般疼。站在城门上的士兵敲着战鼓，看着城楼底下一大片一大片的人，急忙吼道："是不死人！鞑靼的不死人，来了好多！"

战鼓声响彻夜空，但依旧掩不住那些不死人如野兽一般的嘶吼声。这次不死人的数量比前两天夜里都要多。他们在黑夜中嘶吼，不停地朝着城门撞击。

五米高的城门被撞得一阵阵地晃动。

城门后的士兵们咬着牙，用自己的身体撑着城门。他们心里都知道，要是城门破了，那么他们这几天的战斗就功亏一篑。

负责守门的武将军吼道："都给我撑住，一定要给我死守住这道门！人在门在！"

士兵们大喊："人在门在！"

城门上的弓箭手已经准备就绪，号角声响，一支支箭头上燃着火的箭朝着那群不死人射去。

数万支箭朝着不死人的方向射去，似乎照亮了一半的夜空。那些点着火的箭使城楼上的士兵看清了楼下那些不死人的脸。当他们看到昔日跟自己朝夕相处的兄弟被鞑靼人变成了不死人，转而来攻击他们，有些士兵忍不住痛哭流涕。

站在城楼上指挥的武将军瞧着有些弓箭手射箭迟疑了，大声怒骂道："都愣着干什么？！跟我们并肩作战的兄弟早就死了，现在的这些都是被鞑靼制成的没有灵魂的傀儡，你们不杀他们，是等着他们来杀了你们吗？今日要是让他们攻破了这道门，那么迟早有一天他们会踏上我北冥的每一寸土地，去杀你的手足，欺辱你的妻儿，你们是想看到这一幕吗？"

"不想！"

"那就用你们手中的箭，给我杀！"

"杀——杀——杀——"将士们震耳欲聋的吼声划破天际，振奋人心。

战鼓声越发激昂，彻底激起他们心中的战意。

远处的一座高山上，鞑靼王子身穿一袭白衣骑在马上，看着不远处被火光照耀的玉牙关，不由得嗤笑道："呵，一群负隅顽抗的愚蠢之徒。北冥的援兵到何处了？"

手下回道："回王子殿下的话，已经到剑门关了，估计明日上午就能抵达玉牙关。"

"啧，可真是慢。"鞑靼王子漫不经心地转动着手中的玉戒，随后目光落在一旁的黑衣男子身上，"本王子命令你今晚就攻下玉牙关。"

黑衣男子闻言，恭敬地跪在地上，右手放在胸口上，说道："遵命，王子殿下。"

鞑靼王子看着不远处火光冲天的玉牙关，嘴角勾起一抹残忍的冷笑，又将目光落在一侧的笼子里身穿北冥战袍昏迷不醒的男子身上，说："这小吴将军等一下就给吴大将军送过去吧，就当是给他的礼物好了，哈哈哈……"

城门外战火纷飞，野兽一般的嘶吼声从未停歇。就在这时，城门上的士兵突然注意到那群不死人中的异样，忍不住惊呼道："你们快看！那是什么？"

"是小吴将军，是小吴将军！小吴将军没死！"

小吴将军？闻言，众人纷纷将视线投在那群不死人中间的笼子里的男子身上。

只见吴武被绑住手脚关在笼子里，而那些不死人正推着笼子往前走。

吴武流着眼泪，惊恐地看着城门上的众人："救我，父亲，求您救救我……"

听见他的呼救声，四周原本抬着笼子走的不死人突然停了下来，一个个争先恐后地朝着笼子扑了过去。

笼子是木质的，不死人一口一口地咬着木头，不知疲倦一般。

"父亲救我——"

吴武是吴大将军唯一的儿子，今年刚到弱冠之年。他的惨叫声盖过那野兽一般的嘶吼声，直直地传进城门之上的吴大将军的耳中。

那声音凄惨至极，在场的士兵都听得后背发凉。

鞑靼人骑着马，就站在不死人军队的十几米外。为首的鞑靼将军喊道："吴大将军，我们是来议和的，只要您打开城门，我们不仅放了您儿子，还会留您和您的将士们一命，如何？"

鞑靼人生性狡诈，如今已经到了这般田地，怎么可能是来议和的？！

就在城门上的士兵疑惑吴大将军会怎么办时，所有人见吴大将军突然拿起弓箭，对准不远处的笼子。在弓弦被松开的那一刻，众人听见他说："吴家的男人都是精忠报国的英雄。"

被一箭射穿脑袋，鲜血四溅，吴小将军瞪大了眼睛，直直地倒了下去。

笼子被咬裂，闻到血腥味的不死人如同饥饿已久的狼闻到了肉味一般，争先恐后地扑了过去。眨眼的工夫，笼子里的小吴将军在那群不死人的啃咬之下，已是血肉模糊。

瞧见这一幕，不少将士扭过了头。

士兵们红着眼，咬着牙，心中含着滔天的恨意怒骂了那蛮夷千万遍，同时又憎恨自己如今不得不像一只蝼蚁般窝于此地，只能眼睁睁地看着小吴将军惨死在他们眼前。而那紧闭着的城门，此刻已然成了他们的最后一道防线。

为首的鞑靼将军看着吴大将军直接一箭射死了自己的儿子，似乎并没有太意外，仿佛早已知晓吴大将军会这样做一样。

"呵，敬酒不吃吃罚酒的老东西，那今天晚上本将军就送你的将士和这玉牙关的百姓一起上路吧！"

玉牙关内除了有将士外，还有一千多名普通百姓。而将士们死守着城门不仅是要保护玉牙关内的百姓，更是为了保护整个北冥的百姓。

不屑于再跟这些将死之人多言，那鞑靼将军做出一个手势，从他身后走出一个怀中抱着古琴的黑衣人。

那人身穿一袭黑袍，巨大的帽檐遮住了大半张脸，让人看不清模样，分不清男女。

北风呼啸、野兽般的嘶吼声震天的战场上突然响起一阵琴声，那琴声实在是怪极了，就像是从地狱十八层爬出的恶鬼发出的惨叫声，听得每个人都心中发毛，背后生起一股寒意。

将士们听到这怪异的琴音，只觉得头皮发麻，恐惧、沮丧、绝望的情绪在每个人心中疯狂滋生。他们只觉得自己仿佛处于一片荒漠之中，周围没有一个人，四周极度寂静，他们绝望地哭喊，可直到走得筋疲力尽，都无法走出脚下这片寂静、绝望的土地，仿佛要被困在此地永生永世。

"快，捂住耳朵！这琴声会蛊惑人心！"不知是谁突然喊了这么一句。

可是已经太迟了，不少被琴声蛊惑的将士开始嘶吼、发疯。在濒临死亡的那一刻，他们眼前闪过一道白光，看见了远处灯火通明的北冥京城。百姓在欢呼，为他们击败鞑靼凯旋呐喊、欢呼，是的，他们胜利了，他们被奉为英雄，还有他们的家人，正站在那儿朝着他们招手。

许多将士微笑着向朝着他们欢呼、招手的人群走去。

"不要——"

一名又一名将士嘴角露出微笑，干裂已久的唇瓣上又多了几道血痕，朝着城墙下跳了下去。他们以为前方是胜利的欢呼和等待他们凯旋的家人，却不承想那是琴魔为他们编织的一个短暂的美梦。一个接一个的将士跳下城墙，沦为不死人口中的碎肉。

"不要……不要跳……"清醒着的人试图拉住被琴声蛊惑的人，阻止他们跳下城墙，但没什么用。

"求……求你们，不要跳……"清醒的将士微弱的声音被掩盖在琴声之下。

鲜血的味道更加浓了，浓到城墙下的不死人更加疯癫，他们嘶吼着撞击城墙、城门。

撑不住了，他们撑不住了……真的撑不住了……

就在众人绝望地哭喊着时，耳边突然响起鼓声，一声接着一声。

"北冥的……将士，哪怕只剩……一口气，哪怕只剩……一个人，我们也……绝不认输！"

"嘭——嘭——嘭——"

寒风之中，一位北冥士兵手握木槌，咬着牙，忍着耳中的剧痛，一下一下地敲着战鼓。他嘶哑着嗓子，伴随着战鼓一字一顿地吼道："仍有狼烟……烽火，伴我策马……提枪，身后英杰，多少长眠他乡，铁骨且肝胆，敬……尘似寒光，披战甲，将生死悬刀下，杀我北冥将士，身后千万……噗……"他一口鲜血喷在了战鼓上。

在他即将倒下的那一刻，又是一阵战鼓声响起："杀我北冥将士，身后千万铁骑必踏平你国土！"

一个接一个的士兵站了出来，一个接一个的士兵接过木槌，一下又一下地敲响战鼓。

战鼓声越发激昂，将士们相互依偎着站起身，嘶哑着嗓子怒吼起战歌："仍有狼烟烽火，伴我策马提枪，身后英杰，多少长眠他乡，铁骨且肝胆，敬尘似寒光，披战甲，将生死悬刀下，杀我北冥将士，我必血洗你国土……"

渐渐地，将士们的声音彻底将那怪异的琴声压下，震耳欲聋的战鼓声传遍了整个荒原。

天地泣，北风起，北冥的将士绝不认输！

鞑靼将军听着那震耳欲聋的战鼓声，气得狠狠地咬着牙，说道："这群该死的家伙！"

弹奏的琴师双手在琴上拨动，哪怕双手已经被琴弦划破，但是她就像感觉不到痛楚一般，依旧快速地弹奏着那首能蛊惑人心的曲子。

沙场之上，将士们的吼声伴随着振奋人心的战鼓声，就像是已经彻底苏醒的巨龙，盘旋于天地之间，死死地压着那怪异的琴音。

琴师眉头越发紧锁，发了疯地弹着琴，似乎想让琴声一跃悬于那巨龙之上。

突然，"嗖"的一声，一支箭朝她手中的琴射来，"嘭"的一声，她手中的琴已然断裂成两半。

那鞑靼将军见此，脸色一变，还未来得及转头，就听见城墙之上的人欢呼着："是援军！是援军！援军来了！援军来了！"

援军？这怎么可能？北冥的援军明明才到剑门关，怎么会来得这么快？鞑靼将军转过头，只见不远处一片黑压压的影子，北冥的旗帜在空中飘扬，马蹄声逼近。

燕铖抽出腰间的剑，向身后的六万士兵吼道："不留一个活口，给我杀！"

"杀——杀——杀——"六万将士的吼声震天响。

马受了惊，鞑靼将军狼狈地从马背上滚了下去。

乱了，彻底乱了。寒冬之夜，鲜血浸透了玉牙关的大地。那蛊惑人心的琴被毁，没了琴声的控制，那群由北冥将士制成的不死人闻着空气中的血腥味彻底发了疯，不受控制，见人就咬。

前有不死人朝着自己袭来，后有北冥援军，鞑靼将军知道此刻的他们就如同困兽一般，前进不得，也后退不得。

"快，快……琴……琴师在哪里？给本将军控制……"

"嗖——"话音未落，原本站在他前面的一名士兵被一箭射穿了脑袋，鲜血瞬间溅到了他的脸上。

鞑靼将军愣了一下，伸手一抹，掌间一片鲜红。

野兽般的嘶吼声逼近，等鞑靼将军回过神来，他只见血盆大口已朝着他扑来。

"援军来了，我们冲呀！"

"冲呀！"

紧闭了数日之久的玉牙关城门再一次开启，这一次玉牙关内的将士要替死去的兄弟报仇。

"杀尽鞑靼小儿，为死去的兄弟们报仇！"

"杀尽鞑靼小儿！冲呀！"

鞑靼将军本以为玉牙关内都是些等死的伤残将士，再加上有不死人，今晚攻城是易如反掌，所以这次出兵只带了千人，如今被前后夹击，压根儿没有半点儿还手之力。

北风呼啸，玉牙关上北冥的战鼓整整响了一夜，直到天明，这一场夜色、寒风之下的战役才彻底结束。

清晨，营帐内传来一阵爽朗的笑声。

"哈哈哈，你小子当真是长大了，现在我这不败战神的称号该传给你了。"

一杯温酒下肚，燕铖笑道："老师，您言重了。"

吴大将军听了燕铖这话，急忙摆了摆手："殿下，'老师'这称呼臣可担当不起呀！"

"一日为师，终身为师。"燕铖少年时在国子监学习，在武艺方面曾经受过吴大将军的提点，吴大将军也算是他的半个师父了。

吴大将军身上还有伤，燕铖同吴大将军闲聊了一会儿便离开了。

营帐外。

燕铖向军医问起吴大将军的伤势："如何了？"

军医摇了摇头，如实说道："吴大将军的那只眼算是彻底瞎了，而且他之前身体就有旧疾，这一次受了这么重的伤，不能再上战场了，必须静养。"

"嗯，我知道了，你先下去吧。"

"臣告退。"

待军医离开后，一旁的李将军对男人说道："殿下，那鞑靼琴师已经决定招供了。之前那战场上如此混乱，本以为那琴师跟那鞑靼的将军一样成了我们的刀下亡魂，没想到她居然将自己藏在了死人堆里，企图装成死人逃过一劫，哈哈，当场就被我们的人发现了。"

两个人来到关押囚犯的牢房，刚走到门口便闻到从里头传来的一阵阵腐臭的味道。

副将见两个人到来，恭敬地说道："参见殿下、将军。"

李将军问："怎么样？那琴师可说什么了吗？"

副将摇了摇头，答道："那琴师非要见到翊王殿下才肯说。"

鞑靼军的驻地。

"砰——"鞑靼王子一脚踢翻了脚边的椅子。那巨大的声响吓得在场的将士纷纷跪了下来。

"一群废物，一群愚蠢的废物，尤其是那个乌滋克，连那都是残兵的玉牙关都攻不下，真是没用！幸亏他死了，要是他活着回来，本王子肯定要亲手砍了他的脑袋！"

众将士说道："王子息怒，王子息怒！"

"息怒？"鞑靼王子图兰直接拿起一旁的花瓶，狠狠地朝底下的那群人砸了过去。

众人吓得躲到了一边，跪在地上不停地磕头。

"父王说了，只要我攻下北冥的都城，就让我当鞑靼未来的王，可是现在呢？居然在玉牙关这个破地方败下阵来。"

"王子息怒呀，本来对玉牙关我们是志在必得的，可没想到那北冥人奸诈阴险，竟跟我们玩起了计谋，使我们误以为他们的援军要今日一早才能到达，这才掉以轻心。"

图兰王子冷笑一声，重重地呼出一口气，重新坐回椅子上，伸手将吓得跪在地上的如花美姜拉进了怀里："罢了，就算那北冥援军到了又如何？本王子的几十万大军可不是吃素的。更何况他们不是还生擒了媚那个家伙吗？他们恐怕还只当她是一个普通的琴师呢。"

昏暗的地牢内，一女子手脚被绑着，身上的黑衣早已破碎不堪，身上大大小小的血痕遍布，脸色苍白。

她听到不远处传来开锁的声音，紧接着脚步声逼近。

"殿下。"

听到"殿下"二字，她缓缓地抬起头，看着门口一前一后走进来的两个男人。

为首的男人身穿一袭银色的战袍，那俊美的容颜让她只是看了一眼，便认出他就是之前那个一箭射断她的琴的男人。

李将军跟在男人身后，看着眼前一身鞭伤的女子，心中没有半点儿怜惜，反而是一股滔天的恨意涌上心头——这个女人和她的琴，害得他们多少北冥将士变成了人不人、鬼不鬼的样子。

李将军正要上前，一旁的燕铖伸手拦住了李将军，说道："切勿动怒。"

最终李将军咬了咬牙，将恨意暂且咽进了肚子里。

媚看向坐在不远处椅子上的男人，声音有些嘶哑地问道："你就是翊王？"

燕铖点了点头："正是。想必你也清楚自己现在的处境，你只有两条路可以选择，一是死，二是把你所知道的一切都说出来。你不惜躲在死人堆里，无非是想活着，我相信你是个聪明人。"

媚说道："没错，我确实是想活下来。我可以将我知道的都说出来，不过我只能告诉你一个人。"

闻言，李将军皱了皱眉，猜测这鞑靼女子究竟想干什么。

媚的嘴角勾起一丝笑意，哪怕如今她狼狈不堪，但是那张姣好的面容没有因狼狈而黯淡半分。她微歪了一下头，看向坐在那儿的燕铖，笑道："殿下你过来我就告诉你。"

因她那笑意看上去实在是阴谋意味十足，尤其是那带着笑的勾人眼眸，就差写了"勾引"二字，李将军见此不由得紧皱眉头。

燕铖如她所言走到她跟前，但是两个人之间的距离还是有两米之远。

媚见他跟自己相隔甚远，笑道："殿下离我如此之远，莫不是怕奴家会对你做些什么？"

听了女人调笑的话，燕铖没说话，一双平静的眸子就这般静静地看着她。

媚被男人那双波澜不惊的眸子看得心中莫名其妙地有些发怵，但是转念一想，以她的媚术境界，有哪个男人逃得过她的媚术？

就在她打算动用媚术时，她却听见不远处的男人突然开口："你的媚术对我没用，别做无用功。"

女人闻言，心中猛地"咯噔"了一下，震惊地看着他：他……他怎么会知道……？

燕铖说道："听闻鞑靼王宫中有一批专门侍奉鞑靼王族的死侍，这群死侍来无影、去无踪，且十分精通鞑靼的巫术。只是我有一点不明白，为何你先前的那把古琴上刻着的图案是古疆国的图腾？"

"古疆国？"李将军觉得这个名字有些耳熟，问道："难不成是那已灭亡了近百年的古疆国？"

燕铖点了点头："正是。"

百年前那古疆国也算是北冥周边实力较为强大的国家，第一任王英勇善战，在位十年间收服了不少边陲小国，甚至有一段时间同北冥交好。只可惜这一曾经鼎盛的大国，到了第三任王继位，却发生了翻天覆地的变化。传言说那第三任王极其喜欢巫术，在国内外广招巫术人才；更有传言说他为了研究出长生不老药，以刚满月的婴儿为饵。也许是此举惹怒了上天，一场百年一遇的灾祸降临古疆国，一夜之间那曾经鼎盛的古疆国被掩埋在黄沙之下，无迹可寻。

"难道她是古疆国的后人？"李将军说完，目光落在不远处久久不曾言语的女子身上，瞧见她神色不太对，突然间像是想到了什么，大声说道，"她是想服毒自杀！"

闻言，燕铖眸中冷光一闪，上前一掌拍上女人的后背。

女人吐出一口鲜血，其中还夹杂着一颗极小的黑色药丸。

"咳咳……"女人苍白着脸咳着，咳完之后，服毒不成就要咬舌自尽。

"想死可没那么容易。"说完，李将军毫不留情地掰开女人的嘴巴，将一团布塞进了她的嘴里。

"嗯嗯……"女人睁大了眼睛，一脸痛恨地看着李将军，但是无奈嘴被堵住了，什么话也说不出口。

李将军问道："殿下，我们现在怎么办？"他们可什么话都没问出来呢，这女人居然想死！

"她若是想死就让她死好了。"燕铖冷冷地说道，"如果我猜得没错的话，这一次鞑靼制出不死人，很有可能跟古疆国的巫术有关，就算她什么也不说，我们只要顺着这条线查下去便可。"

李将军点了点头，觉得这话十分有道理。

下一秒，李将军伸手将堵在女人口中的布拿了出来，打算将她留在这里任她自杀。

两个人正要出去，身后的女人突然开口："我说，我说，我什么都说。"

两个人出去的脚步一顿。

"只要你们答应我，我说完一切之后就放了我，你们想知道什么我都告诉你们。"

"可以。"燕铖点了点头。

据那女子所言，她的真实身份是鞑靼王室的死侍，擅长用媚术。三个月前，她也不知道那鞑靼王子从何处得到了古疆人研制不死人的法子，开始在城中秘密捉人研制。

媚说道："短短两个月的时间，王子就制出不死人。他交给我一把琴，还有一本琴谱，让我学会用琴声控制不死人。"

待两个人从牢里出去，已经到了正午。

李将军一边走一边问道："殿下，您相信那鞑靼女子所说的话吗？"

燕铖冷笑："呵，半真半假罢了。"

李将军张了张嘴，正要说些什么，就见空中突然落下雪花。

燕铖说道："又下雪了。"

边境气候严寒，常年有雪，下雪对常驻边境的将士们来说早已是常事了。

只是这天寒地冻的，不知身在万里之外的京城的小姑娘可还安好？她大概心中还在怪他走之前没有叫醒她吧……

一名士兵上前禀报道："殿下，军中急召会议！"

此时，距离边境万里之外的京城。

"阿嚏……阿嚏……"叶七七懒洋洋地窝在庭院的榻上晒太阳，也不知怎的突然一连打了好几个喷嚏。

趴在地上睡得正香的大白闻声起身，睁着大大的眼睛紧盯着她。

注意到大白看自己的眼神，叶七七揉了揉鼻子，说道："大白，我没事。"

虽然小姑娘说自己没事，但大白还是从一旁叼过毯子，贴心地盖在了小姑娘身上。

暖阳洒在身上，周身都是温暖的。她听说边境常年严寒，也不知道六哥哥怎么样了。

"公主殿下，公主殿下。"

叶七七正思念不已，门口突然传来阿婉的声音。

她瞧见阿婉急匆匆地走了过来，面上带着浓浓的欣喜。

叶七七问："是发生什么事情了吗？"

阿婉答道："是好事。今日一早边境传来消息，翊王殿下带兵提前到达玉牙关，同玉牙关内的将士前后夹击，打得鞑靼那群蛮夷落花流水、损失惨重，听说翊王殿下还当场砍了那鞑靼将军乌滋克的人头。"

叶七七闻言，轻声说道："我就知道六哥哥可以！"

北冥同鞑靼的边境战争打了足足半年有余。这半年多北冥早已经夺回失去的三座城，甚至还攻下了鞑靼的六座城，使其死伤惨重，但是那鞑靼依旧不愿意退兵投降。

鞑靼王宫。

这几日前方战线一连三败，阴霾笼罩着鞑靼王宫。

"王上，依臣所见，如今图兰王子一连失了六座城，要是再让北冥人攻下赤廊，那么他们攻打王宫的日子就不远了！"

"是呀王上，按先前图兰王子所说，给他半年的时间他就攻下北冥皇城，可是现在半年时间已过，他不仅没攻下北冥皇城，还使得我们失了六城，要是再这样下去，恐怕明日那北冥军队就要直奔我们鞑靼王宫了！"

"王上呀……"

…………

下方的臣子忧心着，七嘴八舌地谈论着，生怕明日那北冥大军攻城，他们的项上人头不保。

"喀喀，众爱卿肃静。"鞑靼王已过不惑之年，因为整日窝在后宫美妾佳人的温柔乡，面色萎靡不振，一副放纵过度的模样。

昨天他那孝子图兰又赠给他几位美妾，他同那几个美妾折腾了一夜，早已身心疲惫，一大早困得紧，瞧着底下那些大臣嚷嚷不停，就觉得心烦极了。

鞑靼王打了个哈欠，说道："不就是失了六座城吗？有图兰的不死人在，你们怕什么？"

就是因为有图兰王子的不死人在，他们才害怕呀！

"王上，图兰王子最近几乎每天上街抓人，似乎是用活人来制作不死人，百姓们虽对此不知，但心中早已有了怨恨，要是再这样下去，恐怕会失了民心呀！"

"呵，乌荷大人，不知道会失什么民心呀？"

"图兰王子到——"门外一个声音响起。

听到这熟悉的声音，在场的诸位大臣控制不住地抖了一下身子，皆恐惧地低下头，纷纷为进来的王子让开一条道。

"儿臣拜见父王。"图兰王子半跪在地上，右手放在胸前，弯腰对坐在上方的鞑靼王行礼。

鞑靼王看见图兰来了，眼睛都亮了一下，笑道："我儿无须多礼。"

"不知父王是否喜欢儿臣昨日送的礼物？"

"喜欢，父王太喜欢了，果真是吾儿最懂父王，有你在，父王甚是放心。只不过方才乌荷说前线的战况不太乐观，究竟是怎么回事？"

图兰答道："回父王，因为儿臣最近在研究一种新的不死人，一时分心，才让那北冥有机可乘。"

"吾儿的意思是，你研究出新的不死人了？"

图兰王子说道："回父王的话，是的。我们先前的不死人怕光，只能在夜晚行动，并且必须有琴声控制，稍有不慎甚至会误伤我们的将士。而新的不死人不仅可以在白天出没，而且无须用琴声控制，自己就能准确地分清我们自己人和北冥人。"

话音落下，图兰王子打了个响指。

侍从便推了一个笼子过来，笼子上罩着一层黑布，使得众人看不清笼子里究竟是什么，但哪怕不去看，他们都能感觉到里面定然不是什么好东西。

"不知乌荷大人能否帮本王子一个忙？"图兰王子笑着说道。

乌荷大人看着图兰王子带笑的眸子，莫名其妙地有些头皮发麻，但还是夸着胆子点了点头："当……当然可以。"

乌荷的话音刚落，几个侍从便上前给乌荷换上了北冥士兵穿的衣服。

乌荷大人看着自己身上的衣服，有些不明所以，直到他看着侍从将盖在笼子上的黑布扯开，里头那个张着血盆大口的不死人朝他扑了过来。

那如同野兽一般的嘶吼声吓得他一屁股坐在了地上，双腿早已动弹不得。

就在他以为自己要被眼前这早已不能称之为人的畜生撕碎时，那"人"在距离他一尺的位置猛地停了下来，但是还在张牙舞爪地努力向他靠近。

乌荷大人被吓得瑟瑟发抖，直到一旁的侍从把他拉起来，他才注意到那"人"的腰上绑着锁链。

看着乌荷大人被吓得脸色苍白的模样，图兰王子不由得笑出了声，说道："瞧乌荷大人，吓得脸都白了，放心，有锁链绑着呢。"

乌荷大人被侍从扶到了别处，可不知为何，他走到哪里，那不死人都死死地盯着他。

乌荷大人问道："这……这究竟是为何？"

图兰答道："自然是因为乌荷大人您穿的是北冥将士服，脱了便可。"

闻言，乌荷大人急忙将身上的北冥将士服脱了。那不死人果真不再看他，目光紧紧地盯着他扔在地上的北冥将士服。

一旁的大臣问道："所以说要是这种不死人上了战场，那么他们就只会攻击身穿北冥将士服的北冥将士？"

图兰王子笑着点了点头："正是。有了这种不死人，区区北冥何以为惧？上了战场，北冥将士皆会沦为我这不死人的腹中碎肉。到时候别说区区一个北冥了，这整个天下，您想要何处，儿臣都能拿来献给您。"

"哈哈哈，好！"鞑靼王一掌拍在桌子上，"真不愧是吾的好儿子！哈哈哈……"

深夜，北冥边境北冥军驻地。

天寒地冻，北风呼啸。

营帐中，燕铖坐在桌子前，打开今日收到的从京城送来的信。

边境天寒，送来的信摸着都是寒凉的，但是在他打开信封看到小姑娘那熟悉的笔迹后，一抹温暖袭上心头。

他来边境的这半年多，小姑娘几乎每隔七天就会给他写信，问他是否安好，跟他分享她周边的趣事，他每一次都会回信。

　　这几日在学堂甚是糟心，起因是唐凌白。十月时，礼部侍郎家的小女儿初入学堂，凌白对人家一见倾心，但他腼腆，不敢与人交流。有人给他出了一个主意：写情书一封送给人家姑娘。

　　送信时，他实在是羞得不得了，便将那情书交给我让我代为送达。原本一切平常，那姑娘也收下了，可不承想因此闹了乌龙。

　　隔了三日，那姑娘才鼓起勇气对我说："公主殿下，你我是同性，相恋倾心一事实属不妥，望公主殿下您三思。"

　　我当时真是蒙了，后来才知晓，原来凌白在信上未署名，导致那姑娘还以为是我写的情书，闹出一场乌龙。就因为这事，我已经快三日没有理唐凌白了，现在想想还是觉得好生气。

看着信，燕铖忍不住失笑。

随后他翻开第二页，开头的地方小姑娘似乎写了什么字，但是也许是写完觉得不妥，将其涂掉了。

当燕铖看到最后一行字时，他拿着信封的手控制不住地抖了一下。

　　哥哥，我好想你。

燕铖一时之间心中五味杂陈。

他盯了手中的信封好一会儿，一吻落在那信封上：嗯，我也好想你。

这几天是边境一年当中最冷的日子。

李将军抖了抖身子，站在门口将过来时落在身上的雪抖掉，才进了营帐。

"我的天哪，感觉最近这天又冷了，两个营帐之间不过几步远，我走过来感觉骨头都冻僵了。"

营帐之中已经来了好几位将领，今日营中开会，共同商议对战鞑靼一事。

李将军刚坐下，一旁的副将就将手中刚暖好的烈酒递给他，笑道："谁说不是呢？如今年关将至，正巧这两月是边境最冷的时候，好在还能有一口酒喝，不然当真熬不住这毒寒的天气。"

一口烈酒入腹，李将军感觉体内的寒意被驱散了不少："这一切都是那鞑靼人所赐，还不知道今年年关能不能战胜回京过年呢。"

副将说道："倘若这月月底能结束战争的话，说不定还能赶回京城过年。"

闻言，李将军放下酒杯，说道："那估计是悬了，昨天我军同那鞑靼人在赤廊一战，他们的不死人已经能在白日出来了，倘若找不到那不死人的致命弱点，恐怕这场战争还要耗很久。"

"唉，也不知道那不死人究竟怕什么。"

这时门口传来声音，穿着一袭战袍的翊王殿下走进来。

众人纷纷站了起来："参见翊王殿下。"

燕铖摆了摆手："诸位将军无须多礼。此次召诸位将军前来，是想共同商议对战鞑靼一事。"

王将军说道："以我之见，这段时日应速战速决，一路向北攻下鞑靼的都城。"

"我不同意。速战速决未免太过冒险，更何况鞑靼有那不死人军团，如果不解决不死人这一问题，恐怕这场仗还要打很久。"宋将军说。

"我也同意宋将军所言。以目前鞑靼的兵力他们压根儿不是我们的对手，但是他们的不死人实在是太疯狂了。要是一味地进军鞑靼的都城，损失的是我们的将士。而且我听说最近那鞑靼王子图兰竟丧心病狂到将己方的将士也制成了不死人。"

众人七嘴八舌地谈论着。

李将军眼尖地瞧见翊王殿下神色自若："难道殿下已经有破解鞑靼不死人的法子了？"

此话一出，众人都将目光落在上首的男人身上。

燕铖放下手中的酒杯，对门口喊道："冷卫进来。"

一身狐裘的冷卫从门口走了进来："参见殿下。"

"跟他们说说你这半年外出的收获！"

"是，殿下。"

众将军听了这话，才想起来他们好像有好长一段时间没有见过翊王殿下身边这位名叫冷卫的侍卫了。

冷卫说道："半年前，我奉殿下的命令秘密去了一趟古疆。"

"就是那个百年前鼎盛一时的古疆国？"

"正是。不过百年前古疆国遇上了百年一遇的天灾，一夜之间整个国家消失在荒漠之下，因此找寻古疆国的人口耗费了一些时日，不过皇天不负苦心人，在我就要放弃之时，我找到了一些古疆国的遗孤。"

"遗孤？那古疆国一夜覆灭，不是无一人生还吗？"

冷卫说道："非也。当年古疆国国师曾算出古疆国会天降灾祸，因为古疆国的第三任君王以婴儿为饵，罪孽深重，所以那国师在灾祸降临的前一天晚上，秘密派人将自己的儿子送出了古疆国。"

"可这古疆国跟鞑靼的不死人有何关系？"

"难道说鞑靼的不死人跟消失已久的古疆国有关？"

"一年前，那鞑靼王子的军队无意间进入了古疆国遗址，在里头迷路了十天，濒临死亡之时被那古疆国国师的后代所救。"

冷卫的话音落下，从门外走进一名身披黑色斗篷的女子。

众人纷纷将目光放在那女子身上。

女子看着营帐中的众人，拘谨地握紧了衣袖。

"这位便是之前救了那鞑靼王子的古疆国国师的后代。"

"难道就是此女泄露了那制作不死人的法子给鞑靼王子？"

这话一出，众人的目光纷纷变得凌厉起来。

感觉到众人眼中的杀气，女子急忙往冷卫身后躲了躲："将制作不死人的方法泄露给图兰并非我本意，是他偷了我家中的书籍。"那女子也不知突然想到了何事，眼中闪着泪光，"是他欺骗了我的感情，倘若可以，我多想先前从来没有救过他。"

听到这里，诸位将军有些明白了，那图兰王子和这女子似乎有些孽缘。

"他同我说他只不过是路经此处意外迷路的商人，我看他的穿着符合商人身份，便未怀疑。那时他伤得很重，我便照顾他直到他恢复。我原本以为他伤好之后就会离开，可没想到有一天他突然对我说，他心悦于我，想娶我为妻。我信了，甚至还幻想他会一直陪着我。

"直到有一天，我发现他在我家的地下室中翻找什么东西，他手上拿的是我家先祖明言绝不可翻阅的禁书！

"那禁书上记载的便是制作不死人的法子。看我动怒，他才放下那本书，还跟我道歉说他只是不小心进来的。后来有一天我外出，回家后发现家中上下皆有被人翻过的痕迹，那本禁书没了，而他也消失不见了。

"我一直都不愿意相信他在骗我，直到他派人来杀我，我才知道他的真实身份是鞑靼的图兰王子。他一直在骗我……"女子哽咽地说道，豆大的泪水从脸颊滑落。

众人也着实没有想到那图兰王子竟和这位姑娘有这样一段往事。

"关于鞑靼不死人军团的事情我已经听冷卫大人说了，是我没有守护好禁书，才让那……图兰有机可乘。这件事错在我，希望殿下可以让我将功赎罪，弥补这个过错。"说着，女人便跪了下来。

女子名为阿玉，是古疆国国师的后代，一直居住在沙漠的边缘，本以为可以安然度过一生，可谁料一时心善竟救下了不该救的人。

"玉儿，我爱你，就让我永远在这里陪着你，好不好？"曾经那人的甜言蜜语还在她的耳边回荡，她如今想起，却只想笑：什么真心？什么爱她？不过是他为了骗取她的信任而编织的谎言罢了。

阿玉说道："不死人虽然能活动，但其实他们已经是死人了。他们如活人一般行走，却又不似活人那般灵动。要想让他们不攻击你，只要用面罩掩盖住口鼻便可。"

"用面罩掩盖住口鼻？就如此简单？"

"嗯，那禁书上有记载，不死人捕捉目标主要是依靠目标的口鼻呼出的气息，只要用面罩掩盖住口鼻便可。"

"可那图兰偷了你家的古书，定然也知道那不死人的缺点，万一……"

李将军只是一时口快，后面的话没说完，因为不想打击大家的信心。

阿玉脸色沉了下来，想了一会儿，说道："若这个方法不行，那还有一个方法——用琴音。我需要一把琴。"

先前那鞑靼王子凭借一本禁书便能让人通过琴音操控不死人，那么身为古疆国国师的后人，阿玉自然也是可以的。

三日后。

赤廊，鞑靼地界。

北风呼啸，大雪纷飞。

城楼之上，图兰王子一袭雪色狐裘，看着不远处朝他们冲来的望不到尽头的北冥大军，嘴角勾起一抹淡然的笑意。

战鼓响起，城门开启，一大片张着血盆大口的不死人冲了出去，如同野兽一般的吼声夹杂在寒风呼啸声之中。

图兰王子对这一战可谓是抱有十足的信心：同他那强大的不死人军团相比，血肉之躯的北冥将士何以为惧？最后还不是皆会沦为他这不死人大军口中的碎肉？

可嘴角还没落下，他不知看到了什么，笑意猛地凝固在嘴角。

"怎……怎么回事？"身旁传来一名鞑靼将领不解的声音。

只见原本遇见北冥将士便疯狂撕咬的不死人不知怎的，突然停了下来。

一阵悦耳的琴音随后传入众人的耳中。

图兰王子一把扯过身旁将领手中的千里镜，朝远处看去，只见那不远处黑压压的北冥大军之中，一抹白尤为显眼。

副将开口："王子，那好像是个女人……"一个弹着琴的女人。

大概是因为那女人的琴音，原本遇人便咬的不死人瞬间被安抚下来。

见此，北冥的将士们纷纷抽出武器，怒吼道："冲呀！"一时之间振奋人心的吼声划破天际。

那些被琴声安抚下来的不死人愣在原地，被北冥的将士一下砍了脑袋。

"该死的！"城墙之上的图兰王子看到这一幕，不由得怒骂出声，"快去把巫师找来！"

"是。"士兵闻言，不敢迟疑，急忙转身去找巫师大人。

图兰王子看着不远处那道白色的身影，不知突然想到了什么，脸色变得有些难看，但随后他又立马摇了摇头："不……不会的，不可能是她，她分明已经死了。"

图兰王子下了城墙，跃上了马背："把本王子的箭拿来！"

他不管北冥人是从哪里找来的琴师，敢坏他大计的人的下场只有死路一条。

寒风凛冽的战场上，琴声、战鼓声、马蹄声、兵刃相撞的声音交杂。

阿玉在弹奏，她的琴声已经让不死人都安分下来，现在只要再弹最后一首，就可以彻底……

她正这么想着，突然间一阵诡异的琴声传入她的耳中，原本已经被她好不容易安抚下来的不死人又骚动起来。

她抬头，看向不远处的城墙。她看不见是何人在弹奏，但是确信那人一定在那城墙上。

阿玉咬了咬牙，弹奏的动作没有丝毫停歇。

两军厮杀的战场上，两种琴声相互纠缠，试图压制对方。

在这两种琴声的共同作用下，那群不死人捂着耳朵，跪在地上，神情痛苦地嘶吼着。

赤廊城的城门再一次被开启了，只不过这一次冲出来的并不是鞑靼王子的不死人军团，而是鞑靼的将士。

没有了不死人的参与，这一战才算是真正的战斗。

鲜血挥洒，两方的战鼓声久未停息。

图兰王子一马当先，手握长剑，瞧着对面那身穿战袍的男人，笑道："早就听闻北冥翊王殿下战无不胜的名声了，今日一见果真名不虚传。"

燕铖没空在这你死我活的战场上同图兰王子多言语，用手里的剑回答了图兰王子的话。

"锵——"

战场之上向来不讲究单打独斗。两个人只是打了一个回合，图兰王子便已经摸清眼前这位翊王殿下的武功铁定在自己之上，再这样同这位翊王殿下打下去，吃亏的就是他自己了。

"达尔斯！"图兰王子猛地后退几步。

图兰王子话音刚落，身后便出现一名手握大刀、身形魁梧的男人。

那人手持巨型大刀朝燕铖劈了过去。

察觉到危险，燕铖灵活后退躲开了那一刀。

图兰王子看着站在自己前面的达尔斯，对燕铖笑道："就让我们鞑靼的第一猛将达尔斯来招呼你吧！"

鞑靼人长年生活于寒冷的边关，三餐以牛、羊肉为主，身体自然是比北冥人高大一些的，但是像达尔斯这般庞大得堪比铁塔的，显然也是少之又少。

达尔斯见面前的男人视线落在自己身后，不满地挥舞大刀砍了过去："北冥小儿，你的对手是我！"

阿玉的双手已经被琴弦割伤，鲜血染红了琴弦，但她就像感觉不到疼痛似的，依旧没有停下。

图兰王子骑着马，看着不远处在战车上弹琴的女子，直接拿着弓箭对准了她。

"嗖"的一声，箭直直地朝着女子射了过去。

冷卫瞧见不远处射来的寒光，一抬手用手中的剑刃挡了一下，于是原本要射向女子的箭偏了一点儿，射向了女子身旁的木板。

阿玉惊恐地抬起头，手指一抖，琴弦断裂，再次划破了她的食指。

当图兰王子看见女人的那张脸时，震惊地瞪大了眼睛，握着弓的手控制不住地有些发抖："玉儿……"

"扑哧——"在图兰王子因为震惊而发愣时，一把剑毫不留情地刺进了他的腹部。

待他回过神来，映入眼帘的便是一张满含恨意的脸。

"蛮夷杂碎！去死吧！"那北冥士兵看着他，眼中含着滔天的恨意，将插入他的腹部的剑猛地抽出，正打算再给他一剑时，胸口一痛，低头看去，发现一把剑已经插入了自己的胸膛。

"王子！"

图兰王子看着那满含恨意的北冥士兵胸口染血倒了下去，他的忠将出现在他面前，及时扶住了他快要倒下去的身子。

"王子，臣护送您回去！"

图兰王子捂着不断流血的腹部，盯着眼前的忠将，看到他的忠将张嘴说了些什么，只可惜他现在什么也听不见。

他控制不住地闭上眼睛，陷入一片黑暗。

赤廊之战整整打了一天一夜，最终以北冥大军占领赤廊而宣告结束。

得知鞑靼大军大败，当天夜里鞑靼王便派使者前来议和，被拒城门外。

赤廊之战，图兰王子战败，撇下了他的三万大军下落不明。

鞑靼王宫，一直做着称霸天下大梦的鞑靼王终于在这场大败之后醒来。

图兰败了，他称霸天下的大梦也结束了！

看到使臣从宫外赶来，鞑靼王立马从王位上站了起来，那双浑浊的眼睛里出现了一丝期待："如……如何了？"

"回王上的话，北冥同意议和了。"

此话一出，鞑靼王悬着的心总算是放下来了。

"不过他们要求我们必须交出图兰王子。"

鞑靼战败的消息很快便传到了京城。鞑靼王为了同北冥议和，不仅同意割地成为北冥的附庸，还连夜下令缉拿图兰王子。

图兰王子一夜之间从鞑靼的王子成了全国通缉的对象。

月静宫内。

叶七七听闻这一喜讯时，正拿着木梳给大白梳毛发，闻言"噌"的一下从凳子上站了起来："真的吗？六哥哥快回来了？"

在这半年多的时间里，叶七七倒是出落得越发水灵了，不仅长了个子，连身段也越发婀娜。

阿婉捡起小姑娘激动时掉在地上的木梳，笑道："是的，公主，这次鞑靼战败，想必翊王殿下他们能在年关之前赶回来。"

"六哥哥要回来了！太好了！"叶七七激动地抱了一下身旁的大白，吧唧一口亲在了大白的脸上。

下一秒，她似乎突然想到了什么，对阿婉说道："阿婉姐姐，你让人去准备马车，我要出宫去皇姐姐那边一趟。"

三个月前，三公主跟国师大婚。虽然大暴君派人扩建了一下公主府，但是自成婚后三公主还是一直住在国师府。

马车稳稳地停在国师府门口，叶七七刚下马车就看见正出府门的殷九卿。

"姐夫。"

叶七七这声"姐夫"一喊，正给管事嘱咐事情的殷九卿下意识地回过头，就瞧见朝他走过来的小姑娘。他朝着小姑娘微微一笑，说道："七七。"

两个人先前还很生疏，但自打国师大人成了三公主驸马后，两个人渐渐地熟络起来。

殷九卿也十分喜欢小姑娘喊自己"姐夫"这个称呼。

叶七七问："姐夫，你是要出去吗？"

殷九卿点了点头："嗯，陛下传召进宫。对了，今日一早边疆传来消息，翊王殿下他们大获全胜，实乃喜事，七七你不必再担心了。"

听了他这话，叶七七总感觉他好像知晓六哥哥的真实身份。叶七七想着，国师会占卜，知晓些常人不知道的事也不算奇怪。

"姐夫，那你去忙吧，我进去找皇姐姐了。"

"好，她现在应该在赏月庭。最近她也不知道是从哪里淘来些不知名的小玩意儿，整日玩得不亦乐乎。"殷九卿提起三公主时，眉眼都带着温柔之意。

"大人，马车来了。"

殷九卿这才回过神，发现小姑娘已经走远了。

他转身上了马车，一会儿后也不知道突然想到什么，伸手给某人算了一卦。可这一算，他猛地皱了一下眉。

似乎是对这一卦不太满意，他又不死心地算了一卦，还是一个险卦。

半年前他曾给翊王殿下算过，此次出征吉中有险、险中带吉，如今这鞑靼战败应的是"吉"字，"吉"字过后，那就是"险"字了。

长达半年多的战争以鞑靼战败投降宣告结束。

半年多战斗不断的边疆终于迎来了安宁之日，但这安宁之日是牺牲的成千上万的北冥将士所给予的。

北风呼啸的大地上，今日天气比以往更冷了，但是众将士像是丝毫感觉不到寒意一般。

李将军掀开阻挡寒气的门帘，见男人还坐在书桌前，说道："殿下，今日城中的百姓为将士们准备了晚宴，哪怕您公事繁忙，也不可缺席啊。"

燕铖笑着将手中的信封封了起来："等一下就去。"

李将军瞄了一眼，眼尖地发现这还是那眼熟至极的信封，也不知道殿下一天要看多少遍。

城内的百姓很是热情，但燕铖对于众人的敬酒，只是意思一下轻啜一口，时刻保持头脑清醒。

而一向酒量极好的李将军，也不知是不是因为战胜了鞑靼高兴，喝多了，甚至开始撒起酒疯，胡言乱语间也不知怎的就抱着某人的大腿哭喊着要媳妇。

燕铖冷眼看着他，无情地将他踢开，说道："等回京就给你安排个媳妇。"

闻言，醉得迷迷糊糊的李将军立马抬起头，两只眼睛炯炯有神地望着燕铖："真的吗？"

"真的。"说完，燕铖看了一眼一旁的冷卫。

冷卫会意，将喝得烂醉如泥的李将军从男人的腿上拉开。

李将军喊道："那殿下您可不许骗我！"

冷卫说道："殿下一言九鼎，绝对不会骗你。"

"好，那我想要三个媳妇。"李将军说。

燕铖和冷卫都很无语。

"一定要三个呀！"见燕铖没回应，被冷卫拉下去的李将军又竖起了五根手指。

李将军人高马大，再加上喝醉了，冷卫扶着他走时一时没注意，让他的身子倒向了一旁，打翻了人家桌子上的酒杯。

阿玉坐在席间，看着被酒水打湿的衣摆，急忙对两个人摆了摆手："没……没事，我自己擦一擦就好了。"

"咦，这小娘子长得真好看，做我媳妇好不好？"醉酒的李将军瞧见一旁的阿玉，忍不住开口。

冷卫有些无语，对阿玉说道："抱歉，他酒后失言了。"

若是李将军酒醒后得知自己说了这话，定然十分悔恨。

冷卫拉着李醉鬼好不容易走到门口，结果一个没注意又让他撞上了拿着酒壶的婢女。

对醉成这副样子的醉鬼，冷卫也没了好脾气："你能不能安分点儿？"

冷卫将李将军扔给门口的守卫："把将军送回去。"

"是。"

冷卫转身离开时，还听见李将军嘀咕："奇怪，刚刚那个小婢女身子骨怎么那么硬？跟个男人似的。"

冷卫知道他是在说胡话，可正准备进去时，方才的一幕突然在脑海里闪过。

婢女？那个婢女？冷卫猛地想到了什么："糟了！"

阿玉拿着手帕轻擦着方才被酒水打湿的衣裙。这时一只手给她递来一块锦帕，她见那人穿着婢女服饰，以为是婢女，便伸手接过。

"谢谢。"她抬头，看见的便是那人背对着她的身影。

看着那高大的身影，阿玉莫名其妙地觉得有些熟悉，可还来不及细想，就注意到那人手中的一抹刺眼的光亮。再看到那婢女朝着那位北冥的翊王殿下走去，她像是突然明白了什么，猛地站了起来，大喊道："图兰！"

与此同时，冷卫也从外面闯了进来："殿下！"

两个人几乎是同时喊出声。

燕铖看着朝自己刺来的匕首，一个侧身躲了过去。

见身份败露且刺杀不成，图兰王子咬了咬牙，转身扼住一侧的女子的脖子。

阿玉被男人扼住脖子，脸迅速涨红。

屋内的将士瞧见穿着一身婢女装的图兰王子瞬间戒备，抽出腰间的兵刃对准他。

"都别过来，不然我杀了她！"图兰王子把匕首抵在阿玉的脖子上，恶狠狠地威胁道。

燕铖看着图兰王子这一举动，不由得笑出了声，说道："你凭什么认为用她能威胁我们？"

图兰王子闻言，下意识地低头看了一眼怀中的女人，张了张嘴，还没来得及说话，只觉得手臂突然一痛，待反应过来时，已经被几个将士压在了地上。

燕铖说道："本来还在想你到底躲在了哪里，没想到你倒是自投罗网了。"

图兰狠狠地咬着牙，狼狈地被压在地上。他一直能感觉到有一道视线落在他身上，但是他没有勇气抬头。

图兰王子自投罗网显然是众人意料之外的事情。

"要说这图兰王子聪明，那是真的聪明；但是要说他笨，也是真的笨。"

"就是，他竟扮成婢女来刺杀我们翊王殿下，以他的功夫这不就是来送死吗？"

…………

图兰王子的这一行径显然成了众将士茶余饭后的谈资。

地牢内阴暗潮湿，一阵阵恶臭扑鼻。

图兰躺在草席上，听着脚步声靠近，嘴角勾起一抹讥刺的笑意。

"图兰。"

他本以为是那北冥的翊王殿下前来，当听见那个娇软的声音时，身子猛地僵了一下。

"你们可以把门打开让我进去一下吗？"阿玉对门口的两名守卫说道。

这图兰王子可是个危险人物，两名守卫对视了一眼，正要拒绝，就见翊王殿下走了进来。

"给她开门吧。"燕铖说。

"是，殿下。"

牢门一开，阿玉走了进去。

图兰感觉到脚步声逼近的同时，一阵女子的馨香飘来，双手不由得握成了拳头。

阿玉将自己熬好的粥端到他面前："我熬了粥，你要吃吗？"

男人反手打翻了她手中的粥碗来回答她。滚烫的粥浇到她的手上，白皙的皮肤瞬间红了一大片。

"你还来做什么？看我落到这番田地你心里很开心？或者说阿玉小姐心里其实还是喜欢我的，哪怕我之前派人杀过你？"

听了图兰这话，阿玉的脸色变得惨白，她一脸震惊地看着他，唇微颤着："真的……真的是你……"

一直以来她都以为他是有苦衷的，甚至还想过他是被人威胁，才逼不得已派人来杀她。没想到这一切都是她异想天开，她还期盼着有朝一日他能当着她的面跟她解释，他如今说的话却这般残忍，如同刀子一般割在她早已鲜血淋漓的伤口上。

图兰讥讽地勾了一下唇，笑道："不然阿玉小姐是觉得我有苦衷，不得已才派人杀你？别傻了，起初接近你就是我的目的，受伤是假的，名字是假的，身份是假的，就连说爱你，也是假的。"

女人闻言，已经红了眼睛。

图兰别开脸不去看她，仿佛看她一眼都觉得厌恶。

"我宫里随便一个婢女都比你有姿色，若不是因为那禁书，我怎么可能假装爱上你这样的女人？"

这话听着实在是残忍，图兰本以为她会狠狠地打他一巴掌，可她没有，她只是缓缓地站起身，极慢、极轻地说道："我明白了。"

明白了，她明白什么了？他还没有出口追问，就感觉女人已经站起身转身离开。

图兰这才抬头看了她一眼，在她看不见的背后，就这样看她最后一眼。倘若她这时候回头，她定然能看见男人隐忍发红的眼睛。

看呀，她就是这样，这般傻，他说什么她都信。不过这样也好，忘了他吧，让他这个废人彻底从她的世界里消失吧！

爱过她吗？他自己也说不清，但是那一阵阵发疼的心口无时无刻不在提醒他，他真的爱上了她。但他的爱卑劣至极，他抱着目的接近她是真的，派人杀她也是真的，都不可否认，大概他骨子里就是这般烂人吧。他这般烂人注定配不上她。

图兰王子没等北冥人砍下他的头颅，而是选择自缢在地牢里。没人知道他准确的死亡时间，只知道第二天被人发现时，他早已变成一具冰冷的尸体。

那制作不死人的书籍被丢入烈火之中。

为了彻底断绝后患，更多的是为了向北冥显示自己的忠心，那怕死的鞑靼王还将曾经参与制作不死人的人员通通杀了。

"就送到这里吧，这些天多谢冷卫大人了。"阿玉接过冷卫手中的缰绳，朝男人欠了欠身。

冷卫见她上了马，张了张嘴想要说些什么，但最终还是没说出口。

他一直目送女人远去，直到她的身影消失在茫茫的白雪之中。

耳边传来脚步声，冷卫微微侧头看向站在身旁的男人。

燕铖问："喜欢她？"

听了男人这话，冷卫摇了摇头，脸色平静地说道："属下并无此意，只是觉得这世间的爱情真奇怪。"

"奇怪？"闻言，燕铖面上闪过几丝不解，"哪里奇怪了？"

冷卫说道："就是觉得奇怪，属下参悟不透。"

燕铖闻言，轻笑了一声，拍了拍他的肩膀："等你成婚之后，你估计就会参透。"

冷卫垂着眼没说话。

边疆的事情告一段落，军队准备返京的那一天，边关又下了一场大雪，积雪几乎到人的大腿，但为了赶路，更为了在年关之前赶回京，他们不得不在这般恶劣的天气出发。

也许是期盼回京的念头太过强烈，燕铖一时忘记了临行之时国师给他算的那一卦。如果战胜鞑靼为吉，那么那险究竟为何？

"你们快听，这是什么声音？"

"是雪崩！是雪崩——"

"大家快散开！"

…………

来不及了，雪崩来得太过突然，待歇脚的众人反应过来，雪已经铺天盖地一般朝着他们盖了过来。

那一瞬间，将士们惊恐地逃窜。他们身旁几十米远的地方便是悬崖，在雪冲下的那一刻，四周的嘈杂声瞬间被雪盖过，空气陷入死一般的寂静。

万里之外的京城此刻热闹至极，所有人都在等待翊王殿下率军队凯旋，这一突如其来的噩耗令所有人都始料未及。

"翊王殿下领兵在路过断牙山时突遭雪崩，众将士死伤惨重，且翊王殿下至今下落不明。"

大暴君派了最近的军队前去救援，但还是未曾搜到翊王殿下。

叶七七是在翊王殿下出事后的第三天才知晓此事的。

因怕小姑娘伤心，大暴君听闻消息后有意让人对小姑娘隐瞒，但终究纸包不住火。

"陛下，边关传来消息，在断牙山底部的河道里发现了几名将士的尸体，还发现了身受重伤昏迷不醒的翊王殿下的贴身随从冷卫，但就是没有发现翊王殿下。宋将军他们怀疑翊王殿下是被水流给冲走了……"

"砰——"

站在御书房门口的叶七七听到里头传来的这一席话，手里端着的汤碗砸在了地上，顷刻间四分五裂，飞溅起的汤水淋湿了她的裙摆。

大暴君刚察觉不对劲，小姑娘便红着眼睛闯了进去："六哥哥他……他怎么了？"

大暴君强忍着情绪安慰道："七七听错了，他没事。"

"我听到了！你们刚刚说了尸体、河道还有六哥哥，他怎么了？他不是已经战胜归来了吗？冷卫为什么会受伤呀？六哥哥下落不明是什么意思呀？"

听了小姑娘这话，大暴君深知瞒不住她了，只能如实告知她一切。

叶七七显然不相信，拼命摇着头说道："不会的，不会的，六哥哥说过……他说过一定会平安回来的。"

「炮灰」闺女的生存方式 3

乌里丑丑 著

一 下 册 一

青岛出版集团 | 青岛出版社

第八章

失 忆

三个月后。

北漠地界，荒城。

漫天黄沙飞舞，让人睁不开眼睛。长久无客光临的客栈，门匾上都结了一层厚厚的蜘蛛网。

店家坐在柜台前，无聊地打了个哈欠，心想：今日恐怕又同往日一样无人上门。

店家双手抱胸，正打算闭上眼睛假寐一会儿，门上老旧的风铃突然发出一阵轻灵的响声。店家抬头看了一眼，只见紧闭的大门从外头被推开，一群穿着异国服饰的人鱼贯而入。

店家轻轻挑了挑眉："住店？"

为首的男人点了点头，放了一锭金子在他面前，声音低沉地说道："麻烦开五间房。"

看着眼前金灿灿的金子，店家的眼睛瞬间出现了一抹亮光，他立马拿起金子放在嘴边咬了咬。

哎哟！真金！贵客呀！店家将金子揣在怀里，仰头朝楼上喊道："达布，快给我们的贵客收拾五间房出来！"

"来了！"未见其人先闻其声，一名少年风风火火地从楼上冲了下来，看到楼下的十几个人时，眼眸瞬间亮了一下。

也许是太过激动，少年险些一个没站稳从楼梯上摔下去，好在及时抓住了扶手，稳住了身体："五间房是吧？各位爷楼上请。"

客栈长久无客，房间自然无人打扫。

在那叫达布的少年随手推开一间房的门时，扑面而来的灰尘呛得人忍不住咳了起来。

"喀喀——"少年猛地将门关上，小心翼翼地说道，"本店好久没来客，房间也因长时间无人居住而没有打扫，各位爷不如先去楼下吃个饭歇息一会儿，待我打扫干净了再上来？"

冷卫回想起方才屋内漫天飞舞的灰尘，知道若不打扫一下，客房定然是无法住人的，于是点了点头，同意了少年的这一建议。

达布侧了侧身，为他们让开下楼的通道。就在这时，他突然闻到一股好闻的香味，忍不住朝一旁看了看，看见了一位用面纱遮盖住面部的娇小少女。

许是少年的目光太过肆无忌惮，冷卫用冰冷的眼神朝他看了过去，眼神中带着几丝威胁。

少年吓得立马移开了目光。

众人到了楼下，店家热情地给他们上了北漠的特色美食。

冷卫擦干净筷子，将筷子递给一旁的少女："小姐。"

叶七七伸手接过冷卫递来的筷子，轻声说道："谢谢。"

听到少女说话，上菜的小二不由得多看了她几眼。

这一群大男人之中，竟还有一位这样娇小的少女，也不知是谁家的富贵小姐。少女戴着面纱，遮住了大半张脸，但那一双露出的漂亮眸子，让人不禁遐想那面纱之下是怎样一张倾城倾国的面容。

在菜全都上齐之后，少女终于抬起手摘掉了面纱。正拨着算盘的店家、上完菜的小二、刚将水桶拎下楼的少年，纷纷将视线移了过去。

他们本以为在那面纱之下的是一张倾城倾国的脸，可没想到大失所望：只见少女摘下面纱后的脸上长满了大大小小的黑色斑点，很是破坏美感。

只是一眼，三人就有些嫌弃地移开了目光：是他们想多了，这少女若是长相极美，又怎么可能甘愿戴上面纱遮掩住自己的倾城美貌呢？那面纱定是用来遮掩她的丑的。

叶七七自然不知道那三人心中所想，将面纱摘下后，便细嚼慢咽地享用美食，丝毫没有在意别人看她的目光。

他们吃完饭后，楼上的房间已经被打扫得干干净净了。

叶七七被安排在最里头的一间房，门口安排了侍卫，轮流保护她的安全。

冷卫上楼时，小姑娘刚洗完脸，原本一盆干净的清水已然变得浑浊，脸上的斑点被洗净，露出白皙的肌肤。

此次北漠之行，为了不让人怀疑，叶七七特意画丑了自己的脸。

见冷卫进来，小姑娘急忙放下手帕，问道："怎么样了？"

冷卫回道："探子来报，殿下确实是在北漠王宫。"

此话一出，叶七七那颗悬着的心终于放了下来："太好了，我就知道六哥哥一定会没事的。"但转念一想，她眼睛忍不住红了，"不过他还活着为什么不回京？"为什么不回去找她……

冷卫说道："据城中的探子所言，三个月前那北漠公主在外出回宫时带了一名伤势很重的男子回来。属下怀疑北漠公主所带的那名男子就是殿下。断牙山河道绵延万里，而三个月前那北漠公主回宫的途中正巧路过断牙山的河道，殿下很有可能是被河水冲走，然后被北漠公主所救。"

所以现在六哥哥很有可能受了很重的伤，不得已才待在北漠的王宫养伤？叶七七说道："但那北漠公主见过六哥哥的样子……"

冷卫说道："殿下脸上的假面很有可能被冲掉了，而北漠公主并不认得殿下的真容。倘若那北漠公主真的怀疑殿下的身份，估计也只会以为她救下的是殿下麾下的一名将领。"

幸好那北漠不落公主不知道六哥哥的真容，不然定要以六哥哥来威胁北冥了。

"咚咚——"门外传来敲门声。

冷卫警惕地站起身，冷声问道："谁？"

门口的侍卫恭敬地回道："首领，是店家送点心来了。"

"是我们北漠特有的美食，老板特意让我端上来给你们尝尝的。"那名叫达布的少年的声音透过门板传来。

冷卫上前开门，接过达布手中的糕点："多谢。"

少年朝着屋内张望了一下，只瞧见少女的背影，还没来得及开口，门就被冷卫"啪"的一下关上了。

少年摸了摸鼻子，看着门口的侍卫，心想：里头那位究竟是哪家的千金小姐，至于如此戒备森严吗？

"你们是商队吗？"少年问道。

站在门口的两名侍卫轻轻点了点头。

少年虽见他们点头，心中还是有些怀疑，于是又忍不住问道："那你们是来买卖什么的呀？丝绸还是瓷器？"

"无可奉告。"

"好吧。"见问不出什么，少年转身打算走。

可刚离开几步，他又突然转过头："那你们饿不饿呀？我去拿点心给你们吃？"

回答他的是一片寂静，站在门口的两名侍卫目视前方，没给他一个眼神。

"真是个奇怪的商队。"少年摇了摇头，转身下了楼。

冷卫将少年送来的糕点放在桌子上，用银针试了试，确定无毒之后，才将糕点放在小姑娘面前。

"公主殿下，您今日早些休息，明日一早我们便出发去北漠王都。"

"好。"叶七七点了点头。

其实这次的北漠之行，原先父皇爹爹是断不允许她来的，因为太过危险，且以她的身份，她在这异国他乡定然风险极大。但六哥哥下落不明已有三个月，如今总算是有了他的一丝消息，虽然这消息不知真假，但她决不会放弃，无论如何都要带他回家。

客栈的床有些硬，这一夜叶七七睡得并不舒坦。

一大清早，天刚微亮，楼下的街道便传来商贩的吆喝声。

叶七七起床穿好衣服，洗漱完毕后将脸重新涂抹扮丑。

敲门声响起，门外传来冷卫的声音："小姐，您起了吗？"

"嗯，起了。"

荒城在北漠的边境，而北漠王都位于北漠中央，从荒城出发去王都有好些天的路程。

等他们到达北漠王都，天色已经变暗。

入了夜的北漠王都灯火通明，热闹非凡，有着荒城所无法比拟的热闹。为了不让人怀疑，进城之前"商队"已经换上了北漠服饰。

北漠地处荒漠，天气长年炎热，所以服饰也是极其凉快的样式，尤其是北漠女性的服装，在保守的北冥人看来，实在是过于暴露。

北漠女人们的上衣是简单的抹胸，下身是及脚踝的长裙，手腕、脚腕上皆挂满发出悦耳声响的铃铛。街道上的北漠女子皆是这般装扮，露出白皙的肌肤和妖娆的身姿。

虽说应该入乡随俗，但冷卫还是没胆子让小姑娘换上这样暴露的衣服，只能给她拿了件北漠的男儿服饰，让她假扮成男儿模样。

叶七七本以为先前那北漠公主是因为性情豪放才穿成那样，直到自己到了北漠，才知晓那是人家的穿着习俗。

灯火通明的王都，街上的女人们打扮得极其艳丽，婀娜的身姿惹得无数路过的男儿观望。哪怕是训练有素的御林卫，瞧着眼前艳丽的画面，也是红透了耳朵，不敢多看。

王都的客栈也很是热闹。好在一行人提前换上了北漠的服饰，住店时并没有惹人怀疑。

深夜，客栈三楼。

"属下寒清，拜见公主殿下。"

寒清是冷卫安排在北漠王宫的探子，知晓他们今日会来王都，特意趁晚膳时间偷偷出来。

"属下因时间有限，就长话短说了。按照冷卫大人您先前给属下看的画像，不落公主三个月前带回宫的男人确实是翊王殿下。"

闻言，坐在椅子上的叶七七立马站起身，一脸激动地问道："那他现在怎么样了？他没事吧？"

"公主殿下，翊王殿下先前被不落公主带回来时伤得很重，但是经过这三个来月的医治，身体已经无大碍。只是有一点属下希望公主您做好心理准备。"

"什么？"叶七七心中顿时有一种不祥的预感。

"翊王殿下因先前头部受了重伤，好像失去了记忆。"

此话一出，叶七七愣在了原地，如同被雷劈了一般，一脸震惊："什……什么？"

寒清说道："不过这也只是属下的猜测，因为属下先前在宫中见过翊王殿下一次，有意无意地提起北冥，但翊王殿下好似一脸茫然。因不落公主不愿让宫女靠近殿下，所以属下并不能和殿下单独接触。"

六哥哥失忆了……叶七七显然不太能接受这个消息。

不光小姑娘不能接受，冷卫听到殿下可能失忆了的消息后，也十分震惊。过了好一会儿，冷卫才缓缓地开口："这消息可靠吗？"

寒清说道："可靠。但是也不排除翊王殿下是假装失忆。"

他若是假装失忆，那别人就没法判断了。

"还有一点属下要禀报：女王对翊王殿下很不一般。"

冷卫问："什么意思？"

"据宫女所言，在翊王殿下被救治醒来后，那女王看到翊王殿下第一眼，竟当着众人的面跪在了翊王殿下面前，口中喊着'主上'二字，甚至还让翊王殿下搬进了腾云阁。那腾云阁历来是北漠帝王所住的地方。"

寒清越说，冷卫觉得其中的谜团越多。殿下失忆尚不知真假，现如今又出了那北漠女王跪下喊"主上"这一出，究竟是为何？

叶七七问："你是叫寒清吗？"

女人点了点头："回公主殿下，是的。"

叶七七："有没有机会让我跟他见一面？也许见上一面就能知晓六哥哥到底有没有失忆了。"

"启禀殿下，这恐怕不行。翊王殿下一直待在腾云阁，别说是带他出来了，就连一般的宫女想进去都进不得。不落公主似乎很喜欢殿下，不愿让其他女人靠近殿下。"

叶七七坐蜡了：他出不来，而自己又进不了王宫，这该怎么办才好？

寒清想了想，心中突然有了一计："属下有一个提议，不知该不该说。"

叶七七说道："你说。"

寒清说道："下个月刚好是北漠王宫一年一度从宫外选宫女的日子，若是公主殿下想进宫见翊王殿下，不妨试试这个方法。"

"选宫女？"冷卫闻言，眉头皱了起来，"不行，太危险了！"他怎么能让公主殿下去北漠的王宫做宫女？这要是让殿下知道了，他的脑袋还要不要了？！

"这只是属下的一个提议。"寒清说。

"好，我去！"

冷卫说道："公主！"

叶七七说道："若是不去，估计也没有别的法子。"

冷卫说道："属下一定会想到别的法子的。"

"我等不了了。"万一六哥哥是真的失忆了，而那不落公主又喜欢他……她回想起先前看的话本里那些失忆爱上别人的桥段，就忍受不了，真的忍受不了！

叶七七说道："我说过，不管他在哪里，我一定要带他回去。"

冷卫张了张嘴，最终还是没能说出什么别的办法。

很快就到了宫中选宫女的日子，凡是有意进宫当宫女的皆可以在王宫门口报名。

寒清办事很利索，也不知从哪里给叶七七弄到了一个她妹妹的假身份。

寒清也算是宫中资历比较老的宫女了，那些在王宫门口当差的差役都认识她，得知她的妹妹要进宫当宫女，很快便将流程走完了。

只不过那名差役看着叶七七的脸上的斑点，似乎陷入了两难："清姐姐，这真的是你的妹妹吗？怎么感觉……你们俩不太像呀？"

"怎么不像了？"寒清一把揽过小姑娘的肩膀，对他说道，"这可是我同父同母的亲妹妹，叫寒欢，不觉得我们俩长得很像吗？"

差役瞧着两个人相差如此之大的相貌，苦笑着点了点头："像……真像！"

寒清接过那人手中的宫牌，递给身旁的小姑娘。

小姑娘伸手接过，看到那宫牌上刻着"寒欢"两个字。

叶七七跟在寒清身后走了一段距离，还能听见方才那差役跟人议论道："清姐姐的妹妹长得也太丑了吧。"

"就是，当真是亲妹妹吗？我有点儿不敢相信。"

"我也是。"

…………

闻言，叶七七摸了摸自己的脸：真的很丑吗？

不过没关系，只要能见到六哥哥，她丑一点儿又有什么关系？丑一点儿才不会惹人注意。

走着走着，前面的寒清突然停下脚步，还好小姑娘及时停了下来，要不然铁定一头撞上去。

"殿下请不要将他们的话放在心上。"

叶七七闻言，微愣了一下，随后急忙摆了摆手："不会的，而且他们说得没错，我现在的样子确实很丑。"

寒清似乎不知道她脸上的黑斑是假的，害怕她听了方才那些人的话会伤心。

叶七七正要解释自己化了装，不远处突然传来声音："一群废物，本公主叫你们找些长得丑的来，怎么给我找来的都是长得标致的？"

听到这熟悉的声音，叶七七一抬头，果然看见不远处那道熟悉的身影。

不落公主穿着一身红衣，神情愤怒地看着跪在地上的众人。

为首的宫女一脸委屈地说道："公主殿下，这些确实已经是宫女中长得丑的了。"这……找不到长得丑的也不能怪她们呀！

不落公主气得想骂人，无意间抬头，正巧看见不远处的两个人，目光一下子便落在了寒清身后的小姑娘身上。

不落公主抬手指了指："你，给本公主过来。"

看到不落公主突然伸手朝自己指过来，叶七七吓得立马低下头：这不落公主不会是认出她来了吧？

"本公主跟你说话呢！就是你，躲什么躲？给本公主滚过来！"

寒清注意到不落公主在指她们，急忙带着小姑娘走到了不落公主面前："奴婢参见公主殿下。"

见寒清对着不落公主行礼，叶七七正要跟着行礼，一个冰凉的物体突然抬起了她的下巴。

不落公主用手里的鞭子抬起叶七七的下巴，近距离看到小姑娘那张长满了黑斑的脸后，甚是满意地轻轻勾了勾唇，笑道："你就是今日新进宫的宫女？"

寒清答道："回公主的话，她是奴婢的亲妹妹，今日是第一次进宫。"

以叶七七现在的样子，不落公主定然是认不出她来的。

"哦，原来是寒清你的妹妹呀。"不落公主对叶七七的长相十分满意，指着她对一旁的管事嬷嬷说道："就让她去腾云阁当差吧。"

腾云阁！闻言，叶七七眼睛瞬间亮了一下。

北漠王宫同北冥皇宫有所不同，北漠的宫中奴婢全是女子，无一男子，因此要找一个去腾云阁当差的宫女显然让不落公主花费了好大的心思。

先前曾有两个宫女在腾云阁当差，虽说两个人没有做什么出格的举动，但是不落公主看着总会有些危机感。于是不落公主思考了许久，想着倒不如直接找一个长得丑的去，这样才能放心。

让眼前这个丑丫头去腾云阁当差，不落公主可是放一万个心的，毕竟这丫头长得那么丑。

叶七七显然没有想到惊喜来得如此突然：她要去腾云阁了，终于可以见到六哥哥了！

不过她在看到眼前那抹胸和长裙时，小脸皱成了一团。

一旁的管事嬷嬷见她迟迟未动，催促道："愣着干吗？快把衣服换上呀！"

叶七七看着眼前暴露的衣裙，咬了咬牙，心想：反正这宫中的女子都是这么穿的，也没什么好害羞的。

叶七七换上一身干净的衣服后，从一旁的铜镜里看自己的模样，发现裸露在外的肌肤白得发光，和她此刻的脸完全不搭。

为了不让人怀疑，她趁着无人注意，掏出带来的易容材料涂在脸上、胳膊上和腰上，恨不得自己越丑越好。

在她弄好了出去时，管事嬷嬷对她露出同情的眼神，好像在说：一个小姑娘怎么能长这般丑？

"跟我来吧。"管事嬷嬷在前面带路。

叶七七乖巧地跟在管事嬷嬷身后。

如今已是傍晚，夕阳西下。

叶七七跟着管事嬷嬷走了一会儿，终于看见不远处的门匾上写着"腾云阁"三个字。

"就是这里了。"管事嬷嬷在门口停了下来，"这里面住的可是女王陛下的贵客，务必要恭敬地伺候。想必在宫里的注意事项寒清都同你说过了。这腾云阁里头的那位大人便是你的主子，有他的允许你才能进去。你的住所在后面。因为那位主子喜静，所以这腾云阁上下只有你一个宫女。"

其实这样安排固然有里头的那位主子喜静的原因，但最主要的原因还是公主殿下不喜欢有太多的宫女靠近他。

说完这些，管事嬷嬷便带着叶七七去了后面的住所。

屋子狭小，但总的来说还算是干净。反正她也不会在这里待太久，等她见到六哥哥，就可以和六哥哥一起离开了。

"如今那位大人还未回来，你可以先去膳堂吃饭。顺着这条路一直走便到了，记得吃完早些回来守夜。"

叶七七本来还想问管事嬷嬷里面的那位大人去了哪里，但是仔细一想，要是这般问定然会惹人怀疑，便忍住了，对管事嬷嬷说道："好，谢谢嬷嬷。"

膳堂是宫女们吃饭的地方，叶七七去的时候已经有很多人在了。

北漠人以美为先，见这新来的丫头长得丑，无人靠近她。不过没有关系，这刚好是她想要的。

叶七七吃完晚膳，回到腾云阁，只见里头还是漆黑一片，六哥哥定然还没有回来。

叶七七本想进去点灯，但是回想起方才管事嬷嬷嘱咐的不可随意进入的话，便坐在柱子旁边等着，想着六哥哥总会回来的。

叶七七这一等，也不知道自己等了多久，竟迷迷糊糊地靠在柱子上睡着了。

等她醒来之时，天已经彻底黑了。

殿内的光亮洒在她面前的地板上，她的困意立马消散得无影无踪。她转过身，只见殿内灯火通明。

六哥哥回来了！叶七七眼中闪着欣喜，正要进去，就看见从里头走出来一道红色的身影。

不落公主脸色难看至极。宫女们皆面露惶恐之色，小心翼翼地跟在不落公主身后。

"啊啊啊——"走到叶七七身边时，不落公主突然尖叫出声。

那刺耳的尖叫声吓得叶七七身子一抖。

跟在不落公主身后的宫女们吓得纷纷跪在地上。见她们都跪在了地上，叶七七不敢太惹人注目，跟着跪了下来。

宫女们说道："公主殿下息怒。"

不落公主深吸了一口气，压住自己的怒气。她本是瞧那男人长得对她的胃口，所以才将他救回宫，想着让他做她的侍宠，可现在这事情的发展竟不受她的控制了。面对她随手捡回来的这个男人，她的母亲竟跪下恭敬地喊了一声"主上"。别说是让他做侍宠了，现在她见了他，都要恭敬地叫一声"大人"。这个该死的男人究竟是何来头？她母亲不愿告知她，她自己又查不出。当她不惜丢下公主的脸面去讨好他时，这个男人却冷眼以对，真的是……气死她了！

"你！"不落公主看着跪在地上的小姑娘，"去把殿内打碎的茶杯打扫干净！"说完，不落公主便拂袖而去。

叶七七从不落公主的话中只听出她可以进去了。

她可以进去见六哥哥了！

她激动的心情还未平复，眼前突然有一道阴影落下。

不知为何，叶七七心里突然"咯噔"了一下，怀着异样的心情抬头看去。

男人逆光而站，身形高大。叶七七仰着头看他，虽说看不清男人的脸，但是她知道此刻站在她眼前的男人就是她的六哥哥。

叶七七瞬间红了眼睛，心头蔓延着无限的委屈无处倾诉。

就在她要冲进这男人的怀里时，站在她面前的男人突然后退了几步。

"六……"她想要喊出的那一声"六哥哥"因为男人的这个举动而卡在了喉咙里。

叶七七不解：他为什么……为什么后退？

由于男人后退了几步，叶七七终于看清了男人的脸，还是记忆中那张脸，但是看她的眼神发生了变化。

他的眼神冰冷、平静又陌生，此刻看着她就如同在看一个陌生人。叶七七瞬间感觉自己像是置身于一片冰窟之中。

燕铖见面前这个陌生的丫头看着自己突然红了眼，不由得蹙起了眉头。

他不解，更多的是不懂：她为何要用这种可怜又委屈的眼神看着他？

虽然对于小姑娘面露这种神情他有着诸多疑问，但他并没有过问，淡淡地扫了她一眼便要转身离开。就在这时，他的衣袖突然被拽紧。

小姑娘委屈的声音从他身后传来："六哥哥。"同时还伴随着小姑娘委屈的抽泣声。

"我是……七七呀。"

她只当他是因为她化了装而没有认出她，正要抬手将脸上画的斑点擦掉时，看到男人转过头来，将视线落在她身上，不解地问道："七七是谁？"

这平静的话从他的口中说出，瞬间将叶七七的心搅得天翻地覆。

七七是谁？他居然问她七七是谁？

"不停地编织谎言，你们不觉得累吗？"燕铖显然不相信眼前这丫头所说的话，"是不落公主将你派来的吗？她还真是死性不改。"

先前他刚醒来时，那个女人就同他说他是她的驸马，因掉下悬崖失去了记忆。呵，真是可笑，他一眼就看出那个女人心虚，知道她在说谎。

往后的一段时间，总有人试图向他灌输所谓的他遗失的记忆，可当他向他们问起他的真名叫什么时，那群人总以为随口编个名字给他就能糊弄过去，真是可笑极了！

显然，此刻他也将眼前的小姑娘当成了那群人中的一员。

燕铖没兴致再同眼前这个虚伪的小姑娘多言，正要转身离开，那哭得凄惨的小姑娘猛地扑进他怀里，紧紧地抱着他的腰。

他脸色立马变得极其难看，厉声说道："松开！"说着，他伸手按着她的肩膀想将她推开。

可眼前这丑丫头似乎是粘在他身上了似的，他怎么也推不开。

"不松！"叶七七固执地说道。

"你——"

一滴滚烫的泪水滴在男人的手臂上，燕铖推她的动作猛地顿住了。

"我不放！"叶七七红了眼睛，哑着嗓子说道，紧紧地抱着他，仿佛只要她一松开，他就要消失似的。

不知为何，看着她这副委屈的模样，他心里猛然滋生起一股异样的情绪，有种说不清的难受在心尖蔓延，紧紧地将他缠绕。

叶七七说道："你说过的，会平安回来，回来娶我。"

娶她？燕铖愣在原地，任由小姑娘紧紧地抱着他。

虽然他没了记忆，但是他清楚地知道他的身体并不排斥这个丫头抱他。

难不成她真的认识他？燕铖一时尴尬得不知双手该放在何处。

就在这时，他看见不远处有人影朝这边走来，目光一闪，拉过怀中哭得委屈的小姑娘进入殿中，关上了殿门。

正沉浸在悲痛中的叶七七还没有反应过来，便已经被男人拉进了寝宫里。听着耳边响起"啪"的一声殿门关上的声音，叶七七还没回过神来。

看着眼前的小姑娘用哭得发红的眼睛茫然地盯着他，燕铖才注意到她的脸哭花了。

他愣了一下：那极丑的斑点是……画的……

泪水冲刷了脸上的颜料，露出小姑娘原本白皙的肌肤。

燕铖瞧着小姑娘那张绝美的脸，嘲讽地勾了勾嘴角，眼神冷漠地说道："长成这样，还说你不是骗子？"差一点儿，他差一点儿就要被这丫头给骗了。

叶七七还不太明白他这话是什么意思，就被他推开了。

因为他先前捏着她的肩膀试图将她推开的力道有些重，所以小姑娘娇嫩的肌肤被他捏得有些发红。

叶七七以为他是嫌她长得丑，伸手擦了擦脸："我不是骗子，我只是故意扮丑的。"说着，叶七七便将擦下来的污渍给他看，"不信你看。"

"是吗？"燕铖眼神冰冷地看着她，"你说你认识我，那我的真名叫什么，真实身份是什么？"

叶七七急忙答道："燕铖，你叫燕铖，你还有一个假名字和假身份，叫夜霆晟，是北冥的翊王殿下，是我的六哥哥。"

"那你是谁？"

"我是北冥的七公主，我叫夜七七。"

燕铖听了小姑娘这话，眉头皱得更深了："亲兄妹？"

"不……不是的，那是你的假身份，我们没有血缘关系。"

眼前的小姑娘再怎么说，燕铖还是半点儿不信她说的话，因为他知道这丫头从一开始就说谎了，他压根儿就不叫燕铖，而是叫思七。从他一醒来，他脑海里闪过的便是这个名字，所以他断定自己的真名一定是叫思七。

叶七七说道："我说的都是真的。"

燕铖说道："嗯，我相信你。"

听了他这话，叶七七立马睁大了眸子："真的？那你是不是想到些什么了？"

见眼前的小姑娘一脸欣喜地望着他，男人眼中闪过几丝嘲讽：呵，他倒要看看这个小骗子打的是什么主意。

燕铖说道："嗯，好像想到些什么了，但是记得不太清楚。"

记得不太清楚，那就是说记忆还是恢复了一些的。叶七七激动得热泪盈眶，说道："没事的，没事的，你慢慢想，总会想到些什么的。"

燕铖看着她激动的样子，一双幽暗的眸子里暗流涌动。他不由得暗自嘲讽：这丫头演技还真好，想必那不落公主为了找这样一个演技好的来骗他，下了不少功夫吧？只可惜他早就看穿眼前这个小骗子了。

叶七七双手握成拳头，对他说道："总之我会向你证明我没有说谎。"

燕铖淡淡地看了她一眼，漫不经心地说道："嗯，我会试着相信你的。"

"出去吧。"燕铖在桌子前落座，拿起放在书桌上没看完的书籍，对一旁的小姑娘说道。

叶七七看着坐在椅子上的男人，在心里对自己说：他如今对我还有几分疏离，我可以理解，毕竟他现在还没有恢复记忆，对我有戒心是应该的。

燕铖认真地看着手里的书籍，没有再看身旁的小骗子一眼。

听到一旁传来脚步声，他以为她是准备离开，可谁知下一秒，那原本应该往门口走去的身影突然朝他靠了过来。一阵馨香袭来，他感觉脖子一紧，瞳孔猛地扩张：这个胆大包天的小骗子竟又抱住了他！

真放肆！她当他没脾气吗？

就在他要发怒时，那抱着他的脖子的小骗子又很快收回手。

燕铖眼神冷漠地看着她。

叶七七脸上满是无辜、可怜，用一种悲凉的语调说道："那七七走了。"

"滚吧。"燕铖看见她这副样子，有些心烦意乱。

燕铖脱口说出这句话后，看着她那有些震惊的眸子，心里头似乎更加不舒服了。

叶七七在心里安慰自己：六哥哥失忆了，他说的话都是无心的，我没有必要放在心上，对，没有必要。

趁着冷着脸的男人不注意，叶七七仰起头亲了一下他的侧脸。

她那速度实在是太快了，在她亲完他快速溜走之后，燕铖才反应过来。

他愣了好一会儿，回过神后，动作极轻地抬起手，鬼使神差地摸上方才那放肆的丫头亲的位置，感觉那里有些发麻、发烫。

同时，他后知后觉地发现自己好像被人给……轻薄了。

当天夜里燕铖便做了个梦，梦见了那个胆大妄为亲了他的丫头。在梦里那丫头似乎化作一个勾人的妖精，撩得他竟跟她做了那些风月之事。

次日一早，从床榻上起来的燕铖脸色十分难看，浑身上下散发着一股生人勿近的气息。

他听到外殿传来声响，掀开帘子走了出去，果真看见那个令他在梦里发疯的丫头。

叶七七帮忙备好膳食，听到内殿传来声音，一抬头便看见男人从帘子后走了出来。

如今屋里还有帮忙备膳的其他婢女，所以叶七七同其他人一样恭敬地对男人行了个礼。

燕铖眼神淡漠地扫了那丫头一眼，看到今日她的脸上还是画了跟昨日一样丑的斑点。

其他婢女将膳食布好后便恭敬地退了出去。叶七七如今作为他的贴身婢女，自然不用跟她们一样。

见男人转身进了内殿，叶七七跟了上去，可谁知她刚进去，入目的便是男人脱下衣袍后裸露的背。

叶七七脸一红，急忙将推开的门给关上："我不知道你在换衣服。"

燕铖正要训斥她，就看到某个小姑娘倒是自己先惊恐地关上了门。

洗漱好换了衣袍后，男人从内殿出来，看见某个小姑娘站在一旁。

见他走来，叶七七也是十分尽职地做着婢女该做的事情，贴心地为他将凳子拉开，可谁知某人看都不看她一眼就坐到了旁边的凳子上。

燕铖也没看那小姑娘此时是什么表情，自顾自地吃面前的早膳。

许是饭菜并不合他的胃口，他只是意思一下喝了几口粥。

他用膳时两个人都没有讲话，偌大的殿内安静至极。

见他只喝了半碗粥就放下筷子，叶七七不解地问道："你不吃了吗？"

"嗯。"

小姑娘轻声说道："可还有这么多……"他吃那么少，太浪费食物了吧。

"去把书桌上的书给我拿来。"燕铖说道。

叶七七照做，将书桌上他看了一半的书递给他。

燕铖伸手接过书，而后便一直坐在椅子上，视线落在书上。

自他一早起来，叶七七就感觉到他的心情好像不太好，也不知道自己哪里得罪他了。

想了想，小姑娘掏出两颗糖，递到他面前："六哥哥，你吃糖吗？"

这是他先前给她吃的奶糖，她特意让冷卫派人给她送来，想着或许六哥哥吃完这糖就能想起些什么了。

燕铖头都没抬一下，拒绝道："不吃。"

"好吧。"叶七七有些失落，自己将一颗糖塞进了嘴里。

燕铖闻到一股奶香味，正要翻书页的动作一顿。

吃着糖的小姑娘手里拿着糖纸，一个没注意，糖纸飘到了地上。她低头找糖纸，见糖纸飘到了桌下。

燕铖朝着她看了过去，首先看见的便是小姑娘那不盈一握的纤细腰肢。北漠女子上至王族，下至平民，皆穿抹胸和露腰的长裙。此刻她背对着他半跪在地上，手在桌子下找着什么，勾人细腰尽入他眼中。

他不由得想到昨夜那荒唐的梦，喉结控制不住地滚了滚，有些气愤地将手中的书拍在了桌子上：这个丫头居然敢勾引他！

叶七七将掉在地上的糖纸从桌子下捡起来，起身时就见一旁坐在椅子上的男人紧盯着她。

叶七七愣了愣，脸上尽是迷茫之色，无辜又勾人。

"六哥哥，你是想吃糖吗？"叶七七将手里的另一颗糖递给他。

男人猛地从椅子上站起身，对她哼了一声便离开了：他绝对不会受这个丫头的勾引！绝对不会！

叶七七愣了愣：他刚刚突然对她哼了一下，是什么意思？

这一整天，无论叶七七说什么、做什么，某人都对她爱搭不理的。她不明白自己做了什么错事，让他如此心情不好。

深夜，王宫的某一条隐蔽小道。

冷卫听了小姑娘委屈的倾诉后，迟疑了半晌，说道："看来殿下是真的失忆了。"

"那我们该怎么办？"小姑娘问道。

她本来以为见到六哥哥他们就可以一同离开，可如今他失去了记忆，还不知道何时才能恢复。

"或许公主殿下可以试着跟殿下说说你们曾经发生的事情，说不定会让殿下想起些什么。"冷卫又说道，"以主子的性子，若是他的记忆恢复不了，想必他绝不会轻易相信别人，所以目前来说，公主殿下您是唯一有机会让他恢复记忆的人。"

小姑娘苦着脸，想起今日某人对她爱搭不理的样子，心里就止不住地有些难过。

冷卫是个粗人，看着公主殿下伤心的样子，也实在说不出什么安慰的话。他拿出一个袋子递给小姑娘："这是殿下以前最喜欢吃的糖，吃了这糖殿下或许会想起什么。"

小姑娘伸手接过袋子："没用的。"今天她给他糖，他都不愿意吃。

冷卫说道："公主殿下您试一试，总归是个法子。时间不早了，属下不宜在此地多留。"

为了掩人耳目，冷卫今日混进宫里时特意穿了一身北漠王宫御前侍卫的衣服。

"这北漠王宫不似北冥，虽然属下在宫中安排了不少人手保护公主殿下您的安全，但还是希望公主殿下您自己多加小心。"

叶七七抓紧手中的糖袋子，点了点头，说道："嗯，你也是，我们都要多加小心。我一定会想办法让六哥哥快些恢复记忆的。"

"属下告辞！"说完，冷卫便一个翻身消失在小姑娘的视线中。

不远处，燕铖一直站在暗处，瞧着两个人的一举一动。虽说他听不见两个人在说些什么，但是他见那男人穿着御前侍卫的衣服，两个人还特意挑在这夜深人静时见面，月黑风高孤男寡女的，不用想都知道那男人定然是她的情郎。

呵，这小骗子可真是忠心她的主子呀，明明有情郎居然还听从她主子的命令来接近他！燕铖看着不远处小姑娘的背影，眼神冰冷至极。

叶七七回到腾云阁时，男人正坐在椅子上看书。她想到他今日已经冷了一天脸，不太敢打扰他，脚步极轻地走到内殿给他铺床。

她现在是这北漠王宫中的宫女，不过幸好只是六哥哥一个人的宫女。无论如何她一定要努力让他恢复记忆！

叶七七将床铺好后，闻见床铺上有某人身上的味道，忍不住扑了上去重重地吸了一口。这床好软、好舒服，不像她那宫女房里的床，硬邦邦的，睡了几天导致她的腰背都有些疼。

"嗯——"这被子好软，叶七七抱着被子，忍不住用脸蹭了几下。

"你在干什么？"她身后突然传来男人的声音。

叶七七被那突然响起的声音吓了一大跳，急忙站了起来。

只见原本应该在外殿看书的男人不知何时来到了她身后，一双幽暗的眸子紧紧地盯着她。

她咬着唇别开脸，不太敢看他盯着她时那如同看陌生人一般的表情。

"没……没干什么……"回答这话时，叶七七自己都有些心虚。

"六哥哥，你是要睡觉了吗？"叶七七故意岔开话题。

听了小姑娘这话，燕铖心想：这丫头还挺会打岔的。

不过她一口一个"六哥哥"，叫得倒是挺顺的。燕铖本来想回答她，但是回想起方才看见的她深夜私会她那情郎的画面，心中莫名其妙地生起一股烦躁之意，有些不想回答她的话了。看着她那无辜、纯良的表情，恶毒的话到了嘴边，他却怎么也说不出来。

"没有。"他答道。

后院有一处天然的寒池，他觉得自己现在很需要进去冷静一会儿。

这样想着，燕铖便随手拿了一件衣服朝后院走去。

有些呆的小姑娘本能地跟上他。直到跟着他一同走到寒池前，看到他伸手解开腰带，她才明白他接下来要沐浴。

叶七七想离开，但是回想起之前自己跟冷卫说的要让六哥哥恢复记忆的话，觉得自己总要做些什么。

先前她都说了让他相信她的话，那以他们的关系，她要是这还害羞，还怎么让他相信他们两个人曾经相爱的事实？反正都亲亲、抱抱了，为了让六哥哥恢复记忆，她有什么好害羞的？这样想着，叶七七鼓起勇气走到男人面前。

燕铖本以为这丫头会像早上一样看见他脱衣服就转身离开，没想到她却突然走到他面前。

瞧着小姑娘素白的手朝他伸了过来，他猛地扣住了她的手腕。

"干什么？"燕铖一脸警惕地看着小姑娘。

叶七七愣了一下，问道："你不是要沐浴吗？"

燕铖一副见了鬼的样子盯着眼前神情无辜的少女：她可真是……真是……

"不知廉耻。"燕铖脸色难看地将她推开，厉声喝道，"出去！"

叶七七呆住了。

直到被男人动作粗暴地推了出来，叶七七看着眼前被关上的大门，还有些没回过神。那关门声大到将她的耳朵都震得有些疼。

此刻她手中还拿着男人的腰带，过了好一会儿才回过神来，心中震惊至极：他刚刚说了什么？他说她……说她不知……不知廉耻！

叶七七的小脸瞬间红了，是被他那句话给气红的："你……你怎么能这个样子？！"

六哥哥失忆了，她不能和一个失了记忆的人计较。她在心中拼命安慰自己，但是越想越委屈，还是好气！

叶七七说道："你把我气死了，小心变成鳏夫！"

正站在门后的燕铖听了小姑娘这话，险些脚一滑跌倒在地：这丫头在说什么胡话？鳏夫？

他震惊了好一会儿都没回过神来：什么叫让他变成鳏夫？！这丫头真是……妄言！

燕铖铁青着脸将方才被他狠狠地关上的门打开，小姑娘已经不见了踪影。

亏得那丫头不在，不然他铁定要……铁定要干什么？他突然迷茫了一下，一时没了主意。

半个时辰后，燕铖从寒池里出来。

他本以为那丫头已经落荒而逃，可着实没想到，待他出来时，竟发现方才那诅咒他成为"鳏夫"的丫头正静静地躺在他床榻旁的矮榻上。

他沉着脸走过去，正想将她拎到殿外，却看见那丫头睡得正香甜，他想将小姑娘拎起来的动作一顿。

按理说，对眼前这个有心机、有目的地接近他，且还处处勾引他的小丫头，他应该毫不留情地将她扔出去，但他看着她的那张脸，迟迟不忍心下手。一种异样的情绪在心里蔓延，搅得他有些喘不过气来。

她不知是从何处洗完澡过来的，原本脸上的黑斑早已经被洗掉。燕铖忍不住伸手摸了一下她的长发，果真是微湿的。

她就静静地躺在那儿，面容恬静，像个年幼的孩子一般。燕铖说不出自己此刻是怎样的心情。

他明明知道她的目的不纯，为什么还是会对她生出怜悯之意？

突然间，他头痛欲裂，脑海中闪过几个片段，只是那些片段闪得实在是太快了，他还未来得及捕捉，便在眼前消失。

他抱着脑袋坐在地上，脸上闪出几丝痛苦之色。

"六哥哥，六哥哥。"燕铖的耳中突然响起一个声音。

是谁？这时他好似看见一团白雾，朦胧的白雾深处有一道娇小的身影朝他走来，一口一个"六哥哥"地叫着他。他抓住她的手，想让她转过身，却怎么也看不清她的脸。

"六哥哥。"睡得正香的小姑娘突然喊了一声。

坐在地上的燕铖猛地朝她看了过去，只见她还闭着眼睛在睡觉，估计是梦到了什么，突然喊了这么一声。

燕铖盯着早已睡熟的小姑娘看了好一会儿。

难道她真的……认识他？这一刻他突然有些迷茫了，竟然一时分不清真假。

他到底该不该相信她？

叶七七一觉睡到了早上，再一次睁开眼时，天已经亮了。

她下意识地伸了个懒腰，这才注意到自己身上盖着被子。看着那被子，她愣了一下：她记得自己昨天躺在矮榻上的时候没有盖被子呀？难道是……六哥哥给她盖上的？

叶七七正想着，听见一旁传来声音，抬头就对上男人那双深沉的眼眸。

在看见六哥哥的那一瞬间，叶七七眼中闪过浓浓的惊讶：他今日换了一身衣服，穿着一袭北漠男人常穿的白袍，精致的眉眼再配上这样的异国服饰，令她险些没认出他来。

燕铖看到小姑娘呆呆地看着他，面容平静地对她说道："起来，等一下要去前殿一趟。"

北漠公主在三个月前救回一名男子，这本不足为奇，但是女王跪下尊称那个男人为"主上"，并且还让他住在腾云阁。此消息一出，朝野上下自然是议论纷纷。

前一段时间因为燕铖需要养伤，所以女王并没有召见他，而今日一早那女王便派人来请他去前殿了。

他对此并没有感到太意外。

女王特意派了马车前来，奴仆给男人掀开车帘："大人，到了。"

男人下车。小姑娘紧跟在男人身后。

今日女王在前殿设宴，邀了全部大臣。大臣们自然不敢缺席。

一名宫女靠近女王，在女王的耳边轻声说道："陛下，大人到了。"

闻言，坐在王位上的北漠女王眸子瞬间亮了，一脸激动地问道："主上现在在何处？"

"回陛下，已经到殿外。"

"快请主上进来。"

见女王如此激动，在场的众大臣不由得面面相觑，都在想那被女王叫主上的男人究竟是何来头，皆仰着头朝殿外看。

随后一道白色的高大身影从殿外走了进来。

在场的众大臣看到男人走进来的那一刻，纷纷感觉自己眼花了，不由得揉了揉眼睛，再一次朝男人看了过去。甚至有些大臣在看见男人的那一刻，不由自主地脱口而出："先王。"

先王？跟在男人身后的叶七七听到有人竟对着六哥哥喊"先王"，不由得有些疑惑：这……这是什么情况？

直到看清男人相貌的那一刻，众大臣才明白女王为什么要尊称男人为"主上"，因为他实在是太像已故的那位先王了，那张脸简直是跟先王一个模子铸出来的。

燕铖无视在场的众大臣看着他的那惊讶、震惊的目光，朝女王恭敬地拜了拜："参见陛下。"

"主上，您无须多礼。快请主上上座。"

众人看到女王对这男人的态度，眼神纷纷变得古怪起来。

有些胆大的大臣实在看不过去女王被这样一张脸迷惑，起身恭敬地说道："陛下，这位公子也就是相貌跟先王相似罢了，先王早已过世多年，眼前这位断不可能是先王呀。"

"是呀，陛下，这世间相像之人数不胜数，您怎么能因为他这张脸，而错将他认成先王呢？"

…………

这些大臣为了不让他们的女王受此人蛊惑，可谓是苦口婆心。

北漠女王虽然已年过四十，但因为保养得极好，看着犹如二十多岁的女子一般。她听着台下的诸位大臣犹如市井泼妇一般吵闹，漂亮的眉头皱起，重重地拍了一下桌子，怒道："够了！"

女王这句威严十足的话一出，吓得在场的大臣皆不敢多言。

"朕还未痴呆，自然知道这位不是先王。"

既然陛下知道，那为何还……？望着男人那张脸，众人不由得又想：难不成陛下是看上此人了？

就在众人不解时，就见有两名侍从推着一个蒙着黑布的笼子走进了大殿。

众人纷纷将视线落在那笼子上。

女王说道："今日朕邀众爱卿前来，是要让众爱卿看一样东西罢了。"

一位长着长胡子的大臣指了指大殿中的笼子，不解地问："难不成陛下是想让我们看这个？"

"呵。"女王笑了一声，而后摆了摆手，示意侍从将笼子上罩着的黑布扯下。

当黑布被扯下，众人看清那笼子里是何物后，瞬间变了脸色，纷纷惊恐地往后退。有人一不小心打翻了桌子上的酒杯，酒杯跌落在地，摔得四分五裂。

这嘈杂的声音吵醒了正盘在笼中的巨蛇。它通体漆黑，但是在慢慢移动时，周身闪着点点金色。

它有一双赤红色的竖瞳，朝方才酒杯跌落的地方靠近，锁定一旁的一位大臣，缓缓地吐着猩红的蛇芯子："咝咝——"

那蛇突然张开血盆大口，将那位大臣当场吓晕了过去。

在那巨蛇转向众人时，在场的大臣直接吓得跪了下去，异口同声地说道："蛇灵赐福，蛇灵赐福。"

站在男人身旁的叶七七看到连那女王都跪了下去，就打算同他们一样跪下。这时一旁坐在位子上的男人对她说道："你无须跪。"

可……连那女王都跪下了，她不跪是不是不太好？没等叶七七思考出自己究竟要不要跪，她就见众人跪拜完笼中的巨蛇后又站了起来。

北漠地处沙漠，以蛇为图腾，甚至将蛇奉为神灵。不只坊间的百姓信奉蛇灵，就连北漠王室也如此。他们祈求蛇灵保佑他们的国土和子民，保佑天灾不降于他们。

相传在两百多年前，北漠第一任帝王在同异国的交战中，被异国的军队围困，山穷水尽之际，突然从四面八方涌出无数条黑蛇咬死了异国的士兵，这才让他免于被敌军绞杀。后来为了报答蛇的恩情，那北漠第一任帝王便开始信奉蛇灵，还特意养了一条通体黑色泛金光的巨蛇。据说那巨蛇是万蛇之首，这世间的所有蛇都臣服于它。

而自打信奉了蛇灵后，北漠当真是风调雨顺、国运昌隆。

那条巨蛇生性凶残。它虽然赐福于北漠，却喜以活人为食，尤其爱食北漠帝王。这两百多年来，北漠的每一位帝王最后的下场皆是沦为蛇腹中的食物。

相传这巨蛇与每一位帝王的福运相连，在每一位帝王死亡的三个月前，会派来小蛇使者通知他。

小蛇使者会缠绕在帝王寝宫的房梁之上。待睡醒的帝王睁开眼睛，看见缠绕在房梁之上的黑蛇，便知道自己还有三个月的寿命。三个月之后，他大限一至，就会沦为巨蛇的食物。

其中也不乏不想死的帝王，可最后没有一个成功逃离蛇口的。那些不愿前去让巨蛇吞下自己的帝王，最后的下场皆是被群蛇围攻，沦为血淋淋的碎肉。

后来北漠就再无帝王敢反抗巨蛇。

就连前一任的帝王，最后的下场也是沦为巨蛇的食物。

蛇灵向来被精心侍奉在蛇灵殿，今日女王怎么把蛇灵给请出来了？

那蛇灵被关在笼子里，也许是第一次被人从它熟悉的蛇灵殿内拉出来，不满地吐着蛇芯子，赤红的竖瞳紧紧地盯着对面的女王，似乎知晓是她派人将它拉出来的。

女王看着蛇灵的样子，毛骨悚然。那动作她太熟悉了，当初它吞下她的丈夫，也就是北漠前一任帝王的时候，就是这样的动作。

北漠已经侍奉了蛇灵两百多年，如今连北漠的帝王都是这蛇灵选的。

在先王被吞下后，女王显然没有想到自己会被这蛇灵选为北漠的下一任帝王。她虽然受宠若惊，但是想想每一位北漠帝王最后的下场，便知道自己最后的下场。

她有野心，所以很不甘，不甘身为帝王的她最后会同历代北漠帝王一样沦为这畜生的食物，所以这些年她一直暗中派人寻找消灭这蛇灵的法子。

她搜寻数年无果，但就在她要放弃时，上天怜悯，竟赐了一个大福给她。

"主上，您请。"女王恭敬地对一旁坐着的男人说道。

在女王的示意下，燕铖缓缓地站起身，在众人不解的目光中，竟朝着那关着巨蛇的笼子走去。

就在众人疑惑他要做什么的时候，男人突然打开了那关着巨蛇的笼子。

众大臣瞬间惊惧万分：他是疯了吗？这蛇灵会吃了他的，一定会吃了他的！

叶七七大惊：六哥哥在干什么？他是疯了吗？

笼子被打开后，那蛇灵对着眼前的男人。

"嘶嘶——"它吐着蛇芯子，发出的声音像黏人的蜘蛛丝一样令人难受。

眼看那巨蛇张着血盆大口朝六哥扑了过去，叶七七想要冲上去，却发现自己动弹不得，这才想起男人方才起身经过她身边时，点了一下她的腰际。

就在众人以为燕铖即将成为蛇灵腹中的食物时，不可思议的一幕发生了，只见那原本要扑过去将男人给吞下去的蛇灵突然停了下来，缓缓地将脑袋后退了一下。

坐在王位上看到这一幕的女王那颗悬着的心终于放了下来：她果然赌对了！

眼前这一幕让人震惊，但接下来发生的事情更加令在场的诸位大臣震惊无比。

蛇灵生性残暴，喜食活人，送到嘴边的食物它怎么可能不食？先前就有在蛇灵殿喂食蛇灵的仆役，因在喂食过程中不小心摔出了围栏，掉入了蛇灵的地盘，结果被蛇灵一口吞了下去。

但这一次，这位酷似先王的男人将关着蛇灵的笼子打开后，向来凶残的蛇灵不仅没有将眼前这个男人吞入腹中，而且在对着他吞吐了一会儿猩红的蛇芯子后，竟俯下脑袋，轻轻蹭了蹭男人垂在身侧的手，那模样就像是甘愿臣服于面前这个男人一般。

众人哪里见过这般匪夷所思的一幕？

这蛇灵生性残暴，没想到竟会有这般温顺的一面。

燕铖眼神淡漠地看着眼前的巨蛇。

许是见他迟迟没有动作，那蛇灵不满地吐了吐蛇芯子，有些哀怨、委屈地盘在他脚边。

终于，燕铖垂在身侧的手动了动，摸了几下它的头颅。

它立马满意地吐了吐蛇芯子。

看着这一人一蛇，叶七七也不知怎的突然想到了大白，感觉眼前这大蛇怎么虎里虎气的。

燕铖摸了几下便收回手。可那巨蛇显然还想让他再摸摸它，下意识地想要离开笼子到他跟前。

男人呵斥一声："进去待着。"

此话一出，那蛇灵就没再往外爬，乖乖地待在笼子里，将自己盘成了一团，瞧着竟有些委屈。

众人惊恐地看着这一幕，觉得不可思议极了。

"这……这是……何等奇观呀！"

这几百年间，从来不曾出现过一人能让他们侍奉的蛇灵如此听话，简直就像是他养的一般。

"敢问这位公子……不，主上，您究竟是如何办到的，竟然让蛇灵如此听话？"有位大臣问道。

燕铖说道："我也不知它为何会听我的话。"

他这话是真的，他也不知道这条蛇为什么会对他这般。这巨蛇本一直被养在蛇灵殿内，三个月前，他被那不落公主所救，被带到了北漠王宫，当晚他醒来后，就发现这条蛇盘在他休息的寝室的地上。

仆人推开门，看见这样一条大蛇盘在地上后，直接被吓晕过去。

后来他才知晓，这条蛇是北漠王室一直信奉的蛇灵，不知为何从蛇灵殿内跑了出来，竟到了他休息的地方。

他听他们说这蛇灵很凶残，可它在他跟前温顺至极。

蛇灵从蛇灵殿内跑了出来这事，很快便惊动了女王。当北漠女王瞧见这向来凶残的蛇灵在一个被她女儿救下的男人面前这般温顺时，显然也是震惊无比的。

就因为这个，他才会被女王安置在腾云阁，还命人小心侍奉。

"主上，如果您想要，朕可以随时退位，将王位奉给您。"女王突然当着众人的面跪在了男人面前，双手捧着玉玺递了过去。

在场的诸位大臣震惊的同时，却又说不出让陛下三思的话，毕竟女王说的并没有错，连蛇灵都对这个男人俯首称臣，他们又有什么理由说不呢？

下一秒，诸位大臣便纷纷跪了下来："吾王万岁。"

被男人点了穴位的叶七七迷惑了：这是什么情况？六哥哥莫名其妙就变成北漠的王上了？

叶七七看向他，发现他正巧也在看她，神色深沉。但只是一瞬间，他便移开了目光，说道："陛下，您无须如此，我先前就说过，我无心王位。"

燕铖弯腰将跪在地上的女王扶了起来，说道："我有些累了，想先行告辞。"

"主上若是累了，那朕派人送您回去。"

"有劳了。"燕铖说道。

说完，他看了一眼一旁的小姑娘。

叶七七突然感觉自己的腰间一疼，伸手摸了摸，才发现自己可以动了，低头时正好瞧见落在自己的脚边的一颗花生米。

她抬头看了看男人的背影，又低头看了看自己的脚边的那一颗花生米，有些不明白：他干吗要这样做？

燕铖上了马车，却迟迟没见那丫头上来。他皱了皱眉，掀开车帘，看见了坐在车厢外头的小姑娘。

叶七七听见声音转过头，不解地看着他："大人，怎么了？"

燕铖看了她一眼，将帘子放下，没回答她的话。

叶七七一脸疑惑：他这又是怎么了？失去记忆的六哥哥可真奇怪。

马车停在腾云阁门口，叶七七尽心尽力地做好一个宫女该做的，将矮凳放在马车下，方便男人踩着下车。

可谁知某人看都没看一眼，直接长腿一迈下了马车。

对此叶七七也没有太在意，不过今日在大殿上发生的事情，确实令她觉得不可思议。

深夜，一条与先前一样隐蔽的小道。

在叶七七将今日大殿上的见闻讲给冷卫听后，冷卫也觉得难以置信。

"难道说六哥哥的真实身份跟北漠王室有关？"

冷卫摇了摇头，说道："不是，殿下的真实身份是巫姒族的后人。"

"巫姒族？"听冷卫一说，叶七七有点儿印象了，先前六哥哥好像跟她说过关于巫姒族的事情，"巫姒族、蛇灵、北漠王室，这三者究竟有何关系？"

她本以为只要让六哥哥恢复记忆便可，可今日这事发生后，其中的谜团却越来越大。

叶七七说道："今日那女王竟当着众大臣的面，说要把王位让给六哥哥呢。"

冷卫说道："北漠人世代信奉蛇灵，而殿下居然能让蛇灵甘愿对他俯首，自然会让北漠人对他俯首称臣。要是照这样发展下去，别殿下还没有恢复记忆，就稀里糊涂地成北漠的新王了。"

要是真的变成这样，恐怕等他恢复记忆想要离开，北漠的百姓都不可能让他走吧？

冷卫说道："看来属下要好好调查一下这北漠人信奉的蛇灵究竟是何来头了，或许能在其中寻到些线索。"

"嗯，不过或许你也可以从巫姒族方面入手。"

冷卫不解地问道："公主殿下何出此言？"

"六哥哥有强大的自愈能力，我记得他先前同我说过，他还有预知未来的能力，这些应该都和巫姒族有关。既然巫姒族已经有那么多旁人所没有的能力，想来驯蛇这一技能夹杂在其中也不足为奇。"

"公主殿下您的意思是，您怀疑殿下之所以能让那蛇灵臣服于他，是因为殿下有与生俱来的驯蛇能力？"

"没错。"叶七七说道，"我记得曾经看过一本古籍，上面记载古时有一部落，那里的人整日与蛇为伍，上到八十岁的老人，下到一岁的孩童，皆练就一身驯蛇的本领，哪怕再凶残的蛇，经过他们的驯养也会变得十分听话。久而久之，那部落的新生儿自出生便带着一身驯蛇的本领，蛇见到就觉得亲近，想要靠近。直到后来世人才发现，他们之所以生来便会驯蛇，应该跟他们所服用的草药有关，孕妇服用了这种草药，生下的孩子身上也会残留这种草药的味道，所以才有了驯蛇的本领。我想六哥哥的情况也差不多。"

叶七七又说道："不知你还记不记得一年前北漠使者前来北冥一事？"

冷卫点了点头，说道："属下自然记得。"

叶七七说道："那时不落公主还养了一条叫布鲁塔的赤蛇。"

"属下还记得那赤蛇生性凶残，但意外地对公主殿下您显得十分亲近，为此那不落公主似乎还气得不轻。"

"对，本来我还在想它为何会亲近我，后来才知道，大概是因为我身上有六哥哥的味道。"

那也是她无意间发现的，那赤蛇极其喜欢六哥哥碰过的东西，甚至在她外出跟六哥哥见过面回来后，那布鲁塔极其喜欢靠着她的衣服。

"属下明白该怎么做了，定然将这些事调查清楚。殿下您也多加小心，估计属下这几日不能常来了，若您有要事，就去找寒清。"

叶七七说道："嗯，我知道了。"

冷卫点了点头，正要离开，突然又停住，对小姑娘说道："公主殿下，属下发现这北漠一行，您似乎成长了不少。"

"成长？"叶七七不解地看着他。

冷卫点了点头："嗯。"就是成长了不少。

冷卫说道："属下告退了。"

第九章
蛇 灵

叶七七回到腾云阁时，见殿内的烛火已经熄灭，心想：自己是进去还是不进去呢？

不过这个时辰了，想必六哥哥早已经睡了吧。

她好难过。

在这异国他乡，明明她已经找到他了，但是因为他失忆了，她不能抱他、亲他，他还对她那么凶……

算了，她不进去了，要是进去，他估计又要骂她不知廉耻了。

在他失忆之前，他也总是会对她做那样的事情，她都没有说过他不知廉耻！

叶七七回到寝殿后面的屋子，推开门看到坐在凳子上的男人，吓了一大跳。

燕铖听见声音抬头，看着门口的小姑娘那被吓得有些发白的脸，放下手里女儿家用的梳子，面无表情地问道："去哪儿了？"

"啊？"叶七七听到他这冷淡的语气，视线落在他放下的梳子上。

如今不应该是他问她去哪里了，而应该是她问他为什么会在这里吧？

"你怎么到这里来了？"叶七七说着走进了屋，还特意将门关上。

燕铖视线落在小姑娘那白皙纤细的腰上，眼神变得黯淡。

她就穿成这样和她那个情郎幽会？

某个醋意大发的男人似乎一时忘记了北漠女子的服饰就是这样的。

叶七七关好门转头，见男人紧紧地盯着她，怎么看都有些不太对劲。

"怎么感觉你……"叶七七欲言又止地看着六哥哥。

"为什么不叫我？"燕铖问。

"叫什么？"叶七七以为他是在怪她没有恭敬地叫他，于是恭敬地对男人说道，"大人。"

"不是这个。"燕铖皱了皱眉，"六哥哥。"

听男人这么说，叶七七眼睛瞬间亮了：难道他想起些什么了吗？

不过下一秒叶七七那亮起的眸子又变得黯淡。才不是，他若真的想起了什么，才不会用这么冰冷的眼神看她。

"你不是不喜欢我那么叫你吗？"他不仅不喜欢她这样叫他，还不喜欢她黏着他、碰他，不然昨天也不会说她不知廉耻这种话了。

"不是你自己说要向我证明吗？"燕铖看着面前的小姑娘说道，"向我证明我们俩曾经相爱过。"

可是他明明不信她呀，为什么……

她心中还气他昨天说了那样过分的话，但是听他现在这么说，她又忍不住心软了下来，告诉自己，六哥哥只是失忆了，才会对她说那么过分的话。

小姑娘红着眼朝燕铖走近，属于少女的体香传入他的鼻腔，然后他的脖子就被某个小姑娘抱住了。

"那以后无论我做什么，你都不许骂我，因为那样真的很伤人。"

听着小姑娘委屈的声音，燕铖点了点头，吐出一个字："好。"

紧接着，小姑娘的小脸在他的眼前放大，柔软的唇覆在了他的唇上，令他放在大腿上的双手下意识地紧握成了拳头。

"你可有想起些什么吗？"

他还没从那柔软的触感中反应过来，原本吻着他的小姑娘已经离开了他的唇，水汪汪的眼睛看着他，声音软得让他的心都跟着发颤。

燕铖情不自禁地咽了一下口水，哑着嗓子说道："没有。"

这样怎么还是不管用？

叶七七脸上露出愁容。

这样不行，那样也不行，她究竟要怎么做六哥哥的记忆才能恢复？难不成要让六哥哥去看太医？

按道理来说那北漠公主肯定给六哥哥请过太医了，但也说不准，万一那北漠公主为了不让六哥哥那么早恢复记忆……

看来等下次再见到冷卫时，她可以让他找个医术精湛的医师给六哥哥看看。

在如此短暂的时间内，叶七七心里已经打好了算盘，正要直起身，一只温热的手掌忽然落在了她的腰上。

她抬头，对上眼前男人那意味不明的眸子，正要不解地开口，男人突然对她说："或许时间有点儿短。"

"短？"叶七七面露不解，什么短？

燕铖的另一只手落在小姑娘的脖颈儿上，将她猛地按向自己。

直到她再一次吻上他的唇，才知道他方才说的时间短是什么意思。

哪怕燕铖如今记忆全无，但是在这种事情上依然占尽了上风。他轻抚小姑娘的红唇，指腹沾上了点点水渍，深沉的目光落在小姑娘泛着红晕的脸上。

"你好像很紧张？"他方才吻她的时候，她的身子都有些发抖。

叶七七："没……没有……"

只是他吻得太热情了，跟没失忆的六哥哥一模一样，都是老流氓！

燕铖问："除了这个，我们还做过别的事吗？"

"别的事是指……？"她有些不太明白他是何意思。

顺着男人的目光，叶七七转头看向不远处的床榻，还是没明白他的意思。直到他的手放在了她的裙摆上，叶七七才"喇"的一下站起身，小脸通红地看着他，结巴着说道："才……才没有……"

他们才没有做过那种事情。

"这样呀。"燕铖缓缓地吐出三个字，听语气似乎有些可惜。

叶七七："你还想知道什么？我都可以告诉你。"

燕铖摇了摇头，"不用了。"

"好吧。"叶七七准备去外头给自己打一盆水洗脸，结果刚走到门外某人便问："你去哪儿？"

叶七七回答："我去打水洗脸。"

燕铖看着她没有说话，只不过下一秒，他见小姑娘出去，也站起身跟了上去。

他跟着她来到后院的井边，看她打水打得很是利索，冷不丁问道："你身为公主打水都如此利索吗？"

叶七七转头看着他，大大的眼睛闪着光，似乎想说些什么，但是想了想还是作罢。

水桶有些沉，叶七七拎上来时明显有些吃力。

燕铖接过小姑娘手中的水桶，问："放在哪里？"

叶七七指了指一旁的水盆："倒在这里面就好了。"

她把手帕浸湿，将脸上画的斑点擦掉之后，顿时感觉整个人都神清气爽。

她洗干净脸，转过头时发现某人竟还站在一旁没有离开。

叶七七将盆中的水倒在地上，心想：真是奇怪，都已经这么晚了，六哥哥怎么还不走？

燕铖就站在一旁看着叶七七的一举一动。如今已经是晚上，四周一片漆黑，只有一旁的走廊上点着两盏灯。因他喜静，故整个后院此刻只有他们俩。

虽然他的脑海里闪过一点儿记忆片段，但他还是不相信面前这个丫头。

他伸手抚上自己的唇瓣，虽然确实不讨厌这个丫头的触碰，但这并不代表自己已经完全相信她了。

燕铖看了看不远处的小姑娘，正打算离开，身后的小姑娘突然叫住了他："六哥哥。"

他回过头，看见小姑娘睁着大大的眼睛问他："你要回去了吗？"

燕铖怎么可能看不出来，小姑娘的眼睛里写满了不想让他走。

他本可以就这般转身离开，可是也不知怎么，竟言不由衷地答道："没有。"

"七七想和哥哥一起睡。"

燕铖愣住了。

一开始他便发现这个丫头黏人得很，但是确实没有想到这个丫头会黏人至此。

最后燕铖躺在有些小的床榻上，小姑娘那柔软的身子向他靠过来，双手紧紧地环着他的腰。

小姑娘身上的香气将他紧紧地包围。他想：我大概是疯了，竟然答应了眼前这个小骗子如此荒唐的要求。

"我们以前经常这样一起睡觉。"

回想方才小姑娘对他说的话，他深信不疑。他只是觉得荒唐。都睡在了同一张床上，他们两个人还从未发生过什么，莫不是他不行？

就在这时，燕铖听到了某个小姑娘平稳的呼吸声，朝她一看，发现她已经睡着了。

他震惊不已。

这丫头对他可真放心，竟就这样安稳地睡着了。她是真的相信他不会对她做些什么吗？

燕铖盯着小姑娘的睡颜看了好一会儿，伸手捏了捏她的脸，说道："睡在一个陌生男人的怀里，小骗子，你究竟是心大还是真的傻呢？"

虽然她说他们两个人曾经相爱过，但是为何他会看见她三更半夜跟别的男人私会？

"那个男人是你什么人？你的情郎？你跟他相恋多久了？那不落公主究竟给了你什么好处？"

他自顾自地对熟睡的小姑娘说话。

许是他捏小姑娘的脸的力道有些重，睡熟的小姑娘难受地动了动身子。

下一秒，他看到睡得迷糊的小姑娘突然睁开眼睛，他一惊，还没反应过来，就见那丫头在看见他之后突然对他笑了笑，将脑袋埋在了他的怀里。

"抱抱……"

叶七七除了来腾云阁那天晚上见过不落公主一面，往后这几日都未见过那位不落公主。

她问了寒清，才得知原来那位不落公主惹得六哥哥气恼，女王便罚不落公主闭门思过半个月。

寒清说道："不过算算时日，明日不落公主就要被放出来了，她定然又要时不时去腾云阁骚扰翊王殿下了，公主您在腾云阁一定要多加小心才是。"

叶七七点了点头，说道："嗯，放心吧寒清姐姐，我一定会照顾好自己的。"

"这几日冷卫大人外出了，不在北漠，特意让属下给公主您带来了些东西。"

寒清说着，便将一个包袱递给了叶七七。

在北冥，叶七七向来是娇生惯养的，因此冷卫特意派人在宫外买了些东西让寒清交到她的手中。

如今是正午，寒清跟她并不在同一个宫里当差，为了不让人怀疑，同她交代了一些话，寒清便很快离开了。

叶七七拿着包袱回到住所，打开一看，里头大多是吃的东西，有糖葫芦、桂花酥、肉干，还有女儿家用的香粉。

看见这些东西，她感觉不对劲儿。

"这些东西看着好像并不是北漠的，倒像是北冥的。"叶七七自言自语，"奇怪，难不成这是冷卫派人从北冥带过来的东西？"

叶七七打开盒子，拿了一块桂花酥，放在嘴边咬了一口，那香甜的口感令她的眸子瞬间亮了。

"好好吃呀。"这简直跟她从前吃的桂花酥口感一模一样。

叶七七忍不住感叹："没想到冷卫居然还会派人带这些。"她没想到他如此心细。

她吃了一块桂花酥，便将盒子收好，打算待会儿带给六哥哥尝一尝，说不定会对六哥哥恢复记忆有所帮助。

就在叶七七打算将包袱放在一旁的箱子上时，突然从包袱里掉出一样东西。

叶七七将掉在地上的东西捡了起来，发现居然是一个平安符。

冷卫还会给她送平安符？

叶七七疑惑地拿着那平安符，心想：下次见到寒清的时候，我一定要问问寒清这一包东西是何人所送。她断定这平安符绝对不可能是冷卫会送的东西。

叶七七将放着桂花酥的盒子抱在怀里，打算带给燕铖尝一尝。

谁知她刚走到寝殿门口，推开门就看到了盘在寝殿中央的一条巨蛇，被吓得大叫："啊——"

叶七七脸一白，直接跌坐在地上。

那巨蛇听到小姑娘的惨叫声，立马锁定了她，吐着芯子，朝她爬了过去。

就在叶七七以为自己今日要被这巨蛇吃掉时，跌坐在地上的她突然被人抱了起来。

燕铖抱着被吓白了脸的小姑娘，看向不远处的巨蛇。那巨蛇似乎察觉到了男人眼中警告的意味，原本正在爬的身子停住了。

瞧着男人那有些阴沉的表情，它识相地将身子往后退了退，有些委屈——它只是想和她玩一玩而已，谁知还没有靠近，她就被吓哭了。

"呜呜呜……"叶七七脸色苍白地靠在男人怀里哭。

燕铖看着怀里哭个不停的小姑娘，不知道该如何安慰，随后想了想，轻轻拍了拍她的后背。

"别哭了。"

哭得梨花带雨的小姑娘可不是他一句话就能安慰好的。

叶七七靠在男人怀里哭了好一会儿，才缓缓止住了哭声，但是娇小的身子还在颤抖。

小姑娘抬眼看他，因为哭得有些凶，眼圈红红的，脸上画的黑斑都被眼泪冲刷得干干净净。

"它……它走了吗？"

叶七七红着眼睛打量了一下四周，发现早已没了巨蛇的身影。

燕铖看着窗外的草丛里那一抹黑色的影子，如实答道："还没有。"

听了这话，小姑娘将他的脖子搂得更紧了。

燕铖见小姑娘如树袋熊一般挂在自己身上，正要开口说些什么，脑海里突然闪过几个画面，莫名其妙的头痛一阵阵袭来。

还处在惊恐中的小姑娘见他的脸色有些不太对劲，问："六哥哥你怎么了？"

燕铖将怀中的小姑娘放下，跌坐在地上，紧皱眉头，死死捂着脑袋。

"是头痛吗？"叶七七见他露出痛苦的神色，蹲下身子，双手按住他两侧的太阳穴，试图帮他缓解疼痛。

小姑娘的双手按着他的额头，他顺势靠在了小姑娘的怀里，竟难得露出虚弱的神态。

"嗯，好疼。"

叶七七说道："我给你揉一揉就不疼了。"

叶七七不轻不重地给他按着两侧的太阳穴，竟然当真让疼痛缓解了不少。

脑中闪过的画面又是他先前看见的零碎片段，但是他始终看不清迷雾深处的那张脸。

燕铖缓缓直起身子。见他似乎好些了，叶七七放下手，问："有没有好一点儿？"

燕铖的目光从小姑娘的眼睛上移到小姑娘的唇上，他也不知道是怎么了，虽然这会儿头不痛了，但是喉咙有些痒。

她的唇看着很好看，回想起它的触感，他鬼使神差般地低下头，吻住了小姑娘的唇。

在他吻上来的那一刻，小姑娘猛地瞪大眼睛，似乎是在震惊他怎么突然吻了她。

叶七七愣在原地，任由他吻着她。

窗外的巨蛇探出脑袋，瞧着大殿之中正吻得难舍难分的两个人，吐了吐蛇芯子，似乎也觉得这一幕蛇不能看，正要钻进一侧的花丛，殿外传来了脚步声。

"这大白天的关什么门？"门外突然传来不落公主的声音。

燕铖转过头，眼看那关着的门即将被人推开，他一挥手，掌风将开了一条缝的殿门狠狠地关上了。

门外的不落公主正要训斥宫女连门都推不开，殿内突然传来男人的声音："滚！"

这显然将不落公主吓了一大跳。

"你大白天的关什么门呀？"

她今日刚解除禁足就立马前来看他，结果他就这般对她？

不落公主一时气不过，将宫女推到一旁，把殿门推开，结果门一开就瞧见了站在门后一身白衣的男人。看着男人那俊美的面容，她的眸子不由得亮了亮。

燕铖站在门口，看着门外的不落公主，神色平静地问道："有事？"

不落公主接过宫女递来的参汤，用双手端到了男人面前，说道："这是我一大早特意起来给你熬的参汤。"

燕铖的目光落在她手里端着的参汤上。他本想拒绝，但想到要是他拒绝她定然会纠缠不休，于是接过她手里的参汤，说道："多谢。"

不落公主问："我今日一早听母亲说你竟然能让蛇灵对你俯首称臣，你到底是——"

她话还没有说完，男人接过参汤便无情地关上了门，她想说的话就这样被男人打断了。

尊贵的公主殿下吃了这样的闭门羹正要发火，突然想到今日母亲嘱咐她的话，硬生生压住了自己的怒火。

她不能动怒，这个男人连母亲都要给他几分薄面，她可不能得罪他。

想想给他的那碗参汤，不落公主勾了勾嘴角，反正他是逃不出她的手掌心的。

"走吧。"

"是，公主殿下。"

不落公主一群人浩浩荡荡地来，又浩浩荡荡地离开了。

燕铖端着参汤，转过身看见某个小姑娘正直勾勾地看着他，瞧见他朝她看过来，她又急忙移开了视线。

他看着小姑娘的侧脸，注意到她的耳尖微微发红。

叶七七捂着唇，不明白他怎么突然就亲她了。

"你还要在地上坐多久？"见小姑娘坐在地上迟迟未动，燕铖忍不住问道。

闻言，叶七七从地上站了起来，走到他旁边，鼓起勇气问："你干吗亲我？"

燕铖拿书的动作一顿，他沉思了一会儿，反问："不是你说为了让我尽早恢复记忆吗？"

"那……那你怎么不提前说一声？"

"不可以吗？"燕铖漆黑的眸子望着她。

叶七七对上他那双仿佛能勾人的眼睛，有些紧张地抠着手指头："也……也不是不可以，那你想起些什么了吗？"

"嗯，想到了。"

"真的？"小姑娘的眼睛亮了，"那你想到什么了？"

燕铖如实答道："记忆很零碎，我看不清脸。"

听他这样说，他好像并没有找回有用的记忆。

叶七七将掉在地上的盒子捡了起来，打开看到里头的桂花酥十分完好，松了一口气："幸好没有碎。"

她将盒子放在了他面前，说道："这是北冥的特产，说不定你吃了就会想起些什么。"

叶七七拿起一块桂花酥，递到了他的嘴边。

燕铖盯着她手中的桂花酥看了一会儿，最终还是张嘴咬了一口。

"怎么样？好吃吗？"

他吃着觉得有些甜，但是对上小姑娘那期待的目光，还是说道："还可以。"

叶七七很高兴："六哥哥你喜欢就多吃一点儿。"

虽然小姑娘将盒子推到了他面前，他也就意思意思只吃了两块。

他并不喜欢吃甜的，直到吃完两块桂花酥，才反应过来自己很在乎她的感受。

为了不让她伤心，他还特意吃了两块甜腻的桂花酥。

他这是疯了吧！

不过看小姑娘如此开心，他好像又释然了。

虽然她还没有洗清嫌疑，但是他的身体反应告诉他，或许他们两个人真的相爱过。

"你不喝这个汤吗？"叶七七问。

燕铖说道："倒了吧。"

"倒了？"叶七七看着面前不落公主特意做的汤，忍不住说道，"倒了也太浪费了。"这好歹是不落公主特意早起给他做的。

见男人去看书了，叶七七忍不住拿起勺子尝了一口汤。

燕铖看了她一眼，本想让她别喝，但是又想到以不落公主的性子定然不会傻到对他下毒。

"你若是喜欢便喝吧。"

叶七七只尝了一口，便眼睛一亮："好好喝，没想到那不落公主的厨艺居然还挺好的。"

燕铖正在看书，手里捧着碗的小姑娘突然凑到他跟前，问他："那你喜欢不落公主吗？"

燕铖抬头看了小姑娘一眼，说道："说什么胡话。"

"哦。"听到他的回答，小姑娘捧着碗走到一旁，又忍不住回头问，"那你喜欢谁？"

燕铖再次抬头，深沉的眸子紧紧盯着她。

正捧着碗的叶七七被他看得心里有些发怵。

燕铖将书放下，拍了拍大腿，看着她说道："过来。"

叶七七看他那眼神就觉得不太对劲，下意识地后退了几步，将手里的汤碗放下："我……我突然想起我还有事，先出去一下。"

说着，她转身打算离开，可刚走几步，身后突然传来脚步声，还没来得及转头，就被男人抵在了一侧的柱子上。

"啊——"她被吓得叫出了声。

燕铖搂着小姑娘那纤细的腰肢，将她抵在柱子上，问："我到底该不该相信你？你敢发誓吗？你敢说你永远不会骗我吗？"

他那灼热的气息喷洒在她的耳际，有些痒。

叶七七背对着他，有些难受地动了动身子："我本来就没有骗过你。"

"你要是骗了我怎么办？"

"我要是骗了你，就天打五雷轰，最后不得好死！"

听到小姑娘的话，燕铖忍不住笑出了声，微凉的手指点着小姑娘的腰肢，说："倘若你是有意接近我的，那么我可以恭喜你，你确实成功勾引到我了。"

勾引？

叶七七瞪大眼睛看着近在咫尺的柱子，他说什么勾引，她哪里勾引他了？

燕铖继续说："所以我现在给你机会，给你坦白一切的机会，只要你说出实情，我可以放过你；但倘若你今日不说，日后让我发现你在骗我，我会让你后悔欺骗了我。"

叶七七认真地说："我没有骗过你。"

燕铖点点头："好，我信你。"

腰间的巨大力道消失，叶七七正要松一口气，突然一个温热的东西覆在了脖颈儿上——他不轻不重地亲了她一口。

"啊——"叶七七转过头，红着脸看着他，"你……你这是干什么？"

"给你的奖励。"

奖励？

看着男人转身离开的背影，叶七七抚上他方才吻她的地方，那里莫名其妙地有些发烫。她做了什么他要给她奖励？

虽然六哥哥对她做这些情有可原，但是如今他已经失去了记忆，怎么还会做出这种事情？

叶七七的脸有些发烫，她伸手捂着自己的脸，告诉自己要冷静。

也不知道是六哥哥对叶七七的吸引力太大还是怎么，自从他吻过她的脖颈儿后，她脸上的红晕就一直没有消退。

起初叶七七并没有把这事放在心上，直到不仅脸上一阵阵发烫，连同身子也有些热，才终于感觉到了不对劲。

傍晚，燕铖正半卧在软榻上看书，突然听到敲门声，门外传来不落公主的声音："大人，您在吗？"

燕铖不打算理她，在榻上并没有动。

不落公主在门外站了好一会儿，迟迟没人来开门，且那门似乎被锁上了，她怎么也推不开。

"会不会是药下得太重，他晕倒了？"

宫女："不会的公主殿下，奴婢是按照您说的剂量下的药。"

燕铖听了这话不由得皱了一下眉：她们在说什么？

"那他为什么还不来开门？是不是你下药的时候手抖了？"不落公主冰冷的眼神落在宫女身上。

宫女吓得立马跪在了地上："公主殿下饶命呀，奴婢可是按您说的剂量下的药。"

"那他怎么……？"

不落公主话还没有说完，面前紧闭的门突然被人从里头打开，燕铖看着站在门口的两个人，冷声问："你们在说什么？"

不落公主吓了一跳，见面前的男人神色平静，问道："那参汤你没喝吗？"

燕铖看着她，说道："倒了。"

"倒了？"不落公主瞪大了眼睛，"你怎么敢把本公主亲手给你做的参汤倒了？！"

"你在汤里下了什么东西？"燕铖问。

听了男人这话，不落公主的脸上的表情立马变了，她有些心虚地移开视线："没……没有呀。"

她那一脸做贼心虚的表情已经说明了一切。

男人那一双漆黑的眸子看得不落公主有些心虚，随后她急忙转移话题："你要是没喝就算了。"

不落公主看向一旁的宫女，说道："阿碧，我们走。"

"是，公主。"

燕铖看着两个人离开的背影，深沉的眸子里闪过几分异色。他看了看寝殿四周，不见某个小姑娘的身影。他关上殿门，重新躺在了软榻上，将方才看了一半的书继续拿在手中。

可不知为何，此刻看着手里的书，他有些心烦意乱，回想起之前的那碗参汤，某个小姑娘可是喝得干干净净。

最终，燕铖还是放下了手中的书，有些不放心地起身朝殿外走去。

叶七七的住所就在他的寝殿后头，他穿过小路，走到她住的地方。她并没有锁门，他轻轻一推便将门推开了。

燕铖走进去，就看见了躺在床上背对着他的小姑娘。

"七七？"他试探地叫了一声，躺在床榻上的小姑娘没反应。

他觉得有些不正常，皱了皱眉，朝小姑娘走了过去。他的手刚落在小姑娘的身上，原本背对着他的小姑娘突然翻了个身，映入眼帘的便是她那张红彤彤的小脸。

燕铖看出了不对劲，伸手摸上小姑娘那红得不正常的小脸，果真非常烫。

叶七七蜷缩着身子，正热得难受时突然感觉脸颊上传来一阵凉意，热迷糊的小姑娘下意识地伸出手，紧紧抓着男人的手，在自己滚烫的脸上蹭了蹭。

"呜呜呜，热……"

叶七七委屈地抽泣着，扯着自己的衣服。

燕铖正想让这丫头别哭了，可没想到一低头便看见了她那一大片白皙的肌肤。

他猛地一缩手，下一秒飞快地替她将衣服拉上。

"你在干什么？"

被他一吼，原本被热得脑子迷糊的小姑娘睁开眼睛，红着眼睛看着他，那眼神极其单纯无辜。

"六哥哥。"在看见他的那一刻，原本已经哭红了眼睛的叶七七这会儿更加委屈了，起身朝男人扑了过去。

燕铖一下子便被她撞了个满怀。

叶七七在他的怀里轻轻蹭着，滚烫的唇落在他的脸上，甚至还时不时擦过他的唇。

燕铖身子僵硬，终于知道不落公主在参汤里下的是什么东西了。

怀里紧抱着他的小姑娘还在哭，她不知道该怎么办，只会毫无章法地吻他。

燕铖伸手按住小姑娘有些不安分的双手，扯过一旁的被子直接将她裹成了一团。

"扑通——"

腾云阁内的寒池原本平静的水面突然被激起了巨大的水花，四溅的水花打湿了岸边的石板。

不知过了多久，在寒池中央，燕铖抱着早已昏睡过去的小姑娘，两个人身上的衣衫都湿透了。

叶七七眼尾发红，闭着眼睛靠在他怀里，若仔细看的话，还能看见闭着眼睛的小姑娘因为冷身体控制不住地微微颤抖。

燕铖抱着小姑娘上了岸，不顾自己跟她一样全身湿透，扯过一旁的被子裹在了小姑娘身上。

估计是药效已经散了的缘故，小姑娘的脸上的红晕终于消散了不少。

叶七七觉得自己很热，仿佛置身于一片沙漠之中，炽热的阳光似乎要将她灼伤。

就在她觉得自己快要被热得发疯时，突然一阵凉意传来，驱散了她身上的热意……

清晨的第一缕阳光洒进室内，照在身上暖洋洋的。

叶七七缓缓睁开眼睛，感受到那刺眼的光线后闭上了眼睛，身下是软的，身上盖的被子也是软的，刚睡醒的她忍不住蹭了蹭盖在身上的被子。

可下一秒她就发现了不对劲的地方：她睡的床是很硬的，怎么突然间变得这么软了？

叶七七猛地睁开眼睛，映入眼帘的是那极其眼熟的床帐。

这是六哥哥的寝殿！她怎么睡在这里了？

她猛地起身，发现自己不仅睡在这里，而且全身上下的衣服都被人换过了。这腾云阁上下只有她跟六哥哥两个人，这衣服自然不可能是她自己换的。

突然叶七七想到了什么，小脸瞬间红了。

不过现在她最想知道的还是她为什么会在六哥哥这里。

她开始回忆自己昨天干了什么，但对昨天下午之后的事情完全没有记忆。

怎么会这样？难不成她也失忆了？

叶七七穿好鞋子下了床，走出卧室，见燕铖正坐在窗前的椅子上看书，那阳光洒在他身上，为他周身都镀上了一圈金色的光。

燕铖似乎感觉到了小姑娘落在他身上的灼热视线，抬头对上了她清澈的眸子。

两个人对视，燕铖看她的目光平静至极。

"我怎么会在……"叶七七正想问他她为什么会睡在这里，他突然放下了手里的书，问："饿了吗？"

叶七七将手放在自己有些扁的肚子上，朝男人点了点头："有点儿。"

闻言，燕铖将手中的书放下，将一旁盖在碗上的盖子拿开，叶七七便瞧见了碗里冒着热气的粥。

偌大的寝殿里只有他们两个人，叶七七身上还穿着白色的褻衣，乖巧地坐在椅子上喝粥，每喝一口，都忍不住抬头看一眼坐在她对面专心看书的男人。

她觉得稀奇：今日他怎么如此奇怪？本来她一睁眼发现自己从他的床上醒来就已经够可怕了，他怎么一早还特意给她准备了粥？

男人看着书一言不发，叶七七觉得有些过于安静，便忍不住开口："这粥还挺好喝的。"

"嗯。"看书的男人难得回应了她一声。

叶七七咬着勺子，纠结了好一会儿还是忍不住问："我身上的衣服是……？"

"是我换的。"燕铖抬头，一双漆黑的眸子紧盯着面前的小姑娘，"怎么了？"

"啊？"叶七七显然没想到他就这么承认了。

衣服是他换的，那她岂不是被他……

叶七七猛地伸手将自己紧紧抱住，红着小脸看向他："那你岂不是……"

"这有什么问题吗？"燕铖平静地看着眼前的小姑娘，似乎并没有觉得自己做错了什么。

叶七七看他这一脸平静的样子，感觉自己吃了哑巴亏。

这何止是有什么问题，简直是问题大了。

"不是你说的吗？"燕铖用指头轻敲着桌面，慢慢地说道，"我们之前是一对爱人，所以我们既然相爱，有何看不得的？"

听了他这番话，叶七七不知该说些什么了。

燕铖问："怎么？难不成你在骗我？"

叶七七听了他这话，立马急了："我才没有，只是觉得太突然了，而且你……你为什么要帮我换衣服？"

"你忘了吗？"燕铖说道。

小姑娘不解地问："忘了什么？"

"你若是不记得那就算了。"他本来还在想她醒来之后他该如何面对她，谁知她居然什么都不记得了。

燕铖平静地说道："你昨日不小心掉入了后院的寒池，全身湿透了，所以我才帮你换了衣服。"

"掉入了后院的寒池？"叶七七有些困惑，"可为什么我都不记得了？"

燕铖毫不心虚地解释："大概是因为那寒池也是药池，常人掉入那池子难免会被影响。"

"是这样的吗？"小姑娘半信半疑。

"不然你觉得是怎样？"男人脸色平静地看着眼前的小姑娘，她在他的脸上看不出任何异常。

见燕铖一脸平静，叶七七自然相信了他的话，六哥哥确实没有理由骗她。

"那还是要谢谢六哥哥救了我。"

燕铖听了小姑娘道谢的话，还没有反应过来，坐在对面的小姑娘站起身，向他靠了过来，在他的脸上吻了一下。

然后，她十分开心地说道："七七吃饱了，去换衣服啦！"

直到小姑娘的脚步声越来越远，燕铖才反应过来。他的手落在小姑娘方才吻的地方，那里有些莫名其妙的酥麻感，他的喉结动了动，这一刻他十分迫切地希望自己能快些恢复记忆。

他很想知道他跟这个丫头究竟是什么关系。

他的身体告诉他，他很喜欢她。或许曾经的他真的很爱她，但现在他还是不能毫无保留地相信她，因为他已经不止一次地发现她深夜和那个穿着侍卫服的男人幽会。

深更半夜，孤男寡女在无人的角落里幽会，怎么看都让人觉得不正常。

被他握在手中的杯子猛地被捏得粉碎。

他再给她一次机会吧，但若是再让他发现她跟她的那个情人深更半夜见面，那么他真的不会轻易放过她了。

经过这几日的调查，冷卫果真发现了巫奴族驯蛇的蛛丝马迹。

不过如今七公主殿下还在北漠的王宫里，他此番的任务除了要将翊王殿下带回北冥，还要保护公主殿下的安全。

他也不能离开北漠太久，派属下继续深入调查之后，便快马加鞭赶回了北漠。

深夜，叶七七收到了冷卫的来信，两个人约定亥时在老地方见面。

月黑风高，此处只有"飒飒"风声。

"公主殿下。"叶七七一听见声音，抬头便瞧见了从另一边墙头翻进来的冷卫。

冷卫还是同之前一样，穿着一身北漠王宫的侍卫服。见到叶七七，他正要跪下行礼，叶七七连忙扶住了他："无须多礼。这几日你查到了些什么？"

冷卫答道："回公主的话，属下这几日去了一趟边塞，确实查到了巫妣族人驯蛇的蛛丝马迹，并且属下还查到北漠这百年来所信奉的蛇灵确实跟巫妣族有关。只不过到目前为止属下手中的线索有些不足，还需要一些时日调查，属下已经派人前去继续寻找线索了，当务之急还是让殿下恢复记忆。殿下这几日可记起些什么了？"

叶七七摇了摇头。

冷卫想了想，突然有了主意："不如给殿下试试药物治疗？"

"药物治疗？"叶七七问，"是给六哥哥喝药吗？"

冷卫点了点头："先前有一次陛下受伤，太医院的张太医给陛下开了一服药，没过几天，陛下就恢复了记忆。刚好属下之前去过太医院，记得那药方。"

叶七七突然想起来了，那一次父皇爹爹撞伤了脑袋，谁都没有忘记，单单忘记了她。

叶七七说道："张太医的医术向来高明，或许我们可以试一试。"

"好，那属下尽快将药材找全，到时候如何让殿下将药喝下去，就交给公主殿下您了。"

"好。"叶七七点了点头。

叶七七离开时，脚下突然没站稳。

冷卫手疾眼快地扶住了她。

正因为叶七七无意间被绊了一下，站在不远处的燕铖终于看清了小姑娘身旁的男人的脸。

冷卫提醒："天黑，公主殿下要注意脚下才是。"

"嗯，谢谢你。"

冷卫告辞："时间不早了，属下先走了。"

冷卫走后，叶七七正准备离开，可刚走了没几步，忽然觉得后背有些发凉，转头看了一眼，身后一片漆黑。

叶七七回头，觉得大概是自己想多了，摇了摇头，正准备走时，不远处突然传来一阵嬉笑的女声，她被吓得将刚探出草丛的脚又收了回来。

不远处出现光亮，只见小道上走来两个手里拿着灯笼的宫女，两个人有说有笑地朝这边走来。

看着她们从面前走过，叶七七正要松一口气，她身后突然伸出一只手，捂住了她的嘴巴。

"啊——"

正走着的宫女突然停了下来，问："你有没有听见什么声音？"

一旁的宫女闻言一脸惊恐地看着她："这大晚上的，你……你听见什么了？"

"不知道，我刚刚突然听见了一些声音。"

"你……你别吓我呀……这大晚上的。"

两个人正说着，突然一阵冷风刮来，两个人的后背都生出了一股凉意，她们吓得急匆匆地离开了，生怕自己会惹上什么不干净的东西。

叶七七被人捂着嘴，看着那两个宫女跟见了鬼似的匆匆跑开，挣扎间听见身后传来了一个熟悉的声音："是我。"

这声音是……六哥哥？他怎么在这里？

燕铖松开手，叶七七转头一看，果真看见了男人那张熟悉的脸。

"你干吗突然……"叶七七话还没有说完，就见他突然掐着她的腮帮子，朝她粗鲁地吻了过来。

叶七七瞪大眼睛看着他：他怎么突然就吻了上来？

燕铖一只手捏着小姑娘的腮帮子，一只手掐着小姑娘的腰肢，语气莫名其妙地有些凶狠："他方才摸你哪儿了？这里，还是这里？"

男人的手指点到了某个位置，令叶七七不由得身体颤抖。

六哥哥在说什么？

他捏人的力道重，吻的力道更加重，叶七七皱着眉头吃痛出声："啊……疼。"

"他也像我这般亲过你吗？"

听到男人这话，叶七七想他定然是发现她跟冷卫见面了，所以失去记忆的六哥哥显然是误会了。

"他……他不是……"

"不是什么？"燕铖掐着小姑娘的细腰，重重地咬了一下小姑娘的唇瓣，"你跟他见面还穿成这样？"

北漠女子的服饰不就是这样的吗？他怎么如此不讲理？

"我之前说过什么？你敢骗我，我会让你后悔一辈子。"

"神……经病……"叶七七因为被他吻着，所以说话有些口齿不清。

燕铖问："你说什么？"

"你是神经病啊！"叶七七怒骂出声。

燕铖愣了一下：她这是在骂他？

"冷卫是你的手下，我和他不是你想的那种关系！"

"是吗？"燕铖冷笑了一声，显然不相信她说的话，"现在我失忆了，你随便找个借口都可以，你以为我会信？"

一次被他看见可以说是意外，但这是他第三次发现他们两个人在深夜幽会了。

孤男寡女深夜幽会，她说他们两个人关系清白，鬼才会相信！

见他不相信，叶七七十分气恼地看着他："你蛮不讲理！"

"明明是你满嘴谎话。"他竟然差点儿就信了眼前这个小骗子的鬼话。

"前几天的事情你当真忘得一干二净了吗？"燕铖突然咬了一下小姑娘的耳垂。

叶七七睁着大大的眼睛，不解地看着他，不明白他是什么意思，他的手突然落下，不轻不重地点了一下，他问："你还记得吗？"

看着男人那双漆黑的眸子，小姑娘脑海里突然闪过一些片段。

深夜、寒池、水面和他……

"记起来了吗？"他问。

叶七七瞬间觉得自己的脸上的温度变得滚烫，她惊恐地瞪大眼睛，感觉自己的舌头都打结了："是……是那碗参汤？"

燕铖的手落在小姑娘那滚烫的脸上，他轻笑了一声："是呀。"

想起来了，她都想起来了，一时羞得无地自容，恨不得挖个洞将自己埋进去。

"那……那你为什么当时要骗我？"他骗她说是因为她失足掉进了寒池，所以才……

燕铖没有回答，反而吻得更深了。

"我再给你一次机会，若是下次再让我看见你跟那个男人见面，我可不是只吻这里那么简单了。"燕铖微凉的指腹点了一下小姑娘那被吻得有些红肿的唇，语气里带着浓浓的警告。

见小姑娘一声不吭，燕铖只当她答应了，殊不知小姑娘已在心里骂了他无数遍大傻瓜。

自从上次前殿一见，众人便对住在腾云阁的那位大人敬仰万分，但是因为那位大人喜静，所以众人想要再一次见到那位大人简直是难上加难。

虽说跟大人见面难，但是众人坚持每日都往腾云阁送礼。

北漠王子卡尔善刚回到王宫，便发现王宫上下都已将腾云阁的那位大人传得神乎其神。

"王子您有所不知，住在腾云阁的那位最近可是出尽了风头。据说前些日子在大殿上因为他使得蛇灵俯首称臣，陛下竟然当着诸多大臣的面说要将王位让给他。"

听了这话，"砰"的一声，坐在椅子上的卡尔善直接将手中的茶杯硬生生捏碎了。

侍从被吓得立马跪在了地上："王子，您息怒呀！"

卡尔善阴沉着脸，将手中的茶杯碎片扔在地上。一旁的美妾急忙拿出手帕替男人擦手。

卡尔善："母亲当真是这样说的？"

侍从跪在地上抖着身子，颤声答道："是……是的，陛下确实是这样说的。"

卡尔善不由得冷笑了一声，没想到自己不在宫里的这三个月，居然发生了这样的事。

"看来母亲当真是年纪大糊涂了，竟要将王位传给一个来路不明的外人！"

"王子，"跪在男人面前给他擦手的美妾突然娇滴滴地说道，"未来王位自然是要传给王子您的，区区一个来历不明的外人，有何资格继承王位？"

"我是王子，未来王位自然只能是本王子的。"卡尔善捏着面前美妾的下巴，粗糙的指腹摩擦着女人柔嫩的肌肤。

卡尔善问一旁的侍从："那人的身份可查明了？"

"回王子的话，听说那人只是北冥的一个将领，命悬一线时正好被公主所救，本来公主是想让那人做面首的，不承想那人的身份居然如此不一般。"

"北冥将领？"卡尔善听了侍从这话，眉皱得更紧了。

又是北冥！现在他听见"北冥"二字便气恼得很。

半年前他被那北冥的翊王殿下戏耍，还以为翊王当真是跟他合作意图谋反，没想到最后他竟然被人耍了。

如今每每想起此事，他都气得有些牙痒痒。

侍从见男人的神色有些不太对劲，小心翼翼地问："王子，您没事吧？"

"无事。"卡尔善冷着脸摆了摆手，"区区一个北冥将领竟有这等本领，此人的身份定然十分不简单。"

侍从说道："陛下自然也怀疑过他的身份，但是此人因为之前撞伤了脑袋，什么也记不得了。"

若公主殿下捡回的是一个普通人，那么女王自然不会将此人放在心上。只是没想到公主殿下捡回的这人，竟然能让蛇灵对他俯首称臣。

"什么？失忆了？"卡尔善闻言，忍不住嗤笑出声，"记忆全无竟然还能让蛇灵对他俯首称臣，有意思！"

等他有机会，他定然要好好会一会那人。

这一日，阳光明媚。

静心阁二楼的某一间房内，熏炉中轻烟袅袅，空气中弥漫着淡淡的香气。

北漠女王端坐在桌旁，宫女将她面前的酒杯盛满酒水后，她便伸手将酒杯往坐在对面的男人面前推了推："主上，这是今年酒坊刚酿好的葡萄酒，还请主上好好品尝。"

燕铖恭敬地说道："多谢陛下。"说完，他端起面前的酒杯喝了一口。

"如何？"女王一脸期待地问。

燕铖将酒杯放下，点了点头，说道："浓香醇厚，好酒。"

"主上您若是喜欢，等下朕让人拿些送去腾云阁。"

"那在下先在此谢过陛下的好意了。"

女王说道："主上您言重了。对了，朕听闻最近蛇灵又去了腾云阁？而且不止去了一次？"

燕铖点了点头："正是。"

女王想了想，问："难道主上当真能同那蛇灵交流？"

燕铖平静地看着她，说道："陛下，您说笑了，我一介凡人，怎么能和蛇灵交流？"

"那它为何会如此听您的话？"

燕铖摇了摇头："此事我也不太清楚，大概等我恢复记忆才会有答案吧。"

"这样呀。"女王不动声色地笑了笑，"那主上您就好好养伤，若想起些什么或者有什么缺的，尽管同朕开口。"

燕铖点了点头："好。"

女王端起面前的酒杯喝了一口酒，不再说话，似乎在想些什么。

"陛下，"就在她走神之际，对面的男人突然说道，"在下有一事不明，还望陛下解惑。"

"主上请讲。"

"陛下明明知道我不是您认识的那位先王，为何您还一直叫我主上？"

女王脸上的表情一滞，随后她缓缓开口："我们北漠世代信奉蛇灵，蛇灵一直以来与我北漠的国运有关，但这百年来从来没有一个人能让蛇灵如此听话，主上您是第一个人。朕信奉蛇灵，而您又是蛇灵所拥护之人，所以朕自然要喊您一声主上了。"

"原来如此。"燕铖深沉的眸子紧盯着面前的酒杯，闪过一丝异色。

燕铖从静心阁出来时，某个小姑娘正乖巧地站在门口等他。见他出来，叶七七便立马上前紧跟在他身后。

二楼窗口，北漠女王看着男人离开的背影，轻敲桌面，转身问一旁的宫女："王子来了吗？"

"回陛下，还没有。"

话音刚落，一个宫女神色慌张地走了进来："回陛下的话，王子的仆人来报，说王子身体有恙，不能前来。"

送燕铖回腾云阁的轿子停在了静心阁门口。

仆人恭敬地说道："大人，您请。"

燕铖走到轿子前，仆人贴心地给他掀开帘子，他看了一眼身旁的小姑娘——她作为他身边的宫女，自然是不可能跟他同坐一个轿子的。

随后，他摆了摆手。

仆人愣住了，不明白他是什么意思。

燕铖说："我想走一走。"

仆人会意，让轿夫将轿子撤了下去。

见男人抬脚往前走，叶七七如往常般跟在男人身后。

两个人一前一后地走着，正走得好好的，走在前面的男人突然停下了脚步，要不是叶七七反应及时，铁定就要撞上去了。

"大人，怎么了？"叶七七小心翼翼地问。

如今在外头，叶七七自然不能像只有他们两个人在时那样亲切地叫他六哥哥。

燕铖转头，看着小姑娘脸上画的黑斑，平静地问："你累吗？"

"不累呀。"叶七七不解地摇了摇头。她不明白六哥哥为什么突然这样问她。

"没什么。"见小姑娘说不累，燕铖回头，继续往前走。

叶七七没想到会在王宫里见到冷卫，当冷卫穿着一身北漠侍卫服出现在叶七七眼前时，她非常惊讶。

"福尔见过大人。"为首的男人看见迎面朝他们走来的男人，将左手放在胸前，恭敬地对男人行了个礼。

燕铖看着一旁弯下腰对他行礼的中年男人。他不认识这人。

虽然他不认识面前的福尔，但福尔认识他。

先前在大殿上，此人不仅让蛇灵对他俯首称臣，连女王都要尊称他主上，福尔见到他怎么可能不行礼。

燕铖轻轻点了一下头，正打算离开，突然在福尔身后的一群侍卫中发现了一张眼熟的脸，顿时停下了脚步。

福尔见原本要走的男人突然停下了脚步，不解地抬头看向他，恭敬地唤道："大人？"

燕铖神色一黯，看了一眼身旁的小姑娘，看到小姑娘那有些惊讶的眼神，知道这丫头也看见那人了。

燕铖的视线落在人群之中的冷卫身上，冷卫自然也感觉到了，一时不明白自家主子为何盯着他，但他突然有一种不祥的预感。

之前天黑光线不好，燕铖只是模糊地看到了与小姑娘深夜幽会的男人的脸，如今白日一见，他自然将对方看得清清楚楚。

这人长得倒是相貌堂堂，不似那些歪瓜裂枣。

福尔看到面前这位大人的眼中突然出现几分冷意，还以为自己哪里做得不好，使这位大人不满了。

男人那冰冰的眼神让福尔莫名其妙地有些背脊发凉，他缩着脖子又轻轻喊了一声："大……大人？"

燕铖被福尔的这声轻唤拉回了思绪，脸上的表情又恢复如常，问："这些是……？"

"回大人的话，这些都是宫中新来的羽衣卫，下官要带他们去羽衣阁接受考核。"

"羽衣卫？"燕铖想了想，之前翻阅过关于北漠王宫部门设置的书籍，记得羽衣卫是专门负责宫中安全的。

福尔说："大人感兴趣的话，可以同下官一起去羽衣阁看看。"

燕铖点了点头："我正好闲来无事，那便去看看吧。"

福尔只是跟燕铖客气一下，没想到这位大人当真对此十分感兴趣，一时间受宠若惊，急忙伸手给燕铖引路："大人，您这边请。"

燕铖从冷卫身旁走过时，不由得多看了他一眼。

这时冷卫刚好抬头，两个人视线相撞，燕铖看他的眼神有些冷，还有些陌生。

只跟燕铖对视一眼，冷卫便立马低下了头，态度恭敬至极。

叶七七也不知道六哥哥为何会突然决定要去羽衣阁，她看了看人群之中的冷卫，不由得想到会不会是因为她半夜跟冷卫见面，所以六哥哥才……

天哪！如今六哥哥失忆了，连冷卫都忘记了，万一把冷卫错认成跟她有关系的男人，那冷卫岂不是惨了？

趁无人注意，叶七七急忙轻扯了一下燕铖的衣袖，用只有他们两个人能听见的声音说道："六哥哥，我们还是回去吧，我……我有些累了，我们回去吧。"

回应她的是男人的笑，那笑莫名其妙有种笑里藏刀的意味。

"怎么？担心我会对那个野男人不利？"燕铖压低嗓音说道，"还是说你在心疼他？"

那语气，那神情简直酸味十足，燕铖堵得叶七七一时不知该说什么。

她觉得现在不管她说什么，他都不会相信她！

"你不能这样！"叶七七正要伸手去抓他的衣袖，结果一旁那个叫福尔的突然回头看了一眼，吓得她急忙将手缩了回去。

燕铖看着胆小得跟鹌鹑似的小姑娘，不由得嗤笑了一声。

福尔："大人，您这边请。"

一行人来到了羽衣阁后面的校场，凡是要加入羽衣阁的人最后都要接受考核，通过考核方能正式加入。

羽衣阁隶属兵部，专门负责保护女王和宫中的安全，有不少人挤得头破血流地想去羽衣阁，但是羽衣阁的考核很严格，能通过之人很少。

冷卫也是花了很大的功夫才通过之前的种种考核，倘若这一次能进入羽衣阁，那么调查北漠王室的事情便会简单很多。

他抬头看着坐在上方椅子上神色漠然地盯着他的殿下，心中有种不好的预感。

第十章

忆 起

　　被女王称为主上的燕铖前来看此次羽衣卫的考核，福尔受宠若惊，命人备好茶水、点心，生怕招待不周使他不悦。

　　毕竟这位大人能让蛇灵对其俯首称臣，万一日后女王退位，继承王位的极有可能就是这位大人。为了自己日后的仕途，今日他必定要好生讨好大人，不可有半分不敬和懈怠。

　　燕铖坐在高台上的阴凉处，福尔恭敬地将茶水送到他面前："大人，请用茶。"

　　"嗯，有劳。"燕铖正想接过福尔端来的茶水，一旁的叶七七倒是殷勤得很，替他接过茶水，很是贴心地放在他面前。

　　她对他越殷勤，他就越觉得她是在维护她的那位侍卫情郎。

　　高台之下的校场上，羽衣卫的考核才刚刚开始。

　　福尔说道："大人，羽衣卫的第一项考核是射箭。"

　　北漠人善骑射，羽衣卫自然需要考核射箭，但是羽衣卫不是平常的部门，考核的自然不是普通的射箭。

"下面就由多塔将军为各位演示一下射箭。"说着，一个黑衣男人走进被圈起来的场地，从侍从的手中接过黑布蒙上双眼，这才接过侍从手中的弓箭。

只不过要展示射箭，为何这偌大的场地里没有靶子？

就在众人不解时，不远处的侍从按下机关，场地尽头缓缓开启了一扇矮小的门，随后便从中冲出了一匹凶残的饿狼，众人不由得吓得后退了几步。

但是此刻那刚被放出牢笼的饿狼显然没把目标放在他们身上，而是盯着站在场地中央蒙着眼睛的多塔将军。

侍从说道："一箭射穿狼喉，便算是成功通过第一关。"

一箭射穿狼喉已有些难度，更别提是在双眼被蒙住的情况下，但令众人没有想到的是，其中的困难还不止于此。

侍从在四周的柱子上挂了风铃，风铃晃动发出一阵阵悦耳的铃声，但是对射箭的人来说这铃声半点儿都不悦耳，因铃声会对听觉造成干扰，且双眼被蒙阻碍了视觉，五感被封了两感，这大大增加了射箭的难度。

一阵清风吹来，四周的风铃发出一阵悦耳的声响，风中还夹杂着饿狼身上那浓浓的血腥气，饿狼张牙舞爪地朝双眼被蒙着的多塔将军袭去。

狼生性狡诈，眼中闪着绿光，没有从正面袭击，反而选择走到多塔将军身后，见他似乎一时被那风铃声分心，便猛地朝他背后袭去。

众人一时大惊失色，就在他们以为多塔将军即将遭那畜生的毒手时，多塔将军似乎感觉到了什么，一个利索的翻身躲开了那畜生的一爪。

饿狼发出嘶吼声，朝多塔将军龇牙咧嘴，似乎很不甘他躲过一劫。那饿狼又朝他袭去。

多塔将军利索地翻身、扫腿，直接一脚踢中那饿狼的腹部。它号叫一声，重重地摔在地上。根据它方才的那一声号叫，多塔将军锁定了它的位置，直接拉起弓箭，一箭射中了饿狼的脖子。鲜血四溅，饿狼一命呜呼。

不少参加考核的人看着面前这一幕惊愕万分，场外已经响起了热烈的掌声。

多塔将军摘下黑布，场外的众人纷纷为他鼓掌，他朝众人行礼，而后便下场离开。

待他离开后，三名侍从上场，将已经咽气的饿狼拖了下去，很快便将场地清理干净。

福尔看着多塔将军，不由得面露赞赏之色，对一旁的燕铖说道："大人，那位便是多塔将军，我北漠难得的武将。"

燕铖看着多塔将军，也不由得露出了赞赏之色："将军确实武艺十分高强。"

对于多塔将军来说，蒙住双眼射杀一匹饿狼自然不在话下，但是对于底下参加考核的人而言，要通过考核显然十分有难度。

这不，第一位上场的人跟饿狼还没有搏斗一个回合，就被那饿狼一口咬中了大腿。

"啊——"撕心裂肺的叫声在校场响起，但是并无一人帮他。

这是北漠羽衣卫历来的规矩，今日他若是没有本事杀了那饿狼，那么死的就是他自己。

饿狼扑上去撕咬那人。双眼被蒙的人宛如瞎子，最后被逼无奈，直接拿起手中的箭狠狠地刺向撕咬他的那匹饿狼。

一人一狼互相残杀，最后鲜血流了一地，谁都没有活下来。

侍从看看地上血肉模糊的一人一狼，摆了摆手，说道："败。"

很显然，第一位上场的挑战者不仅输了，还丢了性命。

侍从上前将人和狼的尸首拖了下去，脸色寻常，好似对此早已习惯了。

高台之上的叶七七看着校场上血腥的一幕，心中难免有些恶心，早早地移开了目光。

那饿狼如此凶残，而且参赛者被蒙住了双眼，冷卫岂不是很危险？

万一冷卫上场输了……叶七七想到这儿，脸色不由得有些白，再看一旁某人还在气定神闲地喝茶，她真想抢过那茶直接泼到他的脸上。

你那位忠心的属下都要死了，你居然还能安心地喝茶！

就在叶七七不知该怎么办时，原本坐在椅子上喝茶的男人突然将手中的茶杯放下，然后站了起来。

见男人突然站了起来，一旁的福尔不解地问："大人，怎么了？"

燕钺看了看台下，答道："没什么，就是突然有些乏了。"

"乏了？"听了男人这话，福尔急忙说道，"那属下派人送大人回去？"

"不用了。"说着，燕钺准备离开。

他走了几步，见小姑娘还在原地，问："你还愣着做什么？"

叶七七急忙跟上他的步伐。

福尔见燕钺要离开，恭敬地把人送到门口。

临走时，叶七七还有些不放心地朝此刻在校场上的冷卫看了一眼。她如今不太明白两件事：一是冷卫为何突然冒充侍卫来参加羽衣阁的考核，二是六哥哥为什么才看了一会儿就离开了？

叶七七带着疑惑跟着燕钺出了羽衣阁，但心中还是难免有些不安，那考核如此危险，万一冷卫……

不不不，她应该想开一点儿，毕竟冷卫那么厉害，既然要来这羽衣阁，自然已经做了万全的准备，她要相信冷卫的实力。

燕钺从羽衣阁出来之后走得十分快，在他身后的小姑娘不得不加快脚步，才勉强能跟上他。一幕幕的记忆片段在他的脑海里闪过，他伸手捂着头，原本飞快的脚步停了下来。

好不容易才跟上他的小姑娘见他突然停了下来，还捂着头，急忙伸手扶住了他。

"六哥哥？"

听到小姑娘的这一声呼喊，男人脑袋似乎更疼了。

燕钺捂着额头，脑海里闪过面前小姑娘的很多张脸，有喜有怒，有悲伤的神情，还有哭泣的神情。也许是因为刚刚他看见饿狼与人相残，那血肉模糊的画面激起了他的脑海深处的某些记忆。

现在，他的脑海中又出现了另一幅画面，白雪皑皑的寒风凛冽之地，铿锵有力的战鼓声震耳欲聋。

战场上血流成河，尸横遍野，但是那高楼之上，写有"北冥"二字的旗帜依旧在北风中飘扬。

燕钺捂着额头，疼痛一阵阵袭来，令他有些站不稳。

叶七七见他就要倒下去，连忙伸手将他抱住了。

"六哥哥，你怎么了？"他的脸色突然变得十分差，他大半个身子都压在叶七七身上，她只能费力稳住他的身体。

放眼望去，这条路上只有他们两个人，她都找不到人帮忙。

六哥哥好端端的怎么突然成了这个样子？

叶七七有些费力地稳住他的身子。见他闭着眼睛，靠在她身上，她想伸手探一探男人的额头，看他是不是发烧了，结果她的手还没有伸过去，一时没扶稳，两个人双双跌入了身后的草丛。

倒在地上的那一刻，叶七七只觉得眼冒金星，男人高大的身子压在她身上，她有些难受，不知如何是好。好在路过的侍从及时发现了他们两个人。

入夜。

叶七七回到屋内，背对着铜镜转头看了好一会儿，这才看见自己的后腰上有一道被树枝划的伤痕，伤口看着并不是很深，但是那一块瘀血的青紫色有些触目惊心。

本来一开始她还没有发现，直到过了好一阵子，她隐隐约约感觉后腰有些疼，这才发现自己跟六哥哥一起摔倒的时候受了伤。

因伤口在后腰的位置，叶七七借助铜镜，才勉强给伤口上了药。她刚将药盒放下，屋外突然传来声音。

叶七七推开门，只见屋外一片漆黑，空无一人，夜风拂过，树枝微微颤动。

叶七七面露不解，确定屋外没有其他人，打算转身回屋，可刚转过身，就看见了被钉在门上的字条。

叶七七将字条取下，只见字条上写着一行字："一切安好。"

落款是一个"冷"字。

见到冷卫送来的报平安的信，叶七七悬了许久的心终于放了下来。

冷卫一直以来实力都很强，羽衣阁的考核对他来说自然不在话下。

冷卫今日与殿下见了一面，看着自家殿下看他时的漠然神情，他心中便已明白殿下这次当真将他们全忘了，也不知殿下何时才能恢复记忆。

冷卫在将报平安的字条给叶七七送到后没有多留，毕竟每每想起今日自家殿下看他如同看情敌一般的眼神，他都忍不住背脊有些发凉。

如今殿下失忆了，万一再误会他和公主殿下有什么，那么他有十张嘴都说不清了。所以冷卫左思右想了许久，决定在殿下恢复记忆前，自己还是跟公主殿下不要私下见面为好。

冷卫坐在不远处的树上，确定公主殿下看见了字条上的内容后，才转身离开。

今日他通过考核，进入了羽衣阁，如今调查北漠王室也比之前方便很多。

冷卫没有走多远，突然感觉到异样，猛地停住脚步。

身后有人在跟着他！

意识到自己被人跟踪，冷卫立马警惕了起来，装作什么都没有发现继续往前走，只不过走的路已经完全偏离了原本的路线。

他走到了王宫中人迹罕至处，此地光线昏暗，一旁是一大片竹林，一阵冷风吹过，竹枝摇摆，像一群乱舞的鬼魅。

趁此处空无一人，冷卫利索地翻身，直接朝身后一直跟着他的那人袭去，身后那人察觉到他的动作，侧身躲过。

两个人还未曾开口说一句话，便已大打出手。冷卫武功高强，可眼前这人居然能硬生生接下他的每一招，不仅如此，每次他一出手，此人就能看破他下一招是什么。

普天之下能如此了解他招式的人，除了殿下，恐怕找不出第二个人。

冷卫猛地后退几步，躲开了男人的掌风。

今日无月，四周一片漆黑，哪怕此时看不清面前之人的脸，冷卫心中已经断定此人就是他的殿下。他单膝跪在地上，恭敬地朝男人说道："属下见过殿下。"

对面那人闻言久久未动，过了好一会儿，久到冷卫开始怀疑他判断错误时，那人终于出声："嗯，起来吧。"

听到这个熟悉的声音，冷卫心生欢喜：难不成殿下恢复记忆了？

"殿下您……"

"冷卫，这段时间辛苦你了。"燕铖伸手拍了拍冷卫的肩膀。

很显然，如今他已经完全恢复了记忆。今日在羽衣阁人狼撕咬的血腥画面，一下子激起了他脑海深处的记忆。他想起了那被雪覆盖的战场，想起有个小姑娘在等他结束战争后回乡……

听到男人说出"冷卫"二字，冷卫便知道殿下的记忆终于恢复了，他激动得差点儿就要哭了："属下不辛苦，最辛苦的是公主殿下。"

听了冷卫这话，想到某个小姑娘，恢复记忆的燕铖不由得抚额，一时不知该如何是好。回想起之前失忆时对小姑娘说过的话、做过的事，他一时不知该如何面对那丫头。

"殿下您如今已经恢复记忆了，为何不先去找公主殿下？"想必公主殿下还不知道这个好消息吧？

"我没有脸找她……"燕铖难得有几分惆怅。

"啊？"冷卫有些不解，听自家殿下说出其中缘由，他也心中犯难。

"失忆之后我以为我的名字叫思七，所以才不愿意相信她的话。"

冷卫过了好一会儿才缓缓地问："殿下，不知这思七是……？"

燕铖平静地说道："是你未来小殿下的名字。"

冷卫不由得怔了一下，那思七岂不是主子和公主殿下未来孩子的名字？

而殿下一直以为这是他的名字。这会儿，冷卫终于体会到公主面对失忆的殿下时崩溃的心情了。

冷卫紧紧捏着拳头，努力憋住笑，生怕自己在燕铖面前失了作为属下的分寸。

如今殿下恢复了记忆，冷卫心里一直悬着的大石头总算放了下来。

"如今主子您已经恢复了记忆，那我们是尽早回北冥，还是留下来调查蛇灵？"

"蛇灵……"燕铖想起蛇灵会对他俯首称臣，这一点实在是可疑，或许这蛇灵跟巫奴族有关。

"倘若要回北冥的话，你有几成把握能回去？"燕铖问。

冷卫如实说道："倘若只悄悄带走公主殿下一人，属下有十分把握；要带上殿下您的话，属下不知。"

如今连那北漠女王都要尊称殿下一声主上，他要想带走殿下，必定难上加难。

燕铖思索了一会儿，说道："既然我不能悄无声息地离开北漠王宫，那么便让女王亲自送我们离开。"

"莫非殿下您有什么好办法？"

燕铖没有回答，但是显然已经有了主意："我需要你帮我放个消息出去。"

燕铖轻轻将门推开，不太宽敞的屋内只点了一盏灯，光线有些昏暗。

小姑娘躺在床上紧闭双眼，一副早已睡熟的样子。他轻轻走过去，伸手轻轻抚摩她的眉眼，眼中满是温柔。

盯着熟睡的小姑娘看了好一会儿，燕铖才掀开被子一角，目光落在小姑娘的后腰上那一道青紫色的伤痕上。

正在熟睡的小姑娘迷迷糊糊间感觉自己的后腰处有些清凉。

燕铖用指腹蘸了少许药膏，刚给叶七七涂上，就见小姑娘睫毛微颤，似乎要醒来了。

这会儿燕铖还没有想好要如何面对这丫头，见她就要醒来，他来不及反应，手比脑子反应更快，点了小姑娘的腰间的某个穴位。

于是原本要醒来的小姑娘又沉沉地睡了过去。

"七七，"燕铖抚摩着小姑娘的脸颊，一个充满歉意的吻落在了她的眉心，"对不起。"

男人声音低沉，带着浓浓的歉意，看小姑娘的眼神中满是柔情。

叶七七虽然睡得很沉，但是迷迷糊糊间感觉有个熟悉的声音在她的耳边响起，想要睁开眼睛，但是此刻她的眼皮像是有千斤重，无论如何费力地想要睁眼，都无法做到。

燕铖如今已经恢复了记忆，也记得自己失忆时所做的事情。他回想起小姑娘为了寻他，千里迢迢地从北冥来到北漠，这一路上定然受了不少委屈，更别提他失去记忆时那般对她。

燕铖低头，目光落在自己的食指上，突然，一段旖旎的记忆闯入他的脑海。

"砰"！他原本拿在手中的小药瓶掉在了地上。

燕铖一时愣神儿，震惊的目光落在自己的右手的食指上，脑海里闪过某个画面，脸颊连同他的耳尖都染上了一层粉红色。

他失忆的时候究竟做了什么？

燕铖震惊地瞪大眼睛，难以置信地看着一旁床上熟睡的小姑娘。

原本他就觉得自己有些无颜见她，而现在想起那荒唐的一幕，他觉得更加无颜面对她了。

疯了疯了，失去记忆的他当真是彻底疯了！

次日清晨，一觉睡醒的叶七七睁开眼睛，首先映入眼帘的又是那熟悉的黑色床帘。

在看见那熟悉的黑色床帘时，叶七七有那么一瞬间的愣神儿，脑子瞬间清醒，回顾了一下自己昨夜的所作所为。

她记得她昨天给六哥哥喂完汤药之后便回到了自己的屋子，然后好不容易给自己受伤的后腰上了药，又收到了冷卫送来的报平安的信，后来见天色已晚，困意来袭，她便躺在床上睡着了。

她清楚地记得她是睡在自己那个小屋里头的，怎么一觉醒来，她又跟昨天一样，躺在失去记忆的六哥哥的床上了？她该不会是梦游了吧？

叶七七还在困惑，突然身旁有什么东西轻轻蹭了她一下，那温热的触感令她一下子警惕起来。

她身旁有人！

不仅如此，叶七七还发现自己的腰上搭着别人的手臂，整个人正被人紧紧抱在怀里。

叶七七一转头，便对上了身旁的燕铖深沉的眼眸。她不知他是何时醒的，更不知道他躺在一旁看了她多久。

叶七七急忙解释："我也不知道自己为什么……"

她想要解释她不知道自己为什么一觉醒来会在这里，可她的话还没有说完，燕铖便已经靠了过来，轻轻在她的唇上落了一吻。

燕铖说："嗯，我知道。"

听到男人温柔的声音，小姑娘有那么一瞬间的愣神儿，甚至怀疑她出现了幻听。

失忆的六哥哥会这样跟她讲话吗？

他平时对她很冷淡，还凶巴巴的，何时像今日这般温柔。失去记忆的六哥哥不会这样对她，那么他只能是恢复记忆的六哥哥！

叶七七的眼睛猛地亮了，她有些不确定地唤道："六哥哥？"

她这声"六哥哥"一出口，面前的燕铖便笑了，笑容让人如沐春风，好看又温柔："嗯，是我。"

叶七七再也忍不住，"哇"的一声哭了出来，长久以来积压的委屈在这一刻得到了释放。

"呜呜呜，你怎么能忘了七七？！"叶七七靠在燕铖怀里泣不成声。

燕铖将小姑娘抱在怀里，看她哭得如此委屈，伸手轻轻拍了拍她的后背，轻声安慰道："不哭，是哥哥不好。"

"就是你不好！"叶七七直起腰板，哭得发红的眼睛里含着委屈的泪花。

燕铖托着小姑娘的脸，为她擦去眼角的泪："是哥哥不好，让七七受委屈了。"

叶七七心中委屈，但好在六哥哥终于恢复了记忆。

"抱抱。"

叶七七朝燕铖张开双臂，他毫不犹豫地再一次将小姑娘抱在了怀里。

这一次，他绝对不会再放开她了！

叶七七在他怀里哭了好一会儿才停止哭泣。

叶七七从他怀里抬起头，声音有些哽咽："那冷卫知道你恢复记忆了吗？要赶快把这个消息告诉他才行。"

六哥哥失踪后，冷卫为了寻找六哥哥的下落，也十分辛苦。

燕铖回答："我昨夜已经见过他了，他都知道了。"

"那就好，冷卫这段时间也很辛苦。"叶七七说。

燕铖看着小姑娘，思索了一会儿后对她说道："七七可以答应哥哥一件事情吗？"

"什么事？"叶七七看着燕铖那深沉的眸子，觉得这事应该不简单。

燕铖说："你留在北漠实在是危险，明日我想让冷卫送你离开。"

"送我离开？那六哥哥你呢？"叶七七不解地问。

燕铖说道："我……还有事情要处理。"

叶七七问："是很重要的事情吗？"

燕铖点了点头。对于他来说，那确实是很重要的事情，若他没查清真相便离开北漠，日后再想要调查的话就更加难了。

叶七七摇了摇头，伸手将他紧紧抱住："七七不走！六哥哥在哪儿，七七就在哪儿！"

小姑娘这一次格外固执，先前那痛彻肺腑的生死离别，她不想再经历一次了。先前他们分别了半年多，这一次若是她先走了，还不知道他们两个人会分离多久。

叶七七说道："不走！七七不走！"

燕铖看着紧紧抱着他的小姑娘，脸上的表情无奈又心疼。他伸手握住小姑娘紧紧抱着他的手，低头亲了亲。

他本来也舍不得她离开，但是为了她的安全着想，他不得不狠下心来。只是见小姑娘这般，他想她若是铁了心要留下来，他自然也有能力保护她。

"好。"燕铖轻轻应了一声，"七七不走，哥哥会保护好七七的。"

北漠除了女王深受万民敬仰之外，还有一位德高望重的巫师大人，名为玄双。

巫师玄双于半年前闭关了，今日是出关的日子，可令她没有想到的是，今日一出关，竟然听闻女王先前在大殿之上说要将王位传给他人，而且这人是一个来路不明的外人。

"真是荒唐！"御书房内，宫女奉上的茶水被打翻在地，在场的宫女看着动怒的巫师大人，个个连大气儿都不敢喘，纷纷低着头。

"王位对陛下来说难道是儿戏，说给他人就给他人？陛下眼中究竟还有没有蛇灵和我这个巫师！"一身黑衣的女人站在桌前，虽然此刻十分愤怒，但还是让人无法忽视她的绝色容颜。

女王手握茶杯，瞥见一旁被巫师动怒摔碎的花瓶和茶杯，淡淡地收回目光，而后将视线落在面前愤怒的女人的脸上。女王轻抿了一口茶，冷声说道："所以巫师大人是在质问朕？"

女人神色一凝，看着女王那平静的脸色，这才反应过来自己僭越了。

"玄双一时口不择言，还请陛下恕罪！"女子说着便跪了下来。

女王从椅子上起身，转过身看着窗外的风景："北漠上下皆信奉蛇灵，而那位主上是唯一一个能使蛇灵臣服的人，所以朕要将王位让给主上，有何不可？"

玄双急忙抬头："那不一样！"

女王问："有何不一样？"

玄双说道："历来继承王位的人都是由蛇灵亲自选出的，陛下您怎么能越过蛇灵立他人……"

"那依巫师大人的意思，朕的话还没有一个畜生有用吗？"

"陛下！"玄双变了脸色，厉声说道，"慎言！"

可话已经说出口，自然是收不回来了。

巫师脸色难看地看向在场的宫女，她们一个个心惊胆战地低着脑袋。巫师深吸了一口气，说道："都出去，本尊有要事同陛下说。"

宫女们朝两个人行礼，随后纷纷退了出去。

直到偌大的御书房内只剩下她们两个人，玄双才看向一旁背对着她看着窗外的女王："以后那两个字陛下切勿再说了，若是被有心人听去，难免落人口舌。"

她说完，背对着她的女王依旧没有反应。

玄双想了想，将放在衣袖里的焕颜膏拿了出来："臣闭关期间特地为陛下您做了——"

"朕乏了，你下去吧。"玄双的话还没有说完，女王便打断了她的话。

玄双拿着盒子的手僵了一下，随后她将盒子放在桌上，恭敬地对女王行了个礼："是，玄双告退。"

直到脚步声彻底消失，女王才缓缓转身，目光落在一旁玄双放在桌子上的盒子上。

她冷哼一声，拂袖直接将盒子扫到了地上，盒子里的瓷瓶滚落在地，撞到桌脚，发出清脆的响声。

巫师玄双从御书房出来，一旁的宫女上前，一脸慎重地说道："大人，属下今日在蛇灵殿内发现了多个炸药桶。"

玄双脸色一变，转身看向不远处的高楼，双手不由得握成了拳。

哪怕她心中早已确定此事是何人所为，但还是问道："知晓是何人所为吗？"

宫女的眼神中带着几分惊恐，她匆匆瞥了一眼身后不远处的高楼，而后猛地低下了头。

此时玄双还有什么不明白的，冷笑了一声："也许陛下忘了，当初蛇灵能立她为王，那么今日蛇灵也能将她拉下王位。"

深夜，女王寝宫。

室内雾气缭绕，宫女们正在给躺在汤池里的女王擦拭身子，突然有人瞥见房梁上的什么东西，惊恐地大叫一声。

众宫女看了过去，只见房梁上缠着一条通身漆黑、只额头上有一抹金色的小蛇。在场的宫女脸色一变，纷纷跪了下来。

这是蛇灵派来的蛇使者！

蛇使者出现，代表女王只剩三个月的寿命，三个月之后，女王就会沦为蛇灵的食物，蛇灵也会选出下一任王。

女王看着那房梁上的小蛇，手紧握成拳头。

下一秒，她扯过一旁宫女的手中的衣袍披在身上，从架子上拿起弓箭，一箭将那房梁上的小蛇射杀。在场的宫女看到女王这一举动，都被吓白了脸。

女王杀了蛇使者！蛇灵会发怒，会降下灾祸！

只不过她们还没有震惊多久，殿中突然冒出五六个黑衣人，拿剑抹了她们的脖子。

一时之间，雾气缭绕的洗尘居内血流成河，鲜血流入冒着热气的汤池，将水都染红了。

看着宫女们的尸体，女王的脸上没什么表情，她接过一旁贴身宫女阿落递来的手帕，仔细将手上沾染的血迹擦掉。

宫女阿落说道："奴婢让人将这些宫女的尸体扔到兽园喂狼，一定不会有人发现。"

"嗯。"女王点了点头，任由阿落跪在地上给她擦溅到脚上的鲜血。

"朕今日就想炸了那蛇灵殿。"

"陛下，万万不可呀！"宫女劝道，"如今巫师已经出关，若是这个时候炸了蛇灵殿，定然会引得巫师怀疑。今日蛇使者出现，说不定就是巫师给您的警告！"

"警告？"女王不由得冷笑了一声。

真是可笑，她乃一国之王，没想到凡事都要在那巫师眼皮底下行事，更加可笑的是，他们王室侍奉了百年的蛇灵，竟然自始至终都是一个骗局！

什么蛇灵，什么天赐，都是假的！

宫女说道："还有十日，十日后到了求雨祭祀之日，我们再行动也不迟。"

女王深吸了一口气。没错，还有十日，在十日之后的祭祀之日，这一切都会结束！

"那陛下，腾云阁那位……？"宫女说着，做了一个抹脖子的动作。

女王抬手制止了她的动作："本来朕想等事情结束之后就杀了他，不过不落似乎真的很喜欢他。待除去那蛇灵和巫师之后，就让他去做不落的面首吧，区区一个北冥将领，让他做不落的面首，已经是抬举他了。"

"陛下英明，竟然想到用蛇灵药草熏那人穿的衣服，使大家都误以为蛇灵对那人俯首称臣，可没想到蛇灵俯首称臣不是因为人，而是因为他衣服上的气味。"

"那巫师不是一直想登上王位吗？朕自然要给她找一个对手让她有危机感，这不，她一出关，知晓朕要将王位给别人，立马就乱了阵脚。"女王看向被箭钉在房梁上的小蛇，一旁的宫女会意，跃起将小蛇取了下来。

女王接过宫女手中的小蛇，冷声说道："区区一个畜生，岂敢称神？若不是朕有所察觉，还不知我北漠王室要被那巫师一族欺骗多久！"

女王将箭扔在地上，接过宫女递来的黑色小瓷瓶，将瓶中绿色的液体倒在蛇身上，眨眼间的工夫，那小蛇就化成了一摊血水。

"这民间药师研制的毒蛇水果真好用。"女王赞叹道。

"奴婢已经命人在炸药之中放了这种水，到时候炸药一被引爆，那蛇灵必死无疑！"

"很好。"女王满意地点了点头，"那民间药师可安排妥当了？朕不希望任何人走漏风声。"

宫女答道："回陛下的话，那民间药师是达布大人介绍的。"

女王听见是达布介绍的人，心中的顾虑一下子没有了："达布办事朕向来放心，事成之后，朕自然会好好奖赏他。"

宫女恭维："陛下英明。"

昨夜洗尘居房梁上出现蛇使者一事，因在场目睹一切的普通宫女全被女王派人灭了口，因此除了女王跟她的几个心腹宫女，并无他人知晓此事。

"巫师大人，那位主上居住在此地。"带路的宫女停下了脚步，巫师玄双抬头，望着门匾上三个金灿灿的大字。

宫女问："巫师大人，您可要进去？奴婢进去通报一声。"

"不用了。"如今她已经知道女王下要做什么，这位所谓的主上，也只是女王为了除掉她亲自挑选的一枚棋子而已，她也没有必要见他。

玄双正打算转身离开时，一旁的宫女突然开口："大人，那位主上出来了。"

闻言她抬头，便看见一位穿着白袍的男子从殿内走了出来。

一旁的宫女望着男人那张俊美的脸，忍不住说道："这位主上长得还真好看，怪不得公主殿下对他念念不忘。"

宫女说完，看了一眼一旁的巫师大人，就见巫师大人突然弯腰捂着胸口。

"巫师大人，您怎么了？"宫女吓得急忙去扶她。

玄双抬手阻止宫女的动作，她的面容有些苍白，眼睛死死盯着不远处男人的背影。

怎么回事？那个男人身上……

她猛地伸手抓住身旁宫女的手臂，厉声问："那个男人是谁？陛下是从哪里找到他的？"

宫女看着巫师那有些发红的眸子，哆嗦着说道："他……他不是陛下找到的，而是被公主殿下所救，据说他是北冥的一个将领。"

"不可能！"玄双脱口而出，"他绝对不是什么北冥将领。"

他身上有那个女人的气息，那个女人……

她突然想到了什么，面上出现了几分惊恐，转身仓皇地离开了。

她明明已经把那孩子扔进河里淹死了，怎么会……

"大人，马车已经备好了。"侍从恭敬地对燕铖说道。

燕铖点了点头，看向一旁的叶七七，朝她伸出手："上来。"

叶七七十分不满地看着他。

他们不是说好了在出宫之前要注意主仆之别吗？这还没有上马车呢，他怎么就变成这样了？

燕铖见小姑娘站在原地没动，直接一把揽过她的腰肢，把她抱上了马车。

叶七七挣扎间听见燕铖在她的耳边缓缓说道："都是自己人。"

听了男人这话，叶七七才放下心来："是冷卫安排的人吗？"

"嗯。"燕铖点了点头，"冷卫办事很可靠。"

叶七七这才松了一口气，还好周围都是自己人，六哥哥这样将她抱上马车，要是被人走漏了风声，被不落公主知道，那她的身份就暴露了。

叶七七问："不过我们这样光明正大地出宫好吗？不会被人怀疑吗？"

燕铖说道："不会。连那女王都要唤我一声主上。"

所以，他想出宫，谁敢拦他？

马车停在宫门前，燕铖将一块令牌递给守宫门的侍卫，那侍卫看了一眼令牌，果然恭敬地给他们放行了。

叶七七看着男人手中的令牌，忍不住问："这是什么令牌？"

燕铖将手中的令牌递给了一旁的小姑娘。她看了一眼令牌，令牌上写着一个字，应该是北漠文字。

"这是出宫的令牌，先前那北漠女王送的。"

不得不说那北漠女王为了让人信服他这位主上，虽然没给他实权，但给这种特权时确实大方。

马车出了宫门。听到王城街边商贩那热闹的吆喝声，小姑娘忍不住掀开车帘朝外头望去。不同于北冥皇城街边的热闹，此刻她眼前的异国风情自有别样的美。

叶七七一路上瞧见好多小摊上有不少新奇玩意儿。她瞧着外头的景象，而坐在她身边的男人则一直紧紧地看着她。

所谓入乡随俗，叶七七自然也穿着北漠女子的服饰，燕铖盯着她那露在外头的雪白的腰肢，不由得轻轻咬了一下唇。

"六哥哥，你快看！"

叶七七不知突然看见了什么，连忙指着窗外，正要转头看他，一只温热的大掌突然抚上了她的腰肢，随即她感觉燕铖的身子贴上了她的后背。

燕铖捏了捏小姑娘裸露在外的细腰，带着惩罚意味似的轻轻咬了一下她的耳朵。

叶七七捂住自己被男人咬了一口的耳朵，不解地转过头看他："你……你咬我干什么？"

在他恢复记忆之后，他看到她穿这一身衣服，就想让她换下，但是想到北漠女子都这样穿，要是她换了，恐怕会更加引人注目。但她若是不换，不只他一个人会看她，别人也会看。

这么想，他心中有些控制不住地生出醋意。

燕铖将质问他的小姑娘抱在怀里，埋怨道："太暴露了。"

他轻轻捏了一下叶七七的腰，她才明白他是什么意思。

"那七七等一下换上男装。"

听了小姑娘这话，燕铖怔住了，着实没有想到七七会这般迁就他。

这个年纪的小姑娘都是爱美的，他怎么能为了自己的私心，剥夺她追求美的权利？

"不用，哥哥只是吃醋了。"他将小姑娘抱在怀里，语气有些委屈。

叶七七笑了笑，随后转身用双手捧着他的脸颊，一口亲在了他的脸上，问："那这样六哥哥还吃醋吗？"

小姑娘的唇很软，这个吻就如同蜻蜓点水般落在他的脸上。

但这只是一个吻，哪里能够？

"不够。"他笑着摇了摇头，抬起小姑娘的下巴，低头吻了上去。

清风将车帘微微吹起，让人能窥见一点儿马车内的风景，但男人高大的身体挡住了他怀里的姑娘，半遮半掩让人看不清姑娘的相貌。

燕铖让小姑娘坐在他的腿上，手里拿着帕子一点儿一点儿地将小姑娘的脸上画的黑斑擦掉。

叶七七拿着一面巴掌大的铜镜，看着镜子中自己的脸上的黑斑已经被男人擦了一大半，问："擦掉会不会不太好？"万一有人发现了她的真实样子，岂不是麻烦了？

燕铖安抚道："不会，宫外不比宫内。"

叶七七的心放了下来。

待男人将她的脸上画的黑斑都擦掉之后，叶七七再一次看向窗外："我们这是去哪里呀？"

今日一早她醒来，他便开口问她："七七待在宫里无聊吗？"

吃完早膳后燕铖便拉着她，说要带她出宫。

燕铖往热闹的窗外看了一眼，对叶七七说道："我们难得来北漠一趟，总要来逛一逛的。"说着，他轻轻将小姑娘散落的碎发别到了耳后。

叶七七想：六哥哥的意思是他今日特意带我出宫玩吗？

马车稳稳地在一家酒楼门前停了下来，燕铖先下了车，随后朝马车里的小姑娘伸出手："走，我们先去换衣服。"

叶七七身上还穿着素白的宫装，燕铖紧紧牵着她的手带她上了二楼。

有专门的婢女给叶七七换了衣服，绾了发髻。面前刚好放着一面铜镜，叶七七看着铜镜里穿着北漠服饰并绾着北漠发髻的自己有些愣神儿，还没有来得及仔细看，身后的门便突然被人打开了。

当叶七七抬头看到穿着一身北漠服饰的六哥哥时，她明显愣了一下。他穿着跟她同色系的衣服，不仅如此，他今日的发型与往日的不同，是完完全全的北漠男子的编发，露出光洁的额头。

叶七七眼中闪过惊讶：他怎么穿什么都好看？

燕铖走到叶七七面前，见她穿着一袭水蓝色的北漠衣裙，满意地勾起嘴角。他拉过小姑娘的手，称赞道："七七真好看。"

叶七七被他夸得脸红了，有些慌乱地称赞他："六哥哥，你也好看。"

"哪里好看？"燕铖逼近她，弯下腰与她面对面。

他靠得很近，近到他呼出的每一口气都能喷在她的脸上。

见他似乎有亲过来的意思，叶七七便伸手捧住了他的脸颊，说道："哪里都好看。"

燕铖笑着牵住她的手，带她出去。

方才下马车的时候，叶七七就感觉到了不对劲。今日的北漠王城似乎格外热闹，街道两旁布置了各种颜色的花灯和鲜花，街上的男男女女大多是成双成对的。因为街边放置了好多鲜花，空气中都弥漫着浓烈的花香。

成双成对的男女都穿着颜色十分鲜艳的衣裳，女子头上戴着爱人赠送的鲜花，寓意恩恩爱爱，永不分离。

燕铖也不知从哪里拿出了一朵蓝色的花，递到了叶七七面前。

叶七七看着他手中的花，惊喜地接过："你这花是哪里来的？是蓝玫瑰吗？好香呀。"

"蓝玫瑰？"燕铖看了看小姑娘手中的花，笑道，"或许它还有一个名字，叫灵鸢。"

"灵鸢。"叶七七盯着手中的灵鸢，想不到这蓝玫瑰会有如此好听的名字，"今天是什么节日吗？"

她看这街道和街上的人都装扮得如此好看，猜测今天是北漠的什么节日。

"是北漠的花吟节。"燕铖说完，便拿过叶七七手中的灵鸢，将花插在了她的发髻上。

"花吟节？这是什么节？"叶七七摇了摇头，表示自己并没有听说过这个节日。

燕铖说："每年的三月初三是北漠的花吟节。三月正是北漠的万花开放之时，每一朵花都有自己的花语，北漠人互相赠花，用花传情，向所爱之人倾诉自己的爱意，也可以将花赠予长辈，祝长辈幸福安康。"

"哦，这样呀。"

那六哥哥刚刚送她的是灵鸢，灵鸢的花语是什么，叶七七一时忘记了。

燕铖说："灵鸢的花语是对你的爱意永世不变。"

听到男人这如同告白一般的话，小姑娘再一次红了脸，嘴角的笑意已经压不住了。

"哇——"

就在这时，一旁突然传来了众人的惊呼声和掌声。

叶七七循着声音望去，就见不远处的街道旁有一对正吻得难舍难分的男女。北漠向来民风开放，再加上今日又是花吟节，北漠人对此早已习以为常，纷纷鼓掌道贺。

叶七七看到这一幕，也不知突然想到了什么，猛地抱紧一旁燕铖的腰，将脑袋埋在了男人的怀里。

燕铖看着突然扑进他怀里的小姑娘，揉了揉她的脑袋，目光落在她那有些发红的耳朵上，伸手轻轻捏了捏："耳朵怎么那么红？"

"啊，你别捏！"小姑娘伸手捂住了自己的耳朵。

"阿玛，我明日便去你家提亲。"一旁吻得难舍难分的两个人分开之后，男人单膝跪在了地上。

女人捂住嘴，流下了感动的泪水，点了点头，然后扑进了男人的怀里。

燕铖收回视线，看着自己怀里的小姑娘，无言地抿了抿唇：倘若不是因为那一场雪崩，恐怕他如今早已娶到她了。

这是叶七七第一次放松地走在北漠的街道上，加上今日是花吟节，到处都是商贩，一路逛下来她快要看花了眼。

"六哥哥你快看！是糖人！"小姑娘拉着燕铖的手，急匆匆地朝不远处卖糖人的商贩跑去。

燕铖被小姑娘拉着也跟着跑了起来，微风拂面，她转过头来对着他笑，那笑容灿烂又好看，他不由得看出了神。

她如同一个耀眼的小太阳，将他的全部视线都吸引了过去。

她的手腕、脚腕上的铃铛发出清脆的响声，那一声声仿佛撞在了他的心上。

"爷爷，我要两个糖人。"叶七七对卖糖人的老爷爷比了个二的手势。

她因为方才跑得有些快，额头出了一些汗，脸还红扑扑的。

"可以将糖人做成我们俩的样子吗？"叶七七指了指自己和身旁的男人问。

老爷爷点了点头，随后便拿起工具制作糖人。老爷爷显然是个画糖人的高手，抬起头看了他们两个人一眼，随后用勺子舀出加热熔化的麦芽糖，一点点在石板上将他们两个人的样子画了出来。

也就短短一盏茶的工夫，两个跟他们神韵相似的小糖人便做好了，连叶七七头上的灵鸢都做得惟妙惟肖。

待两个糖人画好后，老爷爷立即用小铲刀将糖人铲起，粘在竹扦子上递给了叶七七。

"谢谢。"叶七七开心地接过老爷爷递来的糖人，身旁的燕铖则负责付钱。

"六哥哥，这个给你。"叶七七将像燕铖的那个糖人递给他。他看着小姑娘递来的那个糖人，并没有伸手去接，反而看向她的手中的那个小女娃糖人。

叶七七正准备咬一口自己手中的小糖人，一旁的燕铖突然伸手抓住了她的手腕。

"怎么了？"叶七七不解地看着他，见他的视线落在她的手中的糖人上。

六哥哥是想要长得像她的这个吗？

燕铖问："换一下？"

"换？"叶七七看了看自己手上的两个糖人。

其实她一开始也想过将手中这个小女娃糖人给六哥哥，而她拿像六哥哥的那个小男娃糖人，但是转念一想，要是他们吃跟对方相像的糖人，总感觉哪里怪怪的。

再说，她若是真的跟六哥哥换了，那她拿着像六哥哥的糖人，肯定是不忍心下口的。

她不想换……

叶七七的动作比她的想法更快，她舔了一口那个跟她相像的糖人，还是当着燕铖的面舔的。

看着面前的六哥哥那渐渐炽热的眼神，叶七七猛地收回了自己的舌头，慢慢地说道："舔……了。"

燕铖显然没想到小姑娘会做出这番举动，愣了片刻后，对叶七七说道："没事。"说完，他就握住她的手，将她的手中被舔了一口的糖人拿了过去。

叶七七的目光一直追随着被燕铖拿走的糖人，然后，她看到他缓缓地张嘴，轻轻含住了跟她相像的那个糖人的脑袋。

六哥哥现在咬的那个地方，好像是她刚刚舔过的地方！

"还挺甜的。"燕铖尝了一口，对叶七七说道。

叶七七看着燕铖一口一口吃着跟她相像的糖人，总感觉有些怪怪的。

"你怎么不吃？"燕铖见小姑娘看着自己手中的糖人发呆，不由得问。

叶七七张嘴咬了一口糖人，只听"咔嚓"一声，那跟六哥哥相像的小糖人的脑袋被她咬了下来。

叶七七抬头看向了身旁的男人。

听到小姑娘嘴里发出"咔嚓"一声时，燕铖便已经看向了一旁的叶七七。

两个人视线相撞，燕铖看到小姑娘将糖人的小脑袋咬下来之后一脸惊慌，不由得笑出了声，揉了揉小姑娘的脑袋，宠溺地说道："傻丫头。"

她真是傻得可爱。

虽然燕铖不喜欢吃甜食，但是今日这个小糖人，他竟全都吃完了。

他吃完之后，见叶七七的糖人才吃了一半，不由得朝她靠了过去。

他问叶七七："甜吗？"

叶七七看着他，点了点头："甜呀。"

"我尝尝。"说着，燕铖便咬了一口她手中的糖人。

燕铖对叶七七说道："好像没有我刚吃的那个甜。"

"是吗？"叶七七先是质疑，然后很快反应了过来：他们两个人手中的糖人不是用同一个锅里的糖做的吗？怎么可能他的比她的更甜？

她还没来得及反驳，燕铖便已一只手按住了她的后脑勺，轻轻地吻在了她的唇上。

今日是花吟节，热闹的街道上不乏正处于热恋中的男女，只是一个轻吻，对于今日街道上的人们来说早已习以为常，但因为两个人相貌出众，他们还是吸引了不少路人的目光。

半天的时间里，燕铖带着叶七七逛了北漠的好几条街。这是她第一次逛北漠的街道，在一个全然陌生的环境里，看到许多自己从来都没有见过的东西，她心中充满了欣喜和探究。

看着满大街的北漠特色小玩意儿，叶七七有种将这些东西全都买下来的冲动。

燕铖全程都用宠溺的眼神看着叶七七，她看上什么，他都毫不吝啬地买了下来。

燕铖拎着一路上叶七七买的东西跟在她身边，两个人正走得好好的，燕铖就见他身旁的小姑娘突然停了下来。

燕铖看到小姑娘的鼻子突然动了动，她像是嗅到了什么味道，他问："怎么了？"

"六哥哥，你有没有闻到什么味道？"

燕铖不解地微微歪了一下头，空气中充满了浓烈的花香，似乎还隐隐约约有股烤肉味。

燕铖回答："是烤羊肉串的味道。"

小姑娘的眼睛瞬间亮了："羊肉串！在哪里呀？"

燕铖四处看了看，见不远处有几人手中拿着羊肉串朝他们这边走来，随后他便牵着小姑娘的手，往那几人来的方向走去。

果不其然，燕铖牵着叶七七走过一条街，便看见不远处的街口有一家卖烤羊肉串的铺子。

叶七七扯了扯燕铖的袖子，燕铖低头看着她那垂涎欲滴的样子，轻笑着捏了捏她的脸，说道："过会儿该吃午膳了。"

叶七七："羊肉串可以当午膳。"

"羊肉串不可做主食。"

燕铖虽然这般说，还是带着小姑娘来到了卖烤羊肉串的铺子前，对老板说道："劳烦来……"

本来燕铖想的是给小姑娘买几串解解馋，但是看她那垂涎欲滴的样子，他想了想，最终跟老板说道："劳烦来十串。"

"好嘞，十串羊肉串，客人您稍等片刻，十串羊肉串等一下便好。"

只看络绎不绝的顾客便知道这家的羊肉串定然十分好吃，两个人等了一会儿，羊肉串就烤好了。

"客人，您的羊肉串好啦。"

"多谢。"燕铖接过老板递来的羊肉串，同时将银子递了过去。他转过身，看到叶七七已经迫不及待地伸手来拿他手中的羊肉串。

燕铖笑道："傻丫头，小心烫。"

叶七七吃得开心，燕铖贴心地拿出手帕给她擦嘴。

两个人刚吃完羊肉串，叶七七就看到街道上的男男女女都戴着面具，而且这些人戴的都是一样的银色暗纹半遮面具。

"好奇怪，这些人的面具为什么都是一样的？"不像他们北冥的面具有很多样式。

"这应该是北漠御扬将军的面具。"燕铖说道。

"御扬将军？"叶七七不解地摇了摇头，没有听说过这位将军。

"要说这御扬将军是谁？这位御扬将军曾经可是一位名扬天下的大将军！

他所立下的战功，时至今日都无人能比。小伙子你若是想听，老朽自然可以跟你说说这位御扬将军曾经的光辉事迹。"循着声音望去，叶七七瞧见了不远处坐在地上的一位长胡子算命先生，他面前挂着的条幅上写着："神机妙算，正宗算命，只需一两，童叟无欺。"

有路人问："这位先生，您不是算命的吗，怎么还会说书先生的那套说辞？"

"老朽门路多，不是你非要问这面具的由来吗？那老朽自然要跟你好好讲讲。我这面具可跟他们那些路边摊的御扬将军的假面具不同，我手里的这个面具可是真品，是确确实实被御扬大将军戴过的面具。你若是真的想要它，我五百两银子卖给你！"

"五百两？"那路人闻言瞬间惊呼出声，"先生，你这是抢钱呀！"

算命先生不悦地皱了皱眉头："怎么能说抢钱呢？这可是御扬大将军的面具，小伙子，我是看你同我命中有缘，所以才降低了价格，面具五百两银子卖给你已经算是便宜了。"

听着那算命先生的说辞，一旁的叶七七想：他当真不是江湖骗子吗？

路人说道："要不您先说说这御扬将军的事迹，我再考虑买不买。"

"行！既然你想知道，那老朽今日破例同你们说些说书先生没有说过的关于御扬将军身世的秘事。"

听到这算命先生要说御扬将军的秘事，街上不少行人停下了脚步，打算听个一两句。

他们都知道御扬将军是位战功显赫的大将军，书上记载御扬将军生前战功的内容也很多，但是关于御扬将军身世的内容少之又少。

人们甚至不知道御扬将军的真实名字叫什么、家乡在何处、年纪多大、何时过世，史书上记载的基本只有他曾经的辉煌战绩。

"要说起这位御扬将军的少年时期，只能用一个'悲'字来形容，何其凄惨，何其悲凉！因长相同他的兄长极相似，他便只能做那位兄长的影子。"

算命先生说到这里，众人更加糊涂了："先生，我们不明白，御扬将军年少时为何悲惨？还有长相同他的兄长相似，只能做他兄长的影子，这是为何？

还有您还是没有告诉我们御扬将军的名字叫什么、他来自何处。"

算命先生摆了摆手，端起面前的茶杯："别急别急，且让我细细说来。"

算命先生喝了一口水，又说道："御扬将军没有名字，一出生便没有。他生在帝王家，且相貌同兄长相似，为了防止他日后仗着他的那张脸夺他亲哥的权，他兄长自然从未待见过他。

"倘若他没有长跟他身为未来帝王的兄长极相似的脸，那他自然可以做一个普通的王子，但偏偏他长着那样一张脸，被帝王视为不祥，帝王怀疑他会谋权篡位！

"于是他从一个王子变成了一个不能对王室有二心的死士。"

"依先生您的意思，御扬将军是王室之人？"众人瞪大了眼睛，一脸的难以置信。

算命先生点了点头："大家应该记得，先王先前在平阳之战中上场杀敌，被敌方一箭射中心口，危在旦夕，却能在短短半月后便恢复元气，出宫游行。"

此话一出，如同向平静的水面扔了一块巨石，瞬间激起了层层浪花。

"所以御扬将军的那位兄长是……是先王？而且先王唯一一次上阵杀敌的平阳之战，其实是御扬将军代替先王上的战场？！"

在场众人惊呆了。

先不说这事是真是假，这算命先生胆子真大，竟然在大庭广众之下议论先王。这事若是真的，那先王在他们心中的形象算是被毁了；但若是假的，这位算命先生诬蔑先王，那可是死罪！

这位算命先生倒是显得从容多了："你们知晓御扬将军为何要戴着面具吗？"

"不是因为他长相像先……"路人胆怯，实在是不敢将"先王"二字说出口，"所以才戴面具的？"

算命先生急忙摆了摆手："非也非也！同先王长相相像是一点，但最重要的是御扬将军毁容了。至于为什么毁容，其中又牵扯到了一个女人。"

"女人？"

明明他们谈论的是御扬将军，怎么突然谈论到女人了？

"你们怎么这么惊讶？那御扬将军是个男子，人有七情六欲，落入情网自然是人之常情。要说起那位让御扬将军落入情网的女子，那人拥有绝色容颜，不仅令御扬将军对她动心，就连先王都对这女子产生了爱慕之情。"

众人惊呆了：居然还有一出兄弟夺爱大戏！

"虽然先王对那位巫姒族的女子产生了爱慕之情，但是郎有情，妾无意，那女子爱慕的可是那位英明神武的御扬将军。"

在场的众人对巫姒族并不了解，以为那只是某个不起眼的小族，但是燕铖不一样，他听到算命先生说出"巫姒族"三个字时，神色一动。

一旁的叶七七也听见了，心想：那个算命的说那女子是巫姒族人，那岂不是跟六哥哥一样？

算命先生说："先王爱慕那女子，但没有想到那女子居然会喜欢上自己的弟弟，对于那弟弟，先王自然没有将他放在眼里。对于先王来说，那跟自己长相相似的弟弟一直以来只是对他唯命是从的死士罢了。于是先王便让御扬将军亲手毁掉自己的脸，好让那女子不再喜欢他。"

"那御扬将军当真亲手毁了自己的脸？"

算命先生点了点头，缓缓吐出四个字："王命难违。"

"先王竟然如此卑鄙！"人群中不知道是谁突然说了这样一句。有不少人都为御扬将军感到不公。

路人问："那后来呢？御扬将军毁了容，那女子当真也变心了？"

算命先生说："并没有。先王以为御扬将军毁了容，能让那女子喜欢自己，可没有想到那女子也执拗得很，只认定御扬将军一人。"

"那御扬将军可喜欢她？"路人问。

算命先生说道："自然是喜欢的。若不是真心喜欢，御扬将军又怎么可能为了那个女人，亲手毁了自己的脸？后来，先王见自己爱而不得，恼羞成怒，便派人暗杀御扬将军。那时御扬将军只是一个无名死侍，先王让他死，他自然必须死。但许是苍天怜悯，御扬将军命悬一线时，被一高人所救，活了下来。而后他便打算抛弃过往，谁知那年遇到战乱，北漠民不聊生，他不得不再一次上了战场，这才成就了后来的御扬将军。"

有人问："那位女子后来如何了？"

算命先生回答："在得知御扬将军被先王害死之后，她便也跟着自缢了。她没有想到御扬将军被人救了下来，从此两个人阴阳两隔。"

听到这儿，众人才发现这居然是个悲剧！

那算命先生从一旁拿出一幅画卷，将画卷摊开，上面赫然画着一位身穿战甲、手握长戟的男子。男子脸上戴着半遮面的面具，身上带着武将的杀气，众人看他被面具遮住的面容，不难看出面具之下定然是一张英俊的脸。

"这位便是御扬将军。"算命先生话音刚落，不远处突然来了一群官兵，指着他说道："就是此人，当街散播谣言诬蔑先王，拿下他！"

"今日不宜多言，日后有缘，我们江湖再见！"算命先生见大事不妙，速度极快地收拾包袱一溜烟儿地冲进了人群之中。

"给我追！"领头的官兵见他跑了，急忙追了上去。

为了不引火烧身，原本围在一起的众人很快便散开了。待那领头官兵想起要将围着的众人带回去一一问话时，早已找不到人了。

燕铖牵着叶七七离开这是非之地。

叶七七忍不住感叹："听方才那算命先生所言，他说的那些事情若是真的，那位御扬将军未免也太惨了。"

叶七七想起方才六哥哥说那面具是御扬将军的面具，难不成六哥哥早就知道御扬将军的那些事情了？

"六哥哥，方才那算命先生所说的事情，你之前就知道了吗？"

燕铖摇了摇头："不知，我先前就是在书上看过这位御扬将军的事迹。"

"哦，这样呀。方才那算命先生提到了巫姒族女人……"

燕铖看着小姑娘担忧的神情，轻轻揉了揉她的脑袋："傻丫头，巫姒族遗孤并不会只有我一个。"

"哦。"

是她想多了，提到巫姒族，她下意识地以为那个女子会是六哥哥的娘亲。

"面具，御扬将军的面具，这位公子您要买一个吗？"一旁的小贩吆喝着。叶七七看见摊位上摆着方才在街道上不少人戴的面具。

她拿起一个面具，仔细看了看，好像和方才那个算命先生手中的御扬将军戴过的面具并没有什么区别。

"姑娘，这面具虽然不是真的，但是和御扬将军所戴的面具一模一样。"

叶七七将面具拿在手中看了看，随后也不知突然想到了什么，将面具放在了一旁男人的脸上。

看到六哥哥戴上面具的那一刻，叶七七怔了一下。

第十一章
御 扬

戴上面具的六哥哥好像那个御扬将军！

尤其是那面具之后的眼睛，简直跟方才那幅画像上的御扬将军一模一样。

燕铖看到叶七七一脸震惊地盯着他，不由得问："怎么了？"

"好像……"叶七七上前，将面具放到了他的手上，"六哥哥，你跟方才那幅画像上的御扬将军长得好像，尤其是戴上面具之后，简直一模一样。六哥哥，那个御扬将军会不会是你的……父亲？"

父亲？御扬将军是他的父亲？

他从来都没有想过这一点。他若不是前段时间无聊翻阅了北漠的书，压根儿就不知道御扬将军这人。

"也许只是有些相像罢了。"燕铖垂下眼，遮掩住眼中的神色。他这些年一直在寻找自己的身世，但一直一无所获。

如今单凭长得相像这一点，就认定谁是他的父亲，未免过于荒唐了。这世间相像之人如此多，他并不认为这有什么必然联系。

燕铖的心情有些复杂，突然一双小手捧住了他的脸。

"是真的很像！"叶七七十分认真地盯着他，"说不定顺着御扬将军这条线索查下去，真的能查到些什么。六哥哥难道你忘记了，之前北漠女王也说过你这张脸跟北漠先王十分相像，而那御扬将军跟先王长得极为相似，说不定其中真的有什么关联呢。"

小姑娘说得认真，那双漂亮的眼睛都跟着闪闪发光："哪怕只有一点儿线索，也不能放弃，不是吗？"

万一就是这条线索让六哥哥找到了他的身世呢？

"好。"燕铖轻抚小姑娘的脸，点了点头，"我不放弃。"

哪怕只有一丝线索，他也不能放弃！

燕铖买下了御扬将军的面具，拿着面具，抚摩着面具上的暗纹。

就在两个人准备离开时，耳边突然响起了乐声，燕铖停下步子，转身看向不远处，一个卖胡笛的商贩正认真地吹着一首曲子。

这曲子的调子说不上欢快，反倒有种凄凉之感。

燕铖从未听过这首曲子，但是不知为何，一股熟悉的感觉涌上心头。他不由得伸手捂住心口：为何他会觉得这曲调如此熟悉？

"这是什么曲子？"他上前，走到那吹胡笛的商贩面前。

商贩被他打断，停了下来，回答道："是《送君归》。"

那商贩说完，看了一眼他手中御扬将军的面具，说道："是一位女子赠予御扬将军的曲子，很多人会吹。"

一位女子赠予御扬将军的曲子……

燕铖问："敢问老板可知这女子是何人？"

商贩摇了摇头，"这我就不知道了，只知道是个舞女。"

"这胡笛有些眼熟。"一旁的叶七七看着那商贩手中的胡笛，突然想到方才那算命先生的摊子上好像也有一支这样的笛子。

"六哥哥，你不觉得这胡笛很眼熟吗？"叶七七说道，"方才那个算命先生的摊子上也有一支跟这个一模一样的胡笛，跟那个画像放在一起。"

既然胡笛跟画像放在一起，那么定然也跟御扬将军有关。

叶七七继续说："我觉得那算命先生定然知道些什么，方才那些官兵突然出现，算命先生关于御扬将军的事情肯定还没有讲完。"

说不定找到那算命先生，他们就能解开谜题了。

"你们是要找方才那个被官兵追的算命先生吗？"一旁吹胡笛的商贩问。

叶七七点头："伯伯，你认识那算命先生吗？"

"他呀，经常在这一片算命，闲来无事经常干说书先生的事，官府也前来抓过他好几次，不过没一次能抓到他。"

"你知道哪里可以找到这位算命先生吗？"

那商贩摇了摇头："这个我就不知道了，那算命先生向来是来无影去无踪的，无人知晓他住在何处。"

好不容易发现的线索，如今却又断了。

叶七七抬头看向身旁的六哥哥，见他脸上神情平静，但她还是能看出他的眼眸中带着几分失落。

"六哥哥。"她小心翼翼地牵着燕铖的手。

燕铖看向她，随后揉了揉她的脑袋，说道："没事。"

既然如今已经寻到了一些线索，那么他定然不会轻易放弃。虽然在偌大的北漠找一个人有些难，但他还是可以试一试的。

卖胡笛的商贩本来不想多管闲事，但是瞧面前的两个人似乎是真的很想找到那算命先生，便问道："你们找那算命先生是有要事吗？"

叶七七狠狠地点了点头："是很重要的事，恐怕只有那位算命先生能告诉我们答案。"

"伯伯，你是不是知道些什么呀？"看那商贩的神情，显然他是知晓些什么的，但不知在顾忌什么，不愿意告诉他们。

"我们没有恶意，是真的有很重要的事情，事关我……"叶七七看着身旁的燕铖，想着要用何种称呼，最后强忍着羞意说道，"事关我相公的身世。"

相公？

听到小姑娘口中这一声娇羞的称呼，燕铖的心跳不由得加快了些，他脸上浮现出欣喜，反手将小姑娘的手握得更紧了。

商贩听了小姑娘的话，再一次打量面前的两个人："两位郎才女貌，确实十分登对。罢了，看你们也不像是坏人，不过我确实不知道那算命先生住在何处，只知道他经常在城外东边后山那一块活动，你们若是真的想要找他，可以去那边找找，他应该住在那边。"

"东边后山？"叶七七转过头看了一眼远处的山头，"是那边吗？"

"对，就是那边。"商贩点了点头。

叶七七欢喜地跟商贩道了谢："谢谢伯伯。"

这几日不落公主虽然没有去腾云阁，但一直派人在腾云阁外盯着。今日是花吟节，她本来想邀燕铖一同出宫游玩，没想到她到了腾云阁，却被人告知那位大人出去了。

"出宫了？他不是向来喜静吗？他出宫做什么？"不落公主不悦的目光落在跪在地上的宫女身上。

宫女跪在地上，将额头贴在地上，身体止不住地颤抖："奴……奴婢不知，望公主殿下恕罪。"

不落知晓在这宫女身上定然问不出什么，但今日她心情好，便不跟一个宫女计较了。她问："贴身伺候大人的那个奴婢呢？把她给本公主叫过来。"

宫女一时之间脸上的表情有些难看。她抬头看了看公主，随后小心翼翼地回答："回公主的话，那宫女跟大人一同出宫了。"

不落闻言，眉头皱得更紧了。

他出宫带一个宫女？其他大人出宫带宫女似乎没有什么不妥，但此事若是发生在那个男人身上，她隐隐约约觉得这事好像没有那么简单。

不落看到跪在地上的宫女神情惶恐不安，冷冷地问："你还知道些什么？如实道来。"

"奴婢……"宫女抖着身子，惊恐得不知该不该将此事说出口。

"说呀！"不落公主见她吞吞吐吐，有些怒了。

宫女吓得立马对她磕了一个头，结结巴巴地说道："大人对那个宫女好像……好像有些不太一般，奴婢说不上来，两个人看着好似十分……亲密。"

"亲密？"

"今日大人坐马车出宫时，按理来说宫女身为奴婢应该跟车夫一样坐在车厢外，可……可今日那宫女同大人一起坐在马车里，还是……还是大人将她抱上马车的。"

"抱上马车？"听了宫女这话，不落公主差点儿就要气炸了。

"你说他抱着那个长相极丑的宫女上了马车？"

"是。"宫女胆怯地点了点头。

那个丑丫头不落是见过的，因那宫女长得丑，所以她才放心让那丫头留在男人身边，可没想到……

"备车。"不落显然是气急了，"本公主要出宫！"

两个人到达那商贩所指的后山时，已经到了傍晚，夕阳西下，天边一片霞光。

叶七七看见不远处有一个石磴，便提着裙摆走了过去，爬上石磴踮起脚四处张望："这边全是山，看不见有人。"说着，她踮起脚想要看得更远一些，但是脚下突然一滑，好在身旁的燕铖手疾眼快抱住了她。

"累了吗？"燕铖问。

叶七七摇了摇头。

燕铖微微蹲下身子，拍了拍自己的肩膀："上来，哥哥背你。"

叶七七后退了几步："七七不累。"

虽然她说不累，但是燕铖还是伸手拉过她，将她背在了背上。

叶七七还蹬着小腿，凑在他的耳边说："七七真的不累。"

"嗯，七七你不累。"燕铖背着小姑娘一步步往山下走，"只是哥哥想背你而已。"

叶七七抱紧男人的脖子，两条腿还有些不太自在地蹬着："七七有些重。"

燕铖不由得笑出了声："不重。"

"真的不重吗？"小姑娘在他的耳边轻声问。

燕铖不厌其烦地点了点头："真的。"

虽然她不重，但是如今她在他心里的分量有千斤重。

小姑娘乖巧地趴在燕铖背上，任由他背着自己走。

虽然她嘴上说不累，但是趴在男人的背上休息时，还是感觉到自己的两条腿有点儿酸疼。

叶七七看着他那近在咫尺的耳朵，不由得伸手捏了一下："六哥哥。"

燕铖轻轻应了一声："嗯？怎么了？"

"小时候你也像这样背过我。"她不记得具体时间了，但是印象中六哥哥确实这样背过她，而且不止一次。

燕铖回想起两个人曾经的点点滴滴，有欢喜，也有苦涩，不过好在他没有错过她。

燕铖认真地说："以后的十年、二十年、三十年、四十年，哪怕那时我们早已经是满头白发，我也会一直背着你。"

"那六哥哥你岂不是早已经变成小老头了，还背得动我吗？"叶七七忍不住笑了。

听到小姑娘的笑声，燕铖托着小姑娘的腿的手微微松开了一点儿，那突然下坠的感觉吓得叶七七急忙伸手抱住了他的脖子。

燕铖打趣道："我是小老头，那七七岂不就是小老太太了？"

叶七七不满地轻轻捶了捶他的肩膀："我就算变成了小老太太，也是最漂亮的那个小老太太。"

"当然了，六哥哥你肯定也是那个最帅的小老头。"说着，"未来最漂亮的小老太太"凑近"未来最帅小老头"的脸，亲了他一口。

燕铖笑得开怀：今生能与她相遇，何其有幸。

"对了六哥哥，我们这是要下山吗？"先前叶七七只顾着说话，完全没有注意到男人走的路，"我们不找那个算命先生了吗？"

燕铖说："已经很晚了，先下山吧。"

若是他一个人前来找那算命先生，自然不担心天色晚，但现在他身边有她在，晚间山中寒凉，他自然舍不得她跟着受冻。

叶七七说道："好吧。"

就在两个人走到半山腰时，他们突然听见前方传来哼曲的声音，虽然如今天色已晚，四周昏暗，但叶七七看前方那人的穿着，还是一眼便认出了眼前这人是今日那位算命先生。

那算命先生手里提着两壶酒，嘴里哼着小曲往山上走，看到正前方突然出现一个身影，停下了脚步，瞪大眼睛望了过去。

他心中起疑：这个时候山上还有其他人？

"六哥哥，是那个算命先生！算命先生！"小姑娘一脸激动地说道。

那算命先生看了一眼从男人的背上跳下来的小姑娘，转而将视线落在面前的男人身上，看清了男人的那张脸。

下一秒，只听"砰"的一声，他手中拿着的酒重重地摔在了地上，酒壶四分五裂，酒洒了一地。

建在山中的老旧土屋有些年头了，看着有些摇摇欲坠。

屋内烧着柴火，驱散了夜里的寒凉，柴火之上悬着一口小锅，熬好的粥发出"咕嘟咕嘟"的声音。见锅里的粥熬得差不多了，算命先生盛了两碗粥，递给了一旁坐着的两个人。

燕铖说道："多谢。"

"谢谢伯伯。"叶七七小心翼翼地捧着碗，轻轻吹着气。

算命先生先是将目光落在小姑娘身上，而后又看了看小姑娘身旁的男人，看着那张脸，心中不由得感叹：可真像呀。

"先生……"燕铖刚开口，坐在他对面的算命先生已经做了一个安静的手势。

算命先生说道："我知道你要问什么。"

燕铖放下碗，起身对算命先生行了个礼："还请先生解惑。"

算命先生看了看他，最终忍不住叹了一口气："唉，倘若将军知道你的存在，恐怕也不会……"

算命先生后面的话没有说完，脸上露出伤心的神情。

"虽然你跟将军长得很像，但是为了以防万一，我还是要确定一下。你把你上身的衣服脱了吧。"

燕铖闻言，虽然心中有些不解，但还是照做了。

男人脱掉了上衣，算命先生走到他身后，看到他的肩后有一道约半指长的伤痕，眼眶一下子便湿润了："将军和夫人若知道公子您还活着，该有多好！"

算命先生一下子跪在了地上，见他这样，燕铖急忙伸手扶住了他："那御扬将军当真是我的……"

"是你的父亲。"

这么多年以来，燕铖一直都在调查自己的身世，如今知道自己的真实身份后，却怎么也形容不上来此刻的他是何种心情。

他没有喜悦，没有想象中的无比激动和惶恐，更多的好像是无限的悲凉，因为他的父母早已经不在人世了。

御扬将军的事迹他是看过的，他知道，后来那位声名赫赫的将军死于冬日的一个夜晚，死在自己的剑下。

至于他为何会死在自己的剑下，这一点无人知晓。

算命先生喝了一口烈酒，这才开始缓缓述说当年那段鲜为人知的往事。

二十多年前巫蛊之术在北漠边疆突然盛行，害死了不少人，也正因为这突然盛行的巫术，那百年前就已经灭国的巫姒族再一次出现在了世人面前。

传说巫姒族善用蛊术，心思歹毒，能驱使世间的大多数活物，并且他们因修炼邪术还能长生不老。

因为这些传言，江湖上的人突然开始大肆暗杀巫姒族的遗孤，而燕铖的母亲胡姬，恰恰也是巫姒族遗孤。

大漠孤烟，黄沙四起。

大漠黄沙之中的一间客栈，今日来了不少客人。

"今日的收获可真不少，定然能卖一个好价钱。"

"是呀！近日因为抓巫姒族遗孤这事，连我们的生意都跟着好了起来。"

"可不是。听说那巫姒族的女子比寻常的女子貌美，这不，近来不少达官贵人让我帮他们找巫姒族女子。不过这世间女子那么多，我们哪里知道谁是巫姒族的后人，只要找些格外漂亮的，咬死了说就是巫姒族的女子，那些达官贵人自然也就信了，谁让他们人傻钱多呢。"

"还是大哥您英明。"两个穿着北漠服饰的男人一前一后上了楼。

"但是大哥，都说巫姒族人的伤口能很快愈合，万一有些达官贵人这么一试，我们露馅儿了怎么办？"

"说你笨你还当真是不开窍得很。你说那些达官贵人为什么个个非得要买巫姒族的女子，还不是传言说巫姒族女子个个长得都如同天仙一般？不管我们送过去的是不是巫姒族的女子，只要长得貌美就行了。

"那些女子将那群达官贵人伺候好了，哪怕贵人知道她们不是巫姒族的，但看在那些女子长得漂亮的分儿上，自然不会再追究了！

"再说了，我们动不动就换地方是为什么？哪怕真的有达官贵人知道自己被骗了，想要找我们理论，但是他能找得到我们吗？哈哈哈……"

"还是大哥您深谋远虑，小弟佩服，佩服！"

"好好跟在大哥后面学着点儿，等一下拿点儿吃的上去，别还没送到那群达官贵人的手里，人先被我们饿死了。"

"好嘞大哥。"

两个人上了二楼，谈话声也就此戛然而止。

与此同时，一楼楼梯一侧的桌前，穿着普通商人衣服的四人安静地坐着。待听完方才上楼的那两个人的谈话之后，四人抬头，看向楼梯口时的神情都有些高深莫测。

"热乎乎的包子来啦！"店小二端着刚出屉的包子走到四人的桌前，"刚出屉的包子，四位客官请慢用。"说完，店小二将热乎乎的包子放在桌子中央，转身间无意碰到了放在桌角的包袱，眼看那包袱中的剑就要掉在地上。

这时，坐在一旁安静了许久的男人突然伸手，稳稳地抓住了包袱。

见此，在场的三人这才松了一口气。

"客官……"一旁的店小二正要道歉，但对上男人那双目光凌厉的眸子，吓得原本打算说的话硬生生卡在了喉咙里。

哪怕此刻眼前这男人戴着面具，大半张脸被遮住了，但是那双凌厉的眸子看着还是有些吓人。

好在同桌的另一人及时说道："这里没有你的事了，下去吧。"

店小二如释重负地急忙离开了。

"看来方才那两个人应该跟最近城中的女子失踪案有关。"其中一人说完，另外的两个人点了点头。

"二七，你觉得呢？"那人说完，目光落在对面戴着面具的男人身上。男人隔着包袱将剑拿在手中，没有抬头，只冷冰冰地说："今晚行动。"

巫姒族的每个人生来都是带着"罪"的，他们擅长用诡秘的巫术，驱使这世间的大多数活物，所以旁人忌惮他们的本领。巫姒一族越来越兴盛，最终引来了眼红的看客，他们用伪善的面孔和混淆是非的口舌，使巫姒一族生来的优势成了自身有罪的证据。

过于强大会招致毁灭。百年前巫姒一族被四国讨伐灭亡之后，还有遗孤活在世上，因为他们带着"罪"，所以他们的地位比奴隶还要低贱。

上至王室贵族，下至奴隶，都可随意杀戮巫姒族人，那时巫姒族人是堪比蝼蚁一般的存在。

本来对他们来说活着已经很艰难了，最近又因巫术盛起，巫姒一族再一次被推上了风口浪尖。

巫姒一族的女子生来便比其他族女子貌美，也因此不少权贵子弟在背地里都喜欢买卖巫姒族的美人，将她们圈养于家中。这本是上不了台面的事，但最近因为巫术之事，那些达官贵人越发肆无忌惮。

巫姒一族的后人近些年销声匿迹，要寻一位巫姒族的女子何其艰难。

不少人贩子为了谋财，将一些貌美的女子以假乱真说成巫姒族女子，高价卖给那些达官贵人。

北漠王城之中已经出了十几起貌美女子失踪案，因调查无果，北漠帝王整日忧心忡忡，迫于无奈便将此事交给了他最信任的死士去办。

死士一路辗转，终于在一间客栈寻得了城中失踪女子的线索。

蒙面男人拿着包袱一言不发地上了楼，哪怕没有说一句话，那周身散发的逼人煞气让人忍不住退避三舍。

在他走后，同桌的人终于忍不住说道："这家伙究竟是何来头？我们衙门查的案子，为何他要跟来？"

"就是，陛下许是糊涂了，竟然让他跟着我们来查案？他一个宫中侍卫，能干什么？"

"他整日戴着面具，不知道的还以为他是什么朝廷的通缉犯呢。"

听着两个人你一句我一句，一旁的另一个男人终于忍不住了，放下手中的杯子，冷冷地开口："你们当真不知道他的身份吗？"

"什么？"

"'二七'不是他的名字，只是一个代号。"

一旁的两个人听了他这话，不知道突然想到了什么，脸上的表情瞬间变得无比难看。

在宫中能用得上代号的，只有那一批死士。

"他之所以戴着面具，是为了遮住脸上死士的印记。"

死士是如鬼魅一般的存在，尤其是他们手中的剑，不知沾染了多少人的鲜血。

在得知那蒙面男子的真实身份之后，原本一直说话的两个人顿时安静了下来，不敢多言。

这建于荒漠之中的客栈已经有些年头了，老旧的木板被踩在脚下，发出一阵阵"咯吱"声。男人拿着剑走入房中，摘下面具之后，坐在椅子上仔细擦着手中的剑。

一旁的烛火照着他的脸，左脸颊上北漠王室死士的火焰图案极其显眼。

"砰砰——"

老旧的客栈不太隔音，墙壁另一边传来撞击声，一声一声传入正在擦剑的男人的耳中。

"他娘的，你敢咬我？活腻了是不是？"紧接着，又传来桌椅被踢翻、瓷器被砸碎的声音。

"行了，打破相了今晚就卖不出去了，到时候我们一个子儿都拿不到了！"

"呸！她不是巫妜族人吗？伤口愈合得很快的，恐怕我现在打伤她，伤口没一会儿就愈合了吧？"

听到隔壁传来"巫姒族"三个字，男人的动作不由得停了下来，他抬起头，一双深沉的眸子闪着几分意味不明的光。

过了一会儿，隔壁的男人骂骂咧咧地走了出去，关门声震得整个屋子好像都晃了几下，四周又一次归于平静。

男人将擦剑的布放下，转头看向一旁的窗户。皎洁的月光透过窗户洒进室内，地板上泛着一层银白色的光。他突然想到了什么，拿起剑，一个翻身便到了窗外。

他来到隔壁屋子的窗前，只见昏暗的室内放着一个能容纳三个人的笼子。一个穿着一身莹白色北漠服饰的女人静静地躺在笼子里，紧闭着双眼，那微微起伏的胸口显示她还活着。

他翻身进了屋子，走近那关着昏睡女人的笼子，但此刻他注意到的不是女子那绝世的容颜，而是此刻女子的手腕上正在流血的伤口正以一种肉眼可见的速度愈合。

她是一个巫姒族女子。

男人抿了抿唇。他此次来的目的是救出那些城中失踪的女子，而眼前这个巫姒族女子，显然不在他救的范围内。

他正准备离开，裤腿突然一紧，低头一看，只见一只柔若无骨的手紧紧抓着他。

女人细弱的声音传入他的耳中："救……救救我……"

自男人站在窗外的那一刻，胡姬便已经知晓了他的到来。她紧紧地抓着此刻站在牢笼外的男人，虽然不知道他是谁，但是心中能隐约感觉到，这个人是她脱困的唯一希望。

无论他是谁，只要他能救她出去就行。

她缓缓地抬头，看向男人的脸。此刻他站在那儿居高临下地看着她，背对着窗，逆着月光，她看不清他的脸。

"求你……救救我……"哪怕只有一丝希望，她也绝对不可以放弃。

但下一秒，面前的男人无情地碾碎了她的希望，不含丝毫情感地冷声说道："松手。"

客栈今夜有一场拍卖活动，据说拍卖的不是价值连城的瓷器或宝玉，而是活物——巫姒族的美人。

今夜的客栈尤为热闹，有不少从别国远道而来的人，只是为了目睹这传闻中有着倾国美貌的巫姒族女子。

"王爷，今日客栈鱼龙混杂，为了您的安全，我们还是上楼……"一个穿着朴素衣袍的男人话还没说完，一个穿着白色衣袍的少年便已经打断了他的话。

"本王此番奉皇兄之命护送珍宝，如今珍宝已完好地送至北漠王宫，那么本王的任务算是圆满完成了。本王如今想看个拍卖会还看不得了？"少年夜墨寒瞥了一眼身旁的侍从，脸色微微带着几分不满。

侍从说道："王爷，您有所不知，今日拍卖的……可是……可是巫姒族的女子，此次拍卖定然要见血，万一画面血腥……"

后面的话侍从没有再说。传说巫姒族之人有强大的自愈能力，所以这场拍卖会定然要见血，再加上这拍卖的可是巫姒族的美人，一些达官贵族喜欢圈养巫姒族的美人已经不是秘密，万一这拍卖会再弄出些什么香艳画面，脏了王爷的眼可就不好了。

"行了，都说这巫姒族的美人容貌倾城，那今日本王便拍下她，送给皇兄。"

听王爷说出这话，那侍从瞬间瞪大了眼睛，一脸惊恐。巫姒族人生来卑贱，怎么能送给陛下呢？

"王爷，您三思呀！"

夜墨寒听着侍从的劝告只觉得心烦，正打算让侍从安静，突然看见一只小手从桌下探了上来。摸索片刻，那小手摸到了盘子里的糕点，以一种极快的速度抓了几块，又快速缩到了桌下。

夜墨寒看呆了：是自己眼花了吗？下一秒，他立马否定了这一想法。

"王爷……"侍从开口，夜墨寒做了一个安静的手势，随后弯下腰，一把掀开桌布。

桌下坐着一个浑身脏兮兮的十一二岁的孩童，双手拿着方才从桌上偷的糕点，正鼓着腮帮子啃着，那模样像个饿急了的小老鼠。

他吃得正欢，注意到桌布被掀起，一张少年的脸突然出现在他面前，吓得他手一抖，才啃了几口的糕点掉在地上。他转身要跑，却被人一把揪住了衣领。

夜墨寒将那浑身脏兮兮的偷吃糕点的孩童拉到面前，问："跑什么？"

作为回应，那孩童突然张开嘴，一口咬在了他的手臂上。

侍从大惊，正要将那孩童踢到一边，夜墨寒伸手做了一个制止的动作。

孩童司冥炎死死地咬着面前少年的手，本以为这人会粗鲁地将他甩开，但是让他意外的是，眼前这人并没有。他口中尝到了血腥味，抬头对上了面前白衣少年温柔的眸子，那一刻，也不知为何，他的心猛地抖了一下，咬人的嘴也松开了。

"王爷！"一旁的侍从看到自家王爷的手臂被咬出了血，急忙拿出锦帕给王爷捂住了伤口。

"我没事。"夜墨寒看着手臂上被眼前这孩子咬出的血痕，并没有责怪的意思，"他许是饿了，阿东去柜台拿些吃的给他。"

那名叫阿东的侍从闻言，心中十分不满：明明这小子咬了王爷，王爷竟还要拿吃的给他。阿东虽然心里十分不满，但还是照做。

一旁的司冥炎听了眼前少年这话，也是同样不理解：自己明明咬了他，他怎么还……

"给你，拿去吃吧！"阿东十分不情愿地将拿来的吃的放在了那孩童面前。

那孩子咬了王爷一口，而且是一大口。阿东生怕那脏兮兮的孩童身上带着什么病，他急忙拉着王爷离开大厅，上楼去处理伤口。

夜墨寒坐在椅子上，看着阿东给他处理伤口，笑道："小伤而已。"

"王爷您乃千金之躯，那孩子浑身脏兮兮的，万一身上有什么脏病传染给您……"

夜墨寒说道："那孩子除了身上脏一点儿，不是挺可爱的吗？"

阿东很是不理解，那脏兮兮的小孩儿哪里可爱了？

"他不比皇兄生的那三个孩子可爱多了？皇兄生的那三个孩子，两个大的皇子古板沉稳，裳裳虽然是个女孩子，但是越大越骄纵，烦人得很。"

阿东心想：您这样说真的好吗？

"你怎么还在这儿？"阿东给少年清理完伤口，一转头，就见方才那个咬了他家王爷的小子站在房门口。

那小子无措地站在门口，似乎想说些什么，但最终还是没说出口，在门口放下一样东西后，匆匆地跑开了。

阿东走到门口，看到了那脏兮兮的小子放在地上的纸包，本来不打算捡的，但是屋内的少年问："那孩子送什么来了？"

阿东认命地把纸包捡了起来，有些嫌弃地打开，然后闻了闻，一愣，转头对夜墨寒说道："好像是……金创药粉。"

"啊——"

客栈后院，一声惨叫响起，一个身影重重地倒在了地上。

鲜血从男人的剑上滑落，滴在脚下的泥土里，原本褐色的泥土早已被鲜血浸湿。

远处传来脚步声，衙门中的三个人匆匆赶到后院时，看见的就是五六具尸体躺在地上，鲜血流了一地，入眼是刺目的红，空气中都弥漫着一股血腥味。

而杀了这几人的罪魁祸首坐在一侧的井边，脸上戴着面具，浑身散发着杀气，犹如从地狱来的恶鬼，仔细擦着手中的剑。

三人缓缓走近，看到地上的尸体都是睁着眼睛的，心中不由得生起了一股寒意。

这时，擦着剑的男人突然抬手，吓得他们脸色猛然一变。

男人瞧着三人惊恐的样子，脸上依旧没什么表情，指了指另一边的柴房，说："城中失踪的女子在那儿。"

闻言，三个人走到柴房门口，推开门，果真瞧见里面有十几个被绑着的女子。

这些女子显然受到了惊吓，见门被推开，一脸惊恐地睁大眼睛看着他们。

"没事了，你们安全了，我们是来接你们回去的。"说完，其中一男子转身看向身后，月光之下，原本坐在井边擦剑的男人已经不知去向。

男人如黑夜中的幽灵一般，悄无声息地上了屋顶，来到之前关押那巫姒族女子的房间的窗外。

窗户是开着的，屋内一片漆黑，原本被关在笼中的狼狈女人已不知去向。

楼下的大厅似乎更加吵了，拍卖已经开始了。

巫姒一族的人比奴隶还卑贱，他本没有必要出手救她，但是只要他一闭上眼睛，脑海里就浮现那样一双眸子，柔弱可怜。

夜晚的荒漠凉风习习，时不时传来阵阵狼嚎，但这丝毫不影响今夜客栈的生意，远远地看去此处灯火通明，热闹非凡。

今夜客栈之中聚集了来自五湖四海的人，有命案缠身的盗匪，也有家世显赫的达官贵人。

他们来此的目的，就是今夜客栈拍卖的巫姒族的美人，哪怕最后拍不到，也想一睹这传闻中巫姒族女子的美貌。

客栈一楼的大厅此刻嘈杂无比，一想到今夜能目睹那传闻中巫姒族女子的倾城美貌，一些人便忍不住有些激动。

"都已经这个时辰了，巫姒族的美人怎么还没出现？"

"快点儿把美人带出来！我们都等不及了！"

人群中不知何人突然说了这么一句，而后整个大厅更热闹了，催促声越发响亮。

悍匪们拿起手中的大刀挥舞，以此来表达自己内心的急切；而那群达官贵族斯文地坐着，倒是不太着急，美人还未上场，无聊之际看看粗鄙的小丑们舞刀弄枪也是个不错的选择。

"听说今日的巫姒族美人起拍价是五千两银子，也不知道这美人最后会落到哪位手中？"席间有人谈论起今日的拍卖情况。

"依我看，美人最后定然会落在那位公子手中。"说话的人朝不远处指了一下，而后同伴也看向不远处穿着十分华丽的一位富家公子。

"那可不一样，依我看，这美人最后会被那大胡子买去。"

"你是疯了吗？区区一个粗鄙的悍匪，哪儿有那么多钱？"

"你可知那位大胡子是谁？那可是山崖帮的帮主，听说他们前段时间劫了官银，大捞了一笔！"

这一无名客栈地处北漠的灰色地带，官府管辖不到，江湖上的亡命之徒常出没于此。

就在众人十分期待那位巫姒族美人出场时，那紧闭的大门突然被人从外头推开。

夜晚的荒漠气温很低，大门突然被推开，那寒气从外头涌了进来，坐得离门近的人因这突然袭来的寒气不由得抖了一下身子。

正巧前阵子劫了官银的山崖帮帮主坐在门口，被这寒气一激，顿生不快。

"砰"的一声，他直接一掌拍碎了面前的桌子，转过头怒气冲冲地对门口骂道："他娘的……"

众人朝门口看去，首先映入眼帘的便是五个穿着奇装异服的人，中间那一位绿发女子尤其引人注目。

女子的目光扫过在场众人，也不知道为何，原本热闹的大厅此刻如死一般寂静。

杀气！

在场的众人从这五人的身上感受到了浓浓的杀气。

他们身上穿的衣服在场众人从未见过。

女子上身穿着类似北漠女子的服饰，而下身穿的像裙子又不似普通女子的裙子，只有短短的一截，露出一大截白皙的美腿。女子脚上穿着及膝的黑色长靴，脚跟处还有如筷子一般细长的鞋跟。

在场的不少人看着女子的这身穿着，都震惊地瞪大了眼睛。

按理说在场的大多是江湖上的亡命之徒，看到这般貌美的女子怎能不出口调戏，但大厅里依旧安静至极，无一人敢说话。

因为门口这五人身上的杀气太重。

那女子手上拿着一根类似黑色棍子的东西，虽然在场的众人并没有见过这种东西，但都觉得这女子拿着的应该算得上是一件兵器，并且这件兵器让人感觉十分危险。

女子走了进来，四个穿着奇装异服的男人跟在她身后，手里都拿着跟女子一样的兵器。

店小二颤颤巍巍地上前询问："请问五位客官是住店还是……"

"吃饭。"女子看向店小二，冷冷地回答。

"客官这边请。"今日客栈人多，楼上的房间已满，所以店小二便把他们安排在了一楼大厅。

女人坐到椅子上，周围众人的目光都有意无意地落在了女子的腿上。

"啪"的一声，女子将手中的武器放下，侧头看向一旁一直盯着她的大腿看的男人，笑道："好看吗？"

那男人本来还有点儿胆怯，但是看到女人突然对着他笑，原本的恐惧一下子被抛到了九霄云外，他痴笑地点了点头："好……好看。"

说着，他居然流出了鲜红的鼻血。

女子笑了一声，伸出手，"咔嚓"一声，男人头一歪倒在了地上，人没了气息。

在场的众人惊呆了。

"帮……帮主！"

被拧断脖子的男人正是方才那个帮主，一旁的小弟见自己的帮主就这般被人拧断了脖子，整个人都惊呆了。

小弟惊恐地瞪大眼睛，正要跟眼前的女人理论，抬眼对上女人还有她身边的四个男人，吓得立马低下了头，不敢再吭声。

灰色地带本就是弱肉强食，死了一个人，在这里压根儿不足为奇。

这突如其来的小插曲让在场的众人心思各异，但过了没一会儿，大厅又恢复了之前的热闹。

女子漫不经心地擦着手中的枪，一旁代号004的男人从口袋中拿出小型测量器，看着上面的测量数据，缓缓地说道："与实验目标偏差八个百分点，实验失败，是否重新测量？"

绿发女子漫不经心地喝了一口茶水，问："此刻现实时间是几点？"

代号008的男人掏出手机答道："报告队长，现在现实时间是北京时间凌晨三点五十四分。"

"凌晨三点呀……"绿发女子漫不经心地伸了个懒腰，看着此刻热闹非凡的大厅，"那就在这里再待一会儿，他们好像要拍卖什么东西，若是看上了中意的，我们就拍下带回去，说不定它就能成为价值千万的古董。"

代号023的男人说："根据《时空管理手册》，此行为会触犯时空法律。"

绿发女人漫不经心地嗤笑了一声，随后慵懒地扫视四周，见众人都直勾勾地盯着不远处的台子，像是在期待什么。

她心中不解，转头看向一旁胆怯地缩着脑袋的男人，问："今夜拍卖的是什么？"

听到这绿发女魔头突然问自己，那男人被吓得控制不住地身体颤抖。

就是眼前这个一头绿发的女子，徒手拧断他家帮主的脖子。

他生怕自己等一下跟帮主落得一样的下场，急忙回答："是……是巫妠族的美人。"

绿发女子闻言，面露疑惑，还没有等到那人给她解惑，原本就嘈杂的大厅顿时跟炸开了锅一般。

绿发女子看去，只见不远处的高台上，一个管事手里拉着一根绳子，将一个穿着白裙的女人牵了出来。

女人的脸上戴着遮住了大半张脸的面纱，但露在外头的那小半张脸，就足以让在场的所有男人都为之疯狂。

"这就是今晚本店的拍卖品，来自巫妠族的美人。"台上的管事说着，台下的侍童递给他一根鞭子，在台下的众人还在欢呼时，他一鞭子抽在了女人的小腿上。

"啊——"

女人惨叫出声，狼狈地倒在了地上。

那鞭子上带着软刺，管事一鞭子下去，将女人原本白皙的小腿抽出了一道血痕，但下一秒，奇迹出现了，女人的小腿上的伤口竟然以一种极快的速度愈合了。

这证明了女人拥有强大的自愈能力，确确实实是巫姒族女子。

"今夜的起拍价是五千两银子。"说着，管事便伸手扯掉了遮住女人容貌的面纱，当那张倾城倾国、我见犹怜的脸映入众人的眼帘时，四周的空气都凝固了。

随后，台下众人纷纷叫价。

"五千五百两！"

"六千两！"

"七千两。"

"一万两！"

…………

绿发女子盯着台上美貌的柔弱女子，不解地问："这巫姒族究竟是什么来头？"

一旁的代号 003 的男人将手中巴掌大小的电子屏递给女人，她看完上面的信息，了解巫姒族的故事后，忍不住骂出了声："可真是一群浑蛋！"

一群自诩正义之辈灭了巫姒族不说，如今竟然连人家的后人都不放过。

绿发女子正要起身，一旁与她同行的几个跨时空者急忙制止道："我们无法插手跨时空的事情，万一造成时空混乱，到时候可是要上时空法庭的。"

女人神色阴沉，不知在想些什么，下一秒，坐了下来。同桌的其他四人松了一口气。

"既如此，那我刚刚拧断那人的脖子，你们怎么不阻止？"女人抬了抬下巴，示意不远处被她拧断脖子的尸体。

代号 023 的男人解释："根据时空轨迹，那个男人今夜就会死，所以您失手杀了他，并不会造成什么影响。"

听代号 023 的男人说出"失手"两个字，女人不由得笑出了声。

代号 023 的男人继续说："至于台上的那个巫姒族的女子，根据时空轨迹，她今晚会死。"

"真可惜。"绿发女人低声说道，"她长得如此好看，可惜是个短命鬼。"

023 说道："天意如此。"

历史就是如此，他们作为跨时空穿越者，不能随意更改，不然造成的后果是他们无法承担的。

看着众人的报价越来越高，台上的管事再一次挥动手中的鞭子，抽向倒在地上的美艳女子。

女人白皙的皮肤被划破，鲜血染红了白色衣裙。

在场的人看着女人身上的伤口一次次愈合，但是无人在意每一鞭子带给她的疼痛，他们觉得这样理所当然，仿佛这是她身为巫奴族的后人应该承受的。

又一鞭子朝地上的女人抽了过去，女人闭上眼睛等待疼痛来临，可这一次，那鞭子迟迟没有落在她身上。

一只手稳稳地抓住了半空中的鞭子。

那人一袭黑衣，脸上的面具遮住了他的大半张脸，只留一双冰冷的眸子，他如同鬼魅般突然出现在台上。

"你……你是谁呀？"手握长鞭的管事看着突然出现在他身旁的蒙面人，显然被吓了一跳。

男人那双冰冷的眸子盯着管事，他指了指地上的女人说道："我要她。"

空气凝固了一秒，随后台上台下皆爆发出一阵笑声。

"这位公子，在场的不止你一个人想要她，大家都想要她。"

"小子，想要这巫奴族的美人，也得拿出银子跟我们争呀。"

"看他这样子，估计只是个犯了事的盗匪，哪儿有那么多钱？"

"小子，不想死就别在这里惹事，不然我们可……"

下一秒，男人不知从何处掏出一沓银票，扔在了一旁的管事的怀里："这些够吗？"

管事看着男人扔在他怀里的一沓银票，眼睛都直了。这些加起来有好几万两银子吧？

"够了吗？"男人有些不耐烦地问。

管事低头看了看自己怀里的银票，又看了看男人，点了点头："够……

够了。"

男人转过头，走向地上的女人，动作有些粗鲁地将她拉了起来。

台下的众人看着眼前的这一幕，自然有些不满。

"什么情况？美人怎么真的被这小子买走了？不是说好了拍卖吗？"

"若是在场有人出价比八万两还多，那么这女子就归他了。"

此言一出，在场的众人安静了下来。

八万两银子买一个巫奴族的女子，那男人不会是个傻子吧？

被众人认定为傻子的男人离开，女人紧跟在他身后。

突然他转过头，一双凌厉的眸子看着她。

随后他突然抽出佩剑，朝她走了过去。

胡姬吓得脸一白，急忙后退：他现在不会是后悔买了她，要杀她泄愤吧？

"啊——"看着男人手中的剑朝自己劈过来，胡姬被吓得直接一屁股坐在地上，闭上了眼睛。

只听"咔嚓"一声，手腕一松，胡姬睁开眼睛，见手上的锁链被男人斩断了。

胡姬愣住了："你……"

"你可以滚了。"男人收回剑，冷冷地对她说道。

胡姬听了男人这话，一脸困惑：他方才花巨资买下她，现在居然要赶她走？

"你要赶我走？"胡姬一脸震惊。

男人皱着眉，冰冷的眸子看向她："你听不懂？"

"可……可你花了八万两银子买我，为什么还要放我走？"

他对银票的多少没什么概念，之所以买下她，只是觉得她跟他很像罢了，两个人都是笼中之鸟，无自由可言。

"不是你让我救你的吗？"

胡姬说："可你不是……拒绝我了吗？"

不仅如此，他还冷冰冰地让她松手。

男人没再回话，转身离开。

胡姬正要跟上去，却被男人的剑拦住了，他说道："离我远一点儿。"

他虽然买下了她，但是不想跟她扯上半点儿关系。

"难不成你要将这小美人独自扔在这里？"男人循着声音望去，就见一个绿发女子从转角处走了出来。

"那群人可都虎视眈眈地盯着这个小美人呢。"顺着绿发女子的目光看过去，男人见不少人直勾勾地盯着他面前这一身白衣的柔弱女人。

"所以呀，这美人还是放在自己身边稳妥。"说着，绿发女子直接伸手推了胡姬一下，将她推到了男人怀里。

男人一时没反应过来，直接被女人撞了个满怀，他闻到了一股淡淡的馨香。

"这鱼龙混杂之地，你要是将这小美人独自留在外头，她的下场会很惨的。"

在历史的长河中，眼前这位美貌的女子虽然被这男人买了下来，但是估计因为这男人太过古板，将小美人买下来之后便让她独自留在外头。

要知道这里惦记着小美人的男人可是很多的，小美人最后的下场是被众人欺辱，到了第二天，等这男人走出客栈，发现这小美人衣衫不整地被扔在外面，早就没气了。

"队长，您这番话已经改写了历史，时空管理局那边一定会……"

"你不觉得很有意思吗？"女人问。

"什么？"

"冷血杀手与异族美人。"

其他人沉默了。

"时空管理局那边我会去说，一切后果算在我叶清婉的头上，行了吗？"

看到那娇弱女子小心翼翼地跟着男人进了房内，叶清婉这才收回视线，合上自己手中的电子屏，甩了甩自己的绿色长发，对其他四人说道："时间到了，我们该回去了。"

胡姬小心翼翼地跟着男人回了房内，男人几乎是当她不存在般躺在了床上。

她不知所措地站了一会儿，随后小心翼翼地蜷缩在另一边的软榻上。

没一会儿，蜷缩在软榻上的女人便睡着了。

黑暗中，躺在床上的男人睁开眼，听到一旁传来女人平稳的呼吸声，朝她看了过去。

看女人的胸口因呼吸而起伏，不知为什么，他心中突然生出一股庆幸。至于在庆幸什么，他自己一时也说不清。

第二天一早，一袭黑衣的男人坐在客栈外头，将靴子口用绳绑紧，防止等会儿骑马时风沙灌入鞋中。待将绳子绑好后，他站起身，牵着面前的马准备离开。

躲在门后的胡姬见他要走，急忙跟了过去。男人突然转过头，一双凌厉的眸子看向她。

胡姬硬着头皮走到男人面前，伸出手，似乎是想抓住他的衣摆，但是男人一个凌厉的眼神扫过来，吓得她赶忙收回了手。

"我……我想跟你一起走。"

男人无情地拒绝："我不喜欢累赘。"

他身为王族的死士，独来独往惯了，昨日留她住了一宿，已经够仁慈的了。

见男人要上马离开，胡姬也顾不得他那双吓人的眼睛，急忙伸手抓紧他的衣摆："我一定会乖乖听你的话，求你一定要带我走……"

她此刻的眼神，一如她在笼中紧紧地抓着他的裤腿，求他救她出去时的眼神。

后来他是怎么做的呢？他自然无情地拒绝了。

这一次，他也是如此，无情地拽开了女人抓他衣摆的手。

胡姬眼睁睁地看着男人骑马离开，转头，看到四周的男人如狼一般的目光落在她身上，她的心瞬间一沉。

"那群人可都虎视眈眈地盯着这个小美人呢。"

"所以呀，这美人还是放在自己身边稳妥。"

男人驾着马，漫天的黄沙刮着他裸露在外的皮肤，也不知怎么的，他突然想起了昨日那绿发女子在他的耳边说的话。

"麻烦！"

下一秒，他驾着马又折了回去。

"小美人，昨天买你的那个男人呢？"

"这才一夜的工夫，小美人你怎么就被抛弃了？来哥哥们怀里，哥哥们给你温暖。"

胡姬看着挡在她面前的几个不怀好意的男人，想要跑，却被人狠狠地扑到了地上。

"放开我……放开……"

男人骑着马折回来，看见的就是眼前这一幕。

胡姬吓得脸色苍白，紧紧护着自己的衣服。

下一秒，她耳边响起清晰的刀刃刺破皮肉的声音。

她惊恐地看着面前原本打算欺辱她的男人一个接着一个地倒了下去，他们的胸口瞬间被染红。

她抬头，见原本已经离开的蒙面男人站在那儿，手中冒着寒光的刀刃还在滴着血。

男人朝她走了过来，走近了，身上的血腥味似乎更重了。

男人毫不费力地将她抱了起来，扔在了马背上，随后他也一个翻身上了马。

男人手握缰绳，将她圈在怀里。

胡姬意识到他要带她一起走，紧紧地抓着他的手臂，生怕下一秒他会突然反悔，将她从马背上扔下去。

她紧紧地抱住眼前男人那抓着马鞭的手臂，仿佛抓住了活下去的希望。

男人骑着马，见坐在面前的女人紧紧地抓着他的手臂，抿了抿唇，一路无言。

到达一处驿站，胡姬刚被男人抱下马，就忍不住蹲在一旁，狼狈地吐了出来。

男人看女人吐成这个样子，不由得将目光落在她身上。

男人带着胡姬赶了半天的路，而她已经一天没有进食了，本来身体就十分虚弱，再加上坐在马背上一路颠簸，现在停下来，她终于再也忍不住吐了出来。不过肚子里本就没食物，她自然吐不出来什么。

女人捂着唇从地上站了起来，脸色变得更加苍白了。

一旁的男人将水壶递给了她，她捧着水壶，"咕噜咕噜"地喝了好几口。

喝完水之后，见男人进了驿站，胡姬擦了擦嘴角，急忙跟了上去。

她是真的饿了，在菜被端上来之后，见男人并没有阻止她吃东西，她拿起一只鸡腿，狼吞虎咽地吃了起来。

她快啃完一半鸡腿了，见坐在对面的男人没有丝毫动作，她问："恩人，你不吃吗？"

男人看了她一眼，没说话。

胡姬的目光落在男人的脸上戴着的面具上，她突然想到这一路上他从来都没有摘下面具，除了露出的那双眼睛，她还不知道他到底长什么样子。

想到男人可能是不想让人看见他的样子，胡姬又拿了几样吃的放在盘子里，随后转过身背对着男人说道："你摘下面具吃吧，我……我不看你。"

说完，胡姬将手里的鸡腿啃完，听到自己身后安安静静的，一点儿声音都没有。

他在吃吗？怎么她都没有听见声音？

胡姬缓缓转过头，见男人正背对着她。

胡姬有些无语。

人家吃饭都是面对面，他们两个人倒好，背对着对方。难不成他是因为长得太丑，所以才戴着面具吗？

还有，他是杀手吗？

回想起今日一早男人拿着剑的血腥一幕，胡姬心中不由得生出了几分恐惧。

下一秒，胡姬摇了摇头：管他呢，他是她的恩人，就算他长得丑，是杀人不眨眼的杀手，但他是她恩人这一点永远都不会改变。

男人吃饭的速度极快，吃完之后，他又将脸上的面具戴好。转过头，胡姬看到的又是一个戴着面具的男人。

人吃饱了就容易犯困，胡姬因之前一天没吃东西，今日吃饱了难免有些犯困，但是碍于男人在场，胡姬硬生生忍住了自己那突如其来的困意。

见男人突然站起身往外走，胡姬也"噌"的一下站了起来。

"你先待在这儿。"男人对她冷冷地说道。

胡姬问："你要去哪里呀？我跟你一起。"她生怕男人会突然丢下她。

男人平静地说道："在这儿等我。"

这句话无疑给了胡姬一颗定心丸。

"你……一定要回来！"

男人点了点头："嗯。"

听见了男人肯定的答复，她这才放下心来，目送男人离开。

男人走后，胡姬紧张得没了困意，关好门，将自己整个人都蜷缩在软榻上，似乎只有这样才能感觉到一丝安全感。

在等待男人回来时，胡姬忍不住睡着了，又梦到了自己那一段暗无天日的日子、惶恐、孤独、看不见希望。

她从睡梦中惊醒，看着昏暗的房间，已是傍晚了。

他还是骗了她，没有回来。

果然，她最终还是被抛弃了。

昏暗的房里响起女人微弱的哭声，走廊上传来脚步声，女人原本哭泣的声音变得更加小了。

她紧紧地抱着自己，将自己缩成了一团，不敢发出一丁点儿声音，怕引起旁人的注意。

她希望谁都不要发现她，她只是想活下去，为什么那么难？

紧闭的房门被从外面推开，正在哭泣的女人抬头，随后就看见那个男人站在门口。

看到女人泪流满面地看着他，男人明显愣了一下。

下一秒，女人朝门口的他扑了过去，就这样跟他撞了个满怀。他又闻到了那股好闻的香味。

"呜呜呜，你去哪里了？你怎么这么晚才回来？我还以为……还以为……"她还以为他将她抛弃了。

男人看着紧紧抱着他泣不成声的女人，身子僵硬，垂在两侧的手不知该做何举动。

"我去见一个人，耽误了些时间。"

他本用不着跟她解释，但是见她哭成这个样子，心里有一种说不上来的感觉。

胡姬听男人说并没有想要抛弃她，这才慢慢停止了哭泣。

她的身体还在控制不住地颤抖，男人将一样东西塞进了她的手中。胡姬揉了揉眼睛，定睛一看，竟然是一双鞋子。

她抬头，湿漉漉的眼睛看向一旁的男人。

男人注意到女人炽热的目光，故意别开脸。

他本不想买这个，但是方才路过店铺时，那商贩一个劲儿地向他推销鞋子，他想着她没有鞋穿，便买了。

女人坐在椅子上，将鞋子穿在脚上试了一下，竟十分合脚。

"谢谢你。"胡姬红着脸跟男人道了谢。

男人没有说话，淡淡地瞥了一眼她的脚，然后轻轻地点了点头。

虽然他之前说过他不喜欢带着累赘，但是一转眼，竟然将这巫姒族的女子带在了身边半月有余。

经过这半个月的相处，胡姬也算是彻底摸清了男人的性子。

他喜欢安静，不喜欢讲话，虽然整个人看起来冷漠极了，但是这一路上，他见她衣服脏了、破了，会贴心地给她买新衣服。

胡姬很快对这人产生了爱慕之情，但对他心生爱慕的不只有她一人。

"恩人，都相处那么久了，我还不知道你叫什么名字。"

男人抬头望着夜幕中的繁星，难得眼中闪过落寞。

夜晚凉风拂面，胡姬听到男人缓缓地开口："我没有名字。"

桌上的蜡烛快要燃烧殆尽，待算命先生讲完御扬将军与胡姬的种种过往后，已是半夜。

燕铖转头看了看已经靠在他的肩上睡着的叶七七，轻轻将熟睡的小姑娘抱起，放在了一侧的软榻上，贴心地为她盖好被子。

算命先生看着忍不住问："这位莫不是公子您的……？"

"是我娘子。"燕铖看着熟睡的小姑娘，眼中满是温柔。

"若将军和夫人看见了，定然十分欢喜。"

热酒已经喝完，算命先生这才缓缓地站起身往外走："今晚你们便在这屋睡吧。"

燕铖站起身问："敢问先生您为何对……家父的事情如此了解？还有您为何如此确定我就是御扬将军的儿子？"

算命先生缓缓地转过身，开口："我叫苏无，曾经是将军麾下的一名侍从，我苏无的这条命是将军给的！至于我为什么确定您就是将军的儿子，公子，我苏无一直在等您，从我知道您在北冥的那一刻起就在等您！"

燕铖听了他这一番话，觉得像是有什么真相要破土而出，脸色不由得凝重了几分："您在说什么？"

"不然公子以为那场雪崩之后，您怎么会如此凑巧地被那北漠的不落公主所救？其实是我将您从河里救了上来，放在了不落公主返程的那条路上。"

燕铖听了他这一席话，震惊不已，但是很快又归于平静，问："为什么？您这么做的理由是什么？"

苏无："为了报仇，为了给将军和夫人报仇！

"当年先王对夫人一见钟情，为了逼将军放手，竟以夫人的性命相要挟。可是先王千算万算没有想到，夫人在入宫之前已经有了将军的孩子，先王大怒，便下令将夫人打入了冷宫。身为帝王，先王身边不缺美人，没几天的工夫，先王便已将冷宫里的夫人抛于脑后。夫人虽然身处冷宫被先王遗忘，但是这对她来说何尝不是好事。倘若一直如此也就罢了，可谁也没有想到天意弄人，在公子您五岁时，那王后，也就是如今的女王知晓了您的存在，误以为您是先王的骨肉，便想杀了您以绝后患。她将夫人吊死在了房梁上，甚至还打算将年仅五岁的您溺死在河中。

"我本以为公子您早已不在人世，但有一天，我遇到了曾经在宫里当差的侍从，他说看见您被巫师扔进河里，巫师走后，他将您救了上来。那侍从救您也并非出于善心，只是想将您卖给人贩子罢了。没想到您一路辗转，最后竟然稀里糊涂地成了西冥太子……"

那算命先生离开后，燕铖静静地躺在小姑娘身边，手里拿着胡笛，若有所思。

怪不得他今日听见那首胡笛吹的《送君归》觉得如此熟悉，原来他小时候在娘亲身边听到过。

只可惜时间过去太久了，他实在是一点儿都记不起娘亲的模样了。

第十二章

圆 满

"嗯，六哥哥。"睡得迷糊的小姑娘突然睁开眼睛，看着躺在她身边的男人，朝着男人的怀里靠了过去，"你怎么还不睡呀？"

燕铖将手里的胡笛放到一旁，伸手将小姑娘揽在怀里："现在就睡了。"

叶七七在他的怀里找了一个熟悉的位置，然后又闭上了眼睛。

"七七，我爱你。"燕铖说道。

迷迷糊糊的叶七七听了他的这句话，下意识地点了点头："嗯，我也爱你。"

燕铖笑了一声，低头亲了亲小姑娘的额头。

两日后，冷卫带着人同两个人在山脚下会合。

叶七七瞧着冷卫带着来时的一众人，看见马背上皆是大包小包的东西。

"我们不回北漠王宫了吗？"叶七七问道。

燕铖将小姑娘抱上马车，说道："不回去了，我们回北冥。"

天知道，叶七七为了等他的这句话等了多久。

叶七七问道："六哥哥，关于你的身世，问题都解决了吗？"她以为他们还要在这里再留一些时日的。

燕铖替小姑娘拢好披风："嗯，都解决了。"

他本来还在想如何报仇，只是在他动手之前，老天爷插手帮他解决了仇人。

两天前，北漠王宫供奉蛇灵的蛇灵殿突然发生了爆炸。据传言，蛇灵一死，北漠的国运就会逐渐衰微。

无数条蛇从蛇灵殿中涌出，咬伤了无数人，其中就包括女王和巫师。据说两个人被咬伤后都死在了蛇灵殿里，连同尸体都被蚕食殆尽，场面极其血腥。

这一场突如其来的蛇灾，说来十分奇怪。王宫内闹了蛇灾，众人本以为这蛇的数量众多，会祸及王城外的黎民百姓，可是并不然，这众多的蛇像是有组织一般只在王宫中乱窜，没有一条出过王宫。

护卫队花了一天一夜的时间都没有将宫中上下的蛇驱赶干净，但就在第二天的晚上，那些蛇又以很快的速度退去。

谁也不知道这些蛇是因何而来，又因何而去。

他们只知道这大约是巫师炸了蛇灵殿，蛇灵亡，灾祸降临北漠。

如今的北漠王宫上下因为蛇灾和女王的暴毙乱成了一团。本来大臣们想推举卡尔善王子为王，但是蛇灾突发当日卡尔善王子刚巧也在宫中，遭到了蛇群的袭击，如今还躺在床上昏迷不醒。

现在唯一的继承人便是不落公主，但反对者众多，至于最后的王位谁会来坐，那就不得而知了。

"公子。"苏无姗姗来迟，将一样东西交给了燕铖，"夫人生前并没有留下什么东西，我之前去冷宫只找到了这个，公子就当留个纪念吧。"

燕铖接过苏无送来的胡笛。这支胡笛有些年头了，燕铖的内心泛着苦涩，他对苏无道了声谢。

"公子，如今北漠无主，您身上流着的也是北漠王室的血，若是您愿意，大可以……"

"不用了。"燕铖拒绝了苏无的提议。

"父亲虽为王室之后，但自出生后便被作为死士抚养，哪怕日后成了名震天下的御扬将军，手握重权，都未曾想过要夺这王位。父亲看不上的东西，我自然也不想要，更何况……"燕铖说着，转头看向身后马车里的小姑娘，满眼的温柔皆是因为她一人。

然后，苏无便听见他说："我是要跟她回家的。"

"那苏无伯伯都跟你说什么了？是要让你留下来吗？"燕铖刚上马车，某个小姑娘便已经抱住了他的腰。

"嗯。"燕铖点了点头，"我拒绝他了，毕竟我要跟我的小姑娘回家去。"

"我前天听着那苏无伯伯讲的故事不知不觉便睡着了，后来那个御扬……呃……"叶七七说着，不由得停顿了一下。

既然御扬将军是六哥哥的父亲，那她直接叫御扬将军是不是不太好，是该叫公公还是……？

燕铖亲了亲小姑娘的嘴角，将她揽进怀里，笑道："后来他们两个人生下了一个小御扬，所以……七七什么时候替我生个小七七出来？"

听了燕铖的这番话，叶七七脸立马红了，将脸埋进男人的胸膛，不愿再露出来。

山脚下，一旁的密林之中突然出现两个狼狈的身影。

夜霆晟身上的衣衫被划破，还沾了不少土。他好不容易爬了出来，趴在地上喘了半天的气，这才想起来身后还跟着个男人。

他转头，看着只露出一只手、还没有爬出来的男人。

他伸出手，连拉带拽地将昏迷不醒的鸦影从密林中拖了出来。

夜霆晟见男人紧闭着双眼，一副昏迷不醒的样子，伸手拍了拍男人的脸。夜霆晟一连拍了好几下，地上的男人都毫无反应。

夜霆晟皱了皱眉，趴在男人的心脏的位置，疑惑地说道："难不成死了？"

紧闭双眼、昏迷不醒的男人终于动了动。鸦影睁开眼睛，沙哑着嗓子说道："放心，我不会那么轻易死了的。"

夜霆晟抿着唇一言不发，将鸦影从地上扶了起来。

夜霆晟扶着鸦影走了没多久，就听见身后不远处突然传来马蹄声，转头便看见朝着他们这边行驶而来的车队。

冷卫坐在马车前，看着正前方狼狈不堪的两个人，一眼就认出了其中一人，不由得愣了一下。

夜霆晟也没有想到自己今日会如此巧合地跟他们相遇。

当他得知北漠王宫中突发蛇灾时，第一反应就是怕小姑娘有危险，于是便立马赶到了王宫。

如今想起那王宫中遍地的黑蛇，他浑身都起了一层鸡皮疙瘩。他发誓，那一幕是他有生以来见过的最恐怖的一幕。

虽然同蛇搏斗的过程曲折了一些，但是好在最后他得知小姑娘并不在王宫中，原本悬着的心这才放了下来。

冷卫给被咬伤的鸦影查看了一下，确定蛇无毒且鸦影的身体并没有什么大碍之后，才下了马车。

夜霆晟刚喝了一口水，见冷卫从马车上下来，就起身走到冷卫面前问道："他没什么大碍吧？"

冷卫说道："无事，就是伤口有些多，导致失血过多有些虚弱，已经给他上了药，包扎好了。"

"多谢。"夜霆晟说。

一旁的燕铖问道："怎么伤成这样了？"

夜霆晟答道："我们以为你们俩在宫中遇到了蛇灾……"

等到回答完燕铖的话，夜霆晟这才反应过来：他何时能和姓燕的这个家伙如此心平气和地讲话了？

"你们这是要回北冥？"夜霆晟问道。

燕铖点了点头，见一旁的夜霆晟有意无意地看向不远处小姑娘所在的马车，说道："想见便去见，她早就消气了。"

听了燕铖的话，夜霆晟下意识地握紧了自己垂在身侧的手。

这么久以来，他唯一的愿望就是小姑娘能不计前嫌地原谅他。其实经过那段跟小姑娘相处的时光，他知道小姑娘心肠柔软，只要他低头道歉，小姑娘自然是会原谅他的。

可哪怕他深知这一点，也始终过不了自己心中的那一关。

即使小姑娘原谅了他，他也无法原谅自己。这段时间所经历的一切，也算是上天给自己的惩罚吧。

叶七七坐在马车里，听着马车外的动静，非常吃惊。她没想到她的六皇兄竟然会出现在北漠。

他为什么会突然来北漠？虽然她不愿在心中胡思乱想，但还是下意识地觉得他来北漠很可能是因为她。

对于他以前做出的事情，叶七七的心中自然是带着气的，但是已经过去那么久了，她心中的怒气早就已经消了。

若是他跟她道歉的话，她自然会软下心肠原谅他的，谁让他是她的亲皇兄呢？

叶七七正想着，马车的车帘突然被人给掀开了。夜霆晟站在马车外，看着坐在马车上的小姑娘，两个人对视。他看见小姑娘在看见他之后，明显愣了一下。

小姑娘张了张嘴想喊他，但是随后似乎是想到了他们两个人还在闹别扭，又故意别开脸，不去看他。

看着小姑娘故意装作气呼呼的小脸，夜霆晟原本阴郁的心情莫名其妙就好了，他觉得小姑娘的这副样子很可爱。

"七七。"夜霆晟轻喊了一声还在赌气的小姑娘，"哥哥可以上去跟七七说说话吗？"

叶七七没回答，但是身子往旁边移了移，很显然是在给他让位置。

夜霆晟弯腰进了马车中，坐在小姑娘的身侧。

"七七还在生哥哥的气吗？"夜霆晟小心翼翼地问道。

"没有。"叶七七别扭地开口。

夜霆晟没哄过人，也不知道他要怎么哄小姑娘才能原谅他，于是乎，他突然想到了每次鸦影那家伙惹他生气时哄人的法子。

他小心翼翼地钩着小姑娘的手指，放软声音说道："对不起，哥哥错了，七七能原谅哥哥吗？"

听鸦影那家伙说，最真诚的道歉是要望着对方的眼睛，于是他盯着小姑娘的眼睛。

叶七七看着六皇兄看向自己的那委屈的眼神，感觉她要是再不原谅他，他下一秒就要哭出来了。

"我早就不生哥哥你的气了。"叶七七抬头看着他，缓缓地开口道，"哥哥，你能不能也不要生六哥哥的气？七七希望你们俩都能好好的。"

对上小姑娘那真诚的眼眸，夜霆晟点了点头，说了一个"好"字。

如今他已经将燕铖认定为他的妹夫了，看在小姑娘的面子上，他自然不愿再去追究曾经的种种。

鸦影受了些伤，不方便再随意走动，于是鸦影和夜霆晟便跟着小姑娘一同返程回北冥。

燕铖说："七七，我突然想到一件事。"

"嗯，什么事呀？"

"既然我已经不是你的六皇兄，那么你再叫'六哥哥'是不是不太妥当？"

"不妥当？"叶七七闻言思考了一会儿，"不叫'六哥哥'那应该叫什么？"

这些年她叫燕铖"六哥哥"都已经习惯了，突然让她改口，她也实在是不知道该叫什么呀。

燕铖坐在马车上，手握着书卷，对小姑娘说道："这个你要自己想。"

"可是七七想不到。"

燕铖正要端起面前的杯子喝一口水，就听小姑娘突然说道："那不如叫'阿铖哥哥'？"

"砰"的一声，燕铖听了小姑娘这话，原本被他握在手中的杯子滚落到了地上。

看到燕铖如此大的反应，叶七七问道："是不喜欢吗？那我再想想……"

"不。"燕铖放下手中的书卷看着身旁的小姑娘，"哥哥很喜欢。"

燕铖突然朝她靠了过来，眼神直勾勾地看着她，像是要将她吃掉似的。她后退一下，却被男人按住了后脑勺。燕铖轻咬了一口小姑娘的唇，用蛊惑的语气开口："宝宝，再喊一声好不好？"

叶七七听着男人的这一声"宝宝"，心都忍不住颤了颤。

他干吗要喊她"宝宝"？

这也太羞人了！

"阿铖哥哥……"

"宝宝，我们回去就成亲好不好？"

他真的等了太久太久太久了。

叶七七点了点头，某人便封住了她的唇。

一行人回到北冥后，所有人都知道七公主当真是将翊王殿下给带回来了。不仅如此，据说七公主殿下还带了一个小白脸儿回来。

据说那小白脸儿长得俊俏极了，七公主下了马车还跟那小白脸儿手牵着手一同去面圣。按道理来说，七公主带回了一个来路不明的小白脸儿，陛下应大发雷霆，极力阻止两个人在一起才是。

可令人大跌眼镜的是，陛下不仅没有阻止，反而还时常邀这个小白脸儿进宫下棋，甚至还给两个人赐婚，让那小白脸儿做七公主的驸马爷。

此消息一出，整个京城的权贵圈子都炸了，各家纷纷派人调查这小白脸儿究竟是何来头。

这一查简直就不得了。没想到这小白脸儿还大有来头，据说他之前是翊王殿下府上的门客，祖上曾是江南一带有名的富商，资产几辈子都花不完的那种，而且听说他的父亲是前朝有名的大将军，战功赫赫。

但他自己好像并没有什么出彩之处。直到最近的诗赋大会上，此人文采深受陛下喜爱，在武艺方面也出尽了风头，跻身为京城风头正盛的新权贵。

虽然是新权贵，但他日后可是七驸马，原本还在质疑此人来路不明的人，转眼间便已经踏破了那位新权贵府上的门槛，纷纷想要巴结拉拢这位新权贵。

哦，对了，那位新权贵的名字也被越来越多的人所知。

听人说他姓燕名铖。

燕铖一跃成了京城之中风头正盛的新权贵，于是这翊王殿下的身份便归还给了夜霆晟。

夜霆晟在外游荡多年，本就不太稀罕这翊王殿下的位置，更何况这翊王殿下本身的功绩也不是他打下的。他若是接了翊王殿下这个身份，自己心里都有些不自在。

鸦影说道："这翊王殿下好歹也是个皇室的头衔，除了有自己的封地，每个月还有俸禄可拿，当个闲散王爷多好，傻子才不要。"

鸦影这般一说，最终夜霆晟还是接下了这翊王殿下的身份。

大暴君自知对这六儿子有愧，不仅平日里赏赐了不少东西给他，还经常让他进宫增加点儿父子之间的感情。

转眼初冬将至。一年前叶七七及笄，因为燕铖前去边疆打仗，所以没能在她及笄之时娶她；如今一年后，他终于撤去了翊王殿下的身份，能光明正大地将她娶回家。

两个人的婚期定在了下月初二，距离婚期还有半个月的时间。

这半个月燕铖为了婚礼十分繁忙，不过繁忙只是他一个人的。作为半个月后大婚当事人的叶七七，倒是日日显得悠闲多了。

叶七七时不时出宫去某人的府上，去的次数多了，连皇姐姐都说她不知羞，都快成婚了男女双方应该尽量避免碰面。

"七七，我跟你说，男人都是喜新厌旧的主儿，要想让他一直爱你，就必须有点儿手段。你不要总是做主动的那一方，要适当地吊着他一点儿。你一直黏着他，万一他对你腻了、烦了怎么办？"

也不怪夜云裳这般说，作为小姑娘的皇姐，她对于这个半路蹿出来无情地抢走她家七七的男人确实是有点儿意见的。

"不会的，阿铖哥哥最喜欢我了。"他才不会对她腻了、烦了呢。

叶七七信誓旦旦地说道。

可她信誓旦旦地说完这句话还没几天，当真是感受到了某人对她的疏离。

比如她这几天去他的府上，他不是在忙就是外出，连与她一同吃饭的次数都变得少了。他每次回来见她在时，也是匆匆跟她说几句话便去忙了。

"你一直黏着他，万一他对你腻了、烦了怎么办？"

回想起几天前皇姐姐所说的话，叶七七的心不由得有点儿凉，她此时有些怀疑他对她腻了。

叶七七仔细地想了想，在京城中，确定了婚期结果后来悔婚的男女不在少数。

叶七七甩了甩脑袋，将身上的被子裹得更加紧了。

临近傍晚，冷卫站在府外，看着这个时间点突然来此的小姑娘，有点儿惊讶："公主殿下，您怎么来了？"

看着冷卫眼中的震惊之意，叶七七问道："六哥哥他在吗？"

冷卫点了点头，见小姑娘要往里走，急忙拦住她说道："公主殿下，现在殿下在忙，容属下前去通报一声。"

要是以往她来此，冷卫从来都不会拦住她，今日却……

叶七七怎么会看不出来他们有什么事在瞒着她？

"公主……"冷卫在一旁喊着，却也没能阻止小姑娘一路来到书房。

结果她还没进去，就看见一个穿着一身红衣的女人从她六哥哥的书房里走了出来。随后，她看见女人身后紧跟着的熟悉的身影……

燕铖显然没想到小姑娘会突然出现在这里，俊脸露出震惊之意。

他看见小姑娘有些震惊，这更加让叶七七想歪了。

叶七七见两个人一前一后地出来，心中忍不住再一次想到了皇姐姐之前说的话。

他果然是对她腻了，不然怎么会有一个女人从他的书房里出来？

叶七七的心中忍不住有些酸涩，脑子乱成了一团，身体倒是比脑子更快反应过来。她不想看见这刺眼的一幕，转身就想离开，可还没走几步，某个在她看来劈了腿的男人却握住了她的手。

燕铖说道："怎么来之前不说一声？"

她该提前告知他她要来，好让他把人藏好吗？

叶七七红着眼甩开燕铖的手："不要碰我。"

被小姑娘突然甩开手的燕铖有些蒙。

他上前捧着小姑娘的脸，看见了小姑娘那发红的眼尾，怔了一下，正想问是谁欺负她了，结果就听见小姑娘用带着浓浓的委屈的哭腔说道："你若是不想娶我就直说，不用一直骗我。"

"傻丫头，胡说什么呢？"直到燕铖看到不远处一袭红衣的绣衣坊老板娘，他才意识到他家小姑娘是误会了什么。

他弯下腰，捧着小姑娘的脸颊，也顾不得有旁人在，重重地咬了一口小姑娘的唇瓣，笑道："那是绣衣坊的老板娘，她今日来是送刚赶制好的首饰的，你想哪儿去了？"

燕铖宠溺地轻轻捏了捏小姑娘的耳垂。

叶七七闻言，这才看向不远处的红衣女子。方才她过于伤心，没注意看女人的脸，如今这一看，果真是觉得那张脸有些眼熟。

媚娘见小姑娘哭得如此伤心，急忙解释道："公主可莫要误会，奴家可不喜欢挖人墙脚。"

燕铖说道："冷卫，送媚姨回去，顺便把尾款结清。"

"是。"

直到现场只剩下他们两个人，小姑娘才带着几丝哭腔，忍不住说道："那你为什么最近都在躲着我？刚刚我要来见你，冷卫还不让我进来，说什么要通报一下，不是你吩咐的他怎么会这样做？"

听完小姑娘这番委屈的话，燕铖这才知道这丫头当真是误会彻底了。

"本来还想瞒着给你一个惊喜，但是若是再不告诉你，恐怕我都不能自证清白了。"

燕铖说着，便拉着小姑娘进了书房。她之前是来过他的书房的，那时的书房格外整洁，何时像今日这般乱成这个样子？

但哪怕书房很乱，叶七七还是一眼看见了整齐摆放在桌上的大红喜服，一旁还放着针线。

叶七七愣了愣，看着眼前的这一幕，隐隐约约像是知道了什么，但还是问出口："这喜服是……？"

燕铖将小姑娘抱在怀里，将下巴抵在小姑娘的肩膀上，说道："不是有个习俗是男子亲手给自己的新娘缝制喜服，寓意两个人长长久久吗？”

所以……这段时间他没时间见她，都是因为在为她缝制喜服？

燕铖将一只手伸到小姑娘面前，委屈地说道："为了缝制这个喜服，哥哥的手都被扎破了，七七怎么还不信哥哥？”

小姑娘握着他的手定睛一看，果真看见他的手指上好多被针扎的痕迹。

她拉过他的另一只手，发现两只手的情况一模一样。

"这样可以证明哥哥的清白了吗？"燕铖凑近小姑娘的耳边，轻声问道。

叶七七看着男人的手指上的伤痕，眼中泛着浓浓的心疼之色，说："你怎么也不早说……”

害得她还以为他变心了。

燕铖说道："要是提前说了，还有什么惊喜？”

他本想着待他将这喜服缝制好后，亲自为小姑娘穿上，给她一个惊喜。

可没想到这丫头竟然会那般胡思乱想。

叶七七看着桌上缝制了大半的喜服，怎能不深受感动？

"估计还有两天的时间便可缝制好，到时候七七便能穿着哥哥亲自缝制的喜服，做我的新娘了。"他将他的爱意一针一线地融入这件喜服中，只祈求上苍赐福于他的小姑娘，希望她这一世、下一世、下下世……永生永世都平安顺遂，喜乐无忧。

哪怕海枯石烂，他对她的爱意都不会改变。

"疼吗？"叶七七看着他的手，有些心疼地问道。

燕铖摇了摇头："不疼，已经上过药了。”

叶七七垂下头，犹如泄了气的皮球一般，说道："对不起，我不该误会你的。”

她不应该怀疑六哥哥对她的真心的。

燕铖抬起小姑娘的下巴，宠溺地说道："傻丫头，怎么那么傻？竟然还怀疑哥哥对你的真心。”

燕铖低头，又惩罚似的亲了亲小姑娘的唇。

"以后不会啦。"叶七七环着他的脖子，主动亲了亲他的唇。

见小姑娘这么主动，燕铖倒是更加控制不住了，抱着她吻得更深了。

最后，还是小姑娘实在是被他吻得太难受了，不满地推着他的胸膛，燕铖才放开了小姑娘。

"今晚七七留在这里吧。"燕铖提议道。

"啊？"叶七七有些震惊。

他们都快成亲了，她还能在这里睡吗？

叶七七说："我们都要成亲了，这样会不会不太好？"

"唉……"燕铖抵着小姑娘的肩膀，无奈地轻轻叹了一口气。

新人成婚之前，三天不能见面。

最后，他想了想，还是没让小姑娘留下来，毕竟老祖宗的规矩放在这儿。

两个人不能见面的这三日，对燕铖来说就如同过了三年一般难熬。转眼间，便到了成亲前夜。小姑娘明日便要出嫁了，因此夜云裳今夜特意来陪小姑娘一起睡。

叶七七原本还对明天的婚礼有些紧张，但在皇姐姐来了之后，两姐妹就像是有谈不完的话题，相互诉说，一直说到了半夜。

在外室守夜的阿婉听着两个人越聊越激动，甚至聊到了少儿不宜的话题上去时，忍不住提醒道："两位公主殿下，如今已经子时了，该睡了。"

再聊下去，恐怕天都要亮了。

听到阿婉的提醒，夜云裳这才想起来她的皇妹妹再过几个时辰就要嫁人了，她突然有些舍不得她的皇妹妹。

"七七……"睡得正香时，叶七七突然听见有谁在喊她。她睁开眼，发现是睡在她身边的皇姐姐在说梦话。

"以后要是他欺负你了，你就告诉……皇姐姐，皇姐姐一定会为你做主的。"

听见皇姐姐说的梦话，叶七七不由得笑出了声，伸手替她的皇姐姐盖好被子，轻轻地在皇姐姐的耳边回应道："放心吧皇姐姐，七七一定会过得很幸福的。"

次日一早，天才蒙蒙亮，叶七七便已经被人给叫醒了。

她迷迷糊糊地睁开眼睛，发现床边站着不少人。

不仅如此，不知道何时她的寝宫里都被装扮成了一片红，连同婢女们身上的衣服都换成了红色。

阿婉说道："公主，该起床洗漱更衣啦！"

小姑娘睡得迷迷糊糊的，好似连今日自己大婚都忘记了。她蹭着被子，不愿起来："我还想再睡一会儿。"

睡自然是不能再睡了，以免误了吉时。

叶七七被人从床上拉了起来，婢女们帮她洗漱更衣。等到她的意识回归，脑子逐渐清醒时，她发现镜中的人儿早已经是一袭大红的喜服，凤冠霞帔。

她看着镜中的自己，险些都要认不出来了。

"公主，您今日真的是太漂亮了。"

阿婉看着镜中的一身嫁衣的小姑娘，不由得热泪盈眶。趁着眼泪还没掉下来，她急忙拿衣袖把眼泪擦干净了。

今日乃是公主的大婚之日，是个欢喜的日子，她绝对不能哭。外头锣鼓喧天，今日皇上的七公主出嫁，皇宫甚至包括整个京城的街道上都是一片喜庆的红。

叶七七盖好盖头，跟着男人一同拜别父皇。直到被男人牵着手上了花轿，她才意识到她真的嫁人了。

不远处的夜云裳看着自家的皇妹上了花轿，忍不住靠在自家夫君的怀里哭了起来。她的心中万分不舍，一旁的大暴君和小姑娘的几位皇兄又何尝不是呢？

迎亲的队伍出了皇城，十里红妆，马车从街头排到街尾，井然有序，满城的树上都系着无数条红绸带。路边皆是维持秩序的士兵，人潮涌动，每个人都伸头观看着这一场盛大的婚礼。

一拜天地，二拜高堂，夫妻对拜，礼成，送入洞房。

两个人的婚房一片喜庆的红，红色的被褥上撒上了红枣、花生、桂圆、莲子，寓意着早生贵子。

喜婆帮新人把被子铺好，嘴里还说着："百年好合，早生贵子。"

"新郎揭新娘的盖头啦！"喜婆说完，燕铖便缓缓地揭下小姑娘头上盖着的红色盖头。

娇脸红霞衬，朱唇绛脂匀，佼佼乌丝，玉带珠花。

燕铖的眼中露出浓浓的痴迷之色。他看着眼前的小姑娘，久久没回过神，直到喜婆让他们两个人喝交杯酒，他才反应过来。

"新娘子太美，新郎官都看呆了，哈哈哈！"旁人打趣笑道。

两个人互相钩着手臂，燕铖眼神炽热地盯着眼前的小姑娘，叶七七被他这般看得红了脸。

两个人喝完这交杯酒，此后眼中皆是对方，永世不变。

【全书完】

婚 后

　　小两口新婚宴尔。虽然如今燕铖已经在朝中任了官职，但大暴君体谅他新婚，便给他放了半个月的假。

　　转眼间半个月的假期已过，燕铖不得不前去朝中处理他该处理的政事。

　　等到他处理完这一天的政事，已经到了傍晚。看到夕阳西下，他才放下处理完的卷宗，看向窗外，一想到某个等待他回去的小妻子，他的眉眼都染上了一抹温柔之色。

　　燕铖的脚刚踏过府上的门槛，他就看见了门口迎接他的侍从，但就是没有看见他想要看见的小姑娘。

　　要是换作往常，小姑娘铁定是第一个蹦出来迎接他的。

　　"我夫人呢？"燕铖向一旁的管事问道。

　　管事不太敢看他的眼睛，有些支支吾吾地说道："公……公主她去三公主的府上了……"

　　燕铖有些震惊，心里想：这么晚了她去找三皇姐做什么？

　　这样想着，燕铖转身打算去接小姑娘回来，还没走几步，就听见一旁的管事又说道："公主她还给爷您留了话。"

"说什么了？"

"公主下午走的时候说她今日便留在三公主那里歇息了，您……不用去接她了。"

他们两个人这才结婚半个月，那丫头就要让他独守空房？

燕铖怎么可能甘愿独守空房？

"冷卫，备马，去三公主府。"燕铖快马加鞭地赶到三公主府时，小姑娘刚跟她的皇姐姐吃完饭。

两姐妹正商量吃完饭歇一会儿后便一同去泡个澡，结果这澡小姑娘还没有泡到，就见婢女前来通报，七驸马来了。

婢女刚说完，叶七七就看见一个白色的熟悉的身影走了过来。

他许是到了家之后发现她不在便前来找她，连身上的白色官服都还没有换下。

燕铖走到门口，一眼便看见了坐在屋子里头的小姑娘。

叶七七显然是没有想到他会来到这里找她，眼眸里写满了震惊。见他走进来，将目光落在她的身上，她这才小声地喊了声"相公"。

"三皇姐。"燕铖先是对着三公主行了个礼，而后才将目光重新落在小姑娘的身上，"我来接七七回府。"

叶七七的小脸上写满了拒绝，她不愿跟他走，于是说道："今日姐夫不在家，我要陪皇姐姐。"

燕铖说道："听话，跟我回去。"

"不要！"

夜云裳看着两个人拉扯，不由得说道："七七想留下便让她留下呗，正好今日……"

夜云裳正想说今日某人不在家，便看见原本今晚应该不回来的男人出现在了门口。

夜云裳开口："你不是说今晚在宫里不回来了吗？"

殷九卿说道："我本来是不打算回来的，但事情都处理完了，想想还是回来吧，毕竟你一个人在家我不太放心。"

"这有什么不放心的，不是有侍卫和婢女陪着我吗？"说完，夜云裳突然想到她男人回来了，那她岂不是不能让七七宝贝陪她了……

国师殷九卿将目光落在一旁刚成婚不久的小两口的身上，不由得轻轻挑了挑眉："你们小两口吵架了？"

燕铖说道："并没有。"

小姑娘一言不发，似乎是在跟燕铖赌气。

燕铖看着小姑娘这一副气呼呼的样子，实在是想不通他哪里惹这个小祖宗生气了。

"小两口床头吵架床尾和，没有什么说不通的，这么晚了快回去吧。"

直到上了马车回府，小姑娘都故意不理他。

从他回来，到去三公主的府上接小姑娘，再跟小姑娘回府，来回折腾了快一个时辰。等到两个人回到府上，天已经彻底地暗了下来。

燕铖将官服换下，出来时就见小姑娘的手里抱着被子要往外走。

燕铖问道："你这是要去哪儿？"

"我要去和阿婉姐姐一起睡。"

燕铖说道："为什么？叶七七，我们已经成婚了。"

他们这才成婚多久，这丫头就要让他独守空房？

叶七七没理会他有些生气的语气，抱着被子继续往外走。燕铖一把将小姑娘抱在了怀里。

"我是做错了什么吗？你要跟我分房睡？嗯？"

小姑娘本来是不想回答的，但是见他紧紧地抱着她不肯撒手，脸气得通红，怒道："你说话不算数！"

"什么？"

"你昨天答应过我的！结果你……"叶七七气红了脸，羞愤地看着他。

燕铖显然是没有想到她是因为这事跟他闹脾气。

他们两个人刚成婚。

叶七七越想越委屈，嚷嚷着不要跟他一起睡了。

燕铖抱着小姑娘哄了好久，发了毒誓，这才让她打消了去阿婉的房间睡的念头。

一连七天燕铖睡觉都是规规矩矩的，叶七七感受到了什么是岁月静好。

到了第八天，晚上叶七七闭上眼睛睡觉，感觉躺在她身后的某人有意无意地轻扯着她，在她的耳边轻喊道："宝宝——"

次日一早，叶七七哭着闹着要跟他分房睡。

燕铖竟破天荒地同意了。

但是到了晚上，小姑娘看着站在偏房门口，手拿着枕头的男人，忍不住怒骂道："浑蛋！"

燕铖跟小姑娘成婚这三年来，因叶七七年纪还小，他也没想过两个人在这时候要个孩子，毕竟在他的眼中，他的小妻子自己还是个孩子呢。

不过最近也不知为何，他周边的人都有了喜事，去年三皇姐给国师生了个男孩儿，今年初春的时候又有喜了。

就连去年冬天回老家成亲的冷卫，今年初春的时候他媳妇的肚子都有动静了。

燕铖嘴上说着不忌妒，但是心里还是不那么好受。

"这些是哪儿来的？"燕铖今日一到衙门，就发现自己的书桌上放着喜糖、喜蛋，不禁问道。

小厮回道："回大人的话，这是方才陈大人送来的，听说是他家夫人昨日把出了喜脉，陈大人高兴极了，今日一到衙门，给每个人都发了喜糖、喜蛋。"

燕铖问道："这孩子不是还没有生出来吗？"

孩子还没生出来陈大人就那么着急派发喜糖、喜蛋了？

"大人，您有所不知，这陈大人都快四十岁了，这些年他夫人一直生不出来，两个人求子求了好些年，今年可算是求到了，陈大人可高兴坏了。"

燕铖听了，轻轻抿了抿唇，默不作声。

他晚上刚回到府里，就见小姑娘急匆匆地披上斗篷要出府，于是问道："怎么了？"

叶七七说道："皇姐姐那边刚送来消息，说皇姐姐吃完晚饭，突然就见了红，像是要生了，我要去看看。"

燕铖替小姑娘系好披风，牵着小姑娘的手："我跟你一起去。"

此刻的三公主府灯火通明，所有人都在忙忙碌碌。国师殷九卿的怀里抱着刚满一岁的大儿子，他抱着儿子哄着，焦心地在产房门口等待。

这是燕铖第一次站在门口听女子生孩子的全过程。

皇姐姐在里头那撕心裂肺的喊声，他每每想起都心有余悸。

不过还好最后母子平安。

"恭喜国师大人，是个男孩儿。"当接生婆将孩子抱出来时，那孩子正"哇哇"地哭着，身上还沾着血。

一向傲气的三皇姐虚弱地躺在床上，脸色苍白。

殷九卿愧疚又心疼地将他的裳裳揽进怀里："乖，以后不生了，再也不生了。"

夜已深。

燕铖猛地睁开眼，看着眼前那熟悉的床帘，低头见自己的小妻子靠在他的怀里熟睡，原本不安的心这才被安抚了下来。他将怀里的小姑娘环紧，轻拍着小姑娘的脑袋："不生不生，我们不生，我舍不得我的宝贝疼。"

睡得正香的小姑娘迷迷糊糊地听见他抱着她正说些什么，睁开眼，不解地看着他："哥哥，你在说什么呀？"

说完，叶七七就看见了男人那微微发红的眼睛。她怔了一下，一下子清醒了，用小手抚摩他的脸，盯着他。

"你……怎么哭了？是做噩梦了吗？"

燕铖没回答，只是将脑袋往小姑娘的怀里靠了靠，说："宝宝，我们以后不要孩子好不好？"

他刚刚做了一个噩梦……

不过他十分庆幸，幸好那只是一个梦。

这一个小插曲便不了了之，等到第二天叶七七问他时，燕铖也只是回了一句忘记了，后来他便一直闭口不提。

叶七七也只当他是突然做了噩梦，怕她笑话他，便一直不愿提及。

转眼又过了两年，叶七七看着她的两个小外甥一天一天地长大，心中不由得有些感慨。

到了晚上，燕铖正准备灭灯睡觉时，小姑娘突然开口："哥哥——"

这一声"哥哥"，听得燕铖猛地身躯一震。

小姑娘这一声"哥哥"是不常叫的，只有她向他撒娇时才叫。

"我们要个孩子吧，阿逸和阿铉越长越可爱，他们还整天抱着皇姐姐的腿叫娘亲，我也想要……"

她也想要一个她跟六哥哥的孩子。

"哥哥，你喜欢男孩儿还是女孩儿呀？"

燕铖显然没有想到小姑娘会有跟他说这些话的一天。

叶七七问道："哥哥？"

燕铖一时不知该怎么办，只能转移话题："改天再说这个吧，我今天有点儿累了。"

"啊？累了，那我们赶紧睡觉吧。"

后来，小姑娘也跟他提起了好几次想要孩子的事。

燕铖一想到孩子，就想到皇姐姐生孩子时那撕心裂肺的喊声，听上去疼极了。

他的小姑娘平日里可是最怕疼的，他怎么忍心让她受这种罪？

叶七七发现这段时间六哥哥变了，以往他都是天还没黑便回来了，这几天是天彻底黑了下来才回来，甚至有时候她都等他等得睡着了他才回来。

而且除了她主动外，他都已经好久没有……

夜晚，叶七七躺在床上，听着脚步声越来越近，然后被子被掀开，某人轻轻地躺在了她的身侧。

随后，她转过身。刚躺下的燕铖见小姑娘还没有睡，将她揽进怀里，问道："怎么还没睡？在等我？"

叶七七点了点头。

燕铖替小姑娘盖好被子，用手臂环着她的腰，亲了亲她的额头："乖，睡吧。"

叶七七这会儿睡不着，伸手轻轻戳了戳他的腰。

两个人成婚那么久，燕铖岂会不知道小姑娘这是什么意思？

要是换作平时，他肯定……但现在……

他伸手握住小姑娘的手，放在嘴边亲了亲："乖宝，我困了。"

所以今天就算了吧……

叶七七看他说完便闭上了眼睛，当真是一副准备睡觉的样子。

叶七七直接被气哭了："你是不是不爱我了？"

原本打算闭眼睡觉的燕铖听了小姑娘这话，立马睁开了眼睛，一脸不解地看着她："你在说什么傻话？"

"那你为什么不愿意碰我？我之前说想要个孩子，你还一直推托。你是不是变心了？"

"没有变心。"燕铖一脸严肃地说道，"我没有变心，之所以一直不想谈生孩子这个话题，是因为害怕你疼。"

"什……什么？"

"宝宝，生孩子很疼的，我不想让你受这个苦……"

"可皇姐姐说……生孩子都是疼的……"

不能因为疼，她就不生了呀！

过了好一会儿，燕铖问："你真想要？"

小姑娘点了点头。

然后，燕铖说了一个"好"字，就俯身低头亲她。

燕铖害怕小姑娘疼，不想为了要孩子而让她受苦，但是皇姐姐已经成了两个孩子的娘亲，她每每瞧见皇姐姐那充满母爱的一面，心中难免有些羡慕。

在两个人成婚之后的第五年，叶七七的肚子终于有了动静。

这一年，叶七七二十一岁，燕铖二十九岁。

小姑娘还在孕期时，燕铖害怕婢女照顾不好她，可谓是凡事亲力亲为，甚至在小姑娘怀孕的第四个月时，特地向大暴君请示暂停他的职务，好让他能回家照顾好他的小妻子。

从燕铖请示这事可以看出小两口恩爱得很，大暴君自然是同意了。

小姑娘生产那天正值寒冬腊月。

燕铖站在产房的门口，听着屋子里头小姑娘的喊疼声，他的心也跟着一同揪了起来。

待听见屋子里头传来孩子的啼哭声时，婢女打开门，燕铖进门后没管接生婆手里抱着的刚生出来的孩子，大步朝着躺在床上的虚弱的小姑娘走去。

"哥哥……"叶七七虚弱地喊了他一声。看着小姑娘满头大汗、脸色苍白的样子，燕铖心更疼了。

他握着小姑娘的手，轻轻放在唇边亲了亲："宝宝。"

"恭喜驸马、公主，是一对龙凤胎。"

待接生婆将襁褓中哭着的两个孩子抱到燕铖面前时，他无法用语言形容此刻他是何种心情。

两个孩子看着小小的，张着嘴"哇哇"地哭着，眉眼像极了他跟他的小姑娘。

"孩子……"叶七七虚弱地抬起头，燕铖急忙将两个孩子抱到她面前。

他第一次抱孩子，动作僵硬而笨拙。

叶七七看着自己的两个孩子，眉眼流露出了温柔之色。

他们是她跟六哥哥的孩子呀！是他们两个人的孩子呀！

"长得跟哥哥你真像。"小姑娘"呢喃"道。

燕铖说道："也很像你。"

燕铖没料到小姑娘会生一对龙凤胎，因此给两个孩子起名字的时候想了许久。

"思七"这名字自然是不能用了，如今他一想到"思七"，便想到曾经自己在北漠失忆的那段时间，误以为自己的名字叫思七的事。

燕铖终于给两个孩子起好了名字。

哥哥叫燕锦辰，妹妹叫燕慕柒。

在得知燕铖给女儿起了个叫"慕柒"的名字时，小姑娘还生了他三天的气。

小姑娘觉得"慕柒"这名字不太好，旁人一听就知道是"爱慕七七"的意思。她总觉得这对孩子有些不公平。但后来燕铖还是说服了她。这两个孩子本来就是他们两个人相爱的结晶，慕柒这名字自然是好的。

在孩子出生后，叶七七就发现某人不知是从哪里学的，带孩子很是有一套。

她是不舍得将孩子交给奶娘带的，于是便在两个人的房间安置了给孩子睡的小床。

小孩子是最闹腾的，尤其是刚出生的孩子，半夜哭喊是常有的事情。

先前就连皇姐姐都说，自从生了孩子，半夜孩子的啼哭声时常扰得她跟国师无法安眠，最后他们不得不将孩子交给奶娘去带了。

但自从叶七七生了孩子，她不但没有半夜被孩子的啼哭声吵醒，反而睡得更香了。她每每睁眼，都看见六哥哥将孩子抱在怀里，喂着奶水。

起初叶七七也没有发现不对劲的地方，直到有一次她起床瞧见男人眼下的乌青，隐隐约约觉得他有什么事情瞒着她。

一般来说，孩子半夜哭闹是常事，可她每晚都睡得很香，没有一次是被孩子的哭声吵醒的。

某天晚上，叶七七掐着自己的大腿让自己不睡，硬生生地熬到了后半夜，听到小床上的孩子突然哭了一声，几乎是瞬间，她身旁躺着的显然是已经进入梦乡的男人"噌"的一下坐了起来。

他走到床边将哭着的孩子抱了起来，抱在手中轻轻地晃着。

自从有了孩子，晚上房间里都会点着灯。叶七七朝旁边看过去，就见男人站在小床边，抱着哭着的孩子，轻轻地哄着。

"乖柒柒睡吧，睡吧，别打扰你娘亲休息，你们娘亲已经很累了，你们要听话知道吗？"他哄孩子的声音压得低极了，像是生怕会打扰到睡梦中的她一样。

他就站在那儿，烛光映照着他的侧脸，小姑娘忍不住湿了眼眶。

燕铖抱着哭泣的女儿哄了好一会儿，女儿的哭声才渐渐地弱了下来。将孩子哄睡着之后，他这才重新躺下，可刚躺下没多久，儿子又哭了。

燕铖又重新从床上起来。儿子许是饿了，男孩子哭的声音有些大，燕铖不得不让婢女赶紧去准备些羊奶来。

等到孩子吃饱之后，燕铖才重新躺了下来，将某个小姑娘给揽进怀里。直到听见他那平稳的呼吸声，叶七七才敢睁开眼睛，心疼地看着将她抱在怀里的男人。

她抱着男人的腰，忍不住蹭了蹭他的下巴。

傻相公。

次日，燕铖回府后，便见两个人的房间里放着的孩子们睡的小床被移到了西厢房。

燕铖不由得有些疑惑。

叶七七说道："小柒跟小辰他们太闹了，还是让奶娘她们带吧。"

"你不是舍不得把他们交给奶娘带吗？"

"也没有舍不得。"

看着小姑娘躲闪的眼神，燕铖怎能看不出其中的异样？

燕铖没说什么，只是到了晚上，叶七七用完晚膳打算回房睡觉时，发现原本她让人搬去西厢房的小床又被移了过来。

燕铖坐在床边，正将两个五个月大的孩子逗得"咯咯"笑。

燕铖将小姑娘搂在怀里，低头亲了亲她的嘴角："柒柒跟辰辰会很乖的，就让他们留在这儿睡吧。宝宝，好不好？"

"那要是他们半夜哭闹，你一定要喊我，我不想白天那么累，晚上还要哄孩子，最后睡都睡不好。"

"好。"

虽然燕铖答应得干脆，但是往后几天还是如往常一样，孩子一哭便利索地起身哄，没有叫醒睡得正香的小姑娘。

自打两个孩子出生后，燕铖作为两个孩子的爹爹，凡事都十分尽责，但同时他也多了些烦恼。

叶七七不放心将孩子交给下人带，凡事都要亲力亲为。为了方便照顾孩子，她还特意让木匠定制了一张小孩儿的小床，放在两个人的房间。

有了孩子之后燕铖自然是开心的，但是不方便也是真的。

叶七七一心扑在孩子的身上，自打有了孩子之后，两个人亲密的次数屈指可数。

他时常在深夜轻戳小姑娘的腰，两个人都知道那是什么意思，但小姑娘的脸皮薄，尤其是两个孩子还在，她自然是不愿在两个孩子面前做那种亲密事的。

"孩子还在呢……"叶七七小声地说道。

小姑娘说了几句安慰的话，燕铖在内心叹了一口气，只好作罢，搂着小姑娘进入了梦乡。

次日，燕铖醒来后，到了衙门，他那一脸怨妇上身的表情吓坏了不少人。衙门上下瞧着驸马爷一副心情不好的样子，个个吓得连大气儿都不敢出。

同时感觉到压力十足的，还有男人的贴身侍卫冷卫。主子这几日心情不佳，冷卫自然也看出来了，他这几日也是毕恭毕敬地做事，连大气儿也不敢出。

直到某一日的午后，冷卫给男人送上茶后，正准备在门外候着，坐在椅子上看书的燕铖突然放下书卷，对他说道："冷卫，我能问你一件事吗？"

冷卫受宠若惊，点头应道："主子请讲。"

"你和你娘子……"燕铖才开口，见冷卫恭敬地站在那儿，想到冷卫平日里那木头一般的性格，想了想还是算了。

"算了，没什么事。"燕铖摆了摆手，示意他出去。

冷卫不明所以地挠了挠头，恭敬地退了出去。

燕铖想着这乃是夫妻之间的秘事，问别人确实是不太好。

燕铖这几日有些蔫，回到家虽然对着小姑娘喜笑颜开，但是小姑娘还是感觉他有些不开心。

深夜两个人入睡前，叶七七忍不住问他："相公，你最近是不是有什么心事呀？我总感觉你好像不太开心。"

燕铖缓缓地睁开了眼睛，盯着她看了好一会儿，那眼神看得小姑娘不由得有些发毛。

他那眼神怎么跟要将她吞下去似的……

叶七七说道："你……"

燕铖深吸了一口气，重新闭上眼睛："没什么。"

他这哪里像没事的样子？

叶七七实在是担心，铁了心要问到底，捧着他的脸，担忧地说道："你到底怎么了，跟我说嘛，你不说我怎么知道？"

她有些委屈。

燕铖问："你真想知道？"

叶七七点了点头。

随后，燕铖伸手轻轻戳了戳她的腰，目光灼灼地盯着她："现在懂了吗？"

叶七七愣了好一会儿，等到意识到他是什么意思的时候，燕铖便瞧见他家小妻子的脸红了。

"你……你怎么……"叶七七一时不知该用什么词来形容。

过了一会儿，小妻子红着脸骂了他一句"浑蛋"。

第二日，燕铖回衙门时整个人容光焕发，活脱儿一个吸了精气的妖怪，一副心情大好的样子。

"大人今日是怎么了？心情看着不错的样子，没前几天那么吓人了。"

"谁知道呢，不过我还是希望大人以后日日能像今天这个样子！"

另一个同伴狠狠地点了点头："我也希望。"

小姑娘的脸皮薄，有孩子在，燕铖也不敢太过分。

到了两个孩子一岁时，两个人才终于从这亲热如同做贼一般的日子中脱身。

两个孩子越长越大，燕铖也越发觉得带孩子难。

转眼间，俩孩子已经八岁了。

今日立冬，小丫头穿着一身粉，小脑袋上还扎着两个小鬏鬏，从门外一蹦一跳地来到两个人面前。

"爹爹，娘亲。"

小丫头如同一个粉团子。燕铖亲了亲她的小脸，见小丫头身后空无一人，忍不住问道："怎么就你一个人，你哥哥呢？"

"哥哥在打大牛，为柒柒报仇。"

燕铖和叶七七都感觉有些震惊。

两个人赶过去时，只见几个少年围在一起，都在看着地上已经扭打成一团的两个孩子。

燕铖喝道："燕锦辰！"

正在地上跟隔壁家的大牛扭打成一团的燕锦辰听见一个熟悉的声音，忙抬头望去，瞧见自家爹爹那阴冷的表情，心中暗自叫了一声"不好"，赶忙从被揍得毫无还手之力的大牛的身上起来。

少年站起身之际，还不忘给大牛又来了一拳。

燕铖大怒道："去后院跪着！"

少年熟门熟路地走到后院，"啪"的一声跪到了地上。

燕铖冷眼看着他："这次又是因为什么跟人家打架？"

燕锦辰答道："他对妹妹心怀不轨，所以我才揍他的。"

燕铖感到很疑惑。

心怀不轨？

他记得隔壁老陈家的大牛跟他们一样才八岁吧？

"他怎么对你妹妹心怀不轨了？"

"他给妹妹糖吃，说妹妹吃了他的糖，以后长大了就要做他的娘子！"

少年说着，脸上多了几分愤怒之色，不满地捏了捏自己的小拳头："那陈大牛简直就是'癞蛤蟆想吃天鹅肉'，我燕锦辰的妹妹是他能惦记的吗？"

他小小年纪，便已经护妹护到了这种程度。

燕铖看向一旁坐在凳子上乖巧地吃着糕点的女儿，抚着额头轻轻叹了口气："那你也不能打人。"

"是大牛欠打。上次我跟表哥他们都把大牛揍过一顿了，结果他还是好了伤疤忘了疼，竟还敢妄想让我的妹妹做他的娘子。"

"你表哥？你说的是殷子逸跟殷子铉？你还拉着他们俩一起打架了？"

意识到自己说漏嘴的燕锦辰急忙捂住了嘴巴。

完……完了！

看着自家爹爹拿起竹条要打他，燕锦辰吓得立马跑开。

"小兔崽子！你给我过来！"

叶七七听见院子里传来声音，刚一出来就被某少年一把抱住。

燕锦辰大喊道："娘亲，救我！爹爹要杀我！"

往　事

北漠王城郊外。

集市。

街道两边商贩的叫卖声此起彼伏。今日一早刚下了一场小雨，道路经过小雨的冲洗有些泥泞不堪。

一家制衣商铺前，男人怀抱着佩剑站在门口，他的脸上戴着面具，遮住了眼睛往下的大半张脸，再加上男人穿着一身黑衣，看着有些煞气逼人。来来往往的路人看着他，不由得心怀几分惧意。

商铺老板娘笑眯眯地从商铺走出来，身后还跟着一个刚换好衣服的女子。老板娘对站在门外蒙着面的黑衣男人开口："客人，衣服换好了。"

男人转过头，在看见老板娘身后换了一身新衣服的胡姬之后，明显地怔了怔。

两个人对视。

胡姬看着男人那紧盯着她的眼睛，有些紧张地捏着衣服。

老板娘夸赞道："客人，你娘子可真好看，这一身衣服真称她。"

胡姬一听，下意识地想要向老板娘解释她并非他的娘子，可她看向一旁，就见某人已经收回了视线，像是没有听见老板娘的话一样。

他走了几步，回过头，用墨色的眸子紧紧地盯着她，吐出了两个字："走了。"

胡姬回过神来，急忙跟了上去。

"两位客官慢走，记得有空常来呀！"

胡姬回头跟老板娘道了谢，随后转身紧跟着男人的步伐："谢谢恩公特意买衣服给我。"

她原本身上穿的是那一身被拍卖时穿的有些暴露的衣服，这一路走来，过分暴露的服饰使得好些人将目光停留在她的身上。

许是男人看出了她的窘迫，这才带她买了一身新衣服。

胡姬看着自己身上保守的衣服，满意地笑了笑。

男人只是淡淡地看了她一眼，好在胡姬早已经习惯了男人的沉默寡言。

胡姬跟在男人的身后，看着男人的背影。

古人常说，救命之恩应当以身相许。他为她花了那么多钱，她实在是想不到别的法子来报答他了。

虽然他整日戴着面具，她也从未见过他的真容，但是她本来就不是在意美丑的人，恩人不仅从恶徒的手上救下了她，还待她极好，她定然是要报答恩公的恩情的。

男人找了一处酒家歇息。

客房里，男人一如既往地夹了些菜放在自己的碗里，随后就转身背对着她。

胡姬咬着筷子，看着男人背对着她摘下面具，然后吃饭，她真的很想看看他摘下面具的样子。

夜晚天气寒凉。

两个人赶了一下午的路，男人临时找了一个破庙歇息。

这一路上，胡姬都是跟着男人的脚步走，也从未问过他到底要去哪里。反正她一直以来都是四处游荡，恩人去何处，她便跟着他去何处。

夜幕降临，胡姬躺在草席上，一旁的火堆中烧着的柴火发出"噼里啪啦"的声响。

她翻了个身，看向一旁躺在地上紧闭着双眼的男人，想了想，随后试探地喊道："恩人，你睡了吗？"

躺在地上的男人没有反应，胡姬见此咽了一下口水，心中生起了一股勇气。她起身走到男人的身边，看着他面上戴着的遮住了大半张脸的面具，突然有一种想要将它从男人的脸上取下来的冲动。

就一眼，她就看一眼。

胡姬屏住呼吸，将手缓缓地伸向男人，但她的指尖还没有碰到面具，原本紧闭双眼似乎在熟睡的男人突然睁开了眼睛，然后胡姬就感觉自己的眼前一阵天旋地转。

她被男人压在地上，一把锋利的匕首抵在了她白嫩的脖颈上。

她轻轻地动了一下，匕首便割破了她的肌肤，流出了细小的血珠，血珠从她雪白的脖颈上滑落到了地上。

男人用充满冷意的眼神看着她。胡姬吓得脸色惨白："恩人……"

男人握紧匕首，盯着她的脖颈上被割破的一个细小的伤口。她的脖颈看着很脆弱，仿佛他只要轻轻用力，便可拧断。

就在胡姬以为他对她起了杀心时，男人已经收回了匕首，从她的身上起来，警告道："别再有下次。"

胡姬摸了摸自己的脖子，发现指尖沾了些许鲜血，但很快那指尖的鲜血就像是融入了她的肌肤一般，消失不见了。

脖子上的疼痛也消失了，应该是伤口愈合了。这强大的自愈能力，大概是她身为巫姒族的后人唯一的优点了。

男人走到门外坐了下来。胡姬认为自己做了不该做的事情，他生气也是应该的。

"恩人。"胡姬小心翼翼地走到男人的身边，小声说道，"对不起。"

"你在生气吗？"见男人不理她，胡姬小心翼翼地扯了扯他的衣袖。

男人闭上眼睛，心中长舒了一口气："没有。"

胡姬听了男人的回答，松了一口气，但是到了第二天，她跟着男人一同来到皇城中，然后男人带着她进到了一个名为宋雅居的地方，她的心中顿时有一种不好的预感。

小厮对男人说道："宋姨等一下就来，您在此稍等片刻。"

"嗯。"男人点了点头。

小厮给两个人倒上了茶水。

胡姬捏紧茶杯，心中忐忑不安。

没过一会儿，一个穿着一身艳丽服饰的女人走了进来。

她一进门便注意到了男人带来的貌美女子，不由得轻笑道："哟，这小美人你从哪里找来的？她长得可真好看。"

女人含笑的目光在胡姬的身上流连，胡姬看着险些要哭出来。

男人说道："我想将她安置在此处，还请宋姨行个方便。"

听了这话，那宋姨还未开口，倒是一旁的某个小美人先哭了出来："恩人，原来你对我那么好，是想把我卖进这烟花之地！"

亏得她还以为……她还以为……

闻着这空气中的熏香，胡姬忍不住作呕，她泪汪汪地冲到门口想要离开，可还没走几步，男人就已经抓住了她的手腕。

她想也没想，抓住男人的手臂一口咬了上去。

男人看着她死死地咬着他的手臂，手臂处传来痛感，但他并没有因此而推开她，反而轻轻地皱了一下眉，眼神极淡地望着她。

胡姬死死咬着男人的手臂，没过一会儿她的口中便尝到了浓重的血腥味。

一旁的宋姨开口解释道："小美人，我想你真的是误会什么了。宋姨我这儿可不是什么烟花之地。要是这儿是烟花之地，那你们方才从楼下上来时，可看见来的客人了？"

听到宋姨这话，胡姬倒是突然想起来了，方才上来时，并没有看见一个男客人和穿着暴露的女子，并且来来往往的人路过此地时，并没有露出那种异样的眼神。

"我这儿啊，可是专供世家小姐们下棋、品茶的地儿，可不能将我这儿与那寻常的花街柳巷混为一谈。"宋姨看着两个人，笑道。

在宋姨戏谑的眼神下，胡姬才意识到她好像是误会什么了。

她赶忙松开了嘴，惊恐又充满歉意地盯着眼前任由她咬着的默不作声的男人。

"对……对不起恩人，我还以为……还以为……"

"还以为他要把你卖了？"宋姨捂着唇，在一旁笑出了声。

胡姬窘迫极了，不敢看男人的眼神，后来，还是宋姨让人拿来了医药箱。

胡姬不敢迟疑，赶紧给男人上药。

她看着男人的手臂上那血淋淋的咬痕，心中更加愧疚了，于是在给男人上药时，她的双手都控制不住地有些发抖。

男人终究是看不下去了，拿过她手中的药瓶，说道："我自己来吧。"

胡姬看着男人三两下便将伤口抹上了药。

他站起身，对她说道："你若是没有住所，以后便可一直住在这里，有什么缺的东西跟宋姨说便可。"

"那恩人你呢？"

男人眼神复杂地看了她一眼："我有自己的事情要做。"

身为王室的死士，他肯定不能整日里身边带着一个女人。

胡姬这会儿算是明白男人的意思了，他知晓她没有地方可去，所以特地为她找了一个安置的地方。

男人正打算离去，她却扯住了他的衣袖，咬了一下唇，问道："那恩人你有空的话……会回来看我吗？"

男人低头，见女人素白的手紧紧地抓着他的衣袖，他的神情有些复杂，随后他点了点头："嗯。"

胡姬知道他这是答应了，他不会骗她的。

宋雅居正如宋姨所说的那样，是专门为世家的小姐提供休闲娱乐的场所，胡姬长得漂亮，前来此处的世家小姐都很喜欢她。

虽然宋姨说过她住在这里并不需要做什么，但是毕竟宋姨收留了她，她待在这里什么事情也不做自然也说不过去。

一开始她经常在厨房帮忙，宋姨看不下去她在厨房里将自己弄得灰头土脸的，在知晓她会弹琴之后，干脆就让她去给世家小姐们弹弹曲子解闷。

转眼间一个月过去了，胡姬在这宋雅居中日日都过得很开心，还认识了很多人。

那些世家小姐都很喜欢听她弹琴，还经常赏赐东西给她。

入夜，胡姬怀中抱着一个小木盒，走到宋姨房间的门口，轻轻地敲了敲门。

"进来。"

胡姬推开门，见宋姨披散着长发，穿着亵衣坐在梳妆台前，显然是准备睡觉了。

宋姨问道："你怎么来了？"

胡姬关上门，将盒子放到宋姨面前："这是今日沈小姐赏赐给我的芙蓉糕，听说宋姨您平日里很喜欢吃芙蓉糕，所以特意拿来给您。"

宋姨不由得笑出了声："今日怎么想到孝敬宋姨我了？莫非是有事求我？"

宋姨一下子便猜中了胡姬的心思，胡姬有些窘迫。

"难不成是为了二七？"

胡姬抬头，看着宋姨的眼神多了几分不解。

宋姨说道："你不会还不知道他叫什么吧？就是送你来的那个男人。"

"他是叫二七吗？他未曾告诉过我他的名字。"先前她问他时，他就说他没有名字。

宋姨朝盒子看了看，说道："二七其实也不是他的名字，只是他的代号罢了。他没有名字，'二七'叫着叫着也就习惯了。莫非你是想见他了？"

胡姬点了点头。

宋姨将盒子推到了她面前："这我就爱莫能助了。因为我也不知道他在何处，何时会来这里。"

"那宋姨您可知他家住在何处？"

"家？"宋姨笑出了声，"他那样的人哪里会有家？"

没有家？

胡姬有些震惊，原来他跟她一样，都是没有家的人。

宋姨说道："这东西你拿走吧，无功不受禄。"

胡姬看着被宋姨推过来的盒子，又默默地将它推了回去："本来就是借花献佛想孝敬宋姨您的，另外还要感谢宋姨您如此照顾我。"

胡姬已经一个月没有见过她的恩人了，时常觉得他是把她给忘了，但是回想起男人临走时答应过她，又认为他一定会来看她的。

宋姨说他是一个没有家的人，她觉得他的身份一定是杀手。杀手一般不都是有雇主的吗？

说不定他此刻还在完成他的雇主派给他的任务，等他忙完之后，他说不定就会来看她了。

对，他一定会来的。

就这样，整整过了三个月，男人还是没有来看她。

胡姬时常觉得他骗了她，但是心中还是忍不住相信，他说过会来看她，就一定会来看她的。

终于在第四个月，她给世家小姐们弹完琴之后回房休息，一推开门，就看见了站在她房里的身穿一袭黑衣的男人。

他听见声响转过头，脸上依旧戴着面具，两个人对视，男人开口："方才来时看见你在弹琴便没有打扰……"

他话还没有说完，站在门口的女人就朝他跑了过来，一把抱住了他的腰。

他就这样被软香给撞了个满怀。

胡姬红着眼，语气带着哭腔说道："我还以为你丢下我，不会来了……"

他看着紧紧地抱着他的腰的女人，身子有些僵硬。

听着怀中女人的哭泣声，他缓缓抬起手，正想着要不要拍一下她的肩膀安慰她时，前来送水的小厮进了屋。

小厮看见两个人不由得停下了脚步。

见有人来，胡姬急忙扭过头。

小厮有些尴尬地轻咳了一声，将送来的茶水放到桌子上后急忙离开。

待小厮走了之后，胡姬这才意识到自己失态了。

她放开了一直抱着男人的手，无意间扫了一眼，见男人胸前的衣服沾染上了她的眼泪，不由得羞红了脸，急忙拿出手帕给男人擦了擦。

"对不起，恩公。"胡姬擦着衣服时，突然摸到男人的胸前似乎放着什么东西。

男人这才将放在胸口的东西拿出来，递给了她："送给你。"

胡姬看见那是一支发簪，有些意外，看着他，有些不太确定地问道："这是送给我的吗？"

男人看着她的眼睛，轻轻地点了点头。

胡姬接过发簪。

发簪是一只银色的蝴蝶，蝴蝶的翅膀还是五颜六色的。

"好漂亮啊！"胡姬走到铜镜前，正打算戴上，不知是想到了什么，转过头，脸颊有些泛红地问，"你可以帮我戴上吗？"

男人愣了一下，看了她一眼，又看了看她手里的发簪。

在他向她走过来时，胡姬注意到他的耳朵似乎红了。

他从未给人戴过发簪，在接过胡姬手中的发簪为她戴上时，动作僵硬又笨拙，他难得有些紧张地问道："戴在这里可以吗？"

胡姬听着男人压低嗓音说话，那声音充满磁性，听得她的耳朵有些发痒，心跳不由自主地有些加快。

她轻轻点了点头，看着铜镜里站在她的身后为她戴上发簪的男人。

胡姬双手握拳放在胸口，似乎是想让自己的心跳不那么快。

她的心跳好快，她是不是病了？

男人说道："好了。"

胡姬抬头，看着镜子里男人为她戴上的发簪。

在他们巫姒族中，男子只能为他的娘子戴发簪，他为她戴上发簪，是不是意味……

两个人对视，空气莫名其妙有些燥热，最后还是男人移开了目光，紧张地捏着拳头，看向窗户外已经渐渐暗下去的天色："时间不早了，我先走了。"

见他要走，胡姬急忙说道："留下来一起吃饭吧。"

说完，她才突然想起来男人不愿摘下面具，所以两个人之前吃饭时，他都是背对着她的。

见男人似乎要拒绝，胡姬又说道："就一顿饭而已，我快四个月没有见你了，求……你了。"

看着女人那乞求的眼神，男人最终还是点了点头。

胡姬高兴极了，让男人等她一会儿，随后便急忙溜进了厨房。

她自然是不会做饭的，本来想让厨子做几道男人喜欢的菜，可是到了厨房之后，突然想起来她都不知道他喜欢吃什么，因为他好像并不挑食。

想了想，胡姬便让厨子做了几样她觉得好吃的菜端了过去。

"吃吧。"胡姬贴心地给男人递了筷子，还特意让厨房将每道菜分成了两小份。

吃饭时，男人依旧是背对着她，解开面罩，拿起碗筷。

胡姬说道："厨子做的红烧肉和糖醋排骨特别好吃，还有鲫鱼汤也很好喝，你一定要尝尝。"

"嗯。"男人背对着她，轻应了一声。

胡姬笑着拿起筷子打算吃饭，可下一秒，她的嘴角的笑容突然凝固了。

男人坐着的位置正对着铜镜。

她一抬头，正好在铜镜中看见了男人面具下的容颜。他棱角分明的脸庞透着冷峻，英挺的剑眉，乌黑的眸子。

这样的一张脸，怎么看都不可能跟丑字搭边，所以他为什么要整日戴着面具？

她本以为他是因为长得丑或者脸上有什么缺陷，可这样的一张脸，说俊美至极都不为过。

难不成是因为他的左脸颊上有一个火焰图腾？

正在吃饭的男人像是感受到了什么，猛地抬头，看见他的正前方放着铜镜，他跟她的视线就这样在镜中撞上了，那铜镜中还露出了他的真容。

空气大概凝固了短短的一瞬间，胡姬急忙低下头，开口："我什么都没有看见。"

他跟她的视线都已经如此明晃晃地撞上了，她如今这样说，显然是有些欲盖弥彰。

男人放下了筷子，将原本摘下的面具重新戴了上去，站起身，对她说了一句："我走了。"

那语气平静至极，听不出喜怒哀乐。

等到胡姬反应过来时，男人已经离开了。

她看向他原本吃着的饭，只是吃了一小半。

她知道他是从不挑食的，每次跟她一同吃饭时，都将饭菜吃得干干净净的，这一次他却……

胡姬跌坐在地上，突然心里有些难受，他一定是生气了。她后悔了，就不该让他留下来吃饭的。

他要是不留下来，一定不会发生方才的那一幕。

"他一定是生气了。"胡姬不由得红了眼，追悔莫及。

当天晚上，胡姬就做了噩梦，梦到她看见了男人摘下面具的真容之后，他很生气，对她说了很多过分的话，还让她滚。

胡姬从梦中惊醒，感觉自己的脸上似乎有什么东西，伸手一摸，发现是她的眼泪。

一整天，胡姬都魂不守舍的，因心不在焉，在弹琴的时候还弹错了好几次。

宋姨见她的脸色苍白得吓人，便让她回去休息，别吓到那群娇生惯养的世家小姐。

胡姬躺在床上，捂着有些疼痛的肚子——今日一早来了月事。

本来肚子就已经够疼的了，又想到昨夜做的噩梦，怕他再也不会理她，越想心里越难过，她捂着肚子，盖着被子将自己裹成一团，忍不住哭了起来。

"咚咚——"

房门外传来敲门声。

胡姬擦干眼泪，语气有些虚弱地说道："进来。"

站在门口的婢女推门而入，走到桌子前将手中的托盘放下，对躺在床上的虚弱的女人说道："胡姬姐，这是宋姨让我端来给你的，你趁热喝。"

胡姬缓缓地从床上坐起身，看见婢女端来的碗上飘着热气，空气中弥漫着姜和糖的味道。

胡姬接过婢女递来的汤碗，说："替我跟宋姨说声谢谢。"

"嗯，好。"婢女又拿出了一个小盘子，上面放着红枣，"还有这个红枣也是。"

喝完宋姨送来的生姜甜茶后，胡姬感觉自己的肚子好受了不少，不似之前那么痛了。她闭上眼睛睡了一会儿，而这一睡直接就从中午睡到了晚上。

等到胡姬再一次睁眼，房间里已经是昏暗一片。

"天黑了呀……"她自言自语地"呢喃"出声。

这话刚说完，就听见一旁的窗户突然传来轻微的声响，她起身朝着一旁的窗户望去，就见两扇窗户大敞着，微微晃动。

胡姬看着两扇打开的窗户，她记得中午睡觉的时候窗户是关着的，怎么现如今是开着的？

胡姬起身朝窗户走去，探出脑袋朝窗外看了看，如今天色已晚，外面一片漆黑，她并没有看见什么。

一阵冷风拂面，她被吹得不由得抖了抖身子，急忙将窗户关上。

将窗户关好后，胡姬正要转身离去，突然注意到窗台上有一处污渍，看着倒是有点儿像脚印。她的房间每日早上都会有人打扫，这肯定是今日才弄上去的。

难道是……恩人来过了？

窗户外，男人单手抓着一侧的房梁，整个身子都悬挂在窗户的右侧。他轻轻抿了一下唇，静静地听着屋子里的动静，确定屋子里的女人关好窗户离开后，这才利索地跳上了房顶。

最近的天气越发冷了，宋姨给宋雅居的每个人都准备了冬衣，胡姬自然也有。只不过宋姨给其他人准备的冬衣，好像跟给她准备的不是同一种料子做的。

"胡姬姐，我怎么感觉你这个衣服的料子摸起来好舒服呀？"

"是呀，而且样式比我们这个好看多了，和我们的都不像是同一家店做的。"

胡姬摸了摸掌心的衣料，先前她穿上这新的冬衣时还没有感觉有什么不一样，直到摸了摸旁人冬衣的料子，才发现她的身上穿着的新衣好像真跟她们的不一样。

宋姨一来，就见她们都围在胡姬身边，于是说道："都围着干什么，一个个的事情都忙完了？"

闻言，原本聚在一起的众人急忙散去。

宋姨走到胡姬面前，看着胡姬那一袭粉色的新冬衣，满意地点了点头，说道："二七的眼光还真不错，这衣服果真是适合你的。"

"二七？"胡姬听到这熟悉的名字，心缩了一下，"这衣服是他送的？"

"不然呢？"宋姨伸手摸了摸她的衣服的料子，"这么贵重的料子我哪里舍得呀。"

宋姨笑着离开，胡姬急忙跟了上去，"那宋姨你是什么时候见到他的，他有没有……"

宋姨说道："我可没有见到他，这个不是他直接放在你的房间里的吗？"

胡姬今日早上一醒来，便看见自己的桌子上放着几件衣服，随后又听见隔壁的几个小姐妹说今日一早宋姨给每个人都送了新冬衣，所以便以为这衣服是宋姨派人送来的。

宋姨又说道："不过要是说见他的话，半个月前他倒是来找过我一次，不过也没有说什么，只是留下了银两便离开了。"

"银两？"

"对呀。"宋姨点了点头，"毕竟你在我这里住着，他自然要给我些银两呀。

我是个生意人，可不能做亏本的买卖，你说是吧。"

胡姬回到房间，看着她今日一早放进衣柜里的几件新衣，轻轻咬了一下唇，将衣柜门关上。

什么嘛，因为她住在这里，所以他经常要给宋姨银子，就当是她在这里衣食住行的费用，他究竟是怎么想的？

她跟他分明就没有关系，他干吗要替她出钱？明明他都不愿意来见她。

胡姬真的想不通他的心里究竟是如何想的。

晚上睡觉时，胡姬故意将两扇窗户打开，结果她睡了一夜之后，到了第二天一早醒来时，果然发了高烧。

宋姨找来医师为她诊治。胡姬躺在床上，整个人头痛欲裂，昏昏沉沉间，甚至有些怀疑这样做不值得。

她病成这副样子，他会不会来看她？

她在赌，赌他会来。

胡姬在床上躺了一天。到了晚上，夜幕降临，屋外的冷风"呼呼"地刮着。

她等呀等，也不知等了多久，就在等得快要睡着时，一旁的窗户处突然传来声音。

一个黑色的身影利索地从窗外翻了进来。

胡姬急忙闭上了眼睛，装作已经熟睡的样子。

屋子里只点了一盏灯，光线有些昏暗，男人轻手轻脚地走到床边，停住脚步。

女人躺在床上，紧闭着双眼，脸上有些不正常的红。

见女人的两只胳膊在被子外面，他将她露在外面的两只胳膊放入被中，替她盖好被子。

他站在床边看了她好一会儿，随后打算离开。

在他转身之际，原本躺在床上紧闭双眼的女人突然睁开眼睛，伸手拉住了他的衣角。

男人转头，就见躺在床上的女人的眸子紧紧地盯着他。

"你又要走了吗？"胡姬问。

在男人犹豫着要不要回答时，躺在床上的胡姬突然起身扑向他，他生怕她会一个不注意摔到地上，急忙伸手接住她。

胡姬抱着男人的腰，他腰上那冰凉的玉扣贴在她的脸上，她的身子不禁抖了一下："你不要走好不好？"

"我喜欢你。"胡姬突然告白，这令男人有些措手不及。

"我喜欢你。"胡姬抬头看着他的眼睛，问道，"你喜欢我吗？"

男人还未回答，胡姬又说道："你若是不喜欢我，为什么要给宋姨钱，让我住在这里？这就相当于你一直都在养着我，就像……对自己的娘子那样……"

娘子？

男人怔了怔，还没有反应过来，胡姬就将他拉上了床，他被她压在了身下。

他想将她推开，但当他的手摸到女人那娇嫩的皮肤时，他立马将手收了回去。

"你要是不喜欢我，为什么要像养娘子一样养着我？"

在他们巫蛊族中，丈夫赚的钱就是用来养娘子的。

女人压在他的身上，他大可毫不费力地将她推开，可当对上她那双眸子时，他却不知为何怎么也下不去手。

他喜欢她吗？

他不知道什么是喜欢……

至于所谓的养着她，他只是觉得既然救了她，自然是要对她负责的。

他的喉结滚了滚，女人身上的馨香如同蛊惑人心的毒药一般，搅得他呼吸都有些急促。

"起来。"他的大手落在她的腰侧，他声音沙哑地说道。

他本可以就这样将她推开，但是不知为何他的手没有丝毫力气。

胡姬看着他，因为她还在生病，眼尾微微发红，活脱儿是个病弱美人。

"你要是不喜欢我，大可将我推开……"

他武功如此高强，若是真的想推开她，自然轻而易举就能做到。

两个人对视，谁都没有先动。

男人吞了一下口水，一时脑中一团乱麻，不知该如何去做。

见男人迟迟没有推开自己，胡姬便认为他是喜欢她的。

下一秒，也不知道是从何而来的勇气，她伸手摘下了男人的脸上戴着的面罩，然后低头吻上了他的唇。

他的唇是凉的，但如今她的心是滚烫的。

男人惊愕间，看着女人的脸在他的眼前放大，极其柔软的唇吻上了他的唇，那一刻他的脑子一片空白。

他没有跟人亲吻的经验，更没有人敢摘下他的面具与他亲吻。

上一个看了他的脸的人，如今恐怕坟头的草都已经长高了。

可对于她……

他不知道那次她无意间看清他的脸之后他究竟是怎么想的，倘若换作别人，他定然是要立马灭口的，可那时却半点儿杀意都没有。

当真是奇了怪了。

两个人还在吻着，那个吻渐渐加深。

两个人都是第一次跟人接吻，没有丝毫的技巧可言，只能胡乱吻着。

也正是胡乱的吻，使得两个人的呼吸都乱了。

男人捏着她腰的手逐渐用力，他像是在努力克制着什么。

直到胡姬觉得自己被吻得有些喘不上气，她才离开了男人的唇，趴在男人的身上轻轻地喘着气。

屋子里唯一的灯不知是何时灭的，黑暗中，胡姬看不清男人的脸，但还是按照她先前的记忆，一点儿一点儿吻上男人的左脸颊上的印记。

她隐约能感觉到那印记代表着什么。

也许正是因为那印记，他才整日戴着面具。

男人将不知何时熄灭的蜡烛重新点上，原本黑暗的房间又恢复了光明。胡姬红着脸，走到桌子前给自己倒了一杯水。

空气有些闷热，她拿着杯子看向一旁的男人。他脸上的面具方才被她摘下之后，他便一直没有再戴上。

两个人之间的气氛因为方才的那一个吻，好像变得与先前不一样了。

胡姬问道："你要喝水吗？"

他点了点头。

胡姬急忙给他倒好水，将杯子递给了他。

他接过杯子，将杯中的水一饮而尽，喉结滚了滚。

胡姬的目光落在男人的唇上，她看到他的嘴角处有一块地方破了皮，那是她方才一不小心咬破的。

男人喝完水，将杯子放下，就见一旁的胡姬紧紧地盯着他。两个人对视，空气中隐约有什么异样的情愫在弥漫。

男人率先移开目光，轻咳了一声，耳朵肉眼可见地发红。

"我走了。"

"我可以看看你的脸吗？"胡姬说。

两个人几乎是同时开口。

看他的脸？

胡姬说道："就一眼……"

男人坐在那儿没有动，目光深深地看着她。

见男人没有答应也没有拒绝，胡姬鼓起勇气走近他，在男人平静的神色中，轻轻地摸上了他的脸。

当她的指腹摸到他的左脸颊上的火焰图案时，先前她亲吻他此处的触感他似乎还能感觉得到。

胡姬摸上男人的脸，仔仔细细地打量着他。他的眉眼长得很好看，鼻梁高挺，连同唇瓣的形状都很好看。

胡姬不知盯着他的脸看了多久，摸了多久，直到男人开口："不是说就看一眼吗？"

那么长时间过去了，她都不知道已经看了多少眼、摸了多少下了。

胡姬收回手，咬着唇，知晓他要走了，犹豫地看着他："你……下次什么时候来看我？"

虽然他并没有回答她先前问的那个喜不喜欢她的问题，但是方才两个人的那个吻，已经说明了一切。

男人答道："明天。"

"明天？"胡姬的脸上渐渐露出喜色，"真的吗？"

"真的。"他点头。

到了第二天晚上，他果然没有骗她，当真前来看她了。也许是因为先前的那个吻，他们两个人的关系渐渐被拉近。

他没有像之前那样隔一个多月才来看她一次，现在基本上是三到五天就会过来。

每次他来时，都会给她买东西，有时是女儿家用的饰品，有时是一些两个人上次见面时她无意间跟他说过的她想吃的，他都一一记下了，甚至还会给她带胭脂水粉。

胡姬从未问过他究竟是干什么的，不想问，也觉得没有必要问，因为她相信总有一天，他会亲口告诉她的。

"你来了呀！"胡姬看着这一次从正门走进来的男人，放下手中的书卷，便朝着男人走去，扑到了他的怀里。

她将他的脸上戴着的面具摘下，踮起脚尖环着男人的脖子，吻上了男人的薄唇。

"我好想你。"胡姬环着男人的脖子，轻轻地说。

不知是不是因为她方才吃了糖，男人吻上她时，感觉她的唇都是甜的。

胡姬踮着脚尖，环着男人的脖子尽情地吻着他，仿佛是想从这个吻中一解两个人这几日未见的思念之苦。

他到底是个男人，面对眼前这位如此主动的娇美人，有些克制不住地用大掌捏住了女人的细腰。

两个人倚靠在门上吻得难舍难分，一时之间情难自控。

直到胡姬被某个不知轻重的男人给咬得有些疼了，才终于忍不住推开了他，娇嗔地说道："你咬疼我了！"

男人将视线落在她有些红肿的唇上，随后一板一眼地说道："对不起。"

听着男人这过于正经的一声"对不起"，胡姬忍不住笑了出来："算了，我原谅你啦！"

男人没说话，幽暗的目光紧紧盯着她身上穿着的衣服。

注意到他的视线，胡姬在他面前转了一个圈，问他："好看吗？"

知晓他今日会来，她特意换了这一身衣服。

男人将目光落在她暴露在外的白皙纤细的腰肢上，点了点头："好看。"

胡姬知道他的性格，他向来都不是那种油嘴滑舌的男人，虽然他沉默寡言，但她恰恰喜欢的便是他这闷葫芦一般的性子。

"那你有多喜欢？"胡姬凑近他，轻笑了起来。她笑起来时，活脱儿是一个勾人的小妖精。

她似乎是在故意撩拨他。

胡姬本以为他会像往常一样拒绝回答，可这一次，他突然将大掌按在她的脑后，然后胡姬就瞧着男人的脸在她的眼前放大。

他用实力向她证明了，他究竟是有多喜欢她。

"咚咚……"

门外传来几声敲门声，婢女站在门口，朝着里面说道："胡姬姐姐，你先前要的书我给你买来了。"

婢女站在门口敲了几下门，见无人回应，正打算继续敲时，突然听见关着门的屋子里突然传来一些奇怪的声音。

婢女不解地将耳朵贴在门上，待听清里面奇怪的声音后，婢女的脸"噌"的一下就红了。

她急忙红着脸直起身，将书籍放在门口，语气有些不自然地说道："胡姬姐姐，我把书放在门口了，你们……你们继续……"

胡姬听着门口的脚步声渐远，趴在床上，有些害羞地将脸埋在了被子里，身后之人那滚烫的身躯似乎要将她给灼伤。

两个时辰后。

胡姬红着眼，看着一旁起身穿衣的男子。男人背对着她，后背布满了纵横交错的新旧伤痕。

他穿衣穿到一半，像是突然感觉到了什么，回过头，就见胡姬红着眼睛看着他。

他穿衣的动作微微一顿，以为是他不知轻重弄疼了她，于是他轻轻地吻了吻她的手，语气充满歉意地说道："对不起。"

"这伤……"胡姬用手轻轻地抚摩着他身上的伤痕，十分心疼地说道，"疼吗？"

见女人盯着他身上的伤口泪眼婆娑，他这才明白她是因为看到了他身上的伤口所以才红了眼。

男人说道："不疼了。"

他早就不疼了。

两个人的关系更近了一步，但胡姬没有开心多久，因为最近他又像先前那样，隔十天半个月才来看她一次。每次他来时，胡姬似乎都能闻到他的身上带着淡淡的血腥味。

她心里隐约知道些什么，但是终究没问他发生了何事。

她身边好几个姐妹都在劝她，这个男人夺了她的身子，却还一直将她养在这里，不娶她，定然是不想负责，想做个负心人。

可无论她们怎么说，胡姬都相信他不是那样的人。她相信他，他之所以没有娶她，定然是因为有什么苦衷。

"你想问我二七的身份？"宋姨喝了一口茶，看着站在她面前的胡姬。

胡姬点了点头："还请宋姨告诉我。"

"以你们两个人如今的关系，你怎么不自己问他，反而问起我来了？"

"我……"胡姬有些纠结地咬了咬唇，不知道该如何回答。她自然是想亲口问他，但是在问的时候，又控制不住地退缩了。

看着胡姬这样子，宋姨放下手中的茶杯，轻轻叹了一口气："其实我也不太清楚他的真实身份是什么，只知道他大概就是那种王室中的杀手。"

"王室杀手？"

"是呀，替他的主人杀尽一切绊脚石。人命对他来说，早已经是如同草芥一般了。"

宋姨看着胡姬有些惨白的脸色笑道："怎么？吓到了？"

胡姬摇了摇头。

宋姨说道："所以像他那样日夜在刀尖上行走、随时会丢掉自己的性命的人，会救下你，甚至还将你养在我这里，我还真的是挺意外的。你待在我这里也快一年半了，宋姨劝你一句，他那样的人没有未来，能放手就早点儿放手，若是不能，就好好珍惜彼此在一起的每一天。"

胡姬回到自己的屋子，耳中反复响起宋姨方才所说的那番话。其实听到宋姨说出男人的大致身份时，她并没有感觉到吃惊。

从一开始她就已经猜出来他的身份大概是个杀手，可……他那样的人是没有未来的。

一个没有未来、对未来没有憧憬的人，日夜都活在自己下一秒就会死亡的恐惧之中，那他该有多煎熬、多痛苦啊！

胡姬没有害怕，更多的是心疼，心疼他犹如一个傀儡一般，被人牵制，没有自由。

深夜，男人来到胡姬的窗户前，利索地翻身进来。

听见声响的胡姬抬头，看着出现在她面前的男人，起身便扑进了男人的怀里："你来啦。"

"嗯。"男人轻轻地点了点头，揉了揉她的脑袋。

"你过来，我给你看一样东西。"胡姬牵着男人的手，将他拉到了书桌前，"你看这两个字。"

男人看着女子拿着的纸上写着两个字，轻轻读了出来："御扬。"

胡姬问道："你喜欢吗？"

他不解地看着她。

胡姬放下纸，小心翼翼地说道："我觉得二七不好听，所以就擅自帮你起了一个名字，你要是不喜欢就算……"

"不。"男人接过她手中的纸张，薄唇轻启，"我很喜欢。"

他伸手抚摩着纸上的名字。

像他这样的人，自出生起便没有名字，有的也只是能代表他身份的苍白冰凉的代号——二七。

他从来都没有奢求过一个名字。像他这样的人，没有未来，说不定死亡就会在下一秒发生。

他从未恐惧过死亡，甚至一直都觉得死亡才能带给他解脱。

一直以来，他都是这样想的，像个傀儡一般活着。

可自从遇见了她，他开始恐惧死亡，甚至不想死。他要是死了，她该怎么办？

她会伤心，会哭吧？

但是他更怕的是自己会悄无声息地死在某一次的任务中，无人告知她，他就这样从此在她的生命中消失。

于是他坚定了自己必须活下去的信念，哪怕在每一次的任务中，他必须疯狂地杀人。

他的这双手早已经沾满了鲜血，他这样的恶人，死后可是要下十八层地狱的，可是他竟然还祈求上苍多给他一点儿宽恕，让他活得久一点儿，陪她的时间再长一点儿。

这真是可笑极了。

"那我以后是不是可以叫你御扬了？"胡姬看着他，一脸期待地问道。

男人轻轻地点了点头。

胡姬伸手抱着男人的胳膊，软着嗓子一声一声地叫着，"御扬，御扬……"

男人这一次竟难得笑出了声。

在看见男人的嘴角露出一抹笑意时，胡姬猛地怔了一下："你笑了！"

还未等男人脸上的笑意凝固，胡姬抚摩着男人的脸颊，盯着他的眼睛一字一顿地说道："你多笑一笑嘛，笑起来好看。"

虽然他每次板着一张脸看起来也十分有男人味，但是她还是希望他在对着她时能经常笑一笑。

御扬抚摩着女人的脸，点了点头："好。"

两个人一起吃了晚饭。晚饭后，胡姬沐浴完躺在男人的怀里，她轻轻地戳了戳男人的胸口，身旁的男人没有反应。

随后她将手探入男人的胸口的衣领里，被他一把扣住手腕。

两个人对视，男人的眼眸中闪出一抹不解的神色，他似乎是在质问她想要做什么。

胡姬委屈地鼓着腮帮子，说道："人家想看一看你身上的伤……"

男人幽暗的眸子闪了一下。

过了好一会儿，他哑着嗓子问道："你不害怕吗？"

"害怕？"胡姬表示不解，"我为什么要害怕呀？"

男人薄唇抿成了一条直线，表情露出了几分苦涩。他的这双手沾满了鲜血，连他自己都厌恶极了。

"这又不是你的错。"胡姬轻轻地吻了吻他的嘴角，望着他的眼中透着浓浓的心疼之意。

御扬说道："我这样的人是没有未来的，甚至我自己都不知道哪天会突然死……"

他的话还没有说完，胡姬便已经按住了他的唇，一本正经地看着他，说道："不许你胡说。"

两个人的视线相交，眼中映出彼此的样子。

这一夜比以往更加激烈。

等到胡姬醒来时，已经是第二天正午了。

眼前是刺眼的阳光，她浑身上下酸痛得连手都抬不起来。

她看了一眼身旁，发现那里早已经是空荡荡的了。也不知道突然想起来什么，她羞红了脸，将脸再一次埋进了被子里。

男人昨夜同她说了，他这一次要出一趟远门，估计要一个月后才能来看她。

虽然胡姬的心中万分不舍，但是她也无法挽留他，能做的只有等他回来。

最近胡姬跟着一个绣娘学了刺绣，打算给男人做一个平安符。她第一次学，所以做起来有点儿难。

不过好在她锲而不舍，试了无数次之后，总算是做出了一个能送出去的。

这一日，胡姬待在房间里打算给男人绣一条手帕。自从她做完一个完整的平安符后，总想再绣一点儿其他的东西练一练手。

今日的楼下似乎发生了什么事情，有些吵。

胡姬放下手中的东西打开门，下了楼，就见楼下已乱作了一团，众人急匆匆地逃窜。

"发生什么事情了？"

"刺客！有刺客来了！"说完，门口便突然拥出了一大群身穿黑衣的人，还有一群官兵。

双方交战激烈，死伤惨重。

"快！快护送王上去二楼！"

人群中不知道是谁说了这一句，胡姬还没来得及看清，就突然被人推了一把，眼看着那黑衣人的剑朝着她刺了过来，一个白色的身影拿着剑刺进了黑衣人的胸口。

只听见"扑哧"一声，胡姬感觉那黑衣人的血好似溅到了她的脸上。

"不要让他们伤及无辜！"

"是，王上。"

很快，救兵赶来，那群黑衣人显然处于下风，直到黑衣人接二连三地倒下去时，胡姬还没有从惊恐之中回过神来，一直瘫坐在地上。

一个身穿铠甲的中年男子半跪在地上，恭敬地对站在她身旁的男人说道："末将救驾来迟，还请王上恕罪。"

"起来吧。"男人冷冷的嗓音传来。

听着男人有些熟悉的声音，胡姬抬起头，便看见了一张熟悉的脸，下意识地喊出口："阿扬……"

白衣男子见一旁瘫坐在地上的女人愣愣地看着他，皱了一下眉："嗯？"

很快，看到男人那陌生而威严十足的眼神，胡姬发现自己认错了人。

他不是御扬，御扬是不会用这样冰冷的眼神看着她的，而且他的脸上没有那火焰图腾。

虽然他的那张脸看着跟御扬的脸很像，但是细看之下，还是能分辨出不一样的。

今日王上微服出巡，可不承想，刚进入城中还没多久，便突然遇到了刺客，无奈之下才退到了这宋雅居中。

"回王上，这二十名刺客已经全部死亡。"

这二十具刺客的尸体很快便被官兵抬走了，但因为方才楼下双方激战，所以空气中弥漫着一股浓重的血腥味。

那被人叫作王上的男人坐在椅子上，喝了一口茶。

宋雅居的众人跪在地上。

男人放下茶杯，平静地说道："都起来吧。今日本王微服私访来到城中，可没想到突遇刺客，被逼无奈才退至这宋雅居，让诸位受惊了。"

宋姨恭敬地说道："王上您龙体无碍便好，能为王上消灾，是我们的福分。"

男人轻笑出声："莫非你就是宋姨？"

闻言，宋姨还在疑惑着，就听见男人又说道："多娜郡主经常在本王面前说，在这宋雅居中，宋姨你的棋艺高超得很，日后若有时间，本王真想跟你比试一二。"

"民妇也只是对棋艺略懂皮毛罢了，是多娜郡主谬赞了。"

"哈哈哈，多娜可不会随意夸人。"

男人站起身，临走之时，像是突然想到了什么，特意看向一旁的胡姬，眸子闪了闪，问道："你叫什么名字？"

胡姬没想到男人会突然问她，低着头有些紧张地回答："回王上的话，民女……胡姬。"

"胡姬……"他轻轻地唤出她的名字，随后走到她面前，"抬起头来，让本王好好看看你。"

胡姬抬头，便对上了一双威严十足的眸子。当她再一次看清眼前这张熟悉的脸时，说不震惊是假的。

太像了，真的太像了，眼前这个被众人称为王上的男人，跟她的御扬长得几乎一模一样。

但是若是细看，她觉得两个人的相貌还是有些区别的。

比如御扬的眉好似比眼前这人的更浓一点儿，御扬低垂眼皮时，眉眼间像是染了一股戾气似的。而眼前这位王上，穿着一袭白袍，瞧着面部好像更加温和。

王上达岑瞧着胡姬的那张脸，露出为之惊艳的神色，忍不住夸赞道："没想到这宋雅居中竟有如此绝色的女子。"

望着眼前男人那盯着自己的略带深意的目光，胡姬只觉得有些刺眼。

就在她以为王上还会对她说些什么的时候，他只是深深地看了她一眼，便转身离开了。

直到男人走后，胡姬才感觉自己身上的压迫感消失了。

她的腿脚有些发软，只得扶着一旁的桌子。两个人那极度相似的脸在她的脑海中挥之不去。

"你问王上有没有长得相像的兄弟？"宋姨听了胡姬的话，停下手里的动作看着她，"这自然是没有了。你怎么想起来问这个？"

胡姬摇了摇头："没……没什么，我就是随便问问。"

说完她便找了个借口离开。宋姨只觉得莫名其妙，见她走开，便也收回了目光，继续做着自己手头上的事情。

胡姬回到自己的屋子关上房门，心想：宋姨说那位王上并没有长得相像的兄弟，难不成只是巧合？

但若是巧合的话，御扬和那位王上长得也太像了吧？

胡姬咬着唇坐了下来，或许等御扬回来时，她可以问一问。不过他这一次要出远门一个月，这才过去了一天，她就已经开始想他了。

胡姬扑到床上，紧紧地抱着被子，这被子上似乎还残留着男人身上的味道。

她好想他呀。

这几日胡姬依旧像往常一样，白日里给来宋雅居的小姐们弹弹琴，夜晚看看书、练练刺绣。

时间一晃就到了七日后，今日宋雅居来了一位贵客，甚至还指名让她前去弹琴。

谁知胡姬抱着琴到了客人所在的房间之后，看见宋姨口中的那位贵客竟然是先前的那位王上。

胡姬看着不远处坐在席间的尊贵男人，急忙要跪下行礼。

"无须多礼。"男人摆了摆手，"听说在这宋雅居中，胡姬姑娘你的琴技最好，所以本王来此也想听听你的琴音。"

这宋雅居本是只接待世家小姐休息、玩乐的地方，但碍于来的人是当今的王上，宋姨自然是不敢有什么异议的。

装潢奢侈华丽的房中香气缭绕，胡姬坐在中央的席间，低着头，专心致志地弹着曲子，伤感中略带着几丝凄凉的琴声从她的指缝间溢出。

男人坐在不远处，目光灼热的眸子紧紧地盯着她。直到一首完整的曲子弹完，胡姬才停下弹奏的动作，那灼热的视线依然落在她的身上。

达岑托着下巴，轻笑出声："你好像不是很乐意见到本王？"

听了王上这话，胡姬不解地抬头，就见男人看着她的眸子中透着几分冷意。

他收回目光，将视线落在手中把玩的茶杯上，平静地说道："从本王坐下来开始，你一共弹了三首曲子，每一首都是悲伤凄惨的曲调，你就这么不想看见本王？"

见男人似乎有些生气，胡姬吓得急忙跪了下来。她方才只是随意弹了几首她拿手的曲子，并没有想那么多。

"起来吧，本王又没有要怪罪你的意思。"

男人的说话声从头顶上方传来。胡姬直起身子时，才发现他不知何时已经走到了她面前。

他朝她伸出手，似乎是想要拉她起来。

看着男人的这番举动，胡姬感到更加惶恐了，再一次将脑袋贴在了地上："请王上恕罪。"

达岑看着自己朝她伸过去的手，见女人惶恐不安地跪在地上，视他为洪水猛兽，他不禁失笑出声："你这是做什么，本王只是想拉你起来而已，你何罪之有？"

胡姬答道："民女乃是平民，怎能劳动王上您？"

头顶上方传来男人的失笑声，随后下一秒，胡姬便感觉有一只温热的大掌抚摩上她的脖颈。那陌生的触感让她浑身一颤，她急忙抬头，对上了男人那一双含笑的眼睛。

"本王不喜欢人跪在地上说话。起来，嗯？"

胡姬在男人威逼的眼神下，不得不站起身，但是男人扣着她的脖颈儿，算是单方面地将她给提了起来。

"坐。"他按着她的肩膀让她坐到了他原本坐着的位置的旁边。

直到胡姬坐下来之后，男人那扣在她脖颈儿的手才收了回去。

虽然他已经收回了手，但是她觉得脖颈儿那令她有些毛骨悚然的触感似乎还在。

看着眼前这貌美的女人有些拘谨的模样，他缓缓开口："你好像很紧张？"

他贴心地给她倒了一杯热茶，将杯子推到了她面前："胡姬你无须紧张，把本王当作寻常男人便可。"

把他当作寻常男人，这怎么可能？

"你先前看到我，为什么突然喊我'阿扬'，莫非我长得很像你的一位故人？"

胡姬下意识地将手中的茶杯握紧："不……不是，是民女一时看错了。"

"哦？看错了？莫非这个叫'阿扬'的人，是你的心上人？"

胡姬点了点头，答道："是。"

她回答完，屋中安静了好一会儿，她感觉男人的那一双眸子一直在盯着她。

不知过了多久，她听见一旁的男人笑出了声："这样呀，那可真是可惜了。"

至于可惜什么，胡姬也不敢揣测，只能装傻充愣地看着他。

男人闭上眼睛，平静地说道："再去给本王弹几首曲子吧，要欢愉一点儿的。"

胡姬闻言，急忙起身："是。"

男人见女人急匆匆地从他的身边离开，盯着她的背影的目光越发幽深。

往后的一段时间，王上几乎每隔三四天便会到宋雅居，并且指名让胡姬来给他弹曲。

宋雅居上下纷纷猜想王上定然是看上了胡姬，但是他们也都知道，这胡姬早已有了心上人。

宋姨将包袱塞进胡姬的手中，在胡姬不解的目光中说道："你走吧。"

胡姬看着被宋姨塞进她怀里的包袱，不明白地问道："宋……宋姨，您这是做什么？"

"二七临走之时曾嘱托我好好照顾你，如今王上三番五次前来，你心里应该也清楚他对你有意思，你若是再留在这里，你真的觉得他不会对你做些什么吗？"

听了宋姨的这番话，胡姬脸色瞬间变得有些苍白。

通过这几日跟那位尊贵的王上的相处，从他看着她的眼神，她怎么可能不知道他对她怀着什么样的心思？

宋姨说道："你走吧，马车已经停在了后门。"

胡姬一只手抱着包袱，另一只手拉着宋姨的衣袖："那我要是走了，王上万一怪罪宋雅居……"

"不会的。"宋姨拍了拍她的手，安慰道，"整个北漠的人都知道王上是位明君，断不会因为你一个人而迁怒整个宋雅居，给宋雅居上下安上莫须有的罪名，所以你放心离开吧，到时候我随意找个你离开的借口便可。"

胡姬虽然担忧自己走了王上会怪罪宋雅居，但是宋姨的这番话也不无道理。

她只是一介平民，王上就算喜欢她，也只是看中了她的相貌罢了。

这世间女子众多，王上自然也不缺她这一个，但她的御扬就不一样了，他只有她了，她也只有他了。

为了她的御扬，她也必须走。

为了不引人注目，宋姨是在天黑的时候给胡姬安排马车离开的。

原本宋姨将一切都已经安排妥当，哪怕是两天后王上再来时，她都能随意找个胡姬回乡探亲的借口。

可她万万没想到，胡姬刚走了不到一炷香的工夫，原本应该两日后才会来宋雅居的王上居然今日晚上来了。

夜幕降临，宋雅居内灯火通明。

宋雅居众人跪了一地，男人坐在椅子上，修长白皙的手指抚摩着胡姬未带走的琴。

他用指腹拨弄着琴弦，谁知那琴弦一下子就割破了他的指腹，鲜红的血从皮肉中流出。

"王上……"

一旁的侍从见此正要为他包扎，他抬手拒绝，下一秒抬起眸子望向不远处跪了一地的众人，声音威严而又冰冷："胡姬在何处？"

马车刚行驶到城门口，便突然被士兵给拦住了去路。

"今晚封城，到明日一早才可解禁。"

没想到半夜出城竟然遇上了封城，胡姬不得不找了一家客栈休息，准备第二天一早出城。

可到了第二天一早，她将要出城门时，无意间瞧见城中出现了很多士兵，问了路人才知道，宋雅居出了大事。

路人说道："听说是昨夜王上在宋雅居用膳，竟险些中了毒，今日一早宋雅居被封了，人全都被抓进天牢里了。"

"意图谋害王上是重罪，可是要被杀头的。听说那宋雅居的老板宋姨摊上大事了……"

王上险些中毒？

胡姬大惊：怎么会如此凑巧？而且昨夜王上怎么会来宋雅居？

车夫问道："姑娘，那我们现在就出城了？"

"等一下……"胡姬坐在马车里，怀中抱着包袱，陷入了两难的境地……

车夫等了好一会儿，然后听见马车里女人虚弱的声音传来："我……不出城了……"

车夫将她送到了客栈的门口。胡姬怀中抱着包袱，刚失魂落魄地下了马车，还没站稳，眼前突然出现了两个人，恭敬地对她说道："胡姬姑娘，王上已经等您很久了。"

胡姬被两个人带进了宋雅居对面的一家茶楼。

她路过宋雅居时，看见昔日热闹的宋雅居今日大门紧闭，门上还贴着一个大大的"封"字。

胡姬看着这里，心瞬间变得冰凉。

"王上，人带来了。"侍卫的声音拉回了胡姬的思绪。

胡姬反应过来时，发现自己已经走进了一间房内。

男人坐在不远处，一双漆黑的眸子紧紧地盯着她。看着男人那漆黑的眸子，胡姬心惊肉跳，她猛地跪了下来。

"王——"她刚吐出一个字，就被男人给打断了。

"跪下做什么？"男人起身，大步走到她面前，平静地问道，"宋姨不是说你回乡探亲了吗？怎么才一夜的工夫就回来了？"

尊贵不凡的男人大掌抚上她的脖颈儿，那像被扼住命脉的恐惧之意又袭上了她的心头。

"啪"的一声，胡姬怀中的包袱掉到了地上。

男人突然捏住她的下巴，那同御扬一模一样的脸，朝着她吻了过来。

胡姬惊恐地瞪大眼睛，伸手将他推开……

"不……您不能这样……"

晚了。

当那冰凉的唇覆上她的唇瓣时，胡姬的心中油然生出一种羞辱的背叛之感。

他不能亲她！他不能！

她发了疯似的要将他推开，奈何男人的力气极大，她一点儿也推不动。被逼无奈，胡姬一口咬上了男人的唇。

他立马吃痛地推开她，脸色铁青的同时伴随着浓浓的怒气："你敢咬我？"

混乱间，她看着他扬起手，像是要朝她扇过来。

胡姬吓得立马捂着脑袋，恐惧地抖着身子，但疼痛迟迟没有到来。她睁开眼睛，对上了男人依旧震怒的脸。

"你应该庆幸本王喜欢你，不然换作别人现在早就脑袋搬家了！"他擦了擦被她咬出血的唇，然后蛮横地掐着她的脸颊，再一次吻了过来。

胡姬早已经泪流满面，但是依旧没能阻止男人对她的肆意亲吻。

他吻得很重，重得险些让她喘不过气。他离开她的唇时，见身下的女人哭得肩膀一抽一抽的，样子可怜极了。

看着女人的模样，达岑只觉得有些好笑。

他掐着她的下巴，手中的力道又加重了几分："跟我接吻的女人向来都是一副意乱情迷的样子。敢哭的，你是第一个。"

"我不是你后宫里的女人。"胡姬一脸悲愤地捂着自己被他亲得有些红肿的唇。

好脏！好脏！

她狠狠地擦着唇，那力道重得似乎是想要将唇擦破。

一旁的达岑沉着脸看着她，随后起身直接将她打横抱起。

胡姬被他的这番举动吓得尖叫出声，拼命挣扎间，听到男人冷声说道："你知道宋姨此刻身在何处吗？"

闻言，胡姬眼中立刻蓄满了泪水，挣扎的动作停了下来，她瞪大眼睛看着他。

男人说道："她现在在天牢很安全。但你若是不听话，本王就不能保证她的死活了。"

他在威胁她，用宋姨的性命威胁她！

"只要你乖，本王定然不会亏待你。若是你想要，王后的位置本王都可以给你。"

"我不要当你的王后！"她只想要她的御扬。

胡姬抓着男人的衣袖，卑微地请求道："王上，胡姬早已心有所属，求王上您放过我吧。"

"本王放过你，那谁来放过本王？"男人将她扔进马车，高大的身影挡在门口，遮住了大片的光线。胡姬看不清他的脸，但是他那威严十足的语气就像是在宣判她的死刑。

"本王看见你的第一眼便已经喜欢上你了。"他强行握住她的手，薄唇轻啄上她的手背。

自他登上王位起，他有过许多女人，但都只是逢场作戏罢了。

他从未遇见过像她这样让他心动的女人，仿佛他尘封已久的心房第一次为一个女人敞开。

"乖乖听话，本王可以宠你一辈子。"

男人深情地看着她，那张脸跟她的御扬的一模一样，但是她知道他终究不是她的御扬。

胡姬跪在男人面前，重重地磕头："王上，您可以拥有很多女人，但是我的御扬就只有我一个人了，您不能那么自私。"

男人将跪着的她拉进了怀里："本王身为北漠的王上，难不成还比不上一个寻常男子？"

胡姬的挣扎在他的眼中没有什么用，他有无数法子能让她屈服。

胡姬被男人强行带进了王宫。看着如今这全然陌生的环境和面孔，胡姬知道，她等不到她的御扬了。

"姑娘，这是今早王上特意命人送来的衣裳。等一下王上会来跟您一同用膳，他定然是十分希望您能换上这身衣裳的。"

胡姬蜷在椅子上，冷眼看着一旁宫女手中的那件绿色的漂亮衣裳。

"姑娘？"宫女见胡姬没有反应，忍不住又喊了她一声。

胡姬依旧没有反应，显然是不想换。宫女们也不敢直接上前动手帮她换上，双方就这样一直僵持到男人来此。

胡姬听到门口传来声响，宫女们恭敬地喊了一声"王上"。

"你们先下去吧。"男人的声音从外头传来。

听着脚步声逼近，蜷在椅子上的胡姬紧紧地抱住了自己。

身前一道阴影落下，胡姬自然知道男人已经走到了她面前。她一动不动，一个眼神都没有给他。

男人的目光落在一旁他派人送来的衣裳上。

衣裳是绿色的，他看见的第一眼就觉得这身衣裳很适合她，她要是穿上了，定然十分好看。

他的指腹滑过衣裳，衣裳的布料很丝滑，触感极好。

"你是不喜欢这件衣裳吗？"

男人侧过头来看她，她依旧没有抬头。

"啊——"胡姬猝不及防地被男人从椅子上抱了起来，这突然的举动令她尖叫出声。

因为受惊，她下意识地抓住了男人的手臂，但下一秒回过神来之后，立马将原本抓着他的手臂的手缩了回去。

她视他如洪水猛兽。

瞧着胡姬那极力与他撇清干系的动作，男人并没有因此而生气，反而低沉地笑出了声，将她抱到了一旁的软榻旁。

胡姬咬着牙，脸上带着几丝羞愤的神色："你放我下来！"

男人将她放下，问道："是不喜欢这个颜色吗？那你喜欢什么颜色，我让人重新做？"

她哪里是不喜欢这个颜色，而是不喜欢他送的所有东西。

达岑盯着她的脸看了许久。

她躲避他的目光，不愿看他。

他沉下了脸，说道："你要是再不出声，我就要吻你了。"

胡姬抬头对上他的视线。

女人那愤怒却对他无可奈何的眼神，显然惹恼了他。

"真的是越看你越喜欢。"他突然伸手按着她的脖颈儿，不顾她的挣扎，吻了吻她的唇。

胡姬还没来得及反抗，男人便如蜻蜓点水一般，很快松开了她。

"本王等会儿还有事，晚上过来时，希望你能穿上这件衣裳，好吗？"

听着"晚上"二字，胡姬脸色猛地变得煞白。

直到男人走后，她还没有回过神来。

晚上，他会来……

他晚上来这里能做什么？

不！不要！

"啊——"胡姬捂着脑袋，尖叫出声。

她只爱她的御扬。

绝望间，胡姬趁着宫女不注意，拿着一根绳子挂在了房梁上——她想要寻死。

但那绳子还没有彻底夺走她的呼吸，她便被人给发现了。

大殿内灯火通明，匆匆赶来的男人脸色铁青地掐着她的脖子，暴怒地说道："你就那么想死？行，本王成全你！"

暴怒的君王将她拖到了殿外。

胡姬真的以为男人会杀了她，但是显然她将事情想得太美好了。他没有杀她，反而杀了那些原本伺候她的宫女。

十五个人，眨眼间因为她要寻死而被男人赐死在了殿外。鲜血流了一地，浓重的血腥味让胡姬忍不住吐了出来。她想逃离，却被男人掐着脖子，绝望地看完了这一场血腥的凌迟之刑。

最后，胡姬被眼前血腥的一幕吓得晕了过去。

她早该知道的，他压根儿就不是百姓口中的明君，而是个彻头彻尾的暴君！

暴君！

这几日只要一闭上眼睛，眼前浮现的就是那血淋淋的场景，她尖叫着从睡梦中惊醒，那张小脸吓得惨白如纸。

也许是她那一副惊吓过度的模样让男人心生怜悯，后来他并没有多为难她。

午膳时，年轻的王上坐在她的身边，胡姬拿着筷子，一言不发地吃着自己碗里的饭。

就在这时，男人突然将手伸了过来，一把扣住她的手腕。

胡姬受到了惊吓，手中拿着的筷子直接掉到了地上，空气瞬间凝固。

男人见她视他如洪水猛兽一般，脸色以肉眼可见的速度变得难看，好在一旁的宫女速度极快地拿了一双新筷子。

男人闭了闭眼睛，深吸了一口气，心想：我没必要跟她一般见识。想到这儿，他原本不太好看的脸色终于缓和了下来。

他握着她的手腕的手并没有松开，他用指腹蹭着她的手腕的肌肤，缓缓地开口："瘦了。"

在宫里的这段时间，她瘦了。

"是厨子做的菜不合胃口吗？嗯？"他的另一只手突然落在她的腰侧。

胡姬被他摸得有些头皮发麻，刚要伸手将他推开，他突然凑近她的耳边，说道："吃完饭本王带你去见一个人。"

胡姬自然猜不到他要带她去见何人，用完膳后，男人带着她来到他专门处理政事的前殿，她犹如一个提线木偶一般被男人抱在怀里。

达岑说道："让他进来吧。"

男人的声音从头顶上方传出，随后胡姬便看见殿外一个黑色的身影从门口走了进来。

胡姬看着那远处的身影，猛然有一种强烈的熟悉感。

那人身穿着一袭黑衣，面上戴着黑色的面罩，遮住了大半张脸，单单凭男人露在外头的那一双眼睛，胡姬便立马认出了他。

御扬！

她无声地动了动唇。那是她的御扬。她不由得有些激动，下意识地想要起身，却被身旁的男人无情地拉了回去。

"那么激动干什么？"男人环在她腰上的手臂用了极大的力气，使得她动弹不得，他凑在她的耳边轻轻说着，还不忘亲亲她的脸颊。

不远处是她的御扬，此刻她却在另一个男人的怀里，胡姬崩溃得快要发疯了！

"御扬……"

她大哭着朝不远处的那人看去，露出痛苦的神色，但那人只是淡淡地看了她一眼，眼中的神情是从未有过的冷漠。

"御扬？"将她抱在怀里的年轻王上听了她这话，不由得轻笑出声，"他可不是你的御扬。"

黑衣男子半跪在地上，朝着两个人恭敬地行了礼："二七见过王上和王后。"

达岑问道："王后说你是她的御扬，是吗？"

黑衣男子抬眼看她，漆黑的眼眸波澜不惊。

下一秒，胡姬便听见下方的男人冷冰冰地开口："王后，您认错人了。"

他同她相处多日，她怎么可能会认错人？她唯一能想到的理由就是他故意不去认她。

后来，胡姬忘了她是如何离开的，只记得离开时，她心心念念的那人，用那冰凉、陌生、疏离的眸子冷冷地看着她。

那一刻，她的心凉透了。

胡姬也不知道自己是怎么稀里糊涂地成了那卑劣王上的王后的，对这个王后的位置丝毫不稀罕。

这个王上虽然卑劣，但是从未碰过她。他倒是想，但那一夜胡姬拿着玉簪抵着自己的脖子以死相逼，年轻的王上是真的很喜欢她，最后还是软了心肠。

"你若是不愿意，本王便不会碰你。本王给你时间让你接受。"

年轻的王上骨子里是高傲的。

一个女人而已，他相信总有一天她会喜欢上自己的。他从未认真地讨过一个女人的欢心，而胡姬便是第一个。

他时常派人给她送去各色的珍宝饰品，希望讨她欢心，但这一切只是他一厢情愿罢了。

胡姬再一次见到她心心念念的御扬，是在五天后的晚上。

今夜别国使臣来访，趁着那暴君脱不开身，她以头疼为借口回到寝殿休息，然后趁着宫女都在门外，悄悄地跑了出去。

她知道他一直在暗中保护她，所以跑到后花园，故意在河边脚滑了一下，就在她即将摔进一旁的湖里时，他果然出现了，一把钩住她的腰肢，将她拉进了怀里。

感受到自己撞入了一个熟悉的怀抱，胡姬伸手紧紧地抱住了男人的腰，死活不愿意松开。

男人毫无感情的话从她头顶上方传来："属下送您回去，王后。"

这是他们两个人再次见面时，他对她说的第一句话。

只是最后的"王后"二字，显得尤为刺耳。

他的语气冰冷疏离。

胡姬忍着鼻子的酸意，红着眼睛看着他："我们不是不认识吗？你为什么要出来救我？"

他一板一眼地说道："王上让我保护您的安全。"

"保护我的安全？"胡姬苦笑，盯着他戴着面具的脸，伸手就想要将他的脸上的面具给摘下来，但是她的手还没有碰到面具，某人便扣住了她的手，阻止了她的动作。

胡姬又伸出另一只手。

毫无意外，她的双手都被男人紧紧地扣住了。她红着眼要挣脱他的束缚，却惹得男人冷冷地来了一句："请王后自重。"

"我不要！你为什么装作不认识我？是因为那个暴君吗？他是你的主人，

所以你碍于他的权势，要将我拱手让人吗？"

面具之下，男人紧紧地抿着唇，垂下眼睫，掩盖住眼眸之中的那一抹隐忍之色。

"想让她好好地活着，不用本王教你，你应该也知道该怎么做吧？别忘了自己是什么身份！"

他的耳边回响起那位王上的话。

是啊！他这样的人，是给不了她未来的。

要是想让她好好地活着，他唯一能做的就是放手，在她看不见的地方默默地守护她。

他闭上眼睛深吸了一口气，而后睁开眼睛，语气凉薄又无情地说出了一个惊人消息："当初二七之所以救你，全然是因为王上的命令。"

听着昔日爱人用这样凉薄无情的语气说出最残忍的话，胡姬挣扎的动作立马停了下来，她瞪大眼睛看着他，微微湿润的眼睛中满是浓烈的难以置信。

"你说什么？"

"一年前我去那家客栈，就是为了替王上寻找巫奴族的遗孤，也就是您。"

胡姬盯着他的唇，难以置信，耳朵有那么一瞬间什么都听不到了，自是不愿相信这番话："你在骗我！你一定在骗我！"

男人用冰冷的眸子盯着她，一字一顿地说道："传言巫奴族的女子美若天仙，王上也想见见，所以特命我前去寻找……"

他的话字字诛心，胡姬捂着胸口步步后退，只觉得此刻她的心好疼。

她咬着牙，白净的脸上早已挂满了泪珠："既然如此，那你为什么不一开始就把我送进宫？反而还……"

"我是个男人。"他一步步走向她，擒住她的手腕，用力，"美色当前，我怎么忍得住？"

"啪——"

胡姬扬手重重地给了他一巴掌，他被扇得侧开脸，脸上戴着的面具也被甩到了地上。

他察觉到口中有一丝血腥味，伸手擦了擦嘴角的血迹，双膝着地，跪在了女人面前。

"王后若是还未解气，继续便是。"

胡姬被他气得发抖，后来自是没再打他，找了她许久的宫女急匆匆地赶来，将她护送回了寝宫。

而他，在外头跪了一夜。

她如今成了王后，备受王上的宠爱，又何必再惦记他这样的无情之人。

胡姬也不知道自己往后的这段时间是怎么过的，浑浑噩噩，不知朝夕。她只觉得每次睁开眼时，都能在寝宫的门外看见那个戴着面具的黑色身影。

那暴君也不知到底知不知晓他们两个人曾经的那点儿风月之事，竟还将他安排在她的身边，美其名曰是为了保护她。

胡姬想想就忍不住勾了勾唇，面带嘲讽。不过想来也对，他本来就是那昏君身边养的一条狗，自是对那昏君唯命是从。

最近在王后身边伺候的宫女们发现王后这几日性情大变，她们这些精心伺候她的宫女倒是没有惹得王后不悦，那个新来的守卫，也不知是哪里惹怒了王后，导致王后整日针对他。

昨夜下了一场大雪，一大早宫女们从走廊路过，远远便看见了不远处跪在花坛旁的男人。

她们不由得面面相觑。

"他怎么又跪了？"

"听说是今日一大早跟一个小宫女幽会，被人发现了，王后生了好大的气，罚他在这里跪着。"

"不是吧，我听说是那小宫女对他生了爱慕之情，给他送荷包，但他并没有接受。这就稀里糊涂定罪，他也太可怜了吧……"

天空不知何时又飘起了鹅毛大雪，男人跪在白茫茫的雪地中，挺直的腰背犹如一棵坚韧不拔的松。

不知过了多久，寝殿的大门终于打开，一个宫女走出来看了他一眼，说道："王后让你进去。"

闻言，早已经跪得麻木的男人终于动了动。

因他在雪地中跪得太久，他的四肢早已经被冻得僵硬，起身的动作很慢，每走一步，膝盖就如同有无数根冰刺在扎一般。

他苍白着脸，睫毛上都凝上了一层霜。

寝殿内生着暖炉，同外头的冰天雪地形成了鲜明的对比。

男人走进寝殿，僵硬着身子半跪在地上，嗓音沙哑地说道："参见王后。"

宫女端来一碗冒着热气的鸡汤放在他面前。他抬起了头，目光中带着不解。

宫女说道："王后让我看着你喝完。"

男人看向屏风后的倩影，无声地抿了一下唇，而后端起面前的鸡汤仰头喝完。

喝完鸡汤后，他原本被冻得僵硬的身子终于多了几分暖意，连同冰冷的胃都变得暖暖的。

宫女接过空了的碗，又递给了他一样东西，他接过，发现是一支胡笛。

他抬头看向不远处屏风后的那一抹身影，将手中冰凉的胡笛握紧，已经猜出她这是要他做什么了。

宫女们纷纷退了出去。

被关上的寝殿的门，阻隔了屋外刺骨的寒意。

男人手中握着那支冰冷的胡笛，将胡笛靠近嘴边轻轻吹了一首曲子。

寝殿之外，大雪纷飞。

寝殿之内，两个人听着这首熟悉的曲子，各怀心思。

这首曲子是他为她作的，曾见证过他们两个人美好的爱情。可现如今，这首曲子再一次被吹响时，一切都变了。

胡姬曾想，她理应恨他的，恨他不守信用，甚至还编造了一个残忍的谎言来骗她。她理应相信这个谎言的，但是知道自己骗不了自己的心，她还爱着他。

或许她是自私的，她知道若是他跟她一样爱得奋不顾身，那么他们两个人最后的下场就是死路一条。但他终究跟她不一样，他希望她活下去，哪怕最后陪在她身边的人不是他。

他终究还是低估了她对他的爱，若是最后陪在她身边的人不是他，那她活着还有什么意义？

胡姬走到男人的身边，自顾自地说："他今晚会来宠幸我，你难过吗？"

男人吹笛子的动作一顿，但也只是一瞬间的工夫，他很快便恢复了正常，继续吹着手中的笛子。

胡姬苦涩地笑了笑："或许真的是我眼瞎，你压根儿就不喜欢我，哪儿有男人会把自己喜欢的女人推进别人怀里的……"

一曲完毕，他放下手中的胡笛，默不作声。

胡姬也没指望他会回答，就当是他对她无情吧，至少这样想，她才不会那么难过。

"我这样的人，不值得你喜欢。"胡姬正要转身，就听见跪在地上的男人缓缓地出声。

她转过身，脸上的情绪还未表露，原本跪在地上的男人已经站起了身。两个人对视，虽然都未曾言语，但双方的眼神中所流露出来的东西，早已经胜过了千言万语。

看着男人的眼中那一闪而过的隐忍之意，胡姬的呼吸一滞。

其实她心中明白，他还是喜欢她的，只是碍于那昏君的权势，他不得不放弃对她的爱。

她是想告诉他，她爱他，哪怕路的尽头是生命的终结，她也会义无反顾地去选择爱他。

这……就够了！

"我……"胡姬正要开口说话，男人突然扣住她的手腕，捏着她的手腕的手用了些力道，他原本看着她的眼睛望向了别处。

顺着他的视线看去，胡姬看见寝宫门外有两道身影。

她知道那两道身影是那昏君和他的侍从，也知道她的御扬在阻止她说下去，但是她还是选择义无反顾地抱紧面前的男人的腰，豁出去了一般地开口：

"我爱你！"

她的声音并不大，但是在此刻格外寂静的寝宫内显得尤为清晰。

被她用力抱着的男人的身体一僵，怔怔地站在原地。

胡姬紧紧地抱着面前那人的腰。她闭上眼睛，不去看他此刻是什么神情，也不管门口那昏君会不会突然恼羞成怒地冲进来。

这些她都不在乎！

现如今，她唯一在乎的只有她深爱的御扬，她只想告诉他，她有多爱他！

"我爱你，我只爱你，一直爱的都是你！"

"你能不能不要再把我推给别人了？"胡姬的声音中带着哭腔，她委屈极了，因为他丢下了她，还骗她说他不爱她了……

"你知道你说这话的后果吗？"男人扣住她的手腕，转过身来看着她。

胡姬红着眼睛看着他，没有回答，而是踮起脚尖，抬起头，用双臂环着他的脖子，吻了上去。

这是一个时隔三个多月的吻，她很久没有亲他了。舌尖尝到了她的泪水，有些咸，他还尝到了一点点的苦。

这一刻他也冲动了，被压抑了三个多月的感情在这一瞬间爆发了。两个人接吻相拥的那一刻，仿佛整个天地间只有他们两个人，他们的眼中也只有彼此。

去他的王上！

他的脑子很清醒，他清楚地知道此刻站在外头的那人是谁，也知道自己吻上她会有什么后果。

但这些已经不重要了！

他爱她，哪怕下场是五马分尸！

寝宫的大门被猛地推开，充满怒意的脚步声逼近。

胡姬知道那暴君来了，但是她已经不怕他了。

侍从将他们两个人扯开，冒着寒光的刀刃抵在了两个人的脖子上。

胡姬跪在地上，视线里闯进了一双明黄色的靴子。下一秒她的脖颈儿被一只大掌猛地掐住，映入眼帘的是那年轻的帝王怒意滔天的俊颜。

"你想死吗？"他看着生气极了，那恨不得掐死她的眼神有些可怖。

胡姬被他掐得涨红了脸，难受地抓着他的手臂，艰难地吐出几个字："喀……有本……本事……你杀了我！"

"杀了你？"年轻的帝王笑了，那张跟她的御扬一模一样的脸，笑起来看着瘆人极了。

"本王那么喜欢你，怎么舍得杀了你？"

说完这话，他扫了一眼被五六个侍从压在地上的男人，然后将目光重新落在了她的身上。他用力地掐着她的脖子，重重地吻上了先前被另一个男人吻过的唇。

看着眼前放大的脸，感受着唇瓣上传来的疼痛感，胡姬只觉得一股强烈的恶心感袭来。她猛地一把推开身上强行吻着她的男人，跪在地上"哇"的一声便吐了出来。

见到此景，年轻的帝王脸色瞬间变得铁青。

他咬牙切齿地看着她跪在地上吐得昏天黑地，恨不得弄死她。

"你居然敢吐！"

他吻她，她居然敢吐！这不是让他颜面扫地吗？

"王……王上……"他被气得不轻，直到一旁的侍从唤回了他的思绪。

"这王后……他们两个人要如何处理呀？"

在以前，这王上的女人敢偷人，可是要被拉出去乱棍打死的！王上今日是要乱棍打死这不守妇道的王后和她的奸夫吗？

男人抚着额头，紧闭双目，压抑住自己身上那浓烈的怒意。过了好一会儿，他睁开眼睛，将目光落在一旁跪在地上的女人的身上，对身边的侍从说道："禁足，没有本王的允许，不许她踏出寝宫一步！"

听了男人这话，不仅胡姬愣住了，在场的侍从也震惊极了。

王后跟侍卫偷情，还被王上撞见了，两个人理应拉出去乱棍打死，然后被拉着尸首游街，最后被挂在城门上示众。

王上却说……只是将王后关禁闭？

胡姬被侍从强行拉了出去，临走之时，她震惊地看着不远处年轻的帝王。

她不明白，他为什么不杀她？为什么？

"至于你——"在被侍从拉出去时，她清楚地听见那暴君在跟她的御扬说话。

"放开我！放开我！"胡姬挣扎着要挣脱侍从的束缚，但是他们的力气实在太大了，无论她怎么挣都挣不开。

"御扬……御扬……"女人的声音渐渐远去。

脸上戴着面罩的男人被侍从按着跪在地上，犹如一棵坚韧的松柏一般，哪怕如今身处这般境地，也没有丝毫的落魄之意。

年轻的帝王站在他面前，目光冷冷地看着他。

"本王本以为你是个聪明人，可是没有想到，你如此愚笨！"

下一秒，达岑直接一脚踹在了御扬的胸口，跪在地上的男人不由得闷哼了一声，鲜血从嘴角缓缓流下。

"本王的女人你也敢碰？"

跪在地上的男人冷眼看着达岑，语气凉薄地吐出几个字："她不爱你。她爱我。"

闻言，年轻的帝王正要再一次踢他，却听见他威胁意味十足地开口："你当真敢踢死我吗？"

达岑当真有那么一瞬间被他给威胁住了，但达岑转念一想，他只不过是自己养的一条狗而已。

达岑停顿了短短一瞬间，抬起脚再一次向跪在地上的男人踢了过去。

这一次，跪在地上的御扬没有像先前一样默默地忍受。

达岑只觉得眼前吹过一阵风，一股大力朝着他的脖子袭来。

原本被侍卫给压制住的男人不知何时挣脱了束缚。等到达岑反应过来时，他已经被人给死死地掐住了脖子，按在了地上。

"王上！"一旁的侍卫见此，纷纷抽出了腰间的佩剑，指向那意图弑君的恶徒。

"怎么？"达岑被人掐着脖子，但是身为帝王，哪怕此刻生命受到了威胁，他的脸上也并没有丝毫的胆怯之意。

御扬咬着牙，浑身充满杀意地盯着眼前这张跟自己几乎一模一样的脸。

掐着男人脖子的手逐渐用力，他想要杀了达岑，他真的很想杀了达岑，杀掉这跟他长得一模一样的人。

但是御扬知道，自己杀不了达岑。

狠掐着男人的脖子的手逐渐没了力气，下一秒，御扬浑身乏力，狼狈地倒在了一旁，唇齿间溢出鲜血。

王室的死士为了证明对主子的忠心，都要服下蛊毒，若是心中存有半分的异心，那么等待他的下场，就是痛苦地死去。

心脏处蔓延着阵阵疼痛，御扬知道，体内的蛊毒发作了。他狼狈地倒在地上，四周的侍卫上前，冰冷的刀刃抵在他的脖子上。

达岑站起身，摸了摸自己被他掐红的脖子，眼中闪着瘆人的笑意："你只不过是我养的一条狗，竟敢反咬主子，当真是活腻了！"

胡姬被人强行拖回寝宫，寝宫大门被人上了锁。她拍打着门，撕心裂肺地喊着，门外始终无人应她。

不知过了多久，外面的天色已经完全黑了。她的手拍痛了，嗓子也喊哑了。又是一阵熟悉的恶心感袭来，她狼狈地坐在地上，忍不住地干哕出声。

她想吐，却又吐不出来。她捂着唇，泣不成声，但就在这时，不知突然想到了什么，身子突然僵了一下，下意识地低头，将目光落在自己的肚子上。

这两个月来，她无时无刻不在防着那暴君，所以并没有注意到自己的月事，这样一想，她好像快两个月没来月事了。

难道……

她捂着肚子震惊时，门外突然传来了开锁的声音。紧闭的殿门从外面被推开，映入她眼帘的是那一张熟悉的脸，那张与她深爱之人几乎一模一样的脸却让她感觉无比厌恶。

身穿着一袭黑袍的男人朝她走来，他刚走近，她便已经闻到了他身上那浓重的血腥味。

达岑在她面前蹲下身子，漆黑的瞳孔中没什么情绪，他伸出手想要摸她的脸，但是手被她给无情地打掉了。

胡姬红着眼，嘶哑着嗓子问他："他在哪儿？"

她口中的这个"他"，所指的自然是她的御扬。

"死了。"年轻的帝王无情地吐出了这句话。

那一瞬间，胡姬感觉自己的世界天崩地裂。

看着女人那瞬间犹如失了魂一般的模样，达岑缓缓开口："忘掉他，本王可以既往不咎。"

回应他的，是胡姬扇在他脸上的一巴掌。

达岑做王上那么久，无人敢对他动手，这个不识好歹的女人却打了他两次。

他脸色铁青地看着她，正打算抬手时，却见她突然拔掉了头上的发簪，朝着自己的脖子刺去。

见此，男人的脸色一变，他速度极快地拍掉她手中的发簪，扣住她的手腕，怒喝："你疯了吗？本王就让你那么恶心，你宁愿死也不愿跟我？"

胡姬苍白着脸，无情地说道："是，我恶心透你了！"

她说的是实话，她是真的恶心他这个人，只是看他一眼，都恶心得想吐。

这半个月来，胡姬被男人囚禁在寝宫内。她无数次想过自杀，但是一想到自己肚子里的孩子，便感觉到万箭穿心一般地痛。

她怀了御扬的孩子，可是她的御扬被那暴君给害死了。

胡姬被关了一个月，本来达岑还怕她会想不开而自杀，可宫女前来通报，她不但没有自杀，反而一日三餐正常吃。他去她的寝宫同她一起吃饭时，她也并没有表现出抗拒和厌恶的模样。

达岑认为她已经想通了，与其一直想着一个已经死了的人，倒不如看看他这个活着的人。

"今日别国送来了一颗夜明珠，本王看见它的第一眼，就想把它送给你。"

男人殷勤地将东西放在她面前，她缓缓地抬头，眼睛直勾勾地盯着他。

"喜欢吗？"望着她那投过来的视线，他犹如一个情窦初开的毛头小子一般，满心欢喜地期待着她的回答。

她拿起盒子，静静地看着盒子里的夜明珠，没有回答。

男人好似早已经习惯了她这个样子，轻轻叹了一口气，起身说道："本王晚上再来看你。"

一只手突然拉住了他的衣袖，他回过头，就见胡姬紧紧地盯着他。他心中疑惑，正要问怎么了，就见她突然站起身，亲在了他的唇上。

他怔了一下，难以置信地看着主动亲他的女人。

以往她可是厌恶极了他，他亲她一下，她都恶心得要吐，今日怎么……

达岑心中不解，但他惦记已久的女人主动亲他，他自然是把持不住的。他环着女人的腰肢，很快便反客为主，将她抱在怀里亲。

女人轻咬着他的唇，瞬间他的某根神经犹如炸开了一般，亲吻的力道加重。两个人吻得难舍难分，达岑短暂地在唇齿间尝到了一丝苦涩的味道，但他以为这只是他的错觉，很快便将其抛于脑后。

女人靠在他的怀里轻轻喘着气，男人的嘴角溢出笑容，他直勾勾地盯着她被他吻得红艳艳的唇："宝贝，你今日怎么那么热情？"

她突然如此热情主动，显然是他没有想到的，除了她想通了，他想不出别的理由了。

今日她的热情是他从来都没有见过的，他忍不住又抱着她亲了一会儿，直到门外的侍从敲门，提醒他要去处理政事，他才恋恋不舍地松开了怀中的女人。

"晚上再来陪你。"达岑轻抚女人的脸，眼中尽是对她的温柔之色。

胡姬点了点头，那乖巧的模样被男人看在眼里，心里对她的喜欢倒是更加多了。

胡姬一直目送着男人离开，直到他彻底在自己的眼前消失，胡姬温柔的表情才冷了下来，取而代之的是无尽的冰冷和对他的滔天恨意。她抬起手，狠狠地擦着唇，唇有些疼，但是她并没有停下手上的动作。

为了御扬，为了她的肚子里的孩子，她定然要让这个暴君付出代价！

夜幕降临，被胡姬称为昏君的男人如期而至。

宫女们刚伺候胡姬沐浴过，女人坐在镜子前，身穿着一袭白色的衣裙，及腰的黑发披散着。

达岑走到她的身边，便闻到了女人身上的香味。

见王上进来，原本伺候着女人的宫女们都十分有眼力见儿地退了出去。

"你好香呀！"达岑从背后环住女人的腰肢，闻着她长发上的芳香，将下巴抵在女人的肩膀上，声线低沉性感。

胡姬转身环住他的脖子，此刻在达岑的眼中，女人仿佛化身成了妖姬，是专门来到他的身边蛊惑他的。

"那阿岑你喜欢吗？"女人的脚尖轻轻地碰了碰他的小腿，带着几分试探。

听着女人软着嗓子叫了他一声"阿岑"，他觉得自己的心都快要化了。从来都没有人这样叫过他，他的喉结滚了滚，他任由她一步步试探着他的防线。

紧闭的寝殿门内传来让人脸红心跳的声音，站在门外守夜的宫女都纷纷红着脸，低下头。但不容人窥视的殿内，并非他们想象中的情景。

年轻的王上躺在床上，紧闭双眼，不知是梦到了什么，有些意乱情迷，而理应跟他同榻的胡姬此刻坐在不远处，拿着针线，对于此刻床榻上的男人，一个眼神都没给。

只是偶尔为了配合他，她喉间溢出几声轻吟。

达岑这一觉直接睡到了天明，等到睁开眼睛，看见怀中紧闭双眼的胡姬时，有那么一瞬间的愣神儿，但很快，回想起昨夜那个热情似火的女人，他忍不住笑了笑，凑到她的跟前，轻吻了一下她的嘴角。

"昨夜辛苦你了。"

这时，胡姬突然醒了过来。在看见男人目光灼热地看着她的时候，她不知想到了什么，突然红了脸，将自己埋进了被子里。

达岑被她的这番举动逗笑了。

往后的几日，王上是日日前来王后的寝殿。

只不过他有些不明白，为什么在第二天起来之后，不仅浑身上下酸痛无比，还时常莫名其妙地觉得有些累？

深夜，偌大的寝殿内，男人抱着被子意乱情迷。

胡姬坐在一旁的椅子上，听着他口中说着爱她的话，只觉得可笑极了。

胡姬放下手中的勺子，拿起一旁的绿色小瓷瓶，将小瓷瓶中的一点儿粉末撒在了香炉之中。

巫觋一族向来擅长用毒，而胡姬自然也不例外。她用这迷魂散迷惑这昏君的心智，让他以为他在跟她日日欢好，然后再对他制造出他的身体对她腻了的幻象。

"王上，不好了，王后跟王妃在后花园打起来了。"达岑看了一会儿奏折，觉得头有些疼，正打算歇息一会儿时，便听见侍从突然来报。

他赶到后花园时，就见他的王后和王妃正各自站在一侧，两个人的发髻都有些乱，身上的华贵的衣裳也都沾了土。

他将视线扫向两个人，最终将目光落在胡姬的身上："发生什么事情了？"

一旁的宫女回道："回王上，听人说这后花园的花开了，所以王后便想来看看，刚来没多久王后便看上了一朵花，正要奴婢给摘来，王妃也来了，说她也喜欢这花，所以这才……"

"就为了一朵花？"达岑皱着眉头盯着两个人，目光扫过他许久未宠幸过的王妃罗娜。

罗娜注意到男人不悦的表情，立马露出一副楚楚可怜的模样，红着眼睛委屈地看着他说道："王上，人家只是觉得委屈而已。最近宫中谁不知道王上您独宠王后一人。王后得到了王上您的心，而臣妾只是想要一朵花而已……"

达岑听了罗娜的这番话愣了愣，着实没有想到她会这般回答。

他不知该如何是好时，就见委屈的罗娜对着一旁的女人行了个礼，语气充满委屈和歉意地说道："这一切都是罗娜的错，还请王后原谅罗娜。"

胡姬平静地看着她，随后只是轻轻地点了点头。

罗娜十分委屈地离开了。达岑看着胡姬，心疼地牵起她的手，说道："罗娜性子一直都是这般骄纵，是本王以往太过于惯着她，让你受委屈了。"

胡姬摇了摇头。

让人将胡姬送回去之后，达岑便回到了书房继续看奏折，还没看一会儿，他便觉得困意袭来，于是闭上眼睛假寐了一会儿，结果真的睡着了，甚至还做了一个绮丽的梦。

这梦里的女人不是胡姬，而是他许久未曾宠幸的罗娜。

罗娜和胡姬的性格是完全不同的。罗娜无论是在床上还是在床下都是热情的，只是时常有些骄纵。胡姬则是冷淡的，虽然有时很热情，但是在激情退去之后，还是那副冷冰冰的模样。

他的心中自然还是更喜欢胡姬的，在她爱上他之前，他心中的那种征服欲作祟，自然是想要让她变成他的女人，那种征服的过程他很喜欢。

可一旦尝过了太多次，他难免觉得有些腻烦，想再尝尝别的滋味。

男人处理完政事之后，如往常一样来到寝殿同胡姬一同用膳。如今王宫上下都知道王上格外宠爱王后，日夜恩宠不断，赏赐不断。

其中不乏见风使舵者前来刻意讨好胡姬。看着那些人讨好她的嘴脸，胡姬只觉得可笑极了。

在她受宠时，这些人如此费力地讨好她；等到她不受宠之后，这些人恐怕会立马跟她撇清关系吧。

本来胡姬还不知道要如何让这暴君彻底厌恶自己，直到她听闻那风大将军有意将他的女儿嫁给那暴君，胡姬便知道，让那暴君厌恶她的机会来了。

深夜，寝殿内只有胡姬一人，她打开手中的一个黑色小瓷瓶，服下了几颗黑色的药丸，那极苦的药味在口中散开，令她皱起了漂亮的柳眉。

药丸刚服下，她的肚子便隐隐传来刺痛。

胡姬咬着唇，双手捂着自己的肚子，整个人蜷曲在软榻上，脸上滑过两行清泪。

她已经有三个多月的身孕了，虽然如今肚子并不大，很难让人看出来她怀有身孕，但是随着时间的流逝，她的肚子会一天一天地大起来。

如今大仇未报，她绝不能在这个节骨眼儿上暴露自己怀有身孕的事情。

胡姬捂着肚子，温柔而又充满歉意地说道："宝贝，原谅娘亲好不好？只要我们再坚持两个月，只要再跟娘亲坚持两个月就好了。"

今日服的药她也不知道叫什么名字，只知道服下这药，短时间内怀有身孕的人肚子不容易变大。此药只要不经常服用，对胎儿是没什么影响的，只是对母体会有些副作用，不过这些都没有关系，为了御扬和孩子，她做的这一切都是值得的。

两个月，只要再给她两个月的时间便好。

如胡姬所料，暴君果真受不了那风大将军的施压，纳了风将军的女儿风洛离为妃。

就在风洛离进宫的前一天，昏君还特意来了胡姬的寝殿。

达岑将胡姬抱在怀里，一字一顿地承诺道："本王只是为了稳固江山，在我的心中最爱的还是胡姬你，你……莫要多想。"

听了男人这话，胡姬只觉得可笑极了。

但为了演戏逼真，她还是忍着心中的耻笑，软着嗓子说道："臣妾自然是相信王上的。"

她不仅相信他，日后这两个月里，她还要将他这后宫给搅得天翻地覆！

王上纳了新妃，众人都在猜测王后能否像先前那样受宠，答案是肯定没之前那般受宠了。

不得不说那新王妃风氏还是有些手段的，一连三天，王上都在她的寝宫睡下了。

胡姬见过那风氏，不得不说确实是个美人。王上恩宠新妃，看戏的众人都在纷纷猜测往日王上独宠的王后能坚持几日，众人说辞不一。

到了第五天，果真是如众人所猜测的那样，王后坐不住了，亲自到御书房找了王上。

当侍从通报王后来时，达岑还有些意外，没有想到胡姬会亲自前来找他。

这几天他政事繁忙，这会儿见她过来找他，他才反应过来已经好几天没看到她了。

他本以为自己会很讨厌姓风的那人的女儿，可在相处中，他倒是发现那风洛离很对他的胃口。

她人长得漂亮，性子够野还够辣，就像是一坛烈酒一般。

同她相比，胡姬的性子倒是寡淡了些，就像是温水，尝多了多少会觉得有些寡淡无味。

"你怎么来了？"达岑放下手中的奏折，看着走进来的胡姬。

"臣妾好久没见王上您了，有点儿想您了……"

要是放在以前，达岑怎么也不会想到胡姬会有主动说这话的一天。若是之前的他，定然是高兴得快要发疯了，但是现在得到胡姬了，自然是觉得没什么新鲜感了。

但他还是将胡姬揽在怀里，笑道："是吗？那你有多想？"

胡姬盯着他的脸，正准备吻上去时，门外的侍从突然前来通报："王上，四王妃来了。"

四王妃是那位姓风的新妃。

风大将军向来为人强势，身为他的女儿，这位新王妃自然也是强势至极。

不过她很有手段，短短的几天时间里，便已经俘获了王上的心。无论是家世还是才学，她都处处压胡姬一头。胡姬除了那张脸，其他的自然是样样比不上那位王妃。

宫里的女人都是善妒的，眼睛里容不得沙子，那位新妃自然也是一样。自己受恩宠之前，那个来历不明的名叫胡姬的女人深受王上恩宠，并且成了王后，这就像是一根刺一般扎在她的心里。

她乃是风大将军之女，一个来历不明的女子都能做王后，她却只能做妃，这让她如何忍得了。

她开始有意无意地针对胡姬，胡姬虽然身为王后，但背后无靠山的胡姬自然不可能是她的对手。

原本胡姬以为自己要花费两个月的时间才能让那暴君厌恶自己，可是有了那位新妃帮忙之后，事情比胡姬预想中发展得还要快。

胡姬知道该如何让那暴君厌恶自己。

在新妃那儿受了委屈之后，她便立马前去那暴君面前哭诉。

起初那暴君还时常为她主持公道，但是时间久了，发现她日日如此，是个人都会觉得心烦。

有一次那暴君直接忍无可忍，烦躁地开口："你若是斗不过她，那便离她远些，何必次次来烦我？"

此话一出，胡姬就知道她成功了，这暴君终于烦她、厌恶她了！

她心中甚是开心，但表面上还是做出一副震惊至极的模样。她瞪大眼睛，一脸难以置信地看着他，似乎是从来都没想过他会这样烦躁地同她说话。

胡姬委屈地流着泪，一脸震惊："王上，你是在斥责我吗？你现在是觉得臣妾烦了吗？"

男人看着她眼角的泪花，微微一顿，似乎这才明白自己方才的话有些重了。

"我……"

达岑张了张嘴，一时不知该说些什么。

见他说不出话，胡姬又添了一把火，干脆将无理取闹和骄纵的性子发挥到了极致。

"你之前说过只爱我一个人，以前你那么费尽心思地讨好我，现在我那么喜欢你，可你变心了，你怎么能这样对我？"

胡姬本来还以为自己无理取闹一番，那暴君会一怒之下将她打入冷宫，可事实证明她确实是小瞧了这暴君的忍耐力。

大概是他的心中还对她存着那半点儿可怜的爱意。

不过这对胡姬来说已经不重要了，既然他还是对她狠不下心来，那么她只能用她自己的办法，让那暴君对她彻底死心了。

自打王上纳了新王妃之后，众人都在猜测王后究竟何时会彻底失了恩宠。

还不到一个半月的时间，向来深受王上恩宠的王后果真是敌不过新欢，成了旧人。

尤其是今日在后花园，还出了一桩王后故意将新王妃推进湖中使得王妃差点儿溺死的事。

宫殿内此时站着不少人。向来深受王上恩宠的王后被侍从犹如对待罪犯一般地按在地上。

一帘之隔的内室，隐约传来女子微弱的咳嗽声。

胡姬抬头，便对上了一双幽深的眼眸。达岑冷着脸看着她，那目光中夹着几分失望。

"你还有什么要解释的吗？"男人冰冷的声音传入她的耳中。

胡姬垂下眼睫，默不作声。她无话可说。

她这副不想解释的模样，更增添了男人心中的怒火，同时也无声地坐实了她的罪名。

那新妃使了计谋诬陷她，事情真相究竟是什么，对胡姬来说都已经不重要了，反正只要能让这暴君彻底地厌恶她就够了。

经过那新妃几次栽赃陷害，再加上胡姬有意地不去拆穿那新妃的把戏，那暴君对她仅存的最后半点儿爱意也消散了。

最后，胡姬如愿被那暴君给打入了冷宫。

在胡姬被打入冷宫后，也有不少人传言前王后在冷宫疯了。

起初达岑也不信，直到有一次他路过冷宫，看见一个浑身脏兮兮的、披头散发的疯女人，正是胡姬，他这才信了。

在胡姬装疯卖傻的那半年里，她成功骗过了所有人。

七个月之后，她成功地让众人想起她时，首先想到的便是——

哦，前王后呀，不就是冷宫里那个疯了的女人吗？

胡姬临盆的那天，她的身边没有一个人。

当时的她是绝望的，疼得恨不得就这样死去，但如果她死了，她所做的一切岂不是成了一个笑话？

抱着对生的执念，胡姬成功地独自一人将孩子给生了下来。

等到胡姬再一次睁眼时，已经是第二天的清晨了。满身血迹的孩子躺在她的身边睡得正香。

胡姬很高兴，孩子是个男孩儿，长得很像她的御扬，她给她的儿子起名为阿铖。

就这样，胡姬带着孩子在冷宫里偷偷摸摸地生活了一年，谁都没有想到，她会生下一个孩子。

直到某一天的雨夜，她刚将才一岁半的阿铖哄入睡，就听见门外突然传来一声巨响。

胡姬被吓了一跳，她所住的这冷宫极其偏僻，常年都看不见一人。

胡姬心惊胆战地推开门，随后便看见地上躺着一个人。她走近一看，这是个女人，还是一个一头绿发的女人。

"绿色的头发，好稀奇的颜色呀……"

叶清婉睁开眼睛时，映入她眼帘的便是一片全然陌生的环境，看到这里，她怒骂出声："该死的垃圾程序，又给老娘乱送地方，总有一天老娘要将你弄成一堆废……"

可话还没有说完，她将视线转向一旁坐在椅子上的一大一小，怒骂的话戛然而止。

胡姬瞧着醒来的女人，看了看一旁被女人吓得要往她的怀里拱的儿子，伸手将儿子揽进怀里，轻轻地拍了拍他的后背安慰着。

随后，胡姬又看了看床上的女人，缓缓地问道："那个……你终于醒了，饿吗？"

床上的女人愣了一小会儿，随后轻轻地点了点头。

胡姬给女人盛了一碗汤，说："昨天你突然倒在了门口，怎么叫都叫不醒……"

叶清婉听胡姬说着，漫不经心地喝了一口汤。从方才看见胡姬的那一眼，她便已经认出胡姬来了。

她以前是见过胡姬的，并且还看过胡姬的命运，自然认识这个可怜的女人。

她作为跨时空者，按道理讲不能插手过去时空的事，但是自从上一次她擅自插手了胡姬跟那杀手的事之后，她自己也惹上了麻烦。

"我是真不想管呀！"但谁让胡姬现在怀里抱着的孩子是她未来的女婿呢！

她只不过是随手救了一个人，竟然还把她未来女儿给搭进去了！

要不她现在干脆把胡姬怀里的这个臭小子掐死得了？

胡姬看着眼前的女人突然变脸，忍不住问道："你……没事吧？"

胡姬刚说完，就见女人看向了她怀里的孩子，那眼神多多少少带着几分不善，吓得她将怀里的儿子抱紧，一脸警惕地看着眼前的女人。

胡姬干吗突然用如此吓人的眼神看她？

叶清婉收回目光，无声地叹了一口气。

罢了，看在这臭小子现如今长得可爱的分儿上，她便留他一条小命！

要是日后她看他不顺眼了，再把他掐死也不迟！

"放心，我没有恶意。"叶清婉开口。

胡姬不太相信：她若是没有恶意，方才为何要用那样可怕的眼神看着他们？

直到后面这个女人并没有做什么，胡姬的心才放了下来。

对于胡姬来说，这绿发女子的身份实在是神秘极了。胡姬从未在宫里见过她，而且她的行踪十分诡秘，每次都是来无影去无踪。

一年后的某日午后，看着突然出现在她身后的女人，胡姬被吓了一跳。

"清婉，你来了怎么一点儿声音都没有？"

女人没说话，随手将带来的一大包东西递给了她。

胡姬接过，不解地问："这是什么？"

叶清婉漫不经心地说道："超市随手买的。"

"超市？"胡姬一脸不解。

叶清婉也懒得跟胡姬一个古代人解释超市的意思，将手中的袋子递给胡姬之后，便悠闲地坐到了凳子上。

她抬眼瞧着不远处坐在软榻上的小屁孩儿，从口袋里掏出一根棒棒糖，朝着幼年燕铖晃了晃。

"吃吗？"

幼年燕铖盯着她手中的棒棒糖看了看，又看了看一旁的娘亲，虽然他如今只有两岁多，心中还是对突然对他示好的人多了几分警惕之意。

叶清婉瞧着这小家伙人不大警惕性倒是蛮强，忍不住笑出了声。她将棒棒糖的糖纸撕开，将糖塞进了自己的嘴里。

对于这个名叫叶清婉的绿发女子，胡姬更多的是觉得她很神秘，来无影去无踪不说，就连身上的穿着都宛如一个异类。

也许是因为她在那个雨夜救了叶清婉一命，所以叶清婉想要报恩，每隔一段时间便会突然出现，给她送上一大堆她从未见过的东西。

"你是又要走了吗？"胡姬见女人才坐了一小会儿便起身往外走。

叶清婉点了点头，低头扫了一眼手腕上戴着的计时器。

就在她临走之时，不知是想到了什么，她突然回过头看了胡姬一眼："我这段时间有点儿忙，下次过来估计要过很久。"

她口中所说的"很久"，对于现实世界来说也许就是短短的十几天，但是对于跨时空来说，有可能长达半年或者一年，毕竟现实世界和跨时空的时间是存在一些偏差的。

叶清婉在跨时空机器中曾见过胡姬这个可怜女人的命运，知晓她跟那个杀手在一起的点点滴滴，也知道那被美色给冲昏头脑的北漠帝王如何夺人所爱，甚至不惜起了杀意。

更加讽刺的是，本应死在那帝王剑下的名叫御扬的杀手其实并没有死，不仅没死，反而在失去记忆后，还在战场上为那先前想要杀死他的帝王杀敌卖命，这何其讽刺呀！

虽然她对胡姬的命运表示同情，甚至怜悯，但作为一个跨时空者，她绝对不能再插手过去了！

命运的齿轮无时无刻不在转动，在叶清婉下一次来看望胡姬时，已经是一年后，眼前的胡姬似乎更憔悴了。

"我……我今天看见他了……御……御扬，我看见他了！"

听到胡姬这话，叶清婉并没有太过震惊。

但是瞧着胡姬失魂落魄的模样，她还是故作震惊地问道："你不是说他已经……死了吗？怎么会……会不会是你看错了？"

经过这三年多的相处，胡姬显然已经把叶清婉当成了知心者，关于她与那杀手的往事，她自是说给叶清婉听过了。

胡姬流着泪，有些失魂落魄地摇着头："不，他没死。我今日真的看见他了。他戴着面具，穿着战袍，但他就是不认我！"

"我的御扬他为什么不认我？为什么他还成了一位将军，为那暴君卖命？为什么？"胡姬捂着胸口哭得伤心欲绝，那被挚爱之人背叛的滋味痛不欲生。

叶清婉看着胡姬泣不成声，不知该如何安慰她。

"队长，请你冷静，你要是再插手，时空法庭的那些人真的不会放过你了。"

蓝牙耳机中传来下属冰冷的提示声，叶清婉张了张嘴，看了地上的女人一眼，最终还是咽下了自己想要说出口的话。

她握紧拳头，最终红唇吐出一段话："你日后有什么需要我帮忙的吗？你现在可以跟我说。"

她看过胡姬的命运，知道胡姬这个可怜的女人在一个月后就要死了。

胡姬听了她这话，眼中含着泪，有些不明所以地看着她，随后，胡姬移开视线，将视线放在了不远处熟睡的儿子的身上。

根据命运的安排，这孩子在她死后，会被人抛至河中，被人贩子所得，起初的那几年被人贩子卖到地下比武场，整日在死人堆里自是不好受，但一朝遭逢变故，莫名其妙被冠上了被灭国的西冥太子的头衔。

"你放心好了，你这儿子日后定能平安长大……"

他不仅能平安地长大，最后还将她的女儿给拐了去了！

叶清婉咬了咬牙，心中略带着几分不爽，但终究是对未来的女婿没了杀意。

四年后，北漠边境。

天气炎热，漫天的黄沙飞舞。

舟车劳顿的旅人落脚一家茶馆休息，难得多了几分清闲之意。

就在这时，天空中突然闪过一抹绿光，不少眼尖的旅人瞧见了，不由得瞪大了困倦的双眼，纷纷指着方才异样的天空说道："那是什么？"

"方才是不是有什么绿色的东西闪过去了？"

"好像是的，但太快了，没看清……"

一处地下比武场，擂台四周围着不少人，台下的众人个个心情激动地望着台上正在打斗的一人一虎。

老虎的身形格外庞大，堪比四五个成年人。

而与它对战的那人体型甚小，待看清之后众人才发现，与那老虎对战的竟是一个八九岁的少年。

少年全身上下都沾染着血迹，手中拿着一把匕首，那体格小得老虎只需一掌便可将他打成肉饼。

大家都觉得这一局定然是这少年沦为老虎的腹中食。

瞧着他那弱小的体格，那只战无不胜的老虎没有丝毫与他打斗的架势，反而把他当成了一个可供玩耍的小玩意儿。

时间一分一秒地过去，到了最后老虎也没了兴致，正打算将这少年当作小零食吞入腹中时，原本倒在地上奄奄一息的少年突然跳了起来，举起手中的匕首，直接一举划破了老虎的肚皮！

下一秒，台下的众人皆是倒吸了一口凉气！

随着老虎的身体重重地倒在地上，台下发出了一阵欢呼声。

这个少年居然杀了虎王！

力气用尽，他整个人也如同一个破碎的布偶一般，狼狈地倒在了地上。

少年不知道自己睡了多久，等醒来时，映入眼帘的是一个全然陌生的环境。

"醒了？"一个陌生的女声传入耳中，少年几乎是条件反射性地将手伸向腰侧，打算握紧别在腰间的匕首，可不承想原本放着匕首的腰侧此刻竟空无一物。

他抬起头，一脸警惕地瞧着眼前的陌生女人。

叶清婉见少年犹如一只倔强的困兽一般一脸警惕地盯着她，忍不住轻笑了一声。

她轻声问道："阿铖？"

原本警惕万分的少年听了她这话，那双倔强的眸子闪过了几抹异色。

阿铖……

他的眸子微微闪动，竟染上了一层落寞之意——好久没有人叫他的名字了。

叶清婉瞧着少年浑身上下带着大大小小的伤，却还是一副倔强至极的模样。

记得她上一次见他还是四年前，那时这孩子还是个天真无邪的孩童，可爱得紧，哪里像如今这般，像只狼狈倔强的小狼崽儿。

"你要跟我走吗？"她问道。

念在胡姬的分儿上，她可以帮他脱离这一时的苦海。

少年没说话，黝黑的眸子紧紧地盯着她，心中似乎在猜测她究竟打的什么主意。

见少年只是眼睛眨也不眨一下地盯着她，女人很快便没了耐心："不愿意就算了……"

少年问："你是谁？为什么要带我走？"

我是你未来的丈母娘！

若是可以，她真想直接对着他吼出这一句话。

叶清婉说道："我是你娘亲的朋友。"

"朋友？"少年似乎还有些怀疑，但女人的手腕上的计时器已经在提醒她时间不多了。她也懒得跟他解释大人们之间的事情，将少年扯了起来，直接丢进了时空隧道里。

眼前闪过一道极度刺眼的白光，一阵头晕目眩后，少年便彻底陷入了昏迷。

不知过了多久，少年逐渐清醒，时不时地能听到外界传来的交谈声。

他不知道自己昏睡了多久，睁开眼睛便发现眼前是白花花的天花板。

望着这陌生的环境，他不知是想到了什么，猛地从沙发上坐了起来，转头朝一旁发出声音的奇怪盒子看了过去。

这是个什么东西？

女人端着冒着热气的小锅从厨房走了出来，见他醒了，有些意外："嗯？醒得还挺早的。"

她将煮好的面条放在他的跟前："吃吧。"

燕铖看向那口小锅，她煮的应该是清汤面，只是这面条的样子看着……

少年盯着眼前的那锅面条，薄唇紧紧地抿着。

"吃呀！"女人催促道，显得有些不耐烦。

孩子什么的就是麻烦，平时她一个人直接就是吃几片面包应付一下得了。

燕铖也不管眼前这女人究竟对他有没有恶意，此刻他的肚子确实是很饿。他拿起一旁的筷子，一只手扶着小锅吃面，结果面条刚入口，他的神色突然一变。

下一秒，她就见少年一把推开锅，"哇"的一声……吐了！

叶清婉心想：我煮的面条有那么难吃吗？

"小孩子真是麻烦！"她有些不爽地吐槽道。

等一下她还要出去办事，总不能将这臭小子扔在这里自生自灭吧？

少年就像是吃了什么极度恶心的东西，吐完之后整个人的脸色都不太好了。

"罢了，只能这样了。"她似乎是想到了某种法子，随后站起身对着蔫了的少年说道，"你跟我来。"

她带着少年来到地下实验室，打开跨时空的大门，在一侧的显示屏上按下了十四年后。

带孩子太麻烦了，但是她既然将他带过来了，又不能置之不理，干脆直接把他扔给她未来的宝贝女儿带好了。

门外的门铃响了三声，叶七七穿着围裙，手中拿着汤勺，在门后的猫眼中看了看门口的人，见是那张熟悉的脸后，这才将门打开。

"妈妈，你是又有什么东西落家里了吗？"

门打开后，露出小姑娘那一张粉雕玉琢的小脸，那一声娇软的"妈妈"让叶清婉愣了一下。

叶七七将视线落在自家妈妈身边那个穿着古装、看着八九岁的少年的身上，大大的眼睛里写满了困惑。

她歪了一下头，盯着眼前的漂亮弟弟看："妈妈，这个可爱的弟弟是谁呀？"

叶清婉还没从小姑娘那撒娇一般的口吻中回过神来。

眼前这个长得这么可爱漂亮的小姑娘是她的女儿？她未来的女儿？

她女儿居然长得那么可爱！

"妈妈？"

叶清婉回过神，扫了一眼一旁身上有些脏兮兮的少年，心中顿时有些后悔：她女儿那么可爱，竟然让这个小狼崽儿给叼回窝里去了！

随后，她将少年推了进去，对屋里的小姑娘说道："替妈妈照顾他几天。"

少年被女人推了一把，一个没站稳直接扑进了小姑娘的怀里。她身上香香的，他第一次靠女孩子这般近，忍不住红了耳朵。

叶七七还没有问这小少年是从哪里来的，就见她的妈妈已经转身离开了。

闻着小姑娘身上的香味，某个红了耳朵的少年急忙往后退了几步，一脸的拘谨不安。

叶七七只当他认生，将门关好后，对少年轻声说道："你饿吗？我刚刚煮了饭。"

少年回想起她母亲方才给他煮的面，隐隐约约觉得有些恶心。

他本以为母女俩的厨艺如出一辙，可没想到其实天差地别。

"好吃吗？"小姑娘坐在对面，眼睛带笑地看着面前狼吞虎咽的少年。

少年低头扒着自己碗里的饭，轻轻地点了点头。

"那你吃慢一点儿，没人跟你抢的。"

"布丁过来。"小姑娘瞧着在猫窝里睡醒了的橘猫，轻轻地拍了拍自己的大腿。

那只名叫布丁的猫咪先是在地上伸了个懒腰，然后纵身一跃跳到了小姑娘的大腿上。

"喵——"布丁并不认生，瞧着眼前陌生的少年，也只是歪了一下头，大大的眼睛盯着正在吃饭的少年。

朝少年叫了几下后，猫再次一跃跳到了少年面前。

叶七七说道："布丁看来很喜欢你。"

燕铖被一个自称他娘亲的朋友的女人带到了这里，这里的一切对他而言都是陌生的。

无论是眼前的少女，还是此刻这只冲他撒娇的猫咪。

"对了，我还没有自我介绍呢。我叫叶七七，你叫什么呀？"

眼前这个漂亮的小姑娘对他露出一个温柔而又甜美的微笑。

这是他从未见过的笑容，也从来没有人对他这样笑过。他先前所生存的地方，充斥着血腥和暴力，只有胜者才有活下去的资格。

面对着眼前少女笑容灿烂的脸，他有些不太适应地躲避着她的视线，低头继续吃着碗里的饭，语气有些沉闷地说道："阿铖。"

"阿铖。"小姑娘缓缓"呢喃"出声，视线落在少年那一身不符合现代人穿着的古风服饰上，问道："那你是在玩 cosplay（角色扮演）吗？"

听到超出自己认知的词语，正扒着碗里的饭的少年抬起头，一脸不解地盯着她。

"就是角色扮演呀，难道不是吗？"

少年用墨色的眸子盯着她，无言。

叶七七觉得她妈妈今日带回来的这个少年很奇怪，一开始也说不出他哪里奇怪，直到见他的身上有些脏，让他去浴室洗澡。

少年全程茫然，仿佛对浴室中的东西一无所知。

叶七七耐着性子一一地跟他解释要如何用，他这才明白。

趁着少年洗澡的空当，叶七七拿起座机话筒拨出了一个专线电话。

起初无人接听，打到第四遍时，小姑娘正要放弃，一段漫长的铃声过后，电话终于被接听了。

叶七七正要开口，电话那头便传来了巨大的机器轰鸣声。

"妈妈……"

语音刚落，电话那头依稀传来女人的怒骂声："一堆破机器人都打不过，你们还有什么用？"

"老大，他们火力实在是太强了，我们……"

小姑娘还没有听完电话那头的话，一阵刺耳的电流声传来，她急忙捂住了耳朵。过了大约半分钟，那刺耳的电流声才消失。

电话那头传来熟悉的女声，只是有电流波动，听得不太真切："七……七七……呀。"

"妈妈，你是在忙吗？"叶七七握着话筒，有些担忧地问道。

听着妈妈那边的嘈杂声，她感觉妈妈好像很忙。

"有点儿忙……怎么……了？"

"没，就是我想问关于阿铖弟弟的……"

"老大！他们来了！"

小姑娘话还没说完，电话那头传来一声怒吼。

下一秒，她便听见电话那头的女人说道："七七呀，妈妈现在有些……忙……"

话还没有说完，电话那头的人就已经把电话挂断了。

叶七七听着被挂断的忙音，仿佛对此早已习以为常了。

她将话筒放回了原位。

她只是想向妈妈问一下关于那个叫阿铖的少年的来历而已。

一旁的浴室传来声响，叶七七转过头看了过去。

当看见浴室门口的光景时，叶七七瞬间愣住了。

只见浴室内雾气缭绕，某个刚洗完澡的少年穿着一身海绵宝宝图案的卡通睡衣，一头乌黑的湿长发披散在肩头，因热气而发红的小脸带着几分拘谨之意。

望着少年的那一头长发，小姑娘更加怀疑他不是这个时代的人了。

不过好在她对此早已经习以为常，比起她妈妈先前带回一头会说话的猪让她养着，现在这个长发少年对她来说简直是太正常了。

但是以防万一，心存疑惑的小姑娘还是问道："阿铖弟弟，你……这个头发是真发还是……"

说着，小姑娘忍不住上手摸了摸，发现这居然是真发！

他的头发比她一个女孩子的头发还长！

燕铖被小姑娘这炽热的眼神注视着有些不太习惯，刚低下头，某个小姑娘突然捧住了他的脸。

他抬起头，对上了小姑娘那双带着笑的眼睛。

她笑吟吟地对他说道："阿铖弟弟，你长得真可爱。"

刚来的时候燕铖的脸上沾染了不少污泥，如今洗净之后露出了原本白净的皮肤。叶七七觉得他真的长得好可爱呀！

尤其是他刚洗完澡，身体还香香的。

少年说道："喂，你——"

叶七七抱着长得可爱的小少年，"吧唧"一口亲在了他的左脸颊上。

"弟弟你放心好啦，既然妈妈把你交给我照顾，那我一定会好好照顾你的。"

小姑娘这突如其来的亲吻让他过了好一会儿才回过神来。他摸上自己方才被小姑娘亲了一口的左脸，脸上泛起了一层红晕。

随后，他有些委屈地抿了一下薄唇。

男女授受不亲，她怎么能随意地亲他？

她真是个轻浮的……丫头！

被少年贴上"轻浮"标签的小姑娘此刻自然是不知道少年心中所想的。

因为妈妈平时太忙，所以她一直想要一个弟弟或者妹妹陪伴她。而如今因为这个少年的到来，她终于可以做一次姐姐啦！

家里没有阿铖弟弟穿的衣服，叶七七拿着钱包，牵着少年的小手带他去商场买衣服。

燕铖任由小姑娘牵着他的手，带他去他从未去过的地方。

对他来说，这里的一切都是陌生和充满危险的，尤其是从少女的口中得知的那跑起来速度飞快的名叫轿车的东西，还有这里的服饰也和他认知中的衣服完全不同。

"阿铖弟弟你吃呀！"叶七七将两个人面前的全家桶套餐往少年面前推了推，"这个可好吃了，平时妈妈都不让我来吃。不过今天因为你，我才能来吃。"

说着，叶七七开心地喝了一口手里的大杯可乐。

人生一大幸事，莫过于吃炸鸡配可乐。

见她吃得如此开心，少年有些拘谨地拿起一个炸鸡腿，刚咬了一口，他的眸子亮了一下。

叶七七问道："是不是很好吃呀？"

少年点了点头。

吃着手中的美味，燕铖有那么一瞬间的愣神儿，甚至有些怀疑自己已经死了，这里是仙界，眼前这个女孩儿是仙女。

他伸出手狠狠地掐了一下自己的手臂，剧烈的疼痛感袭来，这疼痛告诉他，这一切并不是梦。

两个人吃完后，燕铖见小姑娘拿出一个东西，然后低头似乎在写些什么。

他问道："你在写什么？"

"记账呀。"小姑娘扬了扬手中的记账本，这时却发现少年的目光正落在她手中的卡通人物图案的笔上。她将手中的卡通笔递给了他，轻声问道："你是想要这个吗？"

少年接过她手中的笔，拿在手中仔细地看了看。

叶七七说道："这个是圆珠笔。"

生怕少年不知道，她又解释道："就是跟毛笔一样可以写字的。"

"你可以试试写在这个本子上。"叶七七贴心地将手中的本子翻到空白页。

少年握笔的姿式还是跟握毛笔一样，小姑娘又教他正确的握笔姿式："这个硬笔的握笔方式跟毛笔不一样，你要像这样握笔，才是正确的。"

燕铖学着她的样子握笔，在笔尖即将落在纸上时，他突然抬头看向她。

"你的名字……是哪三个字？"

看着眼前的少年那无比真挚的眼神，小姑娘笑着握住了他握着笔的手，一笔一画地在纸上写下了自己的名字。

"这个就是我的名字啦。"

燕铖垂下眼帘，漆黑的眸紧盯着纸上的"叶七七"三个字。

小姑娘见他对着纸上的字直愣愣地盯了半天，以为他是不知道该怎么写，于是便开口："你是不会写吗？我教你。"

少年任由她靠自己如此之近，握着他的手一笔一画地写出她的名字。

小姑娘自顾自地教着，完全没有注意到少年那彻底红了的耳朵。

燕铖咬着唇，憋红了小脸。

太近了，她靠得太近了。

"我的名字可好写了。"叶七七瞧着纸上秀丽的三个字，满意地勾了勾嘴角。

就在这时，原本默不作声的小少年突然伸手，将她推开了一点儿。

小姑娘扭头，一脸不解地看着他。

只见少年坐在椅子上，低着头看不清脸，但隐约能瞧见那有些发红的耳根。

他别扭地小声开口："太近了……"

"什么？"他的声音太小，小姑娘没有听清。

燕铖说道："你靠得太近了！"

近得他都能闻到她身上的奶香味。

这时，小姑娘才反应过来，原来他是害羞了。

好可爱呀！

"你真的好可爱呀！快来给姐姐亲一口。"叶七七捧着他的脸，"吧唧"一口亲在了他的脸上，"这有啥好害羞的，把我当成你的姐姐就好了，你跟我那个七岁的侄子一样可爱。"

"我八岁了！"少年倔强地说道。

叶七七拍了拍他的头："好啦好啦，我知道啦，弟弟。"

虽然很不愿意承认，但是他确实比她小，可不能因为这样，她就肆无忌惮地摸他的头吧。

你别再摸我的头了，我会长不高的！

少年燕铖心里暗暗地想，最终还是没有将已经到嘴边的拒绝的话讲出来。

和这个妈妈突然带回来的陌生少年相处了三天，这三天里叶七七一一给他介绍家里的各种家具用品。

原因无他，她发现这个少年真的是个古代人，对现代的知识和智能化家具一无所知，也不知道妈妈究竟是从哪里带回这个少年的。

今日一大早，叶七七吃好早餐后，便换好校服，穿好鞋子，准备去上学。一转头，她便看见了沙发上的一人一猫。

"我要去学校啦。"她说道。

经过这三天的学习，少年已经知道学校是什么意思了。

叶七七看着正躺在少年的腿上的布丁，揉了揉它那圆滚滚的小脑袋开口道："我要去学校啦，你在家要乖乖听话！"

"喵——"

布丁蹭了蹭小姑娘的手，声音软软地叫了一声。

随后它又转身往少年的怀里拱了拱。才短短三天，这一人一猫就已经相处得十分愉快了。

"等一下中午阿姨会过来做饭，我在电话里跟她说你是我远房表弟，来借住几天。"

少年坐在沙发上，摸着怀里的布丁默不作声。

这三天相处下来，叶七七发现这古代小少年其实挺冷漠的，准确地说应该是孤僻吧。

嘁，才多大的娃呀，长得那么可爱，要是性格像她那个可爱的侄子那该有多好呀。不知道是不是她的错觉，她怎么感觉他好像长高了不少？

这应该是她的错觉吧。

"我走啦。"

叶七七背着书包拉着箱子正准备出门，就听见少年突然开口："你……你什么时候回来？"

叶七七转过头，回答道："周五下午回来，也就是五天后。"

"嗯，知道了。"

"嘭"的一声，门被关上。

小姑娘在他的眼前消失，偌大的屋子陷入了寂静。

也不知墙上的分针走了多少圈，等到布丁睡了一觉醒来后，坐在沙发上许久的少年终于站了起来，抱着怀里正伸懒腰的布丁去了书房。

中午的时候，叶七七家果真来了一个中年妇女。

她提着菜篮子开门进来，看见站在客厅门口的怀中抱着布丁的少年，乐呵呵地说道："你就是铖铖吧，长得真可爱。"

少年默不作声地看着她。

李阿姨只以为他怕生，跟他打了招呼之后，便拎着菜去厨房做饭。

李阿姨将午饭做完之后，听见书房里头有声音，走过去敲了敲门："铖铖呀，饭做好了，出来吃饭吧。"

过了好一会儿，书房里头传来少年沉闷的声音："嗯。"

李阿姨自然没有忘记给布丁的饭盆里加猫粮和水。

大约等了半个小时，见少年还没有出来，她再一次催促道："铖铖呀，快点儿出来吃吧，再不吃的话饭该冷掉了。"

她下午还有事，自然不能在此多留。

"阿姨有事先走了，你饿了就出来吃饭知道吗？"喊了几声见少年都没有出来，李阿姨只能作罢。

直到外头的关门声响起，少年才缓缓地打开书房门，走到客厅吃饭。

在给少年做饭的这几天，李阿姨发现这孩子不是一般怕生。每次都是在她走了之后他才出来吃饭，而且在吃完饭后，把碗筷洗得干干净净的。

直到第五天依旧如此，除了第一天见过这铖铖，往后的几天李阿姨都只是在书房门口听见他的声音而已。

"这铖铖可真的是怕生，我除了第一天见了他一面之后，往后的这几天都没瞧见人影。"

周五下午小姑娘如往常一样放学，听着电话里李阿姨吐槽的话，忍不住笑出了声："那他是真的好怕生呀！就跟布丁刚到家一样。"

"布丁是猫，这铖铖是人呀，怎么能相提并论呢？"和李阿姨聊了会儿天，叶七七转眼已经走到了家门口。

叶七七拿出钥匙开门，刚开门，布丁就扑了过来，不停在她的身边打转。

"你这小肥猫，几天不见你是不是又变胖了呀？"

"喵——"

叶七七将布丁抱在怀里，起身抬眸看见书房门口的高大少年时，猛地愣了一下，以为自己是进错门了。

可是不对呀！她此刻怀里还抱着她家的布丁呢！

叶七七怀里抱着圆滚滚的布丁，同如今站在客厅中央高大的陌生少年面面相觑。

盯着这个陌生少年看了好一会儿，叶七七发现眼前这个高大的陌生少年看着有些眼熟。

下一秒，她像是突然意识到了什么，有些不太确定地喊道："阿铖？"

站在客厅的少年没开口，但是那无声的反应像是默认了什么。

"你——"

小姑娘见他用一双熟悉的眼眸紧紧地盯着她，惊呆了。她这才五天没有见他，他怎么突然长那么高、那么大了？

客厅内，叶七七抱着布丁，和对面的少年面面相觑。

"所以说，你在这个时空里一天，就等于在你那个时代里一年？"叶七七惊讶地说道。

"嗯。"少年握着刚倒好热水的杯子，轻轻地点了点头。

一开始他也并没有意识到这一点，直到几天前的晚上睡觉时，感觉自己身体各处的骨头奇痛无比，身高、体重等一系列数据都发生了变化。

叶七七说道："我现在就去打电话给我妈妈。"

若是这个时代对他来说一天等于一年，那么他不能在这里多待了。

叶七七火急火燎地拨出了电话，但是打了好几次，电话都是无人接听的状态，最终她只能放弃。

她妈妈也真是的，把人家无缘无故地带回来，都不包售后服务的吗？

她要哭了！

叶七七问："那你身体有没有不舒服的地方呀？"

少年摇了摇头。

小姑娘鼓着腮帮子，看着他束起长发，和先前那可爱幼稚的小屁孩儿模样相比，现在简直就是古风美少年。

她有些尴尬，明明五天前他还是一个可爱的小屁孩儿来着，一转眼居然都那么大了。

"你身上的衣服哪里来的？"光顾着看他的脸了，她这时才发现他身上穿着一身灰色的家居休闲服，她记得她家应该没有男孩子穿的衣服吧？

燕铖答道："我在网上买的。"

"网上？"

小姑娘跟着他走到书房，看着少年熟练地打开电脑，点开了某宝的购物网站。

少年指着打开的页面，说道："这里。"

她明明只教他开电脑玩《愤怒的小鸟》，为什么现在他电脑都用得如此熟练了？

"那你怎么付款的？"

"账号，这台电脑上有之前的购物记录。"

叶七七点开一看，发现他果然是用的她妈妈的账号，不过为什么他连账号的密码和支付密码都知道？

她疑惑间，身旁的少年突然从口袋里掏出了一样东西塞给了她。

叶七七摊开手一看，发现是一张彩票。

燕铖说道："中奖了，奖金有二十万元。"

他打开电视机，屏幕上的号码和彩票上的一模一样。

这会儿叶七七是真的惊呆了：为什么他一个古人，居然还知道买彩票，而且中奖了？

原本八九岁的少年跟小姑娘住在同一个屋檐下自然是没有什么问题的，毕竟看见一个长得如此可爱的弟弟谁会不爱。

可现如今，可爱的弟弟突然变成了俊美的少年，这真的让她有些尴尬，更何况他还在一天天地长大！

"嘀——"

手机突然弹出一条短信。

叶七七打开一看，发现是她的好朋友苏苏发来的消息。

苏苏："快来看美男！"

叶七七点开苏苏发的图片，上面是最近因一部仙侠剧而大火的男明星，因为帅气的长相，他吸引了一大批的粉丝。

苏苏："他好帅，呜呜呜，我现在宣布他是我的新晋'男神'！"

叶七七盯着她发来的那个花痴的表情包，想象得出对面好友苏苏那花痴的表情了。

两个小姑娘发着消息，很快便聊得火热。

叶七七不知不觉便放松了下来，怀里抱着抱枕趴在了沙发上。

燕铖一出来，看见的便是某个小姑娘穿着一身睡裙趴在沙发上，因为开心，两条腿时不时晃动着，裙摆滑落，露出雪白的肌肤。

听见声音，小姑娘回过头，看着站在不远处的少年。

"弟弟，你醒啦。"虽然如今少年的生长速度不可控制，但是叶七七为了缓解尴尬，还是决定像先前那样把他当作可爱的弟弟。

毕竟他现在骨子里还是一个可爱的小男孩儿呀。

少年装作什么都没有发生地走到她的身边，坐在她的身侧。看着少年如此乖巧的模样，叶七七忍不住揉了揉他的脑袋。

"你饿吗？我去给你煮面？"

"嗯。"

听到他肯定的回复，叶七七起身便进了厨房。

看着少女的背影，燕铖忍不住抬手摸了一下自己方才被小姑娘揉过的脑袋。

明明他现在已经比她大了，为什么她还一直摸他的头？

周末叶七七约了朋友看电影，因为少年的不明身份，她自然是不能带少年一起出去的。

"我要出门见朋友，晚上七点之前回来。"

少年抱着布丁，点了点头。

叶七七临走时，他突然问道："朋友……"

"嗯？"

"是男还是女？"

叶七七被他这话弄得有些蒙，过了好一会儿她才反应过来："是女……孩子。"

"嗯，早点儿回来。"

直到糊里糊涂地出了门，叶七七还是不明白他为什么突然那么问。

好奇怪呀！

不过她也没有将此事放在心上，在见到朋友之后，很快便抛之脑后。

客厅内灯火通明。

少年坐在沙发上，看着墙上的时针指向了数字7。他看向门口紧闭的大门，原本说七点前回来的少女并没有守时。

时间一分一秒地过去了，他终于站起了身，走到座机旁拨出了一个电话。

"对不起，您拨打的电话已关机……"少年一连打了五个电话，但对面的电话始终是关机状态。

待时针指向八点时，某个等待小姑娘回家的少年终于坐不住了，起身便出了门。

叶七七本来打算和朋友看完电影就回去的，可是没想到在回家的途中遇上了同班的语文课代表，于是三人便去快餐店吃了一顿，吃完后已经是晚上八点半了。

他们刚出来，冷气拂面，叶七七忍不住打了个喷嚏，揉了揉鼻子，一抬头突然看见了站在不远处的一袭黑衣的少年。

少年穿一袭黑衣站在人群中，不知为何让人看着觉得异常耀眼。

行色匆匆的路人仿佛成为他的背景，他此刻却成了她眼中唯一的亮点。

看着小姑娘那微微震惊的神情，少年迈着步子缓缓地朝着她走来。

在小姑娘身边交谈的两个人注意到了小姑娘的异样，纷纷抬起头朝着小姑娘看着的方向看去。

只见一个长相十分俊美的少年走到小姑娘的身边，薄唇轻轻开启：“不是说七点前回来吗？”

他和布丁都在家等她很久了。

听了少年的这话，叶七七才突然想到先前自己跟他说七点之前回去的事。

叶七七轻抿了一下唇，没有想到他居然会出来找她，看着眼前身高比自己高出太多的少年，心中莫名其妙有一种因为没按时回家而被哥哥训斥的感觉。

“本来打算七点回去的，可是电影结束后遇到了朋友，就一起吃了饭。”

等一下，明明她才是姐姐，她干吗要跟这个小屁孩儿解释？

说完叶七七才意识到这一点。

少年的视线从小姑娘的身上移开，扫过小姑娘的好姐妹苏苏，而后又落在一旁戴着眼镜的陌生少年的身上。

语文课代表李智见眼前的高大少年看着他的眼神带着几分不善，不由得吞了吞口水，问道：“七七，这……这位是……？”

“这是我的……”本来叶七七想说这是她的弟弟，但是瞧着少年跟自己的体形差别，想了想说道，“这是我的哥哥。”

“哥哥？”一旁的好友苏苏震惊地说道，“我怎么不知道你还有一个哥哥？”

作为八年的好闺密，她们两个人可是对对方的家庭情况一清二楚的，小姑娘可是独生女，哪里来的哥哥？

叶七七说道：“是表哥，远房表哥。”

苏苏说道：“哦，怪不得我没有见过。”

跟好友告别后，叶七七跟少年一前一后地走着。昏暗的灯光下，两个人的影子都被拉得很长。

一路上两个人都没有开口说话，气氛有些压抑。

这小屁孩儿是怎么了？不开心了？

小姑娘微微侧头看了他一眼，恰好少年也在此时侧过头，就这样两个人的视线相撞了。

"给我吧。"少年朝她伸出手。

小姑娘有些不明白，又听见少年说道："包，给我。"

这时，叶七七才反应过来，他是要帮她拿包。

叶七七说道："不用了，不重，我自己可以拿的。"

过了好一会儿，叶七七看着少年有些阴沉的脸色，小心翼翼地问道："弟弟，你怎么了？是不开心吗？"

看着小姑娘的目光，燕铖有些回答不上来。他有不开心吗？

没有吧，只是有种说不上来的情绪涌上心头，他也不知道这究竟是为什么。

"我……"

他正要开口说没有，突然看见眼前的小姑娘变了脸色，只听见她惊恐地说道："弟弟，你的身上怎么……"

少年的身上突然涌出一大团刺眼的光，那刺眼的光线让小姑娘下意识地闭上了眼睛。

等到她睁开眼睛时，眼前的高大少年竟慢慢地化成了烟雾。

"弟弟——"

"啊——"睡梦中的叶七七猛地尖叫出声，当看到头顶那熟悉的床帐时，她才发现是自己做了噩梦。

"怎么了？"身旁传来男人熟悉的声音，她转过头，看着那张熟悉的脸，眼睛控制不住地泛着酸意，随后猛地扑进了男人的怀里。

燕铖给小姑娘擦了擦眼角的眼泪，担忧地问道："怎么了乖宝？做噩梦了？"

在他怀里的小姑娘点了点头，想到方才的那个噩梦，将他的腰抱得更紧了。

"哥哥，你永远不会丢下我一个人的对不对？"

"傻丫头，说什么傻话呢，梦都是相反的，我怎么舍得丢下你一个人？"

"那拉钩，不许反悔！"叶七七擦了擦眼泪，伸出自己的小指，做出要跟他拉钩的架势。

燕铖看着她这副可爱的样子，宠溺地笑出声："都已经是两个孩子的娘亲了，怎么还跟小孩子似的？"

他虽然这样说，但还是乖乖地伸出手，任由小姑娘的小指钩着他的小指。

叶七七说道："谁骗人谁就是小狗！"

"好，谁骗人谁是小狗。"燕铖低头轻吻了一下叶七七，"睡觉了乖宝，明天还要带锦辰和小柒柒去看桃花呢。"

"嗯。"叶七七点了点头。

两个人躺下睡觉，叶七七窝在男人的怀里。

不知过了多久，就在燕铖即将睡着时，怀里的小姑娘突然亲了一下他的唇，小声说道："哥哥，我爱你。"

说完，叶七七正要闭上眼睛睡觉，某人放在她的腰间的手突然紧了紧。

然后，她听见他说道："明天，晚点儿去看桃花吧……"

好久不见

"七七……七七……"正熟睡的叶七七忽然听见一个熟悉的声音。

这个声音是……妈妈的声音！

叶七七向着声源处看去，看见了不远处站在白雾之中穿着紧身战斗服的绿发女子。

"妈妈！"叶七七急忙朝绿发女子扑了过去。

叶清婉伸出手将她抱进怀中，笑道："七七都长这么大了啊！妈妈都快认不出七七了。"

女人用手温柔地抚摩她的头顶，叶七七将她抱得更加紧了，红着眼哽咽道："妈妈，我好想你。"

"妈妈……也……很……很想……七……"叶七七听见叶清婉的声音中夹杂着刺耳的电流声，在她说完这些话后，她的身影已经消失在了叶七七面前。

叶七七："妈妈……妈妈……"

深夜，燕铖听见身旁妻子的呓语，急忙睁开眼睛坐起身，瞧见叶七七紧闭双眼、满头大汗的样子，吓得赶紧摸上她的脸，轻声唤她："七七？七七？"

叶七七猛地睁开眼睛，对上面前男人那担忧的眸子。

燕铖擦了擦她额上的汗水："怎么了，宝宝？"

叶七七直到视觉恢复、看清眼前男人的相貌后，才意识到自己方才做了一个梦。

她梦到妈妈了。

若不是突然梦到了妈妈，她差点儿要忘记了自己其实并非这个时代的人。

叶七七摇了摇头，伸手抱住面前男人的腰，靠进他的怀中，听着他那强劲有力的心跳声，那难过的心情才得到了些许慰藉。

燕铖伸手揉了揉叶七七的头发，轻声安慰道："无论七七做了什么噩梦，哥哥一直都在的，七七别怕。"

听着男人安慰的话语，叶七七不由得轻声笑了笑："你是不是把我当作小柒柒哄了？你还摸我的脑袋。"

"嗯？你不是就叫七七吗？"燕铖伸手，轻轻地捏了一下她的脸，俯身亲了亲她的唇，"睡吧乖宝，时间还早，你再不睡，等下天还未亮，那两只皮猴子又要来闹你了。"

"嗯。"叶七七点了点头，重新闭上眼睛，靠在男人的怀中，进入了梦乡。这一觉她没再做梦，直接睡到了第二天清晨。

等到她醒来时，外头的阳光已经洒进了寝殿内的地上，原本睡在她身旁的男人已经早早起床了。

叶七七洗漱完毕，穿戴整齐后走出了寝殿，来到前厅时，大老远便看见了站在院子里的一大两小三个身影。

燕铖穿着一身墨青色的衣袍，拿着一根长木棍，站在他身旁的、身高只到他的腰的燕锦辰同样拿着一根长木棍，有模有样地跟着他在扎马步。

比起一早起来就在院子中练武的父子二人，一旁坐在树下椅子上吃着葡萄的小柒柒倒是显得悠闲多了。

看到母亲醒了，燕慕柒立马下了椅子，朝叶七七扑了过去，嗓音甜甜地喊道："娘亲，早安！"

叶七七看着面前可爱的小闺女，伸手将她抱了起来，亲了一口小姑娘那软乎乎的小脸："早安，宝贝。"

"娘亲吃葡萄，这个葡萄可甜啦！柒柒特意给娘亲留了一颗最甜、最大的葡萄。"小柒柒说着，已经将手中的那颗葡萄递到了叶七七的嘴边，"娘亲尝尝。"

叶七七张开嘴，将葡萄吃进嘴里，甜甜的果肉味道在齿间扩散。

燕慕柒："娘亲，葡萄是不是很甜？"

叶七七："嗯，小柒柒给的，自然是很甜的。"

"妹妹骗人。"一旁正扎着马步、小脸有些红的燕锦辰忍不住开口，"娘亲，妹妹骗人，妹妹方才还说要把她手中最大、最甜的那颗葡萄给我吃的。"

"是吗？"叶七七抱着小柒柒，笑道，"那娘亲和妹妹重新挑一个最大、最甜的葡萄给辰辰好不好？"

燕锦辰闻言，立马点了点头，通红的脸上总算是露出了笑意。

"喀……"一旁的燕铖不由得轻咳了一声。

听到自家父亲的轻咳声，古灵精怪的燕锦辰立马又说道："娘亲，爹爹说他也要吃葡萄，要娘亲给他挑又大又甜的那颗葡萄。"

燕铖不由得笑出了声，虽然心中很满意某个臭小子说的话，但说话的语气还是颇为严厉："臭小子，就算你这样说了，今日这棍法还是要练。"

燕锦辰顿时感觉天都塌了，委屈地看向不远处的娘亲："娘亲。"

燕铖伸手，轻轻地拍了一下他的脑袋，说："喊你娘亲也没有用。"

坐在一旁凉亭中给小柒柒剥葡萄吃的叶七七听到燕锦辰那鬼哭狼嚎般的声音，说道："辰辰练了很久了吧，过来吃会儿葡萄再练好不好？"

听到自个儿娘亲的这句话，燕锦辰宛如看到了救星，一把便将手中的长木棍扔下，一溜烟儿便跑到了叶七七的跟前："娘亲，锦辰要吃葡萄。"

叶七七笑着剥了一颗葡萄喂进了燕锦辰的口中，抬眸注意到不远处燕铖的目光，开口："让辰辰歇一会儿吧。"

燕铖知道她一向心软，心疼孩子，只能弯腰将燕锦辰随手扔在地上的长木棍捡了起来，说道："待你吃完，我来检查前阵子教你的军体拳练得如何了。"

听到这话，燕锦辰一下子站直了身子，将嘴里的葡萄赶紧咽了下去："娘亲，我吃好了，葡萄真好吃。"

燕锦辰赶紧跑到了燕铖面前，拿过长木棍，一脸认真地说道："爹爹，我还是来扎马步吧。"

说完，他已经举着手中的长木棍，半蹲下身子，扎起了马步。

燕铖差点儿被他气笑了："燕锦辰，看在你这么乖的分儿上，我更要检查你的军体拳练得如何了。"

燕锦辰欲哭无泪："爹，我扎马步，你就不能检查我的军体拳了。"

燕铖："都要检查。"

"爹！"燕锦辰的声音更大了，"你不能这样！"

听着父子二人的交谈声，叶七七笑着摇了摇头，又剥了一颗葡萄喂到了一旁的小柒柒的口中。正笑着时，她余光忽然瞥见了不远处的一道身影，叶七七剥葡萄的动作猛地一顿。

在对上不远处的女人的眉眼时，叶七七更加确信，不远处的那个女人就是她的妈妈！

这一次不是她的梦，也不是她的幻觉。

燕铖觉得最近府上有些不太平，时常在府上看见一个一头绿发、穿着怪异衣服的女人在游荡。

明明前一秒她还在花园里，可下一秒又出现在了房间里。

殷九卿听了燕铖这话，微微惊讶，神情有些凝重，问道："会不会是你看走眼了？"

燕铖摇了摇头，语气肯定地说道："不可能。"

他不可能看走眼的，那女人奇怪得很。

殷九卿问道："除了你，七七或者你府上的其他人看到过吗？"

燕铖想了想，说："应该没有。"

七七一向胆子小，若是知道府上不太平，还不知道会被吓成什么样子，更别提那两个小屁孩儿了。

燕铖说道："我猜想应该是我的体质的原因，所以我才能看见常人看不见的东西。"

巫妪族人的体质特殊，他们连伤口都能快速愈合，能看到常人看不到的东西也并不是一件稀奇的事。

殷九卿说道："既然如今只有你一个人能看到，那就说明那女人的道行还不深。"

殷九卿说完，走到身后的书架处，拿出了一本书，翻了几页，看了看，对燕铖说道："你回去试试黑狗血，像这种道行不深的'脏东西'最怕黑狗血了。"

"好。"燕铖点了点头，打算回去试一试。

叶清婉在跃迁了很多次之后，终于能够顺利地停留在叶七七所在的时代了，不过因为信号源还不太稳定，她在七七这里停留不了太久，有时候还会忽然短距离地跃迁。

比如她明明前一秒还在寝室中和七七说话，下一秒却因为忽然的故障而一下子跃迁到后院里。

"这个该死的破机器，迟早有一天我要亲手废了它！"听到门口传来熟悉的怒骂声，叶七七一转头，果真看见了她的母亲。

"妈妈，你来啦！"叶七七在见到她后，急忙伸手抱住了她，生怕她又会像前几次一样，突然出现，还没有跟自己说上几句话，又突然消失。

叶七七问道："妈妈，这会儿你总不会又突然消失吧？"

叶清婉看了一眼手腕上的仪器，它显示现在的磁场一切正常，应该不会像先前几次一样突然出现故障把她送走。

这一次，叶清婉没有像先前的几次那样忽然消失，而是同叶七七说了很多事情。

叶七七也知道了自己之所以来到这个时代，是因为她的妈妈。

她的妈妈是时空管理局的人，隶属于最高机密部门。

正是因为她妈妈先前在某一个时空里出手救下了燕铖的母亲，插手了他们的人生，所以不得不对他们负责。

叶清婉说："说起来，你之前在现代时见过燕铖不是吗？"

"我见过他？"叶七七摇了摇头，"为什么我完全没有印象了？"

"那是因为我删除了你当时的记忆。"叶清婉说着，拿出了一个细小的芯片。

下一秒，叶七七忽然感觉有几段零碎的记忆被传进了她的脑海里，在她的脑海里渐渐组合。

叶七七这会儿终于想起来了："他是阿铖……"

他是那个被妈妈带回来的小少年，那个短短几天就突然长得高大的小少年。

原来她和燕铖在现代的时候就已经见过面了。

叶清婉手腕上的仪器还是发出了刺耳的声响。

一旁的叶七七赶紧问道："妈妈，那你和父皇爹爹……你真的是他的先皇后吗？"

父皇爹爹……

听到七七这句话，叶清婉一下子便想到了她口中的那位父皇爹爹指的就是夜姬尧。

叶清婉看向七七，开口："是，我是他的先皇后。"

"那妈妈为什么要离……？"

叶七七话还没有说完，一旁的叶清婉打断了她，缓缓开口："七七，就是我之前插手了旁人的命运，才会害得你来到这个时代。我知道你不明白为什么我和夜姬尧在一起后生下了你却又离开他。我只是不想和别的女人一起分享我的丈夫，这就是我离开的原因。"

夜姬尧是这个时代的帝王，不可能跟她一生一世一双人，所以与其留在这里，她宁愿回到自己的时代。

叶七七缓缓开口："可爹爹一直在等你。"

"等我？"叶清婉轻轻地笑了笑，说道，"自古帝王皆无情，他不可能等我。"

"是真的，妈妈。我是父皇的最后一个孩子，自从我来到这个时代到现在，哪怕大臣同爹爹说过很多次，爹爹都没有再选过秀，也没有翻过任何一个妃嫔的牌子。十年前，爹爹便已经遣散了后宫里的妃嫔，一直在等你。"

叶清婉愣了好一会儿，有些难以置信。

他在等她……他一直都在等她……

手腕上的仪器发出一阵刺耳的声响，下一秒叶清婉的身影便已经消失在了叶七七面前。

"妈妈！"她知道妈妈又离开了。

可下一秒，女人的声音再一次在门外响起。

叶七七听到声音后赶紧走了出去，结果却看见她的妈妈站在那儿，身上血淋淋的一片。

叶七七偏移目光，看见了站在一旁拿着一只已经倒完黑狗血的盆的燕铖。

叶七七："……"

叶清婉："啊——"

燕铖第一次见到丈母娘，给丈母娘送的礼物居然是一盆黑狗血。

见叶七七出来，燕铖急忙走了过去，问道："怎么样了？"

叶七七摇了摇头："妈妈说她还要再洗几次澡，我吩咐厨房的人再去烧些水。"

燕铖轻轻叹了一口气："我去吧。"

叶七七点了点头："好。"

等到叶七七进入室内，原本叶清婉坐着的地方此刻已空无一人。

"妈妈？"叶七七急忙唤了一声。

安静的室内无人应答。

"是又离开了吗？"

这是叶清婉隔了很久很久再一次回到皇宫里。

这里同她离开时一样，高大的红墙挡住了一切，显得格外压抑和令人窒息，在里面的人宛如笼中之鸟，日日不得自由。

曾经，从踏进这里的那一刻起，她便知道这里并不适合她。这样的皇宫困不住她这样的人，但她需要一个孩子，需要夜姬尧给她一个孩子，所以必须跟他发生点儿什么事情。

叶清婉一直都分不清她对夜姬尧究竟有没有爱，一开始接近他，便是有预谋的。

从她接近他的那一刻起，他们分离的结局就注定了，所以她从未留恋过，离开时也走得很果断。

自古帝王多无情，一个男人在拥有了无尽权力后，女人对他来说只是附属品，他不可能对谁真心，也不可能做到一生一世一双人。

叶清婉以为夜姬尧会和那些帝王一样，可终究是她错了。

夜姬尧和那些帝王不一样。

她从第一眼看到便不喜欢的皇宫，身为帝王的他却要在这里住上一辈子。

叶清婉缓缓推开门，踏进了曾经踏足过无数次的地方。

昏黄的烛光中，男人身着一袭黑金色的龙袍，俯首在桌前。

二十多年过去了，岁月好像格外怜惜他，并未在他的脸上留下些什么痕迹。

"德顺，斟茶。"夜姬尧冷声说道，头都没有抬一下。

叶清婉轻声笑了笑，走到男人的身边，为他倒了一杯茶。

夜姬尧的目光落在奏折上，他看都没有往旁边看一下，接过一旁的人递过来的杯子，喝了一口后眉头不由得皱了一下。

茶是冷的。

他抬起头，正要开口，却对上了一双他日思夜想的眼。

他看着女人的那张脸，瞳孔猛地一缩，手中的杯子也倒在了一旁的奏折上，他却浑然不觉。

叶清婉笑了笑："好久不见，我的陛下。"

现代篇

01 冷战

"你在哪儿？"

"你什么时候回来？"

包里的手机响了好几声，叶七七打开手机一看，就看到了两条消息提醒。她只是看了一眼，就关掉了手机，当作什么都没有看见一样把手机放回了包里。

她现在生气了，一点儿也不想搭理他。

另一边的燕铖拿着手机，视线一直都停留在他方才给某个小姑娘发消息的界面上。

他等了好久，但是迟迟不见小姑娘给他回消息。

他盯着界面看了一会儿，然后退出微信，找到了某个联系人，打了一通电话。

铃声响了大约三秒钟，那边接通。

那边的人还没来得及说话，他就抢先一步说："发一条消息给我。"

对面的方逸辰虽然很不解，但还是发了一个"膜拜大佬"的表情包过去。

"叮咚——"

一条消息提醒弹了出来。

燕铖看了一眼手机，是方逸辰发来的消息。

"怎么突然让我发消息？你……"方逸辰还没有说完话，就听见那边"啪"的一声挂断了电话。

这个人今天吃错药了？

在挂断了方逸辰的电话后，燕铖又点开了聊天软件，给一个备注为"我家的小姑娘"的账号又发了几条消息。

"我的手机好像出故障了，收不到你回的消息。"

"你有事打电话给我。"

他刚发完这两条消息，那边立马就回了一条消息过来："哦。"

燕铖看着小姑娘发来的一个"哦"字，不由得皱了一下眉。

他在屏幕上输入了好几行字，想发过去，但迟疑了一会儿，最终点击删除键，将字全部删除。

"收得到？"

叶七七瞧着他发来的消息，依旧闹着别扭。

这哪里是他的手机收不到她发的消息？分明就是她不想回复他。

叶七七正打算给他回一个表情过去，见她看的电影要开场了，想了想，将手机放进了包里，拉着自己的小姐妹一起进了电影院里。

电影时长两个多小时，等到她和小姐妹看完电影出来，已经是晚上十点多了。

小姐妹提议："看完电影好饿呀！我们去吃个甜点吧，附近有个地方最近新开了一家甜品店，评价挺不错的。"

叶七七点了点头，觉得可以。毕竟她现在也不想那么早回去，某人在电影开场前给她发了几条消息之后就一条消息都没有再发过了，所以她干吗那么早回去？

到了甜品店里，叶七七点了一份草莓蛋糕，将手机拿出来打算拍个照发到朋友圈里，却发现自己的手机不知道什么时候关机了。

她开了机，结果铺天盖地的未读消息和未接来电弹了出来。

53个未接来电，其中有50个是她的六哥哥给她打的电话。

她打开聊天软件。

皇姐姐："七七，你现在在哪儿？"

太子哥哥："燕铖什么情况？怎么给我打了那么多电话？我刚才在做手术，没接到电话。后面我给他打电话他也不接电话，你们俩吵架了？"

二皇兄："七七宝贝，你现在在哪儿？你老公让我问你什么时候才肯回家。"

父皇爹爹："你和燕铖吵架离家出走了？他突然来我这里找你了，这小子欺负你了？需要我把他揍一顿吗？"

父皇爹爹："好了，他走了，没给我时间揍他，这臭小子！"

她再往下拉未读消息列表，看见了备注为"臭铖铖"的人发来的消息。

19：23——

臭铖铖："玩累了就回来吃饭。我烧了你最爱吃的红烧肉。"

消息后附了一张红烧肉的照片。

19：30——

臭铖铖："布丁刚刚调皮把客厅里的花瓶打碎了，没受伤，但是受到了惊吓。"

消息后附了一张受到惊吓的布丁的照片。

19：45——

臭铖铖："家里的医药箱你放在哪里了？我刚刚不小心划破手了。"

臭铖铖："在？"

臭铖铖："收到消息记得回一下。"

20：43——

臭铖铖："游戏组队邀请——友人开黑，等你上线发车啦！"

臭铖铖："我登录你的游戏账号帮你玩游戏升级了，突然发现有个游戏角色挺好玩的，哈哈！"

20：50——

臭铖铖："快九点了，你该回家了，布丁想你了。"

臭铖铖："我……也想你了。"

20：53——

臭铖铖："你今天是因为给婴儿房装修的那件事生气吗？我刚看了你的日记……"

20：59——

臭铖铖："婴儿房刷什么颜色都依你，你喜欢蓝色那我们就刷蓝色。"

21：00——

臭铖铖："九点了，快回家。"

在这之后是三条未接的视频通话邀请。

臭铖铖："不接？"

21：05——

臭铖铖："今晚你别回来了，就在外面过吧。"

系统提示："'臭铖铖'发起视频通话，对方设备可能未在身边，请稍后再拨。"

臭铖铖："你是不是真的要我去警察局报案？"

臭铖铖："叶七七，你是不是翅膀硬了，都知道夜不归宿了，嗯？"

臭铖铖："行了，我懂了，你完了。"

系统提示："'臭铖铖'发起视频通话，对方设备可能未在身边，请稍后再拨。"

系统提示："'臭铖铖'发起视频通话，对方设备可能未在身边，请稍后再拨。"

…………

就在叶七七继续往下拉未读消息列表时，一通电话突然打了进来，她刚一接听，那边就传来了男人的声音："在哪儿？！"

那声音中夹杂着几丝压抑不住的怒火。

她听了这话心里不由得"咯噔"了一下，下意识地握紧手机："就在……商场这边新开的一家甜品店里。"

"懂了，等我三分钟。"说完，还没等她回话，那边就立马挂断了电话。

三分钟过后，叶七七就听见甜品店的门口突然传来一阵吵闹声。

"哇，那个男人长得也太帅了吧！"

"他是我喜欢的类型呀，不知道他有没有女朋友……"

"我好想上去要个联系方式，但是看他好像一副心情不好的样子。"

燕铖冷着脸走进甜品店里，环顾四周，终于在一个角落里发现了某个小姑娘，无言，抿紧薄唇，朝她走了过去。

叶七七瞧着他那一脸不爽的样子，感觉他似乎要动手打她，于是说道："你……"

"吃完了？"他站在她面前，瞥了她一眼。

叶七七看了一眼自己面前才吃了一小半的草莓蛋糕，说道："还没吃完。"

燕铖对着一旁的服务员说道："再来一份草莓蛋糕，打包。"

叶七七说："这个我才吃了一小半……"

容不得她拒绝，燕铖接过服务员递过来的打包盒子，拉着小姑娘的手就走了出去。

直到她被塞进了车里，某人依旧一言不发。

"你生气了吗？"叶七七问。

燕铖将手放在方向盘上，面容冷峻，丝毫没有想搭理她的意思。

过了一会儿，叶七七发现车行驶的方向好像不是回家的方向："我们不回家吗？"

燕铖："去手机店，给你买部新手机。"

叶七七："可是我的手机没坏呀。"

燕铖踩住刹车，侧过头看了她一眼。

叶七七被他那眼神看得有些心虚："看电影的时候手机不小心关机了……"所以她才没有收到他的消息。

"回去吧，我想吃你烧的红烧肉……"她扯了扯他的袖子。

燕铖："没有了，被布丁全吃完了。"

"那你再重新做嘛！六哥哥……"

燕铖："叶小姐，我们已经结婚了。"

"哦……"叶七七想了想，改口喊道，"老……老公。"

闻言，燕铖原本冷峻的脸上总算露出了一丝笑意。

02 生日

燕铖一早醒来就发现自己的小妻子今天有点儿不太对劲。

清早六点半，他准时醒来，就见自己的小妻子趴在一旁托着腮帮子看着他，见他醒了立马扑进他的怀里，软软糯糯地说道："哥哥，早呀！"

燕铖笑着将她揉进怀里，宠溺地亲了一口她的唇瓣："怎么醒得这么早？再睡一会儿。"

说完，他便松开了她，起身。

叶七七看着他套上衬衫，穿上裤子，俨然一副要出门上班的样子，问道："你今天要上班吗？"

"嗯。"燕铖点了点头，两只手系着领带，"科研院那边还有一个项目要收个尾。"

燕铖说完，就见自家的小妻子原本欢喜的眼神黯淡了下来。他察觉到了她异样的情绪，系领带的动作停了下来："怎么了？"

叶七七闷闷地将脑袋缩进了被子里："没什么。"

她将脑袋埋在被子里好一会儿，听着外头的动静。

不知过了多久，听到楼下传来关门的声音后，她一把将盖在脸上的被子掀起，看着安静的屋子。

他真的走了，真的去上班了！

今天可是5月20日，还是她的生日！他就这样什么都不记得了，还去上班了！

叶七七突然觉得好伤心。

就在这时，手机突然响了一下，她赶紧拿起一旁的手机，以为是某人给她发的消息。

皇姐姐："七七宝贝，生日快乐！"

系统提示："'皇姐姐'给您发起一笔转账，请注意查收。"

皇姐姐："今天是你的生日，又是 5 月 20 日，燕铖那个臭小子送你啥礼物啦？"

他不仅什么都没送，还在这个重要的日子里上班去了！

叶七七心里委屈极了，不知道该回复什么。

她看见朋友圈里有人发了新动态，点开一看。

皇姐姐："5 月 20 日当然要和最爱的人在一起。"

配图是她和国师的亲吻照。

父皇爹爹："我不理解今天某人为什么要带我染一头绿毛。"

配图是他和妈妈两个人都染了绿发的合照。

妈妈回复父皇爹爹："你这个没有情趣的臭男人！"

父皇爹爹回复妈妈："我爱你。"

九皇叔："今天某人非要让我穿女装，结果我暴揍了他一顿，现在他乖乖地穿上了女装。"

配图是一张司冥炎穿女装的照片。

妈妈评论："啊啊啊！这美人真好看！"

鸦影："好看！@六皇兄，可以穿一次女装吗？人家好想看！"

六皇兄回复鸦影："滚。"

鸦影回复六皇兄："嘤嘤嘤，你骂人家，那人家穿女装给你看。"

九皇叔回复妈妈："让我皇兄穿女装给你看。"

妈妈回复九皇叔："我现在就去给他换上！"

九皇叔回复妈妈："别忘了拍照片发朋友圈。"

聊天软件上陆陆续续又有消息发来。

父皇爹爹："宝贝女儿生日快乐。"

系统提示："'父皇爹爹'给您发起一笔转账，请注意查收。"

妈妈："宝贝女儿，生日快乐呀！"

系统提示："'妈妈'给您发起一笔转账，请注意查收。"

太子哥哥："小七七，生日快乐。哥哥和娘娘好想你。"

系统提示："'太子哥哥'给您发起一笔转账，请注意查收。"

二皇兄："臭宝，在干吗呢？生日快乐呀！皇兄在外地赶不回来，给你发个红包，你自己去买糖吃。"

系统提示："'二皇兄'给您发起一笔转账，请注意查收。"

六皇兄："宝贝七七，生日快乐。"

系统提示："'六皇兄'给您发起一笔转账，请注意查收。"

鸦影："妹呀，生日快乐！"

系统提示："'鸦影'给您发起一笔转账，请注意查收。"

九皇叔："七七宝贝，生日快乐！"

系统提示："'九皇叔'给您发起一笔转账，请注意查收。"

司冥炎："小丫头，生日快乐。"

系统提示："'司冥炎'给您发起一笔转账，请注意查收。"

姐夫国师："丫头，生日快乐。"

系统提示："'姐夫国师'给您发起一笔转账，请注意查收。"

方逸辰："七七宝贝，生日快乐！祝你永远18岁。"

系统提示："'方逸辰'给您发起一笔转账，请注意查收。"

唐凌白："七七，生日快乐。"

系统提示："'唐凌白'给您发起一笔转账，请注意查收。"

殷修初："七，生日快乐，最近过得好吗？"

系统提示："'殷修初'给您发起一笔转账，请注意查收。"

大柱："七七，生日快乐！嘻嘻。"

系统提示："'大柱'给您发起一笔转账，请注意查收。"

亲妈丑丑："七宝，生日快乐。妈妈爱你，你要和铖铖一直甜蜜地在一起啊！"

系统提示："'亲妈丑丑'给您发起一笔转账，请注意查收。"

叶七七看到很多人都给她发了生日祝福，只有某人没有发！他一条消息都没有给她发！

叶七七委屈得好想哭。

就在这时，一个电话突然打了过来。看着那备注名，她本来生气不想接他的电话的，但是想了想还是接通了。

电话刚一接通，手机那边便传来男人好听的声音："宝贝，起来了吗？"

叶七七闷闷地说道："嗯。"

"我有一份文件落在楼下的桌子上了，你帮我送过来。"说完，他立马挂断了电话。

叶七七气得想要砸手机——他忘记她的生日也就算了，还让她去给他送文件！

"臭男人！"叶七七气鼓鼓地嚷嚷道。

最终她还是认命地下楼去给他拿文件。

楼下的窗帘没被拉开，室内一片昏暗。

叶七七正要将灯打开，突然"啪"的一声，灯亮了。

男人捧着鲜花，一袭盛装地出现在她面前，单膝跪地："宝贝，生日快乐！"

"七七，生日快乐。"燕铖的身后站着一群人，大家异口同声地祝福。

"父皇爹爹、皇姐、皇兄、九皇叔……你们怎么都来了？"叶七七惊讶地看着出现在客厅里的众人。

燕铖笑着说："今天是七七的生日，他们自然是要来给你过生日的。"

叶七七瞧着男人手中的花束，眼眶不由得湿润了。

她委屈地捶了他一下："呜呜呜，我还以为你真忘记我的生日，去上班了呢！"

"傻丫头，"燕铖将小妻子揽进怀里，低头亲了亲她的唇，"哥哥那么爱你，怎么可能会忘记你的生日？以后每一年的生日，哥哥都会陪你一起过，哪怕天荒地老，哥哥都永远爱你。"

03 情人节

夜姬尧一直觉得，他作为皇帝日日处理国家大事，已经是个大忙人，可不承想他的皇后比他还要忙碌。

同清婉相比，他这个皇帝倒是做得格外清闲。

昨夜处理政务到半夜，他睡了不到两个时辰，一早醒来也并未觉得困倦。

"陛下，要不您再去睡一会儿？政务交给太子殿下处理？"赵公公站在一旁，瞧着陛下一早起来上完朝回来就又开始坐着处理奏折，想到陛下昨儿个处理政务也是一直忙到深夜，没有片刻休息时间。

大暴君手上批阅奏折的动作未停，他平静地说道："无碍，朕不累。"

赵公公："可是……"

"你退下吧。"大暴君说。

陛下到底是皇帝，他自然也不敢违逆陛下的话。

赵公公退到了殿外，还不忘给男人关上门。陛下什么都好，就是不会爱护自己的身体，一直这样忙于政务不让自己休息，铁人也禁不住这样熬啊。

尤其是七公主殿下不在皇城中，更没人能治得了陛下了。

赵公公面露愁容，正想着该如何是好时，突然想到了七公主先前留下了一件怪异的小玩意儿给他。

小玩意儿叫什么手……手机？

七公主殿下说他可以用手机给她写信，说说陛下的近况。

赵公公掏出手机，学着七公主上回教他的那样，点开聊天软件，发了一条消息给七公主。

紫禁城第一用户赵公公："公主啊，您管管陛下啊！"

赵公公发完消息，小心翼翼地把门推开了一条缝，鬼鬼祟祟地对着里头正专心批阅奏折的男人拍了一张照片，给七公主发了过去。

紫禁城第一用户赵公公："昨天陛下一直处理政务到半夜，这会儿刚上完早朝回来又开始了。陛下已经连续好几日这样了，铁人也禁不住啊。"

紫禁城第一用户赵公公："陛下一直坐着，腰疼的毛病也犯了，前几天太医刚给他贴完膏药，这身体刚好了没几天，陛下又好了伤疤忘了疼了。"

赵公公的消息刚发过去没多久，七公主那边很快便回了消息过来。

可爱的七公主殿下："父皇也真是的！怎么还不爱惜自己的身体？！"

可爱的七公主殿下："赵公公，你现在过去抽掉父皇手中的奏折，让他去好好休息。"

紫禁城第一用户赵公公："公主殿下，老奴不敢……"

与此同时，在另一边。

叶七七抱着抱枕坐在沙发上，看着赵公公发来的哭泣的表情，直接按了语音输入键。

燕铖从衣帽间里刚换好衣服出来，就见叶七七正拿着手机说话："赵公公，你不要怕，你直接把我这条语音给父皇爹爹听。他要是再这样不爱惜自己的身体，我等一下就把他偷偷熬夜批阅奏折这事告诉妈妈，相信妈妈……"

叶七七话还没有说完，就感觉到一道视线落在自己的身上。

她抬起头，结果在看见不远处的燕铖穿着的衣服时，眼睛不由得瞪大了，整个人都傻眼了。

六哥哥……哥哥……他这穿的是什么啊？

"怎么了？"燕铖问。

叶七七瞧着男人朝她走来，看着男人大片赤裸的胸膛，尤其是男人的头上戴着的那个狐耳发箍，脸一下变红了。

叶七七捂着自己的脸，从指缝中朝他看过去，一脸羞愤地说道："你……你怎么穿成这样？！"

说着，叶七七看向不远处没有关上的卧室门，又看向朝自己逼近的男人，不由得捶了一下他的肩膀："两个孩子还在家呢！"

"不在家。"燕铖轻笑了一声，将某个红着脸的小姑娘压在沙发上，吻了吻她的嘴角，握住她的手，让她摸他的头顶的耳朵。

"刚刚给九皇叔他们发消息，让他们把两个孩子带出去玩了。"

"出去玩了？"叶七七满脸震惊。

"所以……"燕铖对上小姑娘那羞红的脸，哑着嗓子说道，"现在家里就我们两个人……"

此时，正是干坏事的好机会。

叶七七被他亲得整个人都气喘吁吁，看着他的头顶上的发箍，觉得它有些眼熟，伸手轻轻地捏了一下："哥哥，你这个发箍哪里来的？好眼熟。"

燕铖："锦辰上回在学校组织的春游里赢得的二等奖奖品。"

"你……"叶七七闻言，脸更加红了，"孩子的东西你拿来当……"

叶七七还没有说完，唇瓣已经被男人堵住了。

"二次利用。更何况七七不喜欢吗？"燕铖吻了吻她的手，眉眼温柔，像极了勾引人的妖精。

叶七七一向抵抗不了他的诱惑，眼看着两个人就要干坏事，叶七七突然想到自己那发出去的语音消息，急忙按住了某人的手："等……等一下！"

燕铖："嗯？"

叶七七："我还有事情没处理。"

大暴君正专心处理政务，被放在一旁的手机突然弹出了几条消息。

大暴君抬起头看了一眼，见是他的宝贝七七发过来的消息，便将手机打开，看到他的宝贝七七给他发了一大堆写着莫名其妙的标题的链接。

宝贝七七："男人腰疼有哪些危害？"

宝贝七七："男人腰疼是夫妻和谐生活破裂的开始？"

宝贝七七："男人腰疼等于不行？"

下一秒，他的宝贝女儿又发来了几条语音。

大暴君一一点开，他宝贝闺女的声音从手机中传来："父皇爹爹，你不要看上面的帖子，不是我发的，是燕铖……他……浑蛋，你发这个给爹爹干什么？你把手机还给我啊坏蛋……"

"乖，父皇点开这些看完过后，保证会注意身体的……"

听到后面，大暴君还听见了某个臭小子那欠揍的声音，然后看见燕铖那臭小子用自己的账号给他发了几条消息，同时也发了几条写着莫名其妙的标题的链接。

假逆子："爹，注意身体。"

假逆子："男人腰疼应该吃什么？"

假逆子："男人腰疼究竟对夫妻和谐生活影响多大？"

夜姬尧："……"

夜姬尧捏了捏眉头，放下手中的奏折，低声骂了一句："这臭小子！"

站在殿外的赵公公见陛下终于放下了奏折，歇了下来，他才放下心来。

果然，他还是找七公主殿下有用。

大暴君闭上眼睛，假寐了一会儿，点开朋友圈，就看见了夜墨寒刚发的一条动态。

弟："今天背着大哥当了一回姥爷，嘻嘻！"

文字下面附上了一张照片。照片夜墨寒拍的，拍的是带着两个孩子吃冰激凌的司冥炎。

大暴君看着照片里的小孩子，一眼便认出了这是他的外孙儿还有外孙女。

夜姬尧："……"

弟回复了你："大哥！你怎么有网的？"

大暴君退出朋友圈，没回他那个蠢弟弟，随后点开了他置顶的一个备注名为"夫人"的头像。

他们上一次聊天，还是一个月前。

夫人："亲爱的，时空管理局又有任务了，这次大概要半个月的时间。"

夜姬尧："好。"

夜姬尧："注意安全。"

…………

夜姬尧："老大的猫今天生了一窝小猫，挺可爱的，你要是喜欢，等你回来我们养一只。"

夜姬尧："今天终于把南边的水患处理好了，可以睡个好觉了。你的任务还顺利吗？"

夜姬尧："夫人，任务完成了吗？今天刚好半个月了，要是你明天回来，我们可以去城外看桃花。"

夜姬尧："夫人，回来了吗？"

夜姬尧："夫人？"

夜姬尧盯着那页面看了许久，对面的人一直未曾回过消息。

夜姬尧点着屏幕，输入一句话："夫人，想你了。"

正打算将消息发过去时，他却迟疑了，思考了一会儿，最终还是将输入的字一个一个地删掉。

夜姬尧放下手中的手机，俊脸上罕见地露出落寞之色。

他何尝不想休息？只是一休息，他便想到她，想到他的清婉。

上一次他们见面还是在一年前，一年前他跟着她回到了她的时代，他们度过了很快乐的三个月。

夜姬尧垂下眸子，视线落在自己发尾的那一抹枯黄上。这个黄色的头发还是一年前她带着他去染发，他染了和她同色系的颜色。

这一年间，绿色褪去，最终变成了黄色，头顶也长出了黑色的新发。

他知道他的夫人是时空管理局的人，很忙。她先前就同他说过，就算他们两个人在一起，她因为签了二十年的合约，也不能放弃自己的工作。

他都理解她，只是他以为他作为皇帝已经很忙，可没想到她比他更忙，聚少离多是他们两个人的常态。

因为害怕想她，他一直让自己处于忙碌状态，只有忙碌起来，他才不会想起她。没事，二十年而已，他愿意等她，等她回来。

夜姬尧太累了，没一会儿便睡着了。

等到他醒来时，外头的天色已经有点儿暗了，他捏了一下额头，从床上起身，看着不远处的身影，以为是赵公公，问道："什么时辰了？"

叶清婉："快酉时了，亲爱的。"

夜姬尧听到许久未曾听见的熟悉声音，身子不由得僵了一下。

他缓缓地抬起头，看向不远处朝着这边走来的身影。

女人掀开垂落在床前的帘子，露出了那张令他思念许久的脸。

她一头黑色的长发垂落，身上还穿着出任务时的紧身银白色战斗服。

"夫人。"夜姬尧轻唤了一声，生怕这一切只是他的梦。

直到女人俯身吻住他，那熟悉的触感才让他知晓这并不是梦。亲吻加深，夜姬尧大掌扣住女人的后脑，将她压向自己。

他们久别重逢，想念多日，银白色的战斗服被主人无情地扔在了地上。

叶清婉捧着他的脸便吻了上去，察觉到男人的眼中那炽热的爱意，不由得轻笑出声，打趣道："阿尧，那么想我吗？"

他何止是想她，恨不得将她永远绑在这张床上，让她哪儿也去不了。

夜姬尧没说话，用他的行动证明了他究竟有多想她。

泪眼蒙眬间，男人炽热的吻落在她的后背上。十指相交，抵死缠绵间，叶清婉听见他在她的耳边哑着声音开口："这次……夫人待多久？十天还是半个月？又或者……明日便走？"

高傲的男人近乎乞求地问她，叶清婉有些昏沉的脑子这会儿才恢复了几分清明。

下一秒，夜姬尧听见女人缓缓开口："阿尧，我不走了。"

大暴君动作一顿："什么？"

"我说……"叶清婉伸手钩住男人的脖子，笑道，"这一年里我已经完成了二十年的工作指标，和公司解约了，所以我不走了，以后可以一直陪在阿尧的身边了。"

夜姬尧僵硬着身子，怀疑自己耳朵出现了幻听，过了好一会儿，才找到了自己的声音，颤抖着说道："真……的？"

"当然是真的，我的陛下。以后我会一直陪在你身边。情人节快乐，我的阿尧。"